Victorian Fantasy

Du même auteur

Nos chemins de travers
Nos vagues à l'âme

LES LARMES ROUGES

1 – Réminiscences
N° 11064
1.2 – Rémanence
N° 11238
2 – Déliquescence
N° 11671
3 – Quintessence
N° 11923

VICTORIAN FANTASY

Dentelles et nécromancie
De velours et d'acier (Pygmalion, 2017)

Hors de portée
N° 11638
Hors de question & hors de contrôle

GEORGIA

CALDERA

Victorian Fantasy

Dentelle et nécromancie

J'AI LU

Chapitre 1

Andraste

Andraste, les joues rosies par la fierté, replaça dans ses cheveux les deux pinces dont elle venait de se servir. Elle était certes décoiffée, et ne manquerait pas, ce soir, d'essuyer les remontrances de Kathy, sa femme de chambre. Mais elle avait enfin réussi à crocheter la porte du cabinet de Helen, sa grand-mère !

Fébrile, elle repoussa le plus doucement possible le battant, prenant garde à ne surtout pas le faire grincer. Elle jeta un dernier coup d'œil dans le couloir, afin de s'assurer que personne ne l'avait vu faire, puis soupira de soulagement.

Après tout ce temps, elle y était parvenue !

Au coven Coldfield – manoir de construction ancienne où résidaient les femmes Coldfield ayant la chance de posséder quelque pouvoir – aucune âme, à l'exception de sa dirigeante, n'avait le droit de s'aventurer en ces lieux. La pièce était non seulement fermée par de substantielles serrures, dont les ferrures au dessin complexe recouvraient agressivement la porte sans tenir compte de la décoration cosy du reste du corridor, mais elle était également protégée par toutes sortes de charmes.

Et elle les avait déjoués, aussi médiocre sorcière soit-elle ! Il fallait tout de même dire qu'elle s'était entraînée et n'avait pas compté les heures passées à s'exercer aux contre-sorts de verrouillage. Pénétrer dans le cabinet interdit était devenu l'un de ses objectifs premiers. Ce n'était pas comme si elle avait beaucoup d'autres choses à faire de ses journées, de toute façon...

Andraste, depuis sa naissance, n'avait jamais été autorisée à quitter le manoir Coldfield. Tout ce qu'elle connaissait du monde extérieur se résumait à ce qu'elle en découvrait au travers de ses lectures, ainsi qu'au petit jardin clos, situé derrière la demeure et réservé à son usage personnel. Et encore, il ne lui était permis de prendre l'air qu'une fois la nuit tombée, hors de question que le plus petit rayon de soleil vienne à effleurer sa peau, trop pâle pour le tolérer.

Enfant, elle avait eu le plus grand mal à accepter cette situation. Nombreuses avaient été ses tentatives de fugue, toutes infructueuses cependant. Mais aujourd'hui, à vingt et un printemps passés, c'était devenu totalement insupportable. Voir ses sœurs, ses cousines et ses tantes aller et venir à leur guise, se rendre en ville pour choisir le tissu de leurs prochaines robes ou bien assister à divers bals et autres soirées privées, quand elle était confinée à ses appartements, n'était décemment plus possible. C'était comme regarder les autres vivre, rêver et s'amuser à travers les barreaux d'une cage trop petite pour que l'air ne vienne pas un jour à manquer.

Certes, ladite cage était dorée, on le lui avait si souvent répété qu'elle ne pouvait l'ignorer. Les domestiques étaient tous à ses petits soins. Elle jouissait de la chambre la plus spacieuse et la plus jolie du manoir. Ses moindres caprices étaient toujours satisfaits dans les délais les plus brefs, au détriment parfois de ses sœurs ou de ses cousines, et tout le monde se montrait aimable et compréhensif à son égard. On veillait tout particulièrement à ce que son appétit démesuré pour les robes et autres accessoires de mode – dont elle se tenait informée grâce aux revues spécialisées –, ainsi que sa passion sans borne pour les livres, soit largement satisfait. Une vie de rêve dirait certains, d'enfant gâté, sans nul doute. À ceci près qu'on lui refusait la plus simple des libertés, celle de pouvoir circuler à son gré.

Les issues du manoir étaient toutes surveillées, protégées elles aussi par des sorts qui n'étaient cette fois destinés qu'à Andraste. Durant la journée, elle n'était jamais vraiment seule, une femme de chambre devait sans cesse lui tenir compagnie. Et, la nuit, leurs deux domestiques masculins se relayaient pour monter la garde devant la porte de ses appartements.

Mais aujourd'hui, elle avait préparé son coup. Quelques herbes supplémentaires accompagnées d'un soupçon d'incantation appropriée, et le thé laissé dans sa tasse, qu'elle savait que Kathy finirait par avaler en douce, allait faire dormir cette dernière probablement plusieurs heures encore.

Apprendre à réaliser ce charme n'avait pas été facile non plus. Cela lui avait demandé beaucoup d'exercice et son pauvre chat, Mister Poppington, ne s'était plus réveillé depuis près de trois jours après les essais pratiques...

Toutefois, cela en valait la peine. À présent qu'elle se tenait là, dans le cabinet interdit, à passer en revue les nombreux ouvrages proscrits amassés sur les étagères poussiéreuses, elle s'en rendait bien compte.

C'était un pari osé... Après tout, qui savait ce qu'elle risquait pour une telle atteinte au règlement du coven ? Mais elle était presque certaine de trouver ici les réponses à ses questions. Il fallait qu'elle comprenne, qu'elle sache enfin pourquoi elle était traitée de manière si singulière – elle avait beau affecter la résignation, elle n'était pas si sotte, une simple intolérance au soleil ne pouvait raisonnablement pas tout expliquer – et surtout, qu'elle découvre le moyen de réchapper à ce destin dont elle ne voulait pas.

Car la seule alternative à sa captivité – puisque c'était bien ainsi qu'elle voyait les choses – était ce mariage arrangé depuis le jour de sa naissance avec un homme de vingt ans son aîné. Ardghal, prince d'Ilandria, l'île rebelle. Elle ne savait absolument rien de lui, si ce n'était que, le roi vieillissant, la couronne allait bientôt lui revenir, et n'avait même jamais vu ne serait-ce qu'un portrait de ce fiancé qui demeurait pour elle un parfait inconnu.

Toutefois, l'alternative en question, que beaucoup lui auraient enviée, ne lui convenait guère. Comment accepter de quitter une prison pour aller s'enfermer dans une autre, en compagnie d'étrangers, et de surcroît en pays ennemi ?

C'était Helen, sa grand-mère, qui avait conclu cet accord. Pourquoi, comment, Andraste l'ignorait. La famille Coldfield n'était pas pauvre et faisait partie de la gentry, néanmoins elle ne roulait pas sur l'or pour autant. Ses tantes avaient bien du mal à trouver des maris convenables pour leurs progénitures et ses propres sœurs ne s'en sortaient pas mieux. Ainsi, dans ces conditions, qu'est-ce qui pouvait bien faire d'elle, jeune femme à la santé précaire, dernière d'une fratrie de cinq filles, dont la mère était morte en couches et dont le père, également décédé, n'avait possédé ni titre ni fortune, une épouse digne d'un futur roi ?

Andraste ne cessait de se le demander.

Et la réponse se trouvait tout près, à portée de main...

Bien que plusieurs livres aux intitulés curieusement similaires l'aient intriguée, elle délaissa ces mystérieuses mines de savoir tenues cachées pour se concentrer sur les dossiers contenant la correspondance de sa grand-mère. Elle prit le temps de parcourir les lettres restées sorties sur le bureau. Mais elle ne trouva rien d'autre que des échanges avec les commerçants de la ville ou des invitations à des soirées auxquelles elle-même n'était jamais conviée.

En dehors de ce fameux prince, les gens savaient-ils seulement qu'elle existait ? Elle en doutait de plus en plus.

Elle ouvrit plusieurs tiroirs et en retira le contenu afin de pouvoir ensuite mieux l'éplucher. C'est en tâtonnant à la recherche d'une missive encore pliée, restée coincée au fond de l'un des casiers, qu'elle se rendit compte que quelque chose clochait. Comment du papier pouvait-il être pris dans le bois du meuble ?

Andraste toqua contre la paroi et sourit au doux écho que produisit cette planche anormalement mince. Elle venait de trouver un compartiment secret ! Les réponses... elles étaient là. Ça ne pouvait être que ça !

Elle palpa frénétiquement la cloison à la recherche du système d'ouverture. Il y en avait forcément un.

Mais elle eut beau racler tout l'intérieur du tiroir de ses ongles à la manucure désormais ruinée, elle ne trouva absolument rien.

Exaspérée, elle se laissa tomber à genoux, puis s'assit à même le sol – au risque de froisser la délicate soie de sa robe – parmi les lettres étalées sur un tapis tout aussi poussiéreux que le reste du mobilier, et fit claquer sa langue. Le temps allait lui manquer. Cela devait bientôt faire une heure qu'elle était là et tôt ou tard Kathy reviendrait à elle et s'apercevrait de son absence... Le plus tard serait le mieux, évidemment. Pour l'instant les recherches d'Andraste ne l'avaient encore menée nulle part.

Un éclair de génie, ou bien le plus grand des hasards, attira son regard vers le dessous du bureau. Une petite pièce de bois carrée, d'un centimètre de côté environ, se distinguait de l'ensemble marqueté. Le vernis était ici plus usé qu'ailleurs.

Andraste retint son souffle, puis se hâta d'appuyer sur ce qui lui apparaissait comme un bouton-poussoir. L'élément s'enfonça légèrement et un cliquetis métallique se fit entendre.

Le double fond du tiroir était ouvert !

Et, à l'intérieur, se cachait... un livre... encore un !

La chose était bien étrange. Pourquoi celui-ci, un traité théologique qui n'avait *a priori* rien d'exceptionnel, n'était-il pas rangé avec les autres, sur les étagères ? La reliure de cuir avait dû être remplacée, mais il était vraiment très ancien, l'usure du papier en témoignait.

Les sourcils froncés, elle parcourut les pages du vieil ouvrage et fut incapable de retenir les larmes de frustration qui dégringolèrent le long de ses joues à la lecture de ce texte sans grand intérêt.

Avait-elle fait tout ça pour ça ?!

Elle ne pouvait y croire, il y avait forcément autre chose... Le livre était sans doute une fausse piste, destinée à perdre l'odieux curieux qui oserait mettre les pieds dans ce cabinet, et ainsi détourner son attention de ce qui était réellement important.

Andraste se retourna pour observer les murs. Un tableau cachait peut-être un coffre ?

Réalisant qu'elle ne disposait plus d'assez de temps, elle replaça les dossiers dans les tiroirs. Et, avant même qu'elle n'ait pu remettre le livre dans le compartiment secret, la porte du cabinet s'entrouvrit.

Agatha, l'une de ses cousines germaines, passa la tête dans l'embrasure. Sa mâchoire ouverte comme celle d'une carpe et ses yeux écarquillés, aussi ronds que des soucoupes, en disaient long sur sa stupéfaction.

— Par la Déesse ! s'exclama celle-ci au bout de quelques secondes, avant de baisser la voix pour chuchoter : And, mais qu'est-ce que tu as fait ?!

Andraste s'essuya discrètement les joues, s'efforçant de reprendre contenance. Puis, le plus naturellement du monde, elle répondit en battant des cils, se composant une expression mêlant astucieusement innocence et un brin d'embarras :

— Je... je cherchais des livres traitant de... des rapports conjugaux. Personne ici n'a jamais voulu m'en parler et la bibliothèque familiale ne m'a strictement rien appris à ce propos. Les noces approchant, je m'inquiète. Et je pensais pouvoir au moins trouver ici un ouvrage susceptible de m'apprendre quelque chose.

Agatha, grande brune aux yeux bleus, était une coquette comme on n'en avait rarement vu et ne savait converser que lorsque l'objet de la discussion portait sur la gent masculine – sujet qui la passionnait s'il en était un. En outre, la réflexion n'était pas son fort et la vivacité d'esprit ne faisait pas partie de ses qualités. Il était donc tout à fait possible qu'elle se laisse convaincre par ce mensonge, si énorme soit-il.

Parce qu'Andraste, bien que manquant furieusement d'expérience dans ce domaine – n'ayant jamais eu le loisir d'approcher de près ou de loin un homme autre que leurs domestiques, contrairement à sa cousine –, n'était pas complètement ignorante. Après tout, la bibliothèque du manoir ne contenait-elle pas, entre autres choses, les sulfureuses œuvres d'un certain marquis... Mais comment Agatha aurait-elle pu le savoir, elle qui n'y mettait jamais les pieds ?

Cette dernière eut une moue compatissante.

— Oh, ma chérie, comme je te comprends. À ta place, je n'aurais pu supporter ta situation, être privée de toute compagnie masculine et se trouver systématiquement mise à l'écart de nos conversations d'adulte, comme ce doit être triste ! Mais pénétrer dans ce cabinet est formellement interdit. Pour nous toutes, sans exception. Imagine que quelqu'un d'autre que moi te trouve ici ? Le prix en serait, je le crains, bien élevé... Lève-toi vite et partons, s'il te plaît. Je répondrai à tes questions, je te le promets. Tant que tu n'en parles pas à Helen, cela va de soi.

Andraste se redressa.

— Garderas-tu le secret ?

— Eh bien, j'imagine que je le dois, puisque j'ai moi aussi poussé cette porte. On pourrait bien me soupçonner de complicité, étant donné que mon niveau en sortilège est largement supérieur au tien... Mais comment t'y es-tu prise, d'ailleurs ?

La jeune fille se contenta de hausser les épaules. Si elle commençait à s'expliquer, son mensonge ne tiendrait plus la route. Rassurée de voir qu'Agatha n'insistait pas, elle remit un dernier dossier dans un des tiroirs, et décida de garder le livre.

Un regard jeté par inadvertance à la page à laquelle il était resté ouvert, alors qu'elle s'apprêtait à le ranger, avait attiré sa curiosité. Une phrase manuscrite, à demi effacée, apparaissait à certains endroits près du titre, sous les lettres imprimées, ainsi qu'un symbole étrange, à peine visible lui aussi. Peut-être n'était-ce pas qu'un traité théologique finalement ?

Avec un peu d'adresse, et caché derrière son dos, sa crédule de cousine ne remarquerait sans doute pas son emprunt.

— Et toi, pourquoi es-tu venue ici, au fait ? interrogea-t-elle, espérant détourner pour de bon son attention.

— Mince ! Ma surprise m'a fait tout oublier ! s'écria-t-elle en plaquant le dos de sa main sur sa bouche. On m'a envoyée te chercher, figure-toi. Ma mère t'attend dans le boudoir gris. Elle a une lettre à te remettre de toute urgence. Une lettre amenée par un magnifique équipage qui fait en ce moment même le pied de grue devant la maison.

Andraste s'arrêta net et leva un sourcil, interdite.

— Pardon ? Une lettre ? Pour moi ? Tu as dû mal comprendre.

Ce ne serait pas la première fois, songea intérieurement la jeune fille.

— Mais pas du tout, assura Agatha en poussant sa cousine dans le corridor, non sans avoir, au préalable, pris soin de refermer la porte du cabinet derrière elle.

Les serrures, mues par les charmes de sécurité, se réenclenchèrent automatiquement.

— Et je le répète, c'est urgent, pressa-t-elle tout en sondant attentivement le couloir du regard. Cela fait au moins un quart d'heure que je te cherche. Où est passée Kathy ? Comment se fait-il qu'elle t'ait laissée seule ?

— Oh, tu sais comment elle est, probablement en train de faire la sieste quelque part...

— Vraiment ? s'étonna Agatha. Je ne la savais pas feignante. J'en informerai Helen, ce n'est pas normal.

Andraste se mordit la lèvre. Avec ses imprudences, elle allait attirer des ennuis à sa bonne... laquelle devait probablement être en train de lutter pour s'arracher à un sommeil des plus désagréables tant il était trouble et pesant. Peut-être aurait-elle également des nausées ? C'était un des effets secondaires, selon le livre d'où était tirée la formule...

Puis, voyant là une occasion, Andraste recula de manière à se soustraire à l'emprise de sa cousine, profitant de la manœuvre pour abandonner subtilement le livre sur une console, derrière un vase.

— Ma robe, justifia-t-elle, tu vas la froisser.

Une inquiétude tout à fait crédible lorsqu'on connaissait un tant soit peu la jeune fille et son souci du détail pour sa mise.

— Navrée, mais toute cette histoire m'angoisse. J'espère que personne n'apprendra que tu as réussi à ouvrir ce maudit bureau.

— Bien sûr que non. Comment cela pourrait-il se savoir, si tu n'en parles pas ?

Là-dessus, Andraste entra dans le boudoir où elle était attendue. Elle était affreusement déçue de n'avoir rien trouvé en dehors de ce mystérieux traité. Mais cette surprenante nouvelle, cette missive qui lui était tout spécialement adressée, balayait toute autre pensée de son esprit.

Qui pouvait bien lui écrire ? Qui d'autre qu'Ardghal, son fiancé, qui avait pour habitude d'échanger avec sa grand-mère lorsqu'il était question d'elle, pouvait bien connaître son existence ?

Sa tante, Minerva, gardienne des lieux en l'absence de la dirigeante, se tenait debout au milieu de la pièce, les bras croisés sur la poitrine, la mine sévère.

Elle et six de ses huit filles – deux d'entre elles avaient eu le tort de naître sans pouvoirs – étaient venues s'installer au manoir lorsqu'elle s'était retrouvée veuve, quatre ans auparavant. Depuis, Andraste n'avait jamais vu un seul sourire venir éclairer son visage à la beauté fanée, volée par les années, les soucis, ainsi que ses trop nombreuses grossesses. C'était étonnant, mais même Helen, sa propre mère pourtant, possédait des traits plus agréables et moins brouillés.

Minerva secoua la tête, agitant de manière assez cocasse la dentelle de son bonnet – accessoire depuis longtemps dépassé dont le port, selon Andraste, était un terrible affront fait à la mode et au bon goût. Elle ouvrit la bouche pour parler, mais s'arrêta en plein élan. Elle prit d'une main tremblante la lettre posée sur la table devant elle, la tendit à sa nièce d'un geste brusque, puis se ravisa.

— Mais enfin, ma tante, que se passe-t-il ? s'enquit la jeune fille qui bouillonnait d'impatience. Ce pli m'est-il adressé, oui ou non ?

— En effet, malgré l'improbabilité de la chose, il t'est bel et bien adressé ! couina-t-elle, rouge de confusion. La... la reine Victoria te réclame à la cour ! Voilà, ce qu'il y a, ma chère. Peux-tu m'expliquer comment cela est seulement possible ?

— Je... je... bafouilla Andraste en se laissant tomber dans le premier fauteuil venu. Non, je ne peux pas l'expliquer.

La reine ? À la cour ? Quelle était donc cette plaisanterie ?! C'était un tour bien cruel qu'on lui jouait là.

Elle regarda à nouveau sa tante, tout autant surprise qu'elle, mais finit par trouver son état de nervosité bien suspect.

— Ainsi, c'est ce que dit la lettre ? Que je dois me rendre au palais de Néo-Londonia, sur la demande de... de la reine ?

— Es-tu sourde ?! aboya-t-elle, inhabituellement agressive. Faut-il te répéter chaque mot pour que tu en saisisses le sens ?

La jeune fille préféra ignorer le sarcasme, tenant avant tout à vérifier par elle-même les allégations de sa tante.

— Puis-je voir ce billet ?

Ne lui était-il d'ailleurs pas destiné ?!

Minerva hésita encore quelques instants, de plus en plus mal à l'aise, puis lui donna la missive.

Le courrier stipulait qu'il s'agissait d'un ordre de Son Altesse Royale et que le départ d'Andraste devait s'effectuer séance tenante. Autrement dit, dès réception du message, grâce à l'équipage envoyé à cet effet. Le sceau, qui avait cacheté le pli, représentait un lion et une licorne encadrant une couronne, insigne reconnaissable entre tous, et laissait peu de place au doute. La jeune fille tenait entre ses mains une lettre des plus officielles.

Et elle osait à peine y croire...

Était-ce là l'occasion qu'elle avait tant attendue ? Cette chance, qu'elle n'espérait plus, d'enfin pouvoir échapper à sa famille, au coven, et pourquoi pas à ce mariage dont elle n'avait que faire ?

Elle se ressaisit et ravala son étonnement pour ne plus montrer que de l'assurance. Elle ne devait en aucun cas laisser passer cette extraordinaire opportunité.

— Eh bien, ma tante, nul besoin de vous mettre dans un tel état de nerf. Le message me paraît clair, je dois partir. J'aurai de la peine à vous quitter, bien entendu. Mais il s'agit d'un ordre de Sa Majesté. Je n'ai d'autre choix que de m'y conformer.

— Petite sotte ! l'insulta soudain Minerva, la lèvre inférieure tremblant de rage – ou bien d'angoisse, cela restait à déterminer. Évidemment que tu ne comprends pas ! Tu ne peux pas partir, l'as-tu donc oublié ? En l'absence de Helen, personne ne peut te permettre de sortir du manoir !

Andraste, qui n'avait pas pour habitude qu'on s'adresse à elle sur ce ton, redressa fièrement le menton et répliqua :

— Si vous voulez parler des sortilèges qui me retiennent entre ces murs, il faudra pourtant bien trouver une solution. La reine Victoria n'est pas quelqu'un que l'on peut faire attendre, l'ignoreriez-vous ?

Minerva se mit alors à faire les cent pas dans la pièce, triturant fébrilement les perles de son collier. Puis elle marmonna, comme pour elle-même :

— C'est impossible... il doit y avoir un malentendu, immanquablement. Comment aurait-elle pu savoir ? Comment... non, c'est impossible...

— Pourquoi ? Savoir quoi ?

Andraste se heurta une fois de plus au silence qui était de mise lorsqu'elle se risquait à poser trop de questions.

Au bout d'un moment, sa tante pivota vers elle, puis l'étudia avec gravité, perdue dans de sombres réflexions. Quand elle sortit de son mutisme, ce fut pour déclarer, jetant un bref coup d'œil en direction du vestibule où devaient attendre les domestiques de la reine :

— Nous n'avons pas le choix, Helen devra l'accepter... Tu vas aller à la cour, puisqu'on ne peut faire autrement. Cependant, tu ne peux t'y rendre ainsi.

La jeune fille crut, l'espace d'un instant, que Minerva faisait référence à sa coiffure négligée, ainsi qu'à ses jupes froissées et poussiéreuses.

— Tes cheveux et tes yeux, mon enfant, il va falloir les cacher.

Sur ces paroles, elle caressa d'une main singulièrement douce le crâne de sa nièce. Puis elle passa la paume sur son visage, tout en psalmodiant quelques formules que la jeune fille n'avait jamais entendues auparavant.

Quand elle rouvrit les paupières, Andraste se sentit légèrement différente, sans véritablement savoir pourquoi. Elle fronça les sourcils, puis alla se poster face au miroir le plus proche.

— Mais... je suis brune ! s'exclama-t-elle, fort mécontente. Enfin, mais... pourquoi ?!

Cette fois, elle ne laisserait pas sa tante se défiler. Pour quelle absurde raison venait-elle de camoufler sa magnifique chevelure d'un blond si pâle qu'il en était quasiment blanc, sous un affreux noir de jais, et ses yeux violets par deux iris d'un marron quelconque ?

— Parce que l'on se moquerait de toi, répondit Minerva du tac au tac, prenant un air extrêmement grave. Tu n'en as sans doute pas conscience, mais ton physique est, sache-le, très particulier. Là-bas, il est impératif que tu passes inaperçue. Tu dois prendre garde à n'attirer sur toi aucune raillerie et ton attitude devra être exemplaire. N'oublie pas que tu es fiancée... et qu'il faudra que cette alliance reste secrète. Tu sais que les relations entre notre Néo-Britannia et Ilandria ne sont pas au beau fixe, n'est-ce pas ?

Andraste hocha la tête, partagée entre le désir d'en apprendre davantage au sujet des *particularités* susmentionnées – était-ce si terrible que cela, possédait-elle réellement d'horribles tares, et, si oui, pourquoi ne lui en avait-on jamais parlé ? – et celui de courir jusqu'à sa chambre préparer d'urgence ses malles pour enfin fuir le manoir Coldfield.

N'y tenant plus, elle opta pour la seconde solution.

— Soit, obtempéra-t-elle sans enthousiasme en amenant devant ses yeux une mèche de ses cheveux nouvellement colorés. Je resterai donc ainsi.

— C'est de la plus haute importance, insista sa tante en lui prenant l'épaule, son bonnet de dentelle dégringolant légèrement d'un côté à cause de sa trop grande agitation. De toute façon, tu voudrais défaire ce sort que tu n'y réussirais pas. Tu devras aussi te méfier de toute personne avec qui tu noueras des liens, quels qu'ils soient. N'accorde ta confiance à aucun d'eux. À la cour, les relations sont très différentes...

Elle s'arrêta un instant, songeuse, puis secoua la tête, comme si elle venait de se rappeler quelque chose de capital.

— Ah ! Tu auras également besoin d'un chaperon, et je ne peux t'accompagner. Helen ne s'en remettrait pas si, en plus du reste, je déléguais mes responsabilités au sein du coven.

Andraste retint sa respiration, elle n'avait pas songé à ça.

— Ta sœur, Ruth, viendra avec toi. Étant donné son âge, elle pourra très bien remplir cette fonction. Je vais tout de suite la prévenir.

La jeune fille poussa un long soupir… mais pas de soulagement.

Ruth n'était pas un mauvais choix en soi. Après tout, de par sa puissance, son sérieux et son acharnement à travailler sans relâche ses pouvoirs, elle était sans doute la sorcière la plus prometteuse de toute la famille. Mais elle était aussi la personne la plus ennuyeuse qu'Andraste ait connue. Treize années, ainsi que de nombreuses divergences de goûts et d'opinion – qui avaient donné lieu à autant de disputes que de jours passés sous le même toit – les séparaient. Et il était hors de question que cette rabat-joie condescendante, vieille fille aigrie de surcroît, vienne gâcher le plaisir de sa sœur d'enfin goûter la liberté !

— Il n'est pas précisé que je dois m'encombrer d'un chaperon, protesta-t-elle en se plaçant devant la porte.

— Assez bavardé, je te rappelle que tu es attendue. Tu iras avec Ruth, un point c'est tout.

Andraste n'eut guère le loisir d'argumenter davantage, Minerva – si perturbée qu'elle allait finir par en perdre son satané bonnet – l'écarta sans ménagement et s'engouffra dans le couloir en l'entraînant à sa suite, la tirant vigoureusement par le bras.

— Comme je t'envie, And ! s'écria Agatha en sautillant sur place, ses poings pressés contre sa poitrine et ses grands yeux brillants de convoitise. Tu vas rencontrer tellement de gentlemen ! Des ducs, des barons et des comtes… et leurs fils aussi ! Quelle chance tu as !

Andraste pouffa de rire, trop heureuse pour ne pas partager l'exaltation de sa cousine. Évidemment, elle allait faire la connaissance de beaucoup d'hommes à la cour, ce qui serait une grande nouveauté. Mais ce ne serait pas la seule, et ce point était loin de figurer en tête de sa liste de priorités.

Kathy, la femme de chambre, aidait la jeune fille à se changer, retouchant également sa coiffure, pendant qu'une autre s'occupait de ses bagages. Toutes ses sœurs – à l'exception de Ruth, qui, ne possédant qu'assez peu de vêtements, préparait ses affaires seule – ses cousines, ainsi qu'Harriet, son autre tante, l'avaient rejointe dans sa chambre afin de passer avec elle le peu de temps qu'il lui restait avant son départ.

— Mais elle s'en moque, elle est déjà fiancée, objecta Sarah, l'une des sœurs Coldfield. Et rien de moins qu'à un prince !

— Un prince peut-être, mais d'Ilandria, commenta une cousine d'un ton méprisant. On ne sait pas grand-chose au sujet de ces gens-là, si ce n'est qu'il y a parmi eux beaucoup de Berserks. Un pouvoir très primitif, me semble-t-il. Et puisqu'on en parle, il paraît que sur cette île vivent encore des sauvages... Un gentleman britannique serait largement préférable, pour elle, comme pour notre famille.

— Et tu vas découvrir les splendeurs du palais royal, les plaisirs de la cour, et toutes les distractions qu'offre Néo-Londonia ! ajouta Agatha.

— Non, certainement pas, elle devra faire profil bas, rappela durement Harriet, la tante célibataire, les poings sur les hanches. L'engagement qui lie Andraste à Ardghal ne peut être rompu et elle le sait parfaitement. N'est-ce pas, ma nièce ? Ce séjour à la cour n'y change rien du tout. Elle ne sortira pas de l'enceinte du château et ne devra discuter qu'avec les gens qui lui auront été présentés. Et ils seront peu nombreux, Ruth y veillera.

— Ah, oui, Ruth, souffla une autre des sœurs d'Andraste. Alors en effet, tu ne risques pas de beaucoup t'amuser.

— N'empêche, quelle couleur affreuse ! renchérit Agatha, la bouche tordue en une moue de dégoût. Quelle idée ma mère a eue ! Il est certain que personne ne te remarquera avec un brun aussi terne et commun.

— Je crois bien que c'est l'effet souhaité, grimaça Andraste en inspectant l'image inhabituelle que lui renvoyait son miroir. Paraît-il que ma teinte naturelle susciterait les quolibets à la cour.

— Il est vrai que cette pâleur extrême pourrait être mal jugée, convint Harriet, un brin gênée. Tu aurais été traitée en curiosité, ou comme une jeune femme souffrant d'albinisme, par exemple. C'est mieux ainsi, crois-moi. Autant se mettre dès à présent à l'abri de tout ragot, quel qu'il soit. Ils se colportent si vite dans ce milieu.

— J'ai pourtant toujours trouvé And ravissante telle qu'elle était, s'insurgea Sarah, son propos accompagné de nombreux hochements de têtes, rassurant quelque peu l'intéressée sur ce point.

Andraste, après s'être absentée quelques instants, rejoignit Minerva dans le vestibule, toute une petite troupe de sœurs, cousines, tante et autres domestiques sur les talons. Le manoir n'avait pas connu une telle effervescence depuis bien longtemps.

Un homme en costume militaire et aux longs favoris roux, retraçant les contours d'une mâchoire des plus volontaires, patientait près de la porte tandis que plusieurs valets en livrée s'affairaient à charger les malles. Comme Minerva, tout occupée à murmurer ses instructions à l'oreille de Ruth, ne faisait pas les présentations d'usage, il s'avança vers la jeune fille et, après quelques raclements de gorge distingués et un plissement de paupières sceptique, prit lui-même l'initiative :

— Est-ce miss Andraste Coldfield ?

— Tout à fait, acquiesça Minerva, en se redressant brusquement, toujours aussi mal à l'aise.

L'homme considéra la jeune fille avec un étonnement à peine dissimulé, puis cligna des yeux. Un sourire souleva alors légèrement le coin de ses lèvres, comme si, finalement, il appréciait ce qu'il voyait.

— Et voici miss Ruth Coldfield, l'aînée des Coldfield, reprit Minerva. Elle accompagnera sa sœur pour le voyage et restera avec elle autant de temps que Sa Majesté jugera bon de garder miss Andraste à la cour.

Elle se tourna ensuite vers les deux sœurs.

— Ruth, Andraste, voici le capitaine Brighton, envoyé tout spécialement pour vous escorter jusqu'au palais.

Andraste imita sa sœur et exécuta une révérence qu'elle estima modérément maladroite, compte tenu des circonstances. Après tout, c'était une première, puisque jamais encore on ne l'avait formellement présentée à quelqu'un. Cependant, elle ne put s'empêcher de se demander s'il était normal que l'on missionne un capitaine pour une aussi insignifiante expédition. Néo-Londonia n'était qu'à deux heures de voiture du manoir et les routes menant à la capitale étaient relativement sûres, du moins à ce que l'on disait.

Sarah l'arracha à ses réflexions lorsqu'elle se précipita vers elle, une expression alarmée sur le visage, pour lui donner une ombrelle.

— C'est la plus opaque que j'ai trouvée ! s'exclama-t-elle à bout de souffle. J'ai fait mettre les trois autres que je possède dans tes bagages, puisque tu n'en as jamais eu. Mais je ne suis toutefois pas certaine qu'elles soient assorties à tes tenues...

Andraste, soudain prise d'un irrépressible élan d'affection, l'embrassa pour la remercier, presque émue aux larmes.

Dans la précipitation, et tandis qu'on avait fait grand cas d'une simple couleur de cheveux, personne n'avait pensé à la conseiller sur la meilleure manière de se tenir loin de l'astre si nocif pour elle et sa peau extrêmement fragile. Voilà qui ne manquait pas d'ironie. Ruth avait-elle reçu des consignes à ce sujet, afin d'empêcher sa sœur de s'exposer ? Ou bien cela avait-il été tout simplement oublié ?

Certes, la soirée avançant, la nuit s'était installée et elle ne risquait plus grand-chose à aller jusqu'à la voiture, mais tout de même...

Chapitre 2

Madelyn

Madelyn terminait de se rhabiller – enfin, à condition de considérer comme de véritables vêtements les différents éléments qui composaient sa tenue de travail – lorsqu'on toqua à la porte de la chambre.

Quoi, déjà ?!

D'accord, elle avait pris son temps pour remettre les bas que le client précédent avait insisté pour lui retirer. Mais tout de même, ne pouvait-on pas la laisser souffler un peu entre deux *services* ?

— Chienne de vie, grogna-t-elle entre ses dents serrées.

Et si elle ne répondait pas, la personne de l'autre côté du battant passerait-elle son chemin ?

Ça ne coûtait rien d'essayer.

Elle garda le silence et enfila, tout en s'efforçant de ne pas faire de bruit, sa paire de longs gants de soie noire, savourant la fraîcheur du contact de la délicate étoffe sur sa peau.

Madelyn songea un instant aux jours plus clairs qu'elle avait connus lorsqu'elle était enfant. Comme ils semblaient loin ! Était-ce une autre vie ou bien un doux rêve qui n'avait existé que dans son esprit ?

À treize ans, lors d'une nuit d'été, la jeune femme avait tiré des flammes son petit frère, laissant malheureusement périr, au profit du membre le plus jeune de leur famille, leurs pauvres parents, coincés dans leur jolie maison de bois, dévorée par un incendie d'origine sans aucun doute criminelle.

Personne ne les avait jamais aimés dans cette petite ville perdue dans l'Ouest, au fin fond du Nouveau Monde. Ici, contrairement aux principes qui régissaient la société du Vieux Continent, l'aristocratie n'avait plus sa place et l'on méprisait plus que tout les êtres dotés de pouvoirs. Pire, on les craignait…

Il n'y avait bien que la métamagie, que l'on préférait considérer comme une science, qui avait grâce aux yeux des habitants de ces contrées encore sauvages. Car les machines qui en résultaient, mélange astucieux de matériel animal et de pièces de métal ensorcelé, aussi rares que précieuses, rapportaient des sommes colossales, notamment dans l'industrie.

Cependant, les parents de Madelyn, d'anciens nobles au sang de mages, ne s'en étaient pas trop mal sortis. Du moins au début. Son père avait prospéré pendant un temps grâce à la quincaillerie qu'il avait ouverte à leur arrivée en ville. Mais la naissance de leur premier enfant avait tout bouleversé.

Parce que ses cheveux blanc argenté, son teint de nacre et ses yeux violets faisaient d'elle un être à part, une créature de légende aussi extraordinaire qu'effrayante, leur entourage s'était éloigné, trop inquiet pour continuer à fréquenter cette famille que le sort avait condamnée. Ce qui aurait probablement été accueilli comme une bénédiction sur l'Ancien Continent était ici perçu comme l'œuvre du démon.

Puis l'histoire s'était colportée. Et, malgré les efforts fournis pour garder Madelyn cloîtrée derrière les murs de la maison attenante à la boutique, la chose s'était sue.

Enfant, elle n'avait pas compris. Mais en grandissant, elle avait fini par saisir tout le sens des insultes criées sous leurs fenêtres par des passants anonymes. La teneur des messages peints sur leur porte. Ainsi que la véritable nature des regards qu'on lui adressait lorsque, bravant l'autorité de ses parents, elle s'aventurait en de rares occasions hors de chez elle. Toujours de nuit cependant, son allergie au soleil l'empêchant de sortir en plein jour.

On toqua une seconde fois, plus fermement.

— Ça va ! cria Madelyn à bout de patience. Il n'y a pas le feu, que je sache. Une minute, bordel !

Un sourire cynique, regorgeant d'amertume, retroussa ses lèvres pleines. Les mots lui avaient échappé, mais ils n'étaient pas sans cruellement lui rappeler l'endroit où elle travaillait, ni la cause de son malheur...

Après l'incendie dans lequel furent tués ses deux parents, elle avait fui en emmenant son frère, cachant ses cheveux sous un fichu pour ne pas être reconnue. Elle savait que dans cette ville personne ne l'aiderait, que la bande d'arriérés qui occupait ces lieux s'empresserait de terminer ce qu'elle avait commencé si elle les retrouvait en vie tous les deux.

Sans argent, sans relations, et avec un petit garçon de six ans à nourrir, Madelyn avait suivi le destin tout tracé pour elle lorsqu'ils eurent enfin, après de longues heures d'errance, rejoint une ville plus importante que celle d'où ils venaient. Une diligence à demi remplie avait eu pitié d'eux et les avait ramassés sur le bord d'une route, alors que l'aube se levait.

Quand elle avait demandé où elle pourrait trouver du travail, tout le monde avait été unanime et lui avait conseillé de se rendre aux saloons. À croire qu'il n'y avait pas d'alternative possible pour une jeune fille dans sa situation.

Au moins, dans cet endroit, d'où elle ne sortait plus, personne ne trouvait à redire sur la couleur de ses cheveux. Pour le patron, ils étaient même un argument commercial, la touche d'exotisme et de rêve – ou de danger, c'était selon – qui manquait à toutes les autres.

— Chienne de vie... répéta-t-elle en quittant le fauteuil où elle s'était installée après le départ d'un de ses clients réguliers, pour aller ouvrir la porte.

Une migraine lui vrillait les tempes et la musique jouée au piano de la grande salle par cet idiot d'animécanique – une espèce de singe mécanique issu de la métamagie et acheté par le saloon pour amuser ses clients – commençait à sérieusement lui taper sur les nerfs.

Il y avait trois jours de ça, son petit frère, presque un adulte à présent, l'avait quittée, lui avouant qu'il ne supportait plus d'être constamment associé à la « pute-aux-cheveux-blancs ». Il souhaitait devenir un homme respectable et rêvait de s'établir pour fonder une famille. Et c'était précisément pour ces raisons qu'il était parti, prenant le train vers une destination connue de lui seul.

Non, vraiment, la vie ne l'aimait pas. Si on lui avait offert de mourir, là, tout de suite, elle aurait accepté. Et sans hésiter, c'était certain !

Madelyn eut un hoquet de surprise quand, dans l'entrebâillement, elle découvrit une dame. Jamais encore auparavant elle n'avait eu de client appartenant à la gent féminine...

L'inconnue la détailla minutieusement, puis entra dans la chambre d'un pas déterminé, une expression à la fois réjouie et affamée sur son visage aux traits nobles et au port altier. Une puissante aura de séduction se dégageait de sa personne, suscitant une troublante fascination.

La porte se referma d'elle-même derrière l'intruse et un fauteuil glissa vers elle pendant qu'elle psalmodiait à voix basse quelques sortilèges. Madelyn en resta ébahie. En vingt-trois ans d'existence, jamais personne n'avait utilisé la magie devant elle. Dans cet État, c'était d'ailleurs considéré comme un crime.

— Ne restez pas plantée là, ma chère. J'aurais besoin de plus de lumière, s'il vous plaît. N'êtes-vous pas mage ? L'un de vos pouvoirs n'est-il pas de commander aux éléments ? Allons, pressons !

La femme posa ses affaires – une ombrelle et une mallette – sur le siège, puis, tout en retirant sa veste, se tourna vers la jeune fille.

S'il était vrai que Madelyn s'était déjà amusée, tandis qu'elle était encore une enfant insouciante, à dévier la trajectoire d'un filet d'eau, faire souffler un courant d'air dans ses boucles blanches dans le but de les agiter, ou bien encore à modeler une petite flamme en danseuse virevoltante, elle n'avait plus sollicité ses pouvoirs depuis que sa mère l'avait surprise. Elle lui avait alors formellement interdit de recommencer, peu de temps avant l'incendie.

Comment cette inconnue pouvait-elle exactement savoir quelles étaient ses capacités ?

Elle observa l'intruse avec suspicion et cligna des yeux, une impression étrange la submergeant. Et, pendant un si court instant qu'il ne pouvait excéder la seconde, une image différente se superposa à la réalité – ou bien était-ce l'inverse ? Madelyn vit alors les cheveux de la femme, retenus en chignon sur le sommet de son crâne, passer soudain du brun au blanc et ses yeux changer également de couleur pour devenir aubergine. Mais le plus étonnant était sa figure, qui se transformait sans cesse, sans pouvoir rester celle d'une seule et même personne.

Le trouble cessa et les choses redevinrent ce qu'elles étaient avant qu'elle n'ait cette curieuse vision.

— Je vois, murmura l'inconnue, les poings sur les hanches. Vous êtes donc également sorceleuse... Ce sera peut-être moins facile que je le pensais, mais dites-vous bien que l'issue sera la même, que vous résistiez ou non. J'ai besoin de vous, très chère, et vite ! Vous m'êtes extrêmement précieuse.

Pressentant le danger malgré l'irrésistible caresse qu'était à ses oreilles la douce voix de l'intruse, Madelyn ouvrit la bouche pour crier. Mais, si les mots se formèrent sur ses lèvres, ils moururent sitôt après, comme étouffés par un mauvais coup du sort.

La femme tendit les mains vers elle en signe d'invitation, puis exécuta ensuite tout un tas de gestes d'une précision et d'une grâce sans pareille, traçant d'antiques runes dans les airs, tandis qu'elle chantait dans une langue inconnue.

Sans qu'elle comprenne ni comment ni pourquoi, Madelyn se retrouva allongée sur le lit, complètement nue, soumise et offerte à cette créature qui, elle le savait désormais, lui voulait du mal.

Elle se débattit de toutes ses forces en la voyant approcher, un scalpel à la main et un tablier de médecin protégeant sa belle tenue de femme du monde. Mais rien n'y fit, les liens invisibles qui la retenaient au matelas étaient inflexibles et ses hurlements ne résonnaient que dans sa tête.

Elle n'aurait jamais dû envisager la mort…

Non ! Elle avait changé d'avis, elle ne la souhaitait plus ! Tout ce qu'elle voulait à présent, c'était s'échapper, s'en aller loin. Très loin. Cesser enfin d'attendre ce fichu prince charmant qui ne se présenterait jamais à sa porte pour la sauver de cette misère, aller acheter un billet sur un bateau avec l'argent qu'elle avait mis de côté pour son frère, et rejoindre le Vieux Continent où elle pourrait enfin mener une existence normale malgré ce qu'elle était…

Mais plus rien de cela ne serait possible.

Les choses étaient si mal faites…

Et non, décidément, la vie ne l'aimait pas.

Chapitre 3

Thadeus

Thadeus serra les dents jusqu'à les faire grincer et abattit son poing sur le bureau devant lequel il était assis. Le choc fit dégringoler son verre et le liquide verdâtre qu'il contenait se répandit sur le tapis. Mais il n'y prêta guère attention. Son esprit était bien trop embrumé par les vapeurs de l'outrancière quantité d'alcool qu'il s'était forcé à absorber en un minimum de temps. Espérant ainsi enrayer le mal avant que celui-ci le submerge... du moins, essayait-il de s'en persuader.

Il se débarrassa de sa redingote, qu'il jeta sans état d'âme par terre, défit son col d'un geste sec et, le front couvert de sueur, se laissa aller contre le dossier de son siège, redoutant une nouvelle crise. Ces derniers temps, elles étaient devenues si intenses que plus aucune boisson, même parmi les plus fortes, ne parvenait à en atténuer les effets. Plus aucun meuble n'y survivait non plus...

Combien de pièces avait-il mis à sac dans sa rage ? Il l'ignorait, mais tout – même ces effroyables démonstrations de colère qui ne manquaient jamais de terrifier son entourage – était préférable plutôt que de laisser échapper de ses lèvres le moindre gémissement. Les plaintes, c'était bon pour les femmes ! S'il y avait une chose que son dément de père lui avait apprise dans son jeune âge – outre la haine et le dédain que devaient systématiquement lui inspirer ses semblables –, c'était bien celle-ci.

Le problème était que ce soir, il ne pouvait donner libre cours à ces accès de fureur qui l'aidaient habituellement à surmonter sa souffrance lorsque celle-ci atteignait son paroxysme. Il n'était pas chez lui, détail qui avait tout de même son importance.

Sans bouger, il baissa les yeux, contempla la fissure que le coup avait imprimée au panneau de merisier et soupira, exaspéré de ne pouvoir se contenir. Et cela allait empirer, il le savait.

La douleur, cette compagne de chaque instant. Que n'aurait-il pas donné pour s'en débarrasser, ne serait-ce que quelques heures ! Elle palpitait dans chacun des nerfs, veines et artères de sa jambe droite, lui rappelant cruellement qu'une moitié de ce membre ne lui appartenait pas.

Une prothèse de métal ensorcelé, réalisée par ses soins grâce au long et précieux enseignement reçu auprès d'un maître métasorcier, cachait son infirmité. Personne, en dehors de ceux de sa famille qui connaissaient son histoire, ne pouvait soupçonner son handicap. Et cela devait absolument demeurer ainsi.

Toutefois, si le procédé s'avérait diablement efficace pour remplacer la partie manquante de sa jambe – amputée tandis qu'il n'était encore qu'un enfant –, il n'en était pas moins interdit. Cette magie, que certains considéraient comme un nouveau genre de science, ne pouvait s'appliquer à l'homme. C'était la première des règles que l'on apprenait lorsqu'on avait l'immense privilège de recevoir l'instruction des métasorciers.

Et Thadeus savait pertinemment pourquoi. La chose était tout bonnement insupportable. Elle affectait peu à peu les sens et la raison, conduisant lentement mais sûrement vers la folie quiconque braverait ce premier commandement. À sa connaissance, personne d'autre n'avait été assez téméraire pour se risquer à l'expérimenter. Et entre témérité et stupidité, il n'y a qu'un pas. Lui-même admettait volontiers osciller entre les deux. Il n'existait aucune issue, faire machine arrière était impossible. Le métal avait fusionné avec sa jambe et faisait désormais partie intégrante de son corps.

Néanmoins, il avait fait son choix en connaissance de cause. Thadeus n'avait de toute façon pas grand-chose à perdre, la démence faisant quoi qu'il arrive partie de son héritage. Ce futur tout tracé qui était le sien, il ne le connaissait que trop bien…

« Plus de fils aîné, plus de malédiction ! »

Il s'ébroua pour chasser le voile rouge qui couvrait son regard et faire taire cette vieille rengaine que hurlait toujours son père, du fond de son cachot. Laquelle se répétait en écho dans les galeries souterraines du château, comme en cet instant à l'intérieur de son crâne. Une rasade de brandy, prise directement au goulot de son flacon, vint arroser, puis dissoudre, ces pénibles pensées. Cet alcool-là était peut-être vaguement moins fort que l'absinthe de qualité qu'il avait fait venir de Lutecia et ramenée dans ses bagages du Blackshire, mais au moins ne nécessitait-il aucune préparation.

Il ferma les yeux, les paupières brûlantes.

Cette crise, qui le prenait de court tandis qu'il se trouvait loin de chez lui, envoyé par son oncle pour mener à bien une mission qui lui semblait n'avoir aucun espoir de réussite tant elle était insensée, venait confirmer le projet qu'il nourrissait depuis quelque temps.

Il n'avait pas d'avenir et n'en avait même jamais eu. N'avait-il d'ailleurs pas surpris tout le monde, n'avait-il pas déjà accompli tout ce qu'on pouvait attendre de lui… et plus encore ?

Bien sûr, sa famille aurait aimé le voir prendre femme. Tout reposait sur ses épaules, puisqu'il était le seul en mesure de perpétuer leur nom. Et de préférence miss Athenaïs Evershade, l'une des rares jeunes filles physiquement passables du pays à manifester quelque intérêt pour sa personne et à jouir d'une position sociale tout à fait correcte. C'était là un compromis des plus acceptables, il devait bien le reconnaître. Elle lui aurait donné la descendance que sa famille désirait tant et n'aurait, en contrepartie, rien exigé de lui, ni affection, ni complicité, ni même sa présence auprès d'elle.

Mais Thadeus, malgré l'insistance de son entourage, s'était obstinément refusé à cette perspective. À quoi une épouse pourrait-elle lui servir dans la mesure où il ne voulait pas d'enfant ? Grandir à Bloodcastle, dans cette région abandonnée des dieux, et devoir chaque jour assister au spectacle de la déchéance d'un père, était quelque chose qu'il ne souhaitait à personne... et surtout pas à son hypothétique progéniture !

Non, ce qu'il fallait, c'était en finir avec tout ça une bonne fois pour toutes ! Et le monde entier s'en porterait mieux, c'était aussi simple que ça. Le délire du patriarche n'était-il pas, finalement, la chose la plus sensée que Thadeus ait entendue ?

« Plus de fils aîné, plus de malédiction... »

C'était tellement évident ! Il aurait suffi que son oncle ne le ramène pas lorsqu'à neuf ans, son père, après avoir poignardé sa mère sous ses yeux, l'avait jeté de la fenêtre de la plus haute tour de Bloodcastle. Thadeus avait alors passé plusieurs heures au royaume des morts – moment dont il gardait un souvenir aussi perturbant qu'ineffable – avant d'en être miraculeusement arraché par Rupert. Celui-ci avait dû y laisser l'œil avec lequel il avait recherché son neveu, tandis que Thadeus s'était réveillé avec la moitié de la jambe droite devenue aussi noire et sèche que du charbon, les chairs, à cet endroit, mortes pour de bon.

La magie, quelle qu'elle fût, avait ses aléas. Ses avantages, toujours appréciables, mais aussi – et forcément – ses inconvénients... nettement moins satisfaisants au demeurant.

Sans doute Thadeus aurait-il dû éprouver de la reconnaissance pour cet oncle bienveillant, mais il ne le pouvait pas. Non seulement la mort eût été préférable à cette existence absurde qu'il menait depuis lors, mais, du reste, il était incapable de tout bon sentiment.

Et, à présent, on attendait de lui qu'il se rende coupable du meurtre d'une personne innocente. Le crime, accompli de sa main, étant censé lever l'ancestrale malédiction qui pesait sur les siens. Enfin, à condition qu'il existe véritablement une malédiction. Ce dont il doutait beaucoup, une maladie héréditaire pouvant tout aussi bien expliquer leur drame.

Tuer n'était pas un problème en soi, beaucoup d'ennemis avaient déjà péri sous sa lame, ou grâce à sa magie. Mais s'en prendre à quelqu'un dont le seul tort était d'exister était déjà plus délicat. Il lui restait tout de même quelques principes...

Du moins se plaisait-il à le croire à cette heure avancée de la nuit où les ténèbres commençaient à tournoyer autour de lui. Le vertige procuré par l'alcool n'apportait cependant aucun soulagement quant à la douleur aiguë qui, irrévocablement, remontait le long de sa cuisse.

Non, son choix était arrêté, il ne ferait rien de tout ça. Certes, il n'était plus guère en état de réfléchir correctement. Et aucune décision de cette importance n'aurait dû être prise dans de telles circonstances. Néanmoins, il était convaincu d'agir pour le mieux.

Après tout, n'était-ce pas le lieu idéal ? Personne ne pourrait le ramener cette fois...

Haletant fébrilement, il prit appui sur sa jambe douloureuse et quitta son siège. Dans sa malle, cachée sous plusieurs piles de vêtements, se trouvait un objet emporté spécifiquement pour cette occasion. Il ne restait plus maintenant qu'à se mettre en quête d'un endroit plus adéquat que ces somptueux appartements qu'on avait eu l'amabilité de lui prêter pour la durée de son séjour.

Chapitre 4

Andraste

— Je me demande bien ce que tu peux observer si intensément depuis tout à l'heure, on ne voit strictement rien au-dehors, il fait nuit, fit à juste titre remarquer Ruth, un tantinet agacée.

Mais Andraste ne pouvait détacher le regard des ombres noires qui se mouvaient sur ce fond de toile bleu marine pailleté d'argent. Depuis leur départ, il y avait de ça près d'une heure et demie, elle n'avait cessé d'admirer le paysage qui défilait devant elle. Et malgré l'obscurité grandissante, ce spectacle n'en finissait pas de la subjuguer.

Enfin, elle était libre. Enfin, le monde s'ouvrait à elle, avec son infinité de possibilités !

Elle inspira profondément, tellement heureuse de pouvoir, après tout ce temps passé enfermée, cloîtrée telle une paria, seulement humer des fragrances différentes de celles de la maison ou bien des fleurs de son jardin. Rien ne pouvait venir gâcher sa joie, et surtout pas sa sœur et ses remarques désobligeantes. Même le martèlement incessant des sabots des quatre chevaux sur la chaussée était une douce musique à ses oreilles, pourtant peu accoutumées à ce genre de vacarme.

— En effet, en convint Andraste, sans pour autant quitter des yeux la fenêtre à côté de laquelle elle s'était installée. Il faut croire qu'après vingt et un ans de claustration absolue, tout est bon à prendre.

Elle sentit subitement les regards de Ruth, de Brighton, ainsi que du valet de pied qui les accompagnaient, peser lourdement sur elle.

— Me permettrez-vous, miss Andraste, de demander ce qui est la cause de mesures si drastiques ? s'enquit le capitaine, d'un ton presque hésitant.

Andraste se décida finalement à reporter son regard vers l'intérieur du carrosse dont l'habitacle – tout comme l'extérieur – était éclairé de deux lampes à gaz. Elle vit son interlocuteur plisser une nouvelle fois les paupières pour mieux la distinguer.

Était-il si myope que ça ? Et pourquoi cela la gênait-il tant d'être ainsi étudiée ? Bien que cet homme ait eu de bonnes manières, la façon qu'il avait de la passer au crible lui procurait une sensation très désagréable. Mais peut-être était-ce tout bonnement parce qu'elle n'avait pas l'habitude d'être confrontée à des inconnus.

Elle n'eut pas le temps de répondre que déjà Ruth le faisait à sa place :

— Andraste souffre d'une très grave allergie au soleil. Toute exposition un tant soit peu prolongée pourrait lui coûter la vie. D'où la nécessité de la garder à la maison. Enfin, c'était ainsi que nous prenions soin d'elle jusqu'à présent.

Brighton fronça les sourcils et s'adressa directement à l'intéressée :

— Vous m'en voyez navré, miss. Sa Majesté la reine est-elle au courant ?

— Non, je ne crois pas, répondit Andraste, son enthousiasme légèrement entamé de s'entendre encore une fois rappeler sa maladie. Seriez-vous assez aimable pour la prévenir ?

— Bien sûr.

— Et, à mon tour, osa-t-elle, puis-je vous poser une question ?

— Allez-y, j'y répondrai avec plaisir, si je le peux.

— Croyez bien que j'en suis la première ravie, mais personne ne nous a dit pourquoi Sa Majesté me voulait à sa cour. Le savez-vous ?

— Je pense que, maintenant que nous sommes en petit comité, je peux vous l'expliquer, accepta-t-il d'un air grave. Voyez-vous, la reine réunit en ce moment tous les jeunes gens nobles du pays présentant des capacités exceptionnelles dans leur domaine de magie. Une guerre couve et Sa Majesté a besoin de préparer les plus prometteurs de ses sujets, sans distinction de rang – si ce n'est le minimum –, de fortune ou de sexe, à un éventuel affrontement. Vous suivrez donc un enseignement de premier ordre au palais royal, afin de développer au maximum votre potentiel, en compagnie d'hommes et de femmes à peu près du même âge.

Les yeux des deux sœurs s'arrondirent en même temps.

— Vraiment ? s'étonna Andraste. Mais, si j'ai bien quelques pouvoirs, je ne suis qu'une très médiocre sorcière… et je suis terriblement handicapée par ma pathologie. Comment est-ce possible ? N'y aurait-il pas eu erreur sur la personne ?

Quand bien même serait-ce le cas, plus jamais elle ne remettrait les pieds au coven ! Elle s'enfuirait s'il le fallait. Rien ne serait plus simple que de s'échapper de cette voiture dont seul un banal loquet verrouillait chaque portière de l'intérieur.

— Je suis formel, c'est bien de vous et de personne d'autre qu'il est question, confirma Brighton d'un ton empreint de mystère. Sa Majesté ne se trompe jamais.

Ruth se redressa, le corps soudain tendu d'une colère qu'elle s'efforçait néanmoins de contenir :

— Enfin, c'est insensé ! *Je* suis la sorcière la plus brillante de la famille ! Personne ne pourra dire le contraire. Je passe mes journées à travailler mes pouvoirs, à apprendre de nouveaux sortilèges, sans jamais négliger de parfaire les anciens, de manière à accroître toujours davantage ma puissance. Pourquoi la reine irait-elle choisir ma sœur plutôt que moi ?! Elle ne le mérite pas !

Le capitaine lui jeta un regard passablement indifférent.

— Ce n'est pas à vous de juger de cela, miss Coldfield. Du reste, il n'était pas prévu que vous accompagniez miss Andraste. Appréciez donc la chance qui vous est offerte de découvrir le palais royal et veillez, à l'avenir, à garder ce genre de remarque pour vous-même. Discuter en public les décisions de Sa Majesté pourrait vous causer beaucoup de tort.

Ruth, à la fois choquée et terriblement vexée, gonfla la poitrine - qu'elle avait par ailleurs fort discrète -, croisa les bras avec humeur et se rencogna au fond de son siège, les yeux luisants de larmes de dépit.

Quelques minutes plus tard, Néo-Londonia et sa féerie de lumières étaient en vue. Un léger brouillard atténuait l'ensemble et rendait plus diffus l'éclairage des nombreux réverbères de la ville. Andraste, émerveillée, était retournée à sa fenêtre et à son silence concentré.

Ils circulèrent à travers tout un tas de rues et d'avenues, les fers des chevaux claquant de manière assourdissante sur les pavés. Malgré l'heure tardive, ils croisèrent beaucoup d'autres voitures – nettement moins luxueuses, pour la plupart – puis ils traversèrent la Tamise, le palais royal en ligne de mire.

Cette scène-là était éblouissante. Jamais Andraste, qui n'avait pu apercevoir ce genre de chose qu'au travers d'images imprimées dans des livres, n'aurait pu imaginer un tel monument.

L'édifice, construit dans le plus pur style néogothique, était composé de deux étages percés d'une ribambelle de fenêtres à vitraux. Le tout était rehaussé de tours carrées – dont l'une, parmi les deux plus hautes, portait une immense horloge –, lesquelles étaient surmontées d'une multitude d'aiguilles de pierre se dressant fièrement dans le ciel obscur. Astucieusement illuminé, le palais, majestueux dans son habit du soir, s'étendait face au fleuve, son reflet jaune et brillant jouant de manière fascinante sur les eaux sombres et frémissantes.

De hautes grilles s'ouvrirent à leur arrivée. Ils franchirent le porche, puis s'arrêtèrent dans l'enceinte d'une cour, devant une porte en ogive.

Andraste prit la main que le capitaine lui tendait et sortit de voiture, jetant un dernier regard aux gardes occupés à refermer le portail après leur passage.

Pourquoi fallait-il toujours qu'où qu'elle aille il y ait des barreaux ?

— Les autres sont arrivés il y a quelques jours, vous êtes la dernière, expliqua Brighton en les conduisant, elle et sa sœur, à l'intérieur du château. Les cours commenceront dès demain. Aussi, nous allons tout de suite vous installer dans vos appartements où une collation vous attend et où vous pourrez ensuite vous reposer pour le reste de la nuit. Vous verrez, le rez-de-chaussée est très confortable et très moderne. Sa Majesté y a récemment fait installer un tout nouveau système de plomberie. Ici, même les domestiques possèdent une salle spéciale où l'eau chaude coule à toute heure.

Ils arpentèrent plusieurs couloirs et autres galeries voûtées fastueuses, même à la faible lueur des lampes à pétrole que portaient les femmes de chambre qui les escortaient. Ils passèrent une enfilade de pièces, puis cessèrent leur pérégrination devant une porte à double battant, aux panneaux de bois sombre et richement sculpté.

— Nous y sommes, avertit une domestique à voix basse, soucieuse de ne pas faire trop de bruit à une heure où la plupart des résidents devaient être endormis.

— Bien, miss Coldfield, miss Andraste, c'est ici donc que je prends congé, fit Brighton en s'inclinant vers elles, puis, ne s'adressant plus qu'à Andraste, il ajouta : Veillez à être prête à neuf heures demain matin, on vous montrera où vous devez vous rendre.

Leurs malles se trouvaient déjà dans la chambre lorsqu'on les fit entrer et deux jeunes femmes se hâtèrent de déposer sur une table des plats froids pendant que d'autres rangeaient leurs affaires.

Affamée et fatiguée par le voyage, Andraste ne posa pas de question. Elle s'assit et commença à manger en silence, appréciant de goûter une cuisine différente de celle que l'on servait habituellement au coven. Ruth l'imita, mais picora plus qu'autre chose.

— Puisque nous sommes entre nous, je me dois de te prévenir, déclara cette dernière en regardant sa sœur terminer avec gourmandise un petit pain brioché. Tu devrais faire un peu plus attention à ton alimentation. J'imagine qu'ici il y aura beaucoup de tentations, mais n'oublie pas que la plus astucieuse des tournures ne saurait cacher un fessier trop imposant...

Et de jolis yeux bleus ne peuvent faire oublier un vilain nez, répliqua intérieurement la jeune fille après avoir encaissé le coup. Au demeurant, ce n'était pas la première fois que sa sœur lui faisait ce genre de remarque. Ruth était très grande et son corps était à l'image de son tempérament, sec et sans fantaisie. En revanche, Andraste était petite et – bien qu'elle ait eu la chance d'avoir la taille fine – arborait néanmoins des formes pleines et épanouies. Peut-être l'étaient-elles un peu trop ?

Elle inspira profondément, s'essuya la bouche et reposa sa serviette, le tout dans le plus grand calme. Non, elle ne s'abaisserait pas à répondre.

— Je suis sûre que même les rustres d'Ilandria n'apprécient pas les femmes obèses, chuchota Ruth à l'oreille de sa sœur.

Celle-ci se leva d'un bond, incapable de rester stoïque plus longtemps, et s'exclama :

— Mais quel est ton problème, à la fin ?!

Son aînée eut un sourire de satisfaction qui se mua rapidement en une grimace acerbe. Elle jeta un œil aux femmes de chambre qui s'activaient à quelques mètres d'elle, prenant grand soin de défroisser, puis de suspendre séparément chaque robe d'Andraste.

— Tu as toujours tout, souffla Ruth en lui tournant soudain le dos. La préférence de grand-mère, de nos cousines et de nos sœurs, un jardin pour toi seule, les plus jolies toilettes, les fiançailles avec un prince… et maintenant ça !

Une servante les interrompit pendant que les autres débarrassaient la table et s'éclipsaient sans bruit :

— Nous avons préparé un second lit dans le boudoir, pour votre dame de compagnie, miss. Désirez-vous prendre un bain avant de vous coucher ?

— Oui, s'il vous plaît, acquiesça Andraste, préférant ignorer sa sœur. Est-ce le cabinet de toilette là-bas ?

La chambre, décorée de fines boiseries et de tapisseries dans les tons pastel, était somptueuse, mais également très spacieuse – bien plus que celle qu'elle avait au manoir – et elle n'avait pas encore eu le temps d'en faire le tour.

— Tout à fait, répondit la femme de chambre. Réservé, bien entendu, à votre usage personnel. Comme tout le reste de cet appartement.

On toqua prudemment à la porte, puis une autre servante apparut dans l'encadrement.

— Veuillez m'excuser, miss, mais une lady nous réclame, Sandrine et moi, de toute urgence…

— Je reviens dans quelques minutes, lança celle qui devait être Sandrine, avant de s'empresser de rejoindre sa collègue.

— On ferait mieux de se coucher maintenant, avisa Ruth en commençant à défaire son chignon. Il est très tard et l'une de nous deux doit être en forme demain.

Andraste haussa les épaules, toujours en colère contre sa sœur. Puis elle se rendit dans la salle de bains, bien décidée à se débrouiller toute seule pour faire fonctionner le fameux système de plomberie dont avait parlé le capitaine Brighton.

Cependant, elle eût beau tourner et retourner dans tous les sens les vannes des robinets, rien d'autre que quelques couinements plaintifs ne s'en échappa.

— Ne sois pas idiote, tu vois bien que tu ne sais pas t'en servir, observa Ruth en s'appuyant contre le chambranle. Quelques ablutions au réveil suffiront amplement.

Elle était en chemise de nuit et avait déjà natté ses longs cheveux auburn. Elle bâilla à s'en décrocher la mâchoire, manifestement épuisée, puis, tout à coup, s'exclama :

— Tu fais tellement de manières ! C'est bien ce que je disais, une vraie princesse !

Andraste, qui avait eu sa dose de remontrances pour la soirée, quitta la pièce et se dirigea d'un pas nerveux vers le vestibule.

— Où vas-tu ? s'enquit sa sœur en essayant de lui barrer la route. Tu ne vas tout de même pas sortir toute seule dans les couloirs à une heure pareille ?

— Ah non ?! Tu crois ?

— Enfin, sonne l'une des bonnes si tu y tiens tant que ça, à ton bain, mais ne commence pas à te compromettre !

Andraste ouvrit la porte, mais Ruth lui attrapa le poignet et referma brutalement le battant.

— Si tu penses que toi aussi, tu peux me retenir quelque part contre mon gré, tu te mets le doigt dans l'œil ! siffla la jeune fille furieuse, dégageant sa main avec hargne tout en repoussant son opposante d'un méchant coup d'épaule.

Ruth fut tellement surprise qu'elle ne tenta pas d'autre manœuvre et se contenta de regarder sa sœur sortir, les yeux écarquillés d'incrédulité.

Chapitre 5

Andraste

Une fois dans le couloir, Andraste prit sur une console la lampe à pétrole encore allumée qu'une des servantes avait dû oublier, puis refit le trajet effectué à peine une heure plus tôt en sens inverse. Sa vive réaction avait choqué Ruth, elle s'en était bien rendu compte. Mais il y avait certaines choses qu'elle ne pouvait plus supporter et l'enfermement en faisait partie.

Elle n'allait tout de même pas se distinguer dès le premier soir et réveiller tous les domestiques en sonnant à cette heure… Et Sandrine – la femme de chambre qui avait promis de revenir – ne devait de toute façon pas être très loin. Au pire, elle trouverait bien quelque part une autre servante encore debout et prête à l'aider. Que craignait au juste son aînée, que pouvait-elle bien risquer à arpenter les galeries du château, si tard soit-il ?

Mais elle eut beau chercher, Andraste ne croisa pas âme qui vive, et, l'obscurité aidant, se perdit rapidement. Elle commença réellement à s'inquiéter lorsqu'elle déboucha sur une partie nettement plus sobre du palais, pratiquement dénuée de toute décoration. Les quartiers des domestiques, sans aucun doute.

Elle soupira, presque soulagée. Elle aurait plus de chance de trouver ici quelqu'un qui pourrait l'aider à rejoindre sa chambre que partout ailleurs. Mais ses espoirs furent vite déçus. À l'instar du reste du palais, l'endroit était totalement désert.

Elle rebroussa chemin, réalisant qu'il valait mieux s'efforcer de retourner d'où elle venait, et passa pour la seconde fois devant une porte d'où se dégageaient quelques discrets filets de vapeur, et sur laquelle une petite pancarte indiquait « salle des douches ».

De l'eau chaude à toute heure, même pour les domestiques. Comme il était tentant de vérifier les dires du capitaine Brighton...

Andraste, qui avait voyagé pour la première fois aujourd'hui, sentait encore sur sa peau l'air poussiéreux des routes. Ça aussi, elle avait du mal à le supporter. Si elle devait errer toute la nuit à la recherche de ses appartements, au moins serait-elle propre, décida-t-elle en poussant le battant.

Elle pénétra dans un vestibule où deux autres portes s'offraient à elle, opta pour celle de droite et entra dans une salle entièrement carrelée de faïence blanche. Au centre, il y avait un banc, des étagères pleines de serviettes éponges couvraient le mur du fond et, sur un côté, s'étalait une dizaine de petites loges surmontées de tuyaux de cuivre, lesquels étaient reliés à une sorte de cuve étrange. Tout était impeccable et bien rangé, et l'atmosphère, plus chaude en cet endroit et encore chargée d'effluves de savon, était aussi rassurante qu'agréable.

Andraste inspecta les lieux et, comprenant l'usage des cabines, s'enferma dans l'une d'elles après avoir abandonné sa lampe sur un placard tout proche. Elle sourit en pensant à ce que Ruth dirait si elle savait ce qu'elle s'apprêtait à faire.

Des manières de princesse ? Et puis quoi encore ! Une telle personne serait-elle capable de pareille audace ?

Elle peina à se dévêtir dans le petit espace clos. Mais pour rien au monde elle ne l'aurait fait ailleurs qu'ici, où un petit loquet assurait ses arrières. Elle retira les pinces qui retenaient ses cheveux et accrocha tant bien que mal robe, jupons, culottes, corset et chemise à la patère fixée au mince panneau de bois. Puis elle ouvrit un robinet et accueillit avec enthousiasme l'eau tiède qui dégringola du tuyau de cuivre pour se déverser sur le sommet de son crâne. Elle resta immobile sous le jet jusqu'à ce que celui-ci se rafraîchisse, puis l'éteignit, pestant contre elle-même de n'avoir pas pensé à se munir au préalable d'un pain de savon et d'une serviette.

Elle se demandait si elle oserait aller chercher ce qui lui manquait quand, soudain, la porte grinça en s'ouvrant, puis claqua violemment. Il y eut des bruits de pas sourds, et le bois du banc couina sous le poids, apparemment conséquent, de la personne qui s'y installait.

Andraste, consternée, se figea, les bras croisés sur la poitrine par réflexe. Elle retint son souffle, mais celui qui lui parvint, haletant et rauque, confirma ses soupçons. Il ne pouvait en aucun cas appartenir à une femme...

Se sachant protégée par la mince cloison, elle se pencha et approcha son œil de l'interstice laissé entre la porte et le chambranle.

Elle déglutit plus bruyamment qu'elle ne l'aurait voulu en apercevant, à travers la pénombre et les volutes de vapeur qui saturaient l'air, un homme en manche de chemise, assis là, à moins de deux mètres d'elle. Ses coudes étaient appuyés sur ses genoux et sa tête, qui semblait peser des tonnes, reposait sur ses mains. Tout ce qu'elle distinguait, c'était la masse ébouriffée de ses cheveux bruns ondulés masquant une bonne partie de son visage, et une mâchoire au dessin carré et ciselé, assombrie par une légère barbe, résultat d'une négligence prolongée à l'égard du rasoir.

Les doigts de l'inconnu se crispèrent brusquement dans ses boucles d'ébène. Il avala une grande goulée d'air, puis cessa tout à coup de respirer. Tremblant, avec des gestes lents, il attrapa sa chemise au niveau des épaules et la fit passer par-dessus sa tête.

Andraste recula d'un pas dans sa cabine, choquée. Cependant, elle ne put s'empêcher de revenir presque aussitôt admirer cet étonnant spectacle. Celui-ci, en plus d'avoir – comme tant de choses ce soir – le goût de l'inédit, possédait également celui de l'interdit...

L'homme se redressa vivement et se rejeta contre le dossier du banc tandis que ses poumons s'emplissaient à nouveau d'air, gonflant son torse par saccades. Il renversa la nuque en arrière et se mit à fixer le plafond pendant que sa main cherchait quelque chose à côté de lui. Un cliquetis métallique se fit entendre, mais la jeune fille n'y prêta guère attention, trop fascinée qu'elle était par le jeu de ces muscles au modelé des plus affirmés roulant sous cette peau mate et luisante de sueur.

C'était la première fois qu'Andraste voyait un homme aussi dévêtu, et, il fallait bien le reconnaître, c'était loin d'être déplaisant. Le feu lui monta aux joues et elle aurait bien éprouvé un semblant de honte si un petit éclat lumineux ne lui eut subitement attiré l'œil.

C'était un revolver que la petite chandelle faisait étinceler à travers l'obscurité. L'inconnu tenait une arme et l'approchait peu à peu de sa tempe...

Sans réfléchir, la jeune fille défit le verrou et ouvrit la porte de sa cabine d'un même mouvement, puis s'élança, horrifiée, vers l'homme qui se tenait lui-même en joue.

— Non ! cria-t-elle en s'arrêtant net devant lui.

Son pouce s'immobilisa sur le chien et sa bouche s'entrouvrit de stupéfaction, prenant un pli dur, comme s'il s'apprêtait à protester. Puis son regard, aussi noir que la nuit, croisa celui d'Andraste et elle eut la soudaine impression de chuter dans le vide, aspirée par un abîme de ténèbres. Dans ces prunelles sans couleur, dont on ne pouvait distinguer l'iris, se reflétaient une souffrance et un désespoir immenses, tels qu'elle n'en avait jamais vu auparavant.

Les imposantes épaules de l'inconnu s'affaissèrent légèrement lorsqu'elle répéta plus doucement, suppliante :

— Non...

Elle tendit la main et renchérit d'une voix mal assurée, se rappelant subitement – devant l'expression obstinément figée de l'homme qui semblait lutter pour garder ses yeux rivés aux siens – qu'elle était complètement nue :

— Je... je vous en prie.

Son bras s'était baissé dans sa surprise et l'arme ne visait désormais plus rien. Mais sa prise se raffermit tout à coup et son poing se resserra autour de la crosse jusqu'à en faire blanchir ses jointures, trahissant sa détermination.

Andraste n'hésita pas une seconde. Elle franchit le peu de distance qui les séparait encore et profita du trouble de l'inconnu – qui, cédant à certains instincts, baissa le regard sur son corps – pour saisir le revolver.

Mais il tint bon, refusant de se laisser si aisément désarmer. Commença alors un implacable bras de fer muet, se jouant uniquement entre leurs mains qui, parfois, se chevauchaient au-dessus du métal froid.

C'était dangereux. *Très* dangereux ! Et pour tout un tas de raisons...

Elle se trouvait si près de lui, et elle était si scandaleusement vulnérable...

Cependant, elle aussi était déterminée, et elle allait le lui prouver. Enfin, elle allait essayer. Parce que l'homme n'avait pas que l'apparence de la force, il avait également une poigne d'acier. S'il l'avait voulu, il aurait pu la repousser d'un simple geste, aussi facilement que l'on chasse un insecte trop agaçant.

Tandis qu'ils s'affrontaient toujours, l'inconnu changea subitement de stratégie et vint poser sa paume libre sur Andraste, juste au creux de sa taille. Sans doute tentait-il, par cette manœuvre aussi déloyale que sournoise, de l'intimider, de manière à ce qu'elle batte en retraite. Mais elle ne flancha pas, nullement effrayée... bien qu'un peu impressionnée tout de même, ce simple contact ayant suffi à soudainement lui couper le souffle.

L'homme était toujours assis, mais il s'était penché sur elle dans la bataille. Son visage, aux traits virils, mais non moins harmonieux, n'était plus qu'à quelques centimètres du ventre de son opposante. Et sa respiration, si agitée quelques minutes auparavant, s'était curieusement calmée. Il prenait à présent de longues et profondes bouffées, comme s'il avait cherché à s'imprégner du parfum de la peau nue d'Andraste.

Sûre de pouvoir remporter la partie ainsi, et bien qu'elle ait eu pleinement conscience de l'indécence de ses actes, elle s'approcha encore, jusqu'à coller son nombril sous le nez de l'inconnu. La fin justifie les moyens, disait-on...

Cette fois, comme elle l'avait escompté, la confusion lui fit lâcher le revolver.

Mais il l'empoigna aussitôt des deux mains par les hanches et la ramena à lui dès qu'elle fit mine de s'écarter.

Andraste faillit crier, réalisant qu'elle était en train de se brûler à force de jouer avec le feu, mais se ravisa au dernier instant. Elle préféra ne rien tenter, gardant à l'esprit qu'à tout moment l'homme pouvait user de sa force pour récupérer l'arme s'il le souhaitait.

Elle se contenta de rester là, immobile, tandis qu'il la maintenait résolument près de lui, sans pour autant relever la tête. Il avait beau lui avoir abandonné le revolver, il n'avait pas réellement renoncé, elle le sentait bien.

Puis, subitement, quelque chose en lui sembla céder. L'inconnu arrondit ses larges épaules et vint caler son front contre l'estomac d'Andraste. Il resta ainsi un certain moment, jusqu'à ce que de longs spasmes silencieux viennent secouer son dos. Pas un bruit ne lui échappa, aucun sanglot ne franchit la barrière de ses lèvres, néanmoins elle sut qu'il pleurait.

Mue par quelque étrange pulsion, elle ne put s'empêcher de poser la main sur sa nuque, glissant ses doigts blancs dans son épaisse chevelure de jais. Puis elle l'étreignit. Pourquoi, comment, elle l'ignorait, mais plus rien d'autre que cet homme – dont elle ne savait rien et qui ne lui avait même pas adressé un seul mot – n'importait en cet instant.

Sur ses hanches, les doigts de l'inconnu s'ouvrirent et ses deux pouces se mirent à la caresser tout doucement, lui procurant d'étonnantes sensations. Comment se faisait-il que sa peau, à chacun des endroits où elle était en contact avec lui, la brûle à ce point ?

Puis, comme s'il n'avait pu s'en empêcher, il déposa un baiser furtif et léger au-dessus de son nombril, juste là où il s'était appuyé. Et une myriade de petits papillons se déploya au creux du ventre d'Andraste, accélérant de concert les battements de son cœur.

Il se redressa, s'écartant quelque peu, mais plongea son intense regard noir dans celui de la jeune fille. Une lueur, qui n'existait pas tout à l'heure, s'était allumée au fond de ses prunelles, révélant une faim immense, dévorante, un appétit aussi soudain qu'impérieux, qu'elle était la seule à pouvoir satisfaire.

Dans un mouvement d'une lenteur prudente, comme s'il avait craint qu'elle lui échappe, il quitta le banc, dépliant en souplesse son corps gigantesque. Et bientôt, la jeune fille se retrouva face à un homme de très haute stature, avoisinant les deux mètres.

Elle aurait dû avoir peur. Elle aurait dû s'enfuir. Il l'aurait laissée partir si elle le lui avait demandé, elle en était convaincue. Mais elle n'en fit rien. Non, au lieu de ça, elle restait hypnotisée par ce visage âpre, à la beauté farouche et subtile, la tête renversée en arrière, prête à lui donner absolument tout ce qu'il désirait, pourvu qu'il oublie ce fichu revolver.

Et ce qu'il désirait, à ce moment précis, laissait peu de place au doute…

D'une main, il repoussa quelques-unes des longues mèches de la jeune fille vers l'arrière, frôlant sa joue du dos de ses doigts, tandis que de l'autre il la débarrassait de l'arme pour la reposer au sol. Il la contemplait avec une telle ferveur qu'elle n'opposa aucune résistance, décidée à lui faire confiance.

Puis, enfin, il s'inclina vers elle. Leurs lèvres se joignirent d'abord timidement, tendrement, ne se séparant que pour mieux se retrouver. Mais bientôt, le souffle de l'inconnu s'emballa et son baiser se fit plus profond et avide, jusqu'à devenir tellement éperdu qu'il semblait que sa vie était en jeu. Simultanément, il parcourait le dos et le ventre d'Andraste de caresses fébriles et électrisantes, pétrissant ses hanches et effleurant parfois du pouce la pointe de ses seins dressés, allumant en elle un véritable brasier.

La fièvre l'avait saisie elle aussi, l'entraînant dans un lieu où la réflexion n'avait plus sa place. D'un bras, elle s'était accrochée à son cou, tandis que son autre main était partie à l'exploration de chacun des muscles de ce torse sculptural, aussi durs et lisses que le marbre. Même son odeur – mélange d'épices chauffées, d'eau de Cologne et de menthol, relevé cependant d'un soupçon d'effluves d'alcool – l'avait envoûtée. De tout son cœur, elle s'abandonnait à lui, se remettant tout entière à ce mystérieux inconnu.

Quelle folie était-elle en train de commettre là ? Et la raison dans tout ça ? Et la décence ?!

Mais ces notions l'avaient, pour l'heure, totalement désertée... Plus rien d'autre ne comptait que l'instant présent, et cette toute nouvelle et merveilleuse expérience.

Brusquement, dans un grognement rauque et insatisfait, l'homme la souleva par la taille et la pressa contre lui, leur peau nue se rencontrant alors. Il profita de ce qu'elle était à hauteur pour embrasser sa gorge, la serrant si fortement qu'elle crut presque étouffer. Et, tandis qu'elle s'agrippait à son cou, il passa la paume sur son postérieur et plaqua son bassin contre le sien.

Elle eut un hoquet de surprise lorsqu'elle prit la pleine mesure de son désir. L'énorme bosse rigide qui déformait son pantalon, ça ne pouvait pas être... si ?

Mais déjà l'inconnu, après avoir tâtonné d'une main pour mieux étaler sa chemise, l'installait sur le banc, juste sur son vêtement, pour ensuite prendre place au-dessus d'elle.

Et là, maintenant, si elle lui demandait, arrêterait-il, ou bien était-il trop tard ?

Elle lut immédiatement la réponse sur son visage à l'expression grave. Il tremblait d'impatience, mais il avait perçu son hésitation et il attendait un signe, son accord pour poursuivre.

Elle passa les doigts dans ses boucles ébène en guise d'assentiment et sentit son cœur rater un battement en le voyant fermer les yeux et serrer les paupières de plaisir, puis venir embrasser le creux de sa paume.

Adroitement, il glissa un genou entre ses jambes, puis l'autre, et, tout en couvrant sa poitrine de baisers plus ou moins appuyés, laissa sa main s'aventurer là où aucun autre n'était encore jamais allé, lui arrachant des gémissements qu'elle-même ne se savait pas capable de pousser. Une délicieuse tempête sourdait en elle, et finit par se déchaîner par vagues successives, aussi exquises qu'inconnues jusqu'alors.

L'homme défit son pantalon, et, d'un geste habile, la pénétra, s'imposant d'une seule vigoureuse poussée. Andraste se mordit la lèvre en sentant son corps se déchirer, mais ne put malgré tout réprimer un cri de douleur.

Il s'immobilisa aussitôt, les sourcils froncés de perplexité, et darda sur elle un regard plein d'interrogations. Il ouvrait la bouche pour parler quand elle l'arrêta en posant le doigt sur ses lèvres. Alors, il ravala ses questions, revint vers elle et l'embrassa à en perdre haleine, tout en entamant de concert un lent va-et-vient.

Au bout d'un moment, sa cadence évolua pour devenir plus sauvage et primitive, et la jeune fille, une fois la brûlure des premiers instants oubliée, se surprit à éprouver un nouveau plaisir. Celui-ci atteignit son apogée lorsque tous les muscles de son compagnon se contractèrent, assaillis de spasmes si puissants qu'ils lui tirèrent de longs grognements sourds, qu'il vint étouffer dans son cou, sa joue rugueuse appuyée contre la sienne.

Il retomba ensuite lourdement sur elle, à bout de souffle. Puis, la manipulant comme si elle n'avait rien pesé, il roula sur le côté tout en la faisant passer sur lui afin d'inverser leurs places et de l'allonger sur son torse. Il la serra dans ses bras avec force et possessivité, déposa un petit baiser sur son front, puis laissa ses doigts venir jouer dans ses longs cheveux, soupirant d'aise, étonnamment apaisé.

Chapitre 6

Andraste

Ses chaussures, son corset et ses jupons sous le bras, sa robe enfilée à la hâte, les boutons mal attachés, Andraste arpentait les couloirs du palais à la seule clarté de la lune, pressant son poing contre ses lèvres pour retenir les sanglots qui montaient dans sa gorge.

La chandelle, ses pinces à cheveux, son innocence... elle les avait abandonnés dans la salle des douches, là où l'inconnu devait encore dormir. Elle était restée un certain temps étendue sur lui, à savourer la douce chaleur de ses bras refermés sur elle, écoutant son souffle ralentir, sentant son corps se détendre peu à peu. Mais au bout de longues minutes, inévitablement, elle avait fini par reprendre ses esprits.

Par la Déesse, qu'avait-elle fait ?!

Elle aussi avait bien failli s'endormir ! Et si on les avait trouvés au petit matin, ainsi vautrés, tous les deux nus ? Elle et un domestique, dans une telle posture ! Jamais elle ne se serait remise de pareille humiliation. Sa vie à la cour ne faisait que commencer et voilà qu'elle gâchait tout, dès le premier soir.

Et pourtant, aussi mortifiée et triste qu'elle fût, elle ne parvenait pas à regretter... pas complètement en tout cas.

Si c'était à refaire, elle agirait exactement de la même manière, sans hésiter.

Elle s'était doucement libérée de l'étreinte de l'inconnu et avait discrètement ramassé, puis enfilé, ses vêtements. Elle s'était ensuite sauvée comme une voleuse, emportant avec elle le revolver tandis qu'un sommeil de plomb clouait son compagnon au banc où ensemble, ils avaient fauté. Il semblait tellement calme quand elle était partie, si serein, qu'elle n'avait pas eu le cœur à le réveiller. Sans compter qu'il aurait probablement voulu récupérer son arme, et ça, elle ne pouvait le permettre.

Un doute l'assaillit, elle se retourna et avisa une des portes devant elle. Elle ressemblait à beaucoup d'autres, mais n'était-ce pas celle de ses appartements ? Sans bruit, elle appuya sur la poignée, puis l'entrouvrit. Aussitôt, Ruth, qui guettait de l'autre côté, se précipita vers elle, la mine affreusement inquiète.

C'était bien sa chambre. Bon sang, combien de fois était-elle passée là au juste ?

Andraste, désorientée et exténuée, se laissa entraîner à l'intérieur par sa sœur et, les jambes flageolantes, s'assit sur la première chaise venue.

— Mais que s'est-il passé ? commença Ruth, très alarmée. T'es-tu perdue ?

La jeune fille hocha la tête, incapable d'ouvrir la bouche.

— Pourquoi... pourquoi portes-tu ta lingerie à la main ? Qu'est-il arrivé à ta robe ?

— Rien du tout, répondit-elle, la voix tremblante, se relevant pour retirer le vêtement chiffonné. Je n'ai pas envie d'en parler. S'il te plaît, à présent que je suis rentrée, couchons-nous et dormons. Il est temps, tu en conviendras.

Ruth recula subitement d'un pas et se plaqua la main sur la gorge, épouvantée :

— Mais que t'est-il arrivé ? Quel est l'homme qui a osé... qui a osé s'en prendre à toi ?! Qui t'a fait du mal ?

Andraste baissa les yeux et aperçut, sur le bas de sa chemise, quelques petites taches rouges éparses. Elle battit des paupières et il lui fallut un moment pour comprendre. Puis, réalisant qu'elle allait devoir tout avouer à sa sœur, elle fondit en larmes, se rassit et cacha son visage ainsi que sa honte entre ses mains.

— Personne ne m'a fait de mal, balbutia-t-elle entre ses doigts. J'étais consentante, je t'assure.

Et complètement folle...

— Non, je ne te crois pas, contesta Ruth en s'agenouillant devant sa sœur pour essayer d'apercevoir sa figure. C'est impossible, pas toi. D'ailleurs, si c'était vrai, tu ne pleurerais pas. Tu ne pleures jamais !

— Je suis bouleversée parce que je n'arrive pas à décider si j'ai bien ou mal agi. Je ne me suis jamais sentie autant à ma place que dans ses bras... et j'ai dû l'abandonner alors que je ne suis même pas sûre de pouvoir le retrouver.

Son aînée eut un nouveau mouvement de recul, outrée.

— Tu veux dire que...

— Que je me suis offerte à un homme, compléta Andraste, se décidant enfin à affronter le regard de sa sœur. Je ne peux pas t'expliquer comment c'est arrivé, mais c'est arrivé. Oh, Ruth, dis-moi, comment quelque chose d'aussi merveilleux peut-il être aussi mal ?

— Alors tu quittes le manoir une soirée, une seule et unique soirée, et voilà tout ce que tu trouves à faire ?! Tu te laisses trousser par le premier venu ? Mais comment as-tu pu ?

La jeune fille secoua la tête et répondit ce qui, même à ses propres oreilles, sonnait piteusement :

— Il était malheureux...

— Ah ! À la bonne heure ! Et par conséquent tu t'es dévouée ?! La charité va drôlement loin avec toi ! Et peut-on savoir qui est cet homme qui a si odieusement profité de ta naïveté et de ton ignorance ? Est-ce le capitaine Brighton ?

— Non ! s'exclama Andraste, indignée, avant de reprendre, encore plus confuse : C'était un... un domestique.

— Un domestique ?! répéta Ruth avec une expression empreinte d'un profond dégoût.

— Parfaitement, répliqua la jeune fille en redressant le menton, même si, au fond d'elle, elle savait bien qu'il n'y avait pas de quoi être fière. Demain, je ferai tout mon possible pour le retrouver, et, s'il me le demande, j'accepterai de devenir sa femme. Ainsi, le fiancé que tu m'enviais tant sera libre. C'est plutôt une bonne nouvelle pour toi, non ? De toute façon, je n'ai jamais désiré ce mariage. Quoi qu'il arrive, Ardghal ne voudra plus de moi après ça et ce sera très bien ainsi !

Étonnamment, Ruth se radoucit. Elle posa une main bienveillante sur le genou de sa sœur et murmura lentement, comme si elle s'était adressée à un enfant :

— Mais ma chérie, un homme qui t'a prise au détour d'un couloir sombre ne t'épousera pas. Tu ne t'en rends pas compte, mais ton beau parleur t'a abusée.

« Beau parleur »... Quelle ironie, elle ne connaissait même pas le son de sa voix. Andraste sentit son cœur se serrer insidieusement, le doute s'insinuant en elle. Ruth avait raison, elle était naïve... et tellement ignorante. Et si, pour cet inconnu aux mystérieux tourments, elle ne signifiait finalement rien ? Aurait-elle pu se tromper à ce point ? Aurait-elle ressenti des choses qui n'existaient pas, qui n'étaient nullement partagées ?

— La gent masculine est ainsi faite, ils sont tous comme ça, tu peux me croire, insista son aînée avec une conviction qui évoquait l'expérience.

— Non, pas lui, c'était différent, s'entêta Andraste, tentant vainement de s'en persuader.

— C'est toujours différent, ils s'arrangent pour que ce soit ce que l'on pense. Tu ne seras pas la première à tomber dans ce piège ancestral. Il faut dire aussi que tu étais une proie facile, personne n'a jamais pris le temps de t'entretenir de ces choses-là... Cependant, ce qui s'est passé ce soir doit impérativement rester entre nous. Tu ignores de quoi grand-mère est capable pour te marier au prince d'Ilandria. Elle ferait tuer ton petit domestique si elle apprenait ce qu'il a osé faire. Et il serait d'ailleurs bien plus en danger encore s'il manifestait le moindre désir de t'épouser.

Andraste se raidit, un désagréable frisson lui parcourant l'échine.

— Non, tu racontes n'importe quoi ! Grand-mère ? Faire assassiner un homme ?! Mais où vas-tu chercher de pareilles fables ?

— Je sais de quoi je parle, assura sinistrement Ruth. Et tu devrais le savoir, toi aussi, elle t'a bien gardée prisonnière jusqu'à présent...

— Je n'épouserai pas Ardghal, réitéra la jeune fille en essuyant les larmes qui maculaient ses joues, surprise d'entendre enfin reconnaître ce qu'elle avait toujours suspecté. J'appartiens à un autre désormais. Quoi qu'il advienne, ces fiançailles sont caduques. Seras-tu de mon côté, Ruth, ou de celui de grand-mère ?

Sa sœur la considéra un instant, plongée dans de profondes réflexions, puis sourit tristement et se mit à lui frotter l'épaule.

— Allons nous coucher, pour le peu de temps qui nous reste. Tu as grand besoin de repos. Nous reparlerons de tout ça plus tard, lorsqu'il fera jour.

Andraste obtempéra. Elle était tellement fatiguée que ses membres lui faisaient l'effet de s'être subitement changés en plomb. Et dans son esprit régnait le chaos le plus total. Dormir lui serait assurément profitable.

Mais auparavant, elle dut faire semblant de ranger certaines affaires, pestant injustement contre les femmes de chambre qui n'avaient pas ordonné ses vêtements comme il fallait, afin de cacher en douce le revolver dans l'une de ses boîtes à chapeaux. Elle choisit la même que celle où, quelques heures plus tôt, elle avait placé, après être allée le récupérer sur la console, derrière le vase, à l'insu de tous, le livre trouvé dans le cabinet de sa grand-mère. Personne n'aurait l'idée d'ouvrir ces cartons, ce qu'ils contenaient ne lui servant pour ainsi dire jamais...

Chapitre 7

Thadeus

L'esprit obstinément embrumé des rémanences d'un rêve délicieux, Thadeus s'efforça de revenir à lui, réalisant peu à peu qu'il se trouvait dans un endroit où il n'avait absolument rien à faire. Il se redressa lentement, le corps encore agréablement engourdi par cet étrange sommeil, aussi profond que réparateur, en dépit de l'inconfort de sa couche qui n'était autre qu'un simple banc de bois.

Depuis combien d'années n'avait-il pas si bien dormi ? Il n'aurait su le dire tant il était coutumier des nuits blanches, régies par l'insomnie. Quand bien même parvenait-il, en de rares occasions, à trouver le repos, aucune paix ne lui était accordée puisque, invariablement, d'horribles cauchemars s'acharnaient à le torturer.

Mais pas cette fois. Aussi étrange que cela puisse paraître, après cette abominable soirée où il avait encore souffert le martyre et bu à n'en plus pouvoir, il avait fini par s'assoupir ici, dans les douches des domestiques où il avait projeté de mettre fin à ses jours. L'endroit étant désert jusqu'à l'aube, très éloigné des appartements privés et, de surcroît, facile à nettoyer – dans sa famille, on avait toujours eu le sens pratique –, cela lui avait paru être une bonne idée.

Thadeus se passa la main sur le visage, désabusé. En définitive, le courage lui avait manqué. C'était d'un pathétique !

Non... ce n'était pas tout à fait ça. Il y avait eu autre chose...

À l'instant crucial, un ange lui était apparu. Une jeune femme à la peau diaphane, aux courbes émouvantes, sublimes, en tenue d'Ève. Cette vision l'avait bouleversé, il s'en souvenait à présent.

Enfin, évidemment, une chimère montée de toutes pièces par son esprit abusé par l'alcool. Cependant, pour une fois qu'il faisait un rêve agréable, il n'allait pas s'en plaindre. Tant pis si ses projets devaient être reportés. Après tout, cette nuit, aussi curieuse avait-elle été, valait largement la peine d'attendre quelques jours de plus, que la prochaine crise le dépasse de nouveau.

Thadeus s'empressa de se relever et d'enfiler sa chemise en entendant un début d'agitation à quelques pièces de là, dans le quartier des domestiques. Puis il se mit en quête du revolver avec lequel il était venu jusqu'ici.

À moins qu'il ne l'ait rêvé, ça aussi ?

Nulle part... Ce foutu flingue n'était pas ici. Pourtant, il était quasiment sûr de l'avoir emporté. Il pesta tout bas en fouillant la dernière cabine. Puis, contraint de quitter les lieux avant l'arrivée du personnel, il s'appliqua à remettre les pans de son vêtement dans son pantalon, histoire d'être un minimum décent s'il venait à croiser quelqu'un. Mais quelque chose d'anormal le stoppa net.

Une tache de sang, relativement conséquente, maculait le tissu blanc de sa chemise.

Bien que pressé par l'arrivée imminente des domestiques, il prit néanmoins le temps de l'examiner, intrigué. S'était-il blessé dans son délire ? Pourtant, il ne souffrait nullement – ce qui, par ailleurs, était assez inhabituel.

Mais ça, c'était grâce à l'ange... Elle l'avait tant subjugué qu'il en avait oublié sa douleur. La brûlure incessante qui lançait sa jambe était partie et n'était pas revenue… enfin, pas encore. Une grande première, autrement dit. Il faudrait qu'il tâche de se rappeler ce qu'il avait avalé exactement. Peut-être existait-il une recette miracle en fin de compte. Une question de dosage, probablement ?

Thadeus se ressaisit, quitta la salle des douches et remonta rapidement le quartier des domestiques, non sans faire quelques détours afin de les éviter – levés aux aurores, pour eux la journée commençait déjà. Puis il rejoignit ses appartements.

Les sourcils froncés de confusion, agacé de ne pas comprendre, il se passa la main dans les cheveux, tentant vainement de dompter quelques mèches rebelles. Quand, tout à coup, le brouillard qui recouvrait sa mémoire depuis son réveil se dissipa, levant le voile sur les souvenirs de la nuit.

Le sang sur sa chemise, ce n'était pas le sien. Non, c'était celui de la jeune femme… Et il n'avait pas égaré son revolver, elle s'était enfuie avec !

Bon sang, elle était réelle !

Il se massa les tempes en essayant d'intégrer cette nouvelle donnée, et tout lui revint on ne peut plus clairement. Elle s'était opposée à lui au péril de sa vie – ainsi que de son intégrité en quittant sa cabine dans le plus simple appareil –, tout ça pour l'empêcher de commettre l'irréparable. Et lui, qu'avait-il fait ? Il avait profité de sa pitié et de sa vulnérabilité et lui avait ravi sa virginité…

En d'autres circonstances, il aurait été flatté qu'une jeune fille aussi belle, toute domestique soit-elle, lui offre le privilège de ses premières faveurs. Après tout, ça ne lui était encore jamais arrivé. Et pour cause. On ne trouvait guère ce genre de filles dans les quelques bordels qu'il lui arrivait parfois de fréquenter. Le jeu de la séduction ne l'intéressant guère, il préférait l'assurance d'un plaisir peut-être superficiel, mais au moins facile, rapide et sans conséquence, dût-il payer pour cela.

Mais à présent il se rappelait – non sans éprouver un certain dégoût à l'égard de lui-même – avoir pleuré, s'être montré quelque peu insistant devant les hésitations de la jeune fille, voire même... suppliant. En somme, rien de très glorieux, bien au contraire.

Inacceptable. Impardonnable !

Jamais auparavant il ne s'était à ce point laissé aller ! Tel un naufragé en pleine tempête, il s'était raccroché à elle ainsi qu'au puissant désir qui l'avait submergé, comme à une bouée de sauvetage, oubliant ses funestes desseins tout comme il avait oublié qui il était et quel rang il occupait.

Il se laissa tomber sur le siège en face de son bureau et avisa la flasque de brandy restée ouverte. Le remède à tout... ou presque. Il se sentait honteux, cela allait sans dire, mais pas autant qu'il l'aurait voulu. Aussi, n'éprouvait-il même pas, ce matin, le besoin de boire.

Voilà qui était pour le moins surprenant...

Il préféra plutôt mettre en marche l'oiseau mécanique enfermé dans sa jolie cage aux barreaux ouvragés, juste à côté de son fauteuil. Quelques caresses aussi délicates que précises sur le sommet de son crâne suffirent à réveiller la mésange qui somnolait, puis à la faire chanter l'un des airs que Thadeus affectionnait.

Il s'enfonça dans son siège pour mieux profiter de la douce mélodie. La musique était l'une des rares choses qu'il savait apprécier – encore que là où il vivait, il n'avait que peu d'occasions d'en écouter.

Un parfum subtil et très léger flottait dans l'air alentour, une enivrante odeur de miel et d'amande le poursuivant insidieusement. C'était cette fragrance qui avait achevé sa raison tandis que ses sens s'étaient, quant à eux, embrasés dès l'instant où l'inconnue s'était présentée devant lui.

Soudain, il prit conscience qu'il portait encore la chemise souillée et se hâta de s'en débarrasser. Puis, l'abandonnant sur le bureau, il se rendit dans la salle de bains où il s'appliqua à effacer à grand renfort d'eau froide toute trace de l'obsédant parfum.

La nuit dernière, il avait vraiment perdu l'esprit. Toutes ses résolutions – de son suicide comme des règles les plus basiques qu'il avait toujours scrupuleusement observées – avaient été balayées par cette femme. Ainsi n'avait-il même pas songé à se retirer au moment du plaisir ultime. L'alcool seul pouvait-il excuser pareil manquement à ses propres principes ?

Il aurait dû être terrifié à l'idée de ce qui pourrait résulter d'une telle imprudence. Un nouvel aîné, porteur à son tour de la malédiction familiale, c'était pourtant ce qu'il redoutait le plus au monde. Pourtant, il était serein.

En parfait égoïste, il se surprenait même, en son for intérieur – et contre toute logique et toute raison – à espérer que cela se produise. Parce que dans ce cas, l'inconnue serait inévitablement contrainte de revenir vers lui. Alors, d'une manière ou d'une autre, il l'enchaînerait à lui et plus jamais, comme cette nuit, il ne commettrait l'erreur de la laisser s'enfuir.

Et sinon…

Il s'aspergea la figure et les cheveux d'eau fraîche afin de s'éclaircir les idées. Mais rien n'y fit.

Sinon, il remuerait ciel et terre pour la retrouver.

Si, malgré ce qui s'était passé, elle ne voulait pas de lui, il se chargerait de la convaincre. Il n'était pas sans arguments, d'autant plus face à une domestique. Il était le premier et il entendait bien être le seul. Pour quelques nouveaux instants de paix et de volupté entre ses bras, il ferait n'importe quoi. Même accomplir cette stupide mission pour laquelle on l'avait envoyé au palais royal.

Chapitre 8

Augustin

Augustin savourait tranquillement un scone, admirant la vue sur la ville de Néo-Londonia, capitale de Néo-Britannia, le royaume de sa famille depuis près de huit cents ans, quand sa mère, toute de noir vêtue, vint le rejoindre. Après un bref salut, elle demanda qu'on la serve en thé, puis, d'un geste à peine esquissé du bout des doigts, chassa en un éclair tous les domestiques. Alors seulement, elle retira la partie basse de son masque de cuivre.

Bordel de dieux ! Jamais il ne s'habituerait à cette vision !

Baissant les yeux vers sa propre tasse, l'appétit définitivement coupé, il se racla la gorge et commença, d'un ton faussement repentant :

— Je sais ce que vous allez dire, mère.

— Ah oui, vraiment ?

— Vous allez me resservir votre sempiternel couplet sur les devoirs d'un prince, la réserve qu'il devrait toujours observer et l'irréprochabilité qui lui incombe.

— Non, pas ce matin, rétorqua-t-elle après avoir pris une gorgé d'Earl Grey, son petit doigt ganté levé. J'ai renoncé à faire rentrer ces notions dans ta tête au crâne étroit il y a fort longtemps, figure-toi. Le temps passant, il me semble que ma progéniture dégénère. Et ce n'est certainement pas mon éducation qui est à remettre en cause.

— Alors, que voulez-vous ? s'impatienta-t-il, repoussant loin de lui son assiette. Pourquoi m'imposer votre présence dès le petit déjeuner, si ce n'est pour me sermonner ?

La reine Victoria reposa précautionneusement sa tasse encore pleine, puis, dans un bruissement de soie, replaça sur son visage l'élément amovible de son masque. Augustin se demanda s'il lui arrivait encore de se nourrir. Même dans son jeune âge, il ne se souvenait pas avoir déjà vu sa mère avaler quoi que ce soit de solide.

Il fit l'erreur de croiser son regard, désormais presque blanc, et sentit aussitôt une sueur glacée se répandre le long de sa colonne vertébrale.

— En fait, je venais t'encourager à persévérer dans cette voie... enfin dans une certaine mesure tout du moins, déclara-t-elle froidement. Tes frasques d'hier soir avec la comtesse et sa sœur étaient tout de même un peu excessives. En outre, elles sont toutes deux bien trop âgées pour susciter une réelle jalousie de la part de ta fiancée, si jamais la chose lui revenait aux oreilles.

— Je ne vous suis plus, grinça le prince en se rencognant dans son fauteuil, joignant les mains devant lui.

— Il s'avère que je pense avoir très récemment trouvé mieux. Et je suis sûre que, toi-même, tu en conviendras lorsqu'elle te sera présentée, car on m'a rapporté qu'elle était absolument ravissante. Toutefois, je dois au préalable m'assurer de certaines choses concernant cette jeune personne. En attendant, mon cher fils, ne change rien. Le moment venu, je t'avertirai. Et alors tu t'arrangeras pour commettre l'impardonnable, la bassesse de trop – je te fais confiance pour faire preuve de créativité dans ce domaine. Afin que l'héritière des Voltange rompe vos fiançailles et quitte la cour d'elle-même. Il me déplairait assez d'avoir à tous les tuer pour une stupide histoire d'honneur et d'engagement. Au demeurant, leur famille me sert depuis des siècles.

— Et j'imagine, bien entendu, que je n'ai pas mon mot à dire ? s'enquit-il tandis qu'il connaissait déjà la réponse.

La reine ne répliqua pas et se contenta de hausser les épaules, signifiant ainsi à quel point elle trouvait la question idiote. Puis elle quitta la pièce, laissant son fils méditer ses paroles.

Chapitre 9

Andraste

Comme prévu, à neuf heures précises, on toqua à la porte des appartements d'Andraste. Celle-ci se dépêcha d'ajuster sa mise, et rejoignit la gouvernante chargée de la conduire là où son premier cours devait avoir lieu. Elle avait fait beaucoup d'efforts pour avoir l'air présentable après la nuit mouvementée et si peu reposante qu'elle avait passée.

Ruth avait veillé à ce qu'on amène de l'eau pour que sa sœur puisse enfin prendre un bain – la plomberie toute neuve de leur cabinet de toilette étant défectueuse. Elle avait insisté pour qu'Andraste avale au moins un toast au petit déjeuner, puis l'avait aidée à s'habiller ainsi qu'à se coiffer, choisissant pour elle une robe de mousseline crème, estimant que celle-ci mettait particulièrement en valeur son teint de lait. Malgré les protestations de l'intéressée, elle avait également ajouté un peu de rose aux joues terriblement blafardes de la jeune fille, faisant valoir qu'elle en paraissait presque indisposée.

Andraste avait attendu les réflexions désagréables, les remontrances quant à l'incident de la nuit. Ruth ne manquait jamais, en temps ordinaire, une occasion de la blesser et c'était sur un plateau d'argent que, quelques heures plus tôt, elle lui avait servi sa tête en lui confessant son scandaleux écart de conduite. Toutefois, rien n'était venu. À aucun moment Ruth n'avait évoqué ce qui était arrivé. Ce qui convenait très bien ainsi à Andraste qui aurait été bien incapable d'en reparler si peu de temps après le réveil.

Cependant, elle ne se leurrait pas, tôt ou tard le sujet reviendrait sur le tapis, et alors elle en prendrait pour son grade. Sa sœur n'allait pas devenir aimable avec elle du jour au lendemain, mais au moins ce matin se montrait-elle serviable et compréhensive. Ce qui était fort appréciable étant donné l'effroyable confusion qui régnait toujours dans l'esprit de la jeune fille, que même le sommeil n'avait pu soulager.

Andraste suivit la gouvernante dans le dédale de galeries et de couloirs du palais, incapable de décider si oui ou non elle était passée dans ces endroits durant son errance. Elle était effarée de se découvrir un aussi piètre sens de l'orientation. Mais sans doute manquait-elle d'exercice dans ce domaine...

Elle ne cessait de jeter des regards nerveux tout autour d'elle, cherchant désespérément à apercevoir un certain domestique parmi ceux qui s'activaient déjà un peu partout. Elle demeura silencieuse, trop impressionnée devant le faste des lieux et stupéfaite de voir, pour la toute première fois, des animécaniques au travail, suppléant docilement leurs maîtres humains. Entre autres, ces étonnants Cavalier King Charles qui, à l'aide d'un tube de cuivre fixé sur le côté de leur crâne, complété à l'arrière d'une turbine plus grosse que leur thorax, aspiraient la poussière des tapis.

Après avoir gravi deux grands escaliers, elle et son guide s'arrêtèrent dans un hall entièrement décoré de panneaux de bois sombre, dont l'odeur encore fraîche d'encaustique écœura rapidement Andraste. Un groupe formé d'une quinzaine de jeunes gens, hommes et femmes confondus, patientait devant une porte.

Pourquoi se sentait-elle si mal ? Personne d'autre qu'elle et sa sœur – et évidemment, le domestique concerné – ne savait ce qu'elle avait fait durant sa première nuit au château. Pour quelle raison alors avait-elle le sentiment que les insultes que sa sœur avait jusque-là gardées pour elle étaient tatouées en grosses lettres sur son front ?

— Voilà, vous n'avez plus qu'à attendre avec vos camarades l'arrivée de votre professeur de nécromancie, déclara la gouvernante d'un ton morne.

— Pardon ? De nécromancie ? Il doit y avoir une méprise, je dois assister au cours de sorcellerie.

L'autre soupira, puis feuilleta le dossier qu'elle avait dans les mains. Après vérification, elle secoua ses bajoues ainsi que son double menton engoncé dans un col montant ridiculement serré :

— Je regrette, mais vous n'êtes inscrite à aucun autre de nos quatre cours. Ni chez les sorciers, ni chez les mages, ni non plus chez les sorceleurs. Andraste Coldfield : nécromancie. C'est écrit là. Et ces listes ont été élaborées par Sa Majesté elle-même.

— Mais c'est insensé, la reine m'a envoyée chercher au coven familial ! Elle sait bien que je suis sorcière, comme tout le reste des membres de ma famille possédant un quelconque pouvoir. Comment pourrais-je être autre chose ? C'est ridicule, vous le voyez bien.

Quel comble tout de même, quand on savait que les sorciers – qui, dans leurs rites, célébraient la vie – détestaient par-dessus tout les nécromanciens !

— Miss Coldfield, je vous prie de bien vouloir tenir votre langue, gronda la gouvernante, épouvantée. Veillez à ne plus jamais critiquer les choix de Sa Majesté en ma présence. La jeunesse et la maladresse ne peuvent excuser pareille insolence ! Un ordre est un ordre et vous devrez suivre ces cours. Maintenant, si vous voulez bien m'excuser, du travail m'attend.

Là-dessus, elle tourna les talons, laissant Andraste seule tandis que tout le monde s'était tourné vers elle. Désormais, elle avait d'excellentes raisons d'être mal à l'aise.

Non seulement elle venait de se faire publiquement remettre à sa place par une domestique, mais, après observation, elle se rendit compte qu'elle était aussi la seule à porter des vêtements clairs et sophistiqués. Les autres élèves semblaient s'être passés le mot pour n'arborer que d'étranges uniformes noirs et gris, certes bien coupés, mais extrêmement simples pour les hommes, et sans tournure ni fioriture aucune pour les femmes.

Peu à peu, elle cessa d'être le point de mire du groupe et les discussions reprirent, peut-être plus animées qu'auparavant toutefois.

— Ça ressemble bien à Blackmorgan d'être en retard dès le premier jour, souffla avec humeur une jeune fille blonde à l'une de ses camarades, brune et plus grande, à quelques pas d'Andraste.

— Quand je pense que nous aurions dû avoir comme professeur le marquis Chancery, commenta l'autre à voix basse, cependant pas suffisamment pour ne pas être entendue. Ce gentleman est tellement plus agréable et distingué. Quel dommage qu'il ait été si injustement remplacé !

— Et au dernier moment, de surcroît. Je trouve ça très curieux. Qui peut bien préférer Blackmorgan à quelqu'un comme le marquis ? C'est à n'y rien comprendre.

Un jeune homme, le nez collé dans un livre, s'approcha des deux demoiselles sans leur adresser le moindre regard, mais leva toutefois un index à leur intention. Elles se turent quelques secondes, l'une exaspérée et l'autre étonnée, quand il referma son ouvrage d'un claquement sec et objecta :

— Dans la tâche qui est la sienne, les compétences d'un professeur ne prévalent-elles pas sur ses qualités physiques ou encore sur son affabilité ? Partant de ce postulat, il me semble alors que lord Blackmorgan remporte haut la main ce duel des plus médiocres dans lequel vous l'opposez à une personne qui ne saurait l'égaler ne serait-ce que sur le plan de l'expérience. L'héritier du duc n'est-il pas l'un des meilleurs – pour ne pas dire *le* meilleur – nécromanciens de sa génération ? Si vous me le permettez, je dirai donc plutôt, pour ma part : quelle chance !

Andraste étouffa le plus discrètement possible un petit rire dans sa main. Ce qui lui valut un clin d'œil espiègle de la part du jeune homme, ainsi que des regards assassins de la part des deux autres.

— Au risque de te choquer, petit frère, reprit la blonde à l'air hautain, il est des choses, pour nous autres femmes, plus importantes qu'une bonne formation.

— De toute évidence, acquiesça-t-il moqueur, avant de se tourner vers Andraste : Et vous, quel est votre avis ? Miss...

— Andraste Coldfield, compléta-t-elle en s'approchant du trio. Et je serai incapable de vous donner mon sentiment sur le sujet, je n'ai jamais entendu parler d'aucune de ces deux personnes.

— Comment ? se récria la sœur du jeune homme – lequel n'avait de commun avec cette dernière que la nuance dorée de ses cheveux. Ne nous dites pas que vous n'avez jamais eu vent de l'atroce réputation de l'héritier des Blackmorgan ? De quel coin reculé de Néo-Britannia venez-vous donc ?

— Je sais que cette famille a été au pouvoir il y a fort longtemps, cela fait huit siècles que leur ancêtre a abdiqué, si je ne m'abuse, cependant j'ignore tout du professeur, répondit Andraste en se creusant la tête pour trouver un moyen d'échapper à cette conversation qui, une fois de plus, trahissait son ignorance.

— Mais oui, c'est vrai, confirma avec enthousiasme la jeune fille brune. Voilà de quoi faire oublier n'importe quelle réputation, après tout ! Qui peut prétendre avoir des rois dans son arbre généalogique ?

— Eh bien, ce ne sera certainement pas toi, chère Erin, rembarra l'autre en retroussant les lèvres avec condescendance. Pour cela, il faudrait que ce monsieur apprécie les femmes et je doute que ce soit le cas. Personne ne lui a jamais connu la moindre maîtresse...

Elle s'interrompit brusquement, comme tous les autres élèves autour d'eux, et les boucles blondes qui s'échappaient élégamment de son chignon tressautèrent lorsqu'elle aperçut, au fond du hall, deux hommes venant vers eux.

Andraste ne les distinguait pas très bien à travers la foule, mais elle imaginait sans peine que l'un d'eux devait être le professeur en question. Progressivement, les élèves s'écartèrent pour leur ouvrir le passage et la jeune fille sourit en reconnaissant l'aimable capitaine Brighton, avec qui elle échangea un petit salut muet. À lui, au moins, elle pourrait expliquer l'erreur qui s'était produite. Et il s'occuperait probablement de lui faire rejoindre le groupe qui aurait dû être le sien.

Mais, bien vite, son regard fut attiré par celui qui se tenait aux côtés du capitaine, le dominant de plus d'une tête – Blackmorgan, par déduction – et qui, par sa seule présence, imposait un silence absolu.

Elle crut défaillir et retint de justesse une exclamation de stupeur lorsque ses yeux croisèrent les siens.

Des yeux noirs...

Non... c'était impossible !

Comment cet homme pouvait-il être le même que celui de la salle des douches ?! Cela n'avait aucun sens... c'était un domestique qu'elle avait rencontré cette nuit-là, pas le fils d'un duc !

Elle aurait voulu se détourner, mais elle ne le put. Elle le vit battre des paupières, comme s'il tentait de chasser quelque persistant mirage, puis, durant l'espace d'un bref instant, perdre le masque de sévère arrogance qui couvrait son visage. Il ne se ressaisit que quand Brighton lui glissa à l'oreille deux simples mots, à peine murmurés.

Alors Blackmorgan fronça les sourcils, blêmissant soudain, et toisa Andraste avec une telle dureté qu'elle eut l'impression que le sol allait l'engloutir tout entière. Puis, sans saluer personne, il traversa le hall d'un pas vif, suivi du capitaine, et pénétra dans la salle de cours.

— Il semblerait que d'autres ici soient précédés par leur réputation, chuchota la jeune fille aux cheveux blonds à l'adresse de son amie qui aussitôt, en authentique pimbêche, se mit à glousser comme une dinde.

Tout le monde avait assisté à la scène et, encore une fois, tous s'étaient tournés vers Andraste. Avaient-ils remarqué la manière dont le professeur l'avait dévisagée ? Forcément... Mais avaient-ils pu deviner quoi que ce soit ?

— Miss Andraste, l'appela doucement le jeune homme au livre, avec un signe d'invitation de la main, venez.

Lorsqu'elle reprit ses esprits, elle était la dernière à n'être pas encore entrée. Confuse, elle se hâta de le suivre.

— Au fait, ajouta-t-il à la dérobée, je manque à toutes les convenances, j'ai oublié de me présenter. Scott Evershade, pour vous servir.

Elle lui adressa un sourire ténu, mais poli. Puis, sans même prendre le temps de considérer la somptueuse salle en amphithéâtre dans laquelle les autres élèves prenaient place et qui, comme le hall, était entièrement décorée de riches panneaux de bois sculpté, elle monta sur l'estrade et alla à la rencontre du capitaine qui se tenait toujours non loin de Blackmorgan.

Ce dernier, dont la mise était déjà quelque peu débraillée - outre son col resté négligemment ouvert, ses cheveux en bataille assuraient n'avoir connu ce matin ne serait-ce que l'ombre d'un peigne, ni son menton celle d'un rasoir -, avait retiré sa veste bleu ardoise pour la poser sans soin aucun sur sa table de travail. Puis il roula ses manches de chemises, à l'instar d'un vulgaire boxeur prêt à en découdre, l'air d'une humeur massacrante.

Ces manières des plus grossières l'avaient tant et si bien interloquée qu'Andraste s'était stoppée en plein élan, sans même s'en rendre compte. Elle aurait dû cesser de le détailler ainsi, mais elle ne parvint à s'y résoudre.

À bien l'observer à la lumière du jour, elle discerna sur son front, juste au-dessus de l'arcade sourcilière, une petite cicatrice en forme de V, qu'elle n'avait pas remarquée durant leur étreinte – sans doute une de ses boucles brunes la lui avait-elle cachée. Il devait également être un peu plus âgé que ce qu'elle avait cru – elle lui donnait à présent plutôt la trentaine – car de fines ridules se laissaient deviner au coin de ses yeux, celles-ci n'apparaissant probablement que dans un sourire. Ce qui, selon toute vraisemblance, ne devait pas arriver très souvent… Sa bouche, quant à elle, qu'elle avait trouvée si douce et délicate lors de leur rencontre, avait un pli acerbe qui trahissait le dédain, voire même une certaine cruauté.

— Miss Andraste, intervint Brighton en la repoussant peu à peu vers l'intérieur de la salle. Prenez donc exemple sur vos camarades et allez vous installer dans les gradins, s'il vous plaît.

— Mais… capitaine, protesta-t-elle en tâchant de se rappeler ce qui l'avait poussée à monter sur l'estrade. Il y a un problème, je ne devrais pas être ici. Vous, vous savez que je viens d'une famille de sorciers, n'est-ce pas ?

Blackmorgan, qui avait feint jusque-là de ne pas remarquer sa présence sur la tribune, secoua la tête avec irritation, puis l'interpella de façon passablement discourtoise :

— Coldfield, c'est bien ça ?

— Euh… o… oui, bégaya-t-elle, saisie par le son incroyablement grave, rocailleux, mais aussi légèrement brisé de la voix – tout sauf aristocratique – de cet étranger avec lequel elle avait été, l'espace d'une nuit, si intime.

— Si j'ai bien compris, le cours n'a pas encore commencé que vous avez déjà des doléances ?

— C'est que…

— Figurez-vous, miss, coupa-t-il sèchement, s'appliquant à éviter son regard, qu'ici il n'y a pas plus de place pour vos jérémiades que pour vos accès de coquetterie. Si je ne vais pas vous obliger à vous changer maintenant, je vais cependant exiger que vous vous débarrassiez du stupide sortilège qui colore vos cheveux.

Andraste écarquilla les yeux.
— Pardon ?
Mais comment diable pouvait-il le savoir ?!
— Vous avez bien entendu. Et sachez que je ne le demanderai qu'une seule fois.
Devant l'absence de réaction de la jeune fille, Blackmorgan poussa une espèce de grognement rauque excédé, puis se tourna vers le capitaine.
— Sorceleur, faites votre travail, nous avons assez perdu de temps comme ça.
Brighton afficha une expression choquée.
— Thadeus, je ne pense pas qu'il serait très opportun de...
— Obéissez.
Le ton étant on ne peut plus menaçant, le capitaine se ravisa et baissa le menton, soumis.
— Veuillez m'excuser, miss, chuchota-t-il avant de poser une main sur son épaule pour l'immobiliser.
Brighton incanta alors d'une voix atone quelques formules d'antilangage, dont seuls les sorceleurs – annihilateurs de toute forme de magie – avaient le secret.
Un souffle curieux, venu de nulle part, balaya la figure d'Andraste, puis se chargea d'une fumée noire, aspirant le sort de camouflage, juste avant de s'évanouir dans un soupir.
Elle avait fermé les yeux pour se protéger de l'extraordinaire bourrasque, mais elle sut, aux exclamations de surprise qui se propageaient dans la salle, que sa chevelure était redevenue blanche.
Alors c'était aussi simple que ça ? Sa tante lui avait-elle menti en affirmant qu'elle ne pourrait s'en débarrasser, ou croyait-elle vraiment que son sortilège serait suffisamment puissant pour tenir face à des gens comme le capitaine ?
Lorsqu'elle rouvrit les paupières, de longues mèches ivoirines, aux improbables reflets d'argent, flottaient devant elle, obstruant son champ de vision.

Donc, non seulement elle venait de se faire humilier par une domestique, un professeur *et* un sorceleur, mais, par-dessus le marché, elle était décoiffée ?! C'était l'offense de trop, celle qu'elle ne saurait supporter.

Elle serra les poings, les joues rouges de colère, et défia de ses yeux mauves chacun des élèves qui, bouche bée, ne pouvaient s'empêcher de l'étudier de pied en cap, à l'instar d'un sordide monstre de foire.

Elle pivota ensuite vers Blackmorgan, s'apprêtant à jeter à la figure de ce malappris une repartie bien sentie avant de quitter son maudit cours en claquant la porte, lorsqu'elle surprit son regard. Bien éloigné de la curiosité des autres, il reflétait une admiration sidérée et une convoitise plus intense encore que durant la nuit passée. Andraste perdit alors tous ses moyens, se sentant subitement mise à nu.

Un muscle joua sur la mâchoire assombrie de barbe du professeur tandis que dans son cou sa pomme d'Adam descendait, puis remontait. Manifestement déstabilisé, il se détourna brusquement et marmonna :

— Je vous saurais gré de bien vouloir rejoindre vos camarades, miss Coldfield.

Ce qu'elle fit, en dépit de sa colère, trop désemparée pour agir autrement, le désarroi l'ayant rendue totalement muette. Ses épingles à chignon cliquetèrent sous les semelles de ses bottines. Avec la force de l'antisort, toutes, ou presque, avaient déserté ses cheveux pour s'éparpiller sur l'estrade. Sans remords, elle décida de les abandonner là, et rassembla son courage pour se diriger vers les pupitres, le nez baissé afin de mieux endurer l'attention méfiante concentrée sur elle.

Elle monta les marches menant au fond de la salle et retrouva Scott qui, aimablement, avait pensé à lui garder une place. Elle s'installa sans faire de bruit pendant que le professeur et le capitaine sortaient dans le hall pour échanger en privé – sans doute à propos de ce qui venait de se passer.

Pourvu que Blackmorgan ne soit pas en train de tout raconter à Brighton ! Pour sûr, ses fiançailles avec Ardghal ne seraient plus un problème après ça, mais le scandale qui en résulterait la ramènerait droit au coven où on la tiendrait sous clé jusqu'à sa mort... Cependant, ce fils de duc pourrait-il expliquer quoi que ce soit sans faire mention des circonstances dans lesquelles ils s'étaient rencontrés, elle et lui, sans mettre en péril son propre honneur – déjà bien fragile à en croire les ragots ?

La rumeur des élèves enfla progressivement et Andraste réussit à capter deux mots qui, inéluctablement, revenaient dans les conversations. Elle se demandait quel genre d'insulte pouvait bien désigner les termes *élue* et *nuit* associés – une expression plus raffinée pour désigner une prostituée peut-être ? – quand Scott pivota sur le banc de bois verni qu'ils partageaient. Il se pencha vers elle pour l'obliger à relever la tête.

— Bien que certains puissent considérer comme effrayantes les atypiques caractéristiques physiques que vous cherchiez à dissimuler, sachez que, personnellement, je trouve qu'elles vous siéent à merveille. Vous ne devriez pas en avoir honte.

Le jeune homme était-il en train de lui faire un compliment ? Si oui, il s'y prenait d'une bien curieuse façon. Elle se redressa et le sourire chaleureux que lui adressa son voisin de table lui redonna un peu de baume au cœur.

— Je n'ai pas honte, attesta-t-elle en haussant les épaules.

Après tout, c'était la vérité. Là d'où elle venait, personne, du moins jusqu'au jour de son départ, ne lui avait jamais fait sentir que c'était un problème.

— Alors arrangez-vous pour que personne ne le croie, conclut Scott.

La porte claqua sèchement et Blackmorgan réapparut dans la salle, seul, la mine plus renfrognée encore qu'auparavant. Il se posta devant le bureau, au centre de l'estrade, avisa ses élèves, puis croisa les bras et s'adossa au tableau noir fixé au mur.

Sans prendre la peine de se présenter, ni même de demander le nom de ceux qui assistaient à son cours, il commença à expliquer de sa troublante voix grave, en quoi consisterait la formation voulue par la reine.

Ainsi, leurs journées commenceraient toutes – à l'exception des samedis et des dimanches, laissés libres – par des leçons aussi bien théoriques que pratiques le matin. S'ensuivraient, après une pause déjeuner, des recherches en bibliothèque, puis, en début de soirée, et uniquement pour les étudiants masculins, un entraînement aux sports de combat, à l'escrime ainsi qu'à l'utilisation des armes à feu.

À la fin de l'exposé, quelques murmures de protestation s'élevèrent ici et là, puis un des élèves osa prendre la parole :

— Mais monsieur, à quoi ce genre d'exercice pourrait-il bien nous servir ? Nous sommes nécromanciens, pas guerriers. En cas de conflit, nous superviserons des armées de revenants, nous ne combattrons pas parmi eux... n'est-ce pas ?

— J'ai le regret de vous annoncer que, bien que vous en ignoriez tout jusqu'à aujourd'hui, Néo-Britannia connaît déjà, et ce depuis un bon moment, de nombreux conflits, rétorqua Blackmorgan. Les relations avec Gallia sont mouvementées, Ilandria n'a de cesse de manœuvrer contre nous, tandis que Scotia tente en ce moment même de repousser les frontières établies. Quant aux affrontements directs, ils sont malheureusement inévitables, que vous soyez nécromanciens ou pas. Cet entraînement ne pourra que vous être bénéfique, croyez-moi.

— Dans ce cas, s'immisça spontanément Andraste, qui n'avait jamais vraiment appris à tenir sa langue, pourquoi n'est-il dispensé qu'aux hommes ?

Un silence pesant s'installa alors. Blackmorgan cilla, comme si rencontrer le regard de la jeune fille lui avait brûlé la rétine, puis, considérant le sol devant lui, se mit à rire – comme quoi la chose, aussi improbable soit-elle, était possible...

C'était un rire de gorge, rocailleux et très peu distingué, mais cette expression inattendue, éclairant furtivement ce visage si austère, laissait entrevoir des traits bien plus séduisants qu'elle n'aurait pu l'imaginer.

— La réponse n'est-elle pas évidente, miss Coldfield ? Pensez-vous réellement pouvoir faire autre chose que parader dans les salons ainsi encombrée de tant de jupons ?

Le cœur d'Andraste se serra dans sa poitrine, douloureusement. Non seulement il s'était montré jusque-là particulièrement désagréable avec elle, mais voilà qu'à présent il se moquait ouvertement. La pilule était plutôt difficile à avaler !

Elle s'attendait à ce que ses camarades imitent leur professeur et partagent son hilarité, mais il n'en fut rien. Au lieu de ça, ils la dévisagèrent gravement, avec la même expression atterrée, voire inquiète, qu'un peu plus tôt.

Le cuisant sentiment d'humiliation revenant au galop, elle garda pour elle-même sa réplique au sujet de l'absurdité de ses propos à lui, et se rencogna au fond de son banc.

Elle n'écouta la suite que d'une oreille distraite, ne se sentant de toute façon pas vraiment concernée par les ondes éthériques et leur incontournable emploi en nécromancie. Au moins n'avait-elle pas totalement perdu son temps à ce cours, elle savait désormais que la psyché se servait desdites ondes dans ce domaine comme en magie élémentaire, tandis que les sorciers et les sorceleurs utilisaient le pouvoir de la voix combinée à celui des mots. Comme elle avait pu le constater en subissant les talents d'un certain capitaine...

Chapitre 10

Thadeus

Il était près de midi quand Thadeus annonça la fin de la leçon du jour. Un soulagement pour ses élèves comme pour lui. Jamais il n'aurait cru que l'exercice se révélerait aussi difficile. Enfin, il ne l'aurait guère été… s'il n'y avait eu cette fille.

Combien de fois s'était-il interrompu en plein discours tandis que son regard s'égarait, irrésistiblement attiré vers l'objet de son tourment ? Avec quelle hargne avait-il dû lutter pour ne pas céder à l'envie de se précipiter jusqu'à elle, renversant tables et bancs sur son passage, pour l'attraper de gré ou de force et l'entraîner à l'écart afin de lui arracher ces explications qu'il désirait tant… et si seulement il n'avait désiré lui arracher que ça !

Bon sang ! Mais dans quel odieux piège était-il tombé ? Il maudissait cette nuit à peu près autant qu'il en chérissait le souvenir. C'était à devenir fou ! Et sans doute était-ce précisément le but recherché.

Ce matin, il avait d'abord cru à un nouveau rêve lorsqu'il l'avait aperçue devant la porte, à l'attendre avec les autres étudiants. Jeune fille de bonne famille – et non membre du personnel, comme il l'avait supposé – se distinguant si audacieusement cependant en arborant une robe claire au tissu vaporeux, charmante sur son corps gracieux dont il avait mémorisé chaque courbe. Mais à l'enchantement de retrouver si rapidement l'ange de ses songes avait succédé l'horreur d'apprendre de la bouche de Brighton qui elle était.

« C'est elle », lui avait murmuré le capitaine tandis qu'il peinait à se raisonner pour ne pas franchir l'espace qui les séparait et goûter une nouvelle fois ces douces lèvres roses.

Une véritable douche froide.

Ces simples mots l'avaient anéanti, comme ça, en un éclair, et les sentiments qui l'avaient assailli avaient été tout à coup bien différents.

Andraste Coldfield... Même encore en cet instant, après avoir mis à jour sa duperie, il ne parvenait pas à intégrer l'information.

Quel imbécile il avait été ! Comme si ce genre de chose pouvait être réel ! Comme si ses douleurs et le poids qui l'oppressait depuis des années pouvaient disparaître d'un coup, uniquement grâce à une femme ! Bien sûr que tout était faux. Des sortilèges, rien de plus. Elle l'avait mené par le bout du nez et il était tombé droit dans le panneau.

Restait encore à déterminer pourquoi exactement. Une jeune fille de la gentry, même sorcière – espèce qu'il détestait s'il en était une, à l'instar de tout bon nécromancien qui se respecte –, ne renonçait pas à sa vertu sans que le jeu en vaille la chandelle. Elle ne s'était pas juste moquée de lui, cela lui avait trop coûté pour ça. Il y avait autre chose. Et il fallait à tout prix qu'il découvre quoi.

Il la vit alors passer devant lui et se diriger vers la sortie, suivant un jeune homme élancé avec qui elle semblait converser. Le frère d'Athénaïs, celle avec qui sa famille voulait le fiancer. Scott Evershade, un dandy de première du point de vue de Thadeus.

— Miss Coldfield ! l'apostropha-t-il avec toute la brusquerie dont il était capable. Où comptez-vous aller comme ça ?

Il saurait, déjouerait ses plans et se vengerait. Personne n'avait le droit d'abuser un Blackmorgan ! C'était d'ailleurs une devise familiale, une leçon apprise aux dépens de leur illustre ancêtre, le roi Phineas.

Elle se raidit, puis se retourna lentement, serrant contre sa poitrine son carnet de notes. Comme si celui-ci avait pu la protéger de lui ! Elle feignait si bien l'innocence que c'était à en perdre son latin. N'importe quel homme normalement constitué se serait laissé berner à sa place, c'était évident – constatation qui n'atténua ni sa colère ni sa honte.

— Auriez-vous oublié que vous êtes punie ?

— Punie ? répéta-t-elle en plissant les yeux d'une incrédulité rehaussée d'une bonne dose de méfiance.

— Vous pensez peut-être que tout ceci est une plaisanterie et que vous pouvez venir dans cette classe sans la tenue exigée, déguisée d'un de vos sorts d'élégante frivole et vous en sortir impunément ? Eh bien, vous faites fausse route, miss Coldfield. Vous resterez en retenue chaque jour après les cours jusqu'à ce que bon me semble.

Les pommettes de la jeune fille se parèrent tout à coup d'une vive teinte rosée, absolument exquise.

Diable ! Comment faisait-elle ça ? Comment parvenait-elle à le charmer avec si peu ? Sa magie devait être extrêmement puissante pour réussir un tel tour de force.

— Lord Blackmorgan, je vous prie de m'excuser, mais c'est proprement injuste, s'interposa Scott, indigné. Vous savez très bien pourquoi miss Andraste a eu recours à ce sortilège.

— Je ne crois pas vous avoir demandé votre avis, fit remarquer le professeur avant de conclure, non sans mépris : Dégagez, Evershade, avant que je m'énerve pour de bon. Je n'ai pas pour habitude de laisser les gens me parler sur ce ton et vous et moi savons qu'à trop me chercher vous laisseriez plus d'une dent sur le carreau.

Scott, abasourdi, hésita un instant à répliquer. Mais devant la supplique muette d'Andraste, il finit par tourner les talons, les laissant alors de nouveau seuls, elle et lui.

Thadeus alla jusqu'à la porte et referma dans un effroyable grincement les deux battants. La tension de la jeune fille était palpable, ce dont il se réjouissait. Il savait comment s'y prendre pour mettre la pression à quelqu'un dans le but de lui faire ensuite cracher tous ses secrets. Le tout était d'adapter ses méthodes à une femme. Du reste, ce ne serait pas bien compliqué, la gent féminine était si aisément impressionnable...

— Vous avez beau être le fils d'un duc, vous n'êtes pas un gentleman, le surprit-elle en soutenant son regard malgré sa peur manifeste. Vous êtes bien trop rustre et trop grossier pour ça !

Elle cherchait à le provoquer à son tour. Mais au lieu de le mettre en colère, les injures lui causèrent un étonnant pincement à l'estomac. Elle le dénigrait. Pire, elle défendait Evershade...

— En effet, et encore, tu n'as rien vu, se moqua-t-il en affectant une parfaite indifférence. As-tu quelque chose à dire que je ne saurais pas déjà ?

Il jubila de la voir pâlir devant sa familiarité. Puis, avec nonchalance, il rejoignit sa table de travail, tira sa chaise et s'y installa. En silence, il fit semblant de remettre de l'ordre dans les papiers qui se trouvaient là, tandis qu'Andraste restait plantée devant lui, à attendre ses directives.

Elle avait peut-être eu l'ascendant sur lui la nuit dernière, mais il allait s'employer à changer cela. À présent, tout était différent. Il n'était plus sous le coup de l'ivresse, ni sous l'emprise de la douleur. Pas plus qu'il n'était sous celle du désespoir – encore que, concernant ce dernier point, il n'aurait su déterminer pour quelle raison, rien n'ayant vraiment changé depuis la veille. C'était lui qui détenait le pouvoir... du moins tant qu'il évitait de poser les yeux sur elle, ce qui était loin d'être gagné.

Il avait cru qu'en forçant Brighton à lever sans délai le sortilège qui cachait sa différence, ce qui faisait d'elle l'étrange créature qu'elle était, le charme prendrait fin. Après tout, qui pouvait trouver agréable des cheveux entièrement blancs et des iris violacés ?

Mais il n'en était rien. Bien loin de lui inspirer dégoût ou aversion, sa longue chevelure de nacre aux mèches délicatement torsadées – que l'antisort avait malencontreusement libérée, la laissant gracieusement retomber jusqu'au creux de ses reins – l'avait littéralement subjugué. Quant à ses yeux, leur étonnante couleur leur conférait une gravité et une profondeur bien plus émouvantes que ce qu'il était prêt à admettre.

La beauté de la jeune fille, ainsi dévoilée, n'avait eu qu'un seul effet sur lui... et c'était tout sauf celui escompté ! Après ça, il n'avait plus eu qu'une seule idée en tête, au point d'en devenir une véritable obsession. Pouvoir revenir quelques heures en arrière et tout faire pour ne pas s'endormir afin de garder ce trésor inconnu des autres rien que pour lui.

Une folie qu'il ne devait ni à sa malédiction ni à sa prothèse de métal ensorcelé, seulement à la perfidie d'une petite sorcière. Il devait faire cesser cela au plus vite. Plus que toute autre chose, c'était insupportable !

Sans lever le nez de ses dossiers, il ordonna :

— Va dans l'arrière-salle, des bocaux sont entreposés sur les étagères, ramène-les et disposes-en un sur chaque table.

À pas lents, elle s'exécuta sans protester et, comme il s'y attendait, tâtonna dans l'obscurité de la petite pièce aveugle.

— Je... je ne trouve pas de lampe, osa-t-elle au bout d'un moment, la voix chevrotante.

Satisfait, il se rendit à son tour dans la remise, mais s'arrêta sur le pas de la porte, se plaçant dans l'encadrement afin de prévenir toute tentative de fuite. Ainsi, dans la pénombre, il la distinguait à peine, ce qui faciliterait la manœuvre. En outre, ici, il avait *réellement* tous pouvoirs.

La jeune fille sursauta quand, à son arrivée, tous les éléments retenus dans les bocaux de formol stockés dans les rayonnages effectuèrent un demi-tour vers elle, puis frappèrent la surface de verre de leur prison. Elle fut tellement saisie que celui qu'elle tenait lui échappa. Ce dernier se fracassa sur le sol, libérant ce qu'il contenait. Soit une main humaine plutôt fraîche, parfaitement sectionnée au niveau du poignet.

Elle parut mettre quelques instants avant d'identifier la chose, puis poussa un hurlement à déchirer les tympans.

— T'effrayer est un jeu d'enfant, à ce que je vois, railla Thadeus, un peu déçu toutefois. Quelle piètre Élue tu fais. Où est passée la vision nocturne que tu es censée posséder ? Où sont tes aptitudes pour la nécromancie ? Des balivernes, oui !

— Je n'ai jamais rien eu de tel, balbutia-t-elle, tremblante. Je ne suis qu'une sorcière... une très médiocre sorcière.

— Ça, en revanche, je ne peux guère le croire, gronda-t-il, furieux, bataillant contre lui-même pour demeurer à la porte. Dans ce domaine-ci, tu excelles.

Une irrépressible envie de s'approcher d'elle – pour l'intimider davantage, ou pour la rassurer, il ne savait plus du tout – s'était emparée de lui. À tel point que ce fut sans véritablement l'avoir décidé qu'il prit le contrôle de la main tombée au sol.

La jeune fille se raidit et une moue de dégoût, qu'il put apercevoir même à travers la pénombre, se peignit sur ses traits quand la chose s'accrocha à ses jupes pour remonter lentement le long de son corps. Elle hoqueta de terreur et s'immobilisa tout à fait lorsque les doigts, encore humides du liquide dans lequel ils avaient macéré, se refermèrent l'un après l'autre autour de son cou.

Thadeus n'avait pas vraiment voulu en arriver là, mais tout ça le dépassait complètement. Il était beaucoup trop en colère pour garder la tête froide.

C'était *elle*, bon sang ! La descendante des Coldfield – cette odieuse famille à l'origine du malheur des siens. Elle était la femme porteuse des signes des légendaires Élues de la Nuit, celle qu'il avait pistée en se servant du capitaine... celle qu'il devait tuer pour mettre fin à la malédiction des Blackmorgan. C'était elle...

Et quand bien même ces histoires n'auraient-elles été qu'un tissu de mensonges, d'inepties échappées de l'esprit drogué d'une soi-disant sibylle, cela valait néanmoins le coup d'essayer, non ? Après tout, cette fille, Élue ou pas, n'était plus une personne innocente à ses yeux. N'avait-elle pas attendu – probablement même guetté – le moment où il était le plus faible et vulnérable pour l'ensorceler, et ce, de la manière la plus déloyale qui soit ?

Mais dans quel but ?! Ça, il n'arrivait toujours pas à le comprendre.

Plutôt que de serrer la belle gorge blanche de leur proie, les doigts se mirent à caresser l'endroit où pulsait son pouls. Thadeus put le sentir à travers eux. Il était rapide, affolé... excitant...

— Quel tour m'as-tu joué, sorcière ? grommela-t-il tandis que sa volonté fondait comme neige au soleil.

— M... Monsieur, bégaya-t-elle plaintivement, avant de rectifier : lord Blackmorgan...

— Oh, je t'en prie ! coupa-t-il, sardonique. Il n'y a plus personne pour qui donner le change ici. Nous sommes seuls, alors appelle-moi par mon prénom, je t'y autorise.

Décidant qu'il l'avait suffisamment effrayée comme ça, Thadeus rompit le lien. La main lâcha soudain sa prise et retomba dans un bruit mou, inerte, comme le morceau de cadavre qu'elle était. Aussitôt, la jeune fille soupira de soulagement, puis s'essuya frénétiquement le cou, écœurée.

— Je ne crois pas que vous me l'ayez révélé, riposta-t-elle ensuite, beaucoup plus véhémente tout à coup. Ni aujourd'hui, ni même cette nuit !

— Pourquoi ? insista-t-il, esquissant un pas vers elle tandis qu'elle reculait. Pourquoi as-tu fait ça ? Pourquoi ne pas m'avoir laissé mourir, tout simplement ? Nos souffrances, à ma famille et moi, vous amusent-elles donc à ce point ?

Une fois qu'elle fut acculée contre le mur au fond de la petite pièce, il lui saisit le bras. Et, bien plus affecté qu'il ne l'aurait voulu par les larmes qui faisaient briller ses yeux, il reprit :

— Qui t'a demandé d'agir ainsi ?! Qui a exigé que tu sacrifies ta dignité et pour quelle raison ? Est-ce ta sœur, celle qui t'a accompagnée jusqu'ici ? Réponds !

— Sacrifier ma dignité ?! répéta-t-elle dans un sanglot offensé. Mais vous savez très bien pourquoi !

Elle le repoussa vivement, ce qui n'eut pas grand effet, puis s'écria :

— Allez au diable !

— Mais j'en viens mon ange, souffla-t-il en s'inclinant vers elle, cédant à ce désir insensé qui le taraudait depuis des heures.

Cependant, Andraste se débattit tant et si bien qu'il préféra la relâcher. Une seconde de plus et il ne répondait plus de rien. Puis, le sang lui battant violemment les tempes, il la regarda s'enfuir en courant, réussissant avec peine à réprimer l'envie de la prendre en chasse. Il l'aurait attrapée en moins de temps qu'il ne faut pour le dire, l'aurait bousculée dans l'élan de la course, puis se serait arrangé pour retomber sur elle. Rien de plus simple alors que de remonter ses jupes et...

— Satané sortilège ! pesta-t-il entre ses dents serrées.

Et quel gâchis ! Mais qu'est-ce qui lui avait pris encore ? Il avait tenu sa vie entre ses mains – du moins, au sens figuré. Cela aurait été si facile d'accomplir sa mission... Il aurait ensuite quitté le palais et toute cette stupide mascarade aurait pris fin, ainsi, avec un peu de chance, que la malédiction des Blackmorgan. Il aurait également pu la questionner davantage. Dans l'état d'effroi où elle se trouvait, elle n'aurait pas mis longtemps à tout avouer.

Mais non, au lieu de tout ça, il l'avait laissée partir, avec, désormais, toutes les raisons du monde de se méfier de lui... ce qui allait considérablement corser l'affaire.

Comme s'il ne l'était pas déjà assez, Thadeus se maudit lui-même pour toutes les faiblesses qu'il se découvrait.

Chapitre 11

Andraste

Andraste manqua trébucher en franchissant la porte de la salle de cours, mais, retroussant davantage ses jupons, ne ralentit pas l'allure pour autant. Elle était sous le choc. Jamais encore personne ne l'avait menacée, jamais encore on ne l'avait à ce point terrorisée… Quelle ironie que ce fut justement l'homme à qui elle avait accordé toute sa confiance – et bien plus encore – la nuit précédente !

C'était un cauchemar, et elle allait bientôt se réveiller, il ne pouvait en être autrement. Son beau et mélancolique domestique ne pouvait être ce Blackmorgan, c'était impossible !

Lui, ce n'était qu'un mufle ! Pire, une brute ! Un fils de duc ? Alors ça, elle peinait à le croire. Mais quel était donc son problème ?! Il était fou, complètement. C'était la seule explication plausible à un pareil revirement…

Et il n'avait même pas demandé à récupérer l'arme qui lui appartenait. Pourtant, un tel revolver devait valoir une fortune.

Elle se mordit la lèvre inférieure. Voilà qui aurait dû la mettre sur la voie. Comme elle avait été sotte de penser qu'il était domestique. Comment un simple valet aurait-il pu posséder un objet de cette valeur ?

Elle se retournait pour s'assurer qu'il ne la poursuivait pas quand, tout à coup, elle heurta de plein fouet un torse masculin.

— Miss Andraste ! s'exclama Scott alarmé.

Il referma les bras autour d'elle dans un geste protecteur, juste avant de s'écarter vivement, replaçant aussitôt ses mains dans son dos, légèrement embarrassé :

— On dirait que tous les démons de l'enfer sont à vos trousses. Que se passe-t-il ? Lord Blackmorgan s'est-il mal comporté... enfin, je veux dire, encore *plus mal* comporté ?

C'était un tel euphémisme !

Toutefois, elle ne pouvait décemment raconter ce qui s'était passé sans évoquer certains faits... qui ne sauraient être évoqués.

Alors elle prit sur elle pour se redonner une contenance et expliqua d'une voix qu'elle espéra posée :

— Il a seulement voulu que je m'occupe de préparer la salle pour la leçon de demain. Or, il s'agissait de manipuler des bocaux dans lesquels flottaient des... des...

— Quoi donc ?

Au souvenir de l'horrible contact des doigts morts, et pourtant animés, sur sa peau, elle frissonna sans plus pouvoir s'arrêter.

— Des m... mains, bafouilla-t-elle, penaude. Des mains... de personnes décédées, je pense. Prélevées sur de malheureux disparus. C'était abominable !

Scott haussa un sourcil.

— Je vois. Et vous n'avez pas l'habitude, n'est-ce pas ?

— Je ne suis pas nécromancienne, argua la jeune fille en secouant la tête. Je viens d'une famille de sorciers, je n'ai rien à faire dans ce cours.

— Mais pourtant, en dépit de tout cela, on vous a intentionnellement placée dans ce groupe, fit-il observer. Peut-être avez-vous des aptitudes que vous ignorez.

Elle le scruta un instant, interdite. Comment la chose était-elle seulement envisageable ? Personne n'avait deux pouvoirs, ça ne s'était jamais vu. Et qu'est-ce qui permettait à ceux qui l'avaient assignée en nécromancie – reine ou non – d'imaginer qu'*elle* en était peut-être capable ?

— Mon bon sens me dit qu'il s'agit plutôt d'une erreur.

Scott plissa les yeux, comme s'il n'était pas entièrement convaincu de sa sincérité. Puis, finalement, il lui tendit un bras amical, qu'elle s'empressa de prendre.

— Venez, allons déjeuner, déclara-t-il en l'entraînant hors du hall. Blackmorgan devra s'en remettre au personnel pour préparer la salle. J'étais resté dans les environs afin de m'assurer que tout irait bien, car je dois avouer que j'ai trouvé son comportement envers vous bien étrange.

— Oui, moi aussi, concéda-t-elle en songeant à quel point c'était le cas.

Elle avait beau retourner le problème dans tous les sens, elle n'arrivait pas à comprendre ce qui poussait Blackmorgan à se montrer aussi désagréable avec elle. Non, pas seulement désagréable... en vérité, il avait même été menaçant et agressif. Comme s'il avait été très offensé. Mais au bout du compte, n'était-ce pas plutôt elle qui aurait dû se sentir offensée ? Qu'avait-elle fait de mal, au juste ? Comment avait-il pu la serrer dans ses bras avec autant de passion cette nuit, si c'était pour la malmener ainsi dès l'aube levée ? Non, vraiment, ça n'avait aucun sens.

Cependant, plus rien n'en avait depuis qu'elle avait mis les pieds dans ce palais.

— Je me dois de revenir sur ce que j'ai dit, avertit Scott avec une désinvolture qui paraissait masquer quelque inquiétude. La qualité d'un enseignement peut malheureusement pâtir du manque de civilité de son professeur. Nous venons d'en avoir la démonstration. Mais s'il vous plaît, ne dites surtout pas à ma sœur que je lui ai donné raison...

Chapitre 12

Augustin

Augustin, conscient des regards appuyés dont il était l'objet, se dirigea de sa démarche indolente vers le petit groupe de jeunes femmes aux ombrelles pastel toutes déployées, qui l'attendaient pour leur balade hebdomadaire dans Hyden Square.

Depuis qu'il pouvait se le permettre, il adorait se déplacer seul. L'acquisition d'un énorme chien mécanique – un dogue allemand au poitrail recouvert de métal ensorcelé et aux crocs d'acier, qui l'accompagnait désormais dans tous ses déplacements – améliorait considérablement les choses. Même s'il lui avait coûté une petite fortune, le prince se félicitait de son achat. À l'origine, l'animécanique avait été façonné pour la guerre, d'où son prix élevé, à la différence de ceux qui servaient à de plus simples tâches. Il ne manquait jamais d'impressionner chaque personne dont il croisait la route et se révélait un excellent garde du corps.

Le chien avait été conçu grâce à ce nouveau procédé, la métamagie, ainsi l'appelaient-ils, qui transformait de vulgaires animaux en une espèce d'automate docile et soumis, aux capacités surdéveloppées. De ce qu'Augustin en savait – et personne, en dehors des rares privilégiés qui exerçaient cet art mystérieux, n'en savait très long sur le sujet –, l'animal servait de base et fournissait, grâce à son métabolisme, l'énergie nécessaire au fonctionnement de la biomachine. Bien que son espérance de vie soit multipliée par deux, voire par trois, il devait continuer à s'alimenter, comme tout être vivant. Cependant, il était difficile de concevoir quelles étaient les limites entre la machine et l'animal avec lequel on l'avait fusionnée. Le métal ensorcelé permettait à celui désigné par le métasorcier d'exercer un contrôle total sur l'animécanique. Toutefois, dès lors que l'on cessait de lui donner des ordres, l'animal reprenait ses habitudes et adoptait le comportement de n'importe quel autre membre de son espèce. Ce qui, malgré tout, restait assez perturbant, Augustin lui-même le reconnaissait, mais au moins le procédé semblait-il indolore.

Évidemment, cette nouvelle science possédait ses détracteurs, nombreux étaient ceux qu'elle effrayait ou répugnait. Beaucoup de défenseurs des animaux s'étaient élevés contre elle, la jugeant honteuse et barbare. Cependant, il n'était pas vraiment question de débat. Victoria avait rapidement tranché, faisant enfermer et punir comme il se devait toute personne s'opposant publiquement à la métamagie. Le fait était que l'on ne pouvait déjà plus s'en passer à Néo-Britannia, pays de naissance de ladite science. La frontière nord ne tenait que grâce à cela et Ilandria, depuis cette avancée technologique, paraissait accepter de se tenir tranquille – ce qui était inédit pour ce petit pays peuplé de rebelles à la force extraordinaire.

D'un geste parfaitement étudié, Augustin jeta un coup d'œil à sa montre de gousset. Une demi-heure de retard, parfait. Contrairement à ce que pensait sa mère, lui trouvait qu'un prince était au-dessus des règles de la ponctualité et devait, bien au contraire, cultiver l'art de se faire désirer.

Ces demoiselles avaient apporté un soin tout particulier à leurs mises et il savait pertinemment pourquoi.

Toutes, sans exception, souhaitaient lui plaire. Un des avantages de sa condition qu'il avait toujours appréciés, cela allait sans dire.

— C'est d'accord, chuchota miss Athenaïs Evershade à sa voisine, miss Erin Oldbury, tandis qu'ensemble elles s'inclinaient devant Augustin. Cela m'étonnerait qu'il se montre à un bal. Mais si toutefois c'était le cas, et bien qu'il m'en coûte, je te le présenterais.

— De qui donc parliez-vous, ma chère ? se renseigna-t-il avec un sourire en coin, ne dédaignant jamais un bon ragot.

— Oh, mais de personne ! s'empressa de répondre Erin, les joues en feu.

— De lord Blackmorgan, la fit mentir Athenaïs. Il est, depuis ce matin, notre professeur de nécromancie, et sa famille fait partie des relations de la mienne. Miss Erin aimerait beaucoup lui être présentée.

— Blackmorgan est au palais ? s'étonna Augustin en commençant à marcher, entraînant le groupe à sa suite. Il me semblait que la tâche revenait à Chancery ?

Le prince n'avait jamais pu s'entendre avec le fils du duc. Au demeurant, personne à sa connaissance n'y était jamais parvenu, ce dernier étant bien trop taciturne et peu enclin aux plaisirs de la cour. En fait, c'était toute la famille que l'on pouvait qualifier de *spéciale*. Même sa mère rencontrait régulièrement des difficultés dans ses rapports avec eux. Et pourtant, les dieux savaient combien elle avait besoin de leur pouvoir pour tenir la frontière nord du pays, là où se trouvait leur duché.

— Sa Majesté aura finalement changé d'avis et jugé la tâche trop ingrate pour le marquis, conjectura miss Evershade en agitant devant sa figure son éventail de fine dentelle, faisant sensuellement voleter au-dessus de ses épaules les boucles d'or qui s'échappaient de sa complexe coiffure.

Augustin se racla la gorge. Cette jeune fille n'était pas à la cour depuis très longtemps, mais ses regards chauds conjugués à son audace lui plaisaient beaucoup.

Soudain, il se rappela que sa fiancée était de la promenade. Il s'arrêta pour aller à elle, lui prit la main et la porta délicatement à ses lèvres.

— J'aime vous taquiner, se disculpa-t-il sans complexe.

Son oubli aurait pu être gênant – du reste, il devait l'être pour Abigail, sa promise –, mais puisqu'il fallait lui donner des raisons de le rejeter, il n'allait pas se le reprocher. Une chose cependant le chiffonnait dans toute cette histoire. La jeune femme, outre sa timidité quasi maladive, n'était pas sans charme, et c'était avec quelques regrets néanmoins qu'il avait accepté de renoncer à elle. Aussi espérait-il que sa remplaçante la surpasserait de ce point de vue. C'était, par ailleurs, le seul qui lui importait.

Toutefois, sa mère étant ce qu'elle était, et bien qu'elle s'en soit défendue, il n'était pas impossible qu'il se retrouve à devoir épouser un laideron. Comment réagirait-il si tel était le cas ? Oserait-il enfin lui tenir tête et s'opposer réellement à elle ? Rien n'était moins sûr...

Il avait beau jouer au plus malin en sa présence, il n'empêche qu'elle l'avait toujours terrifié, et ce d'aussi loin qu'il s'en souvenait. Jouir de ses privilèges était une chose, être le fils mortel d'une femme immortelle – la Reine Éternelle, comme on la surnommait –, dont l'apparence était aussi atroce que sa cruauté était grande, en était une autre.

— J'estime que la nécromancie, qui, je trouve, est un art rebutant, sied assez peu aux dames, expliqua-t-il en indiquant d'un signe à son chien mécanique de se tenir un peu plus en retrait, ces demoiselles n'ayant pas l'air très à l'aise en sa compagnie. Je n'approuve pas ma mère dans cette affaire de formation intensive, les femmes ne sauraient mener des batailles.

— C'est un problème qui a été soulevé durant la leçon d'aujourd'hui, commenta Erin, songeuse. Par cette fille bizarre...

— Ah oui, cette curieuse petite personne que Blackmorgan a prise en grippe ! s'exclama Athenaïs. Comme c'était drôle !

— Qui ne prendrait-il pas en grippe ? releva Augustin, avant d'ajouter : je suis tout de même étonné que Thadeus vous donne cours, je ne croyais pas ce rustaud capable d'aligner plus de deux phrases.

— Mais il est très loin d'être bête, se récria Erin, choquée. Et cette fille a tout fait pour le mettre en colère. Elle est venue sans l'uniforme et cachait ses horribles cheveux blancs sous un sortilège les rendant bruns.

— Elle n'en menait pas large quand le sorceleur a défait le sort, pouffa miss Evershade en dissimulant son rire derrière son éventail. Je crois bien qu'elle a failli pleurer. Vous vous rendez compte ?

— Des cheveux blancs, dites-vous ? répéta le prince en plissant le front.

— Bien sûr, tout le monde a été tenté de penser comme vous, avisa Athenaïs en lui adressant l'un de ses regards perçants. Mais il est en réalité nettement plus probable qu'elle soit atteinte de quelque maladie, plutôt qu'elle soit l'une de ces femmes.

— Et... ses yeux, de quelle couleur sont-ils exactement ? interrogea-t-il, un peu troublé.

— Mon frère, qui a pu la voir de près, assure qu'ils sont mauves.

Une chevelure blanche et des yeux mauves, n'était-ce pourtant pas là tous les signes extérieurs dont parlaient les légendes ?

Chapitre 13

Andraste

Après avoir passé l'après-midi dans la grande bibliothèque du palais en compagnie de Scott, sans pouvoir concentrer son attention sur la moindre page des ouvrages qu'il lui avait recommandés tant elle était perturbée, Andraste retrouva ses appartements. Elle mit plus de temps qu'elle n'aurait dû, se perdant à nouveau – une fois n'étant pas coutume – dans les couloirs du château. Mais elle finit, à force de tours et de détours, par arriver à destination.

Elle n'était pas dupe, même si elle n'avait jamais fréquenté beaucoup de monde, elle s'était vite rendu compte que, quoi qu'elle fasse et où qu'elle aille, sa différence attirait sur elle des regards à la fois hostiles et méfiants, et suscitait des messes basses sans aucun doute peu flatteuses. Elle comprenait mieux à présent pourquoi sa tante avait voulu la protéger de tout cela. En plus de l'affreux déchirement qu'avait entraîné le vif rejet de l'homme à qui elle s'était offerte, elle se sentait comme une paria au sein de cette société qui ne voulait pas d'elle. Au moins, au coven était-elle traitée avec respect… enfin, toute notion de séquestration mise à part, évidemment.

Ici, il n'y avait bien que Scott pour se montrer aimable avec elle. Aussi étrange que cela puisse paraître, ce garçon à l'intelligence remarquable s'était, semblait-il, tout de suite pris d'amitié pour elle. Il s'était fait un devoir, après l'avoir récupérée en panique dans le hall, de la conduire à la salle du déjeuner, où ensemble ils avaient pris leur repas. Lequel avait été très frugal pour elle, les événements de la matinée lui ayant retourné pour un bon moment l'estomac. Puis il lui avait fait visiter la monumentale bibliothèque du château, probablement son lieu favori vu l'enthousiasme qu'il avait manifesté à le lui faire découvrir.

Et elle aussi aurait été émerveillée par tous les trésors que recelaient ces immenses rayonnages, si seulement elle n'avait pas eu l'esprit si préoccupé. Quelque chose n'était pas normal dans le comportement que les gens adoptaient avec elle. Mais plus que tout le reste, l'attitude de Blackmorgan la troublait, l'odieuse manière dont il l'avait traitée le matin même la bouleversait, l'ayant profondément meurtrie et humiliée, l'affectant bien plus que de raison.

Quand elle l'avait laissé, Scott devait se rendre à l'entraînement aux sports de combat. Ce qui, à l'instar de tous ses autres camarades masculins, ne paraissait guère l'enchanter. Andraste, quant à elle, aurait donné cher pour pouvoir y prendre part. Et ce, même si l'enseignement en question était dispensé par cet homme qu'elle avait décidé de détester.

Lorsqu'elle avait enfin osé demander au jeune homme pour quelle raison Blackmorgan avait si mauvaise réputation, il lui avait répondu qu'il était connu dans tout Néo-Britannia pour être un ivrogne invétéré qui ne délaissait bouteille et solitude qu'au profit d'une bonne bagarre – ce qui lui avait tiré un froncement de nez on ne peut plus écœuré.

Voilà donc à quoi se résumait la personnalité de celui avec qui elle avait passé la nuit...

Par la Déesse, si seulement elle pouvait revenir en arrière ! À présent c'était certain, elle regrettait ce qu'elle avait fait. Et amèrement même ! Il lui était difficile de le reconnaître, mais sa sœur avait raison… sur tous les plans. Elle s'était bel et bien laissé séduire par un goujat, un mufle des plus irrévérencieux, qui n'avait jamais nourri aucun bon sentiment à son égard. Et l'inconfort qui sourdait entre ses cuisses se chargeait à chaque instant de le lui rappeler.

En outre, depuis son arrivée au palais, un sentiment d'insécurité s'était insinué en elle, allant grandissant au fur et à mesure de la journée. Elle se sentait terriblement faible avec ses insignifiants petits pouvoirs de sorcière – qu'elle n'aurait même pas le loisir de perfectionner –, et plus vulnérable que jamais ainsi exposée aux critiques et aux malveillances de tous ces inconnus qui peuplaient le château. L'animosité envers elle était si prégnante, si virulente qu'elle se sentait menacée, presque physiquement en danger. Elle aurait aimé avoir de quoi se défendre en cas de véritable agression – si improbable que cela paraisse –, ne serait-ce qu'un minimum. Dut-elle même passer par l'entraînement dispensé par le fils du duc et essuyer une fois de plus ses désobligeantes réflexions.

Certes, cela aurait été excentrique et inconvenant d'assister à un tel cours, elle avait fini par le comprendre. Mais elle s'en contrefichait. Toute sa vie elle avait été impuissante, et ici, au palais royal, ce sentiment était plus intense que jamais. Elle détestait éprouver cette sensation. Presque autant qu'elle détestait ce Blackmorgan…

Elle toqua à la porte pour avertir de son arrivée, puis pénétra dans sa chambre. Ruth était installée sur le sofa, un livre posé sur les genoux. Dès qu'elle vit sa sœur, elle s'empressa de se relever, la bouche grande ouverte, horrifiée :

— Oh ! Tes cheveux ! Mais qu'est-ce qui s'est passé ?

Andraste prit une grande inspiration, la soirée promettait une nouvelle fois d'être longue.

— C'est le capitaine Brighton qui m'a décoiffée... et qui a levé le sort, l'informa-t-elle, le goût de la trahison encore sur la langue. Il est sorceleur. Il savait depuis le début. J'imagine que c'était pour ça qu'il me regardait tellement bizarrement hier. C'est lui qui a dû me dénoncer au professeur...

— Il ne t'a pas fait de mal, au moins ? s'enquit Ruth, qui, décidément, commençait à faire de l'inquiétude une habitude.

— Eh bien, si l'on met de côté mon amour-propre – qui, lui, a été méchamment piétiné, et dont il ne reste plus que quelques miettes – non. Cependant, c'est très étrange, les gens semblent choqués, voire même effrayés, par mon apparence. Est-ce que tu peux me dire pourquoi au juste ? Qu'est-ce que ça peut bien faire que ma chevelure soit claire ? Parce que, personnellement, je ne vois pas où est le problème.

— Il faut que nous partions, se contenta de répondre Ruth en indiquant quelque chose derrière elle. Tu t'es fait beaucoup trop remarquer.

— Mais je ne veux pas partir ! s'offusqua malgré tout Andraste, jetant cependant un coup d'œil dans la direction que lui indiquait sa sœur.

Sur la table était posé un énorme bouquet de fleurs blanches, accompagné d'une petite carte qui semblait avoir été ouverte, ainsi qu'une cage aux barreaux de cuivre formant d'élégantes arabesques, avec, à l'intérieur, un étrange oiseau.

— Qu'est-ce que c'est ?

— Eh bien, je l'ignore, fit Ruth en levant les mains, paumes vers le ciel. Peut-être que, toi, tu pourras m'expliquer pourquoi le prince te fait envoyer une composition florale, et pourquoi un inconnu t'enverrait, quant à lui, un animécanique ? Ces présents te sont tous deux destinés, mais ils ne sont toutefois pas arrivés en même temps. Un valet a déposé la mésange en début d'après-midi en disant que c'était pour toi, mais il a refusé de donner l'identité de son maître. Tandis que les fleurs ont été apportées il y a quelques minutes par un autre serviteur, en livrée celui-ci.

La jeune fille fronça les sourcils de perplexité.

Ardghal, lui offrir des fleurs ? Voilà qui ne lui ressemblait pas du tout. Enfin, pour ce qu'elle le connaissait… Après tout, pourquoi pas ?

Sans pouvoir décider si elle le trouvait joli ou monstrueux, elle examina l'effarant petit oiseau dont le bec ainsi qu'une partie du crâne et tout le dos étaient recouverts de pièces métalliques qui paraissaient se fondre dans son corps. Puis, curieuse de savoir ce que celui qui était censé être son fiancé avait à lui dire, elle défit la carte du bouquet.

En attendant de pouvoir vous rencontrer
Bien à vous,
Augustin

Ah, ce prince-ci…

Andraste battit des paupières, et relut le bref message une deuxième, puis une troisième fois.

— L'animécanique doit valoir une petite fortune, tu sais, remarqua Ruth. Aussi, je ne pense pas que ce cadeau puisse venir de ton domestique. À moins qu'il ne l'ait volé, bien sûr.

— Mon domestique ? répéta la jeune fille, de plus en plus confuse, et se rembrunissant : Ah, oui… Eh bien, non, de toute évidence ! Ça ne vient pas de lui, rassure-toi.

— J'en déduis que tu l'as revu. N'est-ce pas ?

— Certainement pas ! s'exclama Andraste en jetant la carte sur la table dans un mouvement d'humeur inconsidéré, avant de se reprendre : enfin, si, peut-être… mais toi et moi avions convenu de ne plus aborder ce sujet.

— Soit, accepta son aîné avec une moue de compassion, l'air de savoir exactement de quoi il retournait. Il n'empêche que le prince vient de t'envoyer des fleurs, sans même te connaître. Tout ça ne me dit rien qui vaille.

Ruth se rassit dans le sofa, s'accouda, puis posa son menton sur le dos de sa main, s'absorbant dans une intense réflexion.

— Mais je n'en sais guère plus que toi, assura Andraste. Je n'ai absolument rien fait qui pourrait me valoir ce genre d'attention. Il y a peut-être eu une erreur ? Ça ne serait pas la première, on m'a bien placée dans un cours qui n'était pas le mien aujourd'hui. Et personne ne s'est soucié de ce que je pouvais dire. Peut-être me prend-on pour quelqu'un d'autre, en fin de compte ?

Sa sœur inspira bruyamment par le nez, puis déclara :

— Grand-mère m'a fait parvenir un message il y a quelques heures, elle exige que nous rentrions au coven dès que possible, quitte à nous enfuir du palais durant la nuit...

— Quoi ? Enfin, on ne peut pas faire ça ! Et je ne veux pas rentrer !

— J'ignore si on le peut, il est vrai que c'est risqué. Je ne comprends pas qu'elle me demande de faire une chose pareille. Qui peut se rebeller contre les ordres de la reine ? C'est de la folie.

Andraste prit elle aussi place dans le canapé. Malgré la tension que suscitaient en elle tous ces faits étranges, elle était lasse de sa journée et n'aurait su rester plus longtemps debout. Toutes ces émotions, toute cette agitation, c'était beaucoup trop pour elle, elle y était si peu habituée.

D'une certaine manière, c'était le prix de la liberté. Tout cela valait toujours mieux que son ancienne condition. Rien n'était pire que la captivité, quand bien même les barreaux de sa geôle étaient ceux d'une jolie cage dorée...

— Fais ce que tu veux, mais moi, je reste, avec ou sans toi. Je n'ai aucun autre endroit où aller et je ne rentrerai pas au coven. Jamais. Je ne retournerai pas dans cette prison et ni toi ni personne ne pourra m'y forcer.

Ruth l'observa d'abord avec scepticisme, puis son expression changea face à la détermination qu'elle lut sur le visage de sa cadette.

Grâce à ses pouvoirs, si son aînée le désirait, elle pouvait très bien obliger Andraste à la suivre, et elle le savait. Elle ne se rendrait pas sans opposer toute la résistance dont elle disposait, mais elle ne se faisait pas beaucoup d'illusions quant à ses chances de réussite.

Le sentiment d'impuissance s'accrut encore, péniblement.

Être une femme, jeune et sans époux, une sorcière avec si peu de talent, entièrement dépendante de sa famille, et malade de surcroît, faisait d'elle une chose fragile et manœuvrable à souhait. Un pantin en somme, constat qui la révolta au plus haut point. Finalement, le seul moment de liberté qu'Andraste eût jamais connu avait été ces quelques instants d'intimité qu'elle avait *choisi* de partager avec un inconnu, la nuit précédente... Certes, elle avait commis une erreur monumentale, elle l'avait réalisé depuis. Il n'empêche que c'était *son* erreur à elle.

— Je suis très fatiguée, avisa-t-elle en se relevant finalement. Je vais m'allonger et dormir un peu avant le dîner, si ça ne te dérange pas. Remettons donc cette dispute à plus tard, je ne suis vraiment pas en état.

La nuit était déjà tombée lorsque Andraste ouvrit les yeux, tous les sens en alerte. Elle se redressa, puis s'obligea à relâcher les draps auxquels elle s'était cramponnée dans son sommeil.

Le danger.

Il était là, imminent, presque palpable. Et cette impression n'était pas due aux horribles cauchemars qui avaient peuplé ses songes et dans lesquels tout le monde voulait sa peau. Elle n'aurait su l'expliquer, mais son instinct lui soufflait que la menace était réelle… non, il le lui hurlait en vérité.

Encore vêtue de ses vêtements de la journée, elle quitta le lit à pas de loup et n'alluma, par précaution, aucune lampe. Tout était silencieux. L'appartement entier était plongé dans l'obscurité. Ruth devait s'être couchée elle aussi et semblait avoir préféré ne pas la réveiller pour le repas. Sans doute son aimable sœur avait-elle pensé qu'une bonne diète ne lui ferait pas de mal… Sauf qu'Andraste, qui avait très peu mangé au petit déjeuner comme au déjeuner, sentait poindre un fâcheux vertige ainsi qu'une désagréable migraine.

Elle se ressaisit, ce n'était pas le moment de flancher. Une personne lui voulait du mal – comme dans ses songes – et elle se trouvait ici, tout près. Elle allait rejoindre sa sœur dans le boudoir lorsqu'elle vit la poignée de la porte du vestibule s'abaisser lentement.

Elle se faufila derrière une commode et tenta de se rassurer en espérant qu'une domestique apparaîtrait dans l'encadrement. Un hoquet de terreur trahit sa présence lorsqu'elle distingua à la seule lumière de la lune un homme gigantesque, entièrement vêtu de cuir noir, et dont le visage était mystérieusement flouté par une image qui paraissait se superposer à la réalité. L'image d'une tête de bête… un ours, peut-être.

Son intuition était donc bel et bien fondée.

Aussitôt, l'intrus se tourna en direction du bruit, puis s'élança vers sa proie, évitant le mobilier aussi aisément que s'il y voyait comme en plein jour. D'abord terrifiée par l'improbable spectacle qu'offrait cette monstrueuse créature, Andraste resta tétanisée, incapable d'abandonner le couvert du meuble derrière lequel elle avait trouvé refuge.

Mais au dernier moment, tandis que l'homme s'apprêtait à fondre sur elle, l'instinct de survie la poussa à réagir. Elle plongea de côté et roula sur le flanc. Elle entendit la créature se cogner contre le panneau de bois, le fracassant comme une simple feuille de papier, et étouffer un juron dans une langue qu'elle ne connaissait pas.

Elle se serait vite relevée si ses pieds ne s'étaient pas ridiculement empêtrés dans ses jupes – maudit soit Blackmorgan avec ses remarques désobligeantes et cependant tout à fait pertinentes !

Elle était à genoux et essayait maladroitement de retrousser ses jupons afin de se mettre debout lorsqu'elle se sentit happée vers l'arrière. Elle tomba la tête la première, le menton heurtant méchamment le parquet, tandis que l'intrus la ramenait vers lui en se servant de ses vêtements comme d'un filet.

Malgré l'éclair blanc de douleur qui voilait son champ de vision et l'étourdissait plus encore que la faim, elle parvint à jeter un regard par-dessus son épaule et aperçut son assaillant.

Ses yeux de bête, vides d'émotion, la firent frémir et elle se débattit avec l'énergie du désespoir pour lui échapper. Sa robe craqua et une grande partie du tissu qui en constituait le bas resta coincée entre les mains de la créature. Néanmoins, Andraste réussit à se libérer – et c'était là tout ce qui comptait, sa dignité étant de toute façon restée dans la salle de cours de nécromancie.

Sans réfléchir, elle bondit sur ses jambes quasi dénudées, puis s'empara du premier objet venu, soit une carafe en étain, et, montant sur demi-pointe pour être à hauteur, l'abattit le plus violemment possible sur le crâne de l'intrus. Il y eut comme un craquement, un jet de sang chaud éclaboussa son bras et, durant un court instant, elle crut l'avoir tué.

Elle lâcha le lourd récipient – qui, dans sa chute, abîma le beau parquet lustré de la chambre – et, comme hypnotisée, ne put s'empêcher de fixer l'horrible plaie qu'elle avait causée.

Pour autant, il s'avéra non seulement que le coup n'était pas mortel, mais qu'en plus, comble de l'ironie, la blessure se résorbait, les chairs déchirées se ressoudant à une vitesse ahurissante.

Cette fois, l'homme ne lui laissa guère l'opportunité de fuir. En un éclair, il fut sur elle, l'enserrant dans ses bras à la puissance extraordinaire, lui bâillonnant la bouche d'une main brutale. Elle se démena comme elle le put pour se soustraire à lui, s'agita telle une forcenée, le frappant de ses pieds autant que de ses poings. Elle lui mordit même la paume jusqu'au sang... mais il n'y avait rien à faire, il était beaucoup trop fort et insensible.

Par la Déesse, pourquoi n'avait-elle pas pensé à crier quand elle en avait encore la possibilité ?! Ruth, si elle avait pu la réveiller, aurait su quoi faire, c'était certain !

L'homme souleva Andraste du sol comme si elle n'avait été qu'un paquet de linge et l'emmena devant le mur le plus proche contre lequel il l'écrasa sans ménagement. Il retira sa main de devant ses lèvres tout en lui tordant un bras dans le dos.

— Un bruit et tes os seront en miettes, grogna-t-il d'une voix qui sonnait plus comme le rugissement d'un animal que comme les mots d'un être humain, un fort accent étranger relevant le tout.

Il accentua la pression jusqu'à lui faire serrer les dents pour contenir le cri de douleur qui montait dans sa gorge, et insista :

— M'as-tu compris, Femme de la Nuit ?

Quoi, encore ? Était-ce vraiment une insulte ?! Il faudrait qu'elle demande à sa sœur ce que cela signifiait, enfin, si un jour elle avait l'occasion de lui reparler.

Andraste hocha piteusement la tête, prise d'un irrépressible tremblement, la panique lui cisaillant les entrailles et l'empêchant de respirer. Elle avait cru expérimenter l'épouvante lorsque Blackmorgan s'était amusé avec elle en usant de ses pouvoirs de nécromancien, mais, finalement, elle en était très loin. À compter de maintenant elle saurait ce qu'était véritablement la peur. Des centaines d'images défilèrent à toute vitesse dans son esprit, des centaines de façons dont cette créature pourrait la faire souffrir, puis la tuer... et elle était pleinement consciente de son ignorance en matière de torture et de mise à mort.

— Cela m'étonnerait beaucoup que Helen vous ait donné le droit de casser le bras de sa petite-fille, entendit-elle Ruth déclarer d'un ton absurdement calme et posé.

Par réflexe, Andraste se tordit le cou afin d'apercevoir sa sœur. Ce qui lui valut derechef une nouvelle pression de la part de son bourreau et une douleur fulgurante lui transperça l'épaule, lui tirant malgré elle un affreux gémissement.

Ruth se tenait sur le pas de la porte du boudoir, encore habillée et coiffée, les bras croisés sur la poitrine.

La jeune fille n'y comprenait plus rien. Pourquoi son aînée n'était-elle pas effrayée par l'apparence de l'intrus ? Pourquoi restait-elle immobile et à l'écart, pourquoi ne venait-elle pas à son secours ?

— Vous étiez censé attendre dehors pour nous aider à fuir et nous escorter jusqu'au manoir, pas enlever Andraste de cette manière, objecta sa sœur avec un soupçon de réprobation.

— Je ne reçois mes ordres que d'Ardghal, gronda la créature. Et il n'est pas du même avis que votre grand-mère. Il estime avoir suffisamment attendu et veut obtenir ce pour quoi il a payé si chèrement. Cela dit, pour ce qu'il en fera, une épaule fracturée ne devrait pas trop le gêner.

— Je vois. Donc vous ne comptez pas nous raccompagner chez nous ?

— Vous êtes perspicace, railla l'homme tout en attachant les poignets d'Andraste dans son dos, serrant les liens bien plus que nécessaire.

Ensuite il la bâillonna avec un chiffon sale, pris dans la poche de sa veste, puis la chargea sur son épaule sans autre forme de procès, tandis qu'elle se trouvait en sous-vêtements. Puis il se dirigea vers la fenêtre.

— Ouvrez, ordonna-t-il à l'intention de Ruth. Ce sera plus facile de quitter les lieux par ici.

Andraste leva un visage défait vers sa sœur et la supplia du regard. Elle l'avait trahie, certes, mais elle ne pouvait tout de même pas laisser ce monstre la livrer à l'un de ses semblables ? Un homme qui, semblait-il, l'avait achetée, et qui ne se souciait guère de savoir si on lui amènerait celle qui était censée être sa fiancée entière ou non.

Dans les yeux de Ruth se succédèrent plusieurs émotions. Il y avait de la soumission, ainsi qu'une résignation triste, mais Andraste y vit également naître peu à peu le doute. À partir de ce moment-là, elle sut que sa sœur était de son côté, qu'elle n'était pas assez cruelle pour ne pas agir.

Alors la jeune fille se débattit plus hargneusement que jamais – enfin, dans la mesure où ses mains étaient attachées derrière son dos – et vida tout le contenu de ses poumons dans un hurlement malheureusement bien trop assourdi par le tissu qui lui emplissait la bouche. Il ne résulta pas grand-chose de ses efforts désespérés, si ce n'est que la poigne de la créature s'affermit sur ses cuisses, lui broyant les jambes. Mais ce fut toutefois suffisant pour le distraire le temps que Ruth fasse son choix.

— Non, opposa cette dernière avec fermeté. Ce n'est pas ce qui était prévu. Lâchez-la, vous ne l'emmènerez nulle part !

L'intrus laissa retomber son fardeau comme il l'aurait fait avec un vieux sac sans valeur et Andraste se ramassa sur elle-même, accusant le choc en mordant dans le chiffon au goût amer de sueur et de crasse.

Puis la créature fit face à Ruth, la tête de l'ours prenant le pas sur son visage humain. Il étendit les bras le long du corps, ouvrant grand les mains, paumes vers son adversaire, et d'immenses griffes jaillirent de ses doigts, remplaçant subitement ses ongles. Si tant est que ce soit possible, il sembla même à Andraste que sa silhouette s'allongeait et s'épaississait au fur et à mesure qu'il considérait celle qui s'opposait à lui, remplissant ses vêtements de cuir jusqu'à presque les faire craquer.

Mais sa sœur tint bon et ne recula pas d'un pas tandis que l'homme – ou plutôt la bête – s'avançait vers elle en exhibant ses énormes crocs saillants, l'écume aux lèvres. Un grondement sourd et vibrant roula dans sa gorge.

Ruth attendit qu'il soit prêt à la frapper pour tracer avec une efficacité et une rapidité remarquables une première rune – bleue, une défensive, qu'Andraste ne reconnut pas. Son dessin flotta l'espace d'un quart de seconde dans les airs, puis s'évanouit d'un coup et projeta soudain l'intrus à l'autre bout de la pièce, où il s'encastra dans une armoire. La chute ne lui ayant causé aucun dommage, ou presque, il sauta sur ses pieds et s'accroupit, s'apprêtant à bondir.

Entre-temps, Ruth s'était mise à incanter. Elle esquissa une seconde rune – une noire – et une fumée sombre s'éleva du sol et attrapa les chevilles de son agresseur lorsqu'il s'élança vers elle. Déséquilibré, le géant chuta vers l'avant, s'écrasant violemment contre le parquet où d'autres volutes ténébreuses s'enroulèrent autour de lui, le clouant là pour de bon.

Andraste, qui avait assisté à la scène sans rien pouvoir faire, dut attendre que sa sœur vienne à son secours pour être enfin libérée de ses liens, ainsi que de son abominable bâillon.

Cependant, l'intrus profita de cet instant d'inattention de la part de la sorcière pour forcer ses entraves magiques et parvint, sans doute grâce à sa puissance surnaturelle, à s'extirper du sortilège – certes impressionnant, mais trop faible pour le retenir.

Avant même qu'Andraste ait pu articuler un mot d'avertissement, il se jeta sur Ruth, encore penchée sur elle, et la frappa à l'épaule, l'envoyant rouler à travers la chambre. Elle poussa un cri de douleur surprise et se recroquevilla au sol. D'un bond extraordinaire, il sauta sur elle, saisit ses poignets d'une main et les releva au-dessus de sa tête, l'empêchant ainsi de lancer de nouveaux sorts. Puis il approcha son visage de sa proie et fit claquer ses dents près de son oreille.

— Tu as vraiment cru pouvoir m'affronter, pauvre chose ? lâcha-t-il dans un murmure qui n'avait plus rien d'humain.

Andraste, qui ignorait quoi faire pour sauver sa sœur, se rappela subitement qu'elle était en possession d'un revolver. Elle se précipita vers l'armoire, ouvrit le carton à chapeau et récupéra l'arme, puis elle visa – ou, du moins, essaya de viser – la créature :

— Plus un geste ! s'écria-t-elle tandis que l'homme levait un bras en l'air dans l'intention manifeste de trancher la gorge de Ruth de ses redoutables griffes.

Il s'interrompit en plein mouvement et releva la tête, vaguement étonné, sa figure se devinant soudain un peu plus sous les traits de l'ours. Il observa de ses yeux à demi bestiaux la jeune fille chancelante, à l'aplomb incertain, qui prétendait le menacer, et dont les membres tremblaient encore sous l'effet de la peur. Puis il éclata d'un rire cruel, croassant comme le tonnerre :

— Aucun de ces projectiles de métal ne peut venir à bout d'un homme comme moi, Femme de la Nuit ! Tu risques davantage d'achever la sorcière que de me causer la moindre plaie. Mais si tu préfères ça pour elle, vas-y, ne te gêne pas.

Il avait raison, elle n'avait aucune idée de ce qu'elle faisait, ni de comment fonctionnait le revolver. Il fallait presser la détente, certes, mais savoir ça ne suffirait probablement pas.

Ruth, dont le visage était inondé de larmes de souffrance et de sang, remua brusquement et lança son genou dans l'entrejambe de la créature. Avec un cri de rage, elle força sur ses poignets, réussit à en libérer un qu'elle fourra d'emblée sous son agresseur, où elle attrapa un objet qu'elle planta violemment dans sa poitrine, juste au niveau du cœur.

Alors l'homme geignit plaintivement, puis s'effondra, inerte.

Raide mort...

— Enlève-le ! ordonna-t-elle à Andraste tandis qu'elle tentait vainement, à grand renfort de gestes hystériques, de se dégager de sous l'énorme cadavre qui la retenait au sol.

Elle reposa le revolver dans sa boîte et accourut pour joindre ses efforts à ceux de sa sœur afin de repousser sur le côté la lourde masse. Lorsque enfin elles parvinrent à le retourner, son visage, de même que le reste de son corps, n'était plus que celui d'un homme, sans aucune trace de l'animal qui l'avait habité encore quelques instants auparavant. Il semblait dormir, mais Andraste savait qu'il n'en était rien.

C'était la première fois qu'elle voyait un mort... et autant de sang. Un éclat de bois, provenant manifestement de la première commode détruite, était fiché dans son torse, profondément, et une fleur rouge sombre et luisante s'épanouissait là, étalant ses pétales sur le cuir noir de son étrange pourpoint et jusque sur le parquet.

Ruth, qui s'était trouvée sous lui, en était également barbouillée. Le coup qu'elle avait reçu à l'épaule avait lacéré son corsage et la soie bleu ciel rougissait à vue d'œil à l'endroit où les énormes griffes l'avaient frappée.

— Le métal d'une balle normale ne peut effectivement rien contre un Berserk, tu as bien fait de ne pas tirer, tout le château aurait été alerté, indiqua cette dernière, les paupières alourdies par la douleur. Le bois en revanche, c'est une autre histoire. Heureusement que je m'en suis souvenue à temps.

Andraste l'observa de pied en cap. Sa sœur était blessée et affaiblie, et paraissait prête à ne rien demander au sujet du revolver. Toujours était-il que le cadavre d'un Ilandrien gisait au milieu de leur appartement. C'était tout sauf le bon moment pour avoir une discussion. Ruth s'était battue pour la sauver, et elle ne s'en sortait pas indemne, mais elle ne l'en avait pas moins trahie.

Elle songea que sa propre sœur avait failli laisser un monstre l'enlever et se mordit la lèvre pour ne pas l'insulter, tandis que celle-ci se tenait le bras, les traits tirés et le teint livide.

— As-tu une idée pour le corps ? lança froidement Andraste, prenant sur elle pour se concentrer sur l'instant présent. J'imagine que nous aurons des problèmes si on découvre qu'un des ennemis de Sa Majesté s'est infiltré au palais suite à un arrangement entre grand-mère et toi, non ?

— Ce n'est pas...

— De quelle manière procède-t-on ? coupa-t-elle avec une sévérité nouvelle.

— Je ne sais pas... Je ne vois pas comment on pourrait s'en débarrasser sans quitter l'enceinte du château. Et il serait impossible de le faire discrètement avec un tel chargement.

— Alors il va falloir trouver autre chose, argua Andraste en se penchant sur le cadavre – non sans un certain dégoût – pour y récupérer le morceau de bois fiché dans son cœur.

Son aînée avait frappé avec une telle puisance qu'elle dut forcer pour retirer le pieu improvisé, le tournant et le retournant dans la plaie, et pataugea sans même s'en rendre compte dans la flaque de sang qui s'étendait peu à peu sur le plancher.

Ruth secoua la tête, écœurée.

— Mais qu'est-ce qui te prend ?

— C'est de notre commode qu'il provient. N'importe qui pourrait établir un lien entre cet homme et nous s'il trouvait cet éclat enfoncé dans son corps.

— Qu'est-ce... qu'est-ce que tu comptes faire ? interrogea sa sœur qui semblait de plus en plus mal.

— On va le jeter d'une fenêtre. On va devoir le transporter jusqu'au deuxième étage, au moins. Ensuite nous nous occuperons de ta blessure, puis de remettre de l'ordre dans la chambre. Une chance que la salle de bains ait été réparée, nous en aurons bien besoin pour nettoyer tout ce sang.

Elles utilisèrent une couverture pour transporter plus facilement l'Ilandrien, et parcoururent tant bien que mal une vingtaine de mètres à travers le premier grand couloir, lorsqu'elles tombèrent – presque littéralement puisque Andraste, qui marchait à reculons, trébucha… sur un second cadavre.

Un autre homme, atrocement mutilé, manifestement torturé, que Ruth reconnut d'emblée comme étant le domestique qui avait apporté l'oiseau mécanique.

Chapitre 14

Andraste

Andraste se rendit au cours de nécromancie encore plus fatiguée que la veille. Et pour cause, la nuit qu'elle venait de passer avait été un véritable cauchemar. Elle et sa sœur, afin que personne ne vienne à les soupçonner d'être mêlées ni à l'intrusion d'un ennemi au palais, ni à son meurtre, avaient jeté l'Ilandrien du deuxième étage, après l'avoir transporté le plus loin possible de leurs appartements. Le problème était ce second cadavre, trouvé en chemin, sans doute une victime de l'homme de main d'Ardghal. Celui-ci, elles n'y avaient pas touché... quand bien même l'aurait-il fallu, elles n'auraient pas pu.

Andraste sentait encore la nausée poindre rien qu'à l'idée de l'état dans lequel elles avaient trouvé le pauvre domestique... L'Ilandrien s'était vraiment déchaîné sur lui. Et dire qu'elle avait failli être emmenée de force dans ce pays de barbares ! Elle n'était pas près de pardonner cette trahison à sa sœur, quand bien même s'était-elle au dernier moment ravisée. Ruth avait beau avoir été blessée dans sa lutte pour finalement empêcher le kidnapping de sa cadette, Andraste n'arrivait pas à éprouver pour elle quelque compassion que ce soit. Après tout, elle pouvait encore comploter avec Helen pour la forcer à rentrer au coven. Elle avait bien accepté la première fois...

Après s'être occupée de panser la blessure de sa sœur et l'avoir aidée à se mettre au lit, elle avait passé les quelques heures qui lui restaient avant la reprise des cours à ranger, nettoyer, et brûler dans sa cheminée la commode endommagée, afin d'effacer toute trace de l'agression. Les domestiques s'apercevraient probablement de la disparition du meuble, et peut-être aurait-elle des problèmes pour ça, mais personne n'y verrait un quelconque rapport avec l'Ilandrien.

Elle terminait tout juste lorsqu'on lui avait amené l'uniforme noir et gris de nécromancie. Apparemment, ce n'était qu'un fâcheux oubli dû à son arrivée tardive. Andraste l'avait examiné, puis avait décidé de ne pas le mettre. Ce cours n'était pas le sien, il y avait eu une erreur, mais personne n'était disposé à l'écouter. Elle protesterait donc avec les moyens qui étaient les siens – c'est-à-dire pas grand-chose – et continuerait de se vêtir normalement.

Évidemment, avec son bleu au menton qu'elle avait à peine réussi à masquer grâce à de la poudre de riz habilement appliquée – une chance que ses autres hématomes soient cachés sous ses vêtements –, sa robe de taffetas aubergine, et ses cheveux toujours aussi étranges pour ses semblables, son entrée dans le hall fut encore plus remarquée que la veille.

À son arrivée, les voix baissèrent pour se transformer en messes basses et les regards se rivèrent tous à elle, sans exception. Elle hocha la tête pour saluer ses camarades et leur adressa un sourire feint, mais fier. Hors de question de baisser le nez encore une fois devant eux. Puis elle se mit à écouter les bribes de conversation qu'elle parvenait à percevoir, soucieuse d'entendre ce qu'on dirait à propos des deux cadavres retrouvés au château.

Étonnamment, personne n'y fit mention. Sans doute l'affaire avait-elle été étouffée – une bonne chose pour elle et sa sœur –, ce genre d'événement risquant d'égratigner de manière considérable l'image du palais…

Quelques instants plus tard, Scott, adossé près d'une fenêtre, un livre à la main, le referma, puis vint à elle.

— Mauvaise nuit ? présuma-t-il, voyant son visage aux traits tirés.

C'était peu de le dire. S'il savait…

Cela étant, lui non plus n'avait pas l'air au mieux de sa forme. L'un de ses yeux était légèrement gonflé et la peau autour avait jauni. En outre, il n'était pas le seul à porter ce genre de marque. À bien regarder, quelques autres jeunes hommes du groupe arboraient des traces de coups.

— Mauvaise soirée ? lui retourna-t-elle, curieuse de savoir comment s'était déroulé l'entraînement.

Il eut un sourire penaud, se passa la main dans les cheveux tout en avisant ses pieds.

— Je crains de ne pas être très doué aux sports de combat. Il n'empêche que je suis heureux de vous annoncer que je n'ai abandonné aucune de mes dents sur le carreau de la salle d'armes.

— C'est Blackmorgan qui vous a fait ça ? demanda-t-elle, tandis qu'elle connaissait déjà la réponse.

— J'ai… comme qui dirait *servi* aux démonstrations. Mais, ainsi que vous pouvez le constater, les autres, qui ont appliqué entre eux les exercices, ne sont pas en reste.

— Certes, acquiesça-t-elle, plus pour lui faire plaisir qu'autre chose, son ecchymose étant tout de même la plus impressionnante du lot.

Elle soupira d'exaspération en songeant que c'était à cause d'elle que le pauvre Scott s'était attiré l'animosité de leur professeur. Ce comportement était juste… révoltant ! Blackmorgan méritait bien sa réputation de brute… et aussi celle d'ivrogne.

Diable, mais comment avait-elle pu se laisser attendrir par un tel homme ? Elle n'arrivait toujours pas à se l'expliquer. Si elle avait été moins naïve… si elle avait su qui il était vraiment, jamais elle n'aurait accepté qu'il pose la main sur elle.

Des images des instants passés dans ses bras lui revinrent brusquement en mémoire. Furieuse, sentant ses joues s'empourprer et ses paumes devenir moites, elle secoua la tête pour chasser ces fâcheux souvenirs. Elle s'était donnée à quelqu'un d'autre ce jour-là, une personne qui n'avait existé que l'espace d'une nuit… ou peut-être uniquement dans son esprit.

Tandis que, au bout d'un peu plus d'une heure d'attente, les remarques sur la ponctualité et les manières décidément discutables de leur professeur montaient, celui-ci parut enfin. Il franchit le hall à grands pas nerveux, la mine sombre, le regard perdu devant lui, et, sans un mot d'excuse, pénétra dans la salle de cours. Avec une totale indifférence, il jeta sa veste sur son bureau, roula à nouveau ses manches sur ses bras et, comme s'il éprouvait quelques difficultés à respirer normalement, retira sa cravate et défit plus avant son col déjà déboutonné.

Lui aussi avait les traits marqués par le manque de sommeil, constata Andraste en passant devant l'estrade, notant également un léger voile de sueur sur son front. Au même moment, Blackmorgan s'arracha à sa contemplation butée du parquet et leurs yeux se croisèrent fugacement.

Ce qu'elle y vit la déstabilisa encore davantage. Spontanément, une ombre d'apaisement s'esquissa au fond de ses prunelles noires, qui se changea ensuite en étonnement inquiet – probablement à cause de son menton écorché –, avant de se muer en colère sourde et venimeuse.

Plus impressionnée qu'elle l'aurait voulu, la jeune fille se détourna et s'empressa de rejoindre sa place au fond de la salle, à côté de son ami. Mais ce qu'elle découvrit alors à sa table faillit bien lui faire faire demi-tour.

Devant chaque élève était disposé un bocal contenant une main, un chiffon, une longue aiguille de couture ainsi qu'une paire d'horribles lunettes rondes de protection pourvues de rabats en cuir brun.

— Nous passons à la pratique aujourd'hui, annonça leur professeur en s'installant au fond de son siège, liant ses doigts derrière sa nuque, avant de pousser l'indécence jusqu'à carrément poser les bottes sur son bureau, étendant ses longues jambes devant lui. Montrez-moi que vous êtes tous capables de faire gambader ces choses.

— Gambader ? répéta Andraste en grimaçant, à la fois incrédule et dégoûtée.

Scott pouffa de rire face à sa réaction et oublia soudain le vouvoiement :

— Et tu croyais qu'elles serviraient à quoi exactement, ces mains ?

— Je... je préférais ne pas y penser.

— Regarde, l'enjoignit-il avec un petit sourire en coin, son assurance enfin retrouvée.

Le jeune homme enfila alors l'abominable paire de lunettes – au moins ce moment-là fut-il drôle, à défaut du reste de l'expérience –, déploya le chiffon sur sa table, ouvrit son récipient et en sortit le morceau de cadavre qui y flottait. Là-dessus, il se munit de l'aiguille, se piqua intentionnellement le bout du doigt, puis déposa une goutte de son sang sur la main inerte. Ensuite, il ferma les yeux, puis fit montre d'une grande concentration. Quelques secondes plus tard, les muscles morts tressautaient, comme réveillés sous l'impulsion de décharges électriques. Mais Andraste savait qu'il ne s'agissait pas de ça, que c'était la volonté de Scott qui faisait s'animer cette... chose.

La nécromancie, voilà tout de même un pouvoir bien curieux... et dérangeant aussi.

Les doigts morts se calmèrent peu à peu, leurs mouvements se firent plus ordonnés, jusqu'à ce que, du bout des ongles, ils se mettent à battre la cadence dans un geste qui ressemblait à de l'impatience.

— Je ne pourrai jamais m'y faire, lâcha la jeune fille, partagée entre admiration et écœurement.

Elle jeta un œil alentour et s'aperçut que, si tous avaient procédé de la même manière que son ami, les autres étaient loin de s'en sortir aussi bien. Quelques-uns avaient réussi le défi lancé par Blackmorgan, cependant, la plupart demeuraient immobiles, le visage crispé devant un morceau de cadavre irrévocablement figé.

Tout en maintenant son emprise sur la main qui continuait à agiter les doigts, Scott se tourna vers sa voisine.

— À ton tour à présent.

— Pardon ? Hors de question que je touche à ça ! s'exclama-t-elle en désignant le bocal qui attendait sur sa table.

— Allons, allons, ça ne va pas te tuer d'au moins essayer. Mets déjà tes lunettes.

— Que je mette *ça* ? Sur *ma* tête ? Certainement pas. Et puis c'est censé servir à quoi, au juste ?

Comme pour lui répondre, une espèce de déflagration humide retentit dans la salle de cours. Erin, qui se trouvait non loin d'eux, venait de faire littéralement exploser son devoir. Pétrifiée d'horreur, elle roulait piteusement des yeux tandis qu'elle n'osait plus bouger. Son visage, ses cheveux, ainsi que son buste étaient couverts de formol, de lambeaux de chair grisâtres et de petits bouts d'os blancs.

Sa voisine, Athenaïs, l'observait d'un air dédaigneux, pendant que ses autres camarades riaient aux éclats.

Incroyable. Ils trouvaient ça... amusant ?

Seul Blackmorgan restait impassible. Il se contenta de lancer à la cantonade, d'un ton un brin méprisant :

— Eh bien, à ce rythme vous n'êtes pas près d'être utiles au royaume, tous autant que vous êtes.

Il n'en fallut pas plus pour convaincre Andraste. Résignée, elle attrapa les affreuses lunettes de protection, puis les passa, parfaitement consciente du ridicule de l'objet sur elle.

— Voilà, l'encouragea Scott avec une patience aimable, avant de déposer devant elle la main tranchée, puis de lui tendre l'aiguille : Une simple goutte de ton sang suffit, pas plus.

Cette situation était vraiment grotesque. Pourquoi aurait-elle fait ça ?

— Tu ne pourras savoir si tu en es capable que si tu essaies, persista son ami.

— Et pour quelle raison j'en serais capable, puisque je suis une sorcière ? rappela-t-elle, perplexe.

Chapitre 15

Thadeus

Thadeus avait passé une nuit exécrable. La fin de soirée avait vu réapparaître avec une intensité nouvelle la douleur sourde dans sa jambe. Il n'avait pas eu de crise, cependant – et sans doute était-ce dû au fait qu'il s'était habitué au cours de la journée à ne plus ressentir cette brûlure latente, compagne de chaque instant – il avait eu l'impression que l'élancement était revenu plus vif encore qu'auparavant. Ensuite, et comme de coutume, le sommeil s'était résolument refusé à lui, ne lui accordant au mieux qu'un simulacre d'assoupissement, dans lequel d'obsédantes images défilaient en boucle dans son esprit déjà bien assez torturé.

Les cauchemars, pour une fois, s'étaient tenus à l'écart, cédant la place à des rêveries d'*apparence* plus agréable... mais d'apparence uniquement. Car ces espèces de fantasmes souvenirs, lesquels mettaient en scène une Andraste nue et lascive, ainsi que sa propre personne, l'avaient laissé plus frustré et insatisfait que jamais.

Combien de fois durant ces heures sombres où il avait à de multiples reprises émergé de ce demi-sommeil en sueur et pantelant, submergé par ce désir insensé, la douleur le tenaillant alors en deux endroits bien distincts, avait-il maudit la sorcière et son diabolique sortilège ? Thadeus n'aurait su le dire. Il n'avait guère lésiné sur les insultes à l'encontre de la jeune femme. Des mots qu'il avait adressés au vide, mais qui ne l'avaient cependant nullement soulagé tant ils manquaient de conviction.

Faible, lâche *et* obsédé par une femme… pire, une sorcière ! Une peste qui était parvenue à lui infliger le pire des maléfices. Sa fierté en prenait un sacré coup et ne s'en relèverait certainement pas. Lui, un Blackmorgan, succomber à un malheureux enchantement… C'était tellement improbable ! Pourtant, il devait se rendre à l'évidence, c'était trop tard, elle l'avait bel et bien piégé.

Peu de solutions s'offraient à lui le cas échéant. Soit il exécutait sa mission et supprimait la descendante des Coldfield, libérant peut-être sa famille de la malédiction, mais assurément lui-même du sortilège ; soit il devait reprendre les choses là où il en était resté la nuit où elle l'avait interrompu.

Mais aucune ne lui convenait. En fait, il aurait aimé disposer d'une troisième option, celle dans laquelle il se lançait dans une cour assidue afin de séduire Andraste et de l'amener à lui accorder ses faveurs encore une fois… non, autant de fois que possible.

Il en était là de ses réflexions, rageant d'avoir ne serait-ce qu'envisagé l'espace d'une seconde un plan aussi absurde – lui, s'abaissant à faire la cour à une femme, et puis quoi encore, avait-on déjà entendu quelque chose de plus ridicule ?! –, quand la garde royale l'avait tiré du lit.

Il était alors quatre heures du matin et deux meurtres venaient d'avoir lieu. Un espion ilandrien avait été retrouvé mort dans la cour du château, tandis que son propre valet – qu'il avait envoyé surveiller la chambre de la sorcière, se procurant son emplacement auprès d'autres membres du personnel sous l'innocent prétexte de la livraison d'un présent – avait été découvert dans un couloir, le corps en charpie, tué par de violents coups de poignard. Ou bien était-ce par des griffes et des crocs, eu égard à l'Ilandrien qui avait probablement dû posséder les pouvoirs typiques de son pays, ceux du Berserk ?

Il avait examiné les corps comme on le lui avait demandé, avait d'emblée reconnu son domestique – le seul qu'il avait emmené, c'était fâcheux – et avait réfléchi avec les autres pour établir une hypothèse. Le problème était que ça n'avait aucun sens...

Pour quelle raison un ennemi se serait-il infiltré au palais si c'était pour ensuite se jeter par une fenêtre ? Et pourquoi *son* valet, qui, apparemment, s'était tout de même bien défendu puisqu'il avait réussi à frapper l'intrus au thorax dans sa lutte, était-il le seul à avoir fait les frais de l'Ilandrien ?

Cela avait forcément un rapport avec Andraste, mais il ne pouvait en parler. Personne, en dehors de Brighton, ne devait savoir qu'il s'intéressait à la jeune femme... et encore moins qu'il missionnait son propre personnel pour la faire surveiller.

Après s'être engagé à garder l'affaire secrète, Thadeus, une fois de retour dans ses appartements, avait dû rédiger un télégramme à destination de Bloodcastle, réclamant d'urgence un nouveau valet – qu'il posterait dès son arrivée aux abords de la chambre d'Andraste, maintenant qu'il savait où celle-ci se situait.

Il avait à peine eu le temps de se laver que déjà il devait se rendre à ce fichu cours. Bien entendu, il était arrivé en retard. Mais quelle importance ? Après tout, il n'avait demandé à être professeur que pour avoir une excuse pour se trouver au palais en même temps que sa proie. En aucun cas il n'était obligé d'assumer ce rôle avec sérieux. Et en l'occurrence, il fallait bien qu'il soit fidèle à sa réputation s'il souhaitait rester crédible.

Les jambes étendues sur le bureau, affalé dans son siège face à ses élèves, Thadeus tentait de se détendre. Vainement, bien entendu... Il était dans un tel état de nerfs après avoir constaté que, non seulement *elle* le provoquait encore en se pavanant dans une robe qui épousait si délicieusement ses formes qu'il se serait damné pour la lui retirer, mais qu'en plus une marque de lutte venait entacher la pureté de son fascinant visage, qu'il n'était pas loin de frapper dans quelque chose… ou quelqu'un, éventuellement, si l'occasion se présentait.

Une seule déduction s'imposait : d'une manière ou d'une autre, l'Ilandrien s'en était pris à elle. Et les dieux seuls savaient pourquoi cette idée l'avait aussitôt plongé dans une telle rage.

Rage qui s'accrut encore – si c'était possible – lorsqu'il vit Evershade s'approcher outrageusement d'Andraste et lui parler à l'oreille. Manifestement, le jeune homme n'avait pas eu son compte la veille quand, au cours de boxe, Thadeus avait tenté de mettre les choses au clair avec lui.

Elle était à lui. Et à lui seul. *Sa* sorcière, *sa* malédiction… Aucun autre n'avait le droit de se comporter avec elle de cette manière. Cette proximité, cette complicité même, il ne pouvait le permettre.

Incapable de se retenir d'intervenir plus longtemps, Thadeus s'extirpa d'un bond de son fauteuil, puis s'élança à grandes enjambées dans l'escalier jusqu'à leur table. Il eut tout juste le temps de capter les paroles de Scott – qui expliquait comment, grâce au pouvoir de nécromancie, il convertissait ses pensées en ondes éthériques capables d'activer la chair morte – avant que celui-ci ne s'interrompe, aussi surpris que le reste du groupe.

Tout le monde s'était tu et fixait Blackmorgan, partagé entre crainte et curiosité, attendant qu'il parle. Il mit quelques secondes à rassembler ses esprits – les lunettes de protection juchées sur le petit nez de la jeune femme rendant sa figure aussi adorable que drôle –, cherchant ce qui pourrait justifier sa réaction impromptue.

Thadeus s'éclaircit la gorge, puis grommela, conscient de la menace qui sourdait dans sa voix :

— L'aider revient à tricher, Evershade. Occupez-vous de vos affaires et laissez miss Coldfield se charger des siennes.

L'autre, impressionné, voire même effrayé, pour le plus grand plaisir de Thadeus, baissa le menton et se rencogna au fond de son banc, rétablissant enfin une distance acceptable entre lui et sa voisine de table.

— Voilà qui est proprement idiot, objecta Andraste d'un ton faible, mais regorgeant de rancœur. Si je suis obligée d'assister à ce cours, où je maintiens que je n'ai rien à faire, et si je dois m'essayer à cet exercice, il me faut bien quelques instructions. Or vous n'en avez fourni aucune.

Thadeus sentit le sang refluer de son visage. *Elle* lui tenait tête… et – bon sang, avait-il bien entendu ?! – *elle* venait de le traiter d'idiot ?! Devant une classe entière ?!

Il abattit les deux mains sur la table de la jeune fille, paumes à plat, si brutalement que le bout de cadavre tressauta sur son chiffon humide. Puis il se pencha vers elle, se retenant à grand-peine de la saisir par les épaules. L'atmosphère se réchauffa subitement et devint lourde, comme se chargeant d'électricité.

— Dois-je vous rappeler, miss Coldfield, que la première de mes instructions impliquait un certain uniforme ? gronda-t-il, bouillant de fureur. Expliquez-moi donc pour quelle raison je devrais me fatiguer à reprendre des principes que vous êtes la seule ici à ignorer, quand vous ne témoignez qu'insolence envers votre professeur et dédain à l'égard de ce cours ?

Elle remonta les lunettes sur son crâne, dégageant son grand front blanc, planta ses yeux aux tendres iris mauves que la colère rendait plus brillant dans les siens, et réitéra :

— Je n'ai absolument rien à faire dans ce groupe puisque, comme vous le savez, je suis une sorcière.

— Ah oui, c'est vrai, railla-t-il, venimeux. Toutefois, je crois savoir que vous feriez mieux de ne pas vous en vanter, vos pouvoirs étant plus que médiocres, paraît-il. Risibles, ai-je même entendu dire.

Lui savait d'expérience que c'était faux, qu'il ne s'agissait là que de simples rumeurs ayant pour but de détourner l'attention, de faire croire qu'elle était inoffensive malgré la couleur de ses cheveux. Mais il fallait bien riposter, l'humilier au moins autant qu'elle venait de l'humilier lui.

— Alors on vous aura bien renseigné, confirma-t-elle en croisant les bras sur sa poitrine, nullement blessée.

Le regard inévitablement attiré vers le bas de sa gorge – et sans doute ce geste était-il fait pour –, Thadeus secoua la tête afin de se reprendre, puis s'inclina davantage pour chuchoter à l'oreille de cette foutue diablesse, de manière à ce qu'elle seule entende :

— J'émets malgré tout quelques réserves à ce sujet...

Puis il se redressa, considéra les élèves médusés, et, trop remonté pour parvenir à donner le change plus longtemps, annonça :

— La leçon d'aujourd'hui est terminée, vous pouvez quitter la salle.

— Mais milord, intervint l'un d'entre eux, ce n'est pas encore l'heure.

Thadeus eut à peine le temps de faire volte-face que déjà l'autre baissait le nez en marmonnant des excuses et remballait ses affaires.

— Doit-on ranger le matériel, professeur ? demanda Athenaïs, fière d'attirer enfin son attention vers la main qui se promenait encore sur sa table, dansant sur ses doigts gris violacés une espèce de gigue.

— Contentez-vous de rompre le lien, pour ceux qui ont réussi à en établir un, répondit-il avec désinvolture tout en retournant à son bureau, avant de préciser, le coin de ses lèvres se retroussant de satisfaction : Miss Coldfield se chargera du reste.

Comme il lui tournait le dos, il ne put qu'imaginer sa réaction. Et il espérait bien qu'elle fulminait. Il avait trouvé là un châtiment des plus appropriés et se délectait d'avance du spectacle de la jeune fille en train de nettoyer le formol sur le bois verni des tables. Puis de ramasser un à un les morceaux de l'incident survenu quelques minutes plus tôt...

Tandis qu'il s'apprêtait à se rasseoir, il aperçut Andraste au milieu des élèves qui s'engageaient vers la sortie, essayant de s'échapper discrètement. Décidément, elle ne manquait pas de culot !

— Miss Coldfield, c'est une plaisanterie ?! s'exclama-t-il en réprimant un rire nerveux. Votre punition. Avez-vous oublié ?

Elle se raidit, puis, lentement, fit demi-tour, les épaules basses. Elle attendit qu'ils soient seuls pour déclarer avec un calme qu'il savait feint :

— Je ne le ferai pas.

— Oh si, tu le feras. Je suis ton professeur, et tu le feras parce que je t'en donne l'ordre.

— Vous ne pouvez pas me forcer, s'indigna-t-elle en affrontant de nouveau son regard.

— Tu paries ? Tu feras ce que je te dis.

— Ou sinon quoi ? Vous allez me frapper, moi aussi, en bonne brute que vous êtes ?

La frapper ?! Thadeus leva un sourcil, déconcerté. Il n'avait jamais levé la main sur une femme. Pourquoi pensait-elle que... Tout à coup, il fit le rapprochement. Andraste évoquait ce qui s'était passé avec Scott, la veille, durant le cours de boxe... et elle le lui reprochait. Cette mauviette d'Evershade était donc allée se plaindre auprès d'elle, tandis qu'il n'avait fait que le taquiner un peu. Et elle le défendait. Encore.

L'odieux pincement à l'estomac revint à la charge et lui fit plus mal encore que la douleur dans sa jambe. Il serra les dents, puis grinça, mauvais :

— Non, je songeais à une tout autre chose, en fait. Vois-tu, je ne sais pas trop ce qui me retient de colporter cette vilaine rumeur selon laquelle, durant la nuit de ton arrivée au palais, tu aurais offert ton innocence à ce détestable personnage qu'est le fils du duc. Quelle idée, si tu me permets, avec la réputation qu'il a ! Mais j'oubliais, tu poursuivais un but bien spécifique ce soir-là et le reste t'importait peu... Enfin tout de même, je te laisse imaginer le scandale que provoquerait une histoire comme celle-ci.

— Vous n'oseriez pas, articula-t-elle d'un ton qu'elle tentait de rendre menaçant, une moue de dégoût s'inscrivant sur ses traits délicats.

Cette expression sur son visage, il la détestait. À tel point qu'il en aurait hurlé s'il avait été ailleurs... et seul. Ainsi donc, elle n'avait plus peur de lui montrer à quel point il la rebutait ? Elle ne lui avait accordé cette intimité que pour servir ses plans, s'il avait encore eu le moindre doute sur ce point, il venait d'être définitivement dissipé. Et le moins que l'on puisse dire, c'était que ça aussi, c'était douloureux... Une déchirure, profonde et béante, une souffrance inédite, une autre. Rêver d'une femme qui vous méprise, voilà une torture qu'il n'avait encore jamais expérimentée. Les Blackmorgan devraient-ils indéfiniment faire les frais des Coldfield ? L'abominable malédiction ne suffisait-elle donc pas ?!

— Tu crois ça ? cracha-t-il en avançant vers elle, la dominant de toute sa hauteur tandis qu'elle reculait, inquiète subitement. À vrai dire, rien ne me ferait plus plaisir que cela se sache. Que tout le monde sache que cette jeune fille si parfaite et convenable, et déjà si convoitée, qu'est l'Élue, a été déshonorée et que *je* suis l'auteur du forfait.

Elle était horrifiée à présent, mais elle fit fi de ses craintes et continua à lui tenir tête malgré ses mains tremblantes et sa respiration haletante :

— Et comment réagiront les gens lorsqu'ils apprendront dans quelles *circonstances* cela s'est passé ?

Il savait à quoi elle faisait référence, cependant un affreux doute le saisit. Après tout, il avait tellement bu cette nuit-là... Et le maléfice était si puissant qu'il perdait systématiquement tout contrôle de lui-même dès lors qu'il se trouvait à proximité de la sorcière. Même en cet instant où elle lui témoignait toute la répugnance qu'elle éprouvait à son égard, il devait lutter contre l'envie de la prendre dans ses bras et de presser ses courbes tendres contre lui. Comment savoir à quel moment exactement elle lui avait jeté ce fichu sort ? Était-il possible que... Non, certainement pas. Mais il fallait absolument qu'il en soit sûr.

— Je ne t'ai pas violée, se défendit-il.

Il faillit ajouter « n'est-ce pas ? », mais se retint de justesse. Sa voix aurait flanché sur ces mots...

Andraste fronça les sourcils, visiblement déstabilisée, ouvrit la bouche une fois, la referma, puis reprit :

— Certes non... mais vous alliez vous tuer.

Thadeus ne put s'empêcher de soupirer de soulagement. Il avait retenu son souffle en attendant la réponse, mais ne s'en était même pas rendu compte. Il haussa les épaules et chassa une poussière invisible sur la manche de sa chemise, concentrant son attention sur cette dernière :

— Si tu crois pouvoir me menacer avec ça, tu te mets le doigt dans l'œil. Ces « circonstances », comme tu dis, ne surprendront absolument personne, j'en ai peur. Au mieux, ça ne fera qu'ajouter à ma mauvaise réputation, ce que je n'aurais aucun mal à supporter. Je suis un ivrogne, et c'est bien connu, les ivrognes font n'importe quoi sous le coup de l'alcool.

Il bluffait... Clairement, il bluffait. Il redoutait que quiconque apprenne que le fils du duc était en fait un lâche, un pleutre si faible qu'il était capable de fondre en larmes dans les bras d'une femme. Il avait su dès le début qu'elle lui opposerait cet argument, et c'était en dépit de tout bon sens qu'il l'avait poussée dans ses derniers retranchements, rien que pour avoir le plaisir de reparler de cette nuit-là...

Il cherchait encore un prétexte pour la convaincre de son indifférence lorsqu'il l'entendit dire, résignée :

— Je vois.

Là-dessus, elle monta dans les gradins, inspira un grand coup, puis commença à ranger les échantillons de cadavres dans leurs bocaux.

L'avait-elle cru ou bien avait-elle simplement cédé par pitié ?

Il s'appuya contre son bureau, une jambe remontée et l'autre, la mauvaise, étendue devant lui, et la regarda faire, son joli nez froncé d'écœurement. Toutefois, c'était loin d'être aussi jouissif qu'il l'avait espéré.

Il avait peut-être gagné au jeu de la persuasion et obtenu sa revanche suite à son impertinence de tout à l'heure, néanmoins cette victoire lui laissait un goût amer. La pitié n'était-elle pas pire, plus dégradante encore que le mépris ?

Lorsqu'il la vit se baisser pour ramasser les morceaux gélatineux laissés par l'explosion, le dos de la main plaquée contre sa bouche pour retenir ses haut-le-cœur, il renonça – et le regretta presque aussitôt :

— Ça suffit, va-t'en. Les domestiques s'en occuperont.

Elle se redressa, un peu surprise, puis hocha la tête. Elle remit de l'ordre dans ses jupes et avisa avec une grimace dépitée son corsage taché de formol. Elle était si belle que Thadeus sentit le sang battre contre ses tempes en même temps que ses idées déraper peu à peu, lui échappant bientôt complètement.

Puis, sans même le regarder, Andraste lança tout à trac, d'une voix néanmoins douce, presque envoûtante :

— Pourquoi vouliez-vous vous tuer ?

Il déglutit avec peine et, tout à coup, une bouffée de colère monta en lui. La traîtresse, elle le sentait fléchir et en profitait pour essayer de l'amollir, de lui faire avouer... de lui faire avouer quoi, d'ailleurs ? Il n'en savait fichtre rien, mais il était hors de question de la laisser s'aventurer sur ce terrain !

Il ricana le plus désagréablement possible, jusqu'à ce que, étonnée, elle replonge les yeux dans les siens. Et, la bouche tordue par un pli mauvais, il riposta :

— Comme si tu n'en avais pas une petite idée !

Il ne pouvait peut-être rien faire contre le puissant sort de désir qu'elle lui avait jeté, mais il ne lui fournirait aucun renseignement. Pour ça, elle pourrait toujours courir.

Andraste secoua la tête d'un air agacé et s'abstint de répliquer. Elle se dirigeait vers la sortie lorsqu'elle s'arrêta net. D'un ton mal assuré, elle balbutia alors :

— J'aimerais vous demander... vous demander quelque chose.

Il allait l'envoyer paître, quand il s'entendit répondre :

— Je t'écoute.

Le maléfice, forcément.

— Eh bien, c'est délicat... mais voilà, je souhaiterais que vous me laissiez prendre part aux entraînements. J'ai besoin d'apprendre à me défendre, j'en ai besoin plus que n'importe quel autre de vos élèves.

Chapitre 16

Andraste

Il l'observa longuement, comme s'il s'interrogeait sur le sérieux de la requête, puis repartit de ce rire froid et cynique, sans joie aucune, qu'elle haïssait désormais.

— Que je... Quoi ?! s'esclaffa-t-il encore, ajoutant à la honte d'Andraste qui pensait avoir déjà eu son compte pour la journée. C'est une plaisanterie, n'est-ce pas ?

— Non, démentit-elle, luttant pour conserver une attitude digne.

Andraste avait beaucoup hésité avant de poser la question, mais le fait était qu'elle ne pouvait faire autrement. Il lui fallait à tout prix apprendre à se défendre et il n'y avait pas trente-six mille manières de s'y prendre. Elle avait songé demander à Scott ce matin. Cependant, elle avait dû revoir ses plans quand elle s'était aperçue que lui-même était un total néophyte dans ce domaine.

Jamais elle ne revivrait ce qu'elle avait vécu la nuit dernière. Elle devait faire en sorte d'être capable de s'opposer à sa sœur, à sa grand-mère, à Ardghal et ses hommes, ainsi qu'à n'importe quelle personne qui tenterait de lui imposer quelque chose qu'elle ne voulait pas. Terminé la jeune fille obéissante qui laissait aux autres le soin de décider de son destin. À présent qu'elle avait réussi à s'échapper du coven, elle en était maîtresse et plus rien ne changerait ça.

Cela étant, sans pouvoir ou presque, il fallait bien qu'elle se prémunisse contre d'éventuelles nouvelles tentatives du genre de celle qu'elle venait d'essuyer. Ruth elle-même n'étant pas un gage de sûreté...

Bien sûr, réclamer cette faveur à cet homme-là lui coûtait – énormément même, après ce qu'il venait de lui faire encore subir –, mais elle n'avait pas d'autre choix.

Thadeus se reprit, recouvrant rapidement son calme, et, comme s'il avait deviné la motivation d'une telle requête, la fusilla à nouveau de ses insondables prunelles noires.

— Quand bien même je le voudrais, ce qui est loin d'être le cas, je ne pourrais pas. C'est impossible, aucune femme n'est tolérée en salle d'armes, encore moins durant les entraînements. La reine elle-même s'y opposerait. Tu dois pourtant bien posséder quelques notions en matière de bienséance, non ?

— Parce que la bienséance vous importe maintenant ? argua-t-elle, s'emportant malgré elle tandis qu'elle avait résisté à tous ses affronts précédents.

Ce qui, par ailleurs, ne s'était pas fait sans mal. Si elle le détestait la veille, autant dire qu'aujourd'hui elle le méprisait plus que n'importe quel autre homme pour ce dont il l'avait menacée – enfin, tout Ilandrien mis à part, évidemment. Sa fameuse réputation n'était pas volée, Blackmorgan était vraiment un être ignoble. Un être ignoble dont elle avait besoin, aussi pénible que ça puisse être.

— Des cours particuliers alors, proposa-t-elle, s'efforçant de rendre le ton de sa voix aimable. Je vous paierai, ainsi il ne s'agira même pas de faveur.

Elle avait maintenant en sa possession un animécanique et elle savait que l'étrange chose, bien qu'elle ignore encore à quoi elle pouvait servir, avait une grande valeur marchande.

Il eut un mouvement de recul dédaigneux, la détailla des pieds à la tête, et ricana encore.

— *Tu me paieras ?!* Avec de l'argent ?

— Avec quoi d'autre ?

Il arqua un sourcil, subitement intéressé, tandis que ses traits redevenaient graves et farouches. Mais Andraste, sans savoir exactement pourquoi, ne le laissa pas exprimer sa pensée et coupa court à toute contre-proposition en confirmant :

— Avec de l'argent, cela va de soi.

Il croisa lentement les bras, se plongeant de concert dans ce qui semblait être une intense réflexion, puis une étincelle s'alluma au fond de son regard... la même que celle qu'elle avait entraperçue cette nuit-là.

— Tu ne pourrais même pas deviner le montant de la somme qu'il faudrait débourser pour jouir d'un tel privilège, fanfaronna-t-il, particulièrement soucieux de mettre les choses au clair. Ma famille possède un duché, un duché dont *je* vais prochainement hériter. As-tu seulement idée de ce que cela représente ? Crois-tu vraiment que je cours après l'argent, quand les Blackmorgan en ont plus qu'il est décent de l'avouer ? Victoria elle-même en pâlirait si elle savait.

Il ravala sa salive un peu bruyamment, sa pomme d'Adam jouant dans son cou, puis frotta dans un bruissement rêche sa mâchoire dont la barbe était de plus en plus visible.

— Non, pas d'argent, oublie ça, la rembarra-t-il avant d'annoncer, en plissant les paupières, calculateur : Toutefois, il n'est pas impossible que nous trouvions un terrain d'entente, toi et moi. Je ne nie pas que tu possèdes quelque chose qui m'intéresse. Tu es plutôt bien placée pour le savoir.

Comment Blackmorgan pouvait-il être au courant pour l'animécanique ? Les informations circulaient à une vitesse incroyable au palais royal...

— Quoi donc, milord ? se renseigna-t-elle en feignant l'étonnement.

Il la jaugea avec une telle intensité qu'elle sentit une chaleur curieuse et dévorante s'insinuer en elle, en même temps que les battements de son cœur s'emballer follement.

— Toi, révéla-t-il, la voix plus rauque encore que d'ordinaire. Ton corps. Je te veux nue dans mon lit, à mon entière disposition et pour la durée de mon choix, après chaque leçon.

Andraste se força à inspirer profondément, puis se racla la gorge avant de pouvoir répondre. Avait-elle bien entendu ?!

— Pour... pour quoi faire ? ne put-elle s'empêcher de demander.

Il fronça les sourcils et pencha la tête de côté, comme s'il découvrait quelque chose de nouveau à propos d'elle :

— Voyons, pas pour te peindre, très chère. Et inutile de prendre un air si choqué, ça n'est pas comme si ça n'était pas déjà arrivé une fois. Tu sais tout de même à peu près à quoi t'attendre, non ?

Le menton d'Andraste trembla et les larmes lui montèrent aux yeux sans qu'elle puisse rien faire pour les retenir. Quelle horreur... Ce monstre espérait pouvoir se servir de la situation pour l'obliger à se donner à nouveau ?!

— V... vous voulez monnayer... monnayer mes... balbutia-t-elle, trop bouleversée pour terminer sa phrase.

— Tes faveurs, termina-t-il tandis que ses lèvres prenaient un pli acerbe, un sillon mécontent se creusant entre ses sourcils. Absolument. Tu n'as qu'à voir ça comme un échange de bons procédés. Je te préviens, je ne transigerai pas, c'est à prendre ou à laisser.

Ainsi, ça n'était que ça pour lui, un « échange de bons procédés ». Cet homme était pire encore que ce qu'elle avait imaginé... Rien ne semblait avoir d'importance à ses yeux, ni le fait qu'elle ait tout risqué pour qu'il ne commette pas l'irréparable, ni non plus le fait qu'elle se soit ensuite abandonnée à lui, lui offrant alors quelque chose que dorénavant il comptait lui extorquer.

Il avait donc l'intention de continuer à profiter d'elle, se servant de la première occasion pour la contraindre à remettre ça ?!

Tout bien considéré, il devançait largement l'Ilandrien dans le classement des êtres les plus répugnants qu'elle connaissait !

Elle avait déjà eu des envies de meurtre au cours de certaines disputes avec Ruth, un peu plus virulentes que les autres, mais celle qu'elle éprouvait en cet instant surpassait tout.

De rage, elle attrapa le premier bocal qui lui passait sous la main et le jeta de toutes ses forces en visant le crâne de Blackmorgan. Lequel se pencha sur le côté au moment propice, évitant de justesse le projectile qui alla s'écraser contre le grand tableau noir derrière lui.

— Espèce d'ordure ! cria-t-elle en serrant les poings.

Il haussa les épaules avec flegme, mais ses traits s'étaient néanmoins crispés, comme si malgré tout sa réaction l'avait vexé. Puis il commenta d'un ton neutre :

— Une autre vérité... Bref, j'en déduis que c'est non ? Dommage, je manie les armes et les poings mieux que n'importe qui d'autre. Personne n'aurait pu être plus qualifié que moi pour t'enseigner tout cela. Mais si tu juges que le prix à payer est trop élevé, libre à toi. J'imagine que cela n'était pas vraiment prévu au programme des réjouissances, du moins celles me concernant, n'est-ce pas ?

Andraste s'apprêtait à répondre, mais les insultes semblaient n'avoir que très peu de prise sur lui, or il n'y avait bien que cela qui lui venait à l'esprit. Elle prit donc un air fier, enfin autant qu'il lui était possible après avoir si largement perdu son sang-froid, puis se dirigea à nouveau vers la porte.

Mais encore une fois, elle s'arrêta, alors même qu'elle franchissait le seuil. D'une voix blanche, elle joua la dernière carte qu'elle avait en main – après tout, puisque c'était ce genre de chose qu'il voulait :

— Un baiser, rien de plus, après chaque leçon. C'est tout ce que vous pourrez obtenir de moi.

Il y eut un silence, un craquement de bois, la prévenant qu'il quittait son appui sur le bureau, puis un profond soupir, entre exaspération et lassitude.

— Un *baiser* ? se moqua-t-il avec une insupportable suffisance. Tu me prends pour quoi, au juste ? Un adolescent ? Un de tes soupirants éperdus qui se contenteraient de la moindre marque d'affection de ta part ? Est-ce que ça ne serait pas – mais alors très légèrement – ridicule, après ce que j'ai *déjà* obtenu ?

Elle claqua la porte avant de se retourner pour lui coller son poing dans la figure – enfin, dans un monde où elle aurait pu l'atteindre –, et s'élança dans la galerie, cherchant à mettre le plus de distance possible entre elle et ce misérable personnage.

Andraste fulminait encore, se repassant en boucle l'indécente et si détestable discussion qu'elle venait d'avoir avec Blackmorgan quand sa sœur, qui l'aidait à passer une autre robe – en mousseline chocolat, plus sobre et sans tache de formol – s'éclaircit la gorge, puis entama enfin la conversation :

— J'ai fait envoyer tes remerciements au prince Augustin.

Elles n'avaient échangé presque aucun mot depuis le matin, Ruth s'étant levée très affaiblie... et peut-être un peu penaude aussi. Et si elle se sentait coupable, ça ne serait certainement pas Andraste qui la contredirait, celle-ci ne digérant toujours pas la trahison de son aînée.

Malgré tout, elle ne pouvait s'empêcher de s'inquiéter – ne serait-ce qu'un tout petit peu :

— Ah oui, très bien. Mais dis-moi, comment va ton épaule maintenant ?

— C'est encore douloureux. Cela dit, je crois que les saignements se sont arrêtés.

Une fois le laçage de son corsage terminé, Andraste se retourna et exigea :

— Laisse-moi y jeter un œil.

— Je sais que tu penses avoir déjà réussi un sort de guérison sur notre ancienne gouvernante, mais tu te trompes, contesta Ruth, saisissant d'emblée les intentions de sa sœur. C'est impossible, ça n'existe pas. Tu ne peux rien faire pour moi. Je verrai un médecin si nécessaire, voilà tout. Dépêche-toi plutôt d'aller prendre ton déjeuner et de rejoindre les autres à la bibliothèque. Ton absence sera forcément remarquée et tu ne veux pas nous causer davantage d'ennui, n'est-ce pas ?

— C'est plutôt ma présence qui ne manque pas d'être remarquée, grinça Andraste, un peu piquée que sa sœur repousse son aide, si inutile puisse-t-elle être.

Cette histoire à propos de la gouvernante datait un peu, et la jeune fille elle-même n'aurait su expliquer ce qui s'était passé exactement. Toujours était-il que, lorsque Andraste était enfant, elle avait trouvé la domestique malade, recluse dans sa chambre, le pied rongé par une blessure mal soignée qui avait fini par gravement s'infecter. La fillette qu'elle était, convaincue de pouvoir faire quelque chose pour la femme alitée, avait inventé ce qu'elle considérait comme un sortilège. Même si, en réalité, cela n'était rien d'autre qu'une comptine farfelue, totalement dépourvue de sens. Elle lui avait alors chanté une nuit durant, passant sa petite main – pleine de griffures à force de jouer avec le chaton qu'était à l'époque Mister Poppington – sur les chairs malades. Elle s'était fait disputer quand, à l'aube, on s'en était aperçu, et avait même été punie. Puis le médecin venu s'assurer qu'elle n'avait attrapé aucune maladie contagieuse avait été obligé de constater que si elle-même n'avait rien, la gouvernante, quant à elle, était complètement rétablie. Laquelle avait ensuite été renvoyée sans autre forme de procès, ayant commis l'impardonnable erreur de ne pas avoir correctement surveillé la fillette qui aurait dû rester dans sa chambre…

Comme l'avait dit Ruth, les sortilèges de guérison n'existaient pas. Pourtant, Andraste – et même si elle était la seule – était persuadée qu'elle était pour quelque chose dans cette rémission miraculeuse. Elle s'en souvenait comme si c'était hier et se rappelait fort bien avoir ressenti d'étranges choses cette nuit-là. Mais peut-être avait-elle simplement rêvé ?

Elle retrouva Scott à la bibliothèque, en train d'étudier studieusement à l'écart des autres élèves, et vint s'installer à sa table, espérant ne pas le déranger. Il termina d'abord la lecture d'un paragraphe – sans doute important –, puis leva le nez de son livre, un sourire flottant sur ses lèvres.

— Alors, cette *punition* ?

— Eh bien, je crois que je peux m'estimer chanceuse, je n'ai finalement pas eu à nettoyer les dégâts causés par la maladresse de miss Erin, plaisanta Andraste, ravie de retrouver un visage amical après avoir été la cible de tant de regards hostiles en circulant seule dans le palais.

Le jeune homme éclata de rire, ses yeux bleus pétillant dans sa figure aux traits ciselés, presque aussi fins que ceux d'une femme.

— Je n'aurais pas parié qu'il t'épargnerait ça après ce qui s'est passé ce matin. Tu l'as vraiment mis en rogne. On a tous cru qu'il allait faire une attaque.

— J'espère seulement qu'il ne se vengera pas sur toi ce soir, souffla-t-elle en réalisant qu'elle n'avait pas pensé à ça.

— Aucun risque, réfuta Scott. Il n'y a pas d'entraînement aujourd'hui, bal oblige.

Il conclut sa phrase d'un grand geste de la main, évoquant à la fois le pompeux et l'ennui de la chose. Andraste songea alors qu'elle n'avait jamais assisté à ce genre d'événement, et qu'elle aurait adoré cela...

— Tu y vas ? se renseigna-t-elle, déjà envieuse.

Il eut une moue perplexe, puis répondit :

— Évidemment, comme tous les autres élèves. Ne me dis pas que tu ne comptes pas y assister ?

— Je n'ai pas reçu d'invitation, marmonna-t-elle, de plus en plus déçue.

— Il a dû y avoir un problème avec la remise des cartons, comme pour ton uniforme. Après tout, tu étais la dernière élève à arriver au palais. Je vous invite, ta sœur et toi. Vous viendrez à la table des Evershade. Voilà qui est réglé.

Là-dessus, et sans demander à Andraste si elle était d'accord ou non, il se mit à fouiller dans le tas de livres posés devant lui, en sortit un, puis le lui tendit.

— Ça résume à peu près ce que j'essayais de t'expliquer ce matin.

Elle plissa les paupières, dubitative, en voyant l'intitulé de l'ouvrage – *L'Art de la nécromancie, Base et fondements* – et répéta :

— Mais tu sais que ça ne me sert à rien d'apprendre la théorie. Pourquoi t'attends-tu, comme apparemment tout le monde ici, par ailleurs, à ce que je possède un pouvoir autre que celui que j'ai déjà ? C'est... absurde.

Il secoua la tête avec énergie et riposta :

— C'est toi qui es *absurde* si tu n'as jamais essayé. Bien sûr, je suis d'accord avec toi, il ne s'agit que de légendes, de jolies histoires qu'on raconte aux enfants le soir. Mais tout de même, tous les mythes ont une origine. Et on ne t'a pas placée dans ce cours par hasard. Et si, après tout, tu étais vraiment l'une d'entre elles ?

— L'une d'entre elles ? répéta Andraste, encore confondue par son ignorance.

— Oui, une Élue de la Nuit.

Encore ce terme ? À présent Scott s'y mettait, lui aussi ?!

— Une minute, l'arrêta-t-elle tandis qu'il s'apprêtait à reprendre sa lecture. C'est quoi, exactement, une *Élue de la Nuit* ?

Maintenant qu'elle y pensait, n'étaient-ce pas ces mêmes mots qui revenaient sans cesse sur les couvertures des livres rassemblés dans le cabinet de Helen, au coven ?

Le jeune homme posa sur elle un regard incrédule.

— On ne t'en a jamais parlé ? Vraiment ? Voilà qui est pour le moins étrange.

Il marqua une pause, puis reprit avec un sérieux presque inquiétant.

— Figure-toi qu'il existe une légende à propos de femmes à la peau et aux cheveux d'un blanc pur, et dont les iris sont violets. Elles seraient les seules à posséder le double pouvoir et tireraient leur extraordinaire puissance de la nuit.

Andraste eut une légère moue de déception.

— Eh bien, si je corresponds physiquement à cette description, la comparaison s'arrête là. Je n'ai pas de second pouvoir, quant à l'extraordinaire puissance... Blackmorgan a dit la vérité, tu sais, je suis une piètre sorcière et mes facultés sont bel et bien risibles.

Scott l'étudia un moment, puis fit claquer sa langue, désapprobateur.

— Manifestement, la reine a un avis très différent sur le sujet, puisqu'elle t'a fait venir au palais. Il doit bien y avoir ici quelques ouvrages qui pourraient t'aider à comprendre.

Andraste suivit le regard de son ami et se tourna en direction des immenses rayonnages de la bibliothèque royale.

— Ça ne va pas être facile à trouver, précisa-t-il en se tapotant la mâchoire de l'index. En dehors des livres de contes, les textes qui en font mention ne sont pas légion et sont généralement très anciens. Voilà une bonne occasion de le mettre à l'épreuve...

Le jeune homme se pencha sur le côté et ramassa quelque chose dans sa sacoche de cuir. Puis il déposa devant lui un gros rat blanc qui paraissait endormi. Un animécanique en fait, au vu des nombreuses pièces de métal qui composaient son corps – notamment son étrange queue cuivrée enroulée tout autour de son ventre.

— Euh... Qu'est-ce que c'est ? interrogea Andraste, dubitative.

— Octave, mon rat de bibliothèque, expliqua Scott en caressant le rongeur qui, aussitôt, ouvrit deux yeux rouges globuleux, curieusement luisants. On les réserve normalement aux grands érudits qui passent leur journée parmi les livres. Mais j'ai beaucoup insisté pour que mon père m'en fasse faire un.

Une fois l'animal complètement tiré du sommeil, Scott déchira une feuille de son carnet et y inscrivit à l'aide de sa plume plusieurs mots clés. Il tendit ensuite le morceau de papier au rat, qui le renifla en même temps qu'il semblait le lire – si toutefois une telle chose était possible.

Puis ce dernier déploya sa queue de cuivre anormalement longue, sauta de la table et s'élança à travers la salle, se faufilant entre les tables à une vitesse ahurissante tout en évitant avec une habileté déconcertante les pieds des personnes qui se trouvaient là.

— Est-ce que tu ne trouves pas, malgré tout, cet *art* un peu... barbare ? osa la jeune fille, ne sachant elle-même quoi en penser.

— Au début, quand cela a commencé à devenir public, j'y étais farouchement opposé, confessa Scott en haussant les épaules. Mais j'ai changé d'opinion lorsque mon père m'a fait visiter l'une de ses usines. Le travail que peuvent accomplir certaines de ces choses, mi-automates, mi-animales, est phénoménal. Mais surtout, cela soulage les ouvriers des tâches les plus dangereuses et les plus néfastes pour leur santé. Et c'est aussi très utile pour protéger les frontières du royaume. Comment être contre dans ces conditions ?

Andraste, qui n'avait pas de réponse à la question, suivit le rat du regard tandis qu'il montait le long des étagères de bois verni, puis le perdit de vue lorsqu'il contourna une rangée de livres pour se glisser vers une autre.

Elle avisa un peu plus attentivement la salle d'étude et remarqua que Scott n'était pas le seul à avoir un animécanique avec lui. Un jeune homme, qui portait l'uniforme du groupe de sorcellerie, se tenait en retrait dans l'un des coins les plus reculés de la vaste pièce, un perroquet – plus fait de métal que de plumes – perché sur l'épaule. L'élève paraissait lire à voix basse, à l'intention de l'oiseau, le texte qu'il avait sous les yeux. Sans doute ce dernier était-il capable d'enregistrer et de répéter les informations recueillies, en déduisit Andraste. Elle songea ensuite à sa petite mésange dans sa jolie cage. À quoi l'animécanique qu'elle avait reçu pouvait-il bien servir, d'ailleurs ? Comment le découvrir ? Et qui lui avait envoyé et pourquoi ?

Un peu plus loin, elle aperçut Erin, un livre ouvert devant elle, suivant du doigt une ligne, un hamster au pelage noir et blanc et aux pièces de métal gris clair posé sur son carnet. Le rongeur agitait ses petites pattes pleines d'encre et écrivait sur la feuille de papier, retranscrivant très probablement les phrases subtilement indiquées.

Quelques minutes plus tard, le rat de bibliothèque réapparaissait au coin d'un rayonnage, une vingtaine de mètres plus loin. Son dos était chargé d'un vieux manuscrit relié de cuir, soigneusement maintenu en place par sa longue queue métallique, enroulée cette fois autour de l'ouvrage.

Puis, dans l'indifférence générale, Octave revint vers son maître, lui rapportant ce qu'il avait demandé.

— Est-ce le bon livre ? s'enquit-elle devant l'air perplexe de Scott.

Ce dernier observa la couverture, puis la tranche, et enfin l'ouvrit à la première page.

— Il semblerait. Cependant, c'est en ancien gaélique. Il va me falloir un certain temps pour trouver et traduire les passages qui nous intéressent.

Andraste examina un paragraphe et reconnut un mot, puis deux, peut-être même trois. Il ressemblait à s'y méprendre à ceux, manuscrits, qui transparaissaient sous les lettres imprimées du livre caché dans le compartiment secret du bureau de sa grand-mère... Lui aussi était donc rédigé dans cette langue morte ?

— Quand tu auras terminé, tu crois que tu pourrais jeter un œil à un vieil ouvrage que je possède ?

Chapitre 17

Andraste

— Il chante ? répéta Andraste pendant que Ruth surveillait d'un œil impatient le travail de la femme de chambre avec sa longue et profuse chevelure blanche.

— Comme je viens de te le dire. Ça t'étonne ? C'est un oiseau après tout.

— Et c'est sa seule fonction ? insista la jeune fille, dépitée.

Dans le miroir, elle regarda son aînée confirmer d'un signe de tête.

Son animécanique ne servait donc à rien. Un oiseau qui chante ! C'était absurde. Pourquoi s'être donné le mal de transformer cet animal si c'était pour lui faire faire – ainsi que venait si justement de remarquer Ruth – ce que tous les spécimens de son espèce font déjà naturellement ?

— Nous allons être en retard, observa cette dernière en soupirant d'agacement.

Ce qui n'était pas tout à fait vrai. Il leur restait encore dix minutes pour se rendre jusqu'à la salle des festivités. Ce qui était amplement suffisant pour que la domestique termine l'audacieuse coiffure toutes en boucles qu'elle avait entreprise.

Andraste avait fait beaucoup d'efforts, étant donné le peu de temps dont elle avait disposé, pour être présentable, non, jolie, ce soir. Du moins avait-elle essayé. Il s'agissait tout de même de son premier bal.

Elle était rentrée sitôt après les heures obligatoires de bibliothèque et s'était abstenue, non sans difficultés, de questionner sa sœur à propos de cette histoire d'Élue. Être à son avantage lors d'un tel événement était une priorité absolue. Cependant, Ruth ne perdait rien pour attendre. La jeune fille ne manquerait pas d'aborder le sujet dès que les circonstances le lui permettraient.

Une fois l'élégant chignon achevé, elle se plaça devant un miroir en pied et inspecta son reflet, aussi anxieuse qu'excitée. Pour l'occasion, elle avait sorti sa plus belle robe. Celle en soie bleu nuit dont le décolleté, relativement prononcé, laissait dénudée une partie de ses épaules, ainsi que ses bras, jusqu'à l'ourlet de ses longs gants blancs. La jupe à tournure était une merveille dans son genre, le précieux tissu plissé de manière presque architecturale jouant délicieusement avec les reflets de la lumière. En outre, cette nuance profonde de bleu mettait particulièrement en valeur son teint de porcelaine, sa chevelure neigeuse, ainsi que la couleur chaude de ses yeux.

Ce qui, elle en était pleinement consciente, plaidait en sa faveur. Puisque quoi qu'elle fasse ses singularités attiraient les regards, autant les mettre à profit... enfin, dans la mesure du possible, étant donné que certains semblaient considérer lesdites singularités comme des tares.

Mais, au bout du compte, qu'en était-il ? Les réactions, d'une personne à l'autre, face à son physique, étaient si différentes.

Blackmorgan...

Lui, au moins, paraissait la trouver jolie... non ? Quelque chose, au fond de ses prunelles sombres, le lui laissait croire... espérer...

Andraste secoua furieusement la tête. Hors de question de penser à lui de cette manière ! Il ne la trouvait pas *jolie*, il se contentait d'estimer qu'elle était suffisamment bien pourvue pour assouvir ses bas instincts. Ce qui n'avait absolument rien à voir !

Son cœur se serra à cette idée, et soudain, elle n'eut plus envie d'aller nulle part. Juste de se laisser tomber sur son lit et de s'y endormir.

Serait-il là ce soir ? Scott avait dit qu'il y avait peu de chance, le fils du duc n'ayant pas pour habitude de prendre part à ce genre de soirées. Mais, si jamais il venait, serait-elle capable de l'affronter encore ? Ou plutôt, serait-elle capable de ne pas se jeter sur lui pour lui assener le coup qu'elle retenait depuis leur discussion du matin ?

— Tu es magnifique, murmura Ruth dans son dos.

Un compliment, de la part de sa sœur ? Voilà qui était pour le moins inattendu.

Andraste fit volte-face, arrachée subitement à ses réflexions, et observa son aînée un instant. Curieusement, elle semblait sincère, aucune trace de sarcasme dans sa voix ni sur ses traits.

Celle-ci, ne possédant rien de plus seyant, portait une simple robe de mousseline jaune pâle, la teinte peu flatteuse ayant malheureusement tendance à faire ressortir les cernes violets qui lui dévoraient le visage.

La jeune fille cherchait encore un compliment à adresser à son tour à sa sœur lorsque celle-ci se racla la gorge et se ressaisit, affichant son éternel air supérieur :

— Il faut reconnaître que ta diète plus ou moins forcée de ces derniers jours t'a plutôt réussi. Ton derrière est presque revenu à une mensuration décente. Je ne saurais trop te conseiller de prendre garde à conserver cette ligne.

— Je te remercie de ta sollicitude, chère sœur, grinça Andraste, nettement plus habituée à ce type de réflexion. Ceci dit, note bien que personne ne peut réellement distinguer les contours de mon *derrière* sous cette tournure. Cela n'a donc aucune forme d'importance, ni pour ce soir, ni non plus dans l'absolu par ailleurs, la mode étant à mon avantage sur ce point.

La jeune fille s'apprêtait à faire une remarque sur le ridicule col montant de la robe de soirée de Ruth quand elle s'interrompit en songeant que *lui* l'avait vu, son *derrière*. Sans artifice, ni rien pour le cacher... Qu'en avait-il pensé ? Était-il de l'avis de sa sœur ? Il devait bien au moins trouver cette partie de son anatomie acceptable étant donné la proposition qu'il lui avait faite, non ?

À nouveau, elle secoua la tête, mais avec plus de rage cette fois-ci. Qu'avait-elle à se soucier de choses aussi absurdes ? Et du reste, qu'en avait-elle à faire de l'opinion d'un homme pareil ?

Ce fut dans cet état de tension qu'elle et Ruth se rendirent au bal. L'appréhension d'Andraste se confirma lorsqu'elle vit toutes les têtes se tourner vers elle à son entrée dans la salle d'apparat, la rumeur des conversations diminuant de concert. Elle eut la sensation que même l'orchestre, installé en mezzanine, s'était mis à jouer plus bas, déstabilisé lui aussi par son apparition.

Elle serra son réticule contre elle et fit des yeux le tour de la pièce, à la recherche de Scott, ou bien d'Athenaïs, sa sœur, quand elle s'arrêta sur les magnifiques vitraux qui ajouraient le mur du fond. Fins, mais très hauts, ils n'étaient séparés entre eux que par de minces colonnes de pierre ocre, sculptées si minutieusement qu'elles évoquaient la précision de la dentelle. L'éclat des chandeliers se reflétait sur chaque petit carreau, démultipliant les sources lumineuses de manière enchanteresse.

Des tables dressées avec un soin exceptionnel, à grand renfort de nappes d'un blanc presque étincelant et de pièces d'argenterie dignes d'une collection, étaient disposées sur le côté, tandis qu'au centre de la salle un espace était laissé ouvert, exposant le délicat parquet scrupuleusement lustré.

La plupart des gens attendaient debout, sans doute non loin de leur chaise. Les toilettes des femmes présentes éblouirent presque autant Andraste que le faste de la décoration du lieu. Beaucoup de soie, évidemment, de taffetas et de satin. Et des teintes exceptionnelles, profondes et vives, si chamarrées qu'elle-même aurait presque pu passer inaperçue dans sa robe bleu nuit… à quelques détails près bien entendu.

Scott sortit de la foule accompagné d'un valet en livrée, et la rejoignit d'un pas vif, l'air ravi de la retrouver.

— Notre table est un peu plus loin, si vous voulez bien me suivre.

Il les entraîna à sa suite, s'enfonçant parmi les convives, quittant ainsi le point de mire de l'entrée, ce qui atténua aussitôt l'anxiété d'Andraste. Puis, les présentations d'usage faites, le jeune homme les invita à s'asseoir avec son père, sa mère, sa sœur, un oncle ainsi que quelques amis de la famille.

Une discussion polie et agréable s'engagea alors, de façon très naturelle. Mr Evershade était un homme simple et aimable, tout autant que sa femme. Seule Athenaïs, qui attendait son amie Erin – la place à côté d'Andraste restée vacante – manifestait un semblant de mauvaise humeur. Mais peut-être était-elle ainsi en toutes circonstances ? Elle était évidemment ravissante dans sa robe rose tendre décolletée aux épaules également, un vêtement sans doute confectionné spécialement pour son séjour à la cour. Et elle semblait tout à fait consciente de l'effet qu'elle produisait sur les hommes alentour.

Un premier plat leur fut servi et Andraste, qui comptait bien remédier à cette histoire de *diète forcée* dès ce soir – et ce quoi qu'en pense Ruth – avala goulûment une bouchée de champignons farcis. Elle savourait la subtilité du mets sous son palais quand une grande ombre noire apparut à la périphérie de son champ de vision.

D'emblée, les muscles de son ventre se contractèrent – de répulsion, probablement – et un frisson d'angoisse remonta le long de sa colonne vertébrale, s'accentuant encore lorsqu'elle entendit la voix grave et rocailleuse de l'intrus.

— Puis-je ? se contenta-t-il de demander, comme si cette place, qui avait beau ne pas lui être destinée, lui était de toute façon déjà acquise.

— Mais bien évidemment, lord Blackmorgan, c'est toujours un honneur de vous avoir à notre table, bafouilla Mr Evershade en s'essuyant la bouche de sa serviette, légèrement gêné.

— Ce n'est pas vrai ! pesta Andraste tout bas, se relevant comme par réflexe, abandonnant bruyamment ses couverts dans son assiette, tandis que Blackmorgan s'installait à côté d'elle.

Aussitôt, Ruth lui saisit le bras et le lui tira brutalement vers le bas pour l'obliger à se rasseoir, adressant en même temps un sourire crispé aux convives interloqués.

— Qu'est-ce qui te prend, bon sang ?! chuchota-t-elle ensuite à l'oreille de sa cadette, une fois le trouble passé. Es-tu devenue complètement folle pour te montrer aussi insolente à l'égard du fils du duc en personne ?!

Andraste s'abstint de répondre. Qu'aurait-elle pu dire pour se justifier ? Elle repoussa ses délicieux champignons d'un geste agacé, l'appétit définitivement coupé, ignorant son voisin autant que possible. Puis elle se rencogna dans son siège et croisa les bras, s'évertuant à admirer les broderies de la nappe devant elle.

Il était assis si près d'elle – pourquoi était-il si près ?! – qu'elle le sentit se raidir, à sa gauche. Probablement n'appréciait-il guère son attitude ouvertement hostile...

Pourquoi était-il venu ? Et enfin, pourquoi s'asseoir à côté d'elle ? N'y avait-il pas d'autre place ailleurs ? Une place qui n'appartiendrait pas déjà à quelqu'un ou, mieux, une place qui lui aurait été spécialement dévolue ?!

Mais probablement poursuivait-il un but bien précis... peut-être, fâché qu'elle ait refusé son odieux marché, venait-il mettre sa première menace à exécution ? Oh, par la Déesse, s'il déballait tout ce soir, en public, elle serait finie ! On la ferait rentrer *manu militari* au coven et elle pourrait faire une croix définitive sur sa liberté nouvellement acquise... et Ruth, fragilisée par sa blessure, succomberait à une crise cardiaque dans les secondes qui suivraient l'annonce, anéantie par la honte !

Cette chaude odeur d'eau de Cologne et de menthol, relevée d'un je-ne-sais-quoi d'épicé – qu'elle avait largement pu apprécier lors d'une certaine nuit – lui parvint subitement, la plongeant dans une incompréhensible confusion.

Et, alors qu'elle tentait de se ressaisir, elle le vit se pencher vers elle, la forçant à le regarder. Puis, au mépris de toute convenance, il attrapa son assiette et la ramena vers elle, lui intimant avec sévérité :

— Mangez, miss Coldfield. Je tiens à ce que mes élèves restent en bonne santé durant leur formation. Or je constate que vous vous employez ces derniers temps à négliger l'essentiel.

Abasourdie, la jeune fille resta muette, tout comme le reste de la tablée d'ailleurs. Ruth lui écrasa discrètement le pied, lui ordonnant d'obéir – ce qu'elle ne ferait certainement pas ! –, et au même moment Mr Evershade, embarrassé, lança un nouveau sujet de conversation.

Conversation bien vite interrompue par l'intervention impromptue de miss Athenaïs, qui ne s'était encore guère exprimée de la soirée :

— Lord Blackmorgan, avant que vous ne vous joigniez à nous, nous évoquions la frontière nord et les diverses techniques utilisées par votre famille pour repousser l'ennemi hors de votre duché, et par extension, du royaume. Figurez-vous que miss Andraste a affirmé n'avoir aucun avis à propos du conflit qui nous oppose aux Scotiens. Peut-être pourriez-vous remédier à son ignorance sur le sujet ?

— Je vous arrête, se défendit-elle en se redressant sur sa chaise, piquée au vif. Il est vrai qu'avant d'avoir tous les détails, je n'avais guère d'opinion. Car, voyez-vous, ce que *j'ignorais* en réalité, c'est que ces personnes s'en prenaient précisément aux terres de lord Blackmorgan. À présent, je dirai qu'ils ont tout mon soutien.

Quelques mâchoires s'agrandirent, dont celle de Ruth, et même Scott roula des yeux, surpris lui aussi.

— Miss Andraste, se récria Athenaïs, affectant un air plus choqué qu'elle ne l'était sans doute en réalité. Il s'agit d'ennemis du royaume, c'est très sérieux.

— Néanmoins, je maintiens, persista-t-elle, réalisant en même temps la portée de ses paroles, sans pouvoir s'arrêter. Je ne peux qu'adhérer à ce qui est susceptible de nuire à lord Blackmorgan.

Elle se mordit ensuite la lèvre tandis que Ruth manquait de s'étrangler. Peut-être mettait-on les gens en prison pour de tels propos… Pourquoi ne lui avait-on jamais appris à tenir sa langue ? Et, enfin, pour quelle raison n'arrivait-elle pas à se maîtriser – ne serait-ce qu'un tout petit peu – en présence de cet homme ?

Maintenant, il n'avait même plus besoin d'en parler, tout le monde allait deviner quel type de relation ils entretenaient. Tout allait se savoir et ce serait de son seul fait…

La panique menaçait de la submerger lorsqu'elle entendit Blackmorgan partir d'un rire rauque et faible, mais spontané et sincère pour une fois – bien que très peu distingué cependant. Toute l'assemblée l'imita, plus par civilité qu'autre chose.

— Il ne s'agit que d'une mauvaise plaisanterie entre miss Coldfield et moi, mentit-il, comme s'il cherchait à couvrir la jeune fille. Nullement d'opinion politique, vous l'aurez bien entendu compris.

Mais que trouvait-il de si risible dans ce cas ? Il se moquait d'elle, voilà tout, ainsi qu'il en avait pris l'habitude finalement. Elle pivota vers lui, décidée à lui adresser son regard le plus glacial, mais ne parvint qu'à battre des paupières, stupéfaite de le voir sourire.

Il était tellement beau… si beau qu'elle en eut le souffle coupé.

Ses yeux noirs brillaient d'amusement et ses dents blanches et régulières, ainsi découvertes, étincelaient d'un éclat aussi séduisant que carnassier. Il s'était rasé pour l'occasion, ce qui le faisait paraître vaguement plus jeune, même si déjà, une légère repousse assombrissait son menton. Sans barbe, la cicatrice en forme de V sur son front semblait plus visible… plus mystérieuse aussi.

Il portait le traditionnel costume de soirée noir et un col parfaitement amidonné fermé – encore une première – par une cravate assortie. Si, ainsi vêtu, il aurait dû, à l'instar de tous les autres hommes présents, avoir l'air au moins un peu guindé, il n'en était rien. Ses boucles de jais, toujours un peu trop longues pour être convenables, refusaient obstinément, quant à elles, de se laisser discipliner. Et si ses habits étaient élégants, lui dégageait quelque chose de farouche et d'indomptable, bien loin de ce qu'était censé inspirer tout respectable gentleman – encore moins un futur pair du royaume.

Comme ils se détaillaient mutuellement, sans doute plus longuement qu'il n'était décent, son expression chaleureuse et enthousiaste le quitta brusquement et il se détourna, sa moue cruelle réapparaissant soudain.

Andraste vida son verre de vin d'un trait, de plus en plus perturbée. Qu'est-ce qu'il faisait chaud dans cette maudite salle de bal ! Pourquoi donc n'ouvrait-on pas quelques fenêtres ? Un peu d'air aurait pourtant été appréciable… vraiment !

Athenaïs, prétextant une migraine, quitta la soirée, plantant là tous ses futurs cavaliers. Et, après avoir débarrassé le premier plat, on leur en servit un second. Cependant, aussi appétissantes que soient les cailles rôties, Andraste ne put se résoudre à y toucher. Sa gorge était tellement serrée qu'elle avait à peine réussi à boire sans s'étouffer.

Curieusement, Blackmorgan, lui, n'avait pas touché une seule fois à sa coupe, laissant le vin qui le remplissait se perdre. Un ivrogne – ainsi que lui-même se qualifiait – n'était-il pas censé boire dès qu'il en avait l'occasion, ne serait-ce que quelques verres ?

— Vous me devez au moins une danse pour votre effronterie de tout à l'heure, miss Coldfield, avisa-t-il sèchement après avoir terminé son assiette, comme s'il s'agissait d'un ordre – voire d'une menace. Je ne saurais passer outre sans cela, comprenez bien.

— Je regrette, milord, mais mon carnet de bal affiche déjà complet, l'éconduisit-elle, soulagée que ce soit la vérité.

Scott le premier l'avait invitée. Puis une ribambelle d'autres jeunes hommes, en fait tous ceux de son groupe de nécromancie, étaient venus lui proposer, alors même qu'elle était en train de prendre place à table. Ce qui, du reste, l'avait passablement étonnée, mais sans doute n'était-ce ni plus ni moins que les usages, Athenaïs ayant eu, elle aussi, son lot d'invitations.

— Faites-moi voir cette chose, exigea-t-il en tendant une main impérieuse devant elle, franchissant ainsi pour de bon toutes les limites de la bienséance.

Le malaise qui s'empara à nouveau des convives laissa Blackmorgan complètement indifférent. Andraste, atterrée, les considéra l'un après l'autre, espérant qu'au moins l'un d'entre eux ait la délicatesse d'intervenir. Mais personne n'osa s'aventurer à rembarrer le fils du duc.

Ce fut Ruth qui rompit le silence. Extirpant du réticule de sa sœur ledit carnet de bal pour le déposer dans la paume de Blackmorgan – qui aussitôt referma les doigts dessus –, elle souffla respectueusement :

— Tenez, milord.

Comme si rien n'avait été plus normal, le fils du duc se mit alors à feuilleter le petit objet, fronçant un peu plus les sourcils à mesure qu'il découvrait les noms inscrits sur les pages.

— Je vois, maugréa-t-il l'air franchement mécontent, puis se tournant vers Ruth : Vous êtes son chaperon, si je ne m'abuse ? Ne trouvez-vous pas que ce carnet contient un peu trop de monde ? Voyez-vous un inconvénient à réduire quelque peu cette liste – d'une bonne dizaine de têtes, je dirai – et à m'y faire figurer à la place ?

— Non, aucun, milord, acquiesça-t-elle avec une déférence écœurante. Vous avez parfaitement raison, je n'aurais pas dû accepter que miss Andraste danse avec autant de messieurs.

Ainsi, personne ne refusait rien à cet homme, pas même Ruth ? Ou était donc passé son légendaire sale caractère, elle qui savait si bien se montrer teigne d'ordinaire ? Fils de duc ou pas, Blackmorgan avait grand besoin qu'on le remette à sa place, sa grossièreté ne connaissait pas de limites.

Andraste aurait bien, quant à elle, protesté, mais cela aurait été d'autant plus suspect. Et la situation l'étant déjà suffisamment comme ça... elle préféra donc se taire. Et ce, même lorsque Blackmorgan fit mine de lui rendre son carnet par-dessus la table, pour le lui reprendre presque immédiatement, non sans une certaine habileté, sous la nappe, le tout avec une parfaite désinvolture.

Quand, à la fin du repas, vint l'heure des danses, les couples se regroupant peu à peu au centre de la salle, Blackmorgan se leva et tendit le bras à Andraste, la scrutant de manière si intense que le rouge lui monta instantanément aux joues. Ses prunelles obscures semblaient la défier de refuser. Et, en même temps, quelque chose, de presque imperceptible, tentait de l'y inviter avec égard... non, la suppliait d'accepter. Mais peut-être n'était-ce qu'un effet de son imagination ?

Andraste, qui ne pouvait se dérober sans donner lieu à davantage de commérages que ceux auxquels leurs comportements respectifs allaient déjà les exposer, fut bien obligée de l'accompagner. Et se fustigea intérieurement de ressentir un tel plaisir à traverser la pièce au côté de cet homme si grand, accrochée au creux de son coude, savourant bien malgré elle le contact de ce biceps dur comme l'acier.

Par tous les saints, mais que lui arrivait-il ?! Blackmorgan était odieux, rustre, grossier, et la soirée en avait encore été un bel exemple. Et cette proposition indécente, il fallait qu'elle se la remémore d'urgence, histoire de retrouver au plus vite toute la colère et la haine qu'elle éprouvait pour lui.

Seulement, y repenser la fit plus rougir encore – du moins si une telle chose était possible – et l'objet même de sa répugnance… eh bien… ne la répugnait tout à coup plus tant que ça.

Elle secoua la tête, vraiment très, très furieuse contre elle-même, et Blackmorgan s'arrêta avant même d'avoir rejoint les autres couples.

— Tout va bien ? s'inquiéta-t-il en se penchant légèrement vers elle.

Alors là, elle n'en revenait pas. Il feignait de se soucier de son état, à présent ? Il ne manquait décidément pas d'air !

— Non ! Non, et vous le savez parfaitement !

— Tu es fâchée parce que tu te rends compte que finalement tu es obligée de faire tout ce que je désire… ou presque.

— *Tout* n'est-il pas l'antonyme de *presque* ? le contredit-elle rageusement, les jambes flageolantes à force de se tenir si près de lui.

— Non, pas exactement, c'est *rien* qui est l'antonyme de *tout*, corrigea-t-il en s'inclinant davantage pour lui murmurer : Ton propre piège se referme sur toi, sorcière. Désormais, tu m'appartiens et je m'assure que tout le monde le comprenne. Je dispose de toi, quoi que tu en dises. Je dispose même de ta vie, en vérité… Et je ne doute pas disposer à nouveau de ton corps, un jour ou l'autre. Tu ne peux rien faire pour lutter contre ça. Parce qu'au départ c'était *ton* idée, pas la mienne, et que je refuse de jouer à ton jeu tordu. Si tu savais à quel point perdre m'est égal. Il n'empêche que dorénavant, moi aussi, j'ai un but, et tu vois, je suis comme toi, je ne me bats pas à la loyale.

Si sa première phrase était sensée, le reste, en revanche, n'était qu'un vaste charabia sans aucun sens pour Andraste. Les mots étaient lourds de menaces et de danger, et pourtant, elle ne parvenait à se concentrer que sur le souffle un peu trop rapide de Blackmorgan, lui brûlant la peau du cou, sur sa voix rocailleuse et grave, cette douce musique sensuelle, ainsi que sur la proximité alarmante de leurs corps.

Allait-elle se trouver mal ? Elle en avait bien l'impression. Pourtant, ce genre de chose ne lui était encore jamais arrivé. Les vertiges, le manque d'air, et sa gorge qui se serrait toujours plus – bref, les symptômes précédant un malaise – elle les découvrait en ce moment même… et il fallait que ce soit aux bras de Blackmogan ?

Avait-il vraiment dit qu'elle lui *appartenait* ? C'était révoltant… et elle aurait aimé être révoltée. Mais en réalité, cette inflexible affirmation la bouleversait d'une manière tout à fait inattendue.

Ce soir, il était venu pour elle… et il voulait la faire danser.

Elle se répéta intérieurement tous les qualificatifs désobligeants qu'elle avait en réserve pour lui, tous si bien mérités par ailleurs, mais aucun ne réussit à détourner ses pensées.

En cet instant, elle rêvait de se retrouver dans la salle de douches avec lui.

Juste eux, et le monde en suspens, comme cette nuit-là…

Chapitre 18

Thadeus

Elle tremblait contre lui, s'agrippant à son bras comme si elle s'apprêtait à s'écrouler.

Peut-être y était-il allé un peu fort…

Il fallait bien reconnaître qu'il s'était un tantinet emballé. Son petit discours l'avait manifestement terrifiée et quelque part, il ne pouvait s'empêcher de le regretter. Pourtant, et selon toute logique, il aurait dû tirer une certaine satisfaction de cette réaction. Mais, en dehors de l'incompréhensible remords de l'avoir plongée dans un tel état en public, il éprouvait quelque chose de passablement différent. De presque insupportable, en fait.

Les frissonnements d'Andraste contre lui attisaient son désir, l'excitant comme jamais il ne l'avait été de toute sa vie… et s'il n'agissait pas très vite, l'effet ne tarderait pas à devenir sensiblement notable. Situation quelque peu embarrassante s'il en est une, même pour lui.

Satané sortilège !

Thadeus s'éclaircit la gorge, tentant vainement de s'écarter un peu et de regarder ailleurs que dans ce fichu décolleté. Puis il demanda, radoucissant le ton de sa voix malgré lui :

— Si tu es trop faible pour la valse, je suis prêt à renoncer sans faire de vagues. Pour ce soir. J'ai bien vu que tu n'avais rien avalé au dîner. Et je parierai même que cela fait un moment que tu ne t'es pas nourrie correctement. Tu as beaucoup maigri en l'espace de quelques jours, Andraste, et je déteste ça. Quelle est la cause de ce récent manque d'appétit ? Moi, peut-être ?

Voilà, cela lui coûtait, mais il lui offrait une échappatoire, et en même temps il obtiendrait peut-être la réponse à une question qu'il se posait depuis le début du repas.

Elle leva vers lui un regard méfiant, prit un instant pour réfléchir, puis rétorqua :

— Je ne suis pas une petite chose faible et fragile comme vous vous plaisez à considérer l'ensemble de la gent féminine, lord Blackmorgan. Je peux très bien danser. Quant au reste, pour qui vous prenez-vous donc pour me faire des remarques aussi familières ?!

Il aurait bien objecté qu'il se prenait pour quelqu'un ayant eu l'honneur de pouvoir l'admirer sous toutes les coutures il n'y avait pas si longtemps et que, par conséquent, il s'octroyait le droit de noter certains changements – d'autant plus si ceux-ci étaient néfastes, à sa beauté comme à sa santé.

Toutefois, il ravala sa réplique. Elle insistait pour danser avec lui, et ça, c'était... surprenant. Inespéré même. Mais sans doute ne fallait-il y voir qu'une manifestation de plus de son goût pour le défi.

Elle était ainsi après tout, toujours prête à le contrarier et à le provoquer, sans même songer aux répercussions. Il en avait eu une édifiante démonstration un peu plus tôt, au sujet des frontières que lui et sa famille défendaient. Andraste s'était mise en très mauvaise posture... et tout ça pour lui témoigner l'ampleur de sa rancœur, sans même se rendre compte que sa pique, au final, ressemblait plus à du badinage qu'à autre chose.

Ce qui, curieusement, avait beaucoup amusé Thadeus. Non, cela l'avait franchement fait rire. Son air boudeur et renfrogné, sa mauvaise foi, ainsi que cette attitude belliqueuse et outrée, tout cela lui avait paru si drôle sur l'instant... et il y avait tellement longtemps qu'il n'avait pas ri.

Il serra les dents pour se retenir de parler et l'entraîna vers le centre de la salle. Vu le mal qu'il s'était donné pour réussir à la revoir avant le prochain cours, qui n'avait lieu que le surlendemain, à cause du bal, il n'allait pas lui offrir une autre occasion de lui échapper. Non, aucune chance.

— Ainsi donc, vous savez danser, lord Blackmorgan ? s'étonna-t-elle sans oser le regarder tandis qu'ils prenaient place sur la piste, parmi la foule.

— Crois-le ou non, j'ai reçu un semblant d'éducation. Ceci étant, je te le concède, c'est un domaine dans lequel je suis très loin d'exceller.

En vérité, c'était même quelque chose qu'il avait en horreur. Mais puisque c'était le seul moyen de pouvoir à nouveau l'entretenir seule à seul et – point non négligeable – de la tenir éloignée des autres hommes qui lui tournaient autour, comme Evershade par exemple, il prendrait sur lui.

Ce genre de soirée ne lui plaisait guère davantage. La foule, l'obligation de faire bonne figure, de se montrer cordial – un minimum, s'entend –, celle de converser... Il détestait cela. Et il était vraiment mauvais à cet exercice. Il ne savait tout simplement pas tenir ce rôle-là, personne ne lui ayant jamais appris. Sa famille l'avait bien obligé à se rendre une fois ou deux à des bals importants, mais ils s'étaient rapidement résignés. Depuis, Thadeus avait choisi de systématiquement refuser toutes invitations mondaines, et ce quelles qu'elles soient.

S'il était venu ce soir, c'était parce que le matin même il avait une fois de plus perdu son sang-froid. Ce qu'il avait osé proposer à la jeune femme lui avait au moins fait comprendre qu'il ne pouvait lutter contre ce puissant désir qui le rongeait de l'intérieur aussi férocement que la douleur à sa jambe. Et que, quoi qu'il arrive, il chercherait à obtenir d'elle ce qu'il avait déjà obtenu une fois, pour de mauvaises raisons.

L'assouvissement... L'apaisement. Il en avait besoin. Contre ça, il ne se battrait pas. C'était impossible. Cette magie le dépassait. Elle était plus forte que lui et il fallait qu'il se rende à l'évidence. Tout comme Andraste devait admettre que désormais, et par sa propre faute, elle lui appartenait. Sa chemise, d'où la tache n'avait pu partir, en était l'irréfutable preuve.

Non sans dépit, il avait également constaté, lors de cet échange quelque peu musclé, que malgré le sortilège qu'elle lui avait infligé le but que poursuivait la petite sorcière n'était pas celui-là. L'effet de son sort n'était manifestement pas celui attendu... loin de là même, vu la manière – passablement violente – dont elle avait réagi à l'idée de coucher encore avec lui. Ce qui, il fallait le reconnaître, l'avait profondément vexé.

Mais alors que voulait-elle ? Il avait décidé de cesser de se poser la question, ça ne servait à rien non plus. À moins qu'elle ne finisse par le lui avouer, il ne le saurait que lorsqu'il serait devant le fait accompli. Ça aussi, il devait l'accepter.

Il ignorait où tout cela le conduirait dorénavant, s'il pourrait mener à bien sa mission et prendre la vie de cette fille pour – peut-être – sauver sa famille de la malédiction. Cependant, ce dont il était conscient, c'est qu'il était incapable d'agir tant qu'il n'aurait pas, ne serait-ce qu'une seule et unique fois de plus, connu la paix entre ses bras.

Andraste lui tendit une main timide, comme la musique commençait, le tirant de ses réflexions pour le ramener dans la salle de bal avec elle.

— Je... je n'ai encore jamais dansé avec un homme, bredouilla-t-elle, manifestement gênée.

Thadeus fronça les sourcils, ayant beaucoup de mal à croire à cet aveu, qui pourtant paraissait sincère. Puis il prit sa paume dans la sienne. Il s'apprêtait à passer son bras dans son dos pour entamer cette valse que les autres avaient déjà commencée, quand il interrompit son geste, figé.

Il ne put alors s'empêcher de fermer les yeux, rien que quelques secondes, savourant le contact doux de la main fine et fraîche qu'il tenait aux creux de la sienne, si large et si chaude en comparaison. Ce qui le stupéfia le plus fut cette sensation de quiétude et de paix l'envahissant, tandis qu'en parallèle le désir montait encore d'un cran. Mais qu'importait. Jamais il ne s'était senti mieux. La douleur s'était envolée... d'un coup. Elle l'avait quitté au moment même où sa peau avait touché celle d'Andraste.

Quel genre de sorcière pouvait accomplir de pareils prodiges ? Cela était-il seulement possible ? Il rouvrit les paupières, lentement, et se noya dans les incroyables iris lilas de sa cavalière. Elle avait l'air aussi surpris que lui et s'était remise à trembler.

Ce fut comme si le temps s'arrêtait soudain. D'un geste un peu brusque, il la prit par la taille et la serra contre lui, sans savoir s'il était reconnaissant ou fâché de ce qu'elle lui faisait ressentir. Il aurait arraché cette robe – qu'il avait maudite toute la soirée pour rendre sa propriétaire aussi belle et appétissante, ses épaules blanches et rondes ainsi que la naissance de sa gorge délicate aussi impudiquement dévoilées – si seulement il n'y avait eu cette foule virevoltante, tout autour d'eux.

Il commença alors à faire tourner la jeune femme, récupérant peu à peu le rythme de la musique. Il la tenait beaucoup trop près, il le savait pertinemment. Elle lui en voudrait probablement de se comporter aussi audacieusement en public. Cependant, elle ne le repoussait pas. Et il aurait au moins fallu qu'elle se débatte – voire même qu'elle l'insulte et qu'elle appelle au secours – pour qu'il lui rende l'espace qu'il venait de lui voler... Pourrait-il d'ailleurs la relâcher, une fois la danse terminée ? Rien n'était moins sûr.

— Vous avez menti, milord, l'accusa-t-elle d'une voix anormalement aiguë. Vous dansez très bien.

Ce simple compliment le fit sourire, comme un parfait crétin. Et il se serait frappé pour sa stupidité s'il n'avait été hypnotisé par la vue qu'elle lui offrait, comme il la surplombait. Ce morceau de peau satiné à l'orée de son cou, juste avant son épaule - morceau de peau qu'il embrassait et léchait très lentement en pensée.

— Toi aussi, assura-t-il dans un grognement. Et je t'en prie, appelle-moi Thadeus. Je veux t'entendre prononcer mon prénom. Tu peux bien faire ça, puisqu'il semblerait que j'ai le privilège de toutes tes premières fois.

Elle se raidit dans ses bras, mais ne le repoussa toujours pas.

— Oh ! Et cela vous plaît ?

Si elle essayait de mettre de la colère ou de l'ironie dans sa question, il ne les perçut pas. Il se pencha à son oreille, se rapprochant de la zone qu'il convoitait si ardemment, et murmura, définitivement plus maître de lui-même :

— Non... non, voyons. Cela m'enchante au plus haut point.

Cette fois, elle s'écarta. Il relâcha légèrement sa prise, uniquement de manière à ce qu'il puisse voir son visage, ne lui cédant pas un centimètre de plus.

Ses joues étaient si roses, ses yeux si brillants... et cette langueur étrange. Que lui arrivait-il donc ? S'il ne l'avait pas maintenue si fermement contre lui, Andraste se serait effondrée depuis longtemps déjà.

— Pourquoi êtes-vous venu ?

— Pourquoi es-tu venu, Thadeus, lui dicta-t-il, avant d'ajouter ce qu'il n'aurait jamais cru dire un jour : S'il te plaît.

Elle battit des paupières, manifestement autant consternée que lui de l'entendre prononcer ces mots-là. Puis elle répéta docilement :

— Pourquoi es-tu venu... Thadeus ?

— Pour ça, expliqua-t-il alors que la deuxième valse commençait, l'entraînant plus vivement encore. Et aussi pour le baiser.

Elle déglutit, un peu effrayée.

— Pardon ?

— Je suis venu pour te dire que j'ai changé d'avis et que j'accepte ton offre, une leçon d'entraînement contre un baiser. On commence demain. Sois à minuit dans la salle d'armes, à cette heure-là, nous serons sûrs de ne pas être dérangés. Si tu ne sais pas où elle se trouve, mon valet t'y conduira. Il sera devant ta porte dix minutes avant notre rendez-vous.

Elle fronça les sourcils, dubitative, puis se rapprocha un peu et souffla avec une telle gratitude et un tel soulagement qu'il en fut presque inquiet :

— Merci... merci beaucoup, Thadeus.

Il goûta un instant le son de son prénom dans la bouche d'Andraste. Puis, subitement, il comprit. Elle avait vraiment peur et pensait réellement être en danger, devoir se protéger de quelqu'un. Mais de qui ? Pas de lui, apparemment. L'Ilandrien, quoi qu'il ait essayé de faire – et il ne doutait pas que son valet soit intervenu à temps pour empêcher cette ordure de la blesser sérieusement – était mort.

Définitivement, c'était de lui dont elle aurait dû avoir peur...

Le devrait-elle vraiment, d'ailleurs ? Il n'en savait plus rien.

Tout ce qu'il savait, c'est qu'il était prêt à revenir sur une décision, ce qu'il n'avait encore jamais fait auparavant, juste parce qu'il lui fallait ce satané baiser. À tout prix. Dût-il pour l'obtenir apprendre à une femme à tenir une épée, si ridicule cela soit-il !

Il l'avait réalisé un peu tard, tandis qu'Andraste quittait la salle de cours, furieuse, le laissant en plan, lui et sa proposition indécente. Ça n'était pas grand-chose comparé à ce qu'il voulait d'elle, mais il s'en contenterait, à l'instar d'un chien qui se contente d'un os, espérant un jour recevoir une récompense plus consistante.

Il se trouvait bien imbécile d'accepter un tel marché, lui qui s'était toujours passé de ces fastidieux préambules sans intérêt – les prostituées ayant entre autres cet avantage d'accepter d'aller droit au but sans rechigner. Mais ce n'était pas vraiment sa faute, le sortilège le poussait à agir ainsi. Et puis, il en était certain, et même s'il lui faudrait employer la ruse, il réussirait bien, d'une manière ou d'une autre, à extorquer à Andraste un peu plus qu'un simple baiser.

Songeant à la manière dont il s'y prendrait, il étudia méticuleusement les courbes des tendres lèvres rosées qu'il pourrait à nouveau posséder dans un peu plus de vingt-quatre longues heures. Son imagination s'emballa encore et un torrent de lave en fusion se déversa dans ses veines, la brûlure se concentrant pour de bon entre ses reins. Il venait de se débarrasser d'une douleur pour en retrouver une autre. Mais celle-ci était bien différente, elle était... vivifiante... et délicieuse à la fois.

La main d'Andraste se crispa dans la sienne, comme l'ensemble de son corps, tandis qu'il jurait entre ses dents.

— Mi... milord, murmura-t-elle d'un ton de reproche, contenant également une pointe de panique.

Bien sûr, ça n'était pas le mot grossier qu'il venait de lâcher qui suscitait cette remontrance. Non, en vérité, il s'agissait plutôt du contact de son membre dur, désormais scandaleusement érigé entre eux, tendant son pantalon bien plus que la bienséance ne saurait le tolérer.

Le cas échéant, qu'y pouvait-il ? C'était elle, la sorcière, elle qui lui avait jeté un charme. Elle assumerait donc avec lui.

— Je crains que tu ne sois obligée de m'accorder encore quelques danses, ricana-t-il, feignant la désinvolture pour masquer son trouble. Peut-être même toutes. Quel dommage pour tous les petits gars du carnet !

— Vous le faites exprès ! s'offusqua-t-elle, en lui donnant un coup sur l'épaule, la colère reprenant le pas sur sa faiblesse passagère. Vous adorez me mettre dans l'embarras, n'est-ce pas ?!

Pour la deuxième fois de la soirée, Thadeus se mit à rire :

— Ah, ça ! J'adore t'embarrasser, il est vrai. Mais... « le faire exprès » ?! Ne sois pas ridicule, enfin.

Perplexe, elle ouvrit la bouche pour répondre, puis s'arrêta, fixant sur lui un regard soupçonneux, comme si elle ne le croyait pas plus qu'elle ne comprenait. Ce qui eut pour effet de l'amuser plus encore.

— Je vois, avisa-t-elle avec humeur. C'est hilarant, on dirait.

Il prit sur lui pour retrouver un semblant de calme, inspira à fond... pour s'apercevoir finalement que cet exercice ne faisait que l'enfoncer davantage, l'entêtant parfum de la jeune femme ajoutant encore à ses égarements. Puis il rétorqua :

— Pour information, mon ange, sache que tu es la seule responsable. Aucun des hommes ici présents ne saurait me blâmer, sois-en sûre... Sérieusement, Andraste, à quoi pensais-tu en mettant une robe pareille ?

— Certainement pas à vous ! riposta-t-elle, vexée. Ma robe est tout ce qu'il y a de plus convenable. La coupe est de dernière mode, ainsi que vous pourriez le constater si vous vous donniez la peine de considérer les autres autour de vous. Miss Athenaïs elle-même en portait une du même style au dîner !

Le pincement revint, déraisonnablement désagréable. L'amertume refit alors surface tandis qu'il ne pouvait s'empêcher de se sentir blessé.

— Incontestablement, tu ne pensais pas à moi, en effet, grogna-t-il, la voix plus râpeuse encore que d'ordinaire. Tu croyais que je ne serais pas là, que tu serais tranquille ce soir, n'est-ce pas ? Eh bien, tu t'es trompée. Comme je te l'ai dit, tu es à moi, et plus jamais je ne te laisserai *tranquille*.

Elle tressaillit, probablement prise de court par l'âpreté de son ton – qui n'était définitivement plus à la plaisanterie –, puis étudia son visage avec attention, comme si elle cherchait sur ses traits la réponse à une question complexe. Réponse qu'il brûlait de lui donner, mais sans doute sous une forme à laquelle elle ne s'attendait pas.

La candeur et la pureté qui se dégageaient d'elle en cet instant étaient si bouleversantes... si trompeuses aussi.

— Allons sur le balcon, décréta abruptement Thadeus à l'instant même où il pensait ne plus pouvoir se retenir de laisser libre cours à ses instincts. L'air frais... maintenant.

Soudain, il mit un terme à la valse, avant même que la musique ne le permette. Puis, marchant à grands pas au milieu de la foule dansante, il entraîna Andraste à sa suite, la tirant par la main bien plus brutalement qu'il ne l'aurait voulu. Elle le suivit sans broncher, courant presque derrière lui, probablement trop consciente de la curiosité excessive qui pesait sur eux. Si lui s'en contrefichait, voire même appréciait la chose, ayant à cœur de poser ses jalons, il savait qu'en revanche c'était loin d'être le cas de la jeune femme.

Lorsqu'ils eurent franchi la baie vitrée, enfin hors de portée des regards, il s'appuya à la rambarde de pierre et reprit son souffle, dont le rythme s'était sensiblement accéléré sans même qu'il s'en rende compte.

— Lâchez-moi, murmura-t-elle alors, visiblement inquiète, se tenant aussi loin de lui qu'il était possible dans ces conditions.

Il avisa leurs mains jointes, incapable de réfléchir... incapable d'accéder à sa requête.

— Non, refusa-t-il farouchement, raffermissant sa prise.

— S'il vous plaît... Thadeus, essaya-t-elle timidement, s'efforçant de se montrer conciliante. Je dois rentrer. Je ne peux pas rester seule dehors avec vous. Tout le monde nous a vus sortir.

Elle semblait totalement perdue, presque désespérée… et il l'était tout autant, bien que manifestement pas pour les mêmes raisons.

Faisant fi du peu de moralité qu'il se savait posséder, il l'attira à lui, et cette fois elle résista. Mais il resta sourd à ses protestations. Il était bien plus fort et elle n'avait aucune chance de se soustraire à son emprise. Serrant sa paume délicate jusqu'à presque la broyer, il passa son autre main sur ses reins et plaqua son petit corps tendre contre le sien, bien plus fermement que durant la danse. Les formes voluptueuses d'Andraste s'écrasèrent contre son torse, délicieusement. Puis, l'emprisonnant entre ses jambes, il se pencha vers elle, prêt à lui arracher une avance sur paiement malgré ses gesticulations réticentes.

Il s'interrompit, comme sortant de transe, quand il l'entendit haleter de panique, alors même que leurs lèvres s'effleuraient. Puis il marmonna, les mots sortant de sa bouche sans qu'il puisse rien faire pour les arrêter :

— Je t'en supplie, ne danse avec aucun autre ce soir. Je ne le supporterai pas…

Il ferma les yeux pour ne plus voir que l'écran noir de ses paupières et relâcha sa prise à grand-peine, un doigt après l'autre. Il ne perçut qu'un bruissement de jupes, s'éloignant peu à peu, s'accompagnant d'une déchirante sensation de vide. Mais n'était-ce pas ce qu'il ressentait depuis toujours, lorsqu'il ne tenait pas précisément cette jeune femme dans ses bras ?

La douleur dans sa jambe se réveilla brusquement, mettant fin à ses réflexions – dont il ignorait si elles étaient agréables ou bien l'inverse –, et il dut s'asseoir d'urgence, cherchant à tâtons la balustrade derrière lui.

— Décidément, vous vous y prenez comme un manche, mon vieux, plaisanta une voix familière.

Surpris, il releva la tête et vit Brighton sortir de l'ombre.

Le capitaine était un ami de la famille Blackmorgan. Et si Thadeus avait été capable d'en avoir lui-même, sans doute aurait-il été le seul. Encore que, présentement, il n'était pas bien sûr de ne pas le détester, sa compagnie ainsi que ses réflexions étant tout à fait dispensables en cet instant pénible où il ne savait plus du tout où il en était.

— Vous n'avez rien de mieux à faire que m'espionner ?! s'énerva-t-il, vraiment pas d'humeur à tolérer ce genre de commentaires douteux. Qu'est-ce que vous fichez là, au juste ?!

— Comme vous y allez, tenta de le tempérer Brighton. Je pourrais vous retourner la question. Qu'est-ce que *vous* faites là, mon ami, à un bal ? Je croyais que vous exécriez ces mondanités. Quant à vous observer, je plaide coupable. Je me pose beaucoup de questions depuis que je vous ai vu débouler dans la salle d'apparat et exiger d'une de vos élèves qu'elle vous cède sa place à table. Thadeus, vos manières vont de mal en pis !

Le ton du capitaine était à l'humour, pourtant, c'était loin d'être du goût de Thadeus.

— Allez vous faire f...

— Mais très certainement, vous avez donc eu vent de mes penchants ? coupa Brighton avec un flegme exaspérant. Ceci étant, je crains que vous ayez malgré tout besoin de mes conseils. Je ne plaisante qu'à moitié quand je dis que vous vous y prenez vraiment très mal avec cette petite. Vous avez commencé par l'humilier devant une classe entière et maintenant vous essayez de la compromettre lors d'une soirée en plein palais royal, rien de moins ? Quelle drôle de façon de faire sa cour !

Thadeus se passa la main sur le visage, réfrénant son envie de chasser ce pseudo-ami à coups de pied, puisque celui-ci ne comprenait pas les mots.

Il lui fallait un verre... tout de suite ! Pourquoi n'avait-il encore rien bu ?

Ah oui, il tenait absolument à rester maître de lui ce soir... une belle réussite, du reste.

— Gardez vos maudits conseils pour vous, je ne courtise personne, bordel ! jura-t-il, les bras croisés, examinant les sillons entre les dalles du balcon, priant pour qu'un serveur vienne à passer par ici rapidement.

Mais ces imbéciles n'étaient jamais là où l'on avait besoin d'eux, c'était bien connu.

— Quel langage, vous êtes de plus en plus grossier également, remarqua le capitaine en s'approchant encore.

— Bon, quand vous aurez fini de vous payer ma tête, sorceleur, peut-être pourriez-vous aller vous faire pendre ailleurs ? suggéra Thadeus en le fusillant du regard.

L'autre recula d'un pas, quelque peu refroidi.

— Je ne voulais pas réellement vous offenser, milord. Je crois comprendre que vous avez un problème et je viens simplement vous proposer mon aide. Par amitié, rien de plus.

Thadeus soupira. Des problèmes, il en avait plus d'un, en vérité. Ces derniers s'étaient d'ailleurs curieusement emmêlés pour ne plus répondre à aucune logique dans leur ordonnancement. Car, celui qui le préoccupait le plus à ce moment précis de la soirée, c'était qu'Andraste vienne bien, comme convenu, au rendez-vous du lendemain. Et étant donné la manière dont il venait de se comporter, c'était loin d'être gagné. En quelques secondes à peine, il lui avait fourni toutes les raisons du monde de ne pas se fier à lui... autant en ce qui concernait les leçons que pour le reste. Comment pourrait-elle accepter de demeurer seule en pleine nuit avec lui après ça ?

Quel idiot ! Il n'avait pas pu s'en empêcher. Il avait fallu qu'il tente d'obtenir par la force quelque chose qu'il recevrait de toute façon, en rétribution de ses services de maître d'armes. Et cette lamentable supplique... avait-il donc, avec ce foutu sortilège, perdu toute dignité ?!

À cette pensée, il se tordit le cou pour pouvoir apercevoir la jeune femme dans la salle, la cherchant parmi la cohue des convives. En un éclair, il la repéra. Elle était retournée auprès de sa sœur et semblait sur le point de quitter la soirée. À cette constatation, il sentit les muscles de ses épaules se détendre. Au moins, si elle partait maintenant, ne danserait-elle avec personne d'autre. En soi, c'était un véritable soulagement... parce qu'il ne bluffait pas, il ne l'aurait véritablement pas supporté.

— Thadeus, reprit doucement Brighton, je me doute que les projets de votre oncle, après l'échec avec miss Evershade, ne vous enchantaient guère à la base. Mais à présent, vous devez le reconnaître, il s'agit de bien plus que d'une simple question de descendance. C'est très inattendu, mais il se pourrait que cela vous soit profitable. Vraiment profitable, je veux dire. Probablement même ce qui pouvait vous arriver de mieux. Encore faudrait-il que la demoiselle concernée y soit favorable... et soit disponible. Et c'est là que je me dois d'intervenir.

Thadeus se força à détourner le regard pour considérer son interlocuteur. Quelles inepties était-il en train de débiter, au juste ?

C'était son oncle Rupert qui avait obtenu auprès de Brighton les renseignements nécessaires pour retrouver la trace de celle qu'il recherchait. Le capitaine avait accepté de les aider, alors qu'il était au secret, au service de Victoria, mais uniquement parce qu'on lui avait menti.

Rupert croyait dur comme fer à ce tissu d'inepties qu'était la prophétie de la sibylle, laquelle était consignée dans un ancien manuscrit accessible aux seuls Blackmorgan. Il était convaincu que quelque part dans le monde se cachait la femme annoncée, celle que Thadeus devrait tuer pour mettre fin à leur malédiction. Ainsi, son oncle n'avait cessé de répéter au capitaine, avec force désespoir, que seule une jeune fille susceptible d'être une Élue de la Nuit serait en mesure de purifier le sang malade des futures générations de Blackmorgan.

Une histoire proprement insensée – si tant est qu'une telle femme existe, n'importe quelle famille voudrait mettre la main dessus pour le bénéfice que cela représenterait –, inventée dans le seul but de finir par débusquer, par le biais de son ami, celle qui devrait en fait être sacrifiée pour leur profit. À condition bien sûr que la prophétie se révèle vraie et que le simple fait qu'Andraste ait les cheveux si clairs ne soit pas seulement un hasard.

Mais Brighton avait marché et était tombé dans le piège tendu par Rupert, aveuglé par sa pitié, sans aucun doute. Il avait craché le morceau dès qu'il avait su qu'Andraste existait.

Ce prétexte était un point de détail qui n'avait été que très vaguement évoqué entre Thadeus et son oncle, l'objet de la mission étant tout autre. Mais à présent, il commençait à réaliser de quelle manière ce mensonge l'impliquait dans cette affaire.

Alors il mit son habituelle mauvaise humeur de côté et se sentit obligé de répondre, plus par souci de crédibilité qu'autre chose – du moins essayait-il de s'en convaincre :

— Sans rire, vous l'imaginez, vous, à Bloodcastle ? La pauvre gamine, mes oncles et mes frères n'en feraient qu'une bouchée ! Et quand bien même elle survivrait à cette première épreuve, mon père se chargerait de la faire fuir durant l'une de ses crises… sauf si, bien sûr, j'en ai moi-même une avant.

— Thadeus, vous êtes très différent de votre père, affirma Brighton, prenant soudain un air sinistre.

— Vous avez raison, de toute évidence, je suis bien pire. Lui n'a jamais souffert d'aucun handicap, ni opté pour une voie accélérant le processus. Je serai fou bien avant l'âge auquel lui l'est devenu. Les Blackmorgan peuvent posséder autant de fortune et de titres que possible, il n'empêche que je ne souhaite à personne d'intégrer cette famille de dégénérés.

Le capitaine eut un mouvement de recul, choqué de l'entendre tenir un tel discours. Il fallait dire que si Brighton était au courant – c'était d'ailleurs la seule personne au monde en dehors des membres de sa famille –, jamais Thadeus n'avait ouvertement parlé de tout ça… et surtout pas de son infirmité et du procédé auquel il avait recouru pour y remédier.

— Votre destin n'est pas inscrit dans la pierre. Vous aussi avez droit à votre part de bonheur, comme tout un chacun. Votre vie est loin d'être finie, vous êtes jeune, et c'est une chance qui vous est offerte.

Thadeus haussa les épaules. Si le capitaine savait de quel genre de *chance* il s'agissait en réalité, lui qui paraissait tant apprécier la jeune fille qu'il était censé tuer… En outre, Brighton se fourvoyait, sa vie avait pris fin bien des années auparavant. Le capitaine avait-il déjà oublié qu'il était mort à neuf ans, tué par son propre père ?

— Parce que vous pensez qu'elle est vraiment une de ces femmes ? interrogea Thadeus, plus que sceptique. Ce n'est qu'une vieille légende. Tout cela est parfaitement absurde, si vous voulez mon avis.

Ce qui, en fin de compte, l'aurait bien arrangé. Car s'il n'y avait pas d'Élue, il n'y aurait plus de mission. Soit un problème de moins. Et de taille !

Brighton se frotta le menton.

— Si vous saviez ce qui m'a mis sur sa piste, ce que cette domestique raconte, vous ne douteriez pas. Victoria elle-même est intriguée. Ah ! Voilà ce dont, entre autres, je souhaitais vous entretenir.

Thadeus suivit le regard du capitaine, attiré d'instinct par une certaine robe bleue, au loin, près des portes de sortie. Andraste discutait avec un homme qui paraissait la retenir, ou plutôt tenter de l'entraîner vers la piste de danse. Un homme aux manières d'apparence irréprochables, mais qui se faisait néanmoins légèrement trop insistant. Une personne que Thadeus aurait bien écrabouillée dans la seconde… et peu importait qu'il soit prince !

— Oh là ! Calmez-vous, l'enjoignit Brighton en se postant devant lui, levant les mains pour le retenir tandis qu'il bondissait en avant. Vous n'êtes pas sérieux ? Vous ne comptez tout de même pas intervenir ?!

— Vous voulez parier là-dessus ? gronda-t-il sans quitter des yeux la jeune femme et l'importun.

Cela aurait été une grossière erreur, il en avait parfaitement conscience. Il allait les couvrir tous trois de ridicule s'il s'interposait. Seulement, quelque chose de primitif le poussait à agir, tenter n'importe quoi pourvu qu'il n'ait pas à endurer le supplice de la voir avec un autre.

Il repoussait Brighton lorsqu'il aperçut Andraste secouer poliment la tête, s'excuser peut-être, puis saluer Augustin d'une gracieuse révérence, pour finalement se retirer avec sa sœur – laquelle était toujours aussi blême, par ailleurs.

Le prince resta un court instant immobile, comme s'il n'arrivait pas à intégrer qu'il venait d'essuyer un refus. Puis il se reprit et se mit en quête de son cercle d'admiratrices – qu'il n'eut aucune difficulté à trouver.

Thadeus lui-même était stupéfait. Aucune femme ne refusait jamais rien à Augustin. Alors une simple valse ?! Au demeurant, et bien que personne n'imagine qu'il puisse un jour accéder au trône, ce dernier pouvait s'enorgueillir de posséder le meilleur titre qui soit. Malgré ses mœurs dépravées, l'ensemble de la gent féminine se pâmait devant lui en permanence et ne cessait de vanter à tout bout de champ sa grande beauté, son élégance, son goût sûr quant à la mode... Bref, tout un tas de niaiseries échappant totalement à Thadeus qui, après avoir passé un costume noir, noué une cravate autour de son cou et s'être rasé à la va-vite, était déjà à son maximum en matière de raffinement.

Se pouvait-il qu'il soit à l'origine du refus d'Andraste ? C'était possible, non ? Après tout, elle n'avait pas dansé avec Evershade non plus. Ni aucun des autres types du carnet... juste avec lui.

— Vous allez être un soupirant insupportable, osa Brighton en secouant la tête, aussi navré qu'abasourdi.

Par réflexe, Thadeus faillit aussitôt démentir – un soupirant, lui, était-ce une plaisanterie ?! –, mais se ravisa, toujours par souci de crédibilité.

— Très bien, dites-moi, en dehors du fait que je suis un abominable... prétendant, cracha-t-il comme si le mot lui écorchait la bouche, quels sont donc les *problèmes* que vous évoquiez tout à l'heure ?

— Vous n'êtes pas le seul sur les rangs. La reine a, à peu de chose près, les mêmes projets que votre oncle pour son fils.

Chapitre 19

Augustin

Augustin, dans son désarroi, ébouriffa ses boucles châtaines aux doux reflets cuivrés. Les conversations allaient bon train autour de lui, mais il ne parvenait guère à se concentrer.

On venait de lui refuser une valse…

Comment était-ce seulement possible ? Sa réputation s'en remettrait-elle ? Tout le monde avait assisté à la scène…

Soudain, un picotement dans la nuque le poussa à faire volte-face. À l'autre bout de la salle, Blackmorgan l'observait, un sourire satisfait retroussant le coin de ses lèvres. Incroyable, même ce type, ce rustre fini, était en train de se moquer de lui ?!

Augustin, sentant poindre la panique, avisa son entourage le plus proche. Lequel se comportait comme de coutume, bavardant avec enthousiasme, riant parfois aux éclats, déjà un peu ivre, comme si rien ne s'était passé. Feignaient-ils de ne pas avoir remarqué ?

Tenant à s'en assurer, le prince parcourut la salle des yeux pour s'apercevoir qu'à l'exception du fils du duc personne ne lui prêtait attention outre mesure. Les habituels regards – d'admiration pour les femmes et d'envie pour les hommes, encore qu'il arrivait de temps à autre que certains hommes le reluquent également – flottaient sur lui, comme d'ordinaire.

L'incident n'en serait peut-être pas un finalement. Tout, pourvu que cela ne revienne pas aux oreilles de sa reine de mère ! Il imaginait déjà ce que dirait cette dernière si elle apprenait qu'elle ne pouvait même plus compter sur son seul et unique talent, à savoir la séduction.

Ainsi donc, la jeune fille n'était pas un laideron... loin de là même. Il était fort curieux de constater que ses bizarreries, *a priori* nécessairement disgracieuses, lui conféraient finalement un certain charme. Quand Augustin l'avait aperçue, la croisant tandis qu'il faisait son entrée dans la salle d'apparat et qu'elle prenait le chemin inverse, il s'était de lui-même présenté à elle, trop ravi de découvrir une si charmante personne pour se soucier du protocole. Par ailleurs, exception faite des moments où il y était contraint, il s'encombrait rarement de ces règles qu'il jugeait stupides et désuètes. Après tout, n'avaient-ils pas déjà échangé par correspondance ? Cela ne constituait-il pas, en soi, une forme de présentations ?

Cependant, elle l'avait à peine regardé... et elle avait refusé de lui accorder une danse, prétextant une soudaine – et bien commode – migraine. Elle s'était contentée de renouveler poliment ses remerciements pour les fleurs qu'il lui avait offertes, sans s'en émouvoir plus que ça, et de prendre congé, à peine la conversation entamée.

Ainsi, Augustin avait été éconduit, sans autre forme de procès. Lui, un prince... *le* prince ! À l'évidence, cette jeune fille manquait furieusement d'éducation, faute de quoi elle n'aurait pas agi de la sorte, c'était certain. En revanche, ce dont elle ne manquait pas, c'était de culot. Il fallait malgré tout de l'audace, même pour une débutante sortant de sa boueuse campagne, pour le traiter de cette manière et lui témoigner si peu d'intérêt.

Non, vraiment, il n'arrivait pas à avaler la pilule !

— Votre Altesse, tout va bien ? s'enquit timidement Abigail, sa fiancée, d'un air gêné.

Diable, il l'avait encore oubliée ! Mais comment faisait-il pour ne jamais la remarquer ? Un souci qu'il n'aurait sans doute pas avec la prochaine...

Il se contenta de lui adresser un signe de tête, le geste constituant autant un salut qu'une réponse. La moindre des choses aurait été de l'inviter à danser, bien sûr, mais il n'en avait guère envie après une telle rebuffade. Aussi s'en abstint-il.

Abigail attendit un moment, puis exécuta devant lui une révérence parfaite et quitta la petite assemblée, les épaules basses. Si Augustin avait eu l'esprit libre, peut-être aurait-il éprouvé quelques remords à se conduire aussi froidement avec celle qui était censée être sa promise. Mais il était, en cet instant, fort préoccupé.

Cette jeune fille étrange, était-elle bien ce qu'il imaginait ? Elle en avait certes toute l'apparence, mais enfin, de là à en déduire que le mythe n'en était plus un, il y avait un monde. Sa mère, en tout cas, devait le croire, sans quoi elle ne lui aurait jamais servi ce discours l'autre jour, au petit déjeuner. Et si Victoria, la Reine Éternelle, croyait en quelque chose, si improbable que cela soit, alors ce quelque chose ne pouvait qu'être vrai.

Il fallait également qu'elle-même y trouve certains avantages pour envisager de rompre un accord passé avec une famille aussi importante que les Voltange, au profit de cette curiosité, certes jolie, mais sans manières. Mais lequel ?

Augustin avait cherché dans la réserve de la bibliothèque royale afin d'en apprendre un peu plus sur ces fameuses Élues de la Nuit, sans résultat. Aussi s'interrogeait-il de plus en plus. Il avait beau y réfléchir, il ne parvenait pas à comprendre le revirement de Victoria.

Sans qu'il sache pourquoi, le souvenir de sa sœur, morte tandis qu'il n'avait pas encore atteint l'âge de raison, lui revint. Et avec elle, ces mots mystérieux, lâchés à voix basse, alors qu'il se cachait de son précepteur :

— Méfie-toi d'elle, Augustin, tu n'es qu'un enfant, mais plus tard peut-être réaliseras-tu. Aucun être ne peut survivre sans se nourrir...

Aucun être ne pouvait survivre durant des siècles non plus, et pourtant sa mère défiait allègrement les lois de la nature. Tout Néo-Britannia voyait en elle une sorte de déesse, certains allant jusqu'à lui vouer un véritable culte. Augustin, pour sa part, la considérait plutôt comme une espèce de démon. Ce qui, par conséquent, faisait de lui le fils du Mal – à cela, il ne voyait pas grand-chose à redire.

Saisirait-il un jour le sens du message que sa sœur avait essayé de lui faire passer ?

Il chassa ses sombres souvenirs pour se forcer à revenir aux discussions de ses amis, lesquelles portaient sur la malencontreuse chute de perruque du néanmoins jeune lord Barney, qui s'était laissé un peu trop emporter par la musique. Puis, tout à coup, il demanda :

— Quelqu'un peut-il me dire ce que Blackmorgan fait là ?

Il venait tout juste d'y songer. Avait-on seulement déjà vu le fils du duc assister à un bal ? En l'occurrence, il ne s'en souvenait pas.

— Il est parti il y a quelques secondes, si je ne m'abuse, lui répondit une demoiselle dont il avait oublié le nom. Voulez-vous qu'on le rattrape ?

— Certainement pas, maugréa Augustin en repensant à l'infâme petit sourire que l'autre lui avait adressé.

Avait-il été le seul à se rendre compte qu'il avait pris une veste ? Si oui, comment se faisait-il qu'il ait été l'objet de son attention, tandis qu'il se tenait si éloigné, quand personne d'autre ne semblait avoir noté son arrivée ? Lui et Blackmorgan s'ignoraient toujours proprement en public, ne se supportant pas. Alors, pourquoi ?

À moins que le fils du duc ne l'ait repéré, lui, que parce qu'au même moment il surveillait quelqu'un d'autre... Et pourquoi serait-il venu à une soirée du genre de celles qu'habituellement il dédaignait s'il n'avait pas eu un but précis ?

— A-t-il fait quelque chose qui sorte de l'ordinaire ? interrogea le prince.

— À part venir à un bal, vous voulez dire ? s'esclaffa l'un de ses amis.

— Oui, acquiesça la demoiselle au patronyme tombé dans l'oubli. Il a dansé.

— Il a *dansé* ?! répéta Augustin, interdit. Blackmorgan ? Vous plaisantez ?

— Absolument pas, renchérit-elle, en profitant pour préciser : De manière fort peu protocolaire, j'ajouterai. Ma cousine, qui se trouvait parmi les danseurs, m'a raconté qu'il tenait sa partenaire comme un voyou des bas-fonds. Il aura profité de la naïveté de cette pauvre créature qui lui tenait lieu de cavalière, j'imagine. Une fille possédant autant de tares a dû se sentir flattée d'être invitée par un homme de son importance. La malheureuse n'aura tout simplement pas réalisé à quel point…

— Des tares ? coupa le prince. Mais de qui donc parlez-vous ?

— De la femme aux cheveux blancs, voyons. De qui d'autre aurais-je pu parler ?

Chapitre 20

Andraste

— Une migraine ?! s'exclama Ruth après qu'elle et sa sœur se furent éloignées du tumulte du bal. As-tu perdu la tête ? Personne ne refuse une invitation à danser de la part du prince. Ça ne se fait pas !

— Eh bien, il semblerait que si, puisque c'est plus ou moins ce que je viens de faire, argua Andraste en pressant ses doigts frais sur son front. En outre, je ne mens pas, je me sens vraiment très mal.

S'était-elle d'ailleurs déjà sentie plus mal ? Et quel meilleur moment aurait-elle pu choisir pour avoir son tout premier malaise qu'en plein milieu d'une réception au palais ?! Elle qui avait toujours pensé que les femmes feignaient d'être atteintes de ce genre de trouble uniquement pour attirer l'attention sur elles réalisait à ses dépens qu'elle se trompait.

Tout tournait autour d'elle, sa vision se brouillait, ses jambes flageolantes lui répondaient à peine et elle frissonnait tandis qu'une chaleur intense consumait la surface de sa peau, rendant le contact du tissu de sa robe insupportable.

— Ça ne m'étonne pas plus que ça, la blâma Ruth en lui ouvrant la porte de leurs appartements. Je n'imaginais pas pouvoir dire ça un jour, mais tu n'as pas assez mangé ce soir. Il y a tout de même un juste milieu à trouver, tu sais, entre la gloutonnerie et le jeûne.

Andraste entra en trombe dans sa chambre pour se laisser tomber dans le premier fauteuil venu et tira un grand coup sur son corsage jusqu'à presque le déchirer tant elle peinait à respirer. Son aînée, la prenant sans doute en pitié, se plaça derrière elle et entreprit de défaire les laçages de ses vêtements pour la soulager.

Ensuite, Ruth alla à la cage d'où la petite mésange les observait, passa la main à l'intérieur, puis caressa délicatement le cou de l'animécanique. Lequel, à ce signal, ouvrit aussitôt le bec pour en laisser s'échapper un doux filet de musique qui finalement s'approchait davantage du son d'un violon que du chant d'un oiseau ordinaire.

La mélodie, quoique profondément triste, était néanmoins agréable, apaisante même. Andraste se laissa aller contre le dossier de son siège, ses symptômes, loin d'une certaine personne, s'estompant peu à peu. Cependant, et bien qu'elle s'efforçât de l'en chasser, son image demeurait prégnante dans son esprit. C'était parfaitement idiot, mais même cet air mélancolique semblait parler de lui...

— Ainsi, ce n'était pas un domestique, devina Ruth, profitant de l'intimité de la chambre pour user de son ton le plus désapprobateur.

— Je ne vois pas de quoi tu parles, nia en bloc la jeune fille, tremblant de nouveau en songeant à ce qui venait de se passer.

Par la Déesse, mais que venait-il de se passer au juste ?

L'odeur de Blackmorgan, qu'elle aurait tant aimé avoir oublié, paraissait s'être imprimée dans son cerveau pour ne plus en sortir. Le creux de son épaule semblait, quant à lui, avoir été marqué au fer rouge par le souffle brûlant de son cavalier. Et ses lèvres, qu'il avait caressées de son haleine, frémissaient encore au souvenir du baiser qu'ils avaient failli échanger, à quelques mètres seulement d'une salle remplie de toute l'aristocratie du pays.

En l'espace d'un instant, au moment précis où il avait refermé la main sur la sienne, tout lui était brusquement revenu. Tout ce qui l'avait émue et tant bouleversée lors de leur improbable première rencontre… tout ce qu'il l'avait poussée à partager avec lui une telle intimité lors de cette fatidique nuit d'égarement.

Et il l'avait priée de l'appeler par son prénom… l'avait suppliée de ne danser avec aucun autre…

Andraste n'y comprenait plus rien. Blackmorgan n'était plus qu'une énigme obscure, et les vives émotions – toutes irrationnelles et contradictoires – qu'il faisait naître en elle en étaient encore une autre, toutes deux insolubles.

Pourtant, ne dérogeant pas à ses habitudes, il s'était montré grossier à plusieurs reprises ce soir, même durant la valse. Comment se faisait-il alors qu'elle ne parvienne pas à lui en vouloir pour cette fois ? Entre son… ardeur, qu'il n'avait nullement tenté de maîtriser, puis cette démonstration de force sur le balcon, tout aussi choquante par ailleurs, elle aurait dû être terriblement fâchée. Ou du moins se sentir insultée, comme lorsqu'il lui avait fait cette écœurante proposition. Alors pour quelle raison la colère ne venait-elle pas ? Et pourquoi était-elle tellement troublée ?

— Lord Blackmorgan, affirma gravement Ruth, c'était donc lui, l'homme qui a abusé de toi…

— Il n'a pas abusé de moi ! s'insurgea Andraste, réalisant trop tard qu'elle venait pour ainsi dire de vendre la mèche.

— Il y a plusieurs façons d'abuser d'une femme. Et profiter de l'innocence d'une jeune fille tout juste arrachée à sa famille quand on est quelqu'un d'aussi haut placé en est une. Du reste, tu t'es comportée toute la soirée comme si c'était le cas, comme s'il t'avait fait du mal.

— Il ne m'a fait aucun mal, démentit-elle en affectant l'indifférence. Je le déteste, c'est tout. C'est pour ça que je me suis conduite de manière aussi peu pondérée. Il me met hors de moi et je ne peux m'empêcher de lui témoigner mon aversion.

Andraste se releva, l'exaspération l'emportant soudain sur la fatigue, et se débarrassa de sa robe ainsi que de son corset déjà défait.

— Ce n'est pas exactement ce que tu as dit cette nuit-là, insista Ruth.

— J'ai commis une erreur, tu es contente ? Une *énorme* erreur ! Tu avais raison, voilà ! Les hommes sont bel et bien tous tels que tu les as décrits !

— En effet, c'était une très grosse bêtise. Les Blackmorgan, pour une raison que j'ignore, sont brouillés depuis des lustres avec notre famille. Aussi, il est fort probable que le fils du duc se soit joué de toi uniquement par esprit de vengeance.

Andraste resta quelques secondes sans voix, accusant le coup de cette nouvelle révélation. Puis, tout en s'échinant à retirer les nombreuses pinces de sa chevelure, elle murmura, autant à l'attention de sa sœur que d'elle-même :

— Je ne veux pas en savoir plus, ça suffit. Je le hais, point final.

Elle se mit au lit sans attendre et se répéta cette dernière phrase jusqu'à ce qu'elle réussisse à s'endormir.

Le lendemain, après une longue nuit de sommeil – débordant d'ailleurs passablement sur la matinée –, ainsi qu'un fort copieux déjeuner, Andraste aurait dû se sentir mieux. Cependant, c'était loin d'être le cas.

Le rendez-vous nocturne que lui avait fixé Blackmorgan l'angoissait à tel point qu'elle se demandait si apprendre à se défendre lui était vraiment si indispensable que ça.

D'un côté, elle ne pouvait nier que c'était une nécessité. Mais d'un autre… d'un autre, se retrouver seule avec Thadeus au beau milieu de la nuit, tandis que tout le palais serait endormi et que personne ne pourrait lui venir en aide si besoin, semblait la pire des choses à faire. Cela ne lui avait pas vraiment réussi, la première fois…

Si elle était capable de gérer une discussion tant qu'une certaine distance entre eux était maintenue – encore qu'elle admettait qu'en sa présence elle avait facilement tendance à s'emporter –, il en allait tout autrement dès lors qu'il brisait ce précieux périmètre de sécurité. Et il faudrait bien, une fois l'entraînement terminé, qu'elle s'acquitte, comme prévu, de sa dette… Rien que la pensée de cette inévitable proximité suffisait à faire s'accélérer les battements de son cœur.

Ce qui l'effrayait le plus en réalité, c'était cette part d'elle-même qui, malgré tout ce qu'elle savait de lui et ce qu'elle devinait de ses troubles intentions à son égard – rapport à cette histoire de conflit familial, entre autres choses –, attendait ce moment avec autant d'impatience que de fébrilité.

Ne pas aller à ce rendez-vous clandestin serait préférable, et de loin. Mais alors elle se trouverait toujours aussi bête et démunie en cas d'agression, et ce même avec une arme en main…

Elle sut ce qu'elle devait faire lorsque, dans la cheminée, de minces flammes noires s'élevèrent dans un faible craquement de bois.

Interloquée, elle regarda Ruth s'approcher de l'âtre. Une fois le feu disparu aussi subitement qu'il était apparu, cette dernière fouilla les cendres et en tira un morceau de papier jauni, à moitié consumé.

Après l'avoir attentivement examiné, elle le chiffonna dans sa paume, qu'elle rouvrit ensuite pour ne laisser s'écouler dans la cheminée qu'un petit tas de poussière sombre. Puis, d'une voix blanche, elle annonça :

— Grand-mère dit qu'il y a eu un malentendu avec l'émissaire d'Ardghal, mais que tout est arrangé. Vos noces sont maintenues, à condition que tu rejoignes au plus vite le coven. Elle m'ordonne de tout faire pour te ramener à la maison.

— Quoi ?! s'exclama Andraste, la panique la submergeant soudain. Un *malentendu* ?! Mais cet homme a failli te tuer ! Hors de question que je rentre, je n'accepterai jamais ce mariage ! Jamais !

— C'est un ordre, souligna Ruth, le visage fermé, insensible à la détresse manifeste de sa cadette. Je crains que tu n'aies pas vraiment le choix, ni moi non plus du reste. Prépare tes affaires, nous partirons cette nuit.

La jeune fille arpenta la chambre, se massant les tempes pour tenter de se calmer.

— Écris à Helen. Dis-lui que je refuse. Tout. Je reste ici et je n'épouse personne. Écris-lui !

— Même si je le voulais j'en serai incapable, allégua Ruth en soupirant de lassitude. Je n'ai pas la moindre idée d'où se trouve grand-mère et j'ignore tout de la manière dont elle s'y prend pour m'envoyer ces messages. Écoute, si nous rejoignons le manoir, tu pourras lui parler dès qu'elle rentrera et plaider ta cause auprès d'elle. En attendant, on ne peut pas rester ici. Tu t'es déjà beaucoup trop fait remarquer et ces stupides cours de nécromancie ne servent à rien. Tu n'es pas une Élue et tu n'as pas de double pouvoir, même la reine doit être au courant à l'heure qu'il est.

Andraste crut que sa mâchoire allait se décrocher :

— Alors tu connais cette histoire ? Tu savais, depuis tout ce temps, et tu ne m'en as jamais parlé ? Ni toi ni personne d'autre ?

— Au coven, on nous a formellement interdit de t'apprendre quoi que ce soit au sujet de la légende des femmes de la Nuit. Tu es si... si fragile, à cause de ta maladie. Ça aurait pu te pousser à t'enfuir, à te mettre en danger, tout ça pour des inepties. C'était juste une manière de te protéger.

— Ah oui ? Et c'est aussi une manière de me protéger que de m'envoyer épouser un prince ennemi à moitié sauvage ? Tu vas devoir choisir un camp, Ruth. Tu es avec moi ou contre moi. Mais je ne partirai pas !

Andraste avança vers sa sœur, et, pour faire bonne mesure, choisit d'appuyer ses propos par une menace bien sentie :

— Tente quoi que ce soit pour me forcer à rentrer contre mon gré et je te dénonce auprès de la garde royale pour avoir fait pénétrer un Ilandrien au palais.

Ruth pâlit, mais ne répondit pas.

Là-dessus, Andraste tourna les talons et sortit de ses appartements sans savoir où aller, trop furieuse pour demeurer plus longtemps dans la même pièce que sa sœur.

Quelle traîtresse ! Elle était capable de tuer un Berserk pour la sauver, mais s'aplatissait devant leur grand-mère ?! Ruth savait que ce mariage était une infamie. Les quelques paroles échangées avec l'émissaire d'Ardghal au sujet du traitement réservé dans ces contrées reculées à une épouse – même princière – étaient suffisamment éloquentes. Comment pouvait-elle, dans ces conditions, ne pas réagir, ne pas la soutenir, ne serait-ce qu'un tout petit peu ? Elles n'étaient peut-être pas proches, mais elles étaient sœurs, bon sang ! Cela ne signifiait-il donc rien pour son aînée ?

Les pas d'Andraste la menèrent jusqu'à la bibliothèque où, comme elle l'espérait, elle retrouva Scott, fidèle à son poste d'incorrigible érudit. En ce jour consacré au repos pour les élèves du palais, seuls quelques vieillards lui tenaient compagnie, éparpillés aux quatre coins de la vaste pièce à colonnade.

— Comment te sens-tu ? s'enquit-il en se relevant maladroitement, faisant crisser sa chaise derrière lui, l'air à la fois surpris et inquiet. J'aurais aimé passer prendre de tes nouvelles cet après-midi, mais personne n'a su me dire où se situaient tes appartements.

Malgré sa peine, la jeune fille parvint à sourire, touchée de constater qu'au moins une personne se souciait d'elle ici :

— Je vais mieux, rassure-toi. Navrée de ne pas être restée plus longtemps hier soir… et aussi de ne pas avoir pu tenir mes engagements envers toi. Au prochain bal, je ne danserai qu'avec toi. Enfin, si tu en as toujours envie, bien sûr.

Le jeune homme l'invita à s'asseoir à sa table, à côté de lui, puis renifla de mécontentement.

— À moins que Blackmorgan n'oppose encore son veto. Son comportement à ton égard durant la réception était inqualifiable. Si seulement j'avais pu le remettre à sa place en bonne et due forme sans créer immédiatement un scandale et te plonger plus encore dans l'embarras, je l'aurais fait, crois-moi. Quand je pense que ma famille voulait fiancer ma sœur à ce type, une chance que leurs projets aient finalement échoué. Tu imagines, je l'aurais eu pour beau-frère !

Première nouvelle...

Ainsi, Athenaïs avait failli se retrouver mariée au fils du duc ? Un bien étrange assemblage. Encore que la jeune femme en question était très belle, et Blackmorgan étant quelqu'un de haut placé, comme l'avait fait remarquer Ruth, la chose n'était peut-être pas si improbable que ça.

Andraste tenta d'afficher une expression neutre, s'éclaircit la gorge soudain un peu sèche, puis demanda :

— Et pour quelle raison cela n'a-t-il pu aboutir ? Si ce n'est pas indiscret, cela va sans dire.

Scott haussa les épaules, légèrement embarrassé – c'était tout à fait indiscret, et tous deux le savaient –, néanmoins, il confia :

— Mon père a mis plusieurs années pour convenir de cet arrangement avec l'oncle de Blackmorgan, puisque plus personne ne peut voir le duc tant il est souffrant. Tout était prêt, les contrats n'attendaient plus que leurs signatures. Et, au bout du compte, c'est lui qui a refusé, se mettant toute sa famille à dos si j'ai bien compris. Quelque part, Athenaïs en a été soulagée, mais il n'empêche que cela reste blessant. C'était tout de même passablement insultant pour elle qu'il s'invite comme ça à notre table au bal. Je comprends qu'elle ait fait tout ce qu'elle pouvait pour filer le plus rapidement possible.

Il lui jeta un regard en biais, hésitant, puis reprit :

— Je sais pourquoi il se montre si désagréable envers toi. C'était tellement évident hier soir. Blackmorgan s'est... épris de toi.

Andraste se sentit violemment rougir – de plaisir ? de honte ? de dégoût ? impossible de décider – et éclata d'un rire assez peu naturel.

— Comme tu es... tu es drôle ! Et quelle idée saugrenue !

Les épaules secouées de spasmes qui tenaient plus de la nervosité que de l'hilarité, elle replaça une mèche échappée de son chignon derrière son oreille et fixa les rainures du bois de la table devant elle, incapable d'affronter le regard de Scott. S'il voyait ses yeux, il ne pourrait que deviner les images qui défilaient en cet instant dans son esprit, rappel d'une nuit d'égarement... mais également désormais d'une valse, ainsi que d'une folle étreinte volée sur un balcon, les lumières des becs de gaz de Néo-Londonia en arrière-plan.

— Pardon de te mettre mal à l'aise, mais ça crevait les yeux, insista le jeune homme. En outre, je ne suis pas le seul à le penser.

Andraste se raidit, et, rattrapée par l'angoisse que quelqu'un vienne à découvrir ce qui s'était réellement passé entre elle et son professeur, se récria :

— Oh non, tu n'y es pas du tout ! Si Blackmorgan se plaît à me torturer, c'est uniquement parce que nos familles respectives sont ennemies depuis des siècles. C'est sa manière de prendre sa revanche. Ne va pas imaginer quoi que ce soit d'autre, je te prie.

— Je l'ignorais. Toutefois, ce n'est guère surprenant, il est vrai que sorcières et nécromanciens n'ont jamais fait bon ménage. Alors tu penses que c'est pour cette raison qu'il tente de te compromettre ?

— Et il semblerait que cela fonctionne, observa Andraste, faisant claquer sa langue en guise de reproche.

— Désolé, s'excusa Scott, un peu contrit, lissant le papier sur lequel il écrivait avant qu'elle l'interrompe. Je ferai en sorte de ne pas rentrer dans son jeu à l'avenir. Quant à mes parents, ne t'en fais pas, ils ne diront rien à personne à propos d'hier.

La jeune fille hocha la tête, rassérénée, puis jeta un œil au travail de son ami.

— C'est la traduction ?

— J'étais en train d'y travailler, mais je n'ai pas avancé autant que je le souhaitais, expliqua-t-il en refermant le livre rapporté par le rat de bibliothèque la veille, ainsi que d'autres, étalés un peu partout sur le bureau. Puisqu'il est bientôt l'heure, que dirais-tu de venir dîner avec nous ? Mes parents en seraient ravis, ils t'ont beaucoup appréciée.

Scott se passa la main dans les cheveux et ajouta avec un air taquin :

— Et je peux te promettre que cette fois nous serons tranquilles, aucun professeur de nécromancie ne viendra nous déranger.

Chapitre 21

Andraste

Andraste s'éclipsa dès qu'elle le put des appartements des Evershade, toutefois elle était déjà en retard pour son entraînement. Il était minuit vingt et, bien qu'elle ait réussi – par un habile petit mensonge – à soutirer l'emplacement exact de la salle d'armes à Scott, elle n'était pas certaine, du fait de son piètre sens de l'orientation, de réussir à trouver l'endroit du premier coup.

Aussi déambula-t-elle un moment dans les couloirs obscurs du palais, une simple chandelle à la main, le cœur battant à tout rompre… comme quelques nuits plus tôt.

La jeune fille avait fait son possible pour ne pas penser à son rendez-vous clandestin au cours du dîner, mais cela avait été plus fort qu'elle. Malgré un agaçant manque d'appétit, elle avait pris garde à se nourrir correctement cette fois, souhaitant éviter à tout prix un nouveau malaise. Elle avait même bu un peu plus de vin que de coutume, pour se donner du courage.

Lorsqu'elle parvint enfin à proximité du lieu indiqué par Scott, le bruit de chocs sourds et répétés lui confirma qu'elle était arrivée à destination. Elle s'arrêta devant les portes d'entrée, fascinée d'apercevoir à travers l'embrasure la robuste silhouette de Blackmorgan en action.

Il ne portait qu'une chemise blanche, sans gilet. Ses manches étaient retroussées très haut sur ses bras, dévoilant les muscles puissants de ces biceps, et son col était totalement défait, laissant apparent le haut de son torse, lequel était déjà luisant de sueur.

Il frappait avec une large épée à double tranchant – à l'allure quelque peu médiévale et au pommeau étrangement sculpté – un mannequin composé de cuir et de bois, et s'acharnait sur celui-ci avec une énergie et une férocité saisissantes. Son grand corps souple et agile en mouvement laissa la jeune fille figée sur place, troublée par l'intensité de l'effet qu'il avait soudain sur elle.

Il assena un dernier coup, mortel pour n'importe quel être vivant, et dont la brutalité sauvage glaça le sang d'Andraste. Puis, dans un fracas de métal, Blackmorgan balança son arme loin de lui, comme si celle-ci lui avait soudain brûlé les doigts.

Le souffle court, son torse se soulevant et redescendant à une cadence effrénée, il alla s'appuyer au mur le plus proche et se pencha en avant, plaçant ses mains sur ses cuisses, manifestement épuisé. Le front plissé de contrariété, il leva un regard abattu en direction d'une horloge, à quelques mètres de lui.

Il apparut alors subitement si triste et vulnérable qu'Andraste sentit son ventre se crisper d'émotion. Elle n'avait pas vu cette expression sur son visage depuis leur toute première rencontre. Quel contraste après cette démonstration de violence à l'état brut.

Elle prit une grande bouffée d'air, et entra d'un pas décidé, la tête haute… comme si elle ne venait pas d'espionner un homme plusieurs minutes durant.

D'abord surpris, Blackmorgan se redressa, sur le qui-vive. Un sourire de soulagement étira fugacement ses lèvres, puis, avec une vitesse aussi fulgurante que celle avec laquelle il distribuait les coups, il se recomposa son habituelle mine austère et renfrognée.

— Donc… si je comprends bien, Andraste… quel que soit le cours… tu es décidée à te montrer irrespectueuse, la blâma-t-il, la voix hachée par ses inspirations. Trente minutes de retard, c'est beaucoup… surtout à cette heure de la nuit.

— Je vous demande pardon, ça ne se reproduira pas, je vous le promets, assura-t-elle, ajoutant même, pour se justifier : Comme vous l'aviez présumé, j'ai eu du mal à trouver la salle d'armes.

Il arqua un sourcil, comme s'il n'était pas préparé à recevoir des excuses de la part d'une tête de mule comme elle. Puis, sans grâce, il chassa de devant ses yeux quelques-unes de ses boucles noires, rendues humides par l'effort, et déclara avec une implacable autorité :

— Mon valet te raccompagnera lorsque nous aurons terminé et la prochaine fois il t'escortera jusqu'ici. Tu ne te promèneras plus seule le soir dans le château, c'est clair ?

Il se retourna sans attendre sa réponse, lui signifiant ainsi qu'il se passerait de son assentiment, et se dirigea vers une petite table où il prit une carafe d'eau et en remplit deux verres. Il vida le premier d'un trait et repoussa le second comme s'il était destiné à quelqu'un d'autre, mais qu'il ne jugeait pas nécessaire de le proposer. Et il reprit :

— À nouveau cours, nouvelle punition. Le baiser se verra considérablement prolongé pour ton retard d'aujourd'hui.

Andraste faillit protester – c'était clairement de l'abus de pouvoir, là ! –, mais se ravisa au dernier instant. Elle avait besoin de cet entraînement. Elle devrait donc, dans une certaine mesure tout du moins, se plier aux règles de son professeur. Elle estima la *punition* tolérable et acquiesça donc, le nez baissé, les mains dans le dos :

— Soit.

Blackmorgan lui lança un regard en biais, plissant les paupières de suspicion. Craignait-il que, le moment venu, elle se dérobe, plutôt que de s'acquitter de sa dette ? Elle y avait songé, elle ne pouvait le nier. Cependant, son apprentissage nécessiterait plusieurs leçons, aussi son professeur devrait-il rester suffisamment motivé pour poursuivre... Pas d'échappatoire donc. Et puis, était-ce si cher payé ?

Andraste savait bien que non et ne cessait de se demander quel pouvait être l'intérêt de Blackmorgan dans cet arrangement. Après tout, n'avait-il pas – ainsi qu'il l'avait si aimablement fait remarquer – déjà obtenu tout ce qu'il y avait à obtenir d'elle ? Un baiser, en dédommagement de l'énergie et du temps sans doute précieux d'un fils de duc, c'était parfaitement ridicule. Même elle en avait conscience à présent.

Mais peu importait, sa priorité était d'apprendre à se défendre. Rien d'autre ne devait la détourner de cet objectif, ni venir l'en distraire.

— Avant de commencer, j'aimerais vous demander s'il est possible de me trouver une arme que je puisse garder sur moi en permanence ? Une lame capable de blesser, mais suffisamment petite pour que je puisse la dissimuler quelque part dans mes vêtements... bien que j'ignore encore où. Bref, si vous avez cela, je vous l'achèterai.

Elle réfléchit quelques secondes, puis s'empressa de préciser :

— Avec de l'argent, bien sûr. Selon la valeur marchande de l'objet.

Cela lui paraissait indispensable. D'autant plus après ce dont l'avait menacée sa sœur cet après-midi, et l'assurance que le chapitre retour forcé à la demeure – ou plutôt, la prison – familiale était loin d'être clos.

Blackmorgan l'étudia un moment en silence, une expression indéchiffrable sur le visage. Un muscle joua sous la peau déjà ombrée de barbe de sa mâchoire, puis il s'enquit, d'un ton qu'étonnamment il semblait s'efforcer de rendre doux :

— C'est donc à ce point, Andraste ? Que voulait l'Ilandrien ? Que t'a-t-il fait exactement ?

Elle sentit son sang refluer de sa figure et eut soudain très froid en repensant à l'homme que Ruth avait tué dans leur chambre et dont elles avaient dû ensuite déplacer le cadavre.

Ainsi, il était au courant…

— Je ne vois pas de quoi vous voulez parler, lord Blackmorgan.

Il savait qu'elle mentait, elle pouvait le lire dans son regard. Ça, et également une intense frustration.

— Alors c'est fini, tu as décidé que tu ne m'appellerais plus par mon prénom, comme je te l'avais demandé ? grogna-t-il en allant récupérer l'épée qu'il avait balancée quelques minutes plus tôt.

— Je… je ne sais même pas pourquoi je l'ai fait en vérité, balbutia-t-elle, penaude, observant la vaste pièce et ses équipements étranges plutôt que son interlocuteur.

— Je pourrais t'y obliger, tu sais, l'avertit-il, toute douceur ayant déserté sa voix grave et rocailleuse.

Blackmorgan tira d'un des supports fichés aux murs sur lesquels les armes s'alignaient une épée courte, beaucoup plus fine que la sienne, la prenant juste en dessous du manche, de manière à le lui présenter.

Andraste s'apprêtait à s'en saisir, tendant la main, tout en le prévenant à son tour :

— Vous pourriez essayer, certes, mais je ne me plierai à aucune autre de vos exigences qui n'ait pas de rapport direct avec l'entraînement. Nous avons déjà établi les termes de notre accord et il ne stipulait rien de tel. En outre, j'ai accepté votre *punition* de bonne grâce, et ce bien qu'elle soit parfaitement injuste. Il n'y a donc plus rien à débattre.

Il soupira d'exaspération et éloigna l'épée au moment même où la jeune fille allait refermer les doigts dessus. Il parut chercher une repartie, mais, n'en trouvant manifestement pas d'adéquate, se résolut à lui céder l'arme, braquant sur elle ses prunelles noires venimeuses… et très intimidantes aussi, même si Andraste rageait de devoir le reconnaître.

— Veille à venir demain avec moins d'épaisseurs là-dessous, se contenta-t-il de dire en indiquant d'un coup de menton dédaigneux sa jupe à tournure et à traîne. Cela va sérieusement te handicaper. En plus du reste, je veux dire.

En plus du reste ?! En plus de n'être qu'une femme, c'était bien cela que Blackmorgan sous-entendait ? Évidemment, cet après-midi, lorsqu'elle avait fui ses appartements ainsi que sa sœur, elle n'avait pas prévu qu'elle n'aurait guère le temps de repasser par sa chambre pour se changer. Sans ça, elle aurait mis quelque chose de plus adapté, cela allait sans dire.

— Ah, mais ce n'est pas un problème, réfuta-t-elle, très agacée – trop agacée pour garder la tête froide et ne pas faire quelque chose d'absolument stupide. Retournez-vous !

— Pardon ? Que je...

Mais déjà Andraste, les mains dans le dos, s'échinait à défaire le laçage de son corsage afin de pouvoir ensuite atteindre les fermoirs de ses jupons. Cette pique l'avait mise hors d'elle, tout d'un coup, et elle avait beau se sentir bien bête maintenant qu'elle se trouvait ainsi débraillée en plein milieu d'une salle d'armes, elle devrait aller jusqu'au bout.

Cela étant, voir la tête de Blackmorgan lorsqu'il avait compris ce qu'elle faisait, puis ensuite le regarder se tourner docilement pour admirer le mur devant lui, ainsi qu'elle venait de lui en donner l'ordre, valait largement la peine d'égratigner sa fierté – plus encore qu'elle ne l'était déjà, en l'occurrence.

Ne sachant trop quoi en faire, elle abandonna dans un coin tous ses vêtements, n'ayant plus sur le dos que sa chemise, son corset, ses bas et ses culottes de dentelle. Tant qu'elle y était, elle s'était également débarrassée de ses bottines à talons, particulièrement peu appropriées, elles aussi.

Elle récupéra son épée, qu'elle avait posée au sol et qu'elle trouva déjà lourde. Puis elle le héla, sans se démonter :

— C'est quand vous voulez, Blackmorgan !

Mais ce dernier semblait hésiter à se retourner. Ses deux poings étaient tellement serrés que, même de là où elle se tenait, Andraste apercevait ses jointures qui ne cessaient de blanchir. Elle l'avait mis en colère une fois de plus, aucun doute là-dessus. Elle appréhendait sa réaction face à sa nouvelle provocation, et en même temps, elle ne pouvait s'empêcher de jubiler – ne l'avait-il pas cherché ?

Blackmorgan prit une grande inspiration, puis pivota très lentement, tentant d'accrocher son regard partout ailleurs que sur son élève sans y parvenir. L'air vraiment furieux, il ferma les paupières après l'avoir rapidement détaillée et lâcha entre ses dents serrées :

— C'est vraiment grotesque ! Et on ne peut plus inconvenant !

— Oh, je vous en prie, il n'y a plus personne pour qui donner le change ici, l'imita-t-elle – très mal –, reprenant sa réplique. Après l'autre nuit, je ne vois pas où est le problème.

Il rouvrit les yeux, dévoilant deux abîmes de ténèbres, lesquels paraissaient lancer des éclairs dans sa direction. Ses lèvres étaient pincées, incurvées vers le bas en une moue désapprobatrice, et son teint s'était empourpré.

— Est-ce une habitude chez toi de te pavaner nue devant les hommes ?!

C'était tellement amusant ! Elle avait beaucoup de mal à comprendre qu'il se mette dans un tel état pour si peu, mais elle adorait ça. Enfin elle remettait à sa place ce malotru, enfin elle réussissait à briser ce détestable masque d'arrogance et de suffisance.

— Pour votre gouverne, milord, je ne suis pas nue, loin de là. En fait, je suis même encore bien plus vêtue que vous l'êtes. Mais peut-être cela vous aura-t-il échappé...

— Tu es en sous-vêtements, bons dieux !

— Au temps pour moi, vous êtes drôlement observateur finalement, lord Blackmorgan, ironisa-t-elle en avançant vers lui, une main sur la hanche, se surprenant à ne ressentir aucune pudeur.

Bien entendu, elle n'aurait jamais osé faire une chose pareille devant un autre homme. Cependant, avec lui c'était tout à fait différent. Il l'avait vue dans le plus simple appareil… alors en lingerie, ça n'était vraiment rien.

Par ailleurs, elle considérait que son honneur restait sauf dans la mesure où ses culottes descendaient jusqu'en dessous de ses genoux, la peau de ses mollets était cachée sous ses bas de soie blancs et son corset et sa chemise ne dévoilaient rien de plus que ne l'avait fait la robe portée lors du bal. Pourquoi donc faisait-il tant de manières ? Ça n'avait pas de sens, même lui aurait dû s'en rendre compte.

En tout cas, ce qu'elle notait, c'était que cette situation, aussi curieux que cela puisse être, lui conférait un certain pouvoir. Ainsi, parfois, elle aussi était capable de mener la danse…

— Bon, cet entraînement, c'est pour quand ? s'impatienta-t-elle, puisqu'elle était tout de même venue pour ça.

— Hors de question ! aboya-t-il, catégorique, reculant légèrement – à moins que ça ne soit l'imagination d'Andraste. Pas dans cette tenue, je refuse. C'est non !

Blackmorgan avait décidément beaucoup de mal à supporter qu'on le défie, n'en ayant assurément pas l'habitude. Probablement jugeait-il qu'elle faisait une nouvelle fois preuve d'irrespect à son égard. Mais après ce qu'il lui avait fait subir la veille au soir, ça n'était qu'un juste retour des choses.

Repensant à la manière dont il avait traité Scott dans ce même lieu, profitant de son trouble et de l'ascendant qu'elle se savait posséder en cet instant, elle bondit vers lui et lui assena un coup dans l'estomac du plat de son épée, suffisamment fort pour l'obliger à réagir.

Stupéfait, il ouvrit la bouche, baissa la tête pour aviser l'endroit où elle l'avait frappé, puis l'observa avec incrédulité. Nulle douleur dans ses prunelles – à croire qu'il était fait d'acier ! –, mais une lueur farouche, indescriptible, s'y alluma.

— Alors quoi, milord, on a peur d'une femme en culottes ?

Là, elle franchissait les limites... mais elle n'avait pas pu résister à l'envie de le provoquer encore davantage. Et puis, l'heure avançait, il fallait bien qu'ils s'y mettent si elle voulait pouvoir dormir un peu cette nuit. Après une telle apostrophe, impossible qu'il reste de marbre.

Blackmorgan fronça les sourcils jusqu'à ce qu'un pli vertical se dessine entre eux, puis fit tourner sa lame d'un mouvement leste du poignet tout en s'éloignant du mur, sans quitter son adversaire du regard.

— La *fillette* en culottes ferait mieux de s'appliquer à tenir correctement son épée si elle ne tient pas à se voir désarmée alors même que l'affrontement n'a pas commencé, la sermonna-t-il en lui montrant la position à adopter.

En élève consciencieuse, elle l'imita, lui présentant son profil comme lui-même le faisait, fléchissant légèrement les genoux et levant plus haut sa lame. Sans qu'elle y prenne garde, il l'entraîna au centre de la salle, où ils commencèrent à décrire des cercles, tournant l'un autour de l'autre, entamant une danse bien différente de celle de la veille.

— Tout à l'heure, tu aurais dû frapper de cette façon, expliqua-t-il, la prévenant ainsi de ses intentions.

Et, tandis qu'elle savait qu'il allait lui porter le premier coup, elle fut malgré tout prise de court par la rapidité et la violence de son estocade, qu'il stoppa net, juste avant de toucher sa lingerie, au-dessous du sternum.

— Ou bien de cette façon.

Aussitôt, il leva le bras, l'obligea à pivoter avec lui, ainsi qu'à déplacer sa propre épée pour lui laisser une ouverture. Puis il rabaissa la sienne en diagonale, fendant l'air dans un impressionnant sifflement, simulant une nouvelle attaque au ventre, frôlant à peine le tissu de son corset.

— Là, tu serais morte. Deux fois...

Agacée par ses airs supérieurs et son ton condescendant, elle tenta de lui rendre la pareille en s'essayant aux deux coups qu'il venait de lui enseigner. Mais en vain. Il para habilement le premier, puis le deuxième, et ainsi de suite jusqu'à ce qu'il la fasse carrément trébucher en esquivant au dernier moment.

Elle était en nage, essoufflée et déjà fatiguée, et n'avait pas réussi à le toucher une seule fois depuis qu'ils avaient commencé. C'était fini, l'instant de grâce était révolu, elle ne dominait plus rien du tout...

Sa colère passée, Blackmorgan avait repris les rênes. Il menait le jeu et semblait finalement beaucoup s'amuser, son petit sourire en coin en disait long à ce sujet. Il ne cherchait même plus à l'attaquer et se bornait à éviter sa lame tout en commentant ses erreurs, appréciant manifestement de la voir s'épuiser à essayer.

Exténuée, elle s'arrêta pour reprendre sa respiration.

— Ma foi, tu n'avais pas tort, ricana-t-il en la toisant soudain avec une insupportable impudence. Je n'ose même pas imaginer ce que cela aurait donné avec les jupes ! Et quel spectacle tu m'offres là, à la fois cocasse et...

Il se perdit quelques secondes dans la contemplation de sa poitrine qui se soulevait par saccades, entravée dans son corset au laçage bien trop serré pour ce type d'exercice.

— Eh bien, disons... captivant.

Andraste n'en revenait pas, il se moquait d'elle *et* la lorgnait ! Cet affront, ajouté à sa déception de se découvrir aussi lamentable avec une épée et aussi peu endurante, la poussa dans ses derniers retranchements. Exploitant la faiblesse de son adversaire, qu'elle venait subitement de comprendre, elle se redressa, gonfla à fond les poumons, le laissant se repaître de la vue comme elle l'avait escompté, puis, avec un cri rageur, s'élança sur lui.

Cette fois, sa lame ne passa vraiment pas loin, le temps de réaction de Blackmorgan se trouvant passablement mis à mal par son petit stratagème. Toutefois, ce ne fut guère suffisant.

Ne pouvant parer, il se laissa tomber au sol, puis, sans qu'elle sache comment, se releva d'un bond, juste derrière elle. Avant même qu'elle se soit retournée, il passait un bras autour de sa taille et l'empoignait fermement, parvenant à l'immobiliser d'une seule main.

— Cela suffit, petite furie, chuchota-t-il dans ses cheveux, tandis qu'elle se débattait en criant sa frustration. Range tes griffes, je veux mon baiser.

Ce qu'elle sentait se presser contre son dos, était-ce bien... ce qu'elle imaginait ? Encore ?!

— Pas déjà ! fulmina-t-elle, franchement vexée d'avoir manqué ce dernier coup. L'entraînement n'est pas terminé.

— Ça fait plus d'une heure, lui apprit-il en lui indiquant l'horloge de la pointe de son épée, la voix curieusement enrouée. C'est tout à fait correct pour une première leçon. J'ai respecté notre accord, en dépit de tes bravades éhontées, alors à ton tour maintenant.

Il se pencha sur elle pour humer un endroit précis, au creux de son cou, effleurant sa peau du bout du nez. Pendant que sa main, soudain nettement moins brutale, remontait lentement le long de son ventre, ses doigts s'écartant pour mieux apprécier le début du renflement de sa poitrine sous l'épais tissu de sa lingerie.

Comme cette nuit-là, comme la veille sur le balcon, Andraste se sentit perdre pied. Cette vague de chaleur qui se déversait en elle tout à coup, ces frissons insensés, cette subite mollesse dans ses membres, et cette perte totale de contrôle, c'était... trop. Beaucoup trop !

Si elle le laissait l'embrasser maintenant, alors qu'elle était en proie à ces symptômes idiots qui l'affaiblissaient, il obtiendrait sans doute bien plus que prévu... tout comme ce soir-là dans la salle des douches. Hors de question qu'elle permette qu'une telle chose se reproduise. Elle ne serait pas si stupide. Pas une deuxième fois !

— Non ! s'exclama-t-elle en se dégageant brusquement, bien plus facilement que ce qu'elle avait imaginé par ailleurs. Non, *je* dirai quand. C'est *mon* entraînement, *ma* dette, *je* décide. Je veux ma revanche, j'y ai droit !

Chapitre 22

Thadeus

Bon sang ! Un instant d'inattention, une seconde d'égarement, trop fébrile qu'il était à l'approche de ce fameux baiser, et elle lui filait entre les doigts… la garce !

— Espèce de sale petite allumeuse ! l'injuria-t-il, furieux d'avoir été ainsi spolié de son dû.

Ce n'était pas de cette manière qu'il arriverait à ses fins… non, clairement pas. Mais il n'avait pu se retenir tant il était hors de lui. Personne ne l'avait jamais mis dans un tel état de nerfs, c'était d'ailleurs la première fois qu'il poussait l'irrévérence jusqu'à insulter une femme. Néanmoins, celle-là le méritait.

Oh, et amplement même ! Ne venait-elle pas de passer une heure entière à l'aguicher en refusant de s'entraîner autrement qu'en petite tenue, s'évertuant à exposer ce corps qu'il n'arrivait définitivement pas à oublier et sur lequel il ne cessait de fantasmer depuis cette maudite nuit ?

Une heure à endurer ça, à lutter pour demeurer maître de lui-même tout en s'escrimant à parer et esquiver proprement, faisant en sorte qu'elle ne se blesse pas. Et à présent, elle osait se défiler ? Elle l'aurait giflé après lui avoir dérobé quelque objet précieux, auquel il tenait tout particulièrement, qu'il n'aurait pas été plus en colère.

Andraste le scruta, interloquée, sans saisir, manifestement, la réelle signification de ses paroles. Ce qui eut pour effet de l'excéder plus encore. Était-elle si peu informée qu'elle ignorait ce que ce mot désignait ?

— Tu n'es qu'une tricheuse et une menteuse ! continua-t-il sur le même ton, espérant enfin se faire comprendre. Je veux ce qui m'est dû et je n'attendrai pas davantage !

En réponse, Andraste se remit en position de garde et sourit, apparemment ravie de la tournure des événements. Ainsi donc, elle prenait plaisir à le torturer. Mais après tout, n'était-ce pas ce qu'elle faisait depuis le début ? Comment avait-il pu oublier ça ? Il se laissait si aisément berner par cette créature...

— Lord Blackmorgan est très grognon ce soir, s'esclaffa-t-elle dans une ultime provocation, esquissant un geste de la main pour l'appeler à se battre de nouveau. Il n'a pas la patience pour un dernier petit affrontement ? Seriez-vous fatigué, milord ?

Cette fois, elle allait trop loin... beaucoup trop loin ! Personne ne s'adressait à lui de cette façon, et certainement pas une sorcière en sous-vêtements. Si, un peu plus tôt, il avait accueilli ses taquineries avec un certain calme, éprouvant une bien curieuse – non, une aberrante – satisfaction à la voir se permettre ces familiarités avec lui, désormais, il ne la laisserait plus faire. Elle allait le payer, et chèrement !

Elle dut lire sur son visage qu'elle avait franchi les limites, car elle blêmit et battit légèrement en retraite tandis qu'il reprenait position à son tour, plus déterminé que jamais à mettre fin à son jeu et à obtenir sa rémunération, quitte à employer la force.

Il chargea de la même manière que s'il avait attaqué un véritable ennemi et Andraste, impressionnée, s'empressa de rouler au sol, adoptant sa stratégie de tout à l'heure, celle du dernier recours.

Thadeus n'avait pas pour habitude de se battre en gentleman. Jamais. Avec la jeune fille, néanmoins, il ne pouvait faire autrement… et ce même en cet instant où la rage s'était emparée de lui. Aussi, plutôt que de profiter de sa chute pour la clouer d'un pied au parquet et la regarder se tortiller sous sa botte en réclamant grâce – pourtant, ce n'était pas l'envie qui lui manquait, une envie qui n'était due qu'en partie seulement à sa soif de vengeance –, il lui laissa le temps de se relever. Au demeurant, ce n'était qu'une femme, il ne pouvait tout de même pas se montrer aussi virulent avec elle qu'avec n'importe quel élève de la gent masculine, aussi sournoise et mesquine soit-elle.

Puis, lorsqu'elle fut remise sur ses pieds, il l'assaillit de nouveau, l'obligeant à reculer vers le coin le plus sombre de la pièce, bien loin des quelques lampes qu'il avait allumées en arrivant, l'acculant contre le mur du fond. Là où, une fois désarmée, elle ne pourrait plus lui échapper.

Toutefois, quelque chose d'étrange, d'inexplicable, se produisit lorsque Andraste passa devant l'une des fenêtres, le troublant suffisamment pour l'empêcher d'exécuter jusqu'au bout la manœuvre prévue. Le faible rayon de lune qu'elle traversa sembla s'accrocher à elle, faisant luire, l'espace d'une demi-seconde, déraisonnablement ses iris, éclairant sa peau un peu plus qu'il ne l'aurait dû.

Thadeus cligna des yeux. Il était tard et cette diablesse lui en faisait vraiment voir de toutes les couleurs ce soir. Il fallait en finir au plus vite. Dans cette optique, il la repoussa dans l'angle et frappa son épée de la sienne, l'entraînant vers le bas, de manière à la lui faire lâcher.

Contre toute attente, elle soupira sous l'effort, mais résista et conserva sa prise sur son arme. Qu'elle parvint même, par quelque étonnante manipulation, à redresser.

Irrité, incapable de savoir à quel moment il avait pu commettre une erreur, Thadeus attendit qu'elle riposte pour ensuite parer tout en décrivant un cercle de son épée, afin d'y faire rouler la sienne, certain que cette fois, Andraste abandonnerait son arme.

Et il essuya un deuxième échec.

Il jura, s'apprêtait à lui porter une nouvelle estocade, en espérant qu'elle accepte sa défaite sans faire d'histoire, quand elle intercepta violemment son coup pour le dévier. Puis elle attaqua, se déplaçant subitement à une vitesse ahurissante.

Soudain, ce fut lui qui fut contraint de reculer. Abasourdi, il lutta contre les assauts répétés de la jeune femme, brusquement devenus monstrueusement habiles et brutaux.

Que lui arrivait-il au juste ? Était-il tout à coup devenu faible et mauvais ? Andraste n'avait tout de même pas feint d'être aussi lamentable pour ne montrer son irréfutable talent de bretteur ainsi que son incroyable force que maintenant ? Cela n'aurait eu aucun sens... en plus d'être impossible, un si petit corps ne pouvant décemment renfermer autant de puissance.

Tandis qu'il ferraillait contre elle comme contre un véritable adversaire, il aperçut une sorte de buée argentée, très curieuse, s'accumulant tout en ondoyant autour de la jeune fille. Jamais, de toute sa vie, il n'avait vu une telle chose. Qu'est-ce que... Non...

Et alors il comprit. Andraste avait puisé dans l'énergie que lui avait conférée la lumière de la lune. Brighton avait raison, elle était bel et bien ce qu'elle semblait être. Une Élue de la Nuit.

Et elle était puissante... et dangereuse aussi.

Ainsi, la légende était vraie... Et, dans ce cas, la prophétie de la sibylle, à laquelle il avait toujours refusé de croire, concernant la malédiction de sa famille et l'unique moyen d'y mettre fin également.

Tout était vrai...

Elle le toucha à l'épaule et il serra les dents, accusant le coup, lequel étant aussi cinglant que celui du plus sérieux des ennemis. Une chance que sa lame – à elle, et non pas la sienne –, qui n'était qu'une arme d'entraînement, fut émoussée, il aurait récolté une belle entaille sans ça.

Andraste parut fière d'elle, un peu comme un enfant qui soudain gagne à un jeu auquel il perdait d'ordinaire. Elle était à mille lieues d'imaginer que, désormais, il était tout à fait convaincu de devoir l'éliminer. Elle n'imaginait pas non plus qu'il ne pouvait se permettre de laisser passer sa chance. Bien que, jusqu'ici, il ne l'ait guère envisagé sous cet angle, ce soir, c'était une occasion en or qui lui était offerte.

Le combat prit une tout autre tournure. À partir de ce moment précis, Thadeus se battrait pour la victoire. Il s'emparerait de la vie de son adversaire, quoi qu'il lui en coûte. Une fois la créature tuée de sa main, c'est toute sa famille qui serait libre.

La *créature*, c'était ainsi qu'il faudrait qu'il la voie dorénavant, il n'avait plus le choix.

Andraste dut percevoir le changement dans son attitude, la satisfaction s'effaçant de son beau visage pour laisser peu à peu place à l'effarement. Thadeus mit toute son énergie dans ce duel et parvint rapidement à reprendre le dessus. L'enjeu était bien trop important pour qu'il en soit autrement.

Il lança contre elle l'une de ses pires offensives, qu'elle esquiva de si peu que son corset s'en trouva déchiré, presque de part en part, et ce fut alors la peur que reflétèrent ses prunelles. Il se servit de son trouble pour placer sa botte la plus fourbe, feintant d'un côté pour la prendre à revers et la frapper au poignet droit... qu'il aurait tranché net si seulement il n'avait pas retenu sa force au dernier moment.

Néanmoins, le résultat souhaité fut obtenu puisqu'elle échappa son épée dans un hurlement de douleur mêlée de stupéfaction, la blessure causée étant tout de même relativement conséquente. Hurlement qui, sans qu'il sache pourquoi, choqua profondément Thadeus, le figeant sur place.

Était-il possible qu'il se sente plus mal qu'en cet instant, tandis qu'il s'apprêtait à sauver les siens d'une séculaire malédiction ? Il avait abattu tant d'ennemis pour sauvegarder les frontières de son duché, pour quelle raison la mise à mort de celle-ci – une vulgaire sorcière qui lui avait joué un tour plus que tordu – lui paraissait-elle une épreuve insurmontable ?

La *créature* leva deux mains hésitantes en signe de reddition, en proie à une vive panique. Thadeus puisa alors dans tout ce qu'il lui restait de courage pour porter la pointe de sa lame jusqu'à son gracile cou blanc. Elle recula en chancelant, cherchant à se soustraire à la menace à tout prix. Mais il ne céda rien. Elle finit par trébucher et retomba lourdement en arrière.

Elle rampa sur le dos encore quelques secondes, puis s'immobilisa, abandonnant toute tentative de retraite, vaincue, comme il accentuait la pression sur sa gorge. Le sang coula, rouge et luisant, intolérable souillure sur sa sublime peau diaphane...

Par les dieux, il n'y arriverait pas !

Le regard qu'elle lui adressait, terrifié et plein de larmes, il était insupportable... tout comme l'incompréhension qui se peignait sur ses traits délicats.

C'était le sortilège... ce satané sort le rendait lâche, même en cet instant décisif où sa vie et celles de ses oncles et frères se jouaient.

Et il n'avait pas eu son baiser, n'avait pas pu retrouver la paix de ses bras comme il le désirait si ardemment depuis qu'ivre il en avait eu un si modeste – quoique très convaincant – échantillon.

Un grognement rauque de frustration et de rage roula dans sa gorge malgré lui. Il ne contrôlait absolument plus rien. Elle l'avait eu. La *créature* l'avait totalement piégé. C'était donc ça, le but. Le rendre, par cet odieux stratagème, incapable d'exécuter sa mission.

Ainsi, les Coldfield savaient pour la prophétie. Ils lui avaient envoyé Andraste à dessein, pour mieux la protéger. Mais comment s'y étaient-ils pris pour tout découvrir, de quelle manière avaient-ils pu ? C'était impossible ! Et pourtant...

La haine s'accrut en lui à la pensée que peut-être – bien qu'heureusement cela reste assez peu probable – la jeune femme qui l'avait si honteusement dupé portait déjà son enfant. Autre raison l'empêchant d'agir comme il aurait dû. Le procédé était si machiavélique... et tellement humiliant pour lui !

Il fronça le nez de dégoût, écœuré au plus haut point par la méthode ainsi que par lui-même. Il fallait qu'il dépasse sa faiblesse, qu'il trouve la force de le faire. Sa rancœur était immense, il devait l'exploiter afin d'aller jusqu'au bout.

Le plus perturbant était qu'Andraste – non, la *créature* – ne disait rien. Pas un mot... Elle ne suppliait pas. Elle pleurait sans bruit, l'air un peu sonné et vaguement incrédule, et attendait passivement qu'il rende son verdict.

Il appuya légèrement plus et elle gémit, terrorisée. Puis, tout à coup, dans un sursaut, l'instinct de survie se rappela à elle et elle voulut lutter. D'une main, elle tenta de chasser l'épée qui perçait la peau de sa gorge, mais ne fit que s'entailler misérablement la paume.

— Arrête ! aboya-t-il, ne reconnaissant pas le son de sa propre voix tant elle tremblait, tandis qu'Andraste s'obstinait encore et encore, se blessant de plus en plus gravement. Bon sang, mais arrête ça !

La voir ainsi s'écorcher les doigts et entendre ses affreuses plaintes de douleur fut insoutenable. Il devait en finir... sur-le-champ !

Soudain, Thadeus tomba à genoux, et, sans déplacer sa lame – ou bien alors de quelques millimètres uniquement, juste pour ne plus lui faire de mal – gronda farouchement :

— Je veux mon baiser.

Andraste ferma les paupières de soulagement et relâcha l'épée qu'elle avait barbouillée de son sang, se soumettant entièrement à lui, le corps malgré tout encore agité de tremblements d'angoisse.

De sa main libre, Thadeus lui attrapa la tête, agrippant ses cheveux d'une poigne de fer pour prévenir toute nouvelle dérobade, puis vint presser durement sa bouche contre celle de la jeune femme, qu'il menaçait toujours de la pointe de son arme. Il força impitoyablement le barrage de ses lèvres pour venir à la rencontre de sa langue, l'embrassant sans aucune tendresse et aussi brutalement que possible, comme s'il s'agissait là de quelques représailles.

Bientôt, Thadeus se surprit à laisser échapper un gémissement de plaisir tandis qu'il la dévorait de plus en plus avidement. De violents ses gestes devinrent passionnés, malgré lui. Malgré tout. Et une chose fut alors sûre et certaine, il ne pourrait tuer Andraste. Il n'y arriverait ni aujourd'hui ni jamais.

Il était au bord d'un gouffre obscur, si vertigineux qu'il ne pouvait en mesurer la profondeur, et décida de s'y jeter, quitte à tout perdre.

Renonçant définitivement, il reposa l'épée au sol, à ses côtés, trop frustré de ne pouvoir enlacer complètement la jeune femme. Sans quitter sa bouche, ni retirer ses doigts fermement enchâssés dans la masse de ses cheveux aux reflets d'argent, il ceignit ses hanches d'un bras et la redressa lentement, la soulevant pour l'asseoir sur ses genoux et ainsi mieux la plaquer contre lui.

Andraste le déconcerta, non seulement en acceptant l'étreinte sans même se raidir, en dépit de tout ce qu'elle venait de subir, mais bien plus encore en venant s'accrocher à son cou. Et elle lui rendait ses baisers… s'il en avait douté au début, il en était à présent convaincu.

Thadeus aurait tout oublié de l'horrible scène durant laquelle il avait failli tuer la jeune femme, celle-là même qui lui appartenait, s'il n'y avait eu cette chaleur moite se répandant progressivement dans son dos, entre ses deux épaules. Le poignet de la jeune fille, celui qu'il avait sciemment entaillé, saignait contre sa chemise, beaucoup trop abondamment pour que cela ne soit pas préoccupant.

Tout à coup, il réalisa ce qu'il avait fait, et, affolé, s'interrompit brusquement. Il la repoussa légèrement, de manière à lui faire face tout en la gardant sur lui. Andraste s'affaissa quelque peu et battit de ses paupières aux longs cils encore emperlés de larmes, vacillant comme si elle allait perdre conscience d'une seconde à l'autre.

— Oh non, non... pardon, s'excusa-t-il d'une voix étranglée.

Quand il la vit ramener son poignet à elle pour le serrer instinctivement contre sa poitrine, sa paume atrocement lacérée, et aperçut la blessure qu'il lui avait volontairement infligée, il crut mourir étouffé par la honte et la culpabilité.

Et ses poumons se comprimèrent encore, son cœur se serrant comme s'il venait d'être transpercé d'un poignard lorsqu'elle fut prise d'incoercibles sanglots, son visage, pâle comme jamais, crispé de douleur.

Douleur dont il était responsable.

Mais qu'avait-il fait ?! La colère et la haine l'avaient totalement déserté, ne restait plus en lui que la terrible déchirure du remords.

— Pardonne-moi, répéta-t-il dans un murmure angoissé. Pardonne-moi, je t'en prie...

Il se releva tout en la faisant passer dans ses bras, malgré ses faibles protestations, et se précipita vers la sortie. D'un coup de pied, il ouvrit les portes de la salle d'armes, et s'élança dans la galerie sombre.

Chapitre 23

Thadeus

Heureusement, Hawk, son nouveau valet, ne se trouvait qu'à quelques mètres, là où il lui avait donné pour consigne d'attendre. Sans s'arrêter, Thadeus lui ordonna comme il passait devant lui, criant bien plus fort qu'il ne l'aurait voulu :

— Monte au deuxième, dans l'aile ouest, va immédiatement chercher le docteur Flington et ramène-le au plus vite dans mes appartements !

Ce médecin, qu'il avait beau très peu connaître, était encore préférable à celui de la reine, pour laquelle évidemment, ce dernier n'avait aucun secret.

À ces mots, Andraste sortit vaguement de sa torpeur et marmonna :

— Reposez-moi à terre... Lord Blackmorgan... Il n'en est pas question... je ne mettrai pas un pied dans votre chambre... Lâchez-moi...

Bien sûr, elle n'avait rien dit lorsqu'il avait tenté de la tuer, mais elle ne pouvait accepter qu'il l'emmène chez lui...

Cependant, et quoi qu'elle en pense, il n'avait pas d'autre solution. La reconduire à ses appartements, là où sa sœur devait probablement l'attendre, était inenvisageable.

Personne ne devait savoir ce qui s'était passé ce soir. Sinon, comment justifierait-il ses actes sans que son oncle apprenne aussitôt qu'il avait échoué ?

Comme elle essayait lamentablement de se débattre, achevant de tacher sa chemise de rouge – une chance qu'il en ait amené beaucoup d'autres, bien que son séjour fût prévu pour être de courte durée –, il la serra plus fermement contre lui et, contenant mal son émotion, trop épouvanté à l'idée de l'avoir grièvement blessée, s'emporta :

— Tiens-toi tranquille ! Je ne te lâcherai pas, alors c'est inutile de t'agiter, tu ne fais qu'aggraver les saignements, petite sotte ! Tu es sous ma responsabilité, un point c'est tout !

Elle se recroquevilla contre son épaule, sans doute encore sous le choc, terrifiée par celui qui l'avait tant malmenée quelques minutes plus tôt. Puis elle balbutia, mortifiée :

— Mais je... je suis en sous-vêtements...

Comme s'il avait pu l'oublier ! Son corset ne tenait plus qu'à un fil, révélant une chemise légèrement – mais délicieusement – transparente. Il avait dans les bras une femme pratiquement nue, évidemment qu'il en avait conscience... une conscience aiguë même.

Thadeus s'éclaircit la gorge et prit sur lui pour adopter un ton moins hargneux :

— Nous ne croiserons personne, je te le promets. Tout ira bien, je vais arranger... ce que j'ai fait.

Il s'en voulait tellement... Et si elle restait handicapée par sa faute ? Et si la plaie s'infectait et qu'elle devait subir le même traitement que celui qu'il avait dû endurer étant enfant ? Il ne souhaitait ça à personne... et surtout pas à Andraste. Quoi qu'elle lui ait fait, elle ne méritait pas cela. Non, elle ne méritait rien de tout ça ! Il avait beau pertinemment savoir ce qui l'avait poussé à agir ainsi, il ne se pardonnerait jamais de lui avoir fait du mal.

Son cœur rata un battement lorsqu'il songea que la fièvre pourrait emporter la jeune femme en cas de sévère infection.

Une fois dans ses appartements, il la déposa sur son lit et s'assit à côté d'elle. Complètement prostrée, Andraste ne bougeait plus et gardait les paupières closes. Comme les saignements ne semblaient pas se calmer, il se dépêcha de retirer sa chemise – fichue pour fichue – et voulut s'en servir pour éponger le sang sur l'avant-bras de la jeune femme. Mais elle ouvrit les yeux comme il lui saisissait le poignet et, lui adressant un regard à la fois méfiant et haineux, le lui arracha des mains. Ses lèvres, encore gonflées par la brutalité du baiser échangé, bien qu'ayant cependant un peu perdu de leur si charmante teinte rosée, prirent tout à coup un pli mauvais pour articuler :

— Ne. Me. Touchez. Plus.

La mise en garde fut tellement cinglante que Thadeus en resta hébété, comme si elle venait de le gifler. Il aurait très bien pu insister, il aurait facilement eu gain de cause. Cependant, il n'osa pas. Un bruit de pas pressés l'obligea à se détourner pour voir arriver Hawk, le docteur Flington sur les talons.

Ce dernier, un homme d'un certain âge, grand et sec, ne portait qu'une robe de chambre cramoisie, des pantoufles de cuir et sa trousse de médecine. Convoqué au palais avec quelques autres de ses confrères afin d'étudier le corps de l'Ilandrien – soit un authentique spécimen de Berserk sur lequel se livrer à autant d'analyses que souhaitées –, Thadeus avait eu l'occasion d'échanger avec lui au sujet des circonstances du décès, en raison de l'implication de son ancien valet dans cette affaire.

Le médecin ouvrit grand la bouche devant le spectacle du fils du duc torse nu et d'Andraste gisant au fond de son lit, dans des sous-vêtements déchirés et tachés :

— Lord Blackmorgan… mais que… qu'est-ce que ça signifie ?

Aussitôt, Thadeus bondit sur ses pieds et s'écarta autant que possible de la jeune fille, tentant de rétablir au plus vite une distance respectable entre eux, bien que la situation ne le fut guère. Il s'efforça de trouver une explication, toutefois, la vérité n'étant guère plus à son avantage que ce que Flington était en train d'imaginer, il ne put en fournir aucune. Il opta alors pour un argument qu'il savait convaincant :

— Soignez-la et je paierai le prix que vous exigerez, docteur.

Celui-ci fronça les sourcils, soupçonneux, et s'approcha d'Andraste, posant sa mallette sur la table de nuit, à côté du lit. Voir un autre que lui auprès d'elle, tandis qu'elle se trouvait si peu couverte et tellement vulnérable, révolta subitement Thadeus, qui ne put se retenir de reprendre sa place au chevet de la jeune femme.

— Qu'avez-vous fait à cette pauvre enfant ? l'interrogea Flington en jetant un œil à la plaie sur le poignet d'Andraste, ainsi que celle nettement plus petite – mais non moins incriminante – sous son menton. Mais enfin, quel genre d'homme êtes-vous donc ?!

Mal à l'aise, Thadeus se tourna vers son valet, resté au loin, sur le pas de la porte, et réclama :

— Hawk, une chemise.

Ce dernier s'empressa de quitter la pièce.

C'était ainsi que Thadeus aimait son personnel, discret et obéissant. Un médecin, qui n'était qu'un employé comme un autre, n'aurait-il pas dû se comporter de la même manière ? Il avait dit qu'il paierait, après tout. Et Flington et lui savaient aussi bien, l'un comme l'autre, qu'il demanderait une forte somme qu'il finirait par prendre. Pourquoi donc faire tant d'histoires ?

— C'était un accident, grommela-t-il de mauvaise grâce, ne voyant pas quoi répondre d'autre.

Andraste n'émit pas la moindre objection et resta immobile et silencieuse, se laissant manipuler comme une poupée de chiffon par le médecin. Ainsi, lui avait le droit de la toucher… Cette réflexion était parfaitement idiote, cependant, Thadeus ne put s'empêcher d'envier Flington en cet instant.

— Certes, acquiesça ce dernier sans conviction aucune. Il n'en reste pas moins que j'ai besoin d'un peu d'espace pour m'occuper de ma patiente. Aussi je vous demanderai de bien vouloir sortir quelques minutes, lord Blackmorgan.

Thadeus se passa la paume sur le visage. Ce satané docteur n'allait-il donc pas se dépêcher de faire son travail plutôt que de bavasser ?! De toute façon, c'était hors de question, il ne laisserait pas cet homme dont il ne savait rien seul avec Andraste. Aussi jugea-t-il bon de mettre les choses au clair :

— Je ne bougerai pas d'ici et vous allez vous activer, mon vieux ! Si je n'hésiterais pas à débourser le montant que vous estimerez nécessaire pour vos services, vous pouvez aussi compter sur moi pour faire de votre vie un enfer si miss Coldfield n'est pas immédiatement correctement soignée. Et vous savez que je ne manque pas de ressources, dans un cas comme dans l'autre.

Les favoris grisonnants de Flington s'allongèrent, signe qu'enfin ils se comprenaient.

— Il... il me faudrait un peu d'eau, bégaya-t-il, confus. Ainsi qu'un linge propre, il y a pas mal de sang.

Le valet réapparut, une chemise blanche à la main. Thadeus, qui ne souhaitait pas que son domestique dépasse le pas de la porte, lui fit signe de lancer le vêtement. Sans paraître le moins du monde étonné, celui-ci s'exécuta.

— Tu as entendu le médecin, Hawk ? s'enquit Thadeus en se rhabillant. De l'eau et un linge propre.

— Tout de suite, milord, opina-t-il, repartant aussitôt dans l'autre sens.

Lorsqu'il revint, Thadeus fut contraint de s'éloigner quelque peu de la jeune femme pour aller récupérer la bassine et la serviette de coton rapportées. Il profita de ce moment pour ordonner discrètement à son domestique d'aller remettre de l'ordre dans la salle d'armes et ramener son épée, ainsi que la robe qu'Andraste y avait laissée… autant de preuves de l'*incident*.

Une fois revenu à sa place au bord du lit, légèrement en retrait toutefois, les gestes du médecin nécessitant malgré tout un peu d'espace, il ne lâcha plus la jeune femme du regard, faute de pouvoir lui tenir la main. Celle qui n'était pas blessée et qu'il aurait tant aimé serrer dans la sienne durant les sutures, si cela ne lui avait pas été formellement interdit par l'intéressée elle-même, quelques secondes avant l'arrivée de Flington.

Andraste, qui avait reçu une petite dose de laudanum, endura vaillamment les soins du docteur et ne se plaignit à aucun moment, même lorsqu'il était évident qu'elle souffrait. Dans ses yeux, la flamme mauvaise que Thadeus avait vue naître s'estompait peu à peu pour laisser finalement place à la confusion et à l'abattement comme la drogue agissait. Ce qui n'était pas pour lui déplaire, la rancune manifeste de la jeune femme le perturbant bien plus que de raison.

Quand il referma la porte derrière Flington, Andraste semblait profondément endormie. Thadeus, les recommandations du médecin au sujet du repos nécessaire à sa patiente en tête, hésita à la réveiller. La garder ici, dans sa chambre, restait de toute façon la meilleure option, pour elle comme pour lui, la reconduire auprès de sa sœur dans cet état n'étant définitivement pas envisageable.

Pour son confort, il brava l'interdiction et retira précautionneusement le corset déchiré, s'efforçant de ne pas abuser outre mesure du spectacle – du moins essaya-t-il – que sa fine chemise laissait entrevoir. Puis il fit passer les couvertures par-dessus le corps alangui de la jeune femme, les ramenant jusque sous son menton, et s'arrêta pour l'observer encore quelques instants, tandis que les traits de son visage se détendaient, enfin apaisés.

Comment aurait-il pu la tuer ? Au nom de quel conflit, de quelle absurde malédiction aurait-il dû se rendre coupable d'un tel crime ? Elle, un être exceptionnel, une Élue de la Nuit. Un ange… *son* ange.

— J'aimerais tellement me promener à cheval à travers les rues de Néo-Londonia par un bel après-midi de printemps, déclara-t-elle subitement, les paupières résolument closes.

Interloqué, Thadeus ouvrit la bouche, mais ne trouva rien à répondre. Les effets de la drogue, apparemment…

— J'en rêve jour et nuit, souffla-t-elle encore, si tristement que cela paraissait sincère. Je ne veux pas mourir sans l'avoir fait au moins une fois… je pourrais mourir rien que pour le faire au moins une fois…

— Voilà un rêve tout à fait accessible, commenta-t-il à voix basse, un peu maladroitement, sans savoir si elle était capable ou non de l'entendre. Et fort simple. Qui ne nécessite aucun sacrifice de ce genre.

Elle fronça les sourcils et rétorqua :

— Le soleil, c'est la mort.

Il tendit la main, comme par réflexe, pour caresser son front et chasser ses pensées morbides, puis se ravisa en serrant le poing. Il ne devait pas la réveiller, encore moins lui donner des raisons de se mettre en colère.

— Chut, dors maintenant, l'enjoignit-il. Il est très tard et tu as grand besoin de repos.

Au demeurant, lui aussi. Il était vraiment las, s'étant volontairement épuisé avant qu'elle ne le rejoigne à la salle d'entraînement, rageant d'imaginer qu'elle ne viendrait pas. Et ce qui avait suivi n'avait guère manqué de l'éprouver encore, ses nerfs ayant été mis à rude épreuve lors de cet impossible duel.

Thadeus parcourut la pièce des yeux, en quête d'un endroit où s'étendre. Sa jambe le lançait, comme chaque soir, et se contenter d'un fauteuil, ou encore d'un coin de tapis n'était guère idéal.

Inéluctablement, il revint vers le lit où Andraste dormait toujours. Il aurait adoré s'allonger là, à côté d'elle. Elle prenait si peu de place, sur l'énorme matelas… s'il se débrouillait bien, elle ne s'apercevrait même pas de sa présence.

Il se dépouilla à nouveau de sa chemise, préférant garder son pantalon ainsi que ses bottes pour des raisons évidentes, et gagna l'autre côté de la couche, un peu hésitant.

Mais après tout, n'était-ce pas *son* lit ?! Et puis, ça n'était pas comme s'il fallait préserver l'innocence et la vertu de la demoiselle. Ne s'était-il pas déjà chargé de l'en débarrasser ? Quant à sa réputation, personne n'en saurait rien, alors...

Thadeus s'assit doucement, puis s'étendit en silence sur l'édredon, réprimant un soupir d'aise, de peur de la réveiller.

— Je n'ai jamais vu aucun autre homme sans chemise, marmonna soudain Andraste dans son sommeil. Malgré cela, je peux vous dire que... vous... vous êtes vraiment très beau sans... sans la vôtre...

Il se figea, cette fois complètement dérouté.

— Pardon ?

Évidemment, elle n'aurait pas pu avouer cela autrement que sous l'emprise du laudanum, nageant en plein délire... Pas une seule femme – non sans avoir été grassement rétribuée auparavant, s'entend – ne lui avait, de toute sa vie, adressé ce genre de compliment. En fait, aucun compliment, d'aucune sorte, d'aussi loin qu'il s'en souvienne. Pas même de la part de sa propre mère.

Aussi, Thadeus ne put-il s'empêcher d'essayer de la faire répéter, juste pour être sûr d'avoir bien entendu. Il se tourna vers elle, se redressant sur un coude, puis se pencha sur son oreille pour chuchoter :

— Qu'as-tu dit, Andraste ? Tu parlais de moi, n'est-ce pas ? Et d'une chemise, souviens-toi. Redis ça pour moi... s'il te plaît.

— Thadeus... se contenta-t-elle de répondre dans un souffle, avant de rouler à son tour sur le côté, lui présentant son dos – ainsi que d'autres parties plus charnues de son anatomie, bien cachées sous les couvertures.

Son prénom, ainsi prononcé, avait quelque chose de tellement excitant... Aussi choisit-il de prendre ça pour une confirmation. Sous drogue ou pas, ce qui était dit était dit.

Diable, mais comment dormir après ça ?! Déjà qu'en temps ordinaire il peinait à trouver le sommeil, mais avec la femme la plus belle et la plus désirable qui soit à demi nue dans sa couche et susurrant son nom, cela relevait de l'impossible !

Enfin, il fallait voir le bon côté de la situation, au moins ainsi allongé reposait-il sa jambe toujours douloureuse, à défaut d'autre chose.

Il commençait à trouver le temps sérieusement long quand il céda à une envie quasi irrépressible et s'octroya, à ses risques et périls, le droit de défaire les épingles de la chevelure d'Andraste. Il avait de toute façon ruiné son chignon lorsqu'il l'avait embrassée – à supposer qu'on puisse encore qualifier de baiser un tel assaut. Et il voulait absolument voir les longues mèches blanches se déployer sur son oreiller. Du reste, il n'estimait pas enfreindre son interdiction dans la mesure où ce n'était pas exactement elle qu'il touchait, seulement ses cheveux.

Thadeus poussa un long soupir de dépit tout en admirant les soyeuses torsades argentées s'écoulant fluidement entre ses doigts. Cette nuit-là, il aurait voulu pouvoir contempler la vraie couleur de cette extraordinaire crinière tandis qu'il se perdait en elle. Il aurait voulu pouvoir s'extasier devant ses véritables iris à l'improbable teinte mauve. Être en pleine possession de ses moyens afin de se souvenir de chaque détail avec une acuité toute particulière également, et ainsi profiter sans réserve de ce qui lui était offert, tandis qu'en contrepartie il se faisait dépouiller de sa dignité.

Il ne rouvrit les yeux que lorsqu'une lueur claire et désagréablement perçante vint l'importuner. Des pas discrets s'éloignèrent, puis une porte se referma doucement.

Hawk avait dû tirer les rideaux afin de lui signaler l'heure tardive, puis se retirer, comme il se devait.

Finalement, il était parvenu à s'endormir... un exploit en somme ! Et, très curieusement, il se sentait reposé et détendu. Enfin, presque. Thadeus émergea pour de bon et réalisa subitement qu'il se trouvait dans une posture des plus malhonnêtes pour quelqu'un ayant accepté de garder ses distances.

Son visage était enfoui dans les cheveux d'Andraste, dont le parfum l'entêtait autant qu'irrésistiblement il l'attirait. Il se tenait tout contre elle, sa monumentale érection matinale extrêmement proche de son postérieur, avait passé une jambe par-dessus celles de la jeune femme, et, pour clore le tout, avait emprisonné l'un de ses seins dans sa main droite.

Il fut tenté de refermer les doigts pour mieux apprécier les contours de cette chair qu'il savait si tendre, et venir, en même temps, lécher cette zone de peau qui semblait tellement douce entre son cou et son épaule, indécemment offerte. Mais il s'abstint, les mâchoires crispées par la lutte que sa décision l'obligeait à livrer contre lui-même. Après ce qu'il avait fait, cela aurait été vraiment malvenu... même pour lui qui n'avait pas pour habitude de s'embarrasser de ce genre de scrupules.

La respiration lente et régulière d'Andraste lui indiquait qu'elle était toujours plongée dans les limbes d'un profond sommeil, le laudanum ayant entre autres cet avantage. Avec un peu de chance, elle ne s'était aperçue de rien et ne viendrait ainsi pas lui reprocher d'avoir tiré avantage de la situation – en plus du reste, cela allait sans dire.

Aussi, très prudemment, mesurant chaque geste, Thadeus s'écarta. Puis il quitta le lit, à regret. Un dernier regard, avant de sortir de la chambre, lui apprit que la jeune femme paraissait aller aussi bien que faire se pouvait, son visage ayant repris quelques couleurs. Cela lui apprit également combien il aimait la voir là, dans sa couche, dans ses appartements. C'était sa place, après tout... elle était à lui.

Il repoussa lentement le battant derrière lui et se frappa le front du plat de la main. Il venait de tout perdre. Il ne sauverait jamais sa famille de la malédiction, ni lui ni aucun autre des siens, et il n'aurait jamais véritablement Andraste non plus, quoi que son instinct en dise. Il lui avait fait beaucoup trop peur, beaucoup trop mal, pour qu'un jour elle consente à lui pardonner.

Il était dans une impasse, à tous points de vue. Il avait d'ailleurs grand besoin d'eau froide... de toute urgence.

En se précipitant dans la salle de bains, il croisa Hawk, et, sans s'arrêter, lui donna ses nouvelles instructions :

— Boucle mes malles, je veux que tout soit prêt pour que nous partions dans l'après-midi, dès que le docteur Flington sera passé et m'aura assuré que miss Coldfield se remettra de... des événements de la nuit.

Cela avait beau sonner faux à ses propres oreilles, s'éloigner était encore la meilleure solution. Même dans son sommeil il ne pouvait résister à l'attraction que la jeune femme et son sortilège exerçaient sur lui. C'était à devenir fou, et il le serait bien assez tôt comme ça ! Trouver une explication crédible pour justifier son échec et clore définitivement cette affaire, puis retourner en poste aux frontières, auprès de son armée, et massacrer quelques rebelles afin d'accroître cette dernière, voilà ce qu'il devait faire. Voilà ce pour quoi il était doué. Il était un seigneur de guerre, sa place n'était pas dans un palais à courir après une sorcière qui de toute façon le détestait, mais sur un champ de bataille !

Chapitre 24

Yngvild

Yngvild frissonna et resserra sa pelisse autour de ses épaules. Les flocons ne cessaient de tomber, s'agrippant à ses longs cheveux fouettés par le vent, tandis que ses pieds dans ses bottes commençaient à devenir douloureux à cause du froid. C'était la première fois qu'elle affrontait les éléments, mais pour rien au monde elle ne reviendrait sur ses pas. Elle en avait fini de craindre le mystérieux danger qui planait au-dessus d'elle depuis sa naissance. Hors de question d'entretenir plus longtemps le fanatisme, l'adoration absurde qu'on lui vouait depuis bientôt seize ans.

Yngvild était spéciale. Ça, elle n'en doutait pas. Sa peau de nacre ne tolérait guère le soleil, sa chevelure était plus claire que le plus pâle des tons de blond, et ses iris étaient pourvus de reflets rouges. Ce qui faisait d'elle un être unique – du moins en apparence. Pourtant, au-delà de ces caractéristiques atypiques, qu'avait-elle de plus que les autres ?

Aucune idée… une belle fumisterie, oui !

Elle avait beau posséder comme tout un chacun un père et une mère – encore qu'elle ne s'en souvienne plus tellement –, on répétait autour d'elle, et depuis son plus jeune âge, qu'elle était la fille d'une déesse, qu'elle se réveillerait un beau matin dotée de pouvoirs immenses et qu'elle assurerait la prospérité de tout leur petit royaume, perdu dans les montagnes.

C'était sous ce prétexte qu'on l'avait soustraite à sa famille, puis maintenue loin du monde, enfermée au temple du mont Gris, contrainte de vivre parmi les moines et moniales de l'Ordre Galtéique.

En dehors de celle de ne jamais quitter le cloître, sa seule véritable obligation était de présider chaque semaine leur grande cérémonie. Elle ne faisait rien, si ce n'était demeurer immobile sur un trône d'argent, installé tout au fond de la nef, exposée dans l'ombre telle une vulgaire poupée que les prêtresses tentaient d'auréoler de quelque obscur mystère.

Ici plus qu'ailleurs, les fidèles abondaient, curieux de pouvoir voir de leurs propres yeux la demi-déesse que soi-disant elle incarnait. Certains venaient pour s'assurer de son existence, ayant entendu d'extravagantes rumeurs à son sujet, mais la plupart avaient de toutes autres attentes…

S'ils souhaitaient lui soumettre une prière, les croyants devaient le faire par le biais de la pensée – prière qu'Yngvild était censément capable de percevoir, puis d'exaucer, si tant est que celle-ci lui paraisse juste. Car personne, pas même ceux qui vivaient auprès d'elle depuis toutes ces années, n'avait le droit de lui parler directement.

Comme ce silence grotesque lui pesait ! Les moines lui auraient-ils vraiment manqué de respect s'ils lui avaient adressé la parole ? Cela aurait-il réellement nui à son statut de semi-divinité ? Elle-même ignorait il y avait de ça quelques jours qu'elle était parfaitement en mesure d'échanger, d'avoir une conversation des plus normales avec quelqu'un d'autre.

Et comme cela lui avait plu ! Quel soulagement de pouvoir se confier, quelle joie que de ressentir toutes ces émotions et d'enfin sortir de cet étouffant carcan de solitude ! Trop longtemps elle en avait été privée et Niels, ce beau jeune homme dont elle avait fini par tomber amoureuse, lui en avait fait prendre conscience.

Niels était l'apprenti qui assistait dans son travail le mage-artisan venu rénover les hauts-reliefs de l'intérieur du temple. Plusieurs fois, leurs regards s'étaient accrochés tandis qu'ils se croisaient dans les couloirs du cloître. Et elle y avait décelé quelque chose de différent... quelque chose de tout à fait inconnu. Il n'y avait pas de déférence dans ses yeux, une certaine dose d'admiration, certes, mais rien de semblable à celle qu'on lui vouait d'ordinaire.

Puis il avait trouvé un moyen de l'approcher sans que personne le sache. Une nuit, alors qu'elle commençait à s'endormir, seule dans les somptueux appartements qui lui étaient réservés, un léger bruit de grattement l'avait poussée à aller ouvrir ses volets. Quelle n'avait pas été sa surprise lorsqu'elle était tombée nez à nez avec Niels, suspendu à plusieurs mètres du sol, se retenant aux pierres de l'édifice qu'il avait escaladé.

— Me puniras-tu pour mon audace, ou bien me laisseras-tu entrer, si belle et pourtant si triste Yngvild ? avait-il demandé, un sourire à la fois intrépide et charmeur aux lèvres. Je ne souhaite rien de plus que faire ta connaissance, discuter avec toi comme le feraient toutes autres jeunes personnes telles que nous en temps ordinaire.

Elle avait hésité, stupéfaite, mais également quelque peu effrayée. Jamais auparavant on ne s'était adressé à elle, alors ces manières cavalières... cela la laissait perplexe, à défaut de l'offenser. Cependant, sa solitude était à ce point insupportable qu'elle avait fini par accepter dans sa chambre – dont la porte était pourtant gardée nuit et jour – ce jeune homme dont elle ne savait rien.

Et ils avaient parlé, avaient mené des tas de discussions diverses et variées. D'abord timidement – du moins, en ce qui la concernait –, puis ils s'étaient laissés entraîner, pris par le fil de leurs échanges, toujours plus exaltés.

Niels était parti à l'aube et était revenu dès le lendemain. Et ainsi de suite durant les jours qui suivirent.

Il lui avait ouvert les yeux. Lui venait d'une famille d'érudits, qui rejetaient en bloc la religion. Il l'avait convaincue de ce qu'elle soupçonnait. Pour lui, elle se prêtait malgré elle à une imposture qui ramenait au temple du mont Gris fidèles et argent. Elle n'était qu'une jeune fille comme les autres, à ceci près qu'elle présentait des signes physiques inhabituels, qu'on avait trop commodément associé à ceux, semblables, d'une certaine déesse issue de mythes ancestraux. Sa vie n'appartenait qu'à elle et personne n'aurait dû la contraindre à demeurer dans ce monastère.

Niels l'avait fait rêver en lui racontant le monde extérieur, les aventures qu'elle connaîtrait si elle consentait à le suivre...

Au début, elle avait acquiescé, prête à s'enfuir avec lui et à abandonner cette existence certes confortable, mais tellement artificielle et ennuyeuse. Toutefois ce soir, alors qu'il était venu la chercher afin de mettre leur plan à exécution, elle avait pris peur. Les prêtres avaient si souvent évoqué, sous forme d'obscures fables, le terrible danger qui la guettait hors de leur protection qu'elle n'était plus si sûre d'être capable de les quitter.

Niels lui avait expliqué qu'il ne s'agissait là que d'une ruse visant à renforcer des barrières qui n'étaient qu'imaginaires, mais elle avait paniqué. Tant de choses lui étaient inconnues... Puis il l'avait quitté, tellement fâché qu'il avait promis de ne jamais revenir.

Alors, après quelques minutes de tergiversations et de larmes versées, elle avait finalement pris son courage à deux mains et avait rouvert ses volets. Niels ne devait pas être bien loin, aussi ne doutait-elle pas d'être en mesure de le rattraper. Prenant une grande bouffée d'air frais, elle était montée sur le rebord de sa fenêtre, et, imitant le jeune homme, s'était agrippée aux aspérités de la façade du bâtiment dans lequel elle avait si longtemps vécu enfermée.

Cela avait été beaucoup plus compliqué qu'elle l'imaginait, mais elle s'en était sortie sans autre blessure que des paumes écorchées.

Et voilà qu'à présent elle errait seule, ses pas ralentis par la neige, à la fois désespérée de ne parvenir à retrouver son ami, et plus déterminée que jamais à échapper à ses geôliers. Elle était terrifiée, et cependant, elle se sentait enfin vivante. Le décor enchanteur de ce ciel étoilé conjugué à ces sublimes paysages blanc argenté l'émerveillant à tel point qu'elle en oubliait presque tout le reste.

Elle arriva aux abords du village, où quelques chandelles brûlaient encore, quand elle aperçut un vêtement curieusement abandonné à la lisière de la forêt voisine. La veste de Niels ? Mais que faisait-elle ici ? Et pourquoi était-elle ainsi tachée ? Était-ce... du sang ?

Ses inquiétudes se confirmèrent lorsqu'elle trouva d'autres traces sombres, maculant la neige. Elle les suivit et s'enfonça entre les grands sapins noirs. Niels s'était peut-être blessé en descendant de sa fenêtre ? Après tout, ils s'étaient disputés, il était tellement déçu qu'elle refuse de l'accompagner... Et peut-être était-ce grave ? Peut-être n'avait-il pas eu la force de poursuivre jusqu'au village et avait préféré se réfugier dans les bois... Comment savoir ?

Soudain, elle le vit, gisant au sol, le corps atrocement disloqué, de grandes fleurs sombres se dessinant lentement sous lui. Elle voulut hurler, mais son cri resta coincé dans sa gorge. Une femme, dont elle ne parvenait guère à distinguer les traits dans l'obscurité, se tenait au-dessus de lui.

— Ainsi, vous êtes tout de même venue ? lança-t-elle d'un ton irrité. Ce n'est pas très malin de votre part d'avoir d'abord refusé de suivre votre ami. Je vais devoir improviser et en revenir aux bonnes vieilles méthodes, car je n'ai pas mes instruments sur moi. Le procédé n'en sera que plus désagréable, je le crains.

Chapitre 25

Andraste

Dans son dos, le froid et l'absence succédèrent à la douce chaleur qui l'avait bercée plusieurs heures durant. Le manque et l'inconfort se firent alors peu à peu sentir. Sa paume droite était atrocement douloureuse, mais ça n'était rien comparé à la brûlure qui lui mordait le poignet.

De très loin, elle perçut une plainte sourde et rauque… la sienne. Mais où était-elle ? Pas dans son lit, c'était certain, ni même dans ses appartements. C'était tellement difficile de soulever ne serait-ce qu'une paupière. Une chape de plomb semblait s'être abattue sur elle, l'obligeant à rester prisonnière du sommeil.

Après une bataille acharnée – lui semblant durer une éternité – contre cette abominable langueur qui s'était emparée d'elle, Andraste parvint à ouvrir un œil… et ne reconnut rien de ce qui l'entourait.

Désorientée, elle se redressa, prenant garde à n'utiliser que le bras qui ne la faisait pas souffrir, et s'appuya contre la tête d'un lit gigantesque, lequel possédait par ailleurs un dais somptueux, bien que peut-être un peu trop pompeux. Ce n'est que lorsqu'elle posa la main à côté d'elle, là où, sur l'édredon, l'empreinte d'un grand corps était restée imprimée, qu'elle se remémora la soirée.

Elle avait joué avec le feu. Elle avait aligné provocation sur provocation, avait refusé de s'amender de sa dette le moment venu, puis avait continué à essayer de ridiculiser Blackmorgan avec ses pitoyables sorties. Et elle avait failli le payer de sa vie. Au moins avait-elle appris quelque chose cette nuit, il ne fallait surtout pas contrarier cet homme lorsqu'il avait une épée à la main. Ou alors uniquement si l'on souhaitait voir venir sa dernière heure.

Les guerres auxquelles il avait pris part lui avaient donné certains réflexes... elle ne l'avait compris que trop tard.

Elle serra contre elle son poignet, lequel était enveloppé dans une bonne dose de gaze, tout comme sa main. Elle avait si mal qu'elle en avait presque les larmes aux yeux et dut se mordre l'intérieur de la joue pour résister à la tentation de se laisser aller à pleurer.

Elle se sentait affreusement misérable ce matin. Avait-elle vraiment cru qu'elle pouvait plaisanter avec un homme pareil ? Les marques sur le visage de Scott auraient pourtant dû la mettre sur la voie. Blackmorgan était certes un excellent maître d'armes, mais sûrement pas quelqu'un dont on se moquait impunément. Il était dangereux. Au combat, ses instincts pouvaient prendre le dessus en un éclair, le poussant à devenir quelqu'un d'autre, un guerrier sans pitié, qui n'avait pour seul but que d'anéantir son adversaire.

Andraste passa les doigts dans ses cheveux, tentant de remettre de l'ordre dans ses mèches curieusement emmêlées.

Par la Déesse, elle venait de passer toute une nuit avec lui... dans *son* lit ?! Un médecin, dont elle avait complètement oublié le nom, était au courant ! Et un valet également. Elle se rappelait avoir entraperçu le domestique tandis que Blackmorgan la tenait dans ses bras.

En outre, quelle singulière attitude de sa part... Il avait semblé si inquiet après l'avoir blessée. Mais peut-être avait-elle seulement rêvé ? Cela paraissait tellement invraisemblable d'avoir été l'objet d'une telle haine – son regard au moment où il avait pointé sa lame sur elle avait été aussi explicite que terrifiant –, puis, tout à coup, d'autant de préoccupations.

Et ce baiser brutal, qu'était-ce donc ? Une punition, comme il l'avait laissé entendre dès le départ ? Ou bien tout autre chose ?

Andraste effleura ses lèvres du bout des doigts, pensive. Elle se souvenait avoir d'abord détesté ça. Cette invasion agressive et barbare ne ressemblait en rien à l'enchanteresse tendresse avec laquelle Blackmorgan l'avait embrassée dans la salle des douches. Mais son corps – ce traître – l'avait reconnu. Elle avait vibré à son contact, et avait répondu à ses revendications, contre sa volonté et malgré les circonstances. Le simple fait d'y repenser éveillait en elle des sensations étranges, comme des crampes dans le ventre, lui échauffant les sangs, et lui évoquait ces images d'elle et lui, couchés sur un banc, dans une pièce sombre et embuée.

Elle se reprit, cessant là ses réflexions qui ne menaient nulle part. Après tout, ne devait-elle pas à cet homme la plus belle frayeur de sa vie ? La pire blessure aussi... Puis elle se leva, tant bien que mal. Elle dut s'accrocher à l'une des colonnes de bois du lit pour ne pas tomber, le temps de se stabiliser, puis se dirigea vers la porte, sa seule chemise sur le dos.

Où était passé Blackmorgan ? L'avait-il abandonnée ? Il fallait pourtant qu'elle lui parle, le plus vite possible. Elle ouvrit une porte et se retrouva dans un salon où le domestique croisé durant la nuit s'activait pour ranger des affaires dans de grandes malles.

— Miss Coldfield, la salua-t-il respectueusement en baissant le menton, s'interrompant dans sa tâche. Voulez-vous que je vous amène votre petit déjeuner ?

— Non, je vous remercie, refusa Andraste en serrant les bras autour d'elle, gênée d'apparaître dans une telle tenue devant un inconnu. Je voudrais mes vêtements si c'est possible, et voir lord Blackmorgan également.

— Lord Blackmorgan est actuellement en train de donner son cours de nécromancie. Il a cependant exprimé le souhait que vous ne quittiez pas le lit jusqu'à la prochaine visite du médecin, cet après-midi.

Elle arqua un sourcil. Comme si elle allait vraiment croire que le fils du duc *exprimait des souhaits*. Du reste, qu'est-ce que ça pouvait bien lui faire qu'elle se lève ou non ?

Andraste se racla la gorge et répéta :

— Mes vêtements, s'il vous plaît.

Le valet faisant mine d'hésiter, elle ajouta :

— Vous ne voudriez tout de même pas que je retourne à mes appartements en chemise de nuit ?

Il hocha la tête de mauvaise grâce, puis fit un signe de la main et soupira :

— Vous trouverez vos effets personnels dans le cabinet de toilette, par ici.

Andraste s'empressa donc de s'enfermer dans la pièce indiquée. Elle se passa un peu d'eau sur le visage, puis, en raison de l'heure avancée, se dépêcha de s'habiller. Toutes ses jupes étaient là, soigneusement posées sur le dossier d'un fauteuil capitonné, avec son corsage, plié quant à lui. Mais elle eut beau chercher, son corset manquait à l'appel. Tant pis, elle ferait sans.

Se vêtir seule, sans l'aide d'une femme de chambre ou de sa sœur était déjà un défi en soi, mais avec son poignet blessé et sa main douloureuse, c'en était encore un autre. Au bout d'un certain temps toutefois, elle parvint à un résultat à peu près satisfaisant.

En revanche, elle n'avait absolument rien pour dompter un tant soit peu ses cheveux – d'ailleurs, où étaient passées ses épingles ? –, aussi les laissa-t-elle flotter dans son dos. Au demeurant, ce n'était pas comme si on l'avait déjà forcée à paraître en public complètement décoiffée.

C'est lorsqu'elle se baissa pour attraper sa paire de bottines qu'elle découvrit, abandonné au sol juste à côté, un étui de cuir élégamment travaillé, lequel était muni d'un genre de harnais, contenant un poignard à la lame aiguisée.

Il y avait pensé...

L'arme était capable de blesser, sérieusement même, mais suffisamment petite pour être dissimulée sous ses vêtements. En l'occurrence, le message était clair, cela se fixait au bas du mollet. C'était exactement ce qu'elle avait demandé...

Andraste se chaussa donc, puis attacha l'objet pardessus sa bottine. Des trous récents avaient été faits dans les lanières, de manière à ce qu'elles soient adaptées à sa taille. Elle ne put alors s'empêcher d'imaginer Blackmorgan en train de percer le cuir en songeant à elle, devinant avec une justesse surprenante quel était son tour de cheville. Et cette idée, aussi sotte et saugrenue soit-elle, l'émut à un point ridicule. Jusqu'à ce que la douleur à son poignet se charge de lui rappeler qui il était. À cet instant, son accès de sentimentalisme cessa net.

Quand elle sortit de la salle de bains, elle tomba nez à nez avec Hawk – oui, c'était bien ainsi que Blackmorgan l'avait appelé cette nuit, cela lui revenait à présent – qui tentait gauchement de lui bloquer le passage.

— Miss Coldfield, s'il vous plaît, vous ne devriez pas désobéir à lord Blackmorgan, l'exhorta-t-il, une pointe de panique dans la voix. Mon maître sera très mécontent de savoir que vous n'avez pas respecté ses recommandations.

— Eh bien, me voilà prévenue, concéda-t-elle en haussant les épaules, contournant le valet pour se diriger vers ce qui lui semblait être le vestibule. Merci pour tout, Hawk.

Enfin elle quittait les appartements de Blackmorgan ! Tout y était tellement oppressant, comme si ce dernier pouvait surgir de nulle part à tout moment. Du reste, elle n'avait rien à faire là-bas. C'était déjà assez humiliant comme ça d'avoir dû y passer la nuit, elle n'allait pas en plus se prélasser toute la journée dans son lit en l'attendant, lui et son maudit docteur.

Et puis, il fallait qu'elle lui parle. Même si elle ignorait encore ce qu'elle allait pouvoir lui dire...

Andraste prit le chemin de la salle de cours, puis, trouvant le hall vide, inspira un grand coup et frappa à la porte avant d'entrer. La première chose qu'elle vit fut Blackmorgan, les bras croisés, adossé au tableau noir, encore plus débraillé et ébouriffé que d'ordinaire – et comme c'était aussi son cas, elle s'empourpra à la pensée qu'on eût pu en déduire quoi que ce soit qui les impliquait l'un et l'autre ensemble.

Il se redressa promptement, se tournant vers elle comme par réflexe. Il posa sur elle un regard où se mêlaient à la fois un semblant de gêne, de reproche et de colère... mais aussi quelque chose d'autre, quelque chose d'inidentifiable, qui n'existait pas hier encore. Puis il avisa sa tenue, un muscle jouant nerveusement sur sa mâchoire, et finalement se mit à fixer un point derrière elle.

— Le cours est presque terminé, miss Coldfield, l'informa-t-il d'un ton neutre. Pour aujourd'hui vous êtes dispensée. Retournez d'où vous venez, vous reviendrez lorsque votre état le permettra.

— Je vais suffisamment bien pour prendre part à la fin de la leçon, ne put-elle s'empêcher d'opposer, baissant néanmoins la tête, un frisson – d'angoisse ? – lui remontant le long de l'échine.

Devant l'étonnant silence de Blackmorgan, Andraste se hâta de rejoindre sa place avant d'essuyer de nouvelles remarques désagréables, mais resta interdite, statufiée par le spectacle qu'offrait la salle de cours aujourd'hui.

Des chats...

Une flopée de chats de gouttière, au pelage humide de formol, plus ou moins morts et à l'état de conservation plus ou moins discutable, répandus un peu partout sur les tables, dans le désordre le plus total.

Un petit groupe d'élèves s'était attroupé autour de deux de ces animaux-revenants en train de s'affronter, toutes griffes dehors. Andraste observa un instant la chose, écœurée tandis que ses camarades semblaient y prendre le plus grand plaisir. Les gestes des félins étaient on ne peut plus curieux, alternant une hargne presque démente et une mollesse aussi subite que morbide, et leurs yeux, blanchis par le trépas, luisaient étrangement.

Un peu plus loin, se tenant en retrait, Erin fixait d'un air désespéré le chat étendu sur sa table, qui, agité de convulsions de fort mauvais augure, ne parvenait à se lever. Athenaïs, à côté d'elle, caressait le sien, qui répondait à ses attentions en arrondissant le dos de satisfaction.

Scott, quant à lui, jouait avec son animal en remuant sa plume au-dessus de sa tête, le faisant se dresser sur ses pattes arrière, comme il aurait pu le faire avec n'importe quel chat. Le jeune homme encouragea Andraste à venir jusqu'à sa place d'un petit signe discret, tout en restant concentré sur son devoir du jour.

Ce qu'elle fit aussitôt, sortant d'un coup de son hébétude. Scott s'amusa encore quelques minutes avec son animal-revenant, puis rompit le lien, le laissant retomber inanimé dans la flaque de formol qui s'était formée sur sa table. Alors seulement il se tourna vers elle. Son sourire fier s'évanouit lorsqu'il aperçut le bandage qui entourait la main de la jeune fille, ainsi que la marque dans son cou.

— Que t'est-il arrivé ?

— Un accident, improvisa Andraste en tirant sur sa manche pour couvrir davantage son poignet. Un accident vraiment très bête… une chute dans ma chambre.

Dubitatif, Scott désigna d'un coup de menton méprisant leur professeur, lequel semblait trop pris par ses pensées pour prêter attention à ses élèves :

— Ça n'a rien à voir avec lui, j'espère ?

— Absolument rien, mentit-elle, poussant le vice jusqu'à plaisanter : tu crois qu'il m'aurait tendu un piège en déplaçant en douce ma table basse pour que je me prenne les pieds dedans ce matin ?

Le jeune homme pouffa de rire.

— Oh, ce n'est pas à exclure, ce serait bien son genre ! Uniquement pour que tu ne puisses pas assister au cours.

— Comme si cela m'aurait vraiment privée, lâcha-t-elle en détournant le regard du chat mort étalé devant eux, avant de se raviser : enfin, ça a l'air très... heu... intéressant. Mais ce n'est définitivement pas mon truc. J'ai du mal à concevoir qu'on puisse exploiter des cadavres... si longtemps après leur décès qui plus est.

Scott secoua la tête.

— Tu devrais tout de même essayer, au moins juste une fois. Je te montrerai cet après-midi le passage que j'ai réussi à traduire de ce vieux livre, peut-être cela t'aidera-t-il à voir les choses différemment.

Puis il se tourna une seconde fois vers leur professeur et soupira, franchement agacé :

— C'est comme ça depuis le début du cours, à tel point qu'on se demande quand il va s'effondrer. Il s'agit de la troisième, si je ne m'abuse. Je ne sais pas ce qu'il a aujourd'hui, mais il est très bizarre... encore plus que de coutume, j'entends.

Andraste n'avait aucune envie de croiser à nouveau le regard de Blackmorgan – pas en présence d'autant de témoins en tout cas –, mais pivota néanmoins dans sa direction, un peu inquiète. Le fils du duc avalait avec une étonnante désinvolture ce qui restait d'une boisson ambrée au fond d'une flasque. Après l'avoir vidée, il s'en débarrassa dans l'un des tiroirs de son bureau. Le flacon teinta en rejoignant ses prédécesseurs dans le compartiment, lequel se referma dans un véritable fracas de verre lorsque Blackmorgan flanqua un coup de pied négligent sur le panneau de bois.

— Sortez, ordonna-t-il sèchement après s'être essuyé la bouche d'un revers de manche, sans s'adresser à personne en particulier.

Tous les élèves se redressèrent et s'observèrent, déconcertés. Puis ils choisirent d'obéir, sans même échanger ne serait-ce qu'un mot. Les liens se rompirent au fur et à mesure, les animaux retombèrent tous les uns après les autres inertes sur les tables, puis le petit groupe de nécromanciens se dirigea vers la sortie sans demander son reste.

— Viens, laisse-le cette fois, recommanda Scott, tandis qu'Andraste s'arrêtait devant l'estrade. En outre, tu es blessée. Tu ne pourras effectuer aucune des tâches qu'il est susceptible de te confier.

Il avait raison. Cela étant, il fallait qu'elle lui parle, c'était urgent. Et elle n'aurait peut-être pas d'autre occasion que celle-ci. Après tout, n'avait-elle pas vu Hawk préparer les malles de son maître ?

— Ça ira, assura-t-elle à son ami. Je te retrouve tout à l'heure, à la bibliothèque.

Scott afficha un certain scepticisme, parut sur le point d'insister, puis, finalement, renonça et quitta la salle de cours.

— La punition est levée, annonça Blackmorgan en récupérant sa veste sur le dossier de sa chaise. Vous pouvez partir également, miss Coldfield. C'est fini, vous ne serez plus retenue désormais.

Andraste fit des yeux le tour de la pièce. Apparemment, son professeur n'avait pas remarqué qu'ils se trouvaient seuls, les autres élèves étant déjà tous sortis.

— Vous n'auriez pas dû venir, ajouta-t-il en reniflant de réprobation, le regard résolument rivé au sol. J'avais ordonné que vous restiez alitée.

Voilà qui lui ressemblait déjà plus, elle savait bien que Blackmorgan n'exprimait pas de *souhait*...

— Ce n'est pas exactement de cette manière que votre valet a présenté les choses, plaisanta-t-elle, tentant gauchement d'alléger l'atmosphère. Et puis, ce type de mesure était inutile, je vais bien.

Il grogna un juron qu'elle ne comprit pas et enfila sa redingote, l'ignorant superbement. Le malaise entre eux était palpable, si lourd et oppressant qu'Andraste osait à peine respirer. Elle éprouvait de la peur à se retrouver face à cet homme qui, emporté par ses instincts, avait bien failli la tuer, quelques heures auparavant. Et, en même temps – et malgré tout –, elle lui était reconnaissante de lui avoir appris à se défendre, de lui avoir donné les moyens de le faire.

Elle ressentait aussi autre chose, un sentiment bien différent de tout le reste, mais auquel elle préférait ne pas penser pour l'instant… non, en fait, jamais.

— Ainsi donc il est permis de boire durant le cours ? s'enquit-elle en feignant l'innocence, soucieuse de le retenir jusqu'à ce qu'elle réussisse à lui dire ce pour quoi elle était venue le trouver.

— J'en doute, mais comme tu auras pu le constater, je m'en contrefous.

Andraste sentit le coin de ses lèvres se retrousser au retour du tutoiement et de sa familiarité à son égard. Aussi grossier et condescendant que ce soit, elle aimait ça… du moins, c'est ce qu'elle découvrit.

— Je tenais à vous voir ce matin afin de vous présenter mes excuses, finit-elle par avouer d'une traite, les mains jointes dans le dos, penaude. Je vous demande pardon d'avoir tenté de vous provoquer. J'assume l'entière responsabilité de l'incident de cette nuit. Je suis vraiment navrée pour l'embarras que je vous ai causé.

Un silence pesant s'installa, achevant de rendre insupportable l'air de la salle de cours dans laquelle flottait déjà une épouvantable odeur de charogne. Après une attente interminable, Blackmorgan se décida à prendre la parole et articula, manifestement peu convaincu :

— Tu… tu t'excuses ?

Quand elle releva le nez, Andraste fut happée par les deux prunelles noires de son interlocuteur, à présent braquées sur elle. La colère semblait les avoir totalement désertées pour laisser place à une chaleur incandescente, qui menaçait de la consumer de l'intérieur si elle ne prenait pas garde à s'en protéger.

Mais elle n'eut pas à faire l'effort de s'en détacher, Blackmorgan se chargea lui-même de briser ce lien que peut-être elle n'avait fait qu'imaginer.

Il ferma les paupières, presque douloureusement, et soupira :

— Je n'ai jamais rien entendu de plus ridicule.

Andraste déglutit péniblement, atrocement vexée. Elle venait de lui servir sur un plateau d'argent ses plus plates excuses – ce qui pour elle était une grande première –, elle avait pris sur elle pour tenter d'arranger les choses entre eux tandis qu'elle souffrait encore de ses blessures de la nuit, et il les lui renvoyait en pleine figure ?! Pire, il se moquait d'elle ! Décidément, quel monstre !

Blackmorgan passa devant elle, se hâtant de sortir, comme s'il préférait fuir que d'avoir encore à discuter avec elle, et lança à la dérobée :

— De toute façon, ça n'a plus guère d'importance.

Sans réfléchir – car si elle l'avait fait, jamais elle ne se serait abaissée à de telles effusions –, Andraste le poursuivit dans le hall, saisit sa manche pour l'arrêter et s'écria, soudainement prise de panique :

— Alors vous allez vraiment partir ?!

Interdit, il se figea et baissa les yeux sur la main cachée sous les bandages qui le retenait. À aucun moment il ne chercha à s'en dégager, ni ne sembla fâché. Il se perdit curieusement dans la contemplation des doigts crispés sur le velours de sa veste, l'air songeur.

Un muscle tressauta sur sa mâchoire, puis il répondit d'une voix étranglée :

— C'est une éventualité... non, c'est... c'est sûr, en fait. Je rentre chez moi, à Bloodcastle. Ce soir.

Chapitre 26

Thadeus

Non sans une certaine déception, Thadeus regarda la douce main blanche, à peine visible sous ses pansements, relâcher sa prise, pudiquement, tandis que sa propriétaire s'efforçait en vain de ne pas montrer la douleur que ce simple mouvement provoquait. Sans doute regrettait-elle à présent...

— Quand... quand reviendrez-vous ? balbutia Andraste en s'écartant d'un pas.

— Je ne compte pas revenir.

Pourquoi n'arrivait-il pas à y mettre plus de conviction ? Il s'agissait pourtant de sa propre décision. Il avait bu toute la matinée dans le but d'alléger sa conscience, de tromper son esprit, espérant faire cesser ses exaspérantes ruminations. Son échec était certes difficile à encaisser, mais l'inexplicable sensation de perte que lui causait ce départ précipité était si aiguë qu'il en était presque insoutenable.

Et il avait fallu qu'elle se montre, ravivant le feu qui le rongeait déjà perpétuellement depuis qu'il avait fait sa rencontre, le torturant encore un peu, et – comble de tout – qu'elle vienne *s'excuser*... pour ce qu'*il* avait fait ?! Se souvenait-elle véritablement de ce qui s'était passé ?

Le laudanum avait-il endommagé sa mémoire ? Ou bien sa raison ?

Andraste serra les bras autour de son buste et recula jusqu'à rencontrer les panneaux de bois de la cloison entre le hall et la salle de cours. Alors elle se laissa aller en arrière, ployant la nuque pour scruter le superbe plafond à caissons.

Thadeus se demandait si elle allait se trouver mal et s'il serait judicieux qu'il vienne la soutenir dans l'état où lui-même se trouvait – l'alcool ingéré ne risquant pas de l'aider à tempérer ses ardeurs si jamais il l'approchait –, quand elle murmura péniblement, d'une voix si faible qu'elle en était presque inaudible :

— N'y a-t-il rien que je puisse faire pour que vous changiez d'avis ?

Il arqua un sourcil soupçonneux, s'appliquant à rester le plus loin possible d'elle :

— Et pour quelle obscure raison voudrais-tu que je change d'avis ?

Elle eut un petit rire de gorge, qui sonnait terriblement creux, puis le fusilla d'un regard où perçait un curieux mélange de rancœur et de détresse.

— Mais parce que j'ai besoin de vous... de l'entraînement. Vous n'êtes pas un allié, et cependant je n'ai personne d'autre qui s'en approche davantage que vous.

Elle ouvrit les mains dans un geste d'impuissance appuyant son propos, comme si elle reconnaissait que c'était absurde, et pour autant non moins vrai.

— L'entraînement ?! répéta-t-il, s'enflammant rien qu'en y repensant. N'es-tu pas folle ? Parce que tu espérais continuer ? L'accident de cette nuit ne t'a-t-il donc pas servi de leçon ?

— Bien sûr que si ! siffla-t-elle, explosant à son tour. J'ai compris que *Sa Seigneurie* était un tout petit peu tatillonne durant un combat, et que c'était loin d'être un jeu pour vous ! On ne m'y reprendra pas, c'est certain. Je saurai rester à ma place dorénavant, être une élève disciplinée et obéissante, pendant les leçons tout du moins.

Il sut à son ton, monté d'un cran subitement, qu'elle n'avait rien oublié et qu'elle était également très loin de lui avoir pardonné. Il réalisa également que ses stupides excuses, faites un peu plus tôt, étaient, en dépit de tout bon sens et de sa rancune à son égard, bel et bien sincères. Elle croyait vraiment être responsable de son comportement meurtrier, l'avoir provoqué...

N'avait-elle donc aucune idée de ce qui l'avait poussé à agir ainsi ? Sa famille, tellement bien informée de la situation des Blackmorgan, ne lui avait-elle pas tout expliqué dans les moindres détails ?

Apparemment, non...

— Attends un peu, un allié ? reprit-il en inclinant la tête sur le côté, faisant mine de ne pas avoir bien entendu. Est-ce que tu te moques encore de moi ? Et Evershade alors, n'est-il pas ton ami ? Et ta sœur...

— Ma sœur serait prête à me condamner à une vie d'esclavage pourvu que notre grand-mère lui en ait donné l'ordre ! Quant à Scott... il ne peut rien pour moi. Personne ne peut rien pour moi.

Là-dessus, Andraste se laissa glisser contre le mur et vint s'asseoir par terre sans se soucier de ses jupes, éparses autour d'elle, les genoux remontés à hauteur de poitrine, les mains devant le visage, dans une posture exprimant un profond désespoir.

Allait-elle se mettre une nouvelle fois à pleurer ? Bon sang, non ! Si elle le faisait, il perdrait tous ses moyens, il le savait parfaitement. Ses sanglots de la nuit passés hantaient toujours ses pensées...

— Qu'est-ce que tu racontes ? la questionna-t-il en esquissant un pas vers elle, allant à l'encontre de ses propres résolutions. Andraste, qu'est-ce que tout ça signifie au juste ?

Elle secoua énergiquement ses torsades blanches, répandues gracieusement sur ses épaules, et rétorqua :

— Partez, lord Blackmorgan, je ne voudrais pas vous retenir davantage. J'ai déjà bien trop abusé de votre temps aujourd'hui.

Thadeus inspira profondément, mais il était déjà vaincu. Il aurait voulu demeurer insensible – et l'alcool aurait dû l'y aider – face au désarroi de la jeune femme, qui, cependant, n'avait laissé échapper aucune larme, bien trop fière pour aller jusque-là. Et pourtant, au mépris de toute dignité, il vint s'installer à côté d'elle, à même le parquet, dans une proximité qui lui plaisait bien trop pour être honnête. Puis, ignorant la brusque raideur de son interlocutrice, ainsi que ses yeux écarquillés de surprise, il s'entendit promettre :

— Si tu m'expliques ce que ça veut dire, et quel rapport a l'Ilandrien retrouvé mort avec toute cette affaire – parce que je suis convaincu qu'il y en a un –, alors je resterai. Pour toi. Jusqu'à ce que tu n'aies plus besoin de moi... enfin, de mes services.

Andraste l'étudia des pieds à la tête, hésitant visiblement quant à la tournure à donner à cette conversation. Puis ses traits s'illuminèrent l'espace d'un bref instant et un petit sourire amusé vint étirer ses lèvres si sensuelles, chassant tout à coup la morosité de son visage.

— Vous divaguez, milord. L'excès d'alcool, je présume. Encore que, j'en viens à me demander, quel était donc ce mystérieux breuvage dont vous vous désaltériez tout à l'heure ? Posséderait-il quelque vertu curative ? Aurait-il, par le plus grand des hasards, le pouvoir de vous rendre... hmm, disons, aimable ? Voire même... charitable ? Auquel cas...

— Je suis tout à fait sérieux, la coupa-t-il, s'éclaircissant la gorge pour ne pas rire lui aussi, ravi de constater qu'elle n'avait rien perdu de sa morgue. Et parfaitement en mesure de l'être. Il en faudrait bien plus pour me rendre soûl au point de ne plus savoir ce que je dis.

Bien sûr qu'il était sérieux. Elle n'avait qu'un mot à prononcer, qu'un geste à faire, tant qu'il s'agissait d'un signe d'encouragement, si maigre soit-il, et il annulerait son départ.

— Tu m'as demandé ce qui me ferait changer d'avis, rappela-t-il. Eh bien, voilà, je veux savoir.

Quel imbécile ! Il aurait pu exiger des tas d'autres choses... À commencer par ses charmes, évidemment – peut-être aurait-elle fait moins de manières cette fois-ci ? Ou bien des aveux complets au sujet du sortilège... mais non !

— Oubliez que j'ai dit ça, s'il vous plaît, pria-t-elle, recouvrant sa gravité aussi rapidement qu'elle l'avait perdue.

— Alors je pars ?

Délirait-il ou sa présence au château était-elle vraiment devenue un moyen de pression ?

Pourtant, il ne rêvait pas, l'angoisse qui envahit subitement Andraste à cette idée était bien réelle, presque palpable. Soudain, il se sentit très important, un sentiment ô combien étrange, mais également infiniment agréable. Elle passa une mèche de ses cheveux derrière son oreille et chuchota, comme si elle trahissait déjà son secret :

— Vous ne comprenez pas. Je ne peux pas. Même si je le désirais, je ne pourrais rien vous confier, tout cela est bien trop grave.

— Mais si, tu peux, je t'assure, insista-t-il simplement, repoussant une autre de ses boucles aux somptueux reflets d'argent afin de mieux la voir.

Andraste sursauta et eut un léger mouvement de recul, très frustrant... d'autant qu'il ne pouvait lui en tenir rigueur. Toutefois, il refusait d'en rester là. Il avait progressé, il en avait l'intime conviction, il savait qu'il n'aurait plus beaucoup d'efforts à fournir pour qu'elle flanche. Son argument, aussi inattendu cela soit-il, semblait peser lourd dans la balance.

— Pourquoi un ennemi s'infiltrerait-il au palais et se rendrait-il précisément à tes appartements, sinon pour tenter de t'assassiner ? conjectura-t-il, obstiné.

— Vous faites erreur, milord, démentit-elle, capitulant enfin. L'Ilandrien n'a pas essayé de me tuer. Jusqu'à maintenant, cela demeure votre privilège, comme pour la danse, ou encore...

Elle s'interrompit et se mordit la lèvre. Thadeus n'avait pas aimé qu'elle lui rappelle ce que désormais il considérerait comme un *accident*, néanmoins, ce qui suivait paraissait plus plaisant, et il aurait adoré qu'elle aille jusqu'au bout de sa pensée. Ce qu'elle ne fit pas.

— Non, il voulait m'enlever.

Cette fois, ce fut lui qui s'écarta, pivotant vers elle dans le but d'accrocher son regard et d'y vérifier la véracité de son aveu.

— Pourquoi ? se renseigna-t-il, après avoir obtenu confirmation.

Andraste cilla, mais ne se détourna pas. Puis elle débita d'une voix atone, les épaules basses :

— Pour m'emmener auprès de l'homme auquel je suis censée être fiancée depuis que je suis enfant. Auprès d'Ardghal, le fils du roi d'Ilandria. Ma sœur était au courant, enfin d'une partie de ce plan du moins. Mais lorsque l'envoyé du prince a commencé à me molester, elle m'a, j'imagine, prise en pitié. Et elle l'a tué. Cela étant, les fiançailles n'ont apparemment pas été rompues. J'attends d'un jour à l'autre une nouvelle tentative de ce genre et je sais que la prochaine fois Ruth s'abstiendra de prendre parti. Je veux donc y être préparée, être capable de me défendre et en mesure de m'y opposer, car mes seuls pouvoirs ne me le permettent pas. Voilà pourquoi votre entraînement est tellement important. Acquérir quelques techniques de défense est mon unique recours.

Thadeus, le souffle coupé, serra les dents, ainsi que les poings sous cet affreux coup, puis se releva d'un bond, la fureur rendant l'immobilité impossible.

— Tu es… fiancé ?! À un autre ?! grinça-t-il, se mettant à faire les cent pas devant elle, les bras croisés pour mieux se contenir. Mais enfin, ils sont combien, les types qui figurent sur ta liste de prétendants ?!

Elle resta muette quelques instants, l'observant sans paraître comprendre sa réaction, puis déclara posément :

— Oui, fiancée. Au prince des sauvages, si j'ai bien compris. L'émissaire d'Ardghal a laissé entendre que leur peuple traite leurs femmes comme du bétail, qu'elles soient nobles ou non. Et je suppose que c'est vrai, car je dois dire qu'il s'est montré très convaincant.

Sa colère s'étouffa d'elle-même lorsque Thadeus essaya d'imaginer le sort qui attendait la jeune femme dans le cas où ces maudites fiançailles aboutiraient, puis mourut complètement lorsqu'il réalisa :

— Ta famille te manipule depuis le début, tu n'es qu'un jouet entre les mains des sorcières du coven Coldfield, n'est-ce pas ?

— Sans doute, admit-elle, sans parvenir à masquer ni sa tristesse ni sa honte face à cette affligeante constatation.

Ainsi, les siens savaient parfaitement quel trésor elle était et n'hésitaient pas à la céder au plus offrant. C'était absolument écœurant ! Certes, il s'agissait d'une pratique plus ou moins courante dans le milieu de l'aristocratie, mais Thadeus n'avait jamais envisagé les choses sous cet angle. En fait, il n'y avait tout bonnement jamais réfléchi.

Cependant, le cas d'Andraste était particulier, on la destinait tout de même au fils d'un chef ennemi. En soi, ce mariage était un complot contre le royaume, purement et simplement. Aussi lui appartenait-il à présent de tout faire pour l'empêcher. Et il allait s'y employer, corps et âme, pour ça, elle pouvait compter sur lui.

Elle se leva à son tour, défroissa ses jupes, puis ravala manifestement sa fierté pour demander :

— M'aiderez-vous, lord Blackmorgan ? Puis-je espérer que vous n'ébruitiez pas l'affaire et que vous continuiez à me dispenser ces leçons dont j'ai tant besoin ?

— Oh, je vais faire bien mieux que cela en vérité, annonça-t-il en hochant la tête. Hawk te suivra désormais partout où tu iras, lorsque je ne pourrai m'en charger en personne, cela s'entend. En attendant que tu puisses reprendre l'entraînement, je m'arrangerai avec Mme Reynaut, ma collègue qui s'occupe du groupe des sorciers, pour qu'elle t'enseigne des sorts défensifs, puisque apparemment tu ne les connais pas. Puis tu vas devoir faire davantage d'efforts au cours de nécromancie. Plus question de bayer aux corneilles dorénavant, cela peut s'avérer très utile aussi parfois, tu découvriras bientôt pourquoi.

— Euh... soit, convint Andraste, un peu dépassée par cette déferlante de nouvelles mesures.

Bien sûr, il ne dévoilerait la seconde partie de son plan – la seule réellement efficace, en l'occurrence – que plus tard, après avoir pris le temps de mieux l'élaborer.

En revanche, il ne laisserait certainement pas passer une occasion telle que celle-ci de tirer avantage de la situation et obtenir des bénéfices plus... immédiats. Non, pas question. La charité avait ses limites et il n'était pas à ce point affaibli. En outre, les effets de l'alcool se dissipaient et son esprit fonctionnait de nouveau à plein régime. Si Andraste avait eu raison de tout lui avouer, il n'en restait pas moins qu'elle s'était trompée si elle avait imaginé qu'il agirait de manière désintéressée.

Thadeus se planta devant la jeune femme, cessant subitement ses allées et venues, plongea les mains dans les poches de sa veste, et exposa :

— Puisque notre accord change, il faut en revoir les termes, et cette fois mes conditions seront non négociables.

La bouche de la jeune femme s'ouvrit sans qu'un son n'en sorte, et ses joues s'enflammèrent comme la colère la gagnait. Un petit cri d'exaspération monta de sa gorge, puis elle s'exclama :

— Espèce de... de monstre perfide ! Pervers !

— Perfide ou pervers ? Il faudrait te décider, ce n'est pas tout à fait la même chose, railla-t-il, satisfait de reprendre le dessus après avoir perdu une première bataille contre cette redoutable adversaire. De toute façon, étant donné ta position, tu ne peux rien me refuser. Il ne s'agit plus d'une quelconque histoire de réputation, mais bel et bien de conspiration. Aussi, si tu escomptes voir tes proches, malgré ce qu'ils ont fait, sortir indemnes de tout ça, il serait préférable d'éviter les insultes à l'avenir.

— Je le savais ! s'écria-t-elle, hors d'elle. Je n'aurais pas dû vous faire confiance ! Vous ne vous lassez jamais de me jouer de sales tours !

— Ah, et qui a commencé, je te prie ?

Andraste haussa les épaules, puis pinça les lèvres et releva le menton.

— Assez ! Annoncez la couleur, Blackmorgan. Quelles sont-elles, ces conditions ?

Chapitre 27

Andraste

Mais quel fumier !

Ce sale type s'était encore servi d'elle ! Andraste n'en revenait pas. Comment avait-elle pu être assez sotte pour le croire bien intentionné ? Il avait profité de sa détresse pour lui faire tout avouer et maintenant il comptait exploiter son secret pour l'obliger à retourner dans son lit ?! L'ordure !

Elle aurait pourtant dû se douter de quelque chose lorsqu'il était venu s'asseoir à côté d'elle et qu'il avait usé de cette voix grave, mais aussi tellement douce, pour la convaincre de parler. Elle aurait dû le voir venir quand il lui avait énoncé toutes les dispositions qu'il prévoyait de prendre pour la protéger. Elle aurait dû se rendre compte qu'il s'agissait d'un piège, cette prévenance, ces égards, et surtout cette générosité, tout cela ressemblait si peu à Blackmorgan ! Et puis, ce n'était pas comme si c'était la première fois qu'il lui faisait un coup de ce genre…

Rien de ce que cet homme faisait n'était gratuit. Elle le savait et cependant elle s'était fait avoir comme une idiote. Comme elle s'en voulait à présent de s'être montrée si naïve… si fragile aussi. Ces failles, qu'elle avait exposées au grand jour, il n'était pas près de les oublier, ça, elle pouvait en être sûre.

Bon sang, elle lui avait dit qu'elle avait besoin de lui, qu'elle ne voulait pas qu'il parte... ridicule, vraiment ! Oh oui, elle s'était totalement ridiculisée ! Et elle l'avait cru lorsqu'il lui avait dit qu'il resterait pour elle. Elle en avait d'ailleurs éprouvé une chaleur inattendue, très dérangeante, se répandant comme un vol de papillons au creux de son ventre. Enfin, le fait était qu'il resterait bel et bien *pour elle*, seulement c'était loin d'être pour les nobles motifs qu'elle s'était pris à imaginer.

Elle le toisa avec toute la hauteur dont elle était capable – ce qui devait être un peu grotesque tant il était grand et elle, petite –, attendant qu'il se décide à révéler ses nouvelles exigences. Apparemment, Blackmorgan aimait faire durer le suspense. Depuis combien de temps l'étudiait-il de cette façon, se frottant la mâchoire, l'air de se demander à quelle sauce il allait bien pouvoir la manger, l'obligeant à patienter en silence tandis que du regard il passait impudiquement son corps au crible ?

Elle se rappela soudain qu'elle ne portait pas de corset et croisa immédiatement les bras sur sa poitrine en sentant la pointe de ses seins se dresser subitement sous la fine étoffe de son corsage. Le dégoût pouvait-il susciter de telles réactions ?

— Bon alors, ça vient oui ou non ? s'agaça-t-elle, autant embarrassée que furieuse.

Elle n'était pas dupe – enfin, plus maintenant –, elle savait pertinemment ce qu'il voudrait en échange de ses services. Et aussi révoltant que ce soit, elle le lui donnerait. Elle ne se rebellerait plus. L'assurance qu'il empêcherait toute nouvelle tentative d'enlèvement, qu'elle vienne d'Ardghal ou de je ne sais qui d'autre, n'avait pas de prix. C'était en quelque sorte son ticket pour conserver une certaine forme de liberté. Et puis, comme il aimait à le rappeler si souvent, elle lui avait déjà accordé ses faveurs une fois, elle pourrait très bien lui céder à nouveau. Ce ne serait pas si difficile, du reste... après tout, ce n'était pas comme si la chose était totalement déplaisante.

Ses joues s'empourprèrent plus violemment encore à cette pensée. Mais qu'attendait-il au juste ?! C'était un véritable supplice !

— Pour commencer, je veux que tu m'appelles par mon prénom, avisa-t-il enfin, les mains dans les poches, tapotant du bout du pied un petit accroc sur le parquet.

Andraste sentit ses épaules s'affaisser, elle ne s'était pas attendue à une requête aussi insignifiante. Elle hocha docilement la tête, pressentant une suite moins chaste.

— Je veux également pouvoir t'embrasser dès que l'envie m'en prend, continua-t-il avec une gravité qui ne correspondait absolument pas à la jubilation narquoise qu'Andraste avait pensé qu'il afficherait, et précisa même : dès lors que nous nous trouverons seuls, toi et moi, cela va de soi.

D'autres baisers ? Elle n'y voyait pas vraiment d'inconvénient. S'il n'y avait que ça pour lui être agréable, elle s'en accommoderait sans trop de difficultés.

— Très bien, acquiesça-t-elle, rassurée. Ce sera tout, Thadeus ?

Un sourire fugace étira ses lèvres, puis il reprit aussitôt son sérieux et lui lança un regard plein de défi :

— Non, ce n'est pas tout. J'ai encore une dernière condition. Je veux également avoir le droit de te toucher.

Elle ne comprit pas tout de suite ce qu'il entendait par là, un baiser impliquant déjà qu'elle l'y autorise, aussi crut-elle bon de se renseigner :

— C'est-à-dire ? De quelle manière exactement ?

— Exactement comme je l'entends, de la manière qu'il me plaira, expliqua-t-il sans se départir de la lueur farouche qui faisait luire ses prunelles sombres.

Andraste fronça les sourcils. Elle se souvenait fort bien le lui avoir interdit la nuit passée, après qu'il l'eut déposée dans son lit. Elle se rappelait aussi qu'elle avait d'emblée obtenu gain de cause, qu'il avait rendu les armes sans insister devant son ton menaçant. Manifestement, lord Blackmorgan, fils de duc et sans aucun doute enfant gâté, ne supportait pas les interdictions. Probablement ne lui en avait-on jamais imposé.

Alors ce n'était que ça, sa dernière condition ? Finalement, c'était beaucoup plus tolérable et bien moins dégradant que ce qu'elle avait supposé. Et d'ailleurs, n'aurait-elle pas dû trouver cela un peu louche ? Pourquoi se montrait-il si clément quand il avait le pouvoir de faire d'elle tout ce qu'il souhaitait ? C'était bien ce qu'il avait sous-entendu, non ? Et pour quelle raison se satisferait-il de quelque chose qu'il n'estimait bon que pour les adolescents ? Elle n'inventait rien, c'était ses propres mots...

Était-il possible que cet homme ait finalement quelques scrupules ? Peut-être y avait-il une part de sincérité dans son attitude de tout à l'heure, peut-être n'avait-il pas vraiment profité de sa faiblesse ?

Silencieusement, il extirpa une main de la poche de sa veste, puis la tendit, paume ouverte, vers elle, vers la sienne, celle qui n'était pas blessée. Elle aurait volontiers accédé à cette requête, somme toute relativement innocente, ayant à cœur de lui prouver qu'elle se plierait sagement à ses conditions, mais une tension étrange l'envahit.

Andraste leva les yeux et resta interdite devant l'intensité du regard de Blackmorgan, devenu subitement très différent. Sa belle assurance s'était envolée d'un coup, le défi aussi, laissant à nu le tourment et le besoin viscéral, presque vital – à moins que ce ne soit encore une vue de son esprit – qu'il avait qu'elle accepte sans pour autant se sentir réellement contrainte, en dépit de l'accord qu'ils venaient de passer. Comme si les mots n'avaient jamais été qu'une façade derrière laquelle cacher ses véritables intentions.

L'espace d'un bref instant, elle eut l'impression de se retrouver face à l'homme rencontré dans les douches des domestiques, celui que le désespoir avait conduit aux dernières extrémités et qu'elle seule était capable de sauver. Ce qui lui rappela que rien de tout cela ne cadrait avec l'étiquette d'« arrogant fils de duc », d'« enfant gâté » et de « goujat perfide » qu'elle lui avait attribué par la suite...

Le geste semblait impliquer bien davantage qu'il n'y paraissait, et cependant, elle y répondit en son âme et conscience. Elle plaça sa main au creux de sa paume et ne réprima pas le soupir de plaisir qui monta de sa poitrine lorsque les grands doigts chauds de Blackmorgan s'entremêlèrent aux siens, dans une caresse si sensuelle qu'elle en perdit le fil de ses pensées. Une seule cependant perça les brumes qui s'accumulaient soudain sous son crâne tandis qu'il se penchait vers elle : il avait raison, *elle était à lui*, qu'elle le veuille ou non.

Lentement, il repoussa la masse de ses cheveux en arrière, dégagea son visage, puis son cou, effleura d'abord sa joue, ainsi que sa gorge, jusqu'à ensuite les toucher franchement, tout en l'observant fixement, semblant guetter ses réactions. Cette fois, elle ne sursauta pas, mais frissonna et ferma les paupières, de peur qu'il ne puisse lire dans ses propres prunelles le plaisir indécent que ses seules attentions lui procuraient.

S'enhardissant – sans doute s'était-elle trahie malgré tout –, Blackmorgan prit son menton entre son index et son pouce et lui fit incliner la tête vers lui, abandonnant en même temps sa main afin de venir étreindre sa taille.

Alors il vint goûter ses lèvres, pressant indolemment les siennes contre celles d'Andraste. Il recommença plusieurs fois, très doucement, comme s'il avait cherché à compenser sa brutalité de la veille. Il procéda ainsi jusqu'à ce que d'elle-même elle entrouvre la bouche et lui autorise un accès plus intime.

Et elle n'eut pas à se répéter. À peine eut-elle esquissé ce petit signe d'encouragement que la langue de Blackmorgan s'insinua en elle et vint caresser la sienne de manière très suggestive, évoquant à Andraste l'acte sexuel en lui-même, achevant de l'électriser tout entière. Dans le bas de son ventre, des muscles se crispèrent délicieusement dans l'attente de quelque chose qu'elle était désormais en mesure d'identifier.

Lui.

Elle sut alors qu'elle était perdue. Pour toujours. Cette nuit-là, ce n'était pas simplement une bouffée de folie qui l'avait poussée à se donner à lui. Elle n'avait commis aucune erreur, du moins aucune erreur qu'elle n'était pas prête à commettre encore... et encore.

L'embrassant de plus en plus profondément, Blackmorgan resserra son bras autour d'elle, la plaqua contre son corps, ne la laissant rien ignorer de l'ampleur de son désir. Puis il la souleva pour l'emmener plus loin. Elle sentit qu'elle montait d'un niveau, sentit le mur contre son dos, mais ne comprit où elle se situait que lorsqu'il délaissa ses lèvres pour son cou. Tandis qu'il promenait son nez à la naissance de son épaule, la respiration erratique, elle réalisa qu'il l'avait assise sur une magnifique console marquetée, sans manifester la moindre considération pour le meuble où les bibelots qui s'étaient peut-être trouvés là.

Elle aurait été outrée si seulement sa bouche brûlante ne s'était pas à nouveau posée sur elle, à cet endroit précis qu'il venait ouvertement de humer. Il tentait de repousser sa manche, cherchant à dénuder son épaule, quand il la mordit légèrement, poussant un grognement rauque et bestial, et tira d'un coup sec sur le vêtement pour le déchirer presque de part en part.

— Thadeus, souffla-t-elle faiblement tandis qu'elle aurait voulu protester, ou ne serait-ce qu'exprimer son effarement.

Elle posa la main à plat sur son torse. Mais au lieu de le repousser, elle ne put s'empêcher d'insinuer les doigts sous sa veste, étonnée de sentir sous sa paume ses muscles puissants tressaillir à son contact... et plus troublée encore d'en être autant transportée.

— Si tu savais à quel point, moi, j'ai besoin de toi, murmura-t-il, à bout de souffle, avant de reprendre sa bouche avec urgence.

Elle ne comprit ni comment ni pourquoi, mais ces simples mots, dont la réelle signification demeurait floue, la firent totalement fondre. Si bien que, à la fois émue et éperdue, elle ne vit aucun inconvénient – bien au contraire, en fait – à ce qu'il profite de l'ouverture que lui-même avait faite dans son corsage pour glisser les doigts sous l'étoffe et s'emparer impétueusement d'un de ses seins qu'aucune lingerie n'entravait.

Il plaça son autre main sous son postérieur et la rapprocha brusquement de lui pendant qu'il avançait le bassin à sa rencontre. Instinctivement, elle ouvrit les jambes et ondula contre son membre dressé entre eux, tendant dangereusement la toile du pantalon de Blackmorgan. Ce dernier étouffa alors un gémissement, puis marmonna, tout contre ses lèvres :

— Comment cela peut-il être meilleur… meilleur encore que dans mes souvenirs ? Meilleur que dans mes rêves ? Andraste…

Mais elle ne le laissa pas finir et l'embrassa à son tour, tirant sur sa chemise pour passer elle aussi la main sous ses vêtements. Elle y était parvenue lorsque, curieusement heureuse de le sentir trembler des pieds à la tête sous ses caresses à elle, il se figea, les lèvres sur la naissance de sa poitrine, les doigts empêtrés dans ses jupes dans l'espoir de réussir à les remonter.

Une plainte gutturale à la fois excédée et frustrée roula dans la gorge de Blackmorgan. Puis suivit un juron bien senti, sifflé entre ses dents serrées, tandis que, fébrile et maladroit, il essayait de replacer pudiquement les pans déchirés du haut d'Andraste. Après cette infructueuse tentative, il se retourna vivement, se postant devant la jeune femme, le dos collé à elle, comme pour tenter de la cacher.

Alors seulement elle réalisa. Ils n'étaient plus seuls, quelqu'un les avait surpris. Par la Déesse, pourvu que ce ne soit qu'un domestique ! Derrière l'imposante silhouette de Blackmorgan, on ne pouvait qu'à peine l'apercevoir, mais elle ne parvenait pas non plus à voir qui se trouvait là. Et elle ne bougerait pas – pas tant qu'elle n'y serait pas contrainte et forcée.

Enfin, comment avait-elle pu être aussi écervelée ? S'exhiber ainsi, dans un couloir, mais où avait-elle eu la tête ?!

— Hum, Andraste, as-tu besoin d'aide ? Veux-tu que je fasse appeler la garde ?

Oh non ! C'était Scott ! Et il pensait que...

— Tu ferais mieux de déguerpir vite fait, mon offre de l'autre jour au sujet de tes dents est toujours valable, menaça Blackmorgan, si glacial tout à coup que la jeune femme en fut troublée.

Probablement n'appréciait-il pas l'insinuation de son élève. Après tout, ce n'était pas comme si un médecin l'avait déjà accusé du même genre de crime la nuit dernière. La chose devait certainement commencer à lui porter sur les nerfs...

Elle serra du mieux qu'elle put son corsage contre sa poitrine, se laissa glisser du promontoire sur lequel on l'avait installée, puis fit face à son ami... enfin, s'efforça de faire face à son ami. Car aussitôt Blackmorgan la retint. En quelques mouvements aussi rapides qu'efficaces, il se débarrassa de sa redingote, lui en couvrit les épaules, et, d'une main, la maintint fermée sur elle, l'empêchant en même temps de s'éloigner de lui.

Andraste déglutit bruyamment, et, rouge de honte, affronta le regard scandalisé de Scott.

— Tout va bien, le rassura-t-elle, inutile d'aller chercher qui que ce soit.

Un pli vertical se dessina entre les sourcils dorés du jeune homme et à la révolte succéda le dépit sur ses traits fins et ciselés.

— Tu en es vraiment sûr ? Ce n'est pas parce qu'il sera bientôt duc qu'il peut tout se permettre, tu sais. Quoi qu'il t'ait dit, je suis sûr qu'il t'a menti, qu'il t'a piégée, d'une manière ou d'une autre.

— Ce n'est pas ce que tu crois, plaida-t-elle, consciente de la médiocrité de son propos, elle-même ne sachant pas de quoi il s'agissait exactement.

La situation était tellement embarrassante... et le bras que Blackmorgan avait posé sur elle, si tendu... les choses pouvaient déraper d'une seconde à l'autre. Ce dernier allait fondre sur son ami dans un instant et elle ne pourrait le retenir. Elle n'en aurait pas la force.

— Laisse-nous, Scott, s'il te plaît, l'exhorta-t-elle avec plus de fermeté que l'amitié ne le permettait.

Celui-ci secoua la tête, comme s'il refusait de la croire, puis se résigna à contrecœur et tourna les talons, s'écriant furieusement :

— Alors oublie-moi ! Trouve-toi un autre abruti pour t'aider en cours ou ailleurs !

Andraste attendit qu'il soit hors de vue pour se dégager de l'emprise de Blackmorgan. Elle avisa sa tenue – ou plutôt les lambeaux qui en constituaient la partie supérieure –, et s'écria :

— Oh, mais quel cauchemar ! Vous avez complètement ruiné ma robe !

— Je t'en rachèterai une, s'empressa-t-il de promettre d'un ton étonnement contrit. Une plus belle. Réalisée par le meilleur tailleur de Néo-Londonia, dans les tissus les plus riches...

— Qu'est-ce qui vous a pris ?! coupa-t-elle, pertinemment consciente que c'était plutôt à elle qu'il fallait poser la question. Pourquoi ne pas avoir clairement dit dès le début que ce que vous vouliez, c'était me trousser au détour d'un couloir ?!

Au moins Blackmorgan eut-il la décence d'avoir l'air offensé. Et c'était ce qu'elle espérait. Elle souhaitait le punir, parce qu'elle lui en voulait. Il lui avait fait perdre la raison, durant l'espace de ces quelques minutes entre ses bras, elle avait totalement succombé à la folie. Pour la deuxième fois ! Et le moins que l'on puisse dire, c'est que c'était véritablement effrayant...

— Mais non ! se défendit-il, visiblement déconcerté. Enfin... pas exactement. Je ne sais pas, j'ai cru que...

— Que rien du tout ! l'interrompit-elle encore, optant pour un mensonge éhonté : Je ne me suis appliquée à vous satisfaire que parce que c'est ce que vous attendiez de moi. *Exactement comme vous l'entendiez, de la manière qu'il vous plaisait !* J'estime avoir largement rempli ma part du contrat aujourd'hui, et même pour plusieurs jours, tout compte fait. À vous de remplir la vôtre à présent. Je veux retourner à mes appartements et y demeurer en sécurité.

La bouche légèrement ouverte, prêt à répondre, il jeta un regard douloureux sur le côté, comme si la vue de la jeune femme était subitement devenue insoutenable, et plissa le nez d'amertume.

Avait-elle enfin réussi à égratigner un tant soit peu l'amour-propre de cet homme à l'ego surdimensionné ? Pourvu que oui, elle en rêvait depuis un bon moment !

— Bien sûr, acquiesça-t-il finalement. Je vais t'y conduire tout de suite. Je connais quelques portes dérobées qui nous permettront de nous y rendre plus discrètement qu'en empruntant les galeries principales.

Là-dessus, il posa une main impérieuse sur ses reins, comme pour lui rappeler, en dépit de ses récriminations, qui dominait l'autre, puis la guida dans le hall. Il s'arrêta un instant pour ramasser un objet qui traînait au sol. Puis il lui fit traverser un autre couloir avant de l'emmener dans des parties dissimulées derrière les panneaux de bois sculptés, passages plus ou moins secrets réservés d'ordinaire aux domestiques.

— Evershade ne dira rien, lâcha Blackmorgan tandis qu'ils ne devaient plus être très loin des appartements d'Andraste. Tu ne devrais pas t'inquiéter pour ça.

— Je ne vois pas ce qui vous autorise à être aussi formel, douta-t-elle, impatiente de ne plus sentir cette paume appuyée dans son dos, diffusant une chaleur aussi agréable qu'exaspérante. Je crois savoir que Scott et vous ne vous connaissez pas si bien que ça.

— Il ne te compromettra pas, tout simplement parce qu'il est amoureux de toi.

Andraste manqua s'étrangler. Puis elle s'esclaffa :

— Ah oui, évidemment ! Où avais-je la tête ? Vous savez, c'est vraiment très drôle, parce que lui dit exactement la même chose de vous.

Blackmorgan cilla. Puis il se rembrunit et maugréa :

— En effet, c'est tout à fait risible.

Devant les appartements de la jeune femme, il retira sa main et, alors qu'elle se dépêchait de refermer la porte derrière elle, ravie que personne ne les ait aperçus, glissa un morceau de papier froissé dans la poche de sa redingote, qu'elle portait encore.

— Il me semble que cela te concerne, justifia-t-il avec une moue dédaigneuse. Un peu succinct, si tu veux mon avis, comparé à certains textes de ma propre bibliothèque. J'espère qu'Evershade ne s'est pas donné trop de mal pour te dénicher ça.

Puis il fit demi-tour, sans même un mot d'adieu, et lança dans son dos, avec une insupportable autorité :

— Flington viendra te trouver directement ici cet après-midi. Puisque j'ai eu ce que je voulais aujourd'hui, nous nous reverrons demain.

Cela s'apparentait autant à une promesse qu'à une menace, songea Andraste, complètement désorientée face aux émotions puissantes, mais toutes contradictoires, qu'elle éprouvait en cet instant.

Comme Ruth ne venait pas à sa rencontre – peut-être s'était-elle absentée, ou bien se reposait-elle ? – elle s'empara du papier chiffonné pour l'examiner et y reconnut l'élégante écriture de Scott. Ainsi le jeune homme avait eu la gentillesse de lui laisser l'extrait qu'il avait traduit du livre sur les anciens mythes.

Quel dommage qu'elle ait perdu cette amitié si précieuse, la seule qu'elle était jamais parvenue à nouer, et pour une telle bêtise qui plus est ! C'était regrettable, vraiment. Même si sa réaction paraissait malgré tout légèrement exagérée... mais probablement était-elle perdue à ses yeux, comme devait l'être toute femme à la vertu écorchée face à ces gens issus de la haute société, pleins de nobles principes.

Avant de clore complètement le battant, elle ne put se retenir d'admirer la haute silhouette de Blackmorgan tandis qu'il s'éloignait. Sa taille fine était soulignée par le gilet sombre et ajusté qu'il portait et ses épaules, sur lesquelles retombait une chemise blanche quelque peu débraillée – désordre dont elle était en partie responsable, à sa grande honte –, n'en paraissant que plus massives. Elle le vit ensuite adresser un signe du menton à quelqu'un posté dans l'ombre d'une alcôve, puis aperçut Hawk, son valet, qui avait dû les suivre. Ce dernier répondit de la même manière à son maître, puis se rapprocha des appartements de la jeune femme.

Aussitôt, elle repoussa la porte, et s'y adossa, le cœur battant à coups redoublés. Blackmorgan honorait donc sa promesse et s'assurait bel et bien de sa sécurité. Cette constatation la plongea plus encore dans le désarroi.

Chapitre 28

Thadeus

— De l'eau ?! s'inquiéta Brighton, les yeux arrondis de consternation. Seriez-vous malade, Thadeus ?

Celui-ci vida son verre d'un trait et le reposa brutalement sur le bureau auquel il était appuyé. Il soupira, sachant d'avance qu'il allait se ridiculiser, puis avisa le capitaine, un excellent bourbon à la main, assis dans un des somptueux fauteuils à oreilles tendus de velours bleu marine de ses appartements.

— Quelque chose comme ça, semble-t-il, grommela-t-il de manière à peine audible, puis il s'éclaircit la gorge et se lança : Je ne vous ai pas fait venir pour discuter boisson ou état de santé…

Mais il s'interrompit en cours de route.

Pourquoi avait-il besoin de l'assistance du capitaine, au juste, la seule personne de son entourage qui s'apparentait un tant soit peu à un ami ?

Peut-être parce qu'il se découvrait soudain totalement démuni face à une simple femme et qu'il ne savait absolument plus quoi faire. Peut-être parce que, depuis plus d'une semaine maintenant, depuis ce jour où il avait failli partir, il vivait un enfer à poursuivre quelqu'un qui s'acharnait à le fuir, s'ingéniant à ne jamais se trouver seule avec lui, en dépit de tous les efforts qu'il déployait.

Il ne cessait de se repasser mentalement tous les détails de cette matinée où Andraste s'était confiée à lui, se demandant sans relâche à quel moment il avait commis l'erreur de trop, celle qui était à l'origine de cet insupportable comportement. Ce jour-là, il avait non seulement réalisé qu'il était incapable de l'abandonner, quoi qu'il ait décidé, mais qu'en plus, alors qu'il la désirait à en mourir, il ne pouvait se résoudre à user de la ruse – en l'occurrence d'un abominable chantage – pour obtenir satisfaction.

Non, c'était hors de question. Il la voulait, c'était indéniable, mais pas de cette manière. Il avait des scrupules. Certes, c'était nouveau... et totalement inapproprié dans la mesure où la jeune femme en question se moquait ouvertement de lui en se débrouillant chaque jour plus habilement pour ne pas avoir à honorer leur accord.

Il n'aurait jamais cru cela possible, cependant c'était un fait, Andraste l'obsédait bien plus encore depuis cette folle – et ô combien déroutante – étreinte dans le hall. Il s'était promis, au départ, de s'en tenir à un simple baiser, ainsi qu'ils l'avaient convenu ensemble quelques instants auparavant. Mais il n'avait pu résister à l'irrépressible envie d'obtenir davantage tandis qu'elle s'alanguissait entre ses bras. Et, sans qu'il s'en rende compte, il s'était retrouvé à déchirer ses vêtements, telle la brute sauvage qu'il était, prêt à la prendre en plein jour dans une galerie où n'importe qui aurait pu les surprendre. Ce qui était d'ailleurs arrivé...

Bon sang, que n'aurait-il pas donné pour empêcher cette interruption ! En dépit de ce qu'elle affirmait, l'espace de ces quelques minutes, Andraste lui avait appartenu tout entière. Son corps s'était soumis à lui spontanément, et l'avait appelé. Il l'avait ressenti au plus profond de lui. Elle l'avait blessé, dans son orgueil, mais pas seulement, en niant ensuite tout en bloc. Et le doute, tout comme la faim qu'il avait d'elle, aiguisée par le plaisir insensé qu'il avait pris à ces simples préliminaires, ne cessait de le dévorer depuis lors.

Si Thadeus ne lui en voulait plus pour cette histoire de sortilège, ayant bien compris qu'elle n'avait agi que sous la contrainte, il éprouvait en revanche de plus en plus de rancœur à la voir se défiler et manquer à sa parole en le fuyant comme la peste.

Et pourtant, contre toute logique, il continuait de remplir sa part de leur marché. Il la faisait continuellement suivre par Hawk, lorsqu'il ne s'en occupait pas lui-même. Il avait payé Mme Reynaut – grassement en outre, cette arriviste de sorcière ayant réclamé une forte somme pour tenir leur arrangement secret – pour qu'elle prenne Andraste en charge l'après-midi. Et il s'efforçait, durant son propre cours, de l'aider du mieux possible afin qu'elle réussisse à passer la première étape de la possession en nécromancie.

Un échec, du reste, sur toute la ligne. Il ne s'en était pourtant tenu qu'aux cadavres de chats ces derniers jours – malgré les protestations grandissantes des autres élèves – dans l'espoir de la voir parvenir à quelques résultats. Mais en pure perte, car absolument rien n'était ressorti de tout ça.

Et cela n'était pas beaucoup plus concluant concernant les sortilèges. Reynaut affirmait qu'Andraste se donnait du mal pour essayer d'apprendre, mais que ses pouvoirs étaient si faibles qu'elle ne parvenait même pas à exécuter correctement les sorts de base. Après ce à quoi il avait assisté, lors de leur combat à l'épée, il ne s'expliquait pas un tel blocage. Andraste était une Élue de la Nuit, elle était puissante, il le savait d'expérience, et elle aurait dû exceller dans ces deux domaines – à supposer que la nécromancie fût bien son second pouvoir, ce dont il commençait à douter fortement.

La seule chose qui aurait pu le consoler était qu'Evershade, probablement trop vexé, ne recherchait dorénavant plus sa compagnie. *Qui aurait pu*, parce que d'autres en avaient profité pour prendre le relais. Il avait vérifié et il s'agissait bien de tous les types du carnet, tous ceux qu'il s'était promis de surveiller de près...

Enfin, ces derniers n'avaient l'occasion de l'approcher que durant ses cours, parce qu'ensuite Andraste se retirait systématiquement dans ses appartements et n'en sortait plus que pour ses leçons particulières avec Mme Reynaut.

C'était là le seul moyen qu'elle avait trouvé pour l'éviter, et le moins que l'on puisse dire, c'est qu'aussi élémentaire que ce soit, c'était efficace. Que pouvait-il faire quand elle se débrouillait pour arriver la dernière en nécromancie, en filait la première, puis n'empruntait plus que les galeries principales, soit les plus fréquentées, quitte même à faire de multiples détours, pour se rendre chez la sorcière et en repartir ?

Quelle idiotie d'avoir levé sa punition ! Thadeus comptait beaucoup sur l'entraînement pour remédier à cette situation. Toutefois Flington affirmait qu'Andraste ne devait pas solliciter son avant-bras blessé pendant au moins deux mois... ce qui était une éternité !

— Non, je voulais vous voir parce que je suis à présent disposé à entendre vos conseils, ceux que vous vous étiez proposé de me prodiguer, l'autre soir, débita-t-il, tentant vainement de prendre un ton neutre et détaché.

— Ah oui ? s'enquit Brighton en se rencognant dans son siège, d'un air entendu. Vraiment ?

— Bon, ça va, ne vous faites pas prier, grinça Thadeus qui perdait déjà patience. Vous savez très bien pourquoi, inutile de jouer au plus fin.

— Ce qui m'étonne, en fait, c'est qu'il semble que je sois le seul, qu'il n'y ait pas plus de rumeurs qui circulent suite à votre attitude durant le dernier bal. Je soupçonne Sa Majesté d'y avoir elle-même veillé, ce qui est assez préoccupant, vous en conviendrez. Parallèlement, les fiançailles d'Augustin sont chaque jour davantage menacées par ses éclats de plus en plus retentissants. Il est en effet urgent d'agir, et de manière subtile, si vous voulez l'emporter.

— Je peux *l'emporter* quand je veux, garantit-il en songeant à la seconde partie de son plan, celle qu'il hésitait encore à mettre en place tant elle était égoïste et déloyale. Ce n'est pas ce que je vous demande.

Le capitaine leva un sourcil, à la fois intrigué et légèrement alarmé.

— J'ignore à quoi vous avez pensé précisément, mais un homme de votre rang ne devrait pas s'abaisser à ce genre de manœuvre, quand bien même Rupert vous l'aurait suggéré. Aussi je ne peux que vous féliciter de préférer la méthode alternative, celle qui ne comporte ni démonstration de force à la Blackmorgan, ni menace ou intimidation. Bref, je disais donc, rien de tel que la subtilité. Pour commencer, la demoiselle vous apprécie-t-elle, au moins ?

— Bons dieux Brighton, comment le saurais-je ?!

— Vous devez bien en avoir une petite idée, non ?

Thadeus aurait aimé pouvoir répondre à cette banale question, mais s'en découvrit tout à fait incapable. Irrité de devoir le reconnaître, il s'exclama :

— Non, je n'en sais foutre rien ! S'il m'arrive, pour une raison ou pour une autre, d'avoir l'impression que c'est le cas, elle me démontre aussitôt l'inverse.

— À savoir ? continua le capitaine, la curiosité manifestement piquée au vif.

— Eh bien, qu'elle me déteste, avoua Thadeus, confus. À sa décharge, j'ai commis pas mal d'erreurs...

— Comme user de cet horrible langage en sa présence ? le soupçonna Brighton en se pinçant l'arête du nez. Enfin, passons. Il n'empêche que vous ne la laissez pas indifférente. En soi, c'est plutôt positif. Et sinon, avez-vous essayé de vous montrer gentil et attentionné envers elle ? Obligeant, peut-être ? Aimable, au moins ?

— Par pitié ! Ce sont vos conseils ?

— Non, évidemment, j'aurais dû m'en douter, en déduisit le capitaine, comme pour lui-même. L'avez-vous jamais été avec qui que ce soit, au demeurant ? C'est à se demander comment vous avez fait jusque-là mon ami, même les bonnes attendent en général un minimum de courtoisie de la part d'un homme, si haut placé soit-il.

— J'ai l'habitude de payer, c'est plus simple et moins laborieux que de se montrer courtois, révéla cyniquement Thadeus, éprouvant une gêne inattendue après cet aveu pourtant passablement anodin pour quelqu'un de sa condition.

— Ah, je vois, acquiesça Brighton, la mine désagréablement compatissante. Alors sachez, mon cher, que dans ce domaine il n'existe pas de meilleure technique. Il est primordial de se montrer affable et prévenant.

Thadeus leva les yeux au ciel, puis se défendit d'un ton que même lui trouvait puéril :

— J'ai tenté de lui offrir une robe et elle a refusé de laisser entrer le tailleur dans ses appartements. Il a eu beau insister, ayant à cœur de réaliser la commande, cette petite entêtée n'a rien voulu savoir ! De toute façon, je suis coincé, elle m'évite à présent.

Le capitaine eut un horripilant sourire en coin, puis, avec un geste de la main, comme si la solution à cet inextricable problème était en réalité fort simple, énonça :

— Proposez-lui une chose à laquelle elle ne pourra résister. Une balade avec sa sœur dans Néo-Londonia, par exemple. Elle qui a été enfermée toute sa vie pour se retrouver ensuite cloîtrée au palais ne saura dire non à une telle proposition, si futile puisse-t-elle vous paraître.

— Enfermée toute sa vie ? répéta Thadeus, circonspect. Vous ne m'en aviez rien dit.

— Les Coldfield ont essayé par tous les moyens de garder son existence secrète. J'ai eu beaucoup de mal à la trouver, j'ai dû interroger tout un tas de gens, au village et aux alentours. Les sorcières de cette famille étaient bien embarrassées de devoir la laisser quitter le coven, ça, je peux vous le dire.

Et sans doute était-ce pour cette raison qu'elles l'avaient forcée à se trouver sur sa route dès le premier jour de son arrivée et à faire ce qu'elle avait fait, supposa Thadeus. Un plan de dernière minute, en somme, conçu dans la précipitation...

Andraste sortit des appartements de Mme Reynaut et, comme depuis près de dix jours, Thadeus se lança à sa poursuite tandis qu'elle baissait la tête et pressait le pas pour le semer. Elle se faufila en trottinant entre les domestiques et autres courtisans, avec une aisance que lui n'avait pas en raison de son imposante stature. Le jeu ne l'amusant plus guère – à supposer que cela l'ait jamais amusé – il fit fi des regards appuyés dont il était l'objet et lui fila ouvertement le train, jouant méchamment des coudes pour y parvenir.

— L'entraînement, ce soir, se contenta-t-il de souffler sur sa nuque.

Brighton avait suggéré une promenade en ville, mais c'était loin d'être idéal dans la mesure où il n'aurait pas vraiment été seul avec elle. Et il savait qu'en dépit de cette sordide histoire de séquestration Andraste tenait tout autant à sa formation aux sports de combat. Elle était restée sourde à chaque fois qu'il avait tenté de l'interpeller, mais elle ne pourrait ignorer cette invitation-là, il en était certain.

Et elle s'arrêta, exactement comme il l'avait prévu – ou plutôt espéré. Elle pivota lentement, battit des paupières, puis, enfin, après tant de temps passé à feindre de ne pas le voir, osa le regarder. Thadeus sentit les muscles de son cou ainsi que ceux de ses épaules se détendre soudain de soulagement et il put de nouveau respirer normalement. Ça n'était pas grand-chose, mais cela lui avait tellement manqué...

L'air perplexe, Andraste bredouilla :

— Mais le docteur Fington dit que...

— Que tu ne dois pas utiliser ton bras droit, compléta-t-il à voix basse, à cause de la foule autour d'eux. Sauf erreur de ma part, tu en possèdes un second. Tout à fait valide, celui-ci.

— Vous voulez que je vous affronte de la main gauche ? interrogea-t-elle avec une moue sceptique.

— C'est ce que j'attendrais de la part de n'importe lequel de mes élèves, mais il est vrai qu'étant une femme ton cas est quelque peu différent, la provoqua-t-il à dessein. Vous êtes nettement plus fragiles, c'est évident. Aussi, je comprendrai que tu préfères te ménager et que tu craignes de ne pas être à la hauteur. C'était déjà difficile sans handicap, alors bien sûr...

— Je viendrai, l'interrompit-elle en relevant le menton, avec, malgré tout, une pointe d'angoisse au fond de ses incomparables iris lilas.

Il lui faisait peur, constata-t-il avec dépit. L'entraînement lui faisait peur... Et comment l'en blâmer ? Il l'avait tout de même sérieusement estropiée. L'envie de la prendre dans ses bras pour lui chuchoter qu'elle n'avait aucune raison d'être effrayée, que c'était fini, qu'il ne lui ferait plus jamais de mal, dût-il s'enfermer lui-même dans l'un des cachots de Bloodcastle pour s'en assurer, fut tellement forte qu'il dut serrer les poings à s'en écorcher les paumes pour s'en empêcher.

Il hocha la tête, puis resta planté sur place, l'observant tandis qu'elle remontait la galerie de cette démarche gracieuse qui n'appartenait qu'à elle. Il avait réussi, elle viendrait. Il l'aurait à nouveau pour lui tout seul, et c'était tout ce qui comptait.

Il récupérait deux bâtons de bois au fond d'une malle poussiéreuse quand, à minuit tapant, Andraste arriva en salle d'armes, accompagnée de Hawk, et vêtue pour l'occasion de l'uniforme prévu pour le cours de nécromancie. Thadeus, encore partagé entre le bonheur de la retrouver et la colère d'avoir été aussi longtemps – et aussi facilement – ignoré, eut beaucoup de peine à cacher sa déception quand il comprit qu'il n'aurait pas droit aux sous-vêtements cette fois-ci.

— Je n'avais rien de plus simple, milord, s'excusa-t-elle immédiatement après que le valet eut quitté la pièce.

— Cela conviendra très bien, maugréa-t-il de mauvaise grâce, se rappelant ensuite sa discussion avec Brighton.

Se montrer aimable... soit. Mais en quoi cela consistait-il concrètement ? Le contexte s'y prêtait-il seulement ?

Parce que là, tout de suite, à présent qu'il l'avait sous la main, ce dont il rêvait, c'était de passer un copieux savon à la demoiselle pour son attitude de ces derniers jours. Toutefois, c'était sans doute à exclure s'il escomptait suivre cette première recommandation.

Il ravala donc ses remontrances et lança à Andraste une des armes factices, qu'elle rattrapa de justesse de la main gauche. Puis il expliqua, devant son air étonné :

— Avec ça, je suis sûr de ne pas te blesser.

Au grand désarroi de Thadeus, la jeune femme acquiesça d'un signe de tête, mais ne sembla pour autant pas rassurée. Sa peur était manifeste, bien plus tangible qu'au lendemain de leur premier affrontement, tandis qu'elle avait toutes les raisons du monde de le craindre. Elle fixait le sol, hésitante, les épaules basses, et avait à peine quitté le pas de la porte, répugnant à s'approcher de lui.

Quelque chose avait changé entre eux, cette même chose qui l'avait poussée à instaurer par la force ces détestables distances, en dépit de leur arrangement.

— Que dirais-tu si je te proposais de profiter de l'après-midi de demain pour aller nous promener à cheval dans les rues de Néo-Londonia ? offrit-il en songeant à la fois aux conseils de Brighton et aux confessions qu'Andraste lui avait faites sous l'emprise du laudanum. Nous ne sommes certes pas encore au printemps, mais les journées sont plutôt belles en ce moment.

Il était à son maximum, question affabilité. Encore que, curieusement, cela ne lui coûtait pas tant que ça. Bien au contraire en fait, car il s'aperçut qu'il aurait donné cher pour qu'elle accepte, même si cela ne devait conduire à rien d'autre que l'activité en elle-même. Peut-être était-ce parce qu'elle l'en avait privé, mais il se rendit compte que la simple idée de passer du temps en sa présence lui plaisait.

Chapitre 29

Andraste

Surprise, Andraste faillit laisser échapper son arme de fortune. Comment Blackmorgan avait-il pu deviner qu'elle en rêvait ?

— Je… je ne peux pas, cafouilla-t-elle sans parvenir à soutenir son regard. Je ne sais pas monter à cheval.

Elle s'était attendue à beaucoup de choses en venant le rejoindre ce soir, mais certainement pas à ça. Elle pensait que Blackmorgan chercherait à se venger, qu'il trouverait une nouvelle punition à la mesure de son affront. Mais non.

Pourquoi ne parlait-il pas de leur contrat ? Pourquoi n'exigeait-il pas au moins qu'elle s'amende de sa dette, probablement exorbitante au vu de toutes ces journées passées à se dérober ?

Elle avait tenu bon autant qu'elle avait pu, terrifiée à l'idée qu'il la touche ou l'embrasse à nouveau. Elle avait accepté cet arrangement idiot sur un coup de tête, sans vraiment réfléchir aux conséquences, comme si tout ça ne signifiait rien. Mais en vérité, elle était incapable d'honorer sa part du marché, malgré toute la bonne volonté que Blackmorgan mettait à remplir la sienne et en dépit de l'importance de ses mesures.

Entre ses bras, c'était comme si elle devenait quelqu'un d'autre, quelqu'un qui n'avait plus aucune volonté... Et elle ne pouvait se permettre de perdre la tête une seconde fois, le retour à la réalité était bien trop douloureux. Elle devait se protéger de lui et de l'incompréhensible emprise qu'il avait sur elle. Elle avait beau avoir besoin de son aide, il était, d'une certaine manière, une menace... une de plus.

— Je m'en doutais un peu, rétorqua-t-il en se plaçant au centre de la salle, attendant qu'elle l'imite. Je possède justement un cheval mécanique, idéal pour l'apprentissage, car extrêmement obéissant, en plus d'être d'une rapidité extraordinaire. Je te le laisserai le temps de la balade. Tu n'auras aucun souci avec lui, je peux te le garantir.

Il ne l'avait pas encore touchée, et voilà qu'elle se sentait déjà fléchir...

— C'est impossible, milord, se résolut-elle à avouer en le rejoignant, s'appliquant à examiner les lattes du parquet. Je souffre d'une maladie peu commune, qui m'empêche de sortir en journée. Un contact direct et un peu trop intense avec la lumière du soleil pourrait me tuer, ma peau est trop fragile pour supporter ses rayons les plus vifs.

Blackmorgan se redressa, abandonnant sa posture de garde, puis la considéra avec une étrange attention :

— Je l'ignorais, je suis désolé.

Était-ce de la compassion, cette expression sur son visage ? Probablement pas, un tel homme en étant sans nul doute incapable. Andraste ignorait quel était le but réel de cette déroutante attitude, mais en tout cas, Blackmorgan semblait se donner beaucoup de mal pour y parvenir.

Il reprit position, l'invitant d'un coup de tête à faire de même, négligeant le salut requis, puis attendit qu'elle porte le premier coup. Qu'il para sans peine.

Il lui énonçait ses erreurs les unes après les autres, puis, tandis qu'elle continuait, s'échinant à tenter ne serait-ce que de l'effleurer, il hasarda tranquillement :

— Peut-être te plairais-tu dans le Blackshire. Le brouillard y est si dense toute l'année que c'est tout juste si on aperçoit le soleil. Là-bas, j'imagine que tu pourrais sortir en journée et te promener autant que tu le souhaites.

— Pardon ?

Elle s'arrêta, déjà à bout de souffle, et le dévisagea, décontenancée.

— La région où je vis, précisa-t-il. Le duché de ma famille. C'est loin d'être une terre accueillante. Il y fait très froid et il n'y pousse pas grand-chose, les paysages y sont plutôt désolés. Les gens n'ont aucune considération pour la mode et n'organisent pour ainsi dire jamais de bals. Mais au moins, tu y serais plus libre. Tu n'aurais pas à vivre enfermée entre quatre murs en permanence et tu pourrais prendre l'air quand ça te chante.

Pourquoi ses yeux lui piquèrent soudain et, bon sang, mais pour quelle raison lui disait-il tout ça ? Suggérait-il vraiment qu'elle vienne s'installer sur son duché ? Était-il complètement ivre ? Pourtant, ses réflexes à l'épée étaient irréprochables... impressionnants même, comme la dernière fois.

— Tu es fatiguée ? s'inquiéta-t-il, se méprenant sur les raisons qui l'avaient poussée à interrompre l'affrontement.

— Non, mais ça ne sert à rien de toute façon, se renditelle à l'évidence, totalement découragée. Je ne sais pas pourquoi je m'acharne. Je suis tellement mauvaise, que ce soit avec ou sans handicap. Et il en va de même en ce qui concerne les sortilèges. Mme Reynaut a bien dû vous en parler, non ? Ces cours sont parfaitement inutiles, mieux vaudrait laisser tomber. Je crois que je ne serai jamais en mesure de me défendre seule.

Elle dépendait entièrement de Blackmorgan et la situation n'était pas près de changer, elle le savait. Et, cependant, elle avait tout fait ces derniers temps pour le mettre en colère et le pousser à rompre ses engagements. Était-elle folle ?

Elle se le demandait quand, soudain, elle reçut un petit coup de bâton sur le dessus du crâne. Elle se redressa promptement, furieuse, et manqua subitement d'air. Blackmorgan l'enveloppait d'un regard tendre – cette fois, elle en était absolument certaine – et arborait un sourire éblouissant, qui remontait jusqu'à ses yeux, faisant apparaître quelques ridules aux coins de ses paupières.

— Quelle dégonflée ! la taquina-t-il gentiment. Tu n'as même pas essayé d'utiliser tes pouvoirs. Si tu mets autant d'énergie dans tes sortilèges, il n'y a rien d'étonnant à ce que tu n'obtiennes aucun résultat. Craindrais-tu de te casser un ongle, Andraste ?

— Quel pouvoir, au juste ? interrogea-t-elle, essayant en vain de mettre de l'animosité dans son ton. Parce que maintenant vous aussi, vous croyez à ces sornettes ? Si vous avez lu le texte qu'a traduit Scott, ainsi que plusieurs autres comme vous vous en êtes vanté, vous devez bien savoir qu'en dehors des apparences cela ne me concerne pas. Je ne suis pas une Élue.

Elle en était certaine parce que l'extrait que Scott lui avait laissé expliquait que seulement une dizaine de femmes par siècles recevait cet immense privilège et naissait ainsi, bénies par une divinité appartenant à un ancien culte, éteint depuis longtemps, Noctea, Déesse de la Nuit. À l'instar de cette dernière, leur peau et leurs chevelures étaient d'un blanc pur, et leurs yeux, capables de percer les ombres les plus opaques, étaient teintés de rouge. Mais ce qui les rendait vraiment exceptionnelles, c'est qu'elles possédaient le double pouvoir. Elles bénéficiaient également d'une puissance telle qu'elle leur permettait d'allier leurs deux facultés, de les combiner pour accomplir de soi-disant miracles. Les Élues étaient censées consacrer leurs vies entières à la Déesse de la Nuit, à faire le bien autour d'elles et à servir le peuple.

Bref, il ne fallait pas être un génie pour comprendre que ce récit, d'une autre époque, n'évoquait qu'une vulgaire croyance basée sur une religion perdue. En somme, absolument rien de tangible.

Après un moment de silence, Blackmorgan finit par arquer un sourcil, puis saisit Andraste par l'épaule. Elle se raidit, mais n'opposa pas de résistance et le laissa la guider jusqu'à la fenêtre la plus éloignée, celle qui était plongée dans l'obscurité, près du coin le plus sombre de la pièce. Puis il l'enjoignit :

— Concentre-toi maintenant et essaie d'absorber toute l'énergie qui t'est offerte.

Pour Andraste, c'était tout aussi abscons que ces histoires d'ondes éthériques. Malgré tout, elle se plia aux ordres et fit le vide en elle – du moins elle s'y efforça, mais sans grande conviction. Elle se focalisa ensuite sur l'air autour d'elle, sans pour autant parvenir à oublier le contact brûlant de la paume de Blackmorgan sur elle.

Au bout de quelques secondes, elle l'interrogea du regard. Il l'observa alors curieusement, crispa nerveusement les doigts autour de son bras, et s'étonna :

— Tu ne ressens vraiment rien ?

Oh que si, elle ressentait même une foule d'émotions à se tenir si près de lui ! Mais jamais de la vie elle ne l'aurait reconnu. Face au désarroi de Blackmorgan, elle secoua négativement la tête. Où voulait-il en venir à la fin ?

Il laissa glisser sa main jusqu'à son coude, descendit encore et lui fit lâcher le bâton. Puis il attrapa son poignet. Elle réprima un frisson tandis que doucement, il défaisait les boutons qui fermaient sa manche et la remontait.

— Regarde.

Elle baissa les yeux et hoqueta de stupeur en voyant sa peau dégager une sorte de fumée translucide, légèrement argentée. Elle battit des paupières, s'assurant qu'il ne s'agissait pas de quelque mirage, puis agita les doigts sous la faible lumière de la lune.

— Tu ne le savais pas, réalisa-t-il alors.

— Non, souffla-t-elle, fascinée par sa propre main, se demandant en même temps à quoi elle devait ressembler si l'ensemble de son corps luisait ainsi et produisait cette étrange buée.

Pourvu qu'elle n'ait pas l'air trop ridicule…

Elle fronça les sourcils, puis comprit :

— Mais vous, oui. Vous saviez depuis notre premier entraînement, depuis le moment où je suis passée devant cette fenêtre, c'est bien ça ? Vous... vous avez essayé de me tuer à cause de ce phénomène... à cause de ce que je suis ?

Sa voix se brisa sur ces derniers mots, tandis qu'elle se repassait mentalement la scène. Ça n'était donc pas qu'une impression, elle était devenue plus habile, plus forte aussi, à partir de cet instant, tandis que les attaques de Blackmorgan s'étaient, quant à elles, faites soudain plus vicieuses et dangereuses.

— En quelque sorte, admit-il dans un lourd soupir.

S'était-il réellement senti menacé ? Par elle ?! Elle avait tellement de mal à le croire...

Avec beaucoup de précautions, il prit son autre poignet et s'attaqua à sa seconde manche, afin de découvrir le bandage qui cachait encore sa blessure, qu'il examina d'un air accablé.

— Mais ça ne se reproduira jamais, attesta-t-il, gravement. Je te le jure. Jamais. Flington dit que la cicatrice ne sera pas trop laide. Penses-tu un jour pouvoir me pardonner ?

Elle aurait dû réclamer de plus amples explications, elle aurait dû remettre de la distance entre eux... mais elle en était incapable. Pour rien au monde elle n'aurait voulu que cela s'arrête. Son cœur battait la chamade et l'odeur d'eau de Cologne ajoutée à celle, typiquement masculine et si sensuelle de Blackmorgan, dépourvue cette fois de tout effluve d'alcool, l'envoûtait totalement. Elle perdait pied, flirtait avec la limite, si près de franchir le point de non-retour. Mais n'en avait-elle pas terriblement envie, après tout ?

Cet homme qui se tenait devant elle, la mine dévastée par la culpabilité, n'avait-il pas annulé son départ pour elle ? Ne s'était-il pas appliqué à garder son secret et n'avait-il pas tout fait pour qu'elle soit en sécurité et développe ses facultés durant la semaine qui s'était écoulée ?

Et il n'exigeait finalement rien en retour. Pas même le paiement sur lequel ils s'étaient pourtant mis d'accord – par ailleurs dérisoire en considération des services rendus, elle devait bien l'admettre.

Andraste se trouva subitement très ingrate. S'il n'avait rien du preux chevalier des contes de fées, encore moins du gentleman des romans à l'eau de rose qu'elle aimait emprunter à ses sœurs, Blackmorgan n'était pas non plus la brute cruelle qu'elle s'était imaginé. Il ne méritait pas qu'elle le fuie… pas plus que son refus de lui pardonner ce malencontreux incident.

— C'est déjà fait, le rassura-t-elle.

Puis, sur une impulsion – qu'elle regretterait forcément, à un moment ou à un autre –, elle se hissa sur la pointe des pieds, agrippa le col de sa chemise pour l'obliger à se pencher un peu, et déposa un petit baiser timide sur le bas de sa mâchoire piquante de barbe.

Sous sa joue, un muscle se contracta juste à l'endroit qu'elle venait d'embrasser. Il garda les paupières closes quelques secondes, puis les ouvrit à demi pour aussitôt river ses yeux aux siens. Elle y lut de la surprise, mais pas seulement. Il y avait également quelque chose qui ressemblait à du ravissement au fond de ses prunelles ténébreuses. Quelque chose qu'Andraste trouva à la fois extrêmement gratifiant et tout à fait irrésistible…

— Encore, réclama-t-il, la voix soudain très enrouée.

Elle ne put décider s'il s'agissait d'un ordre ou d'une supplique. Quoi qu'il en soit, elle obéit. Elle réitéra le geste, s'attardant un peu plus que nécessaire. Elle fit ensuite glisser ses doigts de sa chemise à sa tempe, puis jusqu'à ses boucles de jais. Elle les repoussa d'abord, avant de plonger complètement la main dans sa chevelure et de s'y accrocher afin de lui incliner la tête, de manière à ce que leurs lèvres se rencontrent.

Blackmorgan ne se fit pas prier et prit d'assaut la bouche de la jeune femme, laissant tomber son bâton dans sa précipitation, dans un grand fracas de bois qui résonna à travers toute la salle, refermant si brutalement les bras sur elle qu'elle en eut littéralement le souffle coupé.

Il l'enlaça fiévreusement et elle répondit de la même manière, sachant que cette fois elle ne pourrait prétexter l'avoir fait par devoir... personne n'y croirait. Elle tentait d'extirper la chemise de Blackmorgan de son pantalon lorsqu'il arracha les premières agrafes qui fermaient sa robe dans sa nuque.

Au prix d'un effort manifeste, il s'interrompit pour venir appuyer son front contre celui d'Andraste, remontant les mains jusqu'à tenir son visage en coupe entre ses larges paumes, et murmura :

— Comme tu m'as manqué...

— Toi aussi, Thadeus, tu m'as manqué, s'entendit-elle répondre, autant abasourdie par son propre aveu que par celui de Blackmorgan.

Il inspira très fort et l'embrassa à nouveau, tout aussi avidement. Puis il chuchota, tout près de ses lèvres :

— Accompagne-moi dans ma chambre. Si c'est vrai, s'il n'y a rien d'autre que la sincérité qui te pousse à me dire ça, viens avec moi.

La raison lui criait de ne pas accepter une telle proposition, mais son cœur, lui, hésitait. Quant à son corps... bon sang, quel fichu traître !

Blackmorgan attendit patiemment sa réponse tout en lui caressant la joue du pouce. Doucement, il la pressa contre lui, calant sa tête contre son torse, et embrassa ses cheveux. Puis il fit valoir :

— Mon lit, depuis qu'il y a goûté, se languit de ta présence. Il donnerait n'importe quoi pour que tu reviennes, ne serait-ce que pour t'y reposer.

Il se racla la gorge, comme s'il s'était tout à coup trouvé ridicule, et rectifia :

— *Je* donnerai n'importe quoi pour passer une autre nuit avec toi, même si l'on ne devait faire que dormir.

Cet argument acheva de décider la jeune femme, bien qu'elle sache qu'il ne l'invitait pas vraiment à venir « dormir » avec lui. Elle n'avait plus envie d'écouter sa conscience, seule opposante, tandis que son cœur et son corps s'étaient mis d'accord.

Elle opina silencieusement et vit Blackmorgan crisper les mâchoires. Sur ses traits, l'incrédulité se mêlait à une joie intense et sincère. Comme s'il craignait qu'elle ne se ravise, il attrapa sa main et l'entraîna en hâte hors de la salle d'armes. Elle dut presque courir derrière lui pour suivre le rythme qu'il imposait à travers les couloirs sombres du palais.

Lorsqu'ils furent dans sa chambre, seulement éclairée par un faible feu dans l'âtre, il referma la porte et donna un tour de clé. C'est à cet instant qu'Andraste commença à prendre la pleine mesure de ce qui allait se passer. Une seule et unique fois, dans les circonstances dans lesquelles cela s'était produit, pouvait être une erreur... mais pas une deuxième.

Sans un mot, Blackmorgan alluma une lampe posée sur un guéridon, puis une autre près du lit, et enfin une troisième, de l'autre côté. Alors il vint vers elle, tranquillement, comme pour ne pas l'effrayer.

Hésitante et intimidée, elle bredouilla :

— Je ne...

— Tourne-toi, coupa-t-il prestement.

Un ordre ? Encore ?!

— Tu ne voudrais pas que j'abîme davantage ta robe, expliqua-t-il quand il fut tout près d'elle. Je t'en dois déjà une et figure-toi qu'on me donne beaucoup de fil à retordre, j'ai un mal fou à m'amender. Facilite-moi la tâche et tourne-toi... s'il te plaît.

À nouveau, elle obéit et le laissa opérer comme il l'entendait. Blackmorgan prit tout son temps pour défaire une à une les trop nombreuses agrafes qui fermaient le dos de son corsage, embrassant en même temps sa nuque, le tout avec une lenteur telle que c'en était presque une torture.

Quand il eut terminé, il fit doucement glisser les manches le long des bras d'Andraste, suivant de ses larges paumes le trajet du tissu sur sa peau. Il défit sa jupe, s'attaqua ensuite à ses jupons, et le tout retomba en corolle à ses pieds, tout autour d'elle. Puis, avec la même indolence exaspérante, il entreprit de délacer son corset. Son application était bien pire que sa fougue habituelle, les sensations semblaient en être décuplées, la jeune femme ayant une conscience aiguë de chaque effleurement, de chaque vêtement dont il la délestait. Seule la respiration hachée de Blackmorgan, dont le souffle brûlait le dos d'Andraste comme autant de caresses érotiques, laissait imaginer que lui aussi était troublé.

Il finit par passer les bras au-dessus d'elle, dénoua le dernier ruban, celui qui retenait l'encolure de sa chemise, qu'il repoussa jusqu'à ce qu'elle atterrisse au sol, elle aussi. Et Andraste se retrouva totalement nue. Elle croisait les bras sur sa poitrine, tremblante, quand Blackmorgan la saisit par les épaules pour l'obliger à lui faire face.

Il ne cacha pas son étonnement à la voir montrer soudain autant de pudeur et de gêne :

— Tu oublies que je t'ai déjà vue.

— Mais il faisait très sombre, objecta-t-elle d'une voix mal assurée. Moi-même, je vous distinguais à peine... La lumière m'embarrasse. Est-elle vraiment nécessaire ?

— Oui, maintint-il avec fermeté, se débarrassant à son tour de sa propre chemise pour la jeter négligemment au loin, avant de revenir vers elle et lui chuchoter à l'oreille : Sache qu'en dépit de l'obscurité et de l'état dans lequel je me trouvais cette nuit-là aucun détail de ton corps ne m'a échappé.

Il prit ses poignets et força légèrement pour les écarter. Andraste résista un peu, comme par réflexe, puis, réalisant que c'était tout à fait idiot, étant venue dans sa chambre de son plein gré, céda. Elle ne releva la tête que lorsqu'il lui fit poser les mains à plat sur son torse, le contact de ses muscles puissants sous ses doigts la plongeant tout à coup dans un tourbillon de délices.

Elle aurait voulu demander quel était exactement cet état dont il parlait, et reposer cette simple question, *pourquoi ?* Mais elle était trop absorbée par la contemplation de ce corps sculptural, si magnifiquement viril, pour formuler correctement ses interrogations. Elle les oublia totalement au moment où elle commença à laisser courir ses doigts sur lui pendant qu'il retirait les épingles de ses cheveux afin de les libérer du chignon sévère qu'elle s'était fait. Elle observa ses tressaillements, fascinée que ses gestes à elle aient autant d'effet sur lui.

Puis, comme une chaleur terrible l'envahissait, l'audace prit le pas et elle s'aventura plus bas, suivant le tracé de la ligne de poils bruns qui descendaient de son nombril jusqu'à son pantalon. À travers la toile du vêtement, elle passa la paume le long de son membre dur et palpitant, plus massif encore que dans son souvenir, et sentit le creux de son ventre se crisper tandis qu'il étouffait un grognement.

Blackmorgan se jeta alors brusquement sur elle, à l'instar d'un fauve qui aurait joué trop longtemps avec sa proie, s'affamant volontairement pour mieux profiter de son repas. Il l'embrassa avec une telle ardeur qu'elle en eut le vertige. Fébrilement, ses grandes mains âpres parcoururent le dos d'Andraste, s'arrêtèrent pour pétrir ses hanches, puis ses fesses, et enfin, se firent plus délicates pour apprécier la chair tendre de sa poitrine.

Perdue dans un déluge de sensations tandis que Blackmorgan se penchait sur elle pour prendre la pointe d'un de ses seins dans sa bouche, la jeune femme serait tombée en arrière s'il n'avait pas veillé à la retenir d'un bras ferme, passé autour de ses reins. Il l'inclina davantage pour faciliter son entreprise et elle sentit soudain le bord du matelas derrière ses genoux, puis sa surface moelleuse sous elle.

Elle ouvrit les yeux et réalisa qu'il l'avait subtilement repoussée jusqu'au lit, sans qu'elle s'en aperçoive, et venait de l'y allonger, en travers, les jambes dans le vide. Elle avait encore soif de ses baisers quand il cessa son exploration et s'agenouilla devant elle pour lui retirer ses bottines et son poignard – le seul cadeau de sa part qu'elle ait accepté.

Andraste s'attendait à ce qu'il prenne rapidement place auprès d'elle après ça, mais il s'attarda dans cette position passablement déplaisante, du fait de son inélégance. Elle frémit en sentant son souffle sur sa toison, appréhendant quelque peu la suite, et ne comprit ce qu'il faisait que lorsqu'il plaça les mains sous son postérieur et embrassa sa féminité de la même manière qu'il avait embrassé tout le reste.

Choquée, elle poussa un cri aigu, se redressa prestement et tenta de le repousser en s'aidant de ses pieds – ce qui n'arrangeait guère sa situation, mettant encore plus à mal sa pudeur. Il leva les yeux vers elle, sans aucune gêne ni honte, au grand désarroi d'Andraste, et ne bougea pas.

— Tiens-toi tranquille, lui intima-t-il dans un grondement rauque.

Ne pouvait-il pas choisir de meilleur moment pour éprouver son autorité sur elle ?! N'avait-il pas laissé entendre qu'elle pourrait l'arrêter dès lors qu'elle le souhaiterait ?

— Non ! interdit-elle tandis qu'il faisait mine de revenir à la charge. Pas de cette façon. Je... j'ai changé d'avis. Je veux dormir !

Il haussa les épaules avec une désinvolture que démentait la tension de ses muscles, ainsi que la lueur farouche nichée dans ses prunelles, et marmonna, tout près de l'endroit qu'il convoitait :

— Soit, ma douce, mais laisse-moi terminer ce que j'ai commencé.

Une pluie de petits baisers humides s'abattit sur ses cuisses, comme pour détourner son attention, pour revenir peu à peu vers son entrejambe. Andraste aurait aimé lui tenir tête et continuer à protester – si, vraiment, elle aurait voulu en être capable. Au lieu de ça, elle bascula en arrière, et cambra les reins malgré elle. Puis elle gémit jusqu'à en perdre haleine, totalement vaincue par le plaisir irrésistible que les caresses de la langue et des lèvres expertes de Blackmorgan lui prodiguaient.

C'était si indécent... mais surtout tellement exquis... qu'elle ne put que s'abandonner totalement sous la tempête qui l'étreignit, secouant son corps en spasmes incoercibles, la laissant ensuite sans force et aussi essoufflée que si elle avait couru plusieurs minutes d'affilée.

Alors Blackmorgan la rejoignit sur le lit pour l'enlacer étroitement, l'installant avec lui sous les draps. Elle trouva très étrange qu'il ait encore son pantalon et ses bottes. Mais après tout, il était dans sa chambre, il faisait donc comme bon lui semblait. Ils étaient tous deux couverts de sueur, cependant lui tremblait de désir inassouvi. Et pour autant, il souriait en lissant la chevelure de la jeune femme et ne paraissait pas le moins du monde lui en vouloir.

— Est-ce que... est-ce qu'on va vraiment dormir ? se renseigna-t-elle, un peu désorientée après autant de délice et d'intimité partagée.

— Pour ma part, je ne garantis rien, je n'ai jamais eu le sommeil facile de toute façon. Mais tu peux dormir si tu en as envie. On fera ce que tu veux. Tant que tu restes ici, cela me convient.

Elle fronça les sourcils, déçue de ne pas avoir pu le satisfaire. D'autant plus après cette folle extase qu'il venait de lui faire connaître...

— Si ça peut te rassurer, ajouta-t-il tout bas, en nouant ses doigts aux siens, se méprenant sur la cause de son inquiétude, la prochaine fois ne sera pas aussi douloureuse que la première. Et puis, je ferai plus attention, c'est certain.

— Il n'y a pas que ça...

— Dans ce cas, qu'y a-t-il ?

Elle soupira, s'écarta un peu, puis révéla :

— Il y a que je suis complètement perdue. Je t'ai d'abord aimé, puis détesté, et à présent je ne sais plus du tout où j'en suis. J'ai beau essayer, je ne peux pas me défaire de cette puissante attirance... Et je te suis si reconnaissante de ce que tu fais pour moi... Je n'arrive même pas à t'en vouloir pour la blessure. Ça m'effraie. Quand je suis avec toi, je ne suis plus moi-même et j'éprouve des choses insensées, tellement violentes... tout cela m'effraie terriblement.

Blackmorgan se redressa sur un coude et la dévisagea, l'air à la fois sceptique et un peu triste.

— Tu m'as aimé ?

— Mais je ne veux pas être ta maîtresse, éluda-t-elle, refusant d'aller sur ce terrain avec lui. Je ne veux pas être ce genre de femmes... même si je reconnais qu'il est un peu tard pour s'en préoccuper.

Chapitre 30

Thadeus

Alors, elle ne se serait pas donnée à lui uniquement par opportunisme, cette nuit-là ? Elle avait eu des... sentiments ? Pour lui ?! Sentiments aussitôt tués par son odieux comportement, il avait bien compris. Il ne pouvait revenir en arrière et la colère qu'il avait éprouvée en découvrant qui elle était en fin de compte et ce qu'elle lui avait fait, était somme toute naturel. Simplement, il regrettait. Que savait-elle de lui en arrivant au palais ? Jusqu'à quel point les Coldfield l'avaient-ils manipulée ? Après tout, elle ignorait même ce qu'elle était...

— Je ne veux pas d'une maîtresse, avisa-t-il en la ramenant à lui. Ça ne m'intéresse absolument pas.

Son désir, au lieu de s'éteindre, ne cessait de croître, si bien que ça en devenait franchement douloureux. La proximité du ravissant corps nu d'Andraste n'aidait pas, bien au contraire, mais il avait désespérément besoin de la sentir contre lui. N'avoir pas pu la faire sienne ce soir le laissait fiévreux, malade de frustration, cependant il s'efforçait de ne pas le montrer. Il était bien trop heureux de l'avoir là, avec lui, dans son lit, et d'avoir eu le droit de lui faire toutes ces choses...

Son embarras du début l'avait un peu déstabilisé, toutefois il avait adoré la voir aussi scandalisée par ses attentions pour finalement s'en remettre entièrement à lui, acceptant ses baisers intimes auxquels il s'était livré avec un plaisir indescriptible. L'entendre pousser ces charmants petits cris proches du sanglot, se savoir capable de la mener jusqu'à la jouissance ainsi, le satisfaisait au-delà de tout ce qu'il avait imaginé. À tel point que, même s'il rêvait d'obtenir un jour davantage – c'était indéniable –, cela lui suffisait, et amplement.

S'il avait tout de suite vu clair dans le jeu de Scott, ce dernier ne s'était pas non plus trompé sur son compte. Thadeus savait qu'il s'était bel et bien épris d'Andraste... follement... non, éperdument épris. Si déraisonnablement que son jugement s'en trouvait gravement affecté. C'était évident, étant donné le chemin que prenaient ses pensées depuis quelque temps. Et tout ça à cause d'un sortilège – sortilège dont il n'avait cure désormais, auquel il refusait même de songer.

— Mais alors, que veux-tu ? souffla-t-elle en caressant la ligne de sa mâchoire, les yeux brillants de ce qui ressemblait à du dépit.

Ne pas répondre... surtout pas. Il remercierait Brighton pour ses précieux conseils et les remettrait en pratique dès que possible. La subtilité, avait-il recommandé comme ligne de conduite principale. Ne pas y déroger, non.

— Ta main, confessa-t-il malgré tout, fermant les yeux un instant, avant de poursuivre, sachant d'avance que c'était une erreur : Je veux ta main. Faire de toi ma femme. Mon épouse.

Dans ses bras, Andraste se figea subitement. Et il serra les poings, furieux contre lui-même, parce qu'il venait très probablement de tout gâcher.

C'était de la folie pure et simple. Elle était celle qu'il aurait dû tuer pour mettre fin à la malédiction qui le frappait, lui et les siens depuis des siècles. Elle était son ennemie. Et ses ennemis, Thadeus avait pour habitude de les écraser sans leur laisser la moindre chance. Mais il l'aimait, envers et contre tout, avec la force et l'ardeur de quelqu'un qui n'avait encore jamais aimé quiconque.

Ce mariage, quand bien même le voudrait-elle, elle aussi, serait une erreur monumentale, il en avait parfaitement conscience. Ils n'auraient pas plus de quelques années devant eux avant que la folie noire ne s'abatte sur lui, condamnant alors la jeune femme à la solitude... et encore, dans le meilleur des cas.

En outre, aucun Blackmorgan n'accepterait Andraste. Peut-être même seraient-ils capables de lui faire du mal s'ils venaient à découvrir le livre de la sibylle. Son oncle, qui avait étudié les textes avec lui, n'aurait aucune pitié pour elle et se montrerait sans doute on ne peut plus cruel.

Et pourtant, égoïstement, il était prêt à tout mettre en œuvre, tout affronter, pour qu'elle devienne sa femme. Il ne concevait tout bonnement plus l'existence sans elle. Parce qu'elle était à lui, faisait partie de lui. Aucun prince, d'Ilandria ou de Néo-Britannia, engagé ou non envers elle, ne pouvait lui retirer ça. Il avait des droits sur elle, et c'était elle-même qui les lui avait donnés en lui offrant sa virginité. Elle lui appartenait et il était le seul à pouvoir la revendiquer.

Andraste inspira profondément et enfin répondit :

— Est-ce que... est-ce que c'est une plaisanterie ? Est-ce là le moyen que tu as trouvé pour te venger, te moquer de moi ?

Elle se redressa en tirant le drap sur elle, avec autant de dignité que possible, et allait s'échapper quand il s'empressa de la retenir, entourant sa taille de ses deux bras.

— Bien sûr que non, démentit-il farouchement, entrevoyant une lueur d'espoir, parce qu'elle n'avait pas refusé tout net. Je suis sérieux, voyons. Épouse-moi, Andraste.

Elle cessa subitement de se débattre et l'étudia avec des yeux ronds, comme si déjà, la démence l'avait cueilli :

— Enfin, pourquoi ? Je croyais que tu ne voulais pas te marier. Tu as abandonné miss Athenaïs alors que vos familles avaient passé un accord. Pour quelle raison voudrais-tu m'épouser, *moi* ?

— J'ai une liste d'arguments longue comme le bras, alors rallonge-toi si tu tiens à les entendre, négocia-t-il sans pour autant la relâcher. Cela risque de prendre un certain temps.

Il lui donnerait toutes ses motivations, à l'exception bien sûr de la véritable, n'étant pas prêt à voir son cœur – dont il avait si longtemps ignoré l'existence et qu'un simple sortilège avait poussé à battre – se faire piétiner et passer au hachoir. Tout comme il garderait pour lui l'histoire de leurs deux familles, dont apparemment elle ne savait rien, ainsi que la malédiction qui était la sienne. Le moment de s'expliquer à ce sujet viendrait bien assez tôt. Puis il avait si peu de chance de la convaincre, de toute façon...

En dépit de sa fortune et de son rang, il n'avait jamais été ce que l'on pouvait appeler un bon parti. Du fait de la crainte que sa famille inspirait – et lui plus particulièrement –, mais également de tous ses travers, nationalement reconnus. Il ne se faisait donc pas vraiment d'illusions à ce propos. De surcroît, la jeune femme était courtisée et admirée par nombre de gentlemen bien plus plaisants et aimables que lui – cette dernière qualité étant, selon Brighton, primordiale, voire décisive...

Bref, la menace qu'il avait d'abord envisagée serait sans doute la seule chose qui lui permettrait d'obtenir ce qu'il désirait. Seulement, il voulait tout de même tenter sa chance autrement. Andraste semblait, en quelque sorte, s'être attachée à lui. C'était déjà bien plus que ce qu'il avait espéré, et cela ferait peut-être la différence.

Elle hésita encore quelques secondes, le scrutant avec autant de méfiance que de curiosité, puis, cette dernière l'emportant, elle revint s'étendre près de lui, sur le côté, pour mieux l'observer. Il sourit, presque malgré lui. Après tout, c'était déjà une petite victoire... une de plus ! Il n'en revenait d'ailleurs pas de toutes celles qu'il avait remportées au cours de la soirée. Il était en veine, il fallait qu'il en profite.

— Tu conviendras qu'il te faut de toute urgence un protecteur digne de ce nom, commença-t-il à plaider. Quelqu'un qui puisse assurer ta sécurité autant de jour que de nuit. Et il n'existe personne de plus qualifié que moi pour ça, tu ne peux pas l'ignorer. Quoi de mieux donc, pour ce faire, que de m'épouser ? Sans compter que te placer sous la bannière de ma maison dissuadera n'importe qui de s'en prendre à toi, prince ennemi ou non, je peux te le garantir.

Elle cligna des yeux, manifestement très surprise, et ouvrit la bouche pour répliquer, mais il l'en empêcha.

— Ardghal n'aura plus aucun moyen de te réclamer. Qui plus est, ton engagement envers lui sera caduc.

Ni Augustin, songea-t-il, gardant cette dernière remarque pour lui-même, ne sachant si Andraste avait conscience d'être en tête sur la liste des princesses potentielles, bien au-dessus même de miss Voltange, qui pourtant était aujourd'hui encore sa fiancée. Thadeus aurait pu également arguer que lui n'avait aucune intention dégradante envers elle, contrairement à ses concurrents. Car ça aussi, elle devait l'ignorer...

Parce qu'il y avait un intérêt substantiel à s'unir à une Élue de la Nuit, si l'on en croyait la légende. Intérêt que lui ne saurait y trouver, du fait même de sa malédiction.

— En outre, tu jouiras d'une liberté que tu n'as encore jamais connue en vivant avec moi dans le Blackshire, reprit-il, de plus en plus sérieux. Malgré les apparences, je te promets que je serai un mari compréhensif et que je ferai mon possible pour t'être agréable. Du reste, je ne te forcerai pas à me donner d'héritier si tu n'en as pas envie. Tu disposeras d'autant d'argent que tu seras capable d'en dépenser et tu pourras réaménager mon château comme tu l'entends, si cela te fait plaisir. Ou même t'établir ailleurs, si jamais c'est ce que tu veux. Tu seras reçue à la cour quand tu le souhaiteras et très certainement invitée à tous les grands événements mondains...

— Ma famille, l'arrêta-t-elle tandis qu'il n'en était qu'au début de son énumération. Tu oublies ma famille. Ils n'accepteront jamais. Ils empêcheront tout ça, coûte que coûte. Inutile de te donner autant de mal, c'est peine perdue, tu sais.

Il aurait juré qu'elle était triste à présent, qu'il avait dit quelque chose qui la faisait souffrir. Mais elle ne lui avait toujours pas opposé de refus...

— J'en fais mon affaire, attesta-t-il, très sûr de lui. Je te jure que lorsque j'aurai parlé à ta sœur toutes les sorcières Coldfield, ta grand-mère comprise, m'accorderont leur bénédiction.

— Je vois, grâce aux informations que je t'ai fournies, évidemment, devina-t-elle, une pointe d'amertume dans la voix.

Elle se laissa retomber sur le dos, maintenant le drap au-dessus de sa poitrine d'une main et se cachant le visage de l'autre. Thadeus avait du mal à suivre. D'abord, sans savoir comment, il lui avait fait de la peine, et voilà qu'à présent il la mettait en colère ? Quelle importance que ce soit par ce biais ou un autre ? Et pourquoi ne répondait-elle pas, tout simplement ? C'était agaçant à la fin, cette manie d'éluder sans cesse !

— Tu me sous-estimes, j'ai d'autres moyens de pression, tout aussi efficaces au demeurant, rétorqua-t-il, plus sèchement qu'il ne l'aurait voulu, avant de reprendre, durcissant encore le ton : Par ailleurs, je suis celui qui t'a déshonorée. Il fallait y penser avant, mais il est légitime que je réclame, non, que j'exige ce mariage. Qui sait si mon héritier n'est pas déjà en train de croître en toi ?

Andraste retira son bras de devant sa figure et le fusilla du regard. Alors il sut que ses victoires s'arrêteraient là, qu'il n'y en aurait pas d'autres, et qu'il lui faudrait mettre en œuvre ce plan qui lui répugnait tant... parce que c'était ainsi, il ne pourrait renoncer.

— Lord Blackmorgan *exige* ?! répéta-t-elle en se redressant pour s'asseoir contre la tête de lit, le drap obstinément remonté sur elle. Je croyais pourtant t'avoir entendu dire que tu ne voulais pas d'héritier ?

— J'ai dit que je ne te forcerai pas, ce qui est sensiblement différent. En l'occurrence, il se peut que tu n'aies pas le choix, si l'enfant est déjà conçu.

L'affolement qu'il lut soudain sur son visage n'augurant rien de bon, il demanda, détachant chaque syllabe, l'angoisse de la jeune femme étant plus que communicative :

— Andraste, as-tu eu tes menstrues depuis que nous avons fait l'amour dans les quartiers des domestiques ? Tout est-il normal, ou bien y a-t-il quelque retard ?

— Mais qu'est-ce qui te prend de me parler de ça ?! se récria-t-elle, franchement outrée.

Cette fois, ce fut lui qui cilla. Était-il possible que la jeune femme ignore ces choses-là ? Personne n'avait donc pensé à faire son éducation dans ce fichu coven ?! Et bon sang, mais qu'en était-il, se pouvait-il vraiment qu'elle soit enceinte ?

— Réponds à ma question !

— Ça ne veut rien dire, se déroba-t-elle, quittant le lit avant qu'il n'ait pu l'en empêcher, emportant ce satané drap avec elle. Non, absolument rien !

Il se releva et, en deux enjambées, fut devant elle.

— Il s'agit de biologie, cela veut tout dire, en vérité ! Maintenant, dis-moi, combien de jours ?

Paniquée, elle chercha une issue, escomptant peut-être s'enfuir, puis se résolut à l'évidence, il ne lui permettrait pas. Les yeux embués de larmes, elle gémit :

— Quatre... Ça ne m'arrive jamais, d'ordinaire. Cela signifie-t-il que...

Thadeus se passa nerveusement la main dans les cheveux, ébouriffant encore un peu plus la masse de ses boucles noires, déjà passablement désordonnées. C'était bien entendu trop prématuré pour être réellement fixé, néanmoins c'était suffisant pour s'en inquiéter. Ce qui n'était qu'une éventualité devenait subitement une probabilité...

Et cela le... ravissait ?! Grands dieux, oui. La possibilité qu'Andraste attende son enfant l'emplissait d'un indicible bonheur, une bouffée de joie telle qu'il n'en avait jamais ressenti de toute sa vie.

Joie non partagée, à en juger par l'expression de la jeune femme.

Il la prit dans ses bras pour la réconforter, comprenant son trouble, mais elle demeura impassible, comme choquée. Il aurait pu lui expliquer ce qu'elle ignorait, reconnaître qu'il était bien trop tôt pour s'en faire. Toutefois, il s'en abstint – à dessein.

— Eh bien, voilà, la question est réglée, décréta-t-il, non sans une certaine fierté.

Il allait finalement obtenir ce qu'il désirait tant, sans même avoir eu à recourir au chantage.

Andraste se dégagea de son étreinte si frénétiquement qu'il n'eut pas le cœur à la retenir. Elle s'essuya ensuite les joues, tentant visiblement de se ressaisir.

— Rien n'est réglé, non, assena-t-elle durement. Personne ne m'obligera à faire quoi que ce soit, je le refuse ! Je ne suis ni le jouet de ma famille, ni le tien. Enfant ou pas, je ne te laisserai pas exiger de moi que je t'épouse !

Ces paroles s'abattirent sur lui comme un véritable coup de massue. Il ne pouvait pas avoir bien entendu...

— Si tu portes mon héritier, tu n'auras pas le choix ! tonna-t-il, subitement hors de lui. Mon fils ne naîtra pas bâtard, je ne le tolérerai pas ! Que tu veuilles ou non de moi n'a plus guère d'importance si tu es bel et bien enceinte.

Elle le regarda de la tête aux pieds, comme si tout à coup elle découvrait une nouvelle personne, quelqu'un qu'elle n'appréciait pas du tout, bien au contraire. Elle secoua ses longues torsades blanches avec une moue de dégoût, puis se détourna pour rassembler ses vêtements répandus au sol.

À quel moment avait-il perdu le contrôle de la situation ? Et pour quelle obscure raison Andraste réagissait-elle ainsi ? Elle lui avait d'abord permis d'espérer – il ne l'avait tout de même pas rêvé ! – tout ça pour se braquer brusquement, alors qu'il venait de lui donner la meilleure raison du monde d'accepter son offre… Mais enfin pourquoi ?!

Il aurait voulu lui arracher ce drap ridicule derrière lequel elle se cachait inutilement, la jeter sur le lit pour ensuite l'emprisonner sous son corps et lui prouver que, quoi qu'elle en dise, qu'elle soit ou non enceinte de lui, elle était déjà sienne…

Bons dieux, il fallait qu'il se reprenne, qu'il garde son sang-froid. Surtout ne pas céder à ses instincts, cette colère qui, mêlée à son puissant désir pour elle, formait un cocktail explosif. Il devait la raisonner à tout prix ! Il y avait à présent bien plus en jeu que ce besoin presque viscéral qu'il avait de la garder auprès de lui.

— Où comptes-tu aller comme ça ? s'enquit-il tandis qu'elle se débattait pour réussir à s'habiller sans qu'il puisse rien apercevoir de ses charmes – ce qui avait le don de l'exaspérer plus encore. Tu ne quitteras pas cette chambre, Andraste. Ce n'est pas ce qui était convenu.

— Ah oui ?! Parce que sinon quoi ? explosa-t-elle, avec une véhémence qui le désarçonna. Tu vas me passer les fers pour que je reste sagement allongée sur ton lit ? Jusqu'à ce que tu ramènes un prêtre peut-être, et que sous la torture tu m'extorques un signe d'acquiescement ?!

En ce qui concernait la première partie – en fait, tout à l'exception de la torture –, il en était capable… c'était même très tentant. Cela étant, Brighton aurait désapprouvé, et sans doute aurait-il eu raison.

— Tu dramatises à peine, mon ange, fit-il remarquer, s'évertuant à paraître calme, bien qu'intérieurement il fût au supplice.

Le corsage de travers, à demi boutonné seulement, son corset, qu'elle n'avait pu remettre, à la main, Andraste s'élança vers la porte. Mais il fut plus rapide et retira la clé avant qu'elle ait eu le temps de s'en saisir.

— Laisse-moi sortir ! siffla-t-elle d'un air mauvais.

Thadeus n'arrivait pas à croire ce qu'il voyait. Il y avait seulement quelques minutes, la jeune femme soupirait nue entre ses bras, et voilà que maintenant, elle était prête à lui sauter à la gorge !

Face à son refus, elle flanqua un grand coup d'épaule dans le battant de bois, qui se secoua sur ses gonds, mais qui ne céda pas pour autant. Puis elle grimaça de douleur.

— Espèce de petite sotte ! cracha-t-il en tentant de la maîtriser.

Il l'entendit incanter quelque chose, d'une voix profonde, qu'il ne lui connaissait pas, vit une rune lumineuse se tracer dans les airs, puis un cliquetis métallique lui parvint. La porte s'était ouverte... grâce à la magie d'Andraste ! Pour un peu, il l'aurait félicitée de cet exploit. Cependant, elle profita de son étonnement pour lui filer entre les doigts et se mit à courir, jupons retroussés, à toute vitesse dans les couloirs.

Chapitre 31

Andraste

Une bordée d'abominables jurons lui parvint, mais cela ne l'arrêta pas. Elle était déterminée à se sortir de ce guêpier, à échapper à cet homme effrayant qui ne feignait la tendresse que pour mieux endormir sa conscience.

Andraste fuyait comme si elle avait eu le diable aux trousses, profondément choquée par la tentative de Blackmorgan pour la garder captive.

Il n'allait tout de même pas, en plus du reste, se mettre à la poursuivre ? Une personne de sa condition ne pouvait pas s'abaisser à cela, non ?

Et pourtant, elle l'entendait, juste derrière elle, ses pas claquant lourdement sur le parquet. Même si elle l'avait bien distancé grâce à la confusion qu'avait suscitée sa petite manœuvre – les sorts de déverrouillage étaient sa spécialité, les seuls qu'elle maîtrisait réellement, ou du moins à peu près – Blackmorgan, bien plus rapide, ne tarderait pas à la rattraper. Que ferait-elle alors ? Se risquerait-elle à appeler à l'aide tandis que sa mise était on ne peut plus débraillée et que lui ne portait même pas de chemise ?

Andraste se demanda si elle ne nageait pas plutôt en plein cauchemar. Pourquoi fallait-il que tout le monde veuille systématiquement l'enfermer quelque part, lui voler sa liberté, d'une manière ou d'une autre ? Dans ses rêves les plus sombres, c'était Ardghal qui la pourchassait ainsi… et c'était également lui qui lui tenait ce genre de discours.

Elle ralentit au détour d'une galerie plus obscure que les autres, ne pouvant faire autrement, et s'étonna de ne plus percevoir les bruits de son poursuivant. Était-il possible qu'il ait finalement abandonné ? Ou bien, aussi improbable que cela paraisse, avait-elle réussi à le semer ?

Elle était seule à présent, elle en était presque certaine. Elle s'efforça de reprendre son souffle et tenta tant bien que mal de se repérer dans le noir. Elle n'était plus très loin de ses appartements et elle aurait dû s'en trouver soulagée. Pour autant, le sang lui battait toujours les tempes et la panique qui l'avait saisie un peu plus tôt, lorsque Blackmorgan avait évoqué la possibilité qu'elle soit enceinte, ne cessait de croître.

Comme elle s'était sentie stupide alors ! Humiliée par sa propre ignorance et sa propre bêtise. Elle savait que cela faisait partie des risques liés à ce qu'ils avaient fait cette nuit-là. C'était typiquement le genre de choses qu'elle avait apprises toute seule, le déduisant de certaines lectures. Toutefois, elle ignorait tout des signes – plus subtils qu'un ventre s'arrondissant, s'entend – révélant une grossesse, personne n'ayant jamais pris la peine de lui expliquer quoi que ce soit à ce sujet. Et en vérité, elle n'y avait pas plus songé que ça, imaginant sottement qu'une seule et unique fois n'avait guère de chance d'aboutir à la conception d'un enfant.

C'était ainsi qu'elle s'était rassurée sur la question. Cependant, ce soir, ils avaient bien failli remettre ça… Par la Déesse, mais où avait-elle eu la tête ?! Une idiote, voilà tout ce qu'elle était ! Elle ne valait guère mieux que sa cousine Agatha. Après tout, ne s'était-elle pas comportée – et ce, dès son premier jour hors du coven – exactement comme cette frivole étourdie ?

Andraste longea un dernier couloir, s'orientant en suivant le tracé d'une moulure sur le mur, évita de justesse une console et resserra son autre bras sur sa poitrine. Était-elle condamnée à être éternellement la prisonnière de quelqu'un ? Cette amère sensation de piège sans issue, c'était l'histoire de sa vie. Sa grand-mère, Ardghal, et maintenant Blackmorgan, tous voulaient la priver de sa liberté.

Non, elle se mentait à elle-même... ce n'était pas ce que désirait Blackmorgan. Du moins, ça ne l'était pas avant qu'il commence à croire qu'elle puisse déjà porter son héritier, à partir de cet instant, tout s'était complètement embrouillé. Et si tel était bien le cas, elle ne pourrait s'en prendre qu'à elle-même pour avoir été aussi inconsciente – une première fois, et pratiquement une seconde ! Thadeus n'avait pas tout à fait tort, si elle était enceinte de lui, elle n'aurait alors plus vraiment le choix...

Si seulement il n'avait pas exposé les choses de cette façon. Les raisons qu'il avait données de vouloir cette union avaient d'abord ému Andraste. À tel point qu'elle aurait presque pu être assez folle pour accepter de réfléchir à sa proposition. Mais l'autorité écrasante ajoutée à l'aberrante possessivité dont il avait ensuite fait preuve, puis la manière dont il avait essayé de la garder avec lui contre son gré, avaient achevé de la ramener à la réalité.

Il ne lui restait plus qu'à souhaiter qu'il se soit trompé...

Soudain, une main puissante se plaqua sur sa bouche et l'attira en arrière, l'entraînant discrètement dans une alcôve. Sans avoir eu le temps de réagir, elle se retrouva le dos collé contre la paroi arrondie du mur, le grand corps de Blackmorgan, reconnaissable entre tous, l'écrasant doucement. Il était encore torse nu et dégageait une agréable chaleur.

— On ne joue plus, mon ange, chuchota-t-il entre ses mâchoires serrées. Il semblerait que je ne sois pas le seul à te courir après ce soir. Trois Ilandriens attendent devant ta porte, tandis qu'un autre fait le guet un peu plus loin. Tu as compris ce que je viens de dire ? Si je te lâche, tu ne dois pas faire de bruit. Nous sommes bien d'accord ?

Elle hocha la tête. Elle n'avait absolument rien vu de tout ça, mais elle savait que Thadeus ne se moquait pas d'elle, même dans l'obscurité elle percevait sa tension. Il retira la paume qui lui avait servi à la bâillonner très lentement, avec une extrême prudence, comme s'il avait craint qu'elle ne le prenne pas au sérieux et se mette à crier malgré tout.

— Bien, approuva-t-il dans un souffle. Maintenant dégaine ton poignard et attends-moi là. Ne sors d'ici sous aucun prétexte.

Terrifiée, Andraste le retint par le bras, protestant à voix basse :

— Tu ne vas quand même pas aller les affronter tout seul ?! C'est de la folie ! Ce ne sont pas des hommes normaux, Thadeus. Un seul d'entre eux te tuerait, alors quatre... Enfin, tu n'es même pas armé !

— Mais si, voyons, je suis armé, assura-t-il avec un aplomb déconcertant pour quelqu'un qui ne portait qu'un pantalon de toile – lequel montrait qu'aucune dague secrète n'était cachée nulle part. Et je sais très bien comment venir à bout d'un Berserk. Cela étant, je te remercie pour cette agréable estimation de mes chances.

Comme il s'apprêtait à s'arracher à elle, elle resserra sa prise et enfonça légèrement ses ongles dans son biceps afin de lui prouver qu'elle ne plaisantait pas. L'arrogance avait ses limites, Blackmorgan aurait dû se rendre compte que même un combattant hors pair tel que lui ne faisait pas le poids face à quatre Ilandriens.

— Allons chercher la garde, implora Andraste en lui tendant son propre poignard.

— Hors de question, rejeta-t-il d'un ton exaspéré, trahissant une pointe de vexation. La reine te ferait enfermer avec toute ta famille si elle découvrait que c'est à cause des Coldfield que son palais est infesté d'ennemis du royaume tous les quatre matins. Tu serais accusée de complot, au même titre que ta grand-mère et ta sœur.

Elle s'accrocha plus désespérément encore à son bras, refusant qu'il trouve la mort à cause d'elle. Mais il la repoussa durement, ignorant les griffures qu'elle creusait dans sa chair.

— Ne bouge pas, c'est un ordre, exigea-t-il, plus péremptoire que jamais, juste avant de s'élancer hors de leur cachette.

Andraste se mordit la langue pour ne pas hurler sa désapprobation.

Quel abruti ! C'était du suicide !

À quoi cela avait-il servi de l'empêcher de se tuer lors de cette fameuse nuit, si c'était pour assister à sa mise à mort, à peine quelques semaines plus tard ?

Elle hésita, l'espace d'un quart de seconde, à lui désobéir et à aller se battre avec lui. Mais elle le gênerait, elle le savait, et précipiterait sans doute sa perte. Ne sachant quoi faire d'autre, elle se pencha légèrement pour essayer de voir quelque chose à travers la pénombre tout en restant à l'abri, ainsi qu'il l'avait exigé.

Elle entendit au loin des exclamations à demi étouffées, reconnaissant un dialecte étranger, probablement le même que celui du premier émissaire d'Ardghal. Puis elle aperçut la haute et large silhouette de Blackmorgan, déjà à une dizaine de mètres d'elle.

Légèrement courbé, il se faufilait sans bruit dans le couloir, longeant le mur. Puis il se redressa d'un coup, son épée – sortie d'on ne sait où – à la main, et se rua vers l'intrus le plus proche.

Andraste battit des paupières. Mais comment avait-il fait pour dissimuler une arme aussi imposante sur lui ?!

Bien vite, l'angoisse reprit le pas sur l'étonnement. Plus elle se concentrait et plus elle parvenait à distinguer les choses, son regard s'adaptant soudain aux ténèbres.

Thadeus chargeait le premier homme à sa portée, un homme encore bien plus grand et massif que lui, au visage terrifiant, inhumain, dont les crocs de bête saillaient de sa bouche pleine d'écume luisant à la faible lumière de la lune. Ce dernier, bien que manifestement surpris, para le coup avec son seul avant-bras, lequel était terminé par une main aux griffes immenses, sans manifester le moindre signe de douleur.

Il rejeta la lame en arrière, ne se souciant guère de l'atroce blessure que son geste aggravait encore – Andraste avait-elle rêvé ou l'os était-il maintenant apparent ? –, et déséquilibra son assaillant, qui roula au sol pour éviter l'attaque à revers d'un autre Ilandrien.

Blackmorgan avait beau être exceptionnellement fort, sa puissance n'égalait pas celle, surnaturelle, d'un Berserk. Il allait se faire massacrer...

Déjà, le troisième intrus se jetait sur lui également.

La jeune femme s'apprêtait à crier pour tenter une diversion, mais elle eut la stupéfaction de voir Thadeus échapper *in extremis* à la prison de griffes que les Ilandriens érigeaient autour de lui, en sectionnant quelques-unes au passage, l'astuce consistant à s'en prendre directement aux doigts.

Il bondit sur ses pieds et se dressa de toute sa hauteur pour toucher l'un d'eux à l'épaule, avant même que celui-ci n'ait pu réagir. Puis il exécuta une habile pirouette, feinta d'un côté, pour ensuite revenir accroupi derrière le premier et, dans un élan circulaire, lui trancher d'un coup furieux la cheville, juste au niveau de l'articulation.

Ce dernier s'écroula aussitôt, étouffant des gémissements de douleur, ainsi que quelques mots – des insultes, très probablement – dans sa langue. Son visage redevint immédiatement celui d'un humain, tout comme ses mains.

Blackmorgan profita de l'ahurissement des deux autres, qui se resserraient auprès du blessé, pour s'éloigner. Il se mit à décrire de grands cercles autour d'eux, les menaçant toujours de son arme, qu'il tenait exceptionnellement haut, comme pour s'ajuster à la taille – non moins exceptionnelle – de ses adversaires.

L'homme à terre essaya de se relever tandis que, peu à peu, ce qui ressemblait à un pied était en train de repousser au bout de sa jambe estropiée. Cependant, celui qui devait être leur chef lui ordonna d'un geste de demeurer immobile. Puis, d'une voix horriblement caverneuse, vibrante de bestialité, il s'adressa à Thadeus, montrant la porte des appartements d'Andraste à l'aide d'une de ses longues griffes acérées :

— Nous voulons seulement la femme qui vit ici. La sœur, celle qui porte des cheveux couleur de lune. Je peux vous promettre une belle récompense si vous nous aidez à la capturer vivante.

Blackmorgan garda le silence. Sans baisser sa garde, ni interrompre sa ronde autour de ses ennemis. Avec une nonchalance délibérée, il s'essuya le bras d'une main, là où la jeune femme l'avait griffé.

Lui avait-elle vraiment fait mal ? Apparemment suffisamment pour que la blessure le gêne pendant le combat... La culpabilité serra le cœur d'Andraste, venant s'ajouter à la peur panique qu'elle éprouvait à l'idée de voir Thadeus se faire écharper par l'un de ces quatre colosses aux dimensions et à l'apparence plus animales qu'humaines.

— Alors ? insista l'Ilandrien. Savez-vous où elle se trouve ? Un homme tel que vous, qui se bat avec si peu de dignité, ne devrait pas avoir trop de complexe à vendre une gamine insignifiante. Il y aura beaucoup d'or à la clé, je peux vous le garantir.

Thadeus ricana dédaigneusement, puis, pour faire bonne mesure, cracha carrément sur son interlocuteur.

— Comme vous voudrez, grinça celui-ci, s'élançant ensuite à l'assaut du fils du duc, prêt à lui faire payer son affront.

Cette fois, Thadeus s'engouffra dans l'ouverture laissée béante, esquiva les griffes du second Berserk, celui resté près du blessé, et lui assena par-derrière un coup d'épée dans le creux du genou. Ce qui eut le mérite de lui tirer une plainte et de le faire légèrement chanceler.

Le chef revenait déjà à la charge et se préparait à fondre sur Blackmorgan lorsque ce dernier, d'un mouvement rageur, d'une violence inouïe, décapita l'homme à terre.

Curieusement, Thadeus prit le risque de s'arrêter un très bref instant pour toucher le cou mutilé, comme pour s'assurer de la réalité de la chose – ce qui tira un haut-le-cœur à Andraste, à moins que ça ne soit plutôt la tête sans corps, en train de rouler sur le parquet –, juste avant de se dérober, d'un bond d'une extrême rapidité, aux attaques conjuguées du chef et de son second.

Le pied avait cessé net son impossible croissance. Cet Ilandrien-ci ne rentrerait pas chez lui, c'était certain.

Pourtant, sous le regard médusé des deux autres, ainsi que celui de la jeune femme, le cadavre se remit en mouvement. Et, lentement, se releva.

— Un Réveilleur ! s'exclama le meneur avec horreur.

Horreur qu'Andraste partageait. C'était si dérangeant… et à la fois tellement impressionnant.

Blackmorgan eut un sourire cruel et toisa ses adversaires avec mépris et insolence, prenant manifestement un malin plaisir à ce combat dont il semblait convaincu de sortir vainqueur. Et peut-être avait-il raison, étant donné le tour que prenaient les choses. Andraste l'avait largement sous-estimé, elle était bien obligée de le reconnaître.

Face aux Ilandriens épouvantés, le corps sans vie vint se placer auprès de Thadeus, prêt à se battre à ses côtés désormais. Ses griffes, qui s'étaient rétractées avant sa mort, s'allongèrent sous l'impulsion mentale de son nouveau maître, menaçant à présent ses propres congénères.

Tout s'éclaira alors pour la jeune femme. La manœuvre avait consisté à prélever discrètement les quelques gouttes de sang des écorchures sur son bras pour ensuite l'appliquer sur le premier Ilandrien tué, sitôt après sa mort. D'une certaine manière, elle lui avait rendu service finalement…

Les deux Berserks encore en vie parurent hésiter à poursuivre les hostilités, envisageant sans doute d'abandonner leur mission. Mais au même moment, une nouvelle silhouette gigantesque apparut tout au bout de la galerie, les bras chargés de quelque chose qu'Andraste ne parvint pas à identifier à cause des ombres qui obscurcissaient ce coin précis. Ce devait être le quatrième, celui dont Blackmorgan avait parlé et qui était censé faire le guet plus loin.

Soudain, les chances pour Thadeus de s'en sortir vivant s'amenuisèrent considérablement.

Le dernier arrivé étudia brièvement la situation et laissa tomber au sol son fardeau, avant de venir rejoindre ses collègues. Ils échangèrent quelques mots dans leur dialecte, et le chef demanda aussitôt, désignant d'un geste l'endroit sombre où semblait vaguement remuer l'étrange paquet :

— Vous le connaissez ?

Andraste comprit avec effroi que ce qu'avait transporté le quatrième Ilandrien n'était autre qu'un homme... un homme salement amoché à en juger par la façon très laborieuse dont il se mouvait. Il rampa vers eux, vers le peu de lumière que prodiguait le clair de lune, et la jeune femme reconnut tout à coup Hawk, couvert de plaies béantes.

Blackmorgan secoua la tête, mais il était évident qu'il mentait. Sans cela, il aurait lancé une autre attaque depuis longtemps déjà. Or, dès le moment où était entré en scène le dernier intrus, il n'avait plus rien tenté.

— Oh, très bien, acquiesça le meneur en reculant de quelques pas pour ramasser le valet, l'agrippant par les cheveux sans ménagement. Alors vous ne verrez aucun inconvénient à ce qu'on l'achève maintenant ?

Il plaça ses aberrantes griffes sous le menton du supplicié, prêt à l'égorger.

À partir de cet instant, Andraste ne fut plus capable de réfléchir. Tout ce qu'elle savait, c'était qu'elle ne pouvait laisser périr un innocent à cause d'elle.

Elle sortit précipitamment de l'alcôve, mains levées et supplia :

— Non, par pitié, arrêtez !

Thadeus pivota et posa sur elle un regard flamboyant d'une colère si intense qu'elle resta figée sur place, hébétée et terrifiée, sans pouvoir détacher ses yeux des siens.

— Protège ! commanda-t-il immédiatement, à haute et intelligible voix, à l'adresse de son esclave sans vie.

Lequel s'empressa d'obéir, traversant en quelques larges et extraordinairement lestes enjambées l'espace qui le séparait de la jeune femme, pour se poster devant elle, édifiant ainsi un rempart de chair morte entre elle et les émissaires d'Ardghal.

Andraste ne sut ce qui était le plus perturbant. Se trouver ainsi derrière un cadavre sans tête, mais encore debout et assujetti à la volonté de Blackmorgan, ou bien le fait que ce dernier ait perdu ses moyens au point de se trahir en donnant oralement ses ordres à son nouveau serviteur ?

Thadeus avait reculé, lui aussi. Il s'était replié afin de se rapprocher d'elle, mais son épée demeurait résolument dressée vers ses adversaires, prêt à agir à la moindre occasion.

— Intéressant, croassa le meneur d'un air mauvais, abandonnant brusquement Hawk. Notre maître te découperait en morceaux pour t'offrir en pâture aux porcs s'il savait que tu convoites sa promise.

— Sérieusement, j'aimerais bien voir ça, railla Blackmorgan, qui avait cependant définitivement perdu son sourire arrogant. Je ne convoite rien, rentre-toi bien ça dans le crâne, le caniche, *elle est à moi !*

Le chef afficha brièvement son effarement, la véhémence de l'affirmation l'ayant visiblement pris de court – tout comme Andraste, du reste. Ses traits, sur lesquels se superposaient ceux d'une bête, s'assombrirent encore, puis il se tourna vers les autres et leur adressa un coup de menton en guise d'ordre. Ensemble, ils se ruèrent d'un même élan sur Thadeus.

La jeune femme essaya de se dégager de derrière le mort-vivant afin de venir prêter main-forte à son compagnon. Mais le cadavre décapité l'en empêcha en même temps qu'il luttait d'une manière incroyablement efficace – pour une personne qui n'avait plus ni vie ni tête, s'entend – contre l'un de ses anciens congénères.

— Reste tranquille, bordel ! vociféra Blackmorgan à l'intention d'Andraste, pendant qu'il se battait avec les deux autres.

Ses coups étaient nettement moins vicieux que précédemment. Il parait plus qu'il n'attaquait, et s'évertuait à repousser ses assaillants, ne leur infligeant que des blessures mineures, dont les plaies se refermaient presque immédiatement. Toutefois, il campait farouchement sur ses positions, les défendant avec une ardeur redoutable. Sans doute s'efforçait-il surtout de les empêcher de l'atteindre, elle.

Elle le gênait, exactement comme elle l'avait imaginé. Et peut-être cette fois serait-elle entièrement responsable s'il se faisait toucher... ou pire.

Pour autant, elle n'arrivait pas à regretter de s'être montrée. Sans cela, Hawk aurait été tué. À cause d'elle. Et ça, elle ne pouvait le permettre.

Où était-il, d'ailleurs ? Elle jeta un coup d'œil sur le côté – tant bien que mal puisqu'une montagne de muscles morts en action lui barrait la vue – et l'aperçut tandis qu'il remontait furtivement le couloir. Il avançait dans leur direction, le plus discrètement possible, et ce, malgré la douleur qui arrachait à son corps d'affreuses convulsions.

Mais pourquoi faisait-il une chose pareille ? L'instinct, non, la logique aurait voulu qu'il fuie. Dans l'état où il se trouvait, il ne serait d'aucun secours, il devait bien s'en rendre compte. Le valet était plus que gravement blessé, sans doute même était-il mourant, et, s'il avait eu une arme quelconque à un moment donné, il n'en portait désormais plus aucune.

— Maintenant, maître ! appela-t-il soudain, tandis qu'il n'était plus qu'à quelques pas de la bataille.

Blackmorgan, qui semblait l'avoir déjà repéré, acquiesça d'un signe de tête dans le vide, puis se jeta sur lui.

Et, avec une dextérité stupéfiante, il plongea sa lame en plein cœur de son serviteur.

Il la retira d'un coup sec, le laissant s'affaler sans un regard, puis revint aussitôt aux côtés de l'Ilandrien mort-vivant.

— Non... gémit Andraste qui n'y comprenait plus rien. Non... Oh, par la Déesse !

Elle faillit tomber à genoux sous le coup de l'émotion, mais le bras du défunt colosse qui aidait Thadeus à la défendre se tendit en arrière, griffes rétractées, pour la soutenir. Son poignard lui échappa cependant, et elle eut toutes les peines du monde à réprimer un cri lorsqu'elle vit passer devant elle une main couverte de sang, rampant pour récupérer la petite arme.

Bon sang, c'était Hawk !

Mais... n'aurait-il pas dû être mort ?!

Quelle idiote, il l'était, bien évidemment ! Blackmorgan l'avait réanimé, lui aussi. Le défunt valet s'empara de la dague, et, tout à fait alerte malgré ses nombreuses blessures, se releva agilement pour faire face à trois Ilandriens ahuris.

À l'évidence, ils n'avaient pas l'habitude des nécromanciens, sans cela, ils auraient probablement compris cette autre manœuvre. Comme Andraste, au demeurant, qui en resta muette d'effroi, appuyée de tout son poids contre le dos du premier mort-vivant.

À un moment ou à un autre, Thadeus avait dû marquer son serviteur de son sang, forcément. Et il ne l'avait achevé que parce qu'il... il lui était plus utile mort que vif. Voilà pourquoi.

C'était... abominable !

Hawk savait-il ce qui se passerait lorsqu'il était revenu vers eux ? L'avait-il prémédité, comme son appel le laissait supposer ?

La jeune femme prit sur elle pour se ressaisir et se redressa vivement, réalisant subitement qu'elle se cramponnait à un cadavre – lequel était entièrement contrôlé par Blackmorgan, mais tout de même, cela restait de la chair morte, et iladrienne, qui plus est !

Le temps qu'elle reprenne totalement ses esprits et parvienne à surmonter son dégoût, retenant de nouveaux haut-le-cœur, Thadeus avait réussi à en décapiter un autre, tout aussi salement que le premier. Il ne se donna même pas la peine d'en faire l'un de ses esclaves et préféra bondir sur le meneur, pendant que Hawk et le colosse ranimé joignaient leurs efforts pour frapper le troisième Ilandrien, l'immobilisant presque sous la pluie de coups, griffes et lame réunis, qui s'abattait sur lui.

Une nouvelle tête roula au sol. Celle du chef. Andraste ne put se retenir plus longtemps, elle se plia en deux et recracha l'intégralité du contenu de son estomac.

Elle hoqueta d'épouvante quand un bras s'enroula autour de sa taille et l'obligea à s'éloigner.

Chapitre 32

Andraste

Elle se débattit, mais elle se retrouva violemment clouée au mur – pour la deuxième fois de la soirée –, le souffle coupé, Blackmorgan penché sur elle. Il retenait fermement son épaule d'une main tandis qu'il avait passé l'autre dans ses cheveux, les tirant brutalement en arrière pour incliner son visage vers lui.

— Je t'avais dit de ne pas sortir ! rugit-il, totalement hors de lui.

Son torse, maculé de sang d'appartenances diverses et luisant de sueur, se soulevait et redescendait par saccades, à un rythme effréné, ses muscles saillaient sous la tension et ses yeux étaient encore écarquillés de peur et de colère mêlées.

Il la secoua durement, à lui en faire mal, et répéta :

— Je te l'avais ordonné ! Tu sais ce que c'est, un *ordre* ?!

Andraste ignorait quoi répondre, si tant est qu'elle puisse encore articuler quelques mots. Elle était sous le choc. Et le spectacle derrière eux d'Ilandriens morts-vivants ramassant leurs propres têtes pour s'en aller tranquillement n'aidait guère. La lueur folle qui courait dans le regard de Thadeus non plus...

Où était passé le guerrier insouciant, désinvolte et sûr de lui de tout à l'heure, celui qui s'amusait avec ses adversaires et leur crachait à la figure ? Il ne semblait plus dominé que par l'angoisse. Pourtant, le combat était fini, le dernier Berserk avait été décapité, comme les autres. Alors pourquoi Blackmorgan se mettait-il soudain dans cet état ?

— Est-ce que tu réalises seulement ?! poursuivit-il avec la même hargne, sa voix prenant subitement une inflexion bizarre, qu'elle ne lui connaissait pas. Et s'ils avaient réussi à t'emmener, si je n'avais pas été là ?! Sais-tu ce que ce foutu prince barbare aurait fait si tu avais accouché chez lui d'un enfant qui n'était pas le sien ? Sais-tu quel sort il t'aurait réservé ? Quel sort il aurait réservé au bébé que tu portes peut-être ?!

— Arrête, l'implora-t-elle tandis que d'insupportables images se mettaient à défiler dans son esprit encore sous le coup des événements précédents.

Mais il avait raison... Que serait-il arrivé à l'enfant, s'il existait bel et bien ?

— Non, je n'arrêterai pas ! refusa-t-il sèchement, rapprochant son visage du sien jusqu'à ce que leurs nez se touchent presque. Pas tant que tu ne seras pas officiellement ma femme ! Ça suffit, Andraste, après ce qui vient de se passer, tu ne peux plus te comporter comme une gamine insouciante et capricieuse. Tu vas m'épouser, un point c'est tout ! Je ne te laisse plus le choix, tu m'entends ?! Je ne prendrai pas le risque que ça se reproduise. Ni que ta sorcière de sœur – celle-là même qui a dû permettre à ces créatures d'infiltrer le palais – ou tout autre membre de ta famille, te fasse avaler à ton insu quelque satanée potion de leur fabrication, destinée à te débarrasser de mon héritier avant même qu'il ait pu voir le jour.

— Elles ne feraient pas ça, contesta-t-elle en montant dans les aigus, scandalisée.

— Non, bien sûr, des femmes capables de vendre l'une des leurs à des sauvages n'iraient pas jusque-là, c'est évident ! ironisa-t-il en lui imprimant une nouvelle secousse. Ta sœur va comprendre sa douleur, crois-moi ! Je vais lui faire passer l'envie de recommencer à ouvrir ses fenêtres aux ennemis du royaume.

Andraste ferma les yeux pour ne plus voir ceux, fous de rage, de Blackmorgan, et laissa ses larmes couler le long de ses joues. Tout ça, c'était trop. Elle avait besoin de prendre du recul, de réfléchir... et de trouver un moyen de savoir si oui ou non elle était enceinte. Mais sans en parler à Ruth – qui avait sûrement bel et bien aidé les Ilandriens ce soir.

Aussi affligeant que ce soit, Thadeus avait raison... sur toute la ligne. Elle en avait parfaitement conscience. Simplement, et malgré ce qu'elle venait de vivre, elle ne pouvait s'empêcher de se sentir insultée, voire humiliée par cette avalanche de directives. Ou plutôt d'ordres, puisqu'il avait l'habitude d'ordonner et qu'on lui obéisse. Elle se sentait opprimée, alors même qu'il n'avait aucun droit sur elle. Qu'en serait-il si elle acceptait sa proposition ? Non, dans le cas présent, il s'agissait davantage de se plier à ses exigences, de se soumettre à lui, exactement comme elle aurait dû se soumettre à Ardghal si elle avait fait ce qu'on attendait d'elle.

Au loin, une porte s'ouvrit, celle de l'unique personne, une vieille dame relativement sympathique, qui logeait près des appartements d'Andraste, les autres de cette partie du château s'étant curieusement vidés après son installation. Une domestique apparut sur le seuil, serrant un châle sur sa chemise de nuit, une lampe – à l'éclairage fort heureusement très faible – à la main.

Comme mû par l'instinct, Blackmorgan se déplaça d'un bond, de manière à cacher la jeune femme derrière lui.

— Qu'est-ce qui se passe ici ? s'enquit la servante en l'examinant d'un air franchement mécontent. Ce n'est pas bientôt fini, ce raffut ? Ma maîtresse ne peut plus dormir !

— Dites-lui que lord Blackmorgan lui présente ses plus plates excuses pour le dérangement, répliqua celui-ci en s'appliquant à parler plus aimablement. Il va de ce pas cuver son vin ailleurs.

— Oh, bonté divine ! s'écria la femme de chambre en plaquant sa paume sur sa bouche grande ouverte. Lord Blackmorgan... Je vous demande pardon, je ne vous avais pas reconnu.

Là-dessus, elle exécuta une piètre révérence, puis s'éclipsa en claquant la porte.

S'était-elle aperçue qu'il était à demi dévêtu ? Un pincement étrange – et tout à fait déplacé étant donné le contexte – vrilla l'estomac d'Andraste, décidément mis à mal ce soir. Quelle curieuse préoccupation... Le plus grave aurait été que la domestique parvienne à distinguer les nombreuses taches de sang répandues sur le torse de Thadeus, ainsi que celles, plus nombreuses encore, qui s'étalaient sur le parquet du couloir.

Ce qui manifestement n'était pas le cas. Sans cela, sa réaction aurait été singulièrement différente.

Tout à coup, une autre personne survint à l'entrée de la galerie, se déplaçant d'une démarche pour le moins... particulière. Andraste sursauta, effrayée, et se mit à trembler des pieds à la tête. Blackmorgan ignora le nouvel intrus et fit volte-face vers elle. Il la considéra l'espace d'un court instant, soupira et l'enlaça tout en murmurant :

— Là, tout va bien. Ce n'est que mon valet. C'est fini, tu es en sécurité maintenant.

Sa colère semblait s'être brusquement évanouie. La jeune femme aurait voulu s'arracher à lui, cet homme qui prétendait qu'elle lui appartenait et qui menaçait de l'obliger à l'épouser. Mais elle n'en eut pas la force.

Il l'avait sauvée.

Il avait risqué sa vie pour elle. Et il avait tué Hawk... pour elle, encore.

— Hawk ?! couina-t-elle en se reculant pour le voir s'affairer au sol. Mais...

Un seau rempli d'eau savonneuse était posé à côté de lui et il s'acharnait à briquer le parquet, nettoyant les flaques rouges et luisantes, seules traces visibles de l'affrontement. Le valet ne leur prêtait aucune attention. C'était comme si, pour lui, plus rien n'existait en dehors de la mission dont il avait été secrètement investi par celui qui, dorénavant, le contrôlait. Il s'était changé, troquant ses vêtements troués et tachés contre une tenue impeccable.

Dans la pénombre, il n'avait pas vraiment l'air différent. Et pourtant...

— C'est le deuxième serviteur que je sacrifie dans cette histoire, avisa Thadeus en la relâchant. C'est difficile de trouver du personnel aussi loyal et dévoué, tu sais. Il est temps de mettre un terme à tout ça, tu ne crois pas ?

Si son ton s'était considérablement radouci, il demeurait néanmoins ferme. Alors maintenant, elle avait le choix ? Non, bien sûr. Il avait recouvré son calme et de ce fait s'exprimait avec davantage de tact, voilà tout. Et il avait trouvé un dernier argument – imparable, encore une fois.

Mais... *le deuxième* ?! Que voulait-il dire par là ? Deux hommes seraient morts à cause d'elle ?

Sans qu'elle puisse rien faire pour se contenir, Andraste, submergée par ses émotions, le cœur écrasé sous le poids de la culpabilité, éclata en sanglots, le corps secoué d'horribles hoquets. Elle serait mortifiée demain, quand elle repenserait à tout ça – bon sang, elle se donnait en spectacle devant Blackmorgan, et ce, juste après avoir vomi en plein milieu du couloir !

Ce dernier poussa un petit gémissement plaintif, comme s'il lui avait été douloureux de la voir ainsi, ou qu'il regrettait quelque chose... ou bien les deux. Il se rapprocha à nouveau et la souleva du sol pour la prendre dans ses bras, craignant peut-être qu'elle ne tienne pas sur ses jambes.

— Oh non, je ne voulais pas dire ça, se lamenta-t-il, soudain penaud. Pas dans ce sens... Pardon... Tu n'es pas responsable, Andraste. Ce qui arrive n'est pas ta faute. Il s'agit là de mes décisions, et c'est à moi et à personne d'autre de les assumer.

Elle aurait dû répondre. Elle aurait dû le repousser, cette nouvelle étreinte étant on ne peut plus malvenue. Cependant, elle s'en trouvait incapable, comme paralysée. Du moins, ses pensées l'étaient. Son corps, lui, réagit d'une manière tout à fait inattendue. Malgré elle, elle se blottit contre Thadeus, enfouit sa tête dans son cou et s'accrocha désespérément à lui. Elle pleura alors de plus belle, de façon plus sonore encore – et plus dégradante également.

Elle craquait.

Les tensions de la soirée, le choc d'assister à d'aussi abominables exécutions, les morts-vivants, la semonce de Blackmorgan... Tout cela avait eu raison d'elle.

— Et merde, lâcha-t-il laconiquement, manifestement peu habitué à ce genre d'effusion.

Mal à l'aise et l'air contrit, il se précipita pour la ramener dans ses appartements à elle – sans doute parce qu'ils étaient plus proches de ceux-là que des siens. Elle s'agrippait toujours à lui quand il ouvrit la porte à la volée pour se retrouver face à Ruth, la mine décomposée, le revolver qu'Andraste avait subtilisé à Blackmorgan à la main, braqué sur eux.

— And ! s'exclama-t-elle sans baisser l'arme.

Thadeus ne s'interrompit pas. Il lui tourna le dos, anticipant un éventuel coup de feu, et fonça vers le lit où il déposa la jeune femme en larmes.

— Dois-je envoyer chercher Flington ? lui demanda-t-il doucement en écartant des mèches de cheveux de son visage.

Elle secoua la tête et se recroquevilla sur elle-même, serrant contre elle son oreiller – à défaut de la nuque de Blackmorgan –, sans pouvoir cesser de sangloter ni maîtriser ses tremblements, les idées encore confuses.

— Que lui est-il arrivé ? s'inquiéta Ruth. Est-elle blessée ? Où sont les Berserks ?

— Elle est en état de choc, présuma-t-il, sans parvenir à masquer son désarroi. Du moins, je crois... Quant à vos charmants amis, ils ont quitté le palais par quelque voie dérobée de ma connaissance et doivent déjà reposer au fond du fleuve à l'heure qu'il est.

Il se redressa, se tournant à contrecœur vers son interlocutrice, et ordonna, glacial :

— Vous et moi, dehors. Une petite mise au point s'impose, maintenant.

Il avança vers elle sans se soucier du revolver, qu'il lui retira brusquement des mains pour ensuite le reposer sur une table. Après quoi, il attrapa le bras de Ruth, puis la força à l'accompagner hors de l'appartement.

Andraste n'entendit rien de leur discussion. Elle ignorait ce que Thadeus allait dire à sa sœur. Sans doute se montrerait-il dur avec elle, ainsi qu'il l'avait promis un peu plus tôt, mais elle s'en moquait. Depuis l'intrusion du premier Ilandrien quelques semaines auparavant, la sécurité au palais avait été renforcée. Sans l'aide de Ruth, jamais quatre d'entre eux n'auraient pu entrer dans le château cette nuit, Blackmorgan avait raison sur ce point aussi. Et sans elle, aucun innocent ne serait mort non plus...

Deux, en fait, si l'on en croyait Thadeus.

Mais de qui parlait-il au juste ? Se pouvait-il qu'il s'agisse du domestique retrouvé mort, cet autre cadavre sur lequel elle avait trébuché lorsqu'elle et Ruth avaient déplacé le corps du tout premier Ilandrien envoyé par Ardghal ? Celui-là même qui lui avait livré l'oiseau mécanique à la mélodie si poignante et qui s'était attardé sans raison près de ses appartements ?

La jeune femme s'efforça de rester éveillée jusqu'à ce qu'ils en aient terminé, il fallait qu'elle tire ça au clair. Mais elle finit par sombrer dans le sommeil, complètement exténuée.

Quand Andraste rouvrit un œil, il faisait grand jour. Elle se tourna et vit Ruth, déjà habillée – à moins qu'elle ne se soit pas couchée –, déposer une grande et jolie boîte de couturier à son chevet.

— On vient de livrer ça pour toi, avisa-t-elle, s'asseyant ensuite sur le bord du lit. Comment te sens-tu ?

La jeune femme dévisagea sa sœur aînée, puis répliqua :

— Mal. Très mal. Si je me souviens bien, j'ai encore failli me faire enlever la nuit dernière... Allais-tu vraiment les en empêcher ? Et si oui, pourquoi les avoir fait entrer ? Parce que c'est bien toi, n'est-ce pas ?

Ruth hocha piteusement la tête :

— Comprends-moi, qu'aurais-tu fait à ma place ? Si je ne leur avais pas permis de se faufiler par notre fenêtre, ils auraient trouvé un autre moyen. Un moyen qui implique de tuer des gardes, de faire du bruit, et de risquer qu'on découvre que nous sommes liées à eux, des ennemis du royaume... J'ai vérifié auparavant, et tu n'étais plus là. J'ai pensé que peut-être tu découcherais, comme l'autre nuit, et qu'ils s'en iraient au matin, bredouilles.

— Tu savais que ça allait arriver et tu ne m'as rien dit ! reprocha Andraste en se redressant, rejetant les draps loin d'elle. Ma propre sœur !

— J'ignorais quoi faire. Crois-tu que j'aie vraiment le choix ? Je n'ai aucune marge de manœuvre, figure-toi ! Grand-mère me menace et je la prends très au sérieux. La... la personne à laquelle je tiens le plus en ce monde est peut-être déjà morte à l'heure qu'il est.

Ruth s'étrangla sur ces derniers mots et pressa son poing contre ses lèvres.

— De qui parles-tu ?

— De mon fils, souffla Ruth, une expression de douleur tordant fugacement ses traits. Lord Blackmorgan pourra t'expliquer. Il m'a fait tout avouer, la nuit dernière.

Andraste mit un moment avant de pouvoir de nouveau s'exprimer :

— Tu vas m'expliquer toi-même. Quel fils ? Qu'est-ce que c'est que cette histoire ? Tu n'as jamais eu d'enfant... je l'aurais su !

Ruth eut un rire amer.

— Personne ne l'a su. Tu ne te rappelles pas, il y a sept ans, lorsque je suis partie en *formation* ? En réalité, je n'ai rien appris durant ces mois passés loin de chez nous. Non, j'ai accouché... d'un petit garçon... qu'on m'a tout de suite retiré. Quand je suis rentrée au manoir, celui que j'avais aimé était mort, tué lors d'un accident de chantier. Il avait demandé ma main à notre famille quelques mois plus tôt, avant que je tombe enceinte, mais grand-mère a refusé. Il n'avait aucune fortune et elle estimait qu'étant la plus puissante sorcière depuis des générations de Coldfield mon devoir était de rester au coven, de m'y dévouer corps et âme, et d'assurer la protection de ses membres. Vois-tu, l'une d'entre nous court, selon elle, un très grave danger, et a tout particulièrement besoin de moi auprès d'elle. L'une d'entre nous est bien plus précieuse que les autres... et j'ai dû tout sacrifier pour elle.

— Pour moi ? murmura Andraste, tout en s'efforçant d'intégrer les aveux de son aînée.

Celle-ci baissa le menton en signe d'acquiescement, les yeux humides. Puis elle reprit :

— Ne me juge pas trop durement, petite sœur, si je n'arrive pas à décider lequel d'entre vous je dois tenter de sauver. Grand-mère a insinué beaucoup de choses dans ses messages. Dans le dernier, elle disait clairement que mon fils mourrait si je ne lui obéissais pas et si je n'aidais pas les hommes d'Ardghal à te livrer à lui. Et je sais aujourd'hui qu'elle n'est pas étrangère à la mort de mon amant. Elle n'a aucune limite.

— Qu'est-ce que Thadeus... qu'est-ce que Blackmorgan t'a dit, au juste ? se renseigna Andraste tandis que les pièces de l'étrange puzzle qu'était sa famille se mettaient péniblement en place dans son esprit.

Elle avait toujours eu l'impression que sa sœur lui en voulait. À présent, elle commençait à entrevoir pourquoi. Pas étonnant qu'elle ne se soit jamais montrée très aimable avec elle. Indirectement, elle était responsable de sa situation...

Un étrange sentiment de culpabilité l'envahit lorsqu'elle songea à la manière dont elle avait traité Ruth en retour. La pauvre ne méritait pas cela. Andraste prit sa main dans la sienne et la pressa, tentant de lui témoigner ses regrets.

Ruth détourna le regard, puis soupira en fronçant les sourcils, l'air soudain très embarrassé.

— Je ne sais pas si je dois te le répéter. Il me l'a formellement interdit.

— A-t-il été violent avec toi ? s'alarma la jeune femme, se remémorant sa fureur après qu'il en ait eu fini avec les Berserks.

— Non, pas du tout, nia Ruth. Il a été quelque peu brutal, c'est vrai, surtout au début. Mais, ensuite il... il...

— Dis-moi !

— Il a promis de m'aider... Lord Blackmorgan a promis de me mettre à l'abri, de subvenir à mes besoins et surtout de retrouver mon fils, si, en contrepartie, j'arrive à te convaincre de l'épouser. Voilà, tu sais tout maintenant.

Andraste se sentit pâlir. Thadeus avait affirmé qu'il ne lui laisserait pas le choix, il n'avait pas précisé de quelle manière il s'y prendrait. Il avait trouvé un moyen imparable et particulièrement vicieux de faire pression sur elle cette fois, en exploitant l'abominable situation de Ruth. Cette dernière manœuvre de sa part était tellement odieuse... purement et simplement révoltante !

Cela étant, la raison pour laquelle il avait interdit à sa sœur de lui en parler lui échappait totalement. Peu importe, cet homme était complètement tordu de toute façon, inutile de chercher à le comprendre. Et elle allait devoir l'épouser, enceinte ou non, parce qu'elle ne pouvait abandonner sa sœur au triste sort qui l'attendait.

— J'ignore tout de votre relation et je ne souhaite pas que tu te sacrifies à ton tour pour moi, déclara Ruth en voyant la jeune femme se perdre dans ses pensées. Néanmoins, c'est probablement la meilleure option que tu aies, si tu espères réussir à échapper à Ardghal... ainsi qu'à Helen. Lord Blackmorgan sera bientôt duc et il est déjà extrêmement puissant. En outre, j'imagine qu'il doit tenir à toi, en tout cas, il se comporte comme tel. Il a terrassé quatre Berserks pour te sauver tout de même...

Ou pour garder sous la main son éventuel héritier, songea Andraste avec une pointe d'amertume, avant d'ajouter pour elle-même : et le compte exact est de quatre Berserks et deux valets.

— Et puis, enchaîna Ruth en inclinant la tête sur le côté, tu es sans doute mieux placée que moi pour le savoir, mais il n'a pas l'air d'être aussi horrible que les rumeurs le prétendent.

— Tu dis ça parce que tu l'as vu sans chemise, l'accusa Andraste, les yeux plissés de suspicion, sans savoir si elle plaisantait ou non.

Au demeurant, cette idée lui déplaisait foncièrement... Après tout, puisqu'elle devait devenir la femme de Thadeus, elle avait au moins le droit de revendiquer l'exclusivité de ce spectacle, non ?

— C'est bien possible, s'esclaffa Ruth en rougissant, tout à coup plus détendue. Mais peut-être aussi pour ça.

Cette dernière se leva et ouvrit le couvercle du paquet livré pendant que la jeune femme dormait. Elle en sortit une superbe robe de soie lavande, pleine de volants et de dentelles crème, d'une complexité arachnéenne, mais subtile et très élégante, d'un goût étonnamment sûr et raffiné pour un cadeau de Blackmorgan.

Andraste se pinça l'arête du nez, agacée. Elle avait refusé que le tailleur vienne prendre ses mesures, et cet entêté avait quand même fait faire le vêtement. Pouvait-il être encore plus énervant ?! Comme si lui offrir ce genre de présent hors de prix allait vraiment jouer en sa faveur, comme si elle était encore libre de choisir et n'était pas – de toutes les manières possibles – déjà acculée !

— Il n'y a pas de mot, mais ça vient forcément de lui, n'est-ce pas ? supposa Ruth, à juste titre. Comme la mésange...

Cette fois, la jeune femme cilla. Sa sœur avait deviné. Elle avait compris avant qu'elle-même ne réalise. Comment avait-elle pu ne pas faire le rapprochement avant ?

Ah, oui ! Elle s'en souvenait à présent. Probablement parce qu'à ce moment-là rien, dans l'attitude – proprement exécrable – de Blackmorgan, ne pouvait lui permettre d'imaginer qu'il soit capable de ce type d'attention !

Pourtant, c'était bien lui qui lui avait anonymement fait apporter la jolie cage et l'inestimable animécanique qu'elle contenait... alors même que leurs rapports étaient épouvantables. Un cadeau qui lui avait beaucoup plu, au demeurant. Et cette robe, était-ce un hasard si son étoffe si délicate était de l'exacte teinte de ses yeux ?

C'était à n'y rien comprendre. S'il cherchait à la manipuler, il s'y prenait d'une bien curieuse manière...

— Je pourrais la retoucher pour ce soir, proposa Ruth, tirant à nouveau sa sœur de ses rêveries. Quoique je pense qu'il n'y aura pas grand-chose à reprendre, à vue d'œil, elle semble déjà à tes mesures.

— Ce soir ?

— Eh bien, le bal, voyons ! Nous avons reçu les cartons officiels cette fois-ci. Ne me dis pas que tu ne comptes pas t'y rendre ?

Chapitre 33

Augustin

Tandis que le coiffeur personnel d'Augustin ajoutait la dernière touche à son travail, ses mèches ondulées soigneusement désordonnées – enfin, juste ce qu'il fallait pour déplaire à sa reine de mère sans avoir à craindre ses foudres pour autant –, cette dernière débarqua dans sa chambre, sans même s'être fait annoncer. Convention dont elle s'encombrait rarement avec lui, au demeurant.

Elle congédia les domestiques de son fils d'un discret signe de tête, puis vint s'installer sans un mot dans un fauteuil à oreilles, s'appuyant des deux mains sur sa canne au pommeau d'argent, l'air singulièrement préoccupé.

— Eh bien, que me vaut l'honneur de votre insigne présence, mère ? commença-t-il, sur ses gardes.

Augustin n'avait pas revu Victoria depuis ce fameux matin où elle s'était montrée si mystérieuse, lorsqu'elle était venue lui couper l'appétit tandis qu'il prenait tranquillement son petit déjeuner. Ce qui n'avait rien d'inhabituel, du reste, cette dernière limitant au minimum tout contact avec autrui. Ses apparitions publiques comme ses rapports avec sa propre progéniture, laquelle elle tenait en si basse estime qu'elle ne méritait vraisemblablement pas davantage que le peuple.

À bien y réfléchir, c'était plutôt de la voir lui manifester par deux fois en si peu de temps un semblant d'intérêt qui était suspect.

— Il va falloir passer à la vitesse supérieure pour chasser Abigail, mon cher, assena-t-elle froidement, sa voix crissant comme une craie cinglant un tableau noir. Des courtisans m'ont rapporté qu'hier après-midi lord Blackmorgan a été vu en train de courir après la jeune femme que je te destine. Littéralement !

Augustin écarquilla les yeux, puis éclata de rire tandis que cette idée se frayait un chemin dans son esprit. Imaginer ce lourdaud poursuivre de ses assiduités aussi grossières que maladroites la pauvre demoiselle l'amusait énormément.

— Ainsi donc, la jeune femme en question se trouve au palais ? lança-t-il en feignant de ne pas en savoir davantage.

Il pivota vers son miroir pour admirer son reflet, tournant le dos au monstre qui lui tenait lieu de mère, et retira avec indifférence quelque poussière invisible sur le velours incomparable de sa redingote.

Ce masque de cuivre, il n'en supportait plus la vision. Le peu qu'il savait du visage qui se cachait sous cette pièce de métal, si ouvragée soit-elle, le glaçait d'horreur. Songer à ce à quoi devait ressembler la figure – si tant est qu'il s'agisse réellement d'une figure – de la personne même qui l'avait enfanté lui donnait de violentes nausées.

Et ce soir, il devait absolument apparaître à son avantage. Il avait une revanche à prendre, ne serait-ce que par principe, et il n'était pas question de se présenter au bal avec le teint verdâtre, le front couvert de sueur ou quoi que ce soit de ce genre. Aussi, devait-il dès à présent s'efforcer de penser à autre chose...

— Oui, elle est au château depuis quelques semaines déjà, reconnut Victoria, manifestement agacée. Mais je ne peux guère te la présenter pour l'instant. Bien que le fait même que le descendant des Blackmorgan s'intéresse à cette jeune personne vienne corroborer ma théorie, je n'ai pas encore pu m'assurer de sa nature exacte. Tu devras faire preuve de patience, ce qui est loin d'être ton fort, j'en ai conscience. Quand le moment viendra, je me chargerai en personne de superviser vos entrevues. Le moindre faux pas de ta part pourrait ruiner toute espérance, vois-tu.

— Mère, me prendriez-vous pour un demeuré ?! s'emporta-t-il soudain, s'étonnant lui-même de la virulence de sa réaction.

Il n'aurait donc pas le teint vert, lors de la réception... mais rouge. S'énerver de la sorte, qui plus est face à la personne qu'il redoutait le plus au monde, lui ressemblait si peu.

Dans la surface polie de sa large psyché, il aperçut les yeux blancs rouler dans leurs orbites creuses. L'avait-il réellement pris de court ? C'était tout à la fois satisfaisant et angoissant. Il choisit néanmoins de continuer sur sa lancée :

— Enfin, quoi ?! Vous pensiez vraiment que je ne remarquerais pas l'arrivée de miss Coldfield à la cour ? Que je ne ferais pas le rapprochement ? Que je ne comprendrais pas où vous voulez en venir ? Vous me croyez à ce point abruti ?

Victoria remua sur sa chaise, puis haussa les épaules. Elle s'en moquait... Après tant d'années, il trouvait finalement la force de hausser le ton devant elle et elle s'en moquait !

— Peu importe que tu saches ou non de qui il s'agit, le principal est que tu t'en tiennes à mes directives, avisa-t-elle avec un détachement insultant.

Elle quitta son siège avec ce maintien raide qu'il détestait tant, ce sempiternel air hautain et dédaigneux qu'elle prenait lorsqu'elle avait affaire aux simples mortels, et ajouta, avant de sortir de la pièce :

— Fais ce qu'il faut pour que miss Voltange disparaisse avant demain. Humilie-la publiquement, gifle-la pendant le repas par exemple. Tout ce que tu veux tant que cette sombre idiote déguerpisse dans la nuit sans provoquer une affaire d'État. Cette histoire a bien assez duré comme ça et je veux avoir le champ libre pour agir avant les Blackmorgan. Ils sont peut-être finalement moins obtus que nous aimons à le penser.

Augustin fit volte-face, choqué :

— Qu'est-ce qui vous prend ? Gifler Abigail ?! Jamais de la vie ! Je suis peut-être un débauché dépourvu d'honneur et de sens moral, mais, mère, je ne suis pas suffisamment vulgaire ni répugnant pour m'abaisser à frapper une femme ! Dois-je vous rappeler que c'est *vous* qui l'aviez choisi, *vous* qui me l'aviez imposée ? Du moins, jusqu'à ce que vous changiez d'avis. Mais pourquoi pas, après tout, comme vous vous plaisez à le rappeler, vous avez droit de vie et de mort sur moi ! Toutefois, je ne vois pas pour quelle raison ce serait à moi de me salir les mains de cette façon. Je refuse d'aller jusque-là !

Elle avança vers lui et il ressentit la fureur froide qui émanait d'elle. Aussitôt, le sang se glaça dans ses veines, un désespoir immense, noir, étreignit son cœur. Et à sa grande honte, il regretta ses paroles.

— Crois-tu que tu es le premier insecte à tenter de t'opposer à moi ? Je suis ta mère, ta reine *et* ta déesse. Tu me donneras ce que je désire, et en attendant, tu feras ce que je te dis, misérable pion. Et tâche d'être convaincant !

Elle allait franchir la porte quand il rappela d'une voix faible, luttant de toutes ses forces pour se soustraire à l'emprise terrible qu'elle exerçait sur lui :

— Vous oubliez quelque chose, mère, vous négligez un point essentiel. Le second pion, dont vous semblez avoir tant besoin, n'est peut-être pas aussi malléable que je le suis.

— Fais en sorte qu'il le soit. Ton utilité remise en cause et c'est ton existence tout entière qui pourrait bien s'écrouler, cher fils.

Sur ces menaces désormais flagrantes, elle se retira, laissant Augustin ruminer l'échange sans queue ni tête qui venait d'avoir lieu. Ces sensations étranges, ce n'était pas la première fois qu'il les éprouvait... Il fit un pas en arrière, puis un autre et, hébété, se laissa tomber sur son lit.

Bons dieux, mais quelle importance cela pouvait-il bien avoir qu'il épouse telle ou telle autre fille de bonne famille ?! Jamais, durant ces cinq siècles de règne, Victoria n'avait réussi à obtenir de petits-enfants – les inconvénients d'être une immortelle, sans doute. Il était déjà tellement difficile de concevoir qu'une telle femme puisse elle-même enfanter...

Mais alors, quelle différence son mariage pouvait-il faire ? La maison Coldfield n'était pas si influente, bien moins que les Voltange en tout cas. Alors pourquoi ? Quel intérêt de rallier Andraste, toute femme de la Nuit puisse-t-elle être, à la couronne ? Et pour quelle raison ne parvenait-il guère à mettre la main sur quelque ouvrage traitant de cette invraisemblable légende ?

— Votre Altesse, l'appela doucement son valet de pied, le tirant brusquement de ses sombres réflexions. Pardonnez-moi, mais je dois vous informer qu'il est huit heures passées. Le banquet devrait être bientôt servi et, si je ne m'abuse, vous aviez affirmé vouloir être présent pour l'ouverture des festivités.

— Absolument, attesta-t-il en se relevant. Où est mon chien ?

Augustin ignorait encore la manière dont il se comporterait ce soir, mais il devait assister à cette réception – et ne pas être en retard, pour une fois. Il était capital d'en apprendre un maximum concernant la jeune femme que sa mère convoitait pour lui. Les occasions de la rencontrer manquaient, aussi ne pouvait-il se permettre de rater celle-ci. Ni d'ailleurs de perdre ne serait-ce qu'une minute de plus.

Il la trouva dans la salle de réception, déjà installée, sa sœur à ses côtés, à la table qu'il avait prévu pour eux. Vêtue d'une somptueuse robe mauve, étonnamment raffinée compte tenu des maigres moyens des Coldfield – pour une famille appartenant à l'aristocratie, s'entend –, Andraste resplendissait. Augustin se prit à songer que cette union serait loin d'être désagréable… à condition toutefois qu'il comprenne à quel jeu malsain sa mère escomptait se livrer, afin de mieux le retourner contre elle.

Après tout, rien ne l'empêchait de faire de cette jeune femme son alliée. Si réellement elle possédait les pouvoirs que prêtait la légende aux créatures dotées de ces mêmes troublantes caractéristiques physiques, alors il pourrait tout aussi bien les exploiter à son avantage.

Plus il avançait dans sa direction, saluant sur sa route chaque membre servile de cette société si médiocre qu'elle se laissait gouverner depuis près de huit cents ans par la même personne, plus l'embarras d'Andraste était visible. Elle jetait des regards perplexes autour d'elle, manifestement à la recherche de quelqu'un. Sans doute craignait-elle que Blackmorgan surgisse de nulle part et la couvre de honte à nouveau en lui imposant sa cour déplacée.

Quand Augustin fut près d'elle, elle se leva – si elle ignorait qu'on ne pouvait refuser une danse au prince, au moins possédait-elle les notions les plus basiques en matière de protocole – et s'inclina gracieusement.

— Il semble qu'il y ait eu méprise, commença-t-elle en fronçant les sourcils, ses yeux s'égarant à nouveau vers la foule derrière lui. On nous a dit, à Ruth et moi, de prendre place ici, à votre table, or nous…

— Ce n'est pas une erreur, l'interrompit-il en lui décochant son sourire le plus ravageur dans l'espoir de retenir toute son attention. C'est moi-même qui ai réclamé que vous soyez installée sur l'estrade princière. Cela vous déplaît-il ?

— Bien au contraire, Votre Altesse, répondit l'aînée des Coldfield à la place de sa sœur, l'empêchant probablement de commettre un impair. C'est un grand honneur que vous nous accordez ce soir.

Augustin s'assit et, d'un geste, invita Andraste à l'imiter. Ce qu'elle fit, même si elle ne semblait pas franchement ravie de se trouver juste à sa droite. Les autres convives rejoignirent aussitôt leurs chaises, sans chercher à dissimuler leur étonnement – voire leur aversion – quant à cette inhabituelle disposition.

Athenaïs Evershade était là, accompagnée d'une certaine Erin, s'il se rappelait bien, toutes deux entrées dans son cercle depuis peu. Puis il y avait ses amis habituels, ceux qui lui léchaient les bottes à longueur de temps et dont il supportait de moins en moins la compagnie. Ces derniers n'étaient que frivolité, débauche en tout genre, mesquinerie, et parfois même cruauté. Soit à l'exacte image du personnage qu'il s'était forgé.

Mais était-il vraiment ainsi ? En vérité, il n'en avait pas la moindre idée.

En face de lui, Abigail attendait qu'il la salue. C'était tellement injuste de devoir l'ignorer. Bien qu'il n'éprouvât pas le moindre sentiment pour sa fiancée actuelle – exception faite du désir charnel qu'il ressentait à l'égard d'à peu près toute femme normalement constituée, bien entendu –, il exécrait l'idée de devoir l'humilier davantage. Les semaines passées, il s'était comporté comme le dernier des salauds, mais rien ne semblait venir à bout de la patience d'ange de la jeune fille. Monter les enchères d'un autre cran était au-dessus de ses forces. En définitive, il se découvrait bel et bien des limites...

Augustin se tourna vers Andraste, chassant sa morosité passagère pour se recomposer son ordinaire masque de séducteur un tantinet désabusé, comme il seyait à tout jeune homme élégant, et s'obligea à entamer la conversation. Mais il s'arrêta en plein milieu de sa phrase lorsqu'il vit le visage de la jeune femme s'animer soudain, passant du soulagement à la colère, puis à la gêne.

Nul besoin d'être devin pour comprendre que Blackmorgan était dans le coin.

Blackmorgan, qui faisait un bien curieux effet à la demoiselle...

Chapitre 34

Thadeus

Évidemment, s'entretenir avec Brighton à propos des mesures à prendre concernant Ruth Coldfield, puis trouver en urgence, toujours grâce à l'aide du capitaine, un nouveau valet – le poste étant devenu bien plus dangereux et exigeant qu'il n'y paraissait – avait pris du temps. Un temps considérable, qui avait empêché Thadeus de solliciter l'entretien qu'il désirait avoir avec Andraste aujourd'hui, et qui avait même retardé son arrivée à cette réception ridicule qui se tenait ce soir.

Il aurait pu prévoir qu'Augustin manigancerait quelque chose et profiterait de son absence pour se rapprocher de la jeune femme. Il n'empêche que la voir assise à sa table, juste à côté de lui qui plus est, le fit bouillir de rage et son cœur s'emballa d'un seul coup, menaçant d'exploser dans sa poitrine.

Il savait sa réaction excessive, mais à sa décharge, ses nerfs étaient encore à vif, ne s'étant pas remis de l'épisode de la nuit passée. La frayeur, non, la peur panique, l'angoisse terrible qu'il avait éprouvée à l'idée qu'Andraste puisse être blessée – ou pire – l'avait complètement ébranlé. Jamais il n'avait ressenti quoi que ce soit de semblable.

jamais il n'avait été aussi vulnérable face à des adversaires.

Aussi n'arrivait-il même pas à regretter son emportement lorsque, après avoir vaincu l'un après l'autre chaque Berserk, il avait violemment invectivé la jeune femme. Il lui avait également fait comprendre qu'il l'épouserait, avec ou sans son accord... et ces paroles non plus, il ne les regrettait pas.

Il allait de soi qu'il préférerait obtenir son consentement. Et il avait encore de bons espoirs, car pour ce faire, il avait trouvé la complice parfaite en la personne de Ruth. Une complice qu'il avait su motiver...

Il n'était pas particulièrement fier de la manière dont il s'y était pris pour rallier celle-ci à sa cause. Mais le moins que l'on puisse dire était que ses méthodes – si discutables soient-elles – se révélaient efficaces.

Si Thadeus n'était pas spécialement doué pour discerner d'éventuels signes d'encouragement – à plus forte raison après une première demande en mariage restée sans réponse –, il n'était pas non plus totalement stupide. Andraste portait la robe qu'il avait eu tant de mal à faire réaliser... la robe qu'*il* lui avait offerte !

Et elle était absolument renversante !

Il faillit même en oublier Augustin et l'autre forme de danger, plus sournois, mais non moins préoccupant, qu'il représentait, tandis qu'il admirait la jeune femme. Comment avait-il fait pour choisir, *lui*, une tenue qui seyait si parfaitement à Andraste ?

Cette délicieuse teinte s'accordait à merveille avec la couleur de ses yeux, ainsi qu'il l'avait prévu. Mais également avec son teint de porcelaine, sa bouche d'un rose tendre, et sa chevelure blanche si exceptionnelle – laquelle était relevée lâchement pour l'occasion, d'une manière si sensuelle que cela aurait dû être proscrit. La coupe du corsage était bien plus provocante qu'il s'y était attendu. Et si le décolleté était plus sage et n'en dévoilait pas autant que les traditionnelles robes de soirée à la pointe de la mode, il soulignait néanmoins les courbes de la jeune femme à la perfection.

Ruth l'arracha à sa rêverie lorsqu'elle l'enjoignit, d'un discret mouvement de tête, de venir les rejoindre. Ce qu'il s'empressa de faire, en espérant qu'il n'était pas resté trop longtemps bouche bée, planté en plein milieu de la salle de bal comme un idiot.

— Lord Blackmorgan, le salua-t-elle en se levant à son approche. Vous arrivez à point nommé. J'allais me retirer... une abominable migraine... et vous voilà, prêt à me remplacer à la table du prince. Quelle heureuse coïncidence !

Elle s'inclina devant une assemblée estomaquée par son inqualifiable audace, tira son siège à l'attention de Thadeus, puis partit, sans autre explication. L'occasion était trop belle et ce dernier la saisit immédiatement. À son tour, il s'installa près d'Andraste, saluant les autres convives à la cantonade, d'un simple signe du menton, aussi bref et fruste qu'à son habitude.

Tout le monde, y compris Augustin, murmura un « lord Blackmorgan » de circonstance, pour le respect de son rang, et le silence retomba.

Et s'attarda...

Jusqu'à ce que, après qu'on eut servi les premiers plats, le prince se tourne vers Andraste et pose la main sur son poignet ganté :

— Vous ai-je dit combien je vous trouve charmante ce soir, ma chère ?

La jeune femme rougit violemment en baissant les yeux et Thadeus songea sérieusement à frapper la nuque d'Augustin – qui n'était qu'à une place de lui – de manière à ce que celui-ci atterrisse directement le nez dans sa soupe de homard.

Andraste ouvrait la bouche pour répondre lorsqu'il reprit :

— Vous êtes si exquise que vous m'évoquez quelque délicate fleur pastel aux pétales nacrés de rosée, scintillante dans l'aube légère d'un matin de printemps.

S'il avait goûté à ce que contenait son assiette, nul doute que Thadeus aurait recraché aussi sec son potage. Jamais il n'avait entendu un homme débiter de telles mièvreries ! Était-ce ainsi qu'Augustin s'y prenait pour amasser les conquêtes ? Ce genre d'imbécillités plaisait-il vraiment aux femmes ?

Cependant, Thadeus se contenta de se racler la gorge et de serrer les poings. Il s'apprêtait à se manifester malgré tout, quand Andraste lui écrasa volontairement le pied. Alors seulement, il réalisa qu'elle ne battait pas des cils par coquetterie, ni ne s'empourprait de plaisir, mais plutôt d'embarras. Fallait-il en déduire qu'elle partageait son avis au sujet des talents de poète du prince ?

— Ou peut-être quelques-unes de ces friandises sucrées et si raffinées que l'on ne déguste que par gourmandise, poursuivit Augustin, se rapprochant encore de la jeune femme.

Thadeus, comme tout le monde, avait saisi le piètre, mais passablement licencieux sous-entendu. Pour autant, cette fois, il se surprit à devoir contenir l'éclat de rire qui le menaçait à la vue de l'expression perplexe et déroutée qu'affichait Andraste – le talon de sa chaussure pressant durement ses orteils contribuant probablement à ce qu'il maîtrise son hilarité.

— Euh... merci... Altesse, bégaya-t-elle tandis que les autres jeunes femmes assises à leur table, apparemment peu exigeantes en matière de compliments, soupiraient de jalousie.

Ainsi, comme il l'avait deviné d'après son comportement lors du dernier bal, Andraste n'était pas réceptive aux avances du prince. Ce qui était aussi étonnant que commode. Thadeus n'aurait pas apprécié devoir rivaliser avec Augustin. Ni avec qui que ce soit, d'ailleurs... n'ayant qu'une confiance très mitigée, voire inexistante, en ses éventuelles compétences dans le domaine de la séduction.

À la fin du repas – lequel fut particulièrement long et ennuyeux – lui et le prince se levèrent de concert, présentant chacun leur main à Andraste pour l'inviter le premier.

— Navrée, messieurs, j'ai réservé cette première valse à un ami, s'excusa-t-elle en s'éclipsant précipitamment dans un froufrou de soie et de dentelle, sans le moindre regard pour l'un ou pour l'autre.

Elle rejoignit Scott, qui l'accompagna jusqu'à la piste de danse.

Alors ces deux-là s'étaient réconciliés ? Voilà qui n'était pas exactement pour lui plaire... Serait-ce si scandaleux que ça, s'il s'interposait ? Après tout, qu'en avait-il à faire du scandale ?

La jeune femme ne lui avait pas adressé la parole de la soirée. Que devait-il comprendre, au juste ? Elle portait pourtant *la* robe, bon sang ! Cela ne signifiait-il donc rien ? Était-elle encore fâchée ?

Quel casse-tête que d'essayer de comprendre une femme ! Et celle-ci devait être pire que les autres, à n'en pas douter.

Il tentait de résister à l'irrépressible envie d'aller chercher Andraste sur la piste et de l'arracher à son cavalier pour exiger qu'elle s'explique, quand Augustin marmonna à son intention :

— Qui c'est, lui ?

— Scott Evershade, le frère cadet de miss Athenaïs et l'un de mes élèves de nécromancie, répondit Thadeus en haussant les épaules, avant de préciser : Il est à la cour avec sa famille depuis plusieurs semaines.

Abigail Voltange quitta à son tour la table désormais déserte – tous les occupants de l'estrade s'étant dépêchés d'aller danser, trop pressés sans doute d'aller échanger librement quelques ragots –, les larmes aux yeux, un mouchoir pressé sur la bouche. Elle s'arrêta devant Augustin comme si elle voulait lui parler, mais il se détourna. Alors elle détala, courant presque, blessée par l'irrévérencieuse indifférence de son fiancé.

— Et voilà, soupira ce dernier en prenant le verre de brandy qu'un serviteur en livrée lui proposait. Très rusé de votre part d'avoir acheté la sœur. Le chaperon dans votre poche et vous avez toute latitude... J'avoue, je ne vous croyais pas aussi malin. Mais encore faudrait-il que la demoiselle apprécie vos manières, c'est là la faille de votre plan, si je puis me permettre.

Le prince l'examina en plissant les paupières lorsqu'il refusa l'alcool proposé. Même s'il était énervé, Thadeus savait qu'il était préférable qu'il s'abstienne. Était-il donc si inconcevable que cela qu'il puisse ne pas boire comme un trou à longueur de temps ? Si inconcevable qu'il ait toutes ses chances avec Andraste, même face à Augustin ?

— Oh, je n'ai pas acheté *que* la sœur, repartit Thadeus, ayant à cœur de prouver qu'il n'était pas en reste, contrairement à ce que son interlocuteur se plaisait à penser. Miss Andraste arbore justement en ce moment même le dernier présent que je lui ai offert.

Elle n'avait sur elle aucun bijou – ce à quoi il se promit de remédier dans les plus brefs délais –, aussi était-il évident qu'il parlait de la fabuleuse robe que la jeune femme portait.

Thadeus aurait adoré ajouter qu'elle portait également son héritier...

— Vous voulez jouer, si je comprends bien ? grimaça Augustin, visiblement désappointé.

— Non, mon vieux, railla-t-il, retrouvant subitement toute son assurance. Pour la simple et bonne raison que j'ai déjà gagné.

— Ne me provoquez pas, Thadeus, l'avertit le prince, en fronçant méchamment les sourcils. Vous ignorez de quoi je suis capable.

— À part vous prélasser dans quelque salon mondain, engoncé dans vos atours de dandy efféminé, à jaser avec vos comparses ignorants et à courser tout ce qui porte un jupon, vous voulez dire ? Voyons, Augustin, vous n'êtes pas sérieux. Votre mère elle-même ne peut se permettre de déplaire aux Blackmorgan. Elle aurait bien trop à y perdre, et vous le sauriez si vous vous intéressiez davantage à la politique.

Le prince pinça les lèvres, piqué au vif, puis rejeta la tête en arrière afin de pouvoir regarder son rival dans les yeux, se redressant au maximum.

— On en est donc là ? C'est ce qu'elle représente alors ? C'est une lutte pour le pouvoir, n'est-ce pas ? Vous… vous briguez la couronne ?! Votre famille cherche à remonter sur le trône ?

Thadeus leva un sourcil, circonspect. Comment Augustin avait-il pu en venir à de telles conclusions ? Qu'espérait donc Victoria en incitant son fils à séduire Andraste ? Que lui avait-elle fait miroiter ?

Il faillit démentir, mais se ravisa. Cela reviendrait à révéler ses réelles motivations… et avouer ses sentiments le rendrait vulnérable et le mettrait dans une position plus bancale encore.

Ses réflexions furent interrompues par l'arrivée d'Andraste. Augustin le prit de court et proposa aussitôt à la jeune femme de retourner danser avec lui, passant de la suspicion à son ordinaire expression enjôleuse avec une rapidité époustouflante.

— Je souhaitais en fait me retirer, prétexta-t-elle en étudiant furtivement Thadeus, comme si elle craignait quelque éclat de sa part. Je venais seulement vous saluer, Votre Altesse.

— Enfin, miss Coldfield, protesta Augustin en faisant signe à un serviteur. Vous n'allez pas nous quitter si vite ! Nous avons à peine pu discuter, vous et moi.

Il glissa presque de force une coupe de champagne dans la main d'Andraste, et lança :

— Au palais, tout oisifs que nous sommes, nous autres aristocrates, nous n'avons le temps de rien ! Tenez, je faisais justement remarquer à Blackmorgan que je l'avais très peu vu durant son séjour à la cour. D'habitude, lui et moi nous croisons au moins au bordel. Il faut préciser qu'il est encore meilleur client que moi lorsqu'il est à la capitale, ce qui n'est pas peu dire, n'est-ce pas mon ami ?

Augustin partit d'un rire grivois et donna un léger coup de coude à Thadeus – que la *plaisanterie* n'amusa pas… du tout.

C'était un coup d'une telle bassesse ! Même lui n'aurait pas osé une attaque aussi déloyale !

Alors c'était ainsi que le prince espérait prendre l'avantage ? En le faisant passer pour ce qu'il n'était pas, en venant ajouter la débauche à la longue liste connue de tous de ses défauts, afin de ruiner ses chances de se faire apprécier d'Andraste ?

Thadeus sentait le sang déserter peu à peu son visage et luttait pour trouver une réplique digne de l'affront, qui, en même temps, détromperait la jeune femme quant à ce qu'elle devait déjà imaginer. Mais il n'y parvint pas. Il était bien trop mortifié pour formuler la moindre phrase. Et puis, comment s'en défendre, puisqu'il s'agissait de la vérité ?

Il risqua un regard vers elle, conscient d'avoir l'air aussi piteux qu'un criminel pris en flagrant délit, et s'aperçut qu'elle l'étudiait avec une étonnante intensité, un léger pli creusant l'espace entre ses délicats et fins sourcils blancs.

Bien sûr… il aurait dû y songer plus tôt. Andraste ignorait ce dont parlait le prince. Cela étant, elle n'était pas complètement dupe. Elle devinait qu'il faisait référence à ces activités peu recommandables.

— Mince, voyez les obscénités que la boisson me fait avouer devant une demoiselle, feignit de se morigéner Augustin, pour bien enfoncer le clou. Pardonnez-moi, très chère, j'espère ne pas vous avoir choquée.

— Mais non, nia-t-elle, un peu sèchement. À présent, je vais aller retrouver ma sœur, si vous le permettez. Je suis assez inquiète, son état s'est dégradé si rapidement.

Elle s'inclina avant même d'avoir reçu l'agrément du prince, déposa sa coupe sur la table, et partit, de façon encore plus inconvenante que Ruth avant elle. Thadeus n'attendit pas la pique suivante d'Augustin et s'esquiva à son tour, le laissant sciemment en plan. Il dut presser le pas pour rattraper Andraste et s'imposa de lui-même comme escorte – et tant pis pour les rumeurs qui immanquablement en résulteraient.

Lorsqu'ils furent loin de la salle de bal, il posa la main au creux des reins de la jeune femme, mais celle-ci se dégagea vivement.

— Alors, aurai-je droit à quelque explication, ou tu ne juges tout bonnement pas cela nécessaire ? s'enquit-elle en se campant face à lui.

— À quel sujet exactement ? éluda-t-il, avant d'ajouter, estimant que la meilleure défense demeurait l'attaque : Parce que j'en ai autant à ton service, figure-toi.

— Ne joue pas au plus fin, le mit-elle en garde, apparemment déjà très remontée contre lui. Au sujet de ce qui, selon le prince, aurait dû me choquer, enfin ! Hors de question que je te laisse profiter plus longtemps de mon ignorance. Qu'est-ce donc qu'un *bordel* ? Ce n'est pas qu'un simple juron, n'est-ce pas ? Ce mot désigne autre chose, je veux savoir.

Bons dieux ! Fallait-il vraiment qu'il se lance dans une définition ? Il n'avait aucune envie qu'elle apprenne ça, encore moins de sa bouche.

Thadeus enfouit ses deux mains dans les poches de sa veste et fixa le sol, réfléchissant à toute vitesse à ce qu'il pourrait dire pour se sortir de cette situation. Ces choses-là ne le gênaient pas le moins du monde en temps ordinaire, d'autant que fréquenter ce genre d'établissement était une pratique extrêmement répandue parmi la gent masculine, et pas que dans l'aristocratie.

Mais le reconnaître devant elle, la femme qu'il aimait et dont il rêvait de se faire aimer, était une tout autre affaire…

— As-tu eu tes saignements aujourd'hui ? se renseigna-t-il abruptement.

Voilà, ça, c'était vraiment important. Déplacé, mais important.

L'expression d'Andraste s'assombrit encore et elle croisa les bras sur sa poitrine avec humeur.

— Réponds à ma question et ensuite je répondrai à la tienne.

Thadeus n'en crut pas ses oreilles.

— Quoi ?! Du chantage ? Tu marchandes une information capitale pour moi, qui risque de bouleverser ma vie et qui me concerne tout autant que toi ? Vraiment ?

— Absolument, confirma-t-elle sans se démonter. Il faut dire que j'ai un excellent maître dans cette discipline.

Il n'y avait bien que les femmes pour simuler si parfaitement l'innocence et être aussi fourbes et perfides !

Non, il n'y avait qu'Andraste... et le plus troublant était qu'elle ne faisait pas semblant d'être innocente. Et elle n'était ni fourbe ni perfide, malgré les apparences et ce qu'il avait pu penser d'elle au début de leur relation. Elle était seulement un peu effrontée, et surtout très déterminée. Des traits de caractère qui auraient dû la desservir, et qui pourtant lui seyaient à merveille. Il l'admirait pour ça... entre autres choses.

Thadeus leva les yeux au ciel, inspira profondément, puis soupira, vaincu :

— Soit, je vais t'expliquer. Nous devons parler de toute façon. Mais pas ici.

— Je ne retournerai pas dans ta chambre, se braqua-t-elle aussitôt, reculant légèrement tout en essayant de cacher son angoisse.

Lui avait-il fait peur la nuit dernière ? Était-ce à cause de la violence avec laquelle il avait supprimé les Ilandriens ? De son petit discours, un tantinet brutal ? Ou bien parce qu'il avait tenté de la garder avec lui contre sa volonté ?

— Là-bas, proposa-t-il en désignant un salon vide, mais encore ouvert, à quelques mètres d'eux.

Andraste hocha la tête et le suivit jusqu'à la petite pièce, mais parut plus nerveuse dès lors qu'il eut refermé la porte. Il alluma plusieurs lampes et attendit qu'elle s'asseye, mais elle n'en fit rien.

— Alors ? le pressa-t-elle. Qu'est-ce que le prince a essayé de m'apprendre sur ton compte et qui ne semble pas très reluisant ?

C'était bien sa veine qu'elle soit aussi perspicace...

— C'est-à-dire, commença-t-il en cherchant ses mots avec soin, Augustin faisait allusion à un certain type d'établissement. Il se peut, en effet, que par le passé nous nous soyons déjà croisés dans des... des maisons closes, en fait... des lieux où l'on trouve des femmes qui gagnent leur vie en... en vendant leurs charmes. Voilà.

La bouche de la jeune femme forma un « o » parfait, mais aucun son n'en sortit. Puis elle s'assit, finalement. De toute évidence, elle ne s'attendait pas à ça.

— Mais je n'ai rien à voir avec lui, s'empressa-t-il de la détromper. Je ne suis pas un débauché, malgré ce qu'Augustin a pu insinuer. C'est une tare que je n'ai pas. Je t'assure. Je n'ai même jamais eu de maîtresse, c'est dire ! Cependant, tous les hommes se rendent au moins une fois dans leur vie dans ce type d'endroit. C'est très courant, et parfaitement inscrit dans les mœurs.

Pourquoi était-ce si important qu'elle le croie ? Il n'en avait pourtant jamais eu honte.

Enfin si, peut-être... là, tout de suite, il ressentait quelque chose qui ressemblait à s'y méprendre à de la honte. Le prince avait visé on ne peut plus juste. Thadeus aurait dû davantage se méfier de cet adversaire-là, il l'avait indéniablement sous-estimé.

— Tu essaies de me faire croire que tous les hommes, sans exception, sont des salauds répugnants qui abusent de pauvres femmes miséreuses ? assena-t-elle sévèrement.

Personne n'avait jamais osé l'insulter de cette façon et il aurait dû réagir en conséquence. Mais personne ne l'avait autant blessé, non plus...

— Ce n'est pas ce que j'ai dit, grimaça-t-il, la voix rauque. Et pour ta gouverne, sache que je n'ai jamais abusé de qui que ce soit. Il n'est question que de transaction et chacun des deux partis y trouve son intérêt, vois-tu. J'ai toujours été très généreux envers ces femmes, dont certaines sont loin d'être miséreuses, au passage.

Andraste s'adossa à son fauteuil et toisa Thadeus avec un mélange de répulsion et de dépit.

— En fait, je ne te connais pas du tout, déplora-t-elle, soudain plus calme, mais non moins cinglante. Et je réalise qu'au bout du compte, moi aussi, tu tentes de m'acheter. Depuis le début tu te comportes de cette manière, tu vas de propositions en marchés ou chantages, comme avec ces femmes en quelque sorte. Je ne suis qu'une autre transaction, une affaire de plus, que tu remporteras par la force si nécessaire.

Il se laissa tomber dans un canapé, posa les coudes sur ses genoux et repoussa sa tignasse à deux mains. Il ne savait absolument plus quoi dire. Elle se trompait sur le fond, mais les apparences étaient contre lui. Comment lui faire comprendre que cette impression n'était due qu'aux circonstances très particulières de leur rencontre, ainsi qu'à sa maladresse et à son manque affligeant d'expérience dans le domaine des relations entre homme et femme ?

— Toujours rien, reprit Andraste d'un ton froid et détaché, insupportable, avant de préciser : pour répondre à ta question de tout à l'heure. J'ai bien réfléchi et tu as raison, je n'ai pas d'autre choix que de t'épouser. Je me suis donc résignée. Après tout, je suppose que, quelles que soient tes... *mœurs*, ça ne peut pas être pire que celles des hommes en Ilandria.

Cette victoire avait un goût amer, passablement désagréable.

Il aurait dû exulter. Ses espoirs qu'Andraste attende son enfant se confirmaient peu à peu et elle venait d'accepter de devenir sa femme. Toutefois, ce qu'il éprouvait en cet instant était aux antipodes de ce qu'il avait attendu de ce triomphe.

— Diable, mais ce ne sont pas *mes* mœurs ! s'enflamma-t-il, trop offensé pour retenir sa colère. En effet, tu ne me connais pas, en tout cas pas suffisamment pour me juger de cette façon ! Mon comportement est ce qu'il est, je n'ai rien d'un saint et j'en suis bien conscient. Mais je te rappelle que tu n'es pas non plus totalement irréprochable !

Elle redressa farouchement le menton et le défia du regard :

— Ah oui ? Et de quoi serai-je coupable, selon toi ?

Elle était si belle dans son indignation... Sans doute anticipait-elle ses reproches, ne sachant que trop bien ce qu'il s'apprêtait à répliquer. Thadeus aurait préféré ne pas évoquer cet épineux sujet. Lui avait décidé d'oublier cette histoire pour se concentrer sur l'avenir et sur ces choses étranges qu'il ressentait pour cette jeune femme si spéciale. Que la magie puisse être à l'origine de ses sentiments ne le dérangeait plus parce qu'aussi inattendu que cela puisse être ils avaient donné un sens à sa vie, comblé un vide aussi douloureux que dangereux. Et ils étaient désormais tellement ancrés en lui qu'il était certain qu'une fois le sort levé les choses resteraient inchangées, que son cœur ne battrait toujours que pour elle.

Cependant, elle lui avait fait très mal en traitant avec autant d'indifférence sa demande en mariage... et il voulait lui rendre la monnaie de sa pièce.

Il soutint son regard, puis, les mâchoires crispées, l'accusa :

— Eh bien, d'avoir sacrifié ta vertu aux manigances de ta famille, par exemple. D'avoir profité d'un moment de faiblesse de ma part pour utiliser tes appâts contre moi et me jeter ton foutu sortilège ! J'avais certaines raisons de te traiter comme je l'ai fait, ce n'est pas si éloigné des méthodes employées par les catins, tu sais !

Il regretta aussitôt. Elle avait agi sous la contrainte et l'urgence, il le savait pertinemment, et elle avait dit avoir eu quelques sentiments – encore qu'il n'ait toujours pas compris. Aussi n'en pensait-il pas un mot. Mais il fallait bien qu'il riposte, bon sang !

Andraste s'affaissa légèrement et donna l'impression de suffoquer. Il se hâta vers elle, mais elle bondit hors de son siège en même temps et tendit la main, paume ouverte, pour l'empêcher d'approcher.

— Pardon ?! se récria-t-elle, horrifiée à présent. Tu penses que je... que...

Elle secoua la tête, les yeux écarquillés, puis serra les poings, les bras pressés le long du corps, les joues plus rouges que jamais.

— Tu n'es qu'un sombre crétin, Thadeus Blackmorgan ! cracha-t-elle avec un mépris aussi insultant que les injures elles-mêmes, avant de sortir et de claquer la porte du salon derrière elle.

Thadeus s'abstint de la poursuivre, même si cela lui demanda beaucoup d'efforts. Il avait franchi la limite cette fois et il ignorait comment il pourrait réparer cette erreur. Serait-elle réparable, d'ailleurs ?

Pourquoi n'avait-il pas tout simplement pu la boucler à partir du moment où elle avait annoncé qu'elle acceptait, non, qu'elle se *résignait* à l'épouser ?

À nouveau, il s'assit et se prit la tête entre les mains. Cela faisait presque deux semaines qu'il n'avait pas vraiment souffert de sa jambe. En revanche, il avait découvert d'autres maux depuis qu'il était au palais, comme ces vicieux pincements à l'estomac ou bien encore cette insidieuse migraine qui lui vrillait actuellement les tempes...

Chapitre 35

Andraste

Un hurlement strident résonna aux oreilles d'Andraste, la tirant en sursaut des limbes du profond sommeil dans lequel elle était plongée encore une seconde auparavant. Elle repoussa vivement les couvertures, alarmée, presque certaine qu'il ne s'agissait pas d'un rêve. Puis d'autres exclamations épouvantées lui parvinrent, provenant de l'extérieur. Elle se précipita hors du lit et trouva Ruth plantée devant la fenêtre, ses battants grands ouverts.

— N'approche pas, lui déconseilla-t-elle, l'air consterné. Inutile que tu vois ça.

Andraste, détestant toujours autant les ordres et autre mise en garde – et n'ayant, malgré ses récents aveux, qu'une confiance mitigée en sa sœur –, s'empressa de la rejoindre et jeta un œil au-dehors, par-dessus son épaule. Dans l'avenue qui débouchait sur la Tamise, deux domestiques s'affairaient au pied de la tour de l'horloge, fouillant dans un parterre de buissons, tandis qu'une poignée de membres de la garde royale accourait.

Ce n'est qu'après coup qu'elle distingua l'objet d'une telle agitation, lorsqu'une des bonnes écarta une branche du taillis pour mettre au jour le corps sans vie d'une jeune femme.

Elle était en chemise de nuit et des taches brunes maculaient le vêtement en divers endroits. Du sang, apparemment sec depuis un moment. Un de ses bras, ainsi que ses deux jambes, formait des angles étranges, un peu grotesques, et son crâne semblait légèrement enfoncé au niveau de la tempe droite.

Une nausée terrible saisit Andraste quand elle reconnut la jeune femme en face de laquelle elle avait dîné la veille au soir, lors du bal.

Ruth scruta sa sœur avec attention, pressentant sans doute son malaise. Puis elle l'arracha à l'horrible spectacle et la conduisit avec urgence au cabinet de toilette, où elle vomit.

— Je t'avais prévenu, avisa-t-elle en retenant les cheveux de sa cadette sur sa nuque.

Andraste se demanda si elle devait mettre son indisposition sur le compte de sa sensibilité ou bien s'il fallait y voir un autre signe de sa possible grossesse... Elle s'était un peu renseignée depuis sa première discussion sur le sujet avec Blackmorgan. Elle avait réussi à glaner quelques informations auprès de la femme de chambre qui s'occupait d'elle depuis son arrivée au château, profitant des quelques minutes où elles se trouvaient seules pendant que Ruth prenait son bain.

À son grand désarroi, Thadeus ne lui avait pas menti, l'aménorrhée était bel et bien le premier symptôme qui apprenait à une femme qu'elle était enceinte. Venaient ensuite les nausées matinales...

— C'était miss Voltange, murmura Ruth après qu'Andraste se fut passé un peu d'eau sur le visage. Tu l'as vu comme moi, n'est-ce pas ? Je n'ai pas la berlue, c'était bien la fiancée du prince ?

— Oui, je l'ai reconnue aussi.

— Mais qu'est-ce qui a pu lui arriver ? Est-ce... c'est un suicide, à ton avis ?

Andraste fit face à sa sœur.

— L'Ilandrien échoué sur le pavé de la cour du château, il s'était suicidé peut-être ? Si toi et moi, dans un moment de panique, nous avons choisi ce procédé pour nous débarrasser d'un cadavre, d'autres ont très bien pu y recourir également.

Le prince avait passé la soirée à ignorer ostensiblement sa fiancée, miss Voltange en avait paru très blessée, mais ce n'était tout de même pas un motif suffisant pour se jeter d'une fenêtre. Il y avait autre chose, Andraste en était persuadée.

Le palais royal n'était définitivement pas un endroit sûr.

Pour personne.

Tous les sens de la jeune femme étaient en alerte et l'avertissaient que le danger planait encore.

— Je vais aller voir ce qu'il se passe, la prévint Ruth, déjà lavée et habillée. J'obtiendrai peut-être quelques renseignements auprès des gardes. Je ne serai pas longue.

Là-dessus, elle claqua la porte derrière elle, laissant Andraste seule avec ses angoisses. Ce décès, qu'il s'agisse d'un meurtre ou d'un suicide, n'augurait rien de bon. Elle ne pouvait se l'expliquer, mais elle avait l'intime conviction d'être liée à cette affaire. Le comportement du prince à son égard avait été bien trop étrange durant le bal pour ne pas être suspect.

Elle avait très peu dormi et n'avait trouvé le sommeil qu'au petit matin. Toute la nuit, elle avait ruminé sa discussion avec Blackmorgan. Elle avait été profondément choquée d'apprendre qu'il avait fréquenté des prostituées. Elle avait compris que cela n'avait rien de très exceptionnel, les hommes étaient ainsi et ce n'était pas une si grande surprise de découvrir qu'il existait des établissements pour ça, en vérité.

Cependant, et bien que ce soit parfaitement idiot, d'autant plus qu'il n'avait été question que de faits antérieurs à leur rencontre, elle ne pouvait s'empêcher de se sentir offensée. Peut-être même jalouse... parce que, d'un point de vue purement pratique, elle savait qu'elle ne pourrait jamais égaler ce genre de femmes dans l'intimité.

Cela étant, Andraste avait décidé de faire ce qu'il fallait pour que Ruth puisse retrouver son enfant, et que le sien, dans le cas où elle serait vraiment enceinte, ait un père pour veiller sur lui. Elle épouserait donc Blackmorgan et devrait faire une croix sur ses espoirs de liberté et d'indépendance.

Mais en dépit de ses efforts pour tenter d'oublier ses sentiments – sa décision étant désormais arrêtée –, elle demeurait extrêmement fâchée de ce que Blackmorgan avait insinué, avant qu'elle l'insulte à son tour – ce qu'il avait amplement mérité ! – et s'enfuie, trop bouleversée pour poursuivre la conversation.

Pour quelle raison Thadeus avait-il imaginé cette sombre histoire de sortilège ? Et comment avait-il pu croire qu'elle s'était donnée à lui pour autre chose, cette nuit-là, que parce qu'elle en avait envie ? Quelles motivations aurait-elle pu avoir dans de telles circonstances ?

Loin d'être levé, le mystère Blackmorgan s'épaississait de jour en jour.

Toutefois, à bien y réfléchir, cela pouvait d'une certaine façon expliquer – bien que cela ne l'excuse en rien – son attitude agressive si curieuse du début...

Deux coups secs et brefs, frappés à la porte de ses appartements, la tirèrent brutalement de ses réflexions, la faisant à nouveau sursauter. Ruth n'aurait pas toqué. Quant aux domestiques, ils s'efforçaient en général d'être discrets et n'attendaient pas avant d'entrer.

Andraste drapa un châle autour de ses épaules et prit tout son temps pour aller ouvrir, préparant en esprit quelques phrases d'accueil bien senties, quasi certaine de trouver Blackmorgan derrière le battant.

Mais elle eut la surprise de tomber nez à nez avec un valet guindé, arborant la livrée royale.

— Miss Andraste Coldfield ? interrogea-t-il en haussant les sourcils de désapprobation devant sa tenue.

Elle acquiesça et il poursuivit :

— Vous êtes attendue dans les plus brefs délais pour une audience auprès de Son Altesse, le prince Augustin.

— Pardon ?!

— Dois-je répéter, miss ? Qu'est-ce que vous n'avez pas compris ? Le mot *audience* ? Ou bien l'urgence de la situation ?

— Pourquoi le prince voudrait-il me voir, moi ? Et pourquoi maintenant ? s'inquiéta-t-elle, l'angoisse se répandant comme un poison glacé dans ses veines. Dites-lui que je suis désolée, mais que je ne peux pas pour l'instant, je ne suis pas présentable.

— Certes, mais vous devez tout de même vous présenter devant lui, persista le valet avec hauteur, avant d'interpeller une servante qui passait par là : Miss Charlotte, veuillez habiller miss Coldfield. Faites vite, le prince exige qu'elle lui soit amenée séance tenante !

La femme de chambre se hâta auprès d'Andraste, ne lui laissant d'autre choix que d'accepter son aide. Puis, sans même écouter ses protestations, le valet conduisit la jeune femme jusqu'à une aile du château qu'elle n'avait encore jamais visitée. Et pour cause, puisque c'était là que se trouvaient les appartements princiers et royaux.

Elle fut introduite sans autre justification dans un salon d'apparat, à la décoration époustouflante, pleine de dorures et de fines boiseries, au mobilier raffiné à souhait. N'osant faire un pas de plus, elle resta plantée au milieu de la salle, seule, se tordant les mains d'anxiété.

Qu'est-ce que le prince pouvait bien avoir à lui dire de si urgent ? Cela avait-il un rapport avec la mort de miss Voltange ? Et pourquoi Thadeus n'était-il pas encore intervenu ? N'aurait-il pas dû venir la voir ce matin, si ce n'était pour s'excuser, au moins pour s'expliquer au sujet de ses infâmes accusations ? Son absence n'était pas exactement pour la rassurer…

— Ah, enfin vous voilà ! s'exclama Augustin en pénétrant dans la pièce par une porte dérobée. Je me faisais du souci, il y a déjà plus de vingt minutes que j'ai demandé à vous voir, miss Coldfield.

— Votre Altesse, le salua-t-elle en s'inclinant. Navrée de vous avoir fait attendre, mais je sortais tout juste du lit lorsqu'on est venu me chercher et ma sœur n'était pas...

— Évidemment, mon cœur, coupa Augustin en lui faisant signe de prendre place sur un sofa. Vous êtes pardonnée, bien entendu. Ne vous tracassez donc pas de ces bêtises de chaperon, vous n'aurez aucun problème à être ici avec moi, je puis vous l'assurer.

Andraste, elle, en était bien moins certaine.

Le prince lui adressa un sourire légèrement crispé, très éloigné de sa décontraction coutumière, puis s'installa à côté d'elle, de manière singulièrement proche. Il se pencha en avant, les mains jointes devant lui, et s'enquit :

— Vous a-t-on informé du départ de miss Voltange, mon ancienne fiancée ?

— Vous appelez ça comme ça, vous, un *départ* ? ne put-elle s'empêcher de rétorquer, abasourdie.

— On vous a donc informée, en déduisit-il en hochant gravement la tête, se rencognant contre le dossier. Je suis très triste de ce qui est arrivé, cela va sans dire. Nous avons rompu hier soir, après la réception. Et ce matin, elle... elle ne l'a pas supporté, je crois. La pauvre ne se plaisait pas du tout à la cour. Durant ces quelques mois passés au palais, elle n'est guère parvenue à trouver sa place parmi nous. Je sais que j'ai pris la bonne décision. Comme me l'a fait remarquer la reine, ma mère, lorsque nous avons appris la nouvelle, une personne aussi fragile n'aurait jamais pu assumer les responsabilités qui incombent à une princesse.

— Que me voulez-vous, Augustin ? interrogea Andraste en se reculant sur la banquette. Quel est le rapport avec moi ?

— Eh bien, commença-t-il avec un grand geste nerveux de la main, avant de s'interrompre et d'admettre abruptement : Il me faut une nouvelle fiancée. Le plus rapidement possible, de manière à ce que le peuple ait un événement heureux à fêter et ne songe pas trop à cette déplorable affaire. Voyez-vous, je crains qu'on ne me tienne pour responsable du terrible désespoir qui a poussé Abigail à commettre l'irréparable. Bref, mon choix s'est donc naturellement porté sur vous. Croyez bien que je regrette que ma demande soit faite de façon si soudaine... et dans de telles circonstances.

La jeune femme se figea, incrédule.

— Enfin, c'est... ça n'a absolument aucun sens, cafouilla-t-elle dès qu'elle eut recouvré ses esprits. Ça ne fera qu'attiser les rumeurs ! La famille Voltange sera d'autant plus fâchée que vous ne portiez pas le deuil, alors vous fiancer tandis que miss Voltange n'est pas encore au tombeau... Vous ne l'envisagez tout de même pas sérieusement ?!

Elle se leva, prise de panique, et avisa la sortie, pressée de fuir cette pièce et son inquiétant propriétaire. Aussi surprenante et inattendue que soit cette demande, elle se devait d'être claire et d'arrêter immédiatement Augustin avant qu'il ne s'aventure plus loin encore.

— Quant à moi, Votre Altesse, je dois vous prévenir que je ne suis pas libre. Je... je suis déjà engagée envers quelqu'un. Je suis navrée, c'est totalement impossible.

Il ne s'agissait pas que d'une simple défense, c'était la vérité. Et ce n'était pas à l'accord que sa grand-mère avait passé avec Ardghal qu'elle faisait référence, mais bien à la promesse qu'elle-même avait faite à Thadeus. Elle avait accepté sa proposition, lui avait donné sa parole, la veille, avant que leur discussion s'envenime et tourne court. Et, quoi qu'il arrive, elle ne reviendrait pas dessus, quand bien même le prince de Néo-Londonia en personne lui offrirait à son tour de l'épouser !

Augustin se frotta le front, l'air sombre, mais nullement étonné, comme si, si improbable que soit la chose, il s'était préparé à se voir opposer un refus.

— Je souhaitais vous laisser l'illusion que la décision vous appartenait, déclara-t-il avec un détachement blasé. Mais en réalité, il n'en est rien. Vous n'avez pas votre mot à dire, Andraste.

Elle battit des paupières, le temps d'intégrer les paroles du prince et de prendre la pleine mesure de ce qu'elles impliquaient. Puis elle esquissa un pas en arrière lorsqu'il quitta le sofa pour s'approcher d'elle.

— Ma mère est juste à côté et désire vous rencontrer dès à présent, lui apprit-il en lui prenant la main. Elle aimerait vérifier par elle-même que vous êtes bien la personne que nous pensons. Il ne s'agit là que de quelques tests tout à fait inoffensifs, soyez tranquille.

— La personne que vous pensez ? répéta Andraste d'une voix blanche.

Elle dégagea son poignet de l'emprise du prince, mais il fut plus rapide et la rattrapa aussitôt par le bras. Sa poigne était plus ferme que ce qu'elle aurait pu imaginer et c'est sans ménagement qu'il la conduisit jusqu'à une double porte, au fond de la salle. Laquelle s'ouvrit subitement pour les laisser entrer dans ce qui paraissait à première vue être un boudoir, sans fenêtre, mais aménagé tout aussi fastueusement que le précédent salon. À ceci près qu'une espèce d'établi trônait en son centre, le cadavre d'un rat échoué là, et que d'étranges instruments de laboratoire ornaient les étagères du plus large des murs.

Une femme entièrement vêtue de noir était assise sur un large fauteuil de velours sombre, un masque de métal doré, finement ciselé, couvrant l'intégralité de son visage. Andraste comprit que c'était à la Reine Éternelle qu'elle faisait face et frissonna, un malaise étrange s'emparant d'elle, l'empêchant d'articuler le moindre mot.

Victoria se tenait droite sur son siège, la tête haute, et l'examinait de ses yeux singulièrement blancs, exempts de pupilles. Elle était encadrée de chaque côté de plusieurs hommes, dont deux arboraient d'angoissantes blouses blanches, et un autre la robe rouge des prêtres théogoniens.

— Miss Andraste Coldfield, croassa la reine, un son atrocement métallique s'échappant d'une petite ouverture grillagée, pratiquée au niveau de la bouche dans le cuivre de son masque. Vous nous causez bien du tracas, mon enfant. Depuis que vous êtes au palais, vous n'avez rien fait de ce que l'on attendait de vous. On m'a rapporté que vous aviez mis beaucoup de mauvaise volonté dans l'exécution de vos exercices de nécromancie et que vous n'avez jamais rien réussi à réveiller. J'espérais beaucoup mieux de la part de la mystérieuse jeune femme aux cheveux blancs que le coven Coldfield tenait cachée, et dont certains prétendent qu'elle a tiré de la tombe une domestique atteinte d'une fièvre foudroyante qui aurait dû l'emporter. Comme vous le voyez, il n'est plus temps de plaisanter. Avant de procéder à votre union avec le prince Augustin, j'ordonne que vous nous prouviez que vous possédez bel et bien le double pouvoir des Élues. Sans un minimum de coopération de votre part, nous nous verrons dans l'obligation de tester votre potentiel magique grâce à d'autres méthodes... et je crains que cela ne se révèle assez pénible. Aussi, soyez aimable et mettez-y un peu du vôtre pour nous épargner à tous ces fastidieux et désagréables examens.

— Mère, intervint Augustin, desserrant très légèrement les doigts autour du bras d'Andraste. Vous aviez promis que...

— Personne ne t'a demandé ton avis, feula Victoria, sans même daigner accorder un regard au prince.

— Et à quoi cela pourrait bien vous servir de savoir si je suis ou non une Élue, puisque de toute façon je refuse d'épouser votre fils ?! s'écria Andraste avec tant de véhémence que toute l'assemblée – à l'exception de la reine – tressaillit d'appréhension. Je suis *déjà* fiancée, vous entendez ? Êtes-vous tous bouchés ou quoi ?!

Elle luttait pour se rebeller, même aussi piètrement, tandis qu'elle se sentait soudain vidée de ses forces, comme écrasée sous le poids de l'aura terrible de Victoria.

Était-elle réellement une déesse, ainsi que tant de gens le croyaient ? Andraste n'en savait rien, cependant, le pouvoir de la reine ne ressemblait à aucun autre et n'entrait probablement dans aucune catégorie de magie.

— Si c'est à lord Blackmorgan que vous faites allusion, j'ai bien peur que de belles paroles vous aient induite en erreur, siffla Victoria avec une pointe d'irritation. L'héritier du duc a quitté la cour il y a quelques heures afin de retourner chez lui, dans le Blackshire. Vous n'étiez pas au courant ? Aurait-il omis de venir vous présenter ses hommages ?

Son cœur rata un battement et la jeune femme crut que ses jambes allaient se dérober sous elle. Ébranlée par la nouvelle, elle prit sur elle pour se concentrer et rassembler son énergie afin de rester debout.

Ce n'était pas possible...

Non, Thadeus n'avait pas pu l'abandonner... pas maintenant, pas au moment où elle avait le plus besoin de lui !

Leur dispute de la veille avait-elle mis fin à leur relation ? Était-elle allée trop loin en l'insultant comme elle l'avait fait ?

— Ce n'est pas possible, vous mentez ! accusa Andraste, en tentant de s'en convaincre.

La reine se leva pour la toiser, la colère qui émanait d'elle était presque palpable.

— Pour qui vous prenez-vous pour oser vous adresser à votre souveraine et déesse de la sorte ?! Nous saurons vous mater, petite sorcière impie, nous en avons les moyens, faites-moi confiance !

Les deux hommes en blouse blanche s'avancèrent dans sa direction à ce signal, le premier avait des sangles à la main et le second un appareil à saignée. Andraste, désespérée, se mit alors à supplier :

— Ne faites pas ça, je vous en prie. Ne faites pas de mal au bébé...

Le prince se raidit à côté d'elle et la reine concéda enfin un regard à son fils :

— Si elle dit vrai, ce n'est pas un problème. Nous la débarrasserons du bâtard. Ce sera réglé avant ce soir, ne t'inquiète pas. Personne ne le saura.

Chapitre 36

Andraste

— Non ! s'opposa soudain Augustin, libérant le bras d'Andraste pour se placer entre elle, sa mère et les hommes en blanc. Il n'en est pas question ! Les Blackmorgan ne vous le pardonneront jamais et c'est une guerre que nous obtiendrons. Je refuse de prendre part à tout ça, ça suffit ! Votre obstination devient ridicule !

Le prince bouscula Andraste, la repoussant si violemment hors de la pièce qu'elle faillit tomber.

— Fuyez ! lui ordonna-t-il, avant de faire volte-face pour rattraper au vol le poignet de sa mère qui tentait de le gifler.

La reine hurla comme s'il lui avait fracturé plusieurs os et tous les hommes présents dans l'étrange boudoir se précipitèrent sur lui.

Andraste ne resta pas pour assister à la scène. Elle obéit à Augustin et détala aussi vite qu'elle le put, choisissant de s'échapper par la porte dérobée d'où il était arrivé, en entendant le bruit des gardes qui se précipitaient dans le couloir.

Elle se retrouva dans un petit corridor aveugle, et néanmoins cosy, éclairé par une multitude d'élégantes appliques murales. Elle savait son sens de l'orientation abominable, cependant elle n'avait pas le temps de se poser de questions. D'une seconde à l'autre quelqu'un pouvait surgir quelque part dans ces passages plus ou moins secrets et se lancer à sa poursuite. Elle s'engagea donc dans une direction – priant pour ne pas déboucher dans les appartements du prince, et encore moins ceux de la reine –, et n'en dérogea pas.

Andraste courut à en perdre haleine jusqu'au premier croisement et opta pour le couloir le plus étroit, celui qui semblait plus humble et qui n'était pas éclairé. Elle ralentit et s'enfonça à tâtons dans l'obscurité. Lorsqu'elle estima s'être suffisamment éloignée, elle sélectionna une porte et lança un sort pour la déverrouiller.

Dès que la serrure eut cédé, elle poussa le battant et s'engouffra dans la pièce, ignorant où elle avait atterri. Elle comprit, aux gens qui s'y trouvaient, attablés pour le thé, à la simplicité de l'ameublement, ainsi qu'aux diverses cloches accrochées aux murs, qu'elle avait visé juste et se trouvait à présent dans les quartiers des domestiques. Elle était loin d'être tirée d'affaire, mais elle soupira malgré tout de soulagement. D'ici, elle saurait se repérer et risquait moins de tomber sur un garde.

Andraste croisa plusieurs autres femmes de chambre ainsi que quelques valets passablement ahuris. Toutefois, personne n'osa l'arrêter, ni faire de commentaires, tandis qu'elle filait, en sueur, les jupes retroussées presque à hauteur des genoux.

C'était sans doute une mauvaise idée de repasser par sa propre chambre avant de quitter le palais. Peut-être la cherchait-on déjà ? Mais elle n'avait pas le choix. Augustin avait raison, il fallait qu'elle fuie, qu'elle mette le plus de distance possible entre elle et les sombres projets que nourrissait la reine pour elle. Même si cela signifiait quitter le palais et s'exposer au soleil...

Elle allait devoir affronter sa lumière directe et elle ne pouvait s'y résoudre sans se munir au moins de l'ombrelle opaque que lui avait donnée Sarah avant son départ du coven. Puis Ruth l'y attendait sûrement, et peut-être trouverait-elle une solution, un sort pour la protéger… quelque chose…

Andraste ferma les paupières un bref instant et s'interdit de pleurer en songeant que Thadeus, lui, ne l'attendait nulle part, qu'elle ne le reverrait probablement plus. C'était si douloureux de penser qu'il l'avait tout simplement abandonnée. Que s'était-elle imaginé aussi, il n'avait jamais dit qu'il tenait à elle et elle avait été bien sotte de le croire !

Mais ce n'était pas cohérent… ce départ précipité, sans même un mot d'adieu, ni un dernier petit chantage en bonne et due forme. Elle avait beau tourner et retourner le problème dans sa tête, cela ne lui ressemblait pas. Et en même temps, elle l'avait admis elle-même la veille, elle ne le connaissait pas. Comment aurait-elle pu savoir, dans ce cas, ce qui lui ressemblait ou non ?

Elle secoua la tête, s'arrachant à ses réflexions, puis stoppa sa course à quelques mètres de la galerie qui menait à ses appartements. Elle se posta au coin et, discrètement, s'assura que la voie était libre. La gouvernante qui l'avait escortée le premier jour jusqu'au cours de nécromancie remontait le couloir d'une démarche un peu lourde et s'apprêtait à s'engager dans un autre.

Andraste attendit qu'elle ne soit plus en vue avant de rejoindre le plus calmement possible sa chambre. Elle hésita un instant à pousser la porte, dégaina le poignard de Blackmorgan, au cas où un garde la guetterait de l'autre côté, puis entrouvrit le battant.

Personne.

Elle se faufila à l'intérieur, puis fit le tour de toutes les pièces.

Lesquelles étaient vides. Même Ruth n'y était pas…

Pendant quelques secondes, Andraste envisagea de s'allonger dans son lit pour se recroqueviller sous les couvertures et attendre sa sœur. Peut-être tout cela n'était-il rien de plus qu'un affreux cauchemar, après tout ? Ce n'était pas si improbable que cela, puisque le monde entier semblait être tombé sur la tête et que plus rien ne répondait à aucune logique depuis ce matin...

Elle se ressaisit aussitôt et se dépêcha de se débarrasser de ses vêtements. Sa tenue, choisie avec Charlotte, la femme de chambre qui l'avait aidée à se préparer pour son entretien avec le prince, était bien trop voyante, bien trop aristocratique pour arpenter les rues de Néo-Londonia sans attirer l'attention sur elle.

Elle abandonna la jolie robe bleu ciel au sol et, n'ayant rien d'autre de plus modeste, passa promptement l'uniforme gris anthracite de nécromancie. Elle récupéra sa boîte à chapeau et eut l'heureuse surprise de découvrir que Ruth avait rangé le revolver à sa place, là où elle-même l'avait précédemment caché. Même le livre volé à sa grand-mère, sur lequel son aînée avait forcément dû tomber, s'y trouvait encore.

Andraste fouilla dans les affaires de sa sœur et lui emprunta une sacoche de cuir brun pour y ranger l'arme, ainsi que le vieil ouvrage. Elle fixa son chapeau le plus couvrant sur son crâne, prenant bien soin de dissimuler chaque mèche de ses cheveux blancs – signe distinctif s'il en est un – dessous. Puis elle ajouta un voile par-dessus le tout, appréhendant les effets du soleil, contre lesquels on l'avait tant mise en garde, sur sa peau si fragile.

Enfin, ce n'était pas comme s'il existait une autre solution – en tout cas, aucune autre ne lui venait à l'esprit. Elle devait à tout prix quitter le palais, et le plus vite serait le mieux. Le danger qu'elle courait à s'attarder en ces lieux était trop grand... même si l'extérieur lui en promettait bien d'autres.

Elle jeta rapidement un œil à son reflet dans le miroir afin de vérifier sa mise. Une humble veuve, voilà ce qu'on verrait lorsqu'on la croiserait. Et non pas une jeune fille suspecte et malade, cherchant par tous les moyens à se préserver de la lumière... du moins l'espérait-elle.

Elle ajouta une petite bourse – toutes ses économies en fait – à son équipement, ses gants les plus épais, puis l'ombrelle, et se hâta vers la porte. Des gardes surveillaient les accès du château, aussi s'interrompit-elle en plein élan, se demandant s'il était judicieux d'escompter s'enfuir par là.

Elle envisageait la fenêtre – par laquelle quatre Ilandriens s'étaient déjà introduits dans le palais – comme possible issue, quand elle entendit le pas lourd de plusieurs hommes résonner dans le couloir. Dans un réflexe qui l'impressionna elle-même, Andraste jeta un sort de verrouillage sur la serrure de sa porte, juste à l'instant où l'un d'eux frappait contre le panneau de bois.

— La garde royale souhaiterait voir miss Andraste Coldfield, annonça le garde avant d'essayer de pousser le battant.

Elle fit aussitôt volte-face, s'élança vers la fenêtre et l'ouvrit en tremblant. Elle prit une profonde inspiration, terrifiée à l'idée de mourir brûlée vive, la chair peu à peu rongée par les rayons du soleil, ainsi qu'on le lui avait prédit. Mais plus terrifiée encore à l'idée qu'on la rattrape et qu'on l'oblige à retourner dans cet abominable boudoir en compagnie de cette sinistre reine-déesse et de ses dangereux acolytes en blouse blanche.

Puis elle sauta.

Étant au rez-de-chaussée, et même si le château était sérieusement surélevé par rapport au niveau de la rue, elle atterrit sans trop d'encombre dans le buisson qui ornait les abords du château. Un peu plus loin, c'était le corps sans vie de miss Voltange qu'on avait retrouvé dans ces mêmes taillis, quelques heures plus tôt...

De là où elle se trouvait, Andraste pouvait entendre la porte de ses appartements vibrer sur ses gonds, ébranlée par les coups répétés des gardes.

— Un sortilège bloque l'entrée, cria l'un de ceux qui tentaient de prendre sa chambre d'assaut. Allez chercher le capitaine Brighton immédiatement !

Elle préféra ignorer la chaleur intense qui picotait sa peau sous ses vêtements, et se battit contre les épines du buisson pour s'en extirper. Elle s'écorcha les bras au passage et abîma ses vêtements, mais parvint néanmoins à rejoindre rapidement le trottoir, sous l'œil curieux de plusieurs passants.

Andraste s'apprêtait à déployer son ombrelle, pressée de protéger davantage son visage tant la sensation de brûlure s'intensifiait, quand il lui sembla apercevoir, au bout de l'avenue, un groupe de gardes s'élançant vers elle. Le pavé ocre réfléchissait abondamment la lumière et le ciel était si dégagé qu'elle en était totalement éblouie, ses rétines, sans doute aussi fragiles que son épiderme, étant peu habituées à une si forte luminosité.

Elle plaça son avant-bras sur son front pour tenter d'y voir mieux et bondit en direction inverse, dos à la Tamise, fuyant à nouveau, tandis qu'elle n'avait pas encore pu reprendre son souffle après sa précédente course.

Andraste songea ironiquement que cette fois-ci elle était cuite, au propre comme au figuré...

Il ne faisait pas l'ombre d'un doute que les gardes de la reine la rattraperaient. Elle courait bien moins vite qu'eux, ne connaissait pas la ville, et était déjà en train de suffoquer de douleur sous la morsure venimeuse du soleil. Pour autant, elle ne devait pas s'arrêter, pas sans avoir chèrement vendu sa peau ! Aussi, tout en s'efforçant de conserver sa foulée, elle glissa la main dans la sacoche de Ruth, passée en bandoulière pour ne pas gêner ses mouvements, et en sortit le revolver.

C'était la dernière extrémité, mais elle n'hésiterait pas à faire feu si cela pouvait retarder sa capture. Elle viserait et tirerait, et peu importe ce qui s'ensuivrait – cette fois au moins, elle ne risquait pas de toucher sa sœur par erreur.

Des bruits de fers claquant sur la chaussée retentirent au même instant, des clameurs exigeant qu'on l'arrête également. Soudain, elle heurta de plein fouet une masse énorme. Elle perdit son ombrelle, son chapeau, ainsi que le revolver, et faillit retomber en arrière, propulsée par le choc de la collision. Mais une poigne d'une force incroyable la rattrapa et la hissa d'un même élan sur ce qui devait être un cheval. Un animal bien curieux, au pelage sombre, mais composé en partie de pièces métalliques luisantes.

Son rêve de pouvoir se promener par une belle journée ensoleillée dans les rues de Néo-Londonia sur le dos d'une de ces majestueuses montures se transformait en cauchemar...

Elle hurla à s'en éclater les tympans et se débattit de toutes ses forces, préférant se fracasser le crâne en chutant sur le pavé plutôt que se laisser emmener de nouveau devant Victoria. Toutefois le garde fut le plus fort et la maîtrisa sans peine, décrochant la cape de laine qu'il portait sur ses épaules pour l'enrouler dedans et ainsi mieux l'entraver.

— Je t'en prie, calme-toi, dit-il à voix basse, tandis qu'une escouade à cheval se regroupait progressivement autour de lui. Calme-toi...

Cette voix... elle ne lui était pas inconnue.

Mais c'était impossible. La panique avait eu raison d'elle et à présent elle délirait...

Andraste était complètement aveuglée sous l'ample vêtement, mais quand l'homme la serra contre lui pour l'apaiser, elle sut qu'elle ne rêvait pas. C'était bien lui...

Thadeus était venu la sauver.

Elle entendit les autres gardes, ceux qui l'avaient prise en chasse de l'autre côté de la rue, arriver en courant, puis s'arrêter à leur niveau.

— Sa Majesté vous sera extrêmement reconnaissante d'avoir réussi à intercepter la fugitive, lord Blackmorgan. Cette jeune femme est accusée de meurtre et devra répondre de son crime devant un tribunal.

Andraste était bien trop sonnée pour se défendre de quoi que ce soit. Qui plus est, la cape, tout en offrant une bien meilleure protection contre les effets du soleil que ses seuls vêtements, l'empêchait de distinguer l'auteur de l'accusation.

— Qu'est-ce que c'est que cette fable ?! tonna Thadeus, très en colère. De meurtre, rien que ça ?! Il s'agit de miss

Andraste Coldfield, mon vieux. Et il vaudrait mieux pour vous que vous lui présentiez vos excuses sans tarder pour l'avoir ainsi effrayée !

Andraste reconnut le crissement métallique d'une lame promptement extraite de son fourreau, puis eut la confirmation que Blackmorgan avait dégainé lorsque le garde menacé bégaya, la gorge enrouée :

— Mais... mais... la fiancée du prince a été tuée cette nuit... et nous avons reçu des ordres clairs. Miss Coldfield est accusée du meurtre de miss Voltange et nous devons l'arrêter...

— Eh bien, voici *mes* ordres, cracha Thadeus, avant d'exiger : Excusez-vous immédiatement auprès de la demoiselle pour lui avoir si honteusement manqué de respect, puis retournez d'où vous venez. Auquel cas, je vous laisserai la vie sauve, à vous ainsi qu'à vos hommes.

Étonnamment, personne – que ce soit parmi l'escouade qui accompagnait Blackmorgan ou bien parmi les gardes de la reine –, n'eut le cran de formuler la moindre protestation. L'autorité du fils du duc empiétait-elle réellement sur celle de Victoria ?

Au silence qui régnait dans la rue, force était de constater que oui. Tous craignaient bel et bien ses représailles. Et sans doute était-ce pour cette raison qu'on l'avait éloigné du palais précisément ce matin... Parce que, de toute évidence, la reine avait menti, Thadeus n'était pas véritablement parti.

— Veuillez me pardonner, miss Coldfield, articula le garde, d'un ton faible et hésitant. Il y a dû y avoir méprise.

— Nécessairement ! s'exclama Blackmorgan, indigné. Et croyez bien que je ne manquerai pas de m'expliquer directement avec Sa Majesté à ce sujet ! En attendant, miss Coldfield restera sous ma protection, faites bien passer le message. Rompez, à présent !

Le cheval de Thadeus se mit en marche et Andraste, encore sous le coup de la panique, s'efforça de se blottir dans la cape tout en s'accrochant comme elle pouvait au cavalier. Au demeurant, elle ne risquait pas de tomber étant donné la manière dont celui-ci la tenait serrée contre lui, comme s'il craignait qu'elle tente de s'échapper.

— Es-tu blessée ? interrogea-t-il tandis qu'il pressait l'allure de sa monture.

Malgré l'épaisseur de la laine, le vent sifflait aux oreilles de la jeune femme et le vacarme des sabots martelant la chaussée l'assourdissait déjà. Était-elle vraiment hors de danger ? Ne risquaient-ils pas de tomber sur une troupe plus importante de soldats de la reine qui tenteraient à nouveau de l'arrêter ?

Par la Déesse, on l'accusait de meurtre ! Comment en était-elle arrivée là ?!

— Andraste ? appela Thadeus en resserrant nerveusement son étreinte. Réponds-moi, bon sang ! Tu as mal quelque part ? Faut-il que l'on s'arrête tout de suite ou est-ce que tu peux tenir le coup encore quelques minutes ?

— Je n'ai rien fait, réfuta-t-elle, suivant le cours de ses pensées sans parvenir à intégrer les questions de son compagnon. Ce n'est pas moi qui ai tué Abigail Voltange, il faut que tu me croies…

Était-ce la vitesse qui l'étourdissait ainsi ? Ou bien ce qu'elle venait de vivre l'avait-il vidée de toute son énergie ? Si ce n'était la douleur qu'elle ressentait, comme chauffant à blanc l'ensemble de son épiderme, la situation, toujours critique, dans laquelle elle se trouvait aurait dû la maintenir éveillée. Et pourtant, peu à peu, la fatigue gagnait du terrain et le sommeil l'emportait.

Avant de s'endormir complètement, elle sentit Thadeus se pencher sur elle dans un geste tendre, en dépit des secousses que leur infligeait le cheval mécanique lancé au grand galop, pour lui souffler :

— Bien sûr que je te crois. Tout ça n'est qu'une vulgaire machination. Ne crains rien, c'est fini. Tout ira bien à présent, je te le promets. Je vais te mettre à l'abri, hors d'atteinte d'Augustin et de Victoria.

Chapitre 37

Thadeus

Thadeus se pencha en avant, se couchant presque au-dessus de l'encolure d'Héphaïstos, son cheval, de manière à faire rempart de son corps pour protéger Andraste du soleil, évanouie entre ses bras. Fort heureusement, l'animécanique, plus robuste et rapide que n'importe quel animal normal, filait à une vitesse record, si bien que jamais personne n'aurait pu les suivre. Ils auraient atteint leur destination, un modeste temple qui leur servirait de refuge pour la journée, en un rien de temps.

Ce dernier se trouvait au sud de la ville, tandis qu'on les attendrait sans nul doute au nord, imaginant qu'ils se dirigeraient d'emblée vers le Blackshire. Le prêtre qui y officiait était resté fidèle aux Blakmorgan. Comme beaucoup d'autres par ailleurs… en fait, tous ceux qui niaient – bien que fort discrètement – la déité de Victoria. Et ils étaient malgré tout nombreux. Aussi accepterait-il sans difficulté d'accéder aux requêtes du fils du duc, si délicates soient-elles.

Sur la chaussée, Thadeus zigzaguait entre les cavaliers, carrosses, cabriolets et autres charrettes, n'en distinguant que très vaguement la silhouette. Jamais il n'avait osé pousser à une telle allure l'animécanique dans les rues de Néo-Londonia. Le risque de percuter quelqu'un et de le tuer sur le coup était bien trop grand. Cela étant, il n'avait guère le choix, la vie d'Andraste en dépendait...

Ainsi, cette histoire d'intolérance au soleil était vraie. Elle pouvait réellement mourir des effets de la lumière directe sur son corps. Thadeus avait vu les rougeurs anormales sur son visage d'ordinaire si pâle. Il avait aperçu les crevasses sur ses lèvres également, ainsi que les larmes curieusement rosées qui s'échappaient de ses yeux trop exposés. Il s'était dépêché de la couvrir comme il avait pu, mais cela n'était guère suffisant.

Il envoya une nouvelle impulsion mentale à Héphaïstos pour qu'il accélère encore. Jamais il ne se pardonnerait de l'avoir sauvée des gardes de la reine que pour mieux la laisser succomber, brûlée par la lumière du jour.

Il se sentait déjà tellement coupable d'avoir été assez imbécile pour accepter la mission qu'on lui avait confiée ce matin. Comme si les soldats de la reine avaient réellement eu besoin de son commandement pour étouffer des émeutes – si importantes soient-elles – au Grand Marché Dominical.

Personne ne savait exactement comment l'insurrection avait commencé, ni pourquoi. Des mendiants affamés, réclamant du pain, semblaient avoir lancé le mouvement, d'autres avaient suivi, et tous les étals de nourritures avaient été pillés. Jusqu'à ce que les violences deviennent incontrôlables et s'étendent au point d'atteindre presque les rues jouxtant le palais. La répression avait été terrible et plusieurs civiles avaient péri.

Victoria et Augustin auraient-ils pu lancer eux-mêmes une telle révolte ? Cela paraissait hautement improbable, mais la coïncidence restait cependant suspecte. Après tout, n'avaient-ils pas choisi précisément ce moment pour agir, tuer Abigail Voltange et tenter de séquestrer Andraste ?

Thadeus s'était replié avec une partie de son escouade lorsqu'un gamin des rues s'était faufilé jusqu'à lui pour lui porter un message de la part de son valet, fraîchement recruté de la veille, disant qu'Andraste avait été emmenée, presque de force semblait-il, jusqu'aux appartements royaux. L'enfant avait été plus que décemment dédommagé pour sa courageuse – et bien téméraire – prise de risque, puis reconduit hors de danger.

Dans sa précipitation à rentrer au château, Thadeus avait bien failli tuer la jeune femme en la percutant de plein fouet. Aussi s'inquiétait-il qu'elle souffre de séquelles autres que les dégâts déjà considérables infligés par les rayons du soleil.

Enfin, le vieux temple apparut et il bondit de sa selle, Andraste dans les bras, sans même attendre qu'Héphaïstos se soit immobilisé. La porte était close, mais il l'enfonça d'un coup de pied – porter une demi-jambe de métal avait parfois ses avantages –, tirant un cri de surprise au prêtre Greenshol, installé à prier, à genoux devant son autel.

— Seigneur Blackmorgan ?! s'exclama ce dernier, ébahi. Que faites-vous ici ?

— Je vous expliquerai plus tard, lâcha-t-il en se précipitant vers l'endroit le plus sombre du sanctuaire. Il me faut de la glace, tout de suite, et un médecin. Une personne digne de confiance, qui saura se taire.

Le prêtre ne posa aucune question. Il se contenta de hocher la tête et d'aller chercher ses serviteurs. Quand il revint, un jeune garçon était à ses côtés, deux seaux remplis de glaçons dans les mains.

— Allons dans mes appartements, proposa Greenshol en indiquant une petite porte sur le côté. Les chambres à l'étage sont confortables, nous y serons plus tranquilles.

— La crypte sera plus indiquée, préféra Thadeus en repérant l'escalier de pierre qui s'enfonçait profondément sous le niveau du sol aux dalles anciennes et disjointes. Il me faut un endroit obscur et frais, c'est impératif. Ainsi que quelques linges propres.

Il n'avait pas la moindre idée de ce qu'il convenait de faire. Mais si la lumière du soleil affaiblissait et brûlait le corps d'Andraste, la pénombre et le froid devraient avoir l'effet inverse, en toute logique.

Là-dessus, et sans tenir compte de la confusion qu'affichait le prêtre, il s'engouffra dans le passage étroit et sombre. Il descendit avec précaution les premières marches usées et irrégulières, jusqu'à ce que Greenshol se précipite à sa suite muni d'une lampe à pétrole.

— Vous n'allez pas utiliser les morts qui reposent ici, n'est-ce pas ? s'inquiéta subitement celui-ci.

— Je n'aurais pas à le faire si tout se passe bien, prévint Thadeus. À condition que vous et vos employés sachiez rester discrets à propos de ma présence et celle de mon amie en ces lieux. Nous ne repartirons que ce soir, à la tombée de la nuit. Enfin, si elle va mieux d'ici là, bien entendu.

— Vous pouvez nous faire confiance, seigneur Blackmorgan, assura Greenshol tandis que Thadeus installait Andraste sur le plus imposant des sarcophages de marbre. Je ferai tout ce qui est en mon pouvoir pour vous aider.

Thadeus aperçut du coin de l'œil l'étonnement, puis la fascination, se peindre successivement sur la figure du prêtre alors qu'il écartait les pans de sa cape et découvrait la jeune femme, toujours désespérément inconsciente. D'un signe de la main, il exigea qu'on lui apporte les seaux que le domestique avait descendus entre-temps – avant de remonter prestement, manifestement pressé de retrouver l'air pur du temple. Thadeus enveloppa les glaçons dans les linges, qu'il disposa ensuite tout autour d'Andraste, et hésita un instant à la déshabiller davantage.

Au demeurant, il fallait bien qu'il examine les dégâts s'il espérait faire quoi que ce soit pour la guérir.

— Vous pouvez nous laisser, congédia-t-il Greenshol. Ne revenez qu'avec le médecin. Le plus rapidement possible... merci.

Dès que le prêtre fut parti, Thadeus retira le corsage d'Andraste, ses gants, ses divers jupons, puis son corset, et lui laissa seulement sa fine chemise de batiste, ainsi que ses culottes. Bien que ses jambes paraissent légèrement moins touchées, l'ensemble de sa peau était rougi et brûlant, comme si elle avait pris quelque terrible coup de soleil ou était en proie à une très forte fièvre.

Il pressait un linge rempli de glace contre le front de la jeune femme quand il entendit des pas pressés claquer sur la pierre de l'escalier. Un homme apparut sur le seuil de la crypte, vêtu de noir, portant d'une main une des vieilles lampes du temple et de l'autre une trousse médicale.

— Lord Blackmorgan, le salua ce dernier en se découvrant de son haut-de-forme, puis s'inclinant respectueusement – le reconnaissant d'emblée tandis que Thadeus ne se rappelait pas l'avoir déjà rencontré. Docteur Kendall, à votre service.

La situation étant critique, Thadeus ne perdit pas de temps à parler argent remettant cela à plus tard, lorsque Andraste serait revenue à elle, et exposa immédiatement le problème au médecin. Il prit ensuite sur lui pour ne pas intervenir lorsque celui-ci examina sa patiente avec la minutie que les gens de sa profession n'accordaient probablement qu'aux curiosités scientifiques.

— Vous avez bien agi, milord, déclara-t-il au bout d'un moment. Les symptômes semblent indiquer une grave insolation. Je préconise néanmoins un bain très froid afin de faire baisser au plus vite la température anormalement élevée de la malade. Il est assez préoccupant qu'elle n'ait pas encore repris connaissance.

Bien que Kendall estime qu'il n'y avait aucun danger à remonter Andraste au temple, puis dans les appartements de Greenshol, Thadeus refusa de prendre le risque d'exposer la jeune femme à la plus petite lumière dans l'état où elle se trouvait. Il exigea en conséquence que le tub soit installé dans la crypte.

Ce qui fut fait selon ses ordres, en dépit de l'incongruité de la chose.

Il se chargea lui-même de dévêtir totalement Andraste, serrant les dents en songeant à la présence du médecin, puis la plaça dans la baignoire de cuivre dans laquelle flottaient les morceaux de glace restants.

La jeune femme gémit au contact de l'eau glaciale et remua un peu, ce qui était bon signe selon Kendall. Puis, enfin, elle ouvrit les yeux.

Elle cligna des paupières plusieurs fois, comme si elle peinait à s'accoutumer à l'éclairage, pourtant très faible, de la crypte, et se débattit de plus en plus vivement.

Thadeus interrogea le médecin du regard, soucieux, mais celui-ci secoua la tête :

— Elle doit rester immergée au moins quelques minutes pour que cela soit réellement efficace.

Alors seulement, Andraste sembla prendre pleinement conscience de la situation. Avec un petit cri très aigu, elle referma les bras sur sa poitrine et se recroquevilla dans le tub où la maintenait Thadeus.

— Tout va bien, mon ange, lui murmura-t-il de sa voix la plus douce pour essayer de la rassurer. Le docteur Kendall et moi-même nous efforçons juste de te soigner. Tu te souviens de ton escapade au soleil, un peu plus tôt ? Cela ne t'a pas franchement réussi...

— Ce... ce n'était pas qu'un cauchemar, n'est-ce pas ? bégaya-t-elle en claquant des dents, tremblant comme une feuille par grand vent entre ses bras. La reine... le prince... ils allaient me torturer... et elle a dit que tu étais parti, que tu m'avais abandonnée...

Le médecin se racla la gorge, puis s'éloigna, faisant mine de chercher quelque remède au fond de sa trousse de travail pour leur laisser un semblant d'intimité.

— Je ne t'ai pas abandonnée, réfuta formellement Thadeus en approchant son visage du sien. Jamais je n'aurais fait une chose pareille.

Il voulut l'embrasser et la serrer contre lui, mais s'arrêta en cours de route, se rappelant les lèvres gercées et la peau brûlée d'Andraste, sans doute encore douloureuses. À défaut, il esquissa un piètre sourire.

— Tout ira bien maintenant. Tu n'as plus à t'inquiéter de tout ça, c'est fini.

Une nouvelle fois, il avait eu tellement peur… Il avait vraiment failli la perdre aujourd'hui et cette simple idée le rendait malade. Il n'aurait pu le supporter, il le savait.

Il inspira profondément, soulagé d'un poids qui lui avait comprimé les poumons depuis le matin, comme s'il avait retenu son souffle depuis la lecture du message envoyé par son valet.

— J'ai… trop… froid, grelotta Andraste en cherchant à se relever.

Sans attendre l'aval de Kendall, Thadeus prit le drap de bain posé à côté de lui et aida la jeune femme à s'enrouler dedans, puis à enjamber le tub. Il s'efforçait d'être délicat, mais le moindre effleurement, de sa main ou même de la serviette, semblait la faire souffrir. Aussi se sentit-il terriblement gauche et impuissant.

Le médecin la réexamina, lui tirant lui aussi quelques grimaces de douleur, puis affirma qu'elle était désormais hors de danger. Il confia un onguent à Thadeus, lui laissant le soin de l'appliquer sur les brûlures les plus importantes, recommanda du repos, et partit en refusant l'énorme bourse proposée pour ses précieux services.

Quelques minutes plus tard, Andraste était étendue sur un matelas modeste, mais moelleux, posé à même le séculaire dallage, un drap de coton fin remonté jusqu'au menton, le corps enduit de baume – dont l'application s'était révélée bien moins agréable qu'il n'y paraissait en raison de la souffrance qu'engendrait systématiquement le moindre contact.

— Où sommes-nous ? demanda-t-elle faiblement, les paupières alourdies par le besoin de sommeil.

— Dans les quartiers sud de Néo-Londonia, répondit-il, chuchotant pour l'inciter à se reposer. Dans la crypte d'un vieux temple, loin de la lumière du soleil ainsi que du palais royal. Nous repartirons ce soir, pour le Blackshire, si tu t'en sens capable.

Elle fronça les sourcils, apparemment peu enthousiaste à cette idée, mais ne répondit pas. Puis elle s'endormit.

Thadeus s'installa par terre, à côté d'elle, et s'adossa négligemment à l'un de ces grands caveaux de morts plus ou moins illustres, disposés en cercle dans la salle voûtée, sa jambe endolorie, qui se rappelait tout à coup à son bon souvenir, allongée devant lui. Il resta ainsi à observer le visage encore quelque peu congestionné – et néanmoins toujours aussi charmant – d'Andraste, pendant plus d'une heure.

Il avait perdu la notion du temps lorsque Greenshol vint le trouver pour lui apporter de quoi manger. Ils discutèrent tout bas, pour ne pas réveiller la malade, et réglèrent ensemble les détails de leur départ.

À aucun moment le prêtre ne montra le moindre signe de désapprobation face à la requête de Thadeus – pourtant passablement singulière, d'autant plus pour une personne de son rang. Greenshol accepta sans broncher, refusant lui aussi l'argent proposé, au motif qu'il s'agissait d'un honneur pour lui et son temple. Puis il se retira pour se préparer à ses rituels.

L'après-midi avançant, Thadeus rassembla les vêtements d'Andraste, qu'il avait jetés un peu partout dans sa précipitation. Il les épousseta maladroitement, puis voulut les ranger dans la sacoche de la jeune femme, puisqu'une autre robe, propre et en meilleur état, lui avait été amenée. Mais il s'interrompit en découvrant le seul objet qu'elle avait pris avec elle.

Il sortit le vieux livre et commença à le feuilleter, perplexe, s'interrogeant sur les raisons qui avaient poussé Andraste à emporter un traité théologique dans sa fuite désespérée. C'est alors qu'il repéra un symbole, à demi effacé, tout en haut de la première page... un symbole qu'il serait capable d'identifier dans n'importe quelle condition.

Un dragon à deux têtes crachant des flammes de chaque côté, le corps enroulé autour d'un glaive ensanglanté, tenu par la main tranchée d'un squelette.

L'emblème complexe et effrayant des Blackmorgan.

Lequel n'avait plus été apposé sur aucun ouvrage depuis la fin du règne de Phineas, son ancêtre. Celui-là même qui avait abdiqué le trône de Néo-Britannia au profit de Victoria huit siècles plus tôt, après avoir été anéanti par la malédiction d'une des sorcières Coldfield. La bibliothèque de Bloodcastle était censée être la seule à contenir les livres appartenant à sa famille.

Comment alors Andraste avait-elle fait pour se retrouver en possession d'un tel objet ?

En examinant le parchemin de plus près, Thadeus distingua des bribes de phrases manuscrites, écrites sous le texte imprimé. Ainsi donc, le récit original avait été partiellement effacé, puis recouvert, masqué par l'impression du traité.

Sans l'ombre d'un remords, avide de découvrir quel nouveau secret Andraste avait pour lui, il arracha la première page, celle où était dessiné son emblème. Puis il l'approcha de la seule lampe éclairant la crypte.

Un titre en ancien gaélique apparut en transparence sous le second texte, la plume de l'auteur ayant profondément gravé le parchemin :

Les quatre-vingt-dix-neuf Ravages du Monde

Cette écriture tellement particulière, si sobre pour l'époque, si sèche et nerveuse, il la reconnut presque aussitôt. La même main avait rédigé le livre de la sibylle, celui dans lequel étaient rassemblées diverses prophéties mystérieuses, parmi lesquelles se trouvait l'histoire de Phineas, de sa déchéance, jusqu'au moyen de mettre un terme à la terrible malédiction jetée sur sa lignée. Un livre extrêmement précieux et ancien, auquel seuls les héritiers Blackmorgan avaient eu accès... *le* livre qui l'avait conduit à Andraste et incité à tenter de l'éliminer.

Intrigué, Thadeus défit la reliure et dépouilla l'ouvrage de presque toutes ses pages, pour ensuite les étudier au-dessus de la petite flamme de la lampe à pétrole. Les extraits des textes qu'il parvint à déchiffrer sous le traité étaient pour le moins nébuleux. Mais tous avaient pour point commun d'évoquer le chaos et la fin du monde.

Mais un passage en particulier l'interpella et retint toute son attention. Il s'abîma les yeux et manqua de peu de brûler le parchemin en l'approchant au maximum de la lumière. Cette prophétie semblait concerner Andraste...

Le Fléau des Élues naîtra de l'excès de puissance et de la folie du désespoir. Le démon ainsi créé, aveuglé par la vengeance, provoquera la chute de son propre peuple [...] L'absorption des âmes est un sacrilège condamnant à la damnation quiconque a la prétention de s'y risquer [...]

Les bienfaits apportés au monde par le biais du peuple des Élues disparaîtront avec elles, créant ainsi un profond déséquilibre magique.

Le Fléau des Élues doit à tout prix être détruit. Seul son égal, son reflet pourra l'atteindre. Le sang pour le sang et la chair pour la chair, ainsi elle vaincra le démon et rétablira l'ordre au sein du monde magique.

Cette espèce de charabia, apparemment sans queue ni tête, semblait plus ou moins expliquer la disparition des Élues de la Nuit...

— Mais qu'est-ce que tu fais ?! se scandalisa une voix aiguë et un peu éraillée derrière lui.

Il pivota et trouva Andraste debout, maintenant sur elle le drap d'une main, tandis qu'elle tenait une des pages déchirées de l'autre, l'air courroucé.

— Ce livre ne t'appartient pas, argua Thadeus, ne trouvant rien d'autre sur l'instant.

— Non, je l'ai volé à ma grand-mère...

— Qui l'a elle-même volé à ma famille ! termina-t-il, agacé de toujours revenir à cette vieille sorcière machiavélique.

Il fouilla parmi les diverses pages étalées au sol, ramassa la toute première, celle qui portait son blason, et dégaina son épée, pommeau vers Andraste. La garde était sculptée du même symbole. La jeune femme le dévisagea quelques secondes, sans comprendre. Puis elle regarda le dessin, qu'on devinait plus qu'autre chose, et haussa les sourcils d'étonnement.

— Je l'ignorais, se défendit-elle en retournant s'asseoir sur le matelas, la découverte semblant l'avoir troublée. Il était caché dans le double fond d'un des tiroirs du bureau de Helen, dans le cabinet interdit. Je l'ai pris parce qu'il paraissait important. Je ne me suis rendu compte qu'après qu'il y avait un autre texte sous le premier. Mais il est dans une langue ancienne, je crois. Une langue morte, que même Scott avait du mal à traduire.

Andraste était sincère, c'était évident. Elle n'avait donc pas la moindre idée de ce que contenait le livre et le fait qu'elle soit en possession d'un objet appartenant aux Blackmorgan n'était dû qu'à un curieux hasard.

— Oui, c'est de l'ancien gaélique, confirma Thadeus, rangeant son épée pour ensuite rassembler les feuilles de l'ouvrage qu'il avait massacré.

— Tu sais le lire ? interrogea-t-elle, les paupières plissées d'incrédulité.

— Bien sûr que je sais, rétorqua-t-il, légèrement froissé. Même si c'est difficile à concevoir, j'ai été élevé pour être duc. Je sais danser *et* lire et parler tout un tas de langues.

— Je n'ai pas voulu insinuer que...

— Aucune importance, la coupa-t-il après avoir réuni l'ensemble du manuscrit dans l'étui de cuir et y avoir ajouté la bouteille d'onguent. Comment te sens-tu ? Est-ce que tu penses pouvoir voyager cette nuit ? Parce que rester en ville plus longtemps serait vraiment risqué.

Andraste baissa les yeux et hocha piteusement la tête, comme si elle ne se rappelait que maintenant ce qui les avait amenés à se cacher au fond d'une crypte.

— Lève-toi, l'enjoignit-il, la main tendue vers elle. Je vais t'aider à t'habiller. Nous ferons des étapes si nécessaire. Tout ira bien.

Elle l'observa un instant, hésitante, puis accepta son assistance, manifestement consciente qu'elle ne pourrait s'en sortir seule, étant donné son état. Elle conserva le drap sur elle autant que possible et se déroba à plusieurs reprises, sa peau hypersensible la faisant toujours souffrir. Sans doute cela durerait-il encore quelque temps...

La robe que le prêtre avait réussi à dénicher était un peu trop grande pour elle, ce qui la faisait paraître encore plus petite et fragile que d'ordinaire. Cependant, cela ferait l'affaire pour le voyage. Thadeus lui proposa de dîner avant de partir, mais elle refusa.

Il prit la lampe et la sacoche de la jeune femme puis l'aida à gravir l'escalier. Il attendit d'être à quelques marches du temple pour l'informer, d'un ton qu'il tenta de rendre désinvolte :

— Une dernière formalité et nous nous mettrons en route. Ça ne prendra pas longtemps, j'ai tout arrangé.

Andraste s'arrêta, suspicieuse.

— C'est-à-dire ? Quelle formalité ?

— Eh bien, notre mariage, répondit-il comme si ça tombait sous le sens, avant de se résoudre à expliquer : Puisque nous sommes ici, autant nous débarrasser de cette corvée dès à présent. Et puis, cela nous évitera tout le tralala qui accompagne ce genre de cérémonie. Dans ma famille, on en fait toujours tout un foin.

Voyant la stupeur envahir peu à peu les traits d'Andraste, il abattit ses dernières cartes, le cœur cognant à coups redoublés contre sa poitrine tant il appréhendait sa réaction :

— De toute façon, on ne peut pas faire autrement. Tu ne seras en sécurité et hors de portée de la reine et de ses accusations de meurtre qu'à Bloodcastle. Et je ne pourrai t'emmener là-bas que si tu es mon épouse. Au demeurant, ce n'est pas comme si c'était une surprise. Nous en avons suffisamment parlé et tu t'étais même *résignée*, sauf erreur de ma part.

Et c'était vrai, il avait besoin des siens et de leur soutien s'il espérait être en mesure de la protéger correctement – les dieux seuls savaient ce que Victoria serait capable de tenter pour la récupérer. Or, à cause de leur passif, les Blackmorgan eux-mêmes pourraient se révéler être un danger pour Andraste si elle n'était pas officiellement sa femme. Il n'existait aucun autre moyen de les contraindre à se rallier à sa cause qu'en en faisant une des leurs.

— Mais pas dans ces conditions, pas si vite ! se récria-t-elle, une expression horrifiée sur le visage. Je viens d'échapper de justesse à un mariage forcé avec Augustin ! Ce serait trop demander que d'avoir un peu de répit ?!

— Je regrette, le répit est un luxe qu'on ne peut guère s'offrir, riposta Thadeus, perdant patience en se voyant comparé au prince. Nous sommes un peu pressés, au cas où tu l'aurais oublié. C'est ainsi, que ça te plaise ou non !

Là-dessus, il lui prit le poignet, même s'il savait qu'il lui ferait mal, et l'obligea à monter les dernières marches.

— Égal à toi-même ! siffla Andraste entre ses dents serrées. Tout ça n'est rien de plus qu'un nouveau chantage, n'est-ce pas ? C'est maintenant où tu m'abandonnes à mon triste sort ? Le dédommagement exigé pour tes bons services de la journée ?!

— Bordel de merde ! jura-t-il à bout de nerfs en la fusillant de son regard le plus noir – regard qu'elle s'empressa de lui rendre, affaiblie ou pas.

Mais comment pouvait-elle être aussi ingrate ?! Il l'avait sauvée, non ? Il avait pris soin d'elle, il avait eu peur pour elle... autant déballer ses tripes devant une nuée de rapaces ! Brighton et ses conseils à la noix pouvaient aller se faire pendre en ce qui le concernait. On ne le reprendrait pas de sitôt à essayer de se montrer aimable et attentionné envers cette espèce de harpie !

— Tu sais quoi ? grinça-t-il en approchant son nez tout près du sien. Prends-le comme tu veux, cela m'est égal.

Cette sortie eut au moins le mérite de la faire taire, mettant un terme définitif à leur dispute. Ils restèrent encore quelques secondes à s'observer l'un l'autre. Puis, quand il comprit qu'il avait gagné, Thadeus conduisit une jeune femme d'apparence calme et docile – en fait, *résignée* – devant l'autel où les attendait le prêtre.

Chapitre 38

Andraste

Lady Blackmorgan... comme cela sonnait faux !

Bon sang, encore quelques semaines auparavant, Andraste n'était jamais sortie du manoir Coldfield, n'avait jamais vu d'homme autre que des domestiques. Et voilà qu'à présent elle fuyait la reine de Néo-Britannia et son fils, une accusation de meurtre, probablement enceinte et... mariée... à quelqu'un qu'elle rêvait de gifler jusqu'à ce qu'elle en ait mal à la main.

Elle et Thadeus filaient dans l'obscurité de la nuit à une allure incroyable, perchés sur un cheval constitué quasiment pour moitié d'un curieux métal sombre, si bien assorti à son pelage que c'était à peine s'il était possible de distinguer ses parties mécaniques. C'était la première fois qu'elle voyait un animécanique aussi imposant, mais Andraste se gardait bien de montrer qu'elle était impressionnée. Tout comme elle s'efforçait de ne pas trembler, ne laissant rien paraître de son effroi devant la vitesse ahurissante avec laquelle ils fendaient l'air.

Elle devinait au son que produisaient les sabots de l'animal sur la chaussée que deux de ses membres avaient été remplacés. Comme c'était aussi le cas du haut de sa tête, des oreilles – entre lesquelles avait été installé une petite lampe à gaz – jusqu'au milieu du chanfrein, du sommet de son encolure, ainsi que de son dos, du garrot à la croupe, cette dernière portion étant probablement renforcée pour supporter un poids plus important et offrir davantage de confort. Aucune selle ni aucune bride n'étaient utiles avec cette singulière monture. Et, de ce fait, Andraste ne cessait de s'interroger sur la manière dont Thadeus s'y prenait pour la diriger.

Mais elle ne poserait pas de question.

Elle n'avait plus articulé un seul mot depuis que, devant l'autel, face au prêtre et devant deux inconnus – apparemment, le médecin qui l'avait soignée et une femme de chambre –, elle avait dû répéter, après celui qui était désormais son époux, des vœux idiots, selon les coutumes d'une religion tout aussi idiote, qui n'était même pas la sienne.

La cérémonie avait été pour le moins expéditive. Le prêtre avait récité quelques textes, ce qui n'avait pas pris plus de cinq minutes – montre en main –, leur avait fait échanger des serments, puis les avait déclarés mari et femme. Ensuite, l'un après l'autre, ils avaient apposé leurs signatures sur un énorme registre, aussitôt imités par leurs deux témoins. Puis ils étaient partis, sans autre forme de procès.

Pas d'applaudissements, de félicitations, de fête ou de banquet... encore moins de voyage de noces. Bref, rien de ce qui caractérisait habituellement un événement de cette importance – si tant est que ce fût réellement important pour Thadeus...

Andraste avait dû capituler devant l'urgence de la situation, lorsqu'elle avait compris que ce dernier ne l'aiderait plus tant qu'il n'aurait pas obtenu en bonne et due forme ce qu'elle lui avait promis. Aussi lui avait-elle donné ce qu'il attendait, faute d'avoir vraiment le choix.

Avait-elle réellement espéré que leur mariage se ferait autrement que clandestinement, à la sauvette dans un vieux temple délabré, en présence de deux inconnus ?

S'était-elle vraiment imaginé qu'elle porterait pour l'occasion la somptueuse robe que Thadeus lui avait offerte, et non pas ce vêtement ridiculement trop grand pour elle ? Qu'elle n'aurait pas le visage rougi, brûlé par le soleil, et que leur relation aurait évolué au point qu'elle serait sereine et accepterait avec un certain plaisir de s'unir à cet homme impossible ?!

Tout ça n'était rien d'autre que les rêves mièvres et romantiques à l'excès d'une jeune fille ne connaissant rien aux hommes et ayant lu bien trop de romans à l'eau de rose. À présent, Andraste le réalisait. Tout ce qu'elle se rappellerait de sa cérémonie de mariage serait le regard noir implacablement fixe, furieux et si menaçant qu'il en était oppressant, que Thadeus avait dardé sur elle du début à la fin...

Elle était soulagée de ne plus avoir à l'affronter pour le moment, leur voyage à cheval l'obligeant à lui tourner le dos, tandis qu'il la maintenait devant lui d'un seul bras, retenant également sa cape sur elle tout en réduisant leur contact au minimum. Ce qui convenait parfaitement à Andraste.

Subitement, l'animécanique se mit à ralentir et finit par repasser au pas tandis qu'ils remontaient l'avenue principale tout juste éclairée d'un petit village dont elle ignorait le nom.

— On va s'arrêter un peu, lâcha Thadeus d'un ton brusque, purement informatif. Il y a une auberge correcte un peu plus loin.

Bien qu'ayant dormi toute la journée, les quelques heures qu'avait duré la chevauchée à travers la campagne avait exténué Andraste. En outre, elle souffrait toujours horriblement des rougeurs que le soleil avait laissées sur sa peau et les cahots imposés par l'allure du cheval n'arrangeaient rien. Cependant, elle resta pétrifiée à cette annonce.

Elle n'y avait pas pensé, mais Thadeus souhaitait probablement profiter de sa nuit de noces...

Or, non seulement elle n'avait aucune envie de lui donner satisfaction – pas dans ces conditions, pas après la manière dont il avait profité de la situation pour lui arracher son consentement devant l'autel, non, certainement pas ! –, mais elle s'en sentait également incapable, du fait de son état. Et la simple idée d'avoir à s'expliquer et réclamer sa clémence à ce sujet lui répugnait.

— En ce qui me concerne, je ne suis pas fatiguée, mentit-elle. Il me semblait que nous devions rejoindre le Blackshire le plus tôt possible. Pourquoi, dans ce cas, ne pas poursuivre jusqu'à ce que le soleil se lève ? Enfin, si tu as besoin de prendre du repos, je peux comprendre.

Elle l'entendit soupirer et devina qu'il secouait la tête, agacé.

— Comme tu voudras.

L'animécanique esquissa quelques foulées de trot, puis reprit le galop, mais à un rythme beaucoup plus supportable que précédemment. Thadeus attendit qu'ils soient sortis du village pour se pencher à l'oreille d'Andraste.

— Puisque apparemment tu as retrouvé ta langue, il y a une question à laquelle j'aimerais que tu répondes.

Elle tourna la tête vers lui et tomba sur ce même regard, terrible et glaçant, et faillit revenir à la route devant elle, peinant à le soutenir. Mais une vague lueur triste, presque indécelable tant elle était bien cachée au fond de ses prunelles – et que peut-être elle n'avait qu'imaginé –, la retint.

— À supposer que je te croie, commença-t-il après s'être assuré qu'il avait toute son attention, qu'il n'y ait jamais eu aucun sortilège, ni aucune manigance d'aucune sorte, pourquoi m'avoir laissé te toucher cette nuit-là ? Tu m'as tout l'air de t'en mordre les doigts à présent... et ce n'est qu'un début, j'en ai peur. Alors, pourquoi ? S'il s'agissait de pitié, je veux le savoir.

Quelque chose céda soudain en elle et sa gorge se noua. Mais elle l'ignora. Elle était bien trop en colère pour y accorder le moindre intérêt. Elle déglutit péniblement et rétorqua, sarcastique :

— Ah, c'est donc l'heure des questions. Parce que moi aussi, j'en ai une, figure-toi. Pour ma part, j'aimerais beaucoup savoir pourquoi tu as essayé de te tuer.

Il cilla. Et ce fut lui qui détourna les yeux, perdant à son propre jeu. Puis il se redressa et fit accélérer son cheval, signifiant que la discussion était close. Du moins, c'est ce qu'Andraste crut, jusqu'à ce qu'à travers les bourrasques dues à la vitesse lui parviennent les paroles de Thadeus, à peine audibles :

— Après tout, tu as le droit de savoir, maintenant que tu fais partie de cette chère famille. Je te présenterai le duc, cela vaudra toutes les explications du monde. Et puis, tu verras, on m'a préparé des appartements très prometteurs juste à côté des siens, en prévision de mes vieux jours. Une bien charmante attention de la part de mes proches.

Andraste ignorait depuis combien de temps ils étaient partis, la nuit semblant interminable. Cependant, elle pressentait, au paysage de plus en plus triste, à la terre étrangement noircie, ainsi qu'à la brume qui se densifiait peu à peu, qu'ils approchaient de leur destination.

Tout à coup, le brouillard se fit si épais qu'il ne fut plus possible de distinguer quoi que ce soit à plus de cinquante centimètres devant soi. La jeune femme lutta pour ne pas supplier qu'ils ralentissent leur course, Thadeus ne paraissant guère se soucier de ne plus apercevoir le chemin devant eux. Elle dut également se raisonner pour ne pas se blottir contre lui tant les lieux, qu'on ne pouvait pourtant que deviner, l'effrayaient. Elle qui rêvait depuis l'enfance de découvrir le monde à force de tourner en rond entre les murs du coven commençait presque à regretter.

Ils s'enfoncèrent dans cet océan opaque et infini, peuplé d'ombres et de sinistres mystères, durant peut-être encore une heure. Puis, tandis que timidement l'aube commençait à s'annoncer, ajoutant quelques touches éparses et plus claires au tableau noir qui s'offrait à eux, une immense colline rocheuse émergea des brumes, comme si elle seule était capable de les transpercer.

— Nous y sommes, la prévint Thadeus, avant de pousser encore davantage l'allure de leur monture.

Cette fois, Andraste ne put faire autrement et se retrouva plaquée contre le torse de Blackmorgan comme il se penchait en avant. Il raffermit son étreinte et, bien que ces contacts soient assez douloureux, la jeune femme se mordit les lèvres en songeant qu'ils étaient également bienvenus... parce que rassurants, malgré tout.

Un énorme château de pierre sombre, de même teinte que la roche – si bien qu'il se confondait avec la colline elle-même –, apparut peu à peu au sommet du promontoire. Un édifice inquiétant, voire menaçant, plein de hautes tours – une dizaine peut-être – et de flèches gothiques hérissées vers un ciel bien trop bas. Plusieurs ruisseaux couraient devant eux, serpentant aux pieds de l'écrasant mont noir comme de curieuses veines pourpres.

— C'est pour cette raison qu'il a été appelé ainsi, souffla Thadeus à son oreille. Bloodcastle... Ici, toutes les eaux sont viciées et semblent rouges. Une légende raconte que c'est dû aux larmes de sang qu'a versées Phineas Blackmorgan après sa déchéance, huit siècles plus tôt.

Se moquait-il d'elle ? Cette région était un véritable cauchemar...

Quant à ce château... sa nouvelle demeure, rectifia-t-elle intérieurement, elle n'avait rien d'un accueillant palais ducal, encore moins d'un foyer agréable. Andraste frissonna en songeant aux gens qui y vivaient. Étaient-ils à l'image de cet endroit, hostiles et sinistres ? Elle ne savait absolument rien de la famille de Thadeus. S'il avait évoqué le duc, son père, il n'avait jamais mentionné sa mère. Était-elle seulement encore en vie ?

En dépit de sa colère latente et de son ressentiment, Andraste – à sa grande honte – s'agrippa à lui pendant qu'ils progressaient sans ralentir sur la piste escarpée qui montait au château. Ils franchirent plusieurs porches tout droit sortis d'une autre époque, munis de herses d'apparence médiévale. Puis, en un rien de temps, ils pénétrèrent dans une petite cour pour s'arrêter dans un bâtiment jouxtant le château, qui s'avéra être les écuries.

Thadeus prit la jeune femme dans ses bras pour la faire descendre de l'animécanique avec lui, mais elle le repoussa vivement… avant de manquer de s'étaler au sol, soudain accablée de vertiges. Il la rattrapa de justesse par ses vêtements, avec une brusquerie exaspérée, un grognement de désapprobation roulant dans sa gorge :

— Tu aurais dû manger hier soir, t'affamer ne changera rien, tu sais. En outre, il y a de fortes chances pour que tu doives t'alimenter pour deux dorénavant, ne l'oublie pas.

— Oh, mais je ne risque pas de l'oublier ! riposta-t-elle en s'acharnant à se dégager à nouveau, sans toutefois y parvenir. Au fait, maintenant que nous sommes chez toi et que j'ai rempli ma part de marché, qu'en est-il de ma sœur ? Que comptes-tu faire pour elle ?

Il pinça les lèvres et jeta un regard de côté.

— J'aurais dû me douter qu'elle te parlerait de notre échange. Enfin, peu importe, puisque j'ai obtenu ce que je voulais. Je ferai exactement ce que je lui ai promis, ni plus ni moins. Brighton se chargera de la mettre à l'abri, mais elle ne nous rejoindra pas. Jamais. Ici, on ne reçoit pas de visite.

Andraste se sentit pâlir en réalisant qu'elle ne reverrait probablement plus Ruth, ni aucune autre de ses sœurs… Thadeus l'arracha à ses pensées – comme il l'avait arrachée à tout le reste – lorsqu'il la tira par le poignet. Une nouvelle habitude, apparemment.

— Il y a un passage au fond des stalles qui mène à l'intérieur du château, maugréa-t-il. Ce sera plus prudent que de s'aventurer dehors alors que le soleil se lève, juste pour emprunter la grande porte.

Elle s'obligea à ignorer l'horrible sentiment de perte et de solitude qui lui transperçait subitement le cœur, puis protesta en imaginant la suite des événements :

— Mais je... je ne peux pas rencontrer ta famille comme ça, pas dans cet état !

Thadeus s'interrompit pour l'examiner des pieds à la tête, puis haussa les épaules avec un léger sourire en coin, qui ne monta bien entendu pas jusqu'à ses yeux.

— Tu as peur de ne pas autant éblouir l'assistance que d'ordinaire ? railla-t-il, d'un ton aussi glacial que cruel. Ne t'en fais pas, mes oncles et mes frères ne sont que des hommes. De ce point de vue, il ne fait aucun doute que tu leur plairas, même avec des pommettes un peu colorées et une robe mal ajustée. De toute façon, il n'est pas nécessaire qu'ils t'apprécient. Moi-même, ils ne m'apprécient guère et je ne m'en porte pas plus mal.

Andraste avait-elle bien entendu, Thadeus venait-il vraiment d'affirmer que sa propre famille ne l'aimait pas ?!

Elle se demandait dans quelle maison de fous elle était tombée quand elle se retrouva au milieu d'un hall gigantesque, au plafond composé de hautes voûtes et d'arcades complexes. Deux escaliers de pierre aux rampes ouvragées prenaient naissance aux extrémités de la salle pour se rejoindre au premier étage, puis se diviser en mezzanines aux balustrades arachnéennes, et ainsi de suite. L'intérieur du château se révélait aussi sombre que l'extérieur. Et ce n'était pas la timide lueur du matin, vivement atténuée par tout ce brouillard accumulé aux abords de l'édifice et s'infiltrant à peine à travers les étroits et longs vitraux, qui risquait d'améliorer les choses.

Des domestiques à l'air hagard les saluèrent, puis un majordome à la mise très sobre et à la mine austère vint à leur rencontre. Thadeus, après lui avoir confié sa cape, lui dicta ses ordres et Andraste, qui contemplait la pièce, ne comprit pas immédiatement que lorsque ce dernier parlait de « lady Blackmorgan », c'était d'elle qu'il s'agissait.

Il faudrait pourtant qu'elle s'y habitue...

Le majordome se retira, s'empressant d'aller les annoncer. Thadeus pivota vers elle, la mine sombre.

— Je te ferai visiter plus tard. Je vais d'abord te présenter aux autres, ça ne prendra pas longtemps. Ensuite, tu pourras te reposer.

Andraste nota que cette perspective n'avait pas l'air de franchement le réjouir. En fait, rien ici ne semblait le réjouir. Lui avait-elle d'ailleurs déjà vu une expression plus maussade que celle qu'il affichait depuis qu'ils avaient mis les pieds à Bloodcastle ?

Constatation qui ne l'aida pas à se sentir plus à l'aise. Elle acquiesça d'un signe de tête et le suivit à travers une enfilade de pièces voûtées, toutes aussi magnifiques que lugubres, à la décoration relativement sommaire et ancienne, bien éloignée de celle du palais de Victoria.

Tandis qu'ils avançaient, Thadeus passa lentement la main d'Andraste au creux de son bras, l'obligeant ainsi, sans en avoir l'air, à se rapprocher de lui. Elle tenta de se dérober lorsqu'elle prit conscience de la manœuvre – ils n'étaient pas réconciliés, loin de là, qui savait d'ailleurs si elle lui pardonnerait un jour de l'avoir forcée à l'épouser dans ces conditions ? –, mais le regard qu'il lui jeta alors l'en dissuada. Il y avait de la colère dans ses yeux, mais pas seulement. Comme un peu plus tôt, la jeune femme y décela autre chose, un reflet plus tangible cette fois. Celui d'une tristesse tellement intense, d'une vulnérabilité telle qu'elle lui noua les tripes. Si bien qu'elle ne put lui refuser cette faveur, plutôt insignifiante au demeurant.

Ils retrouvèrent le majordome planté devant d'impressionnantes portes de bois sculpté, si sombre qu'il en était presque noir. Ce dernier se racla la gorge à leur arrivée, puis leur ouvrit pour les laisser entrer au bras l'un de l'autre, comme n'importe quel couple de jeunes mariés heureux de l'être, dans ce qui ressemblait à une grande salle à manger aux murs lambrissés.

Plusieurs hommes – un peu moins d'une dizaine – et seulement deux femmes étaient rassemblés autour d'une large table chargée de divers plats. Tous s'étaient levés, ayant interrompu leur petit déjeuner pour les saluer. D'un même mouvement, ils s'inclinèrent et murmurèrent un très formel « lord Blackmorgan », si froidement qu'Andraste en eut la chair de poule.

Ils attendirent que Thadeus leur adresse un signe de tête pour se rasseoir, et ce n'est qu'ensuite qu'ils s'aventurèrent d'un œil furtif, mais curieux, à examiner la jeune femme accrochée à lui. Ce fut un moment extrêmement gênant pour Andraste. À plus forte raison que l'un des hommes, le plus âgé certainement, celui qui arborait un inquiétant cache-œil, dont les cheveux étaient presque blancs et dont la corpulence était la plus imposante – tant en largeur qu'en hauteur –, était resté debout et la détaillait ouvertement, les traits crispés en une expression franchement outrée.

Il ouvrait la bouche pour s'exprimer lorsque Thadeus se décida à parler :

— Je vous présente lady Andraste Blackmorgan. Ma femme. Et la future duchesse. Andraste, voici mon oncle Rupert et son épouse, Fanny.

Thadeus désigna d'un geste vague l'homme encore levé et la femme, presque aussi robuste, à ses côtés. Il continua et indiqua son voisin de table, beaucoup plus svelte, d'une cinquantaine d'années environ, puis les suivants, tous nettement plus jeunes, unanimement bruns et très grands :

— Oncle Harvey. Et voici mes frères : Walter, Darius, Aaron et Richard, ainsi que sa femme, ma belle-sœur Elinor. Et notre cousin par alliance, Knightley. Voilà, je pense avoir fait le tour.

— Enchantée, balbutia Andraste en feignant de le penser tandis qu'elle exécutait une timide révérence.

Walter, un très beau jeune homme de moins de vingt ans, dont les cheveux, d'une nuance plus claire, semblaient tout aussi rebelles que ceux de son frère aîné, ignora les regards ébahis qu'échangeaient les autres et vint à eux, ses traits fins et ciselés éclairés d'un grand sourire joyeux.

— Alors comme ça, Thad, tu essaies de nous faire croire que tu as réussi tout seul à en trouver une qui veuille de toi ?! Félicitations, mon vieux !

— Ferme-la, petit crétin, le réprimanda sèchement Darius en lui frappant le crâne, comme si la plaisanterie pouvait être blessante pour leur frère.

Aaron, embarrassé lui aussi par la sortie de son cadet, tenta ensuite de donner le change en les félicitant à son tour – quoique assez fraîchement.

Puis, très vite, ce fut la débâcle. Tout le monde était autour d'eux et voulait serrer la main d'Andraste pour lui souhaiter la bienvenue. Si tous étaient réservés – voire même un peu âpres –, ils n'en étaient ni désagréables ni hostiles pour autant. Toutefois, la jeune femme remarqua qu'en dehors de Walter, dont les familiarités étaient apparemment mal perçues, ils restaient atrocement distants et froids envers Thadeus.

Richard, celui qui, à vue d'œil, devait venir juste après Thadeus dans l'ordre de naissance, fronça les sourcils face à son frère et commença sur le ton du reproche :

— Tu disais que tu ne te marierais jamais, que tu te moquais éperdument du sort de la lignée... de son extinction. Tu refusais de nous donner ce que l'on était tous en droit d'attendre de toi. Et voilà que tu nous ramènes rien de moins que... C'en est une, n'est-ce pas ?

— Oui, Andraste est une Élue, confirma Thadeus en resserrant nerveusement sa prise autour d'elle. Et elle porte déjà l'héritier.

— Oh, ben merde alors ! lâcha Walter tandis que les autres en demeuraient bouche bée. Quelle efficacité, frangin !

Thadeus tourna brièvement la tête vers Andraste, perdant subitement contenance pour prendre un air affreusement gêné, avant de se ressaisir presque aussitôt et de revenir à sa famille. Eux deux seuls savaient à quel point Walter disait vrai… efficace, c'était bien le mot.

— C'est formidable, vraiment, les félicita Richard, non sans une certaine émotion, gratifiant ensuite son frère d'une virile bourrade à l'épaule.

Les autres l'imitèrent, se réjouissant les uns après les autres, jusqu'à ce que Rupert, l'homme au bandeau noir, se présente devant eux, la mine affligée, contrastant vivement avec l'humeur ambiante.

— Qu'as-tu fait, Thadeus ? marmonna-t-il sans regarder Andraste. Te rends-tu compte ?

— Oui, je me rends compte, mon oncle. Mais c'est ainsi, que vous le vouliez ou non. Elle est *ma* femme désormais, la future mère de l'héritier des Blackmorgan, et la nouvelle maîtresse de ce château. Et de fait, vous lui devrez respect et loyauté. Il faudra vous y faire.

— Et l'ancienne loi, y as-tu seulement pensé ? insista Rupert, de plus en plus dépité. As-tu songé aux conséquences ?

— Je crois que je peux dire que je m'en cogne à peu près autant que notre illustre ancêtre en son temps, grinça Thadeus, d'une voix devenue soudain glaciale. Que pourrait-il arriver, à votre avis ? Serons-nous maudits, d'après vous ? Ah, non, j'oubliais, nous le sommes déjà.

Un silence pesant s'installa dans la salle à manger, que Thadeus rompit en annonçant qu'ils se retiraient pour prendre un peu de repos.

Chapitre 39

Andraste

Andraste avait beaucoup de questions, la présentation à la famille Blackmorgan ayant été des plus singulières. Mais elle était tellement épuisée qu'elles s'emmêlaient toutes dans son esprit. Elle avait besoin de dormir, ensuite elle aurait les idées claires et alors elle aviserait.

Après avoir gravi des escaliers à n'en plus finir à la suite de son nouvel époux – elle ignorait quel était le problème avec l'oncle Rupert, mais il faudrait qu'elle se fasse à ce nouveau statut, elle aussi –, ils arrivèrent dans une suite privée de trois étages. Bien qu'aménagée au sommet d'une tour, elle offrait un confort bien supérieur au reste du château.

Les rideaux avaient tous été soigneusement tirés et malgré la pénombre que perçaient quelques lampes à pétrole, Andraste aperçut immédiatement le lit. Lequel était immense et doté d'un somptueux dais de brocart vert sapin. Elle s'apprêtait à s'effondrer dessus, anticipant déjà le plaisir à étendre son corps endolori et perclus de courbatures dans des draps frais, lorsque Thadeus soupira :

— J'espère qu'au moins notre chambre te plaît.

— *Notre* chambre ? répéta-t-elle en se retenant à la colonne de bois. N'y a-t-il pas assez de place à Bloodcastle pour que je ne puisse en avoir une rien qu'à moi ?

Cherchait-il à la punir de ses dernières insolences en la privant ainsi de toute intimité ? Il était inconvenant pour des époux de partager la même chambre. Ce genre de familiarités ne se pratiquait que chez les roturiers, pas dans la noblesse. Elle n'était peut-être pas très calée sur certains points bien précis de la biologie, ni sur la plupart des usages en vigueur au sein d'un couple unis par le mariage, toujours est-il qu'elle savait cela.

— Ma femme partage ma chambre, hors de question qu'il en soit autrement, l'informa-t-il sèchement, tandis qu'il s'appuyait contre une commode et croisait les bras, plus tendu encore que tout à l'heure. En tant que mon épouse, tu es certes tout en haut de la hiérarchie familiale, mais il n'empêche que c'est moi qui édicte les règles ici. Les autres se doivent peut-être de t'obéir, mais toi, tu m'obéis à moi. C'est clair ?

Le rêve de la gifle effleura à nouveau l'esprit d'Andraste. Et peut-être que si elle ne venait pas de passer la nuit à voyager sur le dos d'un cheval mécanique lancé à pleine vitesse, elle se serait ruée sur lui pour assouvir ce qui s'imposait de plus en plus comme un besoin, voire une nécessité. Alors ce serait ainsi la vie commune à Bloodcastle, elle devrait se plier aux ordres d'un tyran, son mari ?! Alors là, s'il imaginait que ça se passerait de cette manière, il se mettait le doigt dans l'œil, et correctement !

Elle préparait une réplique assassine, mais fut coupée dans son élan et dut subitement s'asseoir sur le lit, beaucoup trop lasse pour entamer une énième joute verbale.

— Si c'est ce que tu crains, sois tranquille, je n'exercerai pas mes droits conjugaux tant que tu ne seras pleinement pas rétablie, concéda Thadeus, sans quitter l'appui de la commode d'où il l'observait avec méfiance.

Bon sang, quelle générosité ! Mais franchement, aurait-il pu se montrer plus odieux encore ?! Une chose était certaine, se retrouver chez lui ne faisait pas ressortir la meilleure part de sa personnalité...

— Et ensuite, *votre seigneurie*, quand vous estimerez que je suis de nouveau d'attaque à subir vos assauts, que se passera-t-il, si je refuse ? interrogea-t-elle avec ironie – relevée d'une pointe de crainte néanmoins. Me forceras-tu ?

Les paupières de Thadeus s'étrécirent et un muscle tressauta sous la peau de sa mâchoire ombrée d'une barbe de plusieurs jours. Manifestement, cette repartie ne lui plaisait pas du tout.

— Qui sait ? grogna-t-il d'un air si mauvais qu'Andraste sentit les muscles de son ventre se crisper de crainte.

Puis il baissa la tête et fit craquer le bois du meuble en pesant davantage sur le rebord pour étendre une de ses longues jambes devant lui. Sans doute était-il aussi exténué qu'elle.

— Est-ce que tu te poses réellement la question ou bien est-ce une nouvelle manière de m'insulter ? se renseigna-t-il d'une voix plus rauque.

Andraste était totalement perdue. Il venait d'insinuer que... alors ce n'était que du bluff, rien qu'une raillerie cruelle ?

— Mais si je refuse, tu retourneras dans ces établissements peu recommandables... les *bordels*, n'est-ce pas ? Et quand bien même j'accepterai, qu'est-ce qui me garantira que...

— Je n'y retournerai pas, l'arrêta-t-il en se redressant, les lèvres pincées d'offense. Que tu rejettes ou non mes attentions physiques.

— Et pour quelle raison ? demanda-t-elle, sincèrement étonnée. Es-tu réellement en train de dire que tu es prêt à vivre comme un moine si je le décide ?

— Oui, c'est bien mon propos, reconnut-il avec une certaine amertume. Tout simplement parce qu'hier soir j'ai fait le serment que je resterai fidèle à mon épouse, et ce, en toute circonstance. Si cela n'avait aucune valeur à tes yeux, il en va tout autrement en ce qui me concerne.

Avec une petite grimace d'irritation, ou bien peut-être de douleur, Thadeus quitta brusquement la commode pour aller fouiller dans la sacoche de cuir qu'Andraste avait empruntée – non, volée – à sa sœur. Puis il se rendit dans le salon attenant et ramena un plateau chargé de nourriture qu'il posa sur le lit, devant la jeune femme.

— Trêve de bavardages, décréta-t-il, la mine toujours résolument renfrognée. Il faut que tu manges. Ensuite tu dormiras.

La jeune femme se serait bien rebellée devant ce nouvel accès d'autorité, ne serait-ce que pour le sport. Cependant, elle était véritablement affamée, et surtout, elle aspirait au calme et à la tranquillité en cet instant. Elle obéit donc et ils dînèrent ensemble, assis sur le lit, sans échanger le moindre mot.

Lorsqu'ils eurent terminé, Thadeus ramena le plateau où il l'avait pris, revint vers Andraste et sortit de la poche de sa veste le flacon d'onguent que le médecin leur avait laissé la veille. Il le posa sur la table de nuit et resta debout face à elle, semblant attendre quelque chose.

— Je peux m'en charger toute seule, avisa-t-elle le plus dignement possible, cherchant des yeux un paravent dans la pièce.

Elle rougit en songeant qu'il lui en avait appliqué sur tout le corps il n'y avait pas si longtemps que ça... juste après lui avoir donné un bain. Puis elle déglutit bruyamment en repensant à ce qui s'était déjà passé entre eux, bien avant ça.

— Mais non, grommela-t-il d'un ton bourru qui ne sonnait plus si juste que ça. C'est dans ton dos que les brûlures sont les plus importantes. Faut-il que je négocie un cessez-le-feu temporaire, juste le temps de soigner tes blessures ? Parce que ta santé passe avant tout, Andraste.

Pour l'héritier, évidemment. Toute la famille avait l'air tellement obnubilée par le premier-né de Thadeus. C'en était d'ailleurs plutôt inquiétant...

Il se rassit à côté d'elle et leva la main vers sa nuque, lentement, comme pour s'assurer qu'il ne la prenait pas par surprise. Elle se raidit, puis finalement le laissa déboutonner sa robe – elle n'aurait pas pu le faire elle-même de toute façon.

Elle repensa alors à la manière dont il s'était occupé d'elle la veille, dans la petite crypte sombre, et son ventre se crispa à ce souvenir – mais pas de crainte, cette fois. Comment un même homme pouvait-il être si exécrable en règle générale, et parfois, en certaines occasions seulement, se révéler aussi tendre et attentionné ?

Avec précaution, Thadeus écarta les pans de son corsage, baissa les manches, puis repoussa le vêtement jusqu'à sa taille. Il ouvrit l'attache de ses jupons, mais n'essaya cependant pas de les lui retirer. Il attrapa ensuite sa chemise, qu'il tira habilement vers le haut pour la faire passer par-dessus sa tête. Andraste n'avait pas remis de corset avant leur départ, supportant déjà péniblement le frottement du tissu de la robe sur ses brûlures, aussi se retrouva-t-elle soudain à demi nue.

Bien qu'ayant parfaitement conscience du ridicule de son attitude – après tout, ils étaient mariés, qui plus est, ce n'était pas vraiment la première fois qu'il la voyait en tenue d'Ève –, Andraste s'obstina à garder les bras croisés devant elle, maintenant une partie de son corsage sur sa poitrine. Contre toute attente, Thadeus s'abstint de toute remarque désobligeante et se concentra sur sa tâche.

Après s'être enduit les mains d'une bonne quantité du baume odorant du docteur Kendall, il les appliqua avec une délicatesse surprenante sur les épaules de la jeune femme. Si elle s'était préparée à la douleur du premier contact, laquelle fut bel et bien au rendez-vous, elle était loin d'imaginer éprouver ce qui suivit…

Andraste ferma les yeux et soupira d'aise, de soulagement et de plaisir réunis. L'espace d'un instant, elle oublia toutes ses rancœurs pour savourer le délice des doigts légers de Thadeus glissant sur sa peau fragilisée, traçant méthodiquement de petits chemins ordonnés selon les angles de ses omoplates, les recouvrant progressivement de l'onguent frais et apaisant.

Après s'être attardé sur le haut de son dos, il descendit le long de sa colonne vertébrale et s'occupa de ses reins et de ses hanches. Ses paumes prirent le relais pour mieux s'adapter à ses formes, l'endroit étant un peu moins sensible, et les effleurements devinrent peu à peu de subtiles caresses.

Le souffle de Thadeus jouait dans les fines boucles échappées de son chignon et Andraste frémit en le sentant s'accélérer.

Tout à coup, il s'interrompit et retira ses mains. Il s'éloigna légèrement sur le lit, puis, après s'être éclairci la gorge, déclara :

— Voilà, c'est fini. Tu devrais pouvoir te débrouiller pour le reste.

Elle tourna la tête et plongea dans son regard sombre et intense, dans lequel brûlaient des flammes bien différentes de celles de la colère.

— Merci, murmura-t-elle, plus troublée qu'elle ne l'aurait voulu.

Un coin de ses lèvres se retroussa légèrement, presque en un sourire, puis il se leva pour aller se rincer les mains dans une cuvette de porcelaine. Quand ce fut fait, il se dirigea vers le salon.

— Je te laisse terminer et te reposer. Dors aussi longtemps que nécessaire, les dernières vingt-quatre heures ont été plus qu'éprouvantes pour toi. N'hésite pas à sonner si tu as besoin de quoi que ce soit.

— Mais... et toi ? Tu ne vas pas dormir un peu ?

Elle fut si déçue, se sentit si seule et perdue soudain... non, elle ne pouvait pas être déçue, elle allait enfin être un peu tranquille ! Bon sang, elle était horriblement fâchée contre lui et ce n'était pas parce qu'elle était lasse qu'il fallait qu'elle l'oublie.

— Je n'ai pas sommeil, rétorqua-t-il en fixant le sol. Et puis, j'ai beaucoup à faire.

Thadeus resta immobile quelques secondes devant la porte, comme s'il hésitait à ajouter quelque chose. Puis il fronça les sourcils et revint vers Andraste d'un pas vif et déterminé. Une fois devant elle, il se pencha pour passer la main dans ses cheveux, défaisant d'un geste les pinces qui les retenaient. Il déposa un baiser furtif sur le sommet de son crâne et resta incliné, une mèche blanche enroulée entre ses doigts, pour lui chuchoter à l'oreille :

— Jamais je ne te forcerai. En revanche, tu peux compter sur moi pour te harceler jour après jour et tout mettre en œuvre pour te convaincre. La première fois ne compte pas, tu étais vierge, et comme je l'ignorais, je m'y suis sans doute atrocement mal pris. Quant à l'autre jour, dans mon lit, ça n'était rien qu'un aperçu de ce que cela peut être. Si tu m'en laisses la possibilité, je te montrerai à quel point nous pouvons bien nous entendre, sur ce plan-ci tout du moins. Toi et moi, cela peut être merveilleux, et il me tarde de te prouver que j'ai raison.

Là-dessus, et sans un regard, il tourna les talons et repartit en direction du vestibule. Il avait quitté leurs appartements qu'Andraste frissonnait encore. Probablement parce qu'elle était toujours à moitié nue... à moins qu'il ne s'agisse d'autre chose.

Sa colère de ces derniers jours lui avait fait oublier combien elle aimait être dans ses bras. Elle n'en revenait pas, même avec la peau brûlée elle appréciait ses caresses ! Elle avait joué les malignes en prétendant qu'elle refuserait, mais en vérité, elle savait bien qu'elle n'y arriverait pas. Thadeus Blackmorgan avait beau être l'homme le plus exaspérant, tyrannique et fourbe qu'elle eut connu, il n'en était pas moins séduisant et extrêmement désirable. Et il était désormais son mari... ainsi que le père de cet enfant qu'elle attendait certainement et auquel elle évitait de penser tant tout cela la terrifiait.

Andraste ne se réveilla qu'en début de soirée et dut faire le tour de toutes les pièces de la vaste suite pour se rendre compte qu'elle était seule. Thadeus n'était pas revenu, pas même pour se reposer un peu. Devait-elle s'en inquiéter ?

Elle demanda à prendre un bain et les domestiques lui installèrent un tub de cuivre, le confort à Bloodcastle étant plus rustique qu'au palais royal. Si l'eau n'était pas rouge comme elle l'avait craint, elle était en revanche tout juste tiède, voire froide. Elle se lava néanmoins, mais signala le problème par la suite à la femme de chambre qui l'aidait à passer une autre robe trop grande pour elle – laquelle appartenait probablement à Elinor, sa belle-sœur.

— Le seigneur Blackmorgan a exigé qu'il en soit ainsi, répondit la domestique en haussant les épaules. Il nous a même montré à quelle température exacte votre bain devait être jusqu'à nouvel ordre. Il a également veillé à faire préparer un dîner spécial pour vous. Il a demandé que vous n'en laissiez rien.

En effet, lorsque Andraste quitta la chambre pour passer au salon, elle put constater qu'un repas l'y attendait. Ainsi, Thadeus régentait absolument tout dans ce château, de la chaleur de l'eau utilisée pour la toilette jusqu'à la composition des menus. Comme c'était... irritant ! Pas étonnant que sa propre famille ait du mal à l'apprécier s'il se comportait ainsi avec tout le monde.

Toutefois, elle avait faim, aussi ne rechigna-t-elle pas devant la quantité et fit honneur à chacun des plats préparés pour elle – par ailleurs délicieux. Après avoir terminé, et comme son époux n'était toujours pas venu la rejoindre dans cette chambre qu'il tenait pourtant tellement à partager avec elle, Andraste décida de descendre à la rencontre des autres occupants des lieux.

Elle trouva les représentants masculins des Blackmorgan réunis dans un salon proche de la grande salle à manger, un verre de brandy à la main, accompagné d'un cigare pour certains. Thadeus brillait par son absence.

Ils se levèrent tous d'un même mouvement, l'air un peu surpris de la voir là, et la saluèrent d'un très solennel « lady Blackmorgan ».

— Je vous en prie, appelez-moi par mon prénom, les enjoignit-elle, embarrassée d'avoir interrompu une discussion qui peut-être portait sur sa propre personne. Je cherche Thad... enfin, mon époux. Sauriez-vous où il se trouve ?

— Lord Blackmorgan ne devrait pas tarder à rentrer, il est parti ce matin avec Darius pour la frontière nord du pays, lui apprit sèchement l'oncle Rupert. Ils comptent revenir avec un détachement de nos soldats morts-vivants en faction là-bas, afin de les poster ici, à Bloodcastle.

Andraste écarquilla les yeux, stupéfaite de découvrir que son mari avait quitté le château sans la prévenir – et sans même prendre le temps de dormir un peu. Devant son incompréhension manifeste, Richard expliqua :

— Mon frère craint quelque attaque visant à lui dérober son épouse. D'où son départ précipité. Il lui tient à cœur d'assurer votre protection comme il se doit.

— D'après ce qu'on a compris, compléta Walter – le plus jeune – en l'invitant d'un geste amical à les rejoindre, vous auriez des ennuis avec la reine, petite belle-sœur, ainsi qu'avec un prince ilandrien ? Rien de moins ?

— La liste des personnes avec lesquels j'ai eu des différends est affreusement longue, j'en ai peur, rétorqua-t-elle en songeant à sa grand-mère et à sa colère quand elle apprendrait qu'elle avait désobéi et s'était mariée en cachette à un nécromancien – dont elle était accessoirement déjà enceinte. Mais je ne veux pas vous déranger, veuillez m'excuser.

— Si vous préférez la compagnie de ces dames pour passer plus agréablement la fin de soirée, je serai ravi de vous accompagner jusqu'au salon où se trouve ma femme, Elinor, ainsi que tante Fanny, proposa obligeamment Richard. Elles seront enchantées de pouvoir faire plus ample connaissance avec vous.

— Un instant ! s'exclama Rupert en levant la main. J'aimerais d'abord m'entretenir avec elle en privé. Enfin, si *lady Blackmorgan* n'y voit pas d'inconvénient, évidemment.

— Très bien, obtempéra-t-elle, un peu anxieuse à l'idée de se retrouver seule avec un homme qui lui était si ouvertement hostile.

Andraste s'assit dans le fauteuil que lui désignait l'oncle au bandeau, soit juste en face de lui, tandis que les autres sortaient de la pièce, abandonnant sur place verres et cigares. Une fois tout le monde parti, Rupert prit tout son temps pour l'évaluer de pied en cap de son unique œil valide, une moue de mépris tordant ses lèvres, prenant apparemment un malin plaisir à laisser planer entre eux un silence des plus pesants.

— Est-ce vrai, êtes-vous vraiment enceinte de mon neveu ? l'interrogea-t-il abruptement, au bout de ce qui parut une éternité.

Andraste se contenta de hocher la tête. Tout l'indiquait en tout cas...

Oui, qu'elle le veuille ou non, elle allait bel et bien devoir porter et mettre au monde l'enfant de Thadeus en ces lieux sinistres, entourée de tous ces hommes sévères et tellement étranges. Et non, cela ne l'enthousiasmait pas plus que ça... mais elle garda bien entendu ses réflexions pour elle-même. Cependant, elle ne put retenir davantage le flot de questions qui se bousculaient dans son esprit depuis son réveil :

— Il y a très peu de femmes à Bloodcastle, et aucun enfant, si j'ai bien compris. Y a-t-il une raison particulière à cela ? Pourquoi celui de Thadeus est-il tellement important ? Et pourquoi semblez-vous tous si convaincus que ce sera un garçon ?

— À votre avis ?! s'emporta Rupert en se penchant vers elle, soudain piqué au vif. Ce sera un mâle parce que cela fait huit siècles qu'il en est ainsi chez les Blackmorgan, mais croyez-moi, on préférerait tous qu'il en soit autrement ! L'héritier que vous portez est ce qu'il y a de plus précieux pour chacun d'entre nous, car lui seul peut assurer la survie de la lignée. Et vous le savez pertinemment, quoi que dise mon neveu à ce sujet.

Andraste haussa les sourcils, pas certaine de tout saisir.

— Thadeus est un homme extrêmement fort, très dur, et surtout froid, même avec sa propre famille, affirma Rupert en se rencognant dans son fauteuil.

Des rides préoccupées creusèrent âprement son front, s'ajoutant aux nombreuses autres, le faisant paraître subitement plus vieux, tandis qu'il se concentrait sur le liquide ambré qu'il faisait légèrement remuer dans son verre.

— Mais il est également abîmé, reprit-il, la voix un peu éraillée. Il est comme un fils pour moi, voyez-vous. Celui que je n'ai jamais eu. Et je refuse que vous le fassiez souffrir. Il ne mérite pas cela. Pas après tout ce qu'il a déjà eu à affronter. Aussi, soyez assurée que je ne vous laisserai pas faire.

La jeune femme resta sans voix. Elle, faire souffrir Thadeus ? De quelle manière au juste ? Quelqu'un pouvait-il seulement atteindre un tel homme ? Et qu'entendait donc Rupert par « abîmé » ?

— J'ignore comment une sorcière dans votre genre s'y est prise pour débusquer ses failles et les exploiter à si bon compte, poursuivit-il sans lui laisser la possibilité de répondre, la mine de plus en plus sombre. Mon neveu soutient que vous n'avez usé d'aucune magie, et peut-être est-ce la vérité. Mais le voir ainsi transformé en amoureux transi, abusé si ce n'est par sortilège, tout du moins par votre belle apparence exotique, votre sensualité, et très probablement par quelque sournoise promesse d'espoir, me donne la nausée. Qu'attendez-vous de lui exactement ? Qu'espèrent gagner les Coldfield dans toute cette affaire ? Parce que si ses frères l'ignorent encore, en revanche moi, je sais d'où vous venez, ma chère. Personne ici ne pourra jamais oublier ce que l'on doit à votre engeance.

— Pardon ? se récria-t-elle, interdite sous ce déluge d'accusations incohérentes.

Le vieux conflit familial qu'avait évoqué Ruth était manifestement toujours d'actualité à Bloodcastle... Cependant, il manquait à Andraste beaucoup trop d'éléments pour comprendre la réelle teneur de la rancune de l'oncle Rupert. Par ailleurs, elle songea qu'elle ne devait pas posséder la même définition d'« amoureux transi ».

Puis le feu lui vint aux joues, en même temps que l'indignation explosait en elle, quand elle essaya d'imaginer ce à quoi il faisait allusion lorsqu'il parlait de sa « sensualité »...

— Combien voulez-vous pour l'héritier ? se renseigna-t-il soudain, son seul œil réduit à une mince fente. Vous quittez mon neveu en vous engageant à ne plus jamais harceler d'aucune manière notre famille, vous nous laissez l'enfant, et alors vous obtiendrez autant d'or, de terres et de biens que vous l'exigerez. Maintenant dites-moi, lady Andraste, quel est votre prix ? Quel est le prix des Coldfield pour ce tour de chien que vous nous avez encore joué ?

Elle se releva d'un bond, sous le choc, et croisa les bras sur son ventre, comme pour protéger ce dont il était question, ayant tout à coup une conscience aiguë de sa réalité.

— Je n'ai absolument pas la moindre idée de ce que vous nous reprochez, à moi et aux autres Coldfield ! se défendit-elle, retournant son regard mauvais à l'oncle Rupert. Cela étant, je n'irai pas plus loin dans cette discussion. Vous m'insultez, monsieur, et vous insultez également votre neveu en proposant d'acheter sa progéniture comme un vulgaire objet !

Elle vit le doute, et peut-être le remords aussi, passer fugacement sur le visage aux traits durs et burinés de l'homme qui venait de lui proposer de l'argent en échange de son enfant... ainsi que de son mariage. S'il était évident qu'elle ne sacrifierait pour rien au monde le premier, elle commençait à réaliser que, pour une raison qui lui échappait encore, il en allait de même pour le second.

Elle ne salua pas Rupert et n'attendit pas qu'il lui donne congé pour se diriger vers la porte. Elle s'apprêtait à quitter la pièce quand elle s'interrompit, profitant du silence et du trouble de son interlocuteur pour ajouter, poussée par quelque instinct absurde dont elle ignorait l'origine :

— Si vraiment c'est le cas, que vous tenez autant à votre neveu que vous venez de l'affirmer devant moi, alors vous feriez bien de le lui dire. Parce que je doute sincèrement qu'il le sache. Mon mari est loin d'être aussi froid et insensible que s'accorde à le croire sa propre famille, voyez-vous.

Là-dessus, elle quitta la pièce et remonta directement dans ses appartements, la tête pleine à craquer d'interrogations nouvelles, venant s'entasser au-dessus des anciennes, qui demeuraient sans réponse.

Andraste veilla jusque tard dans la nuit, se surprenant à souhaiter voir Thadeus revenir rapidement, l'attendant avec une impatience croissante. Mais elle finit par s'endormir seule, perdue au milieu de ce grand lit, dans cette chambre immense où elle avait encore bien du mal à se sentir chez elle.

Elle ne rouvrit les yeux que quelques heures après, tandis que l'aube ne s'était pas encore levée, le cœur serré par l'angoisse, mais également par quelque chose de plus pernicieux. Comme une déchirante sensation de manque, qu'elle avait déjà ressentie une fois auparavant – bien que de façon plus ténue –, alors qu'elle tentait par tous les moyens d'éviter de se retrouver seule avec une certaine personne…

Une certaine personne qui n'était manifestement toujours pas revenue.

Mais que faisait Thadeus, à la fin ?! Comment étaient-ils censés régler leurs problèmes si son mari la délaissait constamment ? Et pourquoi avoir tant insisté pour partager cette chambre s'il s'évertuait à ne jamais y mettre les pieds ? La fuyait-il, elle et les questions qu'il savait qu'immanquablement elle poserait ?

Andraste se morfondait, roulée en boule sous les épaisses couvertures, lorsqu'elle fut soudain prise de nausées et dut saisir d'urgence un bassin pour vomir.

Le bébé...

Le doute n'était plus permis désormais, chaque jour était une nouvelle confirmation. L'estomac douloureux et les larmes aux yeux, elle se rallongea dans le lit déjà froid. Elle n'avait plus sommeil, cependant elle n'avait aucune envie de se lever. Personne ne l'attendait, pas même son mari, et ici, tous n'étaient que des étrangers.

Elle pivota sur elle-même pour trouver une meilleure position et aperçut alors une liasse de feuilles entassées à la va-vite sur la table de nuit, sur laquelle était posée une bague ancienne, imposante, mais délicate dans sa réalisation et assez féminine. Elle était en or blanc et représentait l'emblème des Blackmorgan.

Andraste hésita. La veille, il n'y avait rien d'autre sur le meuble qu'une petite lampe, elle en était persuadée. À l'évidence, le bijou, ainsi que les papiers lui étaient destinés. En observant mieux la pièce, elle se rendit compte que les coussins du sofa placé dans le coin opposé avaient été dérangés. L'un d'eux avait même été abandonné au sol, contre le mur, juste à côté du lit...

Intriguée, elle s'assit sur le bord du matelas et glissa la bague à son index pour l'admirer un instant. Était-ce un cadeau de mariage de la part de Thadeus ? Fallait-il le voir comme cela, même s'il ne lui avait pas donné directement ? D'ailleurs, s'il avait passé une partie de la nuit ici, pourquoi ne s'était-il pas étendu près d'elle ? Et pour quelle raison était-il parti avant qu'elle se réveille ?

Elle parcourut ensuite les feuilles laissées à son attention, noircies d'une écriture sèche et masculine, aristocratique bien que sans fioritures. La première portait l'intitulé « Les quatre-vingt-dix-neuf Ravages du Monde », ainsi que la mention « se reporter en priorité page 57, texte traitant de la disparition des *Élues* ».

Ce qu'elle fit. Elle réalisa alors qu'il s'agissait de la traduction du mystérieux récit caché dans le livre qu'elle avait volé au coven, réalisée par Thadeus lui-même... pour elle.

L'ensemble évoquait d'obscures prédictions. Mais le passage indiqué paraissait effectivement annoncer la fin des Élues de la Nuit – ces femmes légendaires dont elle était censée faire partie –, anéanties par un démon, appelé ici « Fléau des Élues ».

Andraste frissonna en se demandant quelle pouvait bien être la part de vérité dans tout ça. Et si c'était réel ? S'il existait bel et bien un démon quelque part qui massacrait les femmes comme elle et que c'était pour cette raison qu'elle était la dernière ? Était-il possible qu'un danger plus grand encore que Victoria et Ardghal réunis plane au-dessus d'elle en ce moment même ?

Elle secoua la tête pour mettre un terme à ses réflexions comme son imagination s'emballait brusquement. Il fallait qu'elle voie Thadeus, qu'elle ait son opinion à ce sujet, mais également les réponses à toutes ses autres interrogations.

Andraste prit un bain froid, le petit déjeuner prévu pour elle, puis, faute de mieux, demanda aux domestiques des nouvelles de son mari. Sa femme de chambre lui apprit qu'il était rentré à Bloodcastle en fin de soirée et avait posté une tripotée de ces abominables revenants – selon ses propres termes – tout autour du château. Mais elle ne sut dire où exactement elle pourrait le trouver ce matin.

La jeune femme ne se laissa pas décourager et entreprit d'aller le chercher elle-même. Elle descendit en premier lieu à la grande salle à manger. Comme vingt-quatre heures plus tôt, toute la famille y était réunie, installée autour d'une table pour le premier repas de la journée. Tous, sauf Thadeus...

Elle refusa l'invitation passablement insistante de Walter, puisqu'elle avait déjà mangé, et évita soigneusement de croiser le regard de l'oncle Rupert. Puis elle fit demi-tour, refusant de s'abaisser à s'enquérir une nouvelle fois de l'endroit où était son époux – découvrir la veille qu'il était parti sans la prévenir était déjà suffisamment humiliant comme ça. Du reste, personne ne se proposa spontanément pour la conduire à lui.

Elle décida de procéder méthodiquement, Bloodcastle étant tellement grand qu'elle s'y perdrait facilement si elle n'y prenait pas garde. Elle réclama au majordome un trousseau de clés, qu'on lui confia sans problème – après tout, elle était la maîtresse des lieux, au même titre que son mari –, et monta dans la plus haute tour, celle qui se trouvait à l'extrémité sud, le côté de la colline par lequel ils étaient arrivés. De là, elle serait plus à même de se faire une idée de la configuration de l'édifice.

Cet endroit était sans doute le plus ancien du château, tout y semblait à l'abandon. Elle s'arrêta, après avoir gravi plusieurs volées de marches, sur le pas d'une porte richement ouvragée, mais couverte de poussière. La curiosité prenant le pas sur son but premier, elle chercha la bonne clé, mais aucune ne correspondait. Elle utilisa donc le seul sortilège qu'elle maîtrisait et déverrouilla une serrure grippée, qui n'aurait pu céder si elle n'avait usé de magie.

Andraste entra alors dans des appartements encore plus fastueux que la suite qu'elle partageait avec Thadeus, du moins le furent-ils à une certaine époque, avant qu'on le déserte, du jour au lendemain, apparemment. Tout y était comme figé. Dans la pièce principale, des chaises, dont trois étaient renversées, entouraient une table où trônait un magnifique vase aux fleurs séchées, complètement ratatinées, ainsi qu'une tasse de porcelaine, tandis que les débris d'une seconde de même façon s'étalaient au sol. Un ours en peluche gisait sur un tapis, entouré de soldats de plomb. Sur un fauteuil à oreilles un peu plus loin, un tambour à broderie et son ouvrage à peine entamé avaient été déposés.

Se rappelant ce qu'elle était venue faire dans cette tour, Andraste alla jusqu'à une fenêtre aux carreaux crasseux et l'ouvrit. L'aube teintait d'une faible lueur bistre les nappes de brume dense accumulées autour du mont rocheux et conférait aux eaux des ruisseaux une couleur grenat, plus proche encore de celle du sang que la veille. Le panorama, bien que brouillé et étrange, était impressionnant vu d'aussi haut. Cependant, ce point de vue ne permettait pas de voir le château, aussi devrait-elle en trouver un autre. Son regard se porta vers le bas et elle aperçut alors les sentinelles-revenants de Thadeus, disposées en différents endroits, sans doute stratégiques.

Soudain, un bras aux muscles d'acier s'enroula autour de sa taille, la privant brusquement de souffle, et l'attira brutalement en arrière. Elle hurla de stupeur, rua et frappa son assaillant de ses poings et de ses pieds aussi vivement qu'elle le put. Si bien qu'elle le déséquilibra et qu'ils roulèrent ensemble dans la poussière.

Elle se débattait toujours quand elle se rendit compte que l'homme qui se démenait pour la clouer au sol, les bras au-dessus de la tête, n'était autre que Thadeus, les traits déformés par la panique. Ses yeux étaient écarquillés et reflétaient une peur intense, profonde et primitive, sa respiration était haletante et… il tremblait. De tous ses membres.

Mais que se passait-il ?

Elle cessa immédiatement de lui résister, mais il ne la libéra pas pour autant.

— La fenêtre… marmonna-t-il dans un souffle rauque et haché.

— Je me suis seulement penchée un peu, pour voir les soldats, expliqua-t-elle doucement, comprenant que quelque chose n'allait pas. Je ne sais pas ce que tu as imaginé, mais je ne faisais qu'observer les sentinelles postées au pied du château.

Thadeus ferma les paupières et les serra douloureusement. Il écrasait Andraste de tout son poids et elle pouvait sentir la tension extrême qui nouait chacun de ses muscles, ainsi que les battements affolés de son cœur, se répercutant jusque dans sa propre poitrine.

— On m'a prévenu que tu étais ici, mais tu n'as pas le droit, fit-il valoir dans un grognement. Personne n'a le droit d'entrer dans ces appartements. Et tu ne dois pas te pencher comme ça aux fenêtres, le soleil pourrait te brûler de nouveau.

— Je suis désolée, tu as raison, je ne recommencerai pas.

Mieux valait faire profil bas, Thadeus n'était manifestement pas dans son état normal. Avait-il bu ? Elle l'examina de plus près, tandis qu'il rouvrait peu à peu les yeux, dévoilant deux abîmes de ténèbres et de tourments, et distingua les marques de l'épuisement sur son visage toujours crispé d'angoisse. Il ne sentait pas l'alcool et, même si sa barbe avait légèrement poussé et s'il n'était qu'en bras de chemise et gilet, sa mise était propre – du moins devait-elle l'être avant qu'il se vautre avec elle dans la poussière.

Andraste libéra lentement un de ses poignets et vint poser la paume sur la joue hérissée de poils noirs et drus de son époux, pour tenter de l'apaiser. Il poussa un long soupir et se détendit un peu, mais ne chercha pas à se relever, ni même à se déplacer de manière à moins peser sur elle.

— Qu'est-ce qui ne va pas ? se renseigna-t-elle, de plus en plus inquiète. Et pourquoi m'évites-tu ? Que se passe-t-il ici, Thadeus ?

Il fronça les sourcils, comme s'il hésitait à répondre. Puis il se précipita pour rattraper sa main quand elle essaya de la retirer, et la replaça aussitôt sur son visage. Ce geste, qui semblait presque désespéré, fit céder les derniers barrages que la jeune femme avait érigés autour de son cœur après leur toute première nuit ensemble. Elle ignorait pourquoi il était si bizarre tout à coup, ignorait pourquoi tout le monde à Bloodcastle se comportait si étrangement avec elle, mais ce qu'elle savait cependant, c'était que quoi qu'il arrive, elle tenait à cet homme. Elle non plus ne voulait pas le voir souffrir... non, pour rien au monde.

— Je ne t'évite pas, assura-t-il. J'avais beaucoup de choses à régler, de dispositions à prendre. Je voulais juste te laisser un peu de répit et d'espace, puisque tu disais en avoir besoin.

Il se racla la gorge tandis qu'elle caressait sa mâchoire et reprit :

— Mon oncle m'a rapporté votre discussion et je suis sincèrement navré que tu aies eu à subir ça. Il te présentera ses excuses dès aujourd'hui, j'y veillerai. Ça ne se reproduira pas, je te le promets.

— Est-ce qu'il est... malade ? interrogea Andraste, étonnée que Rupert ait tout raconté à son neveu. Est-il fou ?

Thadeus cilla, puis lâcha laconiquement :

— Non. Pas lui. Il a ses raisons... et j'ai les miennes.

À nouveau, il couvrit sa main de la sienne, l'appuyant plus fermement contre sa joue, et suivit du bout du doigt les contours de la bague.

— Tu la portes, constata-t-il d'un ton où tristesse et ravissement s'entremêlaient. C'était celle de ma mère. Et mon oncle m'a dit qu'il t'avait proposé une fortune en échange de l'enfant, mais que tu l'avais envoyé paître.

— Évidemment ! s'exclama-t-elle, chagrinée de voir que cela paraissait le surprendre.

— Merci, murmura-t-il en déposant un petit baiser au creux de sa paume, comme il l'avait déjà fait une fois, lors de leur rencontre.

Andraste se demanda fugacement s'il la remerciait pour avoir mis la bague ou bien parce qu'elle avait tout simplement refusé d'abandonner son propre enfant. Puis elle fondit totalement, toutes ses questions en suspens s'éloignant de son esprit.

Il était sur elle depuis trop longtemps et si elle l'avait senti se détendre peu à peu, il en allait tout autrement d'une certaine partie de son anatomie, pressée contre sa cuisse. La chaleur du corps de Thadeus s'était communiquée au sien, l'embrasant tout entière.

Ce dont elle avait besoin, ce n'était pas de répit, ni d'espace, mais de lui.

Aussi s'étonna-t-elle elle-même quand elle dégagea son autre main pour l'enfouir dans ses boucles de jais ébouriffées et attirer sa tête vers elle, l'invitant à l'embrasser.

Chapitre 40

Thadeus

Comment s'y prenait-elle pour lui faire tout oublier, de la douleur aiguë qui irradiait continuellement sa jambe depuis qu'ils étaient à Bloodcastle jusqu'à ses atroces souvenirs ? Comment le plus beau moment de sa vie pouvait-il avoir lieu ici, dans cet endroit même où il avait vécu le pire ? Andraste... *sa* femme, lui réclamait un baiser.

Après tout ce qui s'était passé...

Cela signifiait qu'elle lui pardonnait, non ?

S'il s'était imaginé avoir définitivement remporté le défi qu'elle représentait en la conduisant presque de force devant l'autel, il avait ensuite très vite déchanté. Jamais elle n'avait été plus froide et distante qu'après ça. Si bien qu'il avait cru qu'elle ne lui reviendrait jamais, qu'il n'avait rien gagné du tout finalement, si ce n'était sa haine éternelle.

Mais il s'était trompé. Leur enfant était suffisamment important pour elle pour qu'elle refuse l'argent proposé par son oncle, et leur mariage, assez pour qu'elle accepte au moins de porter sa bague.

Et elle était là, son corps tendre aux formes exquises étendu sous le sien, et ne cherchait pas à lui échapper. Non, elle voulait même davantage...

Thadeus prit une brève inspiration, puis inclina la tête vers elle et la laissa le guider jusqu'à sa bouche, se demandant comment il était possible qu'un si petit geste puisse procurer un plaisir d'une telle intensité.

Il était au paradis et il venait de retrouver son ange, plus rien d'autre ne comptait que cet instant.

Il s'appliqua à l'embrasser doucement durant peut-être cinq secondes – aucune idée, la notion du temps était devenue si floue tout à coup –, puis il se découvrit incapable de résister à la puissante vague de désir fébrile qui déferla en lui au contact de ses lèvres. Il perdit alors tout contrôle et se mit à la dévorer avec urgence, comme l'animal affamé qu'il était dès lors qu'il se trouvait avec elle.

Cela faisait une éternité qu'il n'avait pu la toucher ainsi – autrement que pour la soigner, s'entend – et il comptait bien en profiter... avant qu'elle change d'avis et le repousse une fois de plus.

Les doigts frais et si fins d'Andraste passèrent lentement de son crâne, où ils s'étaient enchevêtrés dans les boucles indisciplinées de sa tignasse, à sa nuque. Puis elle les insinua sous le col de sa chemise, lequel était déjà défait – il ne les supportait jamais, et perdait plus vite patience lorsque sa jambe le faisait souffrir. Elle caressa d'abord timidement le contour de ses épaules, puis rapidement, prit de l'assurance et tira sur ses vêtements afin de s'aventurer plus loin. Il s'entendit grogner de bonheur lorsqu'elle lui griffa le dos comme la fièvre la gagnait elle aussi.

Appuyé sur un coude, il se déplaça légèrement pour venir embrasser avec ardeur et dévotion l'endroit qu'il aimait tant, entre son cou et sa clavicule. Là où sa peau était si délicatement satinée, et où il pouvait se gorger au maximum de ce parfum qui l'avait tellement bouleversé cette nuit-là, la première fois, et qui ne manquait jamais de lui remuer les tripes.

Il parcourait tout son corps de sa main libre, les doigts écartés pour n'oublier aucune courbe ni aucun renflement, les passant frénétiquement de ses hanches à sa poitrine, pour revenir précipitamment à ses fesses et à ses cuisses, dissimulées sous bien trop de tissu à son goût. Il ne pouvait plus s'arrêter de la palper, enivré d'elle, mais atrocement en manque, et remontait peu à peu ses jupons tout en savourant de ses lèvres et de sa langue son décolleté – lequel était beaucoup trop sage pour lui permettre tout ce qu'il avait en tête...

Andraste soupira lascivement, de plaisir manifestement, et ondula sous lui, lui faisant brusquement prendre conscience – une conscience aiguë – de sa virilité, dressée contre elle, et de la douleur qui avait déserté sa jambe pour se diffuser désormais de son bas-ventre jusque entre ses reins.

Depuis quand était-il ainsi ? Peut-être au moment même où il s'était retrouvé sur elle... C'était l'effet qu'elle avait toujours sur lui. Sa proximité le mettait systématiquement dans cet état, c'était inévitable, et il n'y avait aucune magie là-dedans. Il le savait maintenant. Et il se trouvait bien idiot d'avoir imaginé qu'un sortilège puisse être à l'origine de son désir, si puissant et impérieux ce dernier soit-il. C'était elle, et elle seule, qui éveillait en lui ces instincts-là.

— J'ai besoin d'être en toi, haleta-t-il, éperdu. Tellement besoin...

Ces paroles lui avaient échappé dans le feu de l'action, mais loin d'effrayer Andraste, elles lui arrachèrent un gémissement en réponse – une approbation espérait-il.

Elle ouvrit les jambes pour qu'il vienne loger les siennes dans cet espace qu'elle lui accordait, et susurra à son oreille :

— Je t'aime, Thadeus Blackmorgan.

Il se figea net. Avait-il vraiment bien entendu ? Comment une telle chose était-elle seulement possible ?

Son cœur, qu'il avait si longtemps cru inexistant, explosa violemment dans sa poitrine, se répandant en mille morceaux, puis se recomposa pour danser la gigue... avant de se resserrer et de se consumer, laissant à la place un vide noir béant et déchirant.

Il se rappela alors qu'il n'avait pas droit à ces mots-là, que lui-même l'aimait trop pour la laisser imaginer nourrir ce genre de sentiments à son égard sans savoir, et qu'il ne pouvait pas non plus lui faire l'amour maintenant...

Pas comme ça. Pas sans qu'elle connaisse toute la vérité.

Et surtout pas ici. Avait-il perdu la tête ?!

Il allait la duper – comme il l'avait si souvent fait, du reste. Cependant, il s'en rendait compte à présent. Et il ne pouvait s'y résoudre. Il s'était promis de ne rien révéler de plus que le strict nécessaire et de broder un peu, éventuellement, pour rendre moins laides certaines choses. Mais c'était malhonnête. Aussi risqué que ce soit – elle reviendrait forcément sur ses positions quant à l'argent après ça – il devait tout lui avouer...

Il se redressa au-dessus d'elle, prenant appui sur ses deux coudes, et plongea dans son regard mauve, brillant d'inquiétude – et sans doute aussi de déception.

— Tu ne dois pas te sentir obligé de répondre, s'empressa-t-elle de préciser, la voix cassée par l'émotion. Je comprends, tu sais, les hommes comme toi ne disent pas ce genre de choses. Ce n'est pas grave. Absolument pas grave.

— Il faut qu'on parle, avisa-t-il dans un grondement enroué.

Il dut se faire violence pour rajuster les jupons d'Andraste sur ses jambes et s'éloigner d'elle. Puis il se releva à regret. Elle l'imita avant même qu'il ait eu le loisir de lui proposer son aide et se mit à battre ses vêtements avec vigueur pour en chasser la poussière. Il devait en être couverts, lui aussi, toutefois il s'en moquait pas mal.

Il faillit suffoquer quand il aperçut une larme dévaler l'arrondi de la joue de la jeune femme pour finir sa course sur l'arête de sa mâchoire. Il venait de lui faire de la peine... et ça ne faisait que commencer.

— Je ne mérite pas ces mots, justifia-t-il en réalisant sa maladresse. J'en rêve depuis le premier jour, mais je n'en suis pas digne. Et je ne crois pas que je le serai jamais.

Elle essuya hâtivement les traces de son dépit comme s'il n'avait pas pu le remarquer, se tourna vers lui et déclara avec un calme inhabituel :

— Il n'empêche qu'il m'appartient d'en juger. À moi, et à moi seule. Sois tranquille, je ne t'embarrasserai plus avec ça à l'avenir.

Il la suivit dans le vestibule, puis dans le couloir, claqua la porte de ces maudits appartements derrière eux, et l'arrêta en la saisissant par le bras dans les escaliers.

— Andraste, si j'ai élaboré un plan pour t'amener à m'épouser dès notre première rencontre, puis conçu d'autres encore, vaguement plus subtils, par la suite, après avoir découvert qui tu étais, c'est parce que je suis fou de toi depuis le début ! Depuis le moment où tu es venue à moi, complètement nue, dans la salle des douches des domestiques. Bien avant qu'il soit question d'enfant. Ce que j'éprouve pour toi, c'est au-delà des mots, et je peux te répéter autant de fois que tu le désires que je t'aime, parce que c'est la fichue vérité !

Il avait crié beaucoup plus fort qu'il ne l'avait souhaité et se rendit compte après coup que son petit discours ressemblait davantage à une semonce en règle qu'à une déclaration d'amour... Bon sang, ce qu'il pouvait être lamentable à cet exercice !

Andraste battit plusieurs fois des paupières, comme si elle peinait à intégrer ces nouvelles informations. Puis elle répéta très doucement, comme pour contrebalancer son emportement :

— Tu as... élaboré des *plans* ?

— Oui, cracha-t-il sans parvenir à se calmer. Des putains de stratagèmes foireux, égoïstes et tordus pour t'avoir rien qu'à moi ! Je suis comme ça, buté et obsessionnel... et complètement irrationnel dès lors qu'il s'agit de toi. Mais ce n'est pas ça, le pire.

— Alors qu'est-ce que c'est ? s'enquit-elle en haussant les épaules comme s'il ne lui apprenait pas grand-chose tout compte fait. Quel est le problème ?

Il reprit son souffle et lâcha sombrement :

— Il faut que je te présente mon père.

Il tenait fermement la main d'Andraste dans la sienne – et peut-être la serrait-il plus qu'il ne devrait du fait de sa nervosité croissante – afin de prévenir toute chute dans ces vieux escaliers humides et décrépits. Peu d'entre eux avaient le courage de descendre dans les souterrains de Bloodcastle. Seuls les domestiques qui y étaient obligés s'y aventuraient. Aussi Thadeus ne se souciait-il guère de leur entretien.

Il s'interrompit devant l'entrée de la galerie qui menait au duc et contempla une dernière fois sa femme, si magnifique, avant que son regard sur lui ne change pour de bon.

— Jamais notre enfant ne devra venir ici, avertit-il, incapable de lâcher sa main, qu'il broyait à présent.

Il lui faisait mal, c'était évident. Pourtant, elle ne cherchait pas à se soustraire à sa poigne. Au contraire, s'il se concentrait, il pouvait sentir sur sa peau la pression de ses doigts à elle, tellement réconfortante.

Elle hocha silencieusement la tête, sans savoir pourquoi elle s'engageait à obéir à cet ordre. Elle était étonnée, et un peu effrayée aussi, il pouvait le lire sur son visage aux traits gracieux et tellement expressifs. Mais elle ne posait pas de question et attendait patiemment qu'il s'explique. Elle lui faisait confiance, enfin... et il allait tout gâcher.

Il remplit ses poumons d'un maximum d'air pour se donner du courage et poussa la grille qui les séparait de l'antre de ce monstre qui lui tenait lieu de père. Quand Thadeus lui rendait visite – ce qui était fort rare, au demeurant, la dernière fois remontant à plus de trois ans –, il n'était plus lui-même. Toute sa belle assurance d'homme puissant et de valeureux guerrier s'évaporait d'un coup. Et il redevenait immanquablement le petit garçon chétif qu'il était jadis, hagard et terrifié, marqué au fer rouge par la tragédie, meurtri dans son âme comme dans sa chair.

Il se résolut à lâcher la jeune femme – il allait lui briser les os s'il continuait ainsi – et congédia le domestique de surveillance, posté un peu plus loin. Thadeus s'engagea le premier dans la galerie voûtée et esquissa un geste vague pour désigner la geôle où était installé le duc.

— Andraste, voici mon père, déclara-t-il en fermant les yeux pour ne plus voir le vieillard somnolant attaché à son fauteuil, derrière les barreaux de sa prison. Père, je te présente mon épouse.

Le confort était spartiate, un lit, un oreiller, des couvertures, une table, un siège et rien d'autre. Les murs et le sol étaient entièrement capitonnés, afin d'amortir d'éventuels chocs.

La jeune femme s'approcha, bouche bée, mais Thadeus la retint :

— Reste à l'écart, je te prie. Il est dangereux. Même ainsi entravé et enfermé, il peut encore l'être, je t'assure. De toute façon, il n'a pas besoin de te voir de plus près, il n'assimile plus rien et ne parvient plus à reconnaître personne en dehors de moi.

— Mais... il... bafouilla-t-elle, consternée.

Thadeus eut tellement de mal à soutenir son regard qu'il s'éloigna jusqu'au mur de pierres froides du souterrain et s'y adossa, croisant les bras et étendant sa jambe, dans laquelle revenait peu à peu une douleur sourde et puissante.

Le duc s'était redressé et les examinait tous deux de ses yeux de dément.

— Ainsi te revoilà, saleté de morveux ! aboya-t-il soudain, tentant de forcer les sangles de contention qui le maintenaient au fauteuil. Tu aurais dû mourir, salopard de petit boiteux ! Mais je te tuerai, tu sais. Un jour ou l'autre, j'aurai ta peau, *très cher fils aîné*.

Ces promesses, Thadeus les connaissait par cœur... Il se passa une main tremblante dans les cheveux, encaissant néanmoins péniblement les insultes de son père devant sa femme.

— Je n'aurai de repos avant de t'avoir vu crever à mes pieds, maudit éclopé ! hurla encore le duc.

Andraste couvrit ses lèvres de ses doigts, déjà choquée, et se détourna du vieillard geignant dans son cachot pour se rapprocher de son époux.

— Pourquoi est-il comme cela ?

Thadeus focalisa son attention sur le dallage et essaya de prendre un ton neutre, les mâchoires trop crispées pour y parvenir toutefois, afin d'exposer les faits :

— Il n'a jamais été ni un bon mari, ni un bon père, même à l'époque où il n'était pas encore malade. Il faisait la distinction entre mes frères, qui l'indifféraient totalement, et moi, qu'il a détesté dès la naissance, mais qu'il voulait néanmoins éduquer lui-même. Il m'a toujours tenu pour responsable de ce qu'il savait qui lui arriverait. J'avais tout juste neuf ans quand il a succombé du jour au lendemain à la folie. Il a poignardé ma mère par un après-midi de printemps, alors qu'ils prenaient le thé dans leurs appartements, puis m'a précipité par la fenêtre, pour faire bonne mesure. Cette même fenêtre par laquelle tu te penchais tout à l'heure...

— Oh, par la Déesse ! s'exclama Andraste en fondant tout à coup en larmes. Mais c'est abominable. Alors c'est pour ça que tu... oh, je suis désolée...

Elle lui toucha l'épaule d'une main, et ferma l'autre en un poing qu'elle pressa plus fermement contre sa bouche pour retenir ses sanglots. Thadeus resta un instant interdit, incapable de bouger ni de parler. Était-ce vraiment pour lui qu'elle pleurait ? Pour ce qu'il avait vécu étant enfant ?

Mais elle était loin de tout savoir encore, et il ne faisait aucun doute qu'elle serait bien moins attendrie et compatissante lorsqu'il lui aurait tout raconté. Il aurait aimé la serrer contre lui pour adoucir sa peine et la rassurer, mais il devait aller jusqu'au bout et ne pas se laisser distraire par ses propres émotions. Aussi conserva-t-il ses distances pour reprendre :

— Mes oncles, aidés du capitaine Brighton qui revenait de la frontière et est arrivé à Bloodcastle sur ces entrefaites, ont réussi à le maîtriser et l'ont enfermé ici, dans ce cachot, ce jour-là.

— Et tu es mort ce jour-là ! jubila le duc en s'agrippant aux accoudoirs de son fauteuil.

— Et je suis mort, ce jour-là, répéta faiblement Thadeus en essayant d'ignorer son père.

Andraste avisa sa cicatrice au front – là où son crâne avait heurté la roche après une chute de quarante mètres – et secoua la tête.

— Comment ça, tu es mort ? Ce n'est pas possible, enfin...

Voilà pourquoi il inspirait la crainte à toute sa famille depuis. La réanimation, au-delà de relever du prodige même pour les plus puissants nécromanciens, était purement et simplement interdite.

Il n'était qu'un pur produit de la transgression. Entre son corps, revenu à la vie – du moins pour la plus grande partie – alors qu'il n'aurait pas dû, et ensuite sa prothèse de métal, proscrite elle aussi, il n'avait plus grand-chose d'un homme.

— Brighton a récupéré mon cadavre sur la colline, puis Rupert m'a *ramené*, affirma-t-il gravement. Mon oncle est passé outre les lois pour réanimer l'héritier des Blackmorgan. Et cela lui a coûté son œil. Il l'a fait pour la lignée. Parce que sans moi, elle se serait éteinte pour de bon.

Elle le scruta intensément, les cils encore emperlés de larmes – qu'il se surprit à rêver fugacement recueillir de ses lèvres –, les sourcils froncés, une expression perplexe sur le visage. Puis, au bout d'un temps qui lui parut interminable, elle murmura :

— Alors je devrais le remercier.

Il quitta son appui comme elle se rapprochait encore.

— Non ! se récria-t-il en reculant d'un pas.

Il pivota en direction de son père qui s'était mis à chuchoter cette vieille rengaine qui ne manquait jamais de hanter chacun de ses cauchemars.

Plus de fils aîné, plus de malédiction, plus de fils aîné...

— Parce que ce que tu vois là, c'est mon futur ! Regarde la geôle d'à côté, c'est la mienne ! Tout est prêt, même mes frères se tiennent armés en prévision du moment où je sombrerai à mon tour dans la folie. Et toi aussi, plus que toute autre personne, tu devras l'être. C'est notre malédiction, à nous, les Blackmorgan. Celle que la sorcière Diane Coldfield, *ton* ancêtre, a jetée à Phineas pour le châtier. Afin d'humilier de la pire façon qui soit et d'anéantir à petit feu cette foutue lignée ancestrale de sang pur dont le peuple était autrefois si fier. « Que des fils, dont seul l'aîné aura le pouvoir d'assurer la descendance, tandis que les autres se verront condamnés à l'avanie de l'infertilité. Mais en contrepartie, ce sera également à l'héritier qu'il reviendra d'endurer le supplice de la démence et la frénésie meurtrière qui le poussera irrémédiablement à vouloir tuer la femme qu'il aime le plus au monde. » S'il est arrivé, au cours de l'histoire des Blackmorgan, que les épouses ou maîtresses concernées soient blessées, ou parfois pire, lorsque les mesures de sécurité n'avaient pas été correctement prises – comme ça a été le cas pour ma mère –, qu'un père tente de supprimer son propre enfant est en revanche une première. Qui sait donc ce que, moi, je ferai, quand ce sera mon heure ? Voilà... voilà dans quoi je t'ai embarquée.

Andraste avait les yeux écarquillés et la bouche ouverte, mais n'émettait aucun son. Au demeurant, elle n'avait pas besoin de parler, il savait déjà ce qu'elle pensait. Lui-même se détestait en cet instant. Il avait été tellement égoïste en l'obligeant à l'épouser. Il n'avait écouté que ses propres désirs et avait voulu, pendant quelque temps du moins, oublier cet horrible destin qui l'attendait. Et qui l'attendait elle aussi désormais... ainsi que leur futur enfant.

Contrairement à ce que souhaitait son père – ainsi que lui-même, jusqu'à sa rencontre fatidique avec Andraste –, la lignée allait perdurer, et la malédiction avec elle.

Le duc s'agitait de plus en plus sur son siège et criait à tue-tête son éternelle devise, ponctuée de temps à autre de nouvelles menaces de meurtre à l'encontre de son héritier. Chaque visite de son fils aîné, le seul membre de la famille qu'il parvenait encore à identifier, provoquait ce genre de crise.

— Sortons d'ici, je n'en peux plus de l'entendre ! s'exclama Thadeus en attrapant le poignet de son épouse pour qu'elle le suive.

Il s'enfuit aussi vite que possible, traînant derrière lui une jeune femme étrangement docile, mais effarée, probablement trop sonnée par ses révélations pour réagir. Il serait devenu fou prématurément à écouter plus longtemps les élucubrations de son père, conjuguées au silence accablant d'Andraste, au fin fond de ces infâmes souterrains obscurs.

Sans vraiment s'en rendre compte, Thadeus emmena cette dernière jusqu'à l'unique endroit dans tout Bloodcastle où il avait réussi à trouver une paix relative étant enfant, la bibliothèque. Il se dirigea mécaniquement vers la partie secrète, celle à laquelle seuls les héritiers et leur tuteur avaient accès. Il ouvrit la porte dissimulée derrière un rayonnage, se moquant bien de révéler le mécanisme à la jeune femme, et la fit entrer avec lui.

Là, il jeta au sol plusieurs des précieux ouvrages rapportés du palais par son illustre ancêtre. Puis il se saisit de ceux qu'il cherchait, le livre de la sibylle et les carnets de Phineas, qu'il étala sur son bureau, devant la jeune femme.

Elle le dévisagea durant quelques secondes encore, avec un mélange de méfiance, de crainte, de rancœur et de je-ne-sais-quoi qui ressemblait à s'y méprendre à de la pitié. Mais il l'ignora. Après tout, c'était ce qu'il méritait.

Il ouvrit le premier carnet à la troisième page et pointa de l'index l'endroit où le nom de famille d'Andraste apparaissait.

— Diane Coldfield, lut-elle en se penchant sur l'ouvrage. Mon… mon ancêtre ?

Il hocha la tête lorsqu'elle releva les yeux vers lui.

— Phineas raconte ici son histoire. Afin que chaque génération de Blackmorgan sache comment tout a commencé, il y a huit cents ans. Dans celui-ci, il explique qu'il était fils unique, devenu roi à seulement treize ans, et fiancé depuis l'enfance à Victoria, qui n'était qu'une fillette à cette époque, l'aînée de la deuxième maison la plus puissante et influente de Néo-Britannia. Mais il est tombé éperdument amoureux de la dame de compagnie de sa promise, une ancienne prêtresse Élue de la Nuit, Diane Coldfield.

— Il l'aimait ? s'étonna-t-elle en arquant un sourcil. Et elle était… comme moi ?

— *Ils s'aimaient*, corrigea-t-il, pensif, saisissant soudain certaines choses qu'il n'avait pu comprendre avant de connaître Andraste. Du moins, si l'on en croit les carnets. Et elle était bel et bien comme toi, c'était là une partie du problème. Il y a huit siècles, les Élues étaient déjà très rares. Suite à de nombreux abus, le mariage avec ces femmes, censé apporter prospérité, puissance, ainsi qu'un deuxième pouvoir au sein d'un clan, a été proscrit. Mais Phineas était prêt à braver la loi pour épouser Diane. Quand Victoria et sa famille ont découvert ce que le roi projetait, ils ont fait pression sur lui en le menaçant d'une guerre civile. Ils avaient déjà beaucoup de partisans à cause de leur nouvelle religion et comptaient se servir du scandale de cette union criminelle pour discréditer Diane en tant que reine légitime et faire tout bonnement annuler leur mariage. Phineas a choisi la paix pour son peuple et a finalement renoncé à Diane. Mais cette dernière, furieuse d'avoir été rejetée, s'est présentée à la cérémonie le jour de son mariage avec Victoria et a maudit le roi. Les noces n'ont pu avoir lieu.

Phineas est aussitôt tombé gravement malade et a dû se retirer à Bloodcastle, laissant les rênes du royaume à Victoria. Il a abdiqué seulement quelques mois plus tard. Par la suite, il a fini par se marier à une nécromancienne d'une modeste famille de l'aristocratie, a eu le temps de lui faire deux garçons, puis il est devenu fou. Les derniers carnets sont remplis d'inepties. Il y fait étalage de sa rancune envers Diane, l'injurie de toutes les manières possibles et expose divers plans de vengeance complètement démentiels, qui vont la plupart du temps jusqu'à la torture et au meurtre.

Il laissa un moment à Andraste pour qu'elle digère son récit et entreprit de remettre en ordre les livres qu'il avait jetés dans sa hâte. Il la vit du coin de l'œil feuilleter les carnets de Phineas et revint vers elle tandis qu'elle parcourait le dernier, celui qui était le plus dérangeant et dont la fin était totalement illisible.

Trop absorbée par sa contemplation de la folie à l'état brut pour relever la tête, elle devina :

— Mais il doit bien exister un moyen de lever la malédiction, non ?

Thadeus soupira, vaincu d'avance. Cette fois, il allait lui porter le coup de grâce. Si elle souhaitait le quitter après ça et emmener l'enfant, il ne l'en empêcherait pas. À force de tourner et retourner toute cette histoire dans sa tête, il se rendait peu à peu compte qu'il n'en avait pas le droit. Ce qu'il désirait par-dessus tout, plus encore que de l'avoir auprès de lui, c'était qu'elle soit heureuse. Or il n'avait à offrir que malheurs et tragédies...

Il s'éclaircit la gorge, songeant qu'il ne survivrait pas à son départ, puis ouvrit le livre de la sibylle aux pages qui le concernaient, et expliqua :

— Il y *avait* un moyen. Je suis venu au palais royal dans ce but précis, le poste de professeur de nécromancie n'était rien d'autre qu'un prétexte.

Chapitre 41

Andraste

Andraste referma l'horrible carnet et replongea dans le regard sombre et tourmenté de son mari, alarmée d'entendre sa voix trembler. Manifestement les révélations n'étaient pas encore terminées. Mais pourrait-elle en supporter davantage ? Imaginer un seul instant Thadeus emprisonné dans un cachot, retenu par des sangles de cuir à un fauteuil la faisait suffoquer. Quant à songer à ce qui lui était arrivé étant enfant, à ce petit garçon ayant assisté au meurtre de sa mère pour finir jeté d'une fenêtre par son propre père, cela la rendait tout simplement malade.

Et dire que c'était quelqu'un de sa propre famille, une Coldfield, qui était à l'origine de ce désastre...

Comment se faisait-il que personne ne connaisse cette histoire chez elle, que ce drame se soit transformé au fil du temps en un simple *vieux conflit familial* comme l'avait mentionné Ruth ? Helen, leur grand-mère – et directrice du coven –, savait-elle seulement ?

Andraste examina le manuscrit aux pages jaunies que lui montrait Thadeus, incapable de lire le passage en ancien gaélique qu'il indiquait.

— Ce livre a été rapporté de la bibliothèque royale par Phineas, comme tous les autres ouvrages qui sont entreposés ici, dans les archives secrètes de Bloodcastle.

— Et tu les as tous lus ? se renseigna-t-elle, très surprise.

Il haussa les épaules, un peu décontenancé par la légèreté de sa question, puis répondit :

— Bien sûr, ceux-là, ainsi que tous ceux de la première salle. Ma convalescence a été extrêmement longue et quand mes frères s'entraînaient dehors avec leur maître d'armes, j'étais obligé de rester cloîtré à l'intérieur. Mais tu dois savoir ce que c'est, je crois.

Il secoua la tête, comme pour chasser une idée saugrenue, et reprit en fronçant les sourcils :

— Enfin, ce que j'essaie de t'expliquer, c'est qu'une sibylle a prophétisé l'histoire du roi maudit – l'histoire de nos deux ancêtres –, bien avant qu'elle ait lieu. Elle y décrit avec force détails les événements qui se sont produits. Et elle annonce que « lorsqu'un des descendants de l'ancienne lignée royale parviendra à mettre au monde cinq fils avant d'être englouti par la folie, alors le dernier héritier pourra mettre un terme à la malédiction. Pour ce faire, il devra prendre la vie de l'Élue de la Nuit portant le sang du démon à l'origine du maléfice ».

— Tu es l'aîné de quatre frères, réalisa Andraste, et je...

Elle n'alla pas plus loin, ses déductions la conduisant vers quelque chose de bien trop abominable pour être dit.

— En effet, acquiesça sinistrement Thadeus. Une autre première à consigner dans les annales des Blackmorgan. Mon père est tombé malade tardivement en comparaison de ses prédécesseurs. Et il a eu le temps d'enfanter plus de fils que tous les autres avant lui. Je suis l'héritier de la prophétie. Et tu es une Élue de la Nuit, descendante directe de Diane.

Il garda le silence quelques secondes et elle comprit qu'il attendait qu'elle conclut elle-même. Finalement, elle se fit violence pour réussir à articuler :

— Tu étais au palais pour me tuer.

Thadeus baissa le menton pour confirmer, puis l'étudia avec prudence derrière les boucles de jais qui lui retombaient sur les yeux, à l'affût de la moindre réaction.

Andraste comprenait tout à présent. De ce qu'il avait failli faire dans la salle des douches des domestiques, en passant par son comportement lorsqu'il avait appris son nom. Sa férocité quand ils s'étaient affrontés à l'épée, ses soupçons à propos d'ensorcellement, jusqu'à ses exigences pour leur enfant.

— Mais au bout du compte, c'est moi qui t'ai empêché de *te* tuer, rappela-t-elle tandis qu'elle se remémorait toutes leurs rencontres, les considérant avec un regard nouveau. Tu as eu tout un tas d'opportunités, et tu ne l'as pas fait.

— C'est compliqué, argua-t-il avec une moue contrite, se détournant pour replacer certains livres dans des rayonnages quelque peu poussiéreux. J'étais tellement... fatigué. Au début, je ne croyais ni à la malédiction des Blackmorgan, ni à la prophétie secrète. Je pensais qu'ils étaient tous cinglés, que ma famille était simplement dégénérée et qu'elle se cachait derrière un conte à dormir debout pour justifier de génération en génération une honteuse pathologie héréditaire. Je trouvais oncle Rupert stupide d'attacher autant d'importance au récit d'une vulgaire devineresse. De mon point de vue, il se berçait d'illusions avec sa mission idiote et se fourvoyait complètement s'il imaginait que les Élues de la Nuit existaient encore. Je suis allé au palais royal seulement pour m'en assurer. Peut-être pour tenter le coup, je ne sais pas trop. Et j'ai compris que tout ça était bel et bien réel au moment où tu as absorbé devant moi l'énergie de la lune. Ce soir-là, j'ai vraiment failli...

Thadeus crispa les mâchoires et un muscle tressauta en bas de sa joue. Il ne termina pas sa phrase, mais il n'en avait guère besoin. Au lieu de ça, il se passa nerveusement la main dans les cheveux, de ce même geste fébrile qu'il avait eu un peu plus tôt, tandis qu'ils étaient face au duc, dans les sous-sols du château.

— Je n'aurais jamais pu, chuchota-t-il, comme pour lui-même. Jamais.

— Ainsi, nous sommes dans une impasse, avisa-t-elle d'une voix blanche.

Elle se laissa tomber sur la chaise placée devant le bureau, serra les bras autour de son ventre et s'abîma dans ses pensées, totalement perdue.

— Je suis sincèrement désolé, marmonna Thadeus. Si tu veux me quitter après ça, je comprendrai. Tu auras tout l'argent dont tu auras besoin et bien davantage, toute la protection nécessaire, et je ne chercherai pas à voir l'enfant si tu ne le souhaites pas.

Sur ces mots, il quitta précipitamment les archives, laissant le passage ouvert derrière lui.

Il était parti depuis plusieurs minutes, peut-être même une heure, lorsque Andraste émergea de ses réflexions. Elle avait obtenu ce matin plus de réponses qu'elle n'en avait espérées. Néanmoins, demeurer dans l'ignorance aurait été largement préférable.

C'était tellement étrange de songer qu'elle et lui étaient liés, que leurs ancêtres s'étaient aimés avant eux... et si angoissant de penser que leur liaison s'était terminée en un drame, qu'après huit siècles les dégâts étaient toujours aussi considérables. Thadeus avait vécu un enfer à cause de tout ça, et était promis à un autre, plus tard, lorsque lui aussi sombrerait dans la démence.

Il était venu au palais pour la tuer. Il aurait pu lever la malédiction et échapper au sombre destin qui était le sien. Il l'avait compris dès le jour où il avait su qu'elle était réellement une Élue. Et pourtant, il n'en avait rien fait. Il avait renoncé à tous ses espoirs pour elle...

C'était de la folie !

Et il croyait ne pas mériter son amour ? C'était totalement absurde, personne ne pouvait en être plus digne que lui ! Ses sentiments pour lui n'avaient même jamais été plus forts qu'en cet instant, maintenant qu'elle connaissait toute la vérité. Elle ignorait comment cela allait finir, mais elle affronterait tout avec lui, à ses côtés. Rien ne l'en empêcherait. Elle ferait de son mieux pour l'aider et lui offrirait tout ce qu'elle avait à donner.

Non. Elle se démènerait... et elle trouverait une solution. Un autre moyen de libérer les Blackmorgan de la malédiction de Diane Coldfield.

Andraste sortit à son tour, referma le rayonnage de la bibliothèque derrière lequel la pièce secrète était dissimulée et tenta de s'orienter pour retrouver son mari. Il fallait qu'elle lui parle immédiatement, elle ne pouvait le laisser penser une seconde de plus qu'elle allait le quitter.

Elle interrogea plusieurs domestiques, mais personne ne semblait savoir où était encore passé son époux. Puis elle croisa l'un de ses frères, Aaron si ses souvenirs étaient bons.

— Savez-vous où est Thadeus ? s'enquit-elle sans parvenir à prendre un air détaché.

Il parut gêné, mais répondit tout de même :

— Il est sorti. Il a pris Héphaïstos, son cheval mécanique, et est parti sans dire où il allait. Il a refusé qu'on l'accompagne. Cela étant, il ne doit pas être très loin. Il ne faut pas vous inquiéter, lady Andraste, ça lui arrive souvent. Mon frère est ainsi, c'est quelqu'un d'impulsif et d'extrêmement solitaire.

Soudain, Aaron se raidit et observa le vide derrière son épaule. Andraste tendit l'oreille, tous les sens en alerte, et perçut une plainte sourde et lancinante, provenant des profondeurs de Bloodcastle.

Le duc...

— Vous avez fait la connaissance de notre père, je crois, hasarda-t-il avec une grimace navrée. Mon frère reviendra dès que ce vieux fou se sera calmé. Il ne supporte pas d'entendre ça... et on ne peut que le comprendre.

Il fit un pas de côté pour s'effacer comme Elinor venait vers eux.

— Ah, lady Blackmorgan, vous êtes ici ! s'exclama-t-elle avec un sourire timide. Le tailleur vous attend dans vos appartements pour ajuster les robes qui lui ont été commandées et le décorateur est déjà là.

— Pardon ?

— Lord Blackmorgan ne vous a pas mise au courant ? s'étonna Elinor. Il a pris ces rendez-vous pour vous. Dix robes ont été réalisées en urgence à peu près à vos mesures, en attendant que vous en fassiez faire d'autres. Et apparemment, il est prévu que vous supervisiez la rénovation d'une partie du château. En l'occurrence, ce n'est pas trop tôt, Bloodcastle a vraiment besoin d'un bon coup de jeune, vous ne croyez pas ?

Trop épuisée pour attendre plus longtemps, Andraste se coucha en fin de soirée, vêtue d'une toute nouvelle chemise de nuit, choisie pour elle par son mari... lequel était toujours désespérément absent. Ne pouvant s'aventurer dehors et se lancer à sa poursuite, elle avait passé la journée en compagnie d'Elinor, à feuilleter des carnets de mode afin de sélectionner ses futures tenues – tout en tenant compte de l'évolution prochaine de son tour de taille – à examiner des échantillons de tissu, et enfin à discuter tapisserie et aménagement avec le contremaître qu'avait fait venir son époux.

Les rapports avec sa belle-sœur étaient loin d'être désagréables, sans doute même deviendraient-elles amies avec le temps. Cependant, le regard envieux d'Elinor s'attardant parfois sur son ventre, pourtant encore plat, mettait Andraste très mal à l'aise. Peut-être était-ce néanmoins compréhensible. Après tout, elle était la seule femme de Bloodcastle à pouvoir porter et mettre au monde les enfants de son mari...

Andraste commençait à s'endormir malgré les préoccupations qui lui obscurcissaient l'esprit, lorsqu'un grand fracas la fit sursauter. Puis un autre, plus violent encore. Inquiète, elle sauta hors du lit et se précipita en direction du vacarme, qui n'en finissait pas.

Elle trouva Rupert et sa femme en tenue de nuit, postés devant une porte close, tandis que Walter et Richard se précipitaient également à leur rencontre.

— Où est-il cette fois ? se renseigna ce dernier, soucieux.

— Dans le salon fumoir, indiqua l'oncle borgne, alarmé lui aussi. Ça l'a encore pris sans prévenir, mais il a refusé l'alcool ce soir. Je ne comprends pas, il n'y a pourtant bien que ça qui le soulage.

— Au point où il en est à présent, ce sont plutôt des opiacés qu'il lui faut, décida Richard avec une moue de dépit, avant de faire demi-tour. On devait en venir là à un moment ou à un autre. Je reviens avec le nécessaire !

— J'espère qu'on pourra encore se servir de la table de billard après ça, avisa Walter en s'asseyant en face de la porte, l'air si sombre qu'il démentait la désinvolture de son ton.

Andraste les rejoignit prudemment, sans savoir si l'affaire la concernait ou non. Tous se tournèrent vers elle d'un même mouvement, semblant subitement prendre conscience de sa présence. Le tapage continuait, redoublant d'intensité, comme si, à l'intérieur de la pièce gardée par Rupert, un fauve enragé avait été enfermé et détruisait pièce après pièce tout le mobilier.

À l'embarras qu'elle lut sur chaque visage, elle sut que, d'une manière ou d'une autre, il était question de Thadeus.

— Laissez-moi le voir, exigea-t-elle.

— C'est impossible, lady Andraste, refusa l'oncle, catégorique. Retournez vous coucher, cela vaudra mieux pour tout le monde.

Elle sentit son cœur se serrer soudain, comme transpercé par quelque lame acérée, et se mordit la lèvre pour ne pas éclater en sanglots.

— Est-ce qu'il... est-ce que ça y est, c'est la maladie, c'est ça ? La malédiction ?

— Non, intervint Walter en se relevant pour lui poser une main rassurante sur l'épaule. Non, petite belle-sœur.

Mon oncle a raison, Thadeus ira beaucoup mieux dès demain. Ce n'est qu'une crise passagère, cela arrive de temps en temps, lorsque sa jambe le fait trop souffrir. Ça n'a rien à voir avec la malédiction, je vous le promets.

— Sa jambe ? répéta-t-elle, sans comprendre.

— Espèce d'idiot ! lança Rupert à son neveu, tout en le repoussant brutalement. Ton frère ne te pardonnera jamais de l'avoir trahi !

— Mais elle est sa femme, rappela Walter en détachant chaque syllabe, comme si ce qu'il sous-entendait était évident. C'est lui, l'idiot !

Andraste profita de ce que l'attention des deux hommes n'était plus focalisée sur elle pour s'approcher de la porte, lança un sort de déverrouillage devant trois paires d'yeux ahuris et se faufila à l'intérieur du salon. Aussitôt, elle jeta un nouveau sortilège sur la serrure, de sorte que personne ne puisse venir la déloger, à moins qu'elle l'ait décidé.

La pièce était à peu de choses près dans l'état où elle l'avait imaginé, soit complètement dévastée. Chaque meuble semblait avoir été haché menu, comme si l'on avait voulu en faire du petit bois, et les débris gisaient au sol, répandus un peu partout.

Thadeus était tout au fond de ce qui fut autrefois un salon agréable – bien qu'un peu rustique –, la chemise ouverte et débraillée, le col déchiré, le poing encastré dans une armoire de chêne massif et l'autre levé, prêt à frapper. Il interrompit son geste, pivota vers elle, bouche ouverte, haletant bruyamment, et la foudroya de son regard le plus noir. Il était couvert de sueur, le tissu de ses vêtements lui collait à la peau, et ses cheveux étaient aussi humides que la fois où elle l'avait vu s'entraîner à l'épée tout seul.

Ainsi, c'était bien lui qui avait mis la pièce à sac. Il semblait tellement en colère... mais Walter avait dit qu'il souffrait, que sa jambe lui faisait mal. Aussi ne se laissa-t-elle pas impressionner. Andraste escalada les morceaux d'un fauteuil et contourna ce qui ressemblait à une commode, progressant lentement vers lui.

Mais Thadeus recula et lui tourna le dos pour aller s'appuyer des deux mains à la table de billard. Il s'y agrippa avec une telle force que ses jointures blanchirent sous le sang qui les maculait, se retenant au panneau de bois pour ne pas s'effondrer... ou bien pour tenter de se maîtriser et éviter de fracasser d'autres objets devant elle.

— Va-t'en, la somma-t-il, essoufflé, luttant manifestement pour contenir le ton de sa voix. Quoi que tu aies à me dire, cela peut attendre demain.

— Non, je ne m'en vais pas, protesta-t-elle, tout en continuant d'avancer. Que se passe-t-il ? Qu'y a-t-il d'autre que je devrais savoir et que tu ne m'as pas dit ?

Elle vit ses mâchoires se crisper, ses muscles se contractèrent sous l'effet d'un nouveau spasme de douleur et il abattit ses deux poings sur la table de billard, dont les pieds cédèrent immédiatement sous le choc. Andraste ne put réprimer un cri de stupeur, mais ne rebroussa pas chemin pour autant.

Thadeus fit un pas en arrière, puis un autre, les paumes en l'air, secouant la tête pour lui signifier de ne pas approcher. Il manqua trébucher et finit par s'adosser au mur, exténué, avant de se laisser glisser jusqu'au sol, une jambe repliée et l'autre étendue devant lui - celle qu'il étendait toujours et sur laquelle il prenait moins souvent appui.

Andraste se demanda comment elle avait pu passer à côté de ce genre de chose. Ces détails auraient pourtant dû la mettre sur la voie. Il avait dit que sa convalescence après sa chute du haut de la tour avait été très longue, dans ces conditions, elle aurait pu se douter qu'il avait gardé des séquelles. Mais il était si grand, si fort et si fier... comment imaginer une seule seconde qu'un tel homme puisse souffrir de la moindre faiblesse physique ?

Tremblant de tous ses membres, le coude sur son genou relevé, Thadeus vint poser son front dans sa main. Dans cette même posture abattue dans laquelle elle l'avait trouvé la première fois, lorsqu'elle l'avait aperçu dans la salle des douches des domestiques, de derrière la porte de sa cabine.

— Je t'en prie, haleta-t-il, la voix voilée par la douleur. Laisse-moi seul. J'ai besoin d'être seul cette nuit... Demain matin... d'accord ? Annonce-le-moi plutôt demain matin... s'il te plaît.

Un autre spasme le saisit, il ferma les yeux, et elle l'entendit cette fois grincer des dents. Ne sachant quoi faire d'autre, elle tomba à genoux face à lui et essaya de le prendre dans ses bras. Il ne résista qu'un bref instant.

Puis, brusquement, il l'enlaça à son tour, dans un élan désespéré, involontairement brutal, la pressant contre lui si durement qu'elle en eut littéralement le souffle coupé. Un grognement sourd lui échappa, suivi d'un long gémissement étouffé.

Andraste sentit ses doigts courir fébrilement sous sa chemise de nuit, mais elle ne comprit pas tout de suite qu'il cherchait à la lui retirer. Même si la situation ne s'y prêtait pas exactement, elle le laissa faire, devinant à son opiniâtreté et à l'urgence de ses mouvements qu'elle n'avait pas vraiment le choix de toute façon. Très vite, elle se retrouva totalement nue, impérieusement plaquée contre son torse puissant et humide de sueur, qu'il avait également dénudé.

Il se contenta de la garder ainsi, serrée contre lui, et demeura immobile. Alors il poussa de longs et profonds soupirs de soulagement et d'incrédulité mêlés, jusqu'à ce que le rythme de sa respiration s'apaise peu à peu.

Ils restèrent un bon moment dans cette position. Andraste n'osait pas bouger et Thadeus ne semblait guère prêt à la relâcher. Elle commençait à frissonner quand il fit valoir dans un grondement rocailleux :

— Et comment suis-je censé pouvoir te laisser partir après ça ? Tu es un ange tombé du ciel... *mon* ange tombé du ciel. La seule capable de m'arracher à mes souffrances quelles que soient les circonstances. C'est la deuxième fois que tu fais ça. Ce don que tu as, c'est vraiment incroyable, tu sais.

Elle voulut se redresser afin de le regarder dans les yeux, mais il la retint.

— Le contact, réclama-t-il dans un souffle. Encore quelques minutes, je t'en prie.

Avait-elle vraiment un *don*, comme Thadeus paraissait le penser, ou bien n'était-ce pas plutôt tout simplement dû au hasard si sa crise avait pris fin au moment où elle l'avait étreint ?

— Tu n'as pas à me laisser partir, parce que je ne te quitterai pas, le détrompa-t-elle en déposant un petit baiser sur son épaule au goût salé. Je n'y ai même jamais songé. Ce que tu m'as avoué ce matin change beaucoup de choses, il est vrai, mais certainement pas ce que je ressens pour toi. Bien au contraire. Je t'aime et je resterai à tes côtés, quoi qu'il puisse arriver.

Il la fit basculer légèrement en arrière et l'observa avec un tel scepticisme qu'elle se trouva totalement désemparée.

— Je te le jure, assura-t-elle. Je t'aime, Thadeus. Tu me crois, n'est-ce pas ?

Elle repoussa les mèches d'ébène détrempées qui lui retombaient sur les yeux et le vit désigner d'un regard regorgeant de honte le salon, pour ensuite revenir vers elle.

— C'est... difficile, avoua-t-il.

Alors elle se hissa sur lui, s'appliquant à garder le contact entre leur peau nue et l'embrassa, tentant de se montrer la plus convaincante possible. Elle le sentit s'électriser tout d'un coup et dût mettre un terme plus rapidement que prévu à son baiser, avant que les choses aillent plus loin.

— Ton oncle, ta tante et deux de tes frères attendent dans le couloir, expliqua-t-elle, déjà à bout de souffle. J'ai verrouillé la porte avec un sortilège, mais il me semble les avoir entendus essayer de l'enfoncer.

— Évidemment, grommela-t-il, sans parvenir à masquer sa frustration. Ils sont toujours là, complètement terrifiés, à guetter le moment où je vais vraiment tomber malade et sombrer.

— Non, ils s'inquiètent pour toi. S'ils ont peur, c'est parce qu'ils tiennent à toi, eux aussi.

Il lui caressa le visage avec un petit sourire attendri, mais également plein d'ironie. Ça non plus, il n'y croyait pas...

— Et tu as besoin d'un bon bain, conclut-elle, tenant à éviter ce genre de débat tandis qu'il était encore si mal en point.

Thadeus avisa son torse encore luisant et ses mains couvertes de sang, comme s'il les découvrait seulement maintenant, puis grimaça.

— Oui, tu as raison.

Chapitre 42

Andraste

Ils avaient quitté le salon ensemble, main dans la main pour garder un minimum de contact. Elle, avec sa seule chemise de nuit sur le dos, comme elle était venue, et lui torse nu, ayant abandonné son vêtement déchiré et sale dans la pièce qu'il avait détruite. Thadeus n'avait pas prononcé un seul mot lorsqu'ils étaient passés devant les membres de sa famille, réunis dans le corridor. Il s'était contenté de serrer la jeune femme plus étroitement contre lui, comme pour la cacher à la vue de ses frères, parfaitement indifférent à l'angoisse pourtant évidente que tous manifestaient pour lui.

— Ça devrait aller maintenant, je te remercie, la congédia-t-il tandis que les domestiques quittaient la chambre après y avoir installé un tub exceptionnellement grand.

Assis dans un sofa à côté d'Andraste, il contempla leurs mains jointes, puis commença à ouvrir précautionneusement les doigts pour la libérer.

— Je vais rester, ça me paraît plus prudent, argua-t-elle en le retenant.

Elle le sentit se raidir.

— Ce n'est pas la peine, vraiment, persista-t-il d'un ton inhabituellement péremptoire. Va te reposer quelques minutes dans le boudoir, je n'en aurai pas pour très longtemps.

Le plus incroyable était que Thadeus n'avait même pas cherché à justifier son comportement. Tout ce qu'Andraste savait, c'était ce que Walter avait bien voulu lui dire avant qu'elle pénètre dans le salon.

Après tout ce qui s'était passé entre eux, toutes les révélations qu'elle avait encaissées, elle aurait pu espérer que son mari se montre honnête jusqu'au bout avec elle. Ne s'était-il pas enfin résolu à jouer cartes sur table ? Il fallait croire que ce sujet précis ne faisait pas partie de ce qu'il estimait qu'elle devait savoir.

Aussi décida-t-elle de ne pas le laisser – pas même quelques minutes – sans avoir obtenu le fin mot de l'histoire. Comment être sûre qu'il ne se remettrait pas aussitôt à la fuir, ainsi qu'il l'avait fait ces derniers jours ?

— Cette baignoire est si vaste qu'on pourrait tenir à deux dedans, tu ne crois pas ? s'enhardit-elle, optant pour la méthode douce.

Les paupières de Thadeus s'abaissèrent légèrement, assombrissant son regard, puis sa pomme d'Adam descendit et remonta dans sa gorge.

— Je ne crois pas, non. Je prends pas mal de place, au cas où tu ne l'aurais pas remarqué. Et puis, ce genre de chose ne se fait pas.

Andraste pinça les lèvres, perplexe. Thadeus – l'homme qui la convoitait si ardemment depuis leur rencontre – refusait-il vraiment de s'étendre nu avec elle dans un tub rempli d'eau ? Était-il en train de se moquer d'elle ?!

Un peu vexée, sa patience franchement écornée, elle déclara sans plus de manières, puisqu'il ne voulait le reconnaître devant elle :

— Écoute, je sais que c'est ta jambe qui te fait souffrir. J'ignore quel est le problème exactement, mais ce ne sont pas quelques cicatrices qui changeront quoi que ce soit à ce que je t'ai dit tout à l'heure.

Il se redressa et inspira bruyamment par le nez, piqué au vif.

— Je n'ai aucune cicatrice, ni aucun problème, d'accord ?! J'ai seulement un peu mal parfois, c'est vrai...

— *Un peu mal* ?! le reprit-elle en songeant à tous les meubles fracassés dans le salon fumoir.

Réalisant probablement combien sa défense était vaseuse, Thadeus se passa la paume sur le front, une expression douloureusement désabusée et plus vulnérable que jamais sur le visage :

— Ce sont les aimables sobriquets dont me gratifie mon père qui t'ont mise sur la voie ? Peu importe. J'ai peut-être bel et bien un problème, mais je ne veux pas en parler. Cette fois, ça ne concerne que moi. Personne d'autre. Pas même toi. Ne me demande pas ça, Andraste, parce que je ne peux pas. C'est au-delà de mes forces.

Elle se leva et, sans lâcher sa main, vint de nouveau s'agenouiller devant lui. Doucement, elle posa l'autre sur sa cuisse, celle qui était étendue. Elle descendait le long de son pantalon, sentant le cuir de sa botte glisser sous le tissu quand il l'arrêta.

— Je ne peux pas, répéta-t-il plus durement, lui adressant un regard farouche, où la peur se mélangeait à la souffrance.

C'était donc si grave ?

Elle devinait maintenant quelle était la teneur du problème en question...

Voilà pourquoi elle ne l'avait jamais vu complètement nu tandis que lui en avait eu très souvent le loisir. Voilà pourquoi il n'avait retiré que sa chemise et rien d'autre pour se glisser dans le lit avec elle, dans sa chambre, au palais royal. Thadeus cachait une blessure, quelque chose dont il semblait avoir honte et qu'il ne parvenait pas à assumer devant elle.

Pourtant, ils étaient mariés à présent... et ils s'aimaient, non ? Pourquoi ne lui faisait-il pas confiance, tout simplement ?

Devait-elle vraiment essayer d'apprivoiser son propre mari ? Et comment le rassurer quand il refusait si obstinément de lui avouer ses faiblesses ?

Comme il lui retenait les poignets, la maintenant à distance, elle le dévisagea à son tour et lui ordonna posément :

— Cesse de faire l'enfant, veux-tu ?

Il eut un brusque mouvement de recul, comme si elle venait de le gifler, puis arqua un sourcil incrédule.

— L'enfant ?

Andraste désirait seulement dédramatiser quelque peu une situation trop pesante, pas qu'il se sente insulté... Peut-être n'aurait-elle pas dû poursuivre sur ce ton, néanmoins elle était déterminée à faire évoluer les choses entre eux, et il était tellement buté qu'elle ne voyait pas comment s'y prendre autrement.

— Parfaitement. Tu es mon époux. Et sache que je compte bien te traiter comme tel, il faudra t'y faire. Tu n'es peut-être pas au courant, mais il arrive que les femmes aident leurs maris à se déshabiller, ou bien encore à se laver. Ça ne peut pas fonctionner que dans un sens, Thadeus. Ce que tu peux faire avec moi, je dois pouvoir le faire aussi, c'est donnant-donnant. Et je maintiens qu'on tient à deux dans cette baignoire.

Il avisa brièvement le tub, l'air à la fois très tenté et inquiet. C'était loin d'être gagné, mais c'était un argument de poids.

— Tu veux me laver ?! articula-t-il, comme s'il n'était pas sûr d'avoir bien entendu, comme si elle était incapable de se rendre compte de ce que sa proposition impliquait.

— Oui, confirma-t-elle, profitant de ce qu'il relâchait peu à peu ses poignets pour se diriger vers la première boucle de sa botte. J'aimerais que tu me laisses prendre soin de toi.

— Personne n'a jamais pris soin de moi, rétorqua-t-il sèchement, presque agressif, mais sans pour autant chercher à l'interrompre. Pas même quand j'étais enfant. Or, contrairement à ce dont tu m'accuses, je ne suis plus un enfant. Je suis un homme accompli, un guerrier qui sera bientôt duc et père. Je n'ai jamais eu besoin que l'on s'occupe de moi, Andraste, et ce n'est certainement pas aujourd'hui que ça va commencer.

— Mais si, le contredit-elle tout en défaisant la deuxième boucle, puis la troisième. Tout le monde en a besoin. Et toi, plus particulièrement. Depuis combien de temps n'as-tu pas pris un peu de repos ? Combien d'heures as-tu dormi en tout et pour tout depuis que nous avons quitté le palais de Victoria, hein ? As-tu seulement dormi ? Il est plus qu'urgent, lord Blackmorgan, que votre épouse s'attelle à cette tâche considérable et commence enfin à prendre soin de vous.

Se demandant comment on pouvait encore porter ce genre de bottes on ne peut plus démodées et inconfortables en dehors de la pratique de l'équitation, et surtout *sous* un pantalon - quelle faute de goût ! -, Andraste attrapa le talon et entreprit de le déchausser. Étonnamment, Thadeus n'opposait plus aucune résistance, à croire que le petit laïus de la jeune femme l'avait finalement fait flancher, quoi qu'il ait prétendu.

Ayant définitivement rendu les armes, il la laissa faire tout en l'observant avec une sorte d'appréhension curieuse.

Le cuir glissa un peu trop aisément sur sa cheville, révélant peu à peu non pas une chair abîmée, comme elle s'y attendait, mais un pied parfaitement dessiné et articulé, à ceci près qu'il n'était pas constitué de peau et de muscles.

— Du métal ? ne put-elle s'empêcher de demander, stupéfaite.

— Du métal ensorcelé, corrigea-t-il abruptement, remuant les orteils de manière aussi fluide que s'ils avaient été vrais. La prothèse monte jusqu'au-dessus du genou, de sorte qu'on ne peut plus voir aucune cicatrice. Cela remplace avec une redoutable efficacité la partie... *manquante* de ma jambe... celle qu'on a dû m'amputer, à mon retour du royaume des morts.

Andraste prit une grande inspiration, le cœur totalement brisé en réalisant à quel point le petit garçon qu'il fut avait été malmené par la vie. Elle leva la tête vers lui, s'efforçant de ne pas montrer l'ampleur de la peine qu'elle ressentait.

Thadeus, lui, l'étudiait toujours gravement, guettait chacune de ses réactions avec une attention particulière, avide et inquiète, mais surtout déconcertante.

— Ça ne rouille pas, rassure-toi, ironisa-t-il avec un haussement d'épaules, affectant soudain un détachement qu'il était à l'évidence bien loin d'éprouver. On va tout de même pouvoir prendre ce bain ensemble. À moins, bien sûr, que tu n'y tiennes plus tant que cela à présent.

Elle préféra ne rien répondre – de crainte qu'il prenne mal ses efforts pour le convaincre que ça n'avait aucune espèce d'importance –, mais lui adressa néanmoins son regard spécial « espèce d'idiot ». Puis elle se chargea de la seconde botte, qui dévoila une jambe tout à fait normale cette fois. Andraste se releva, veillant à garder en permanence un point de contact avec lui, passant au niveau du coude, sur lequel elle exerça une légère pression, afin de l'enjoindre de l'imiter.

Comme pris de court, il parut peser le pour et le contre durant quelques instants. Puis il obéit et se mit debout, face à elle, l'air un peu perdu. Andraste dut alors lâcher son bras afin de défaire sa ceinture, mais s'appliqua à toucher du dos de ses doigts la peau de son ventre, celle qui se trouvait sous la ligne de poils noirs descendant de son nombril jusque sous son vêtement. Elle déboutonna ensuite son pantalon et, tout en conservant le contact, l'abaissa jusqu'à ce qu'il tombe au sol, en même temps que son caleçon, passant les mains de ses hanches étroites à... aux fesses menues, tellement fermes et si délicieusement musclées de son époux.

Elle rougit violemment et s'attarda innocemment – ou peut-être pas tout à fait – dans cette posture, intriguée d'abord de découvrir l'endroit où sa cuisse se fondait de manière étonnamment progressive au métal. Puis carrément troublée devant cette virilité qui ne cessait de vouloir s'imposer à sa vue, gagnant en vigueur à une vitesse surprenante.

— Le bain, rappela-t-elle en reprenant son bras. Le bain va être froid.

Elle lui tourna brusquement le dos, un peu mal à l'aise, et l'entraîna vers le tub, où, docilement, il s'installa. Elle prit un petit carré de serviette éponge et le trempa dans l'eau chaude. Et, tout en s'efforçant de se concentrer sur sa tâche, elle le passa avec la plus grande délicatesse sur les jointures maculées de sang séché de la main de Thadeus. Les écorchures révélées étaient si profondes et nombreuses que ce simple geste devait être douloureux. Cependant, il n'en montra rien et la laissa procéder comme elle l'entendait.

Quand elle eut fini avec le premier, elle s'attaqua à son autre poing, tout autant – si ce n'est plus – abîmé. C'était tellement… impressionnant. Ses souffrances avaient dû être terribles pour qu'il en vienne à se faire mal à ce point.

Toutefois, elle ne poserait plus de question, pas ce soir en tout cas. Il avait finalement capitulé face à ses insistances, après avoir dit que cela lui était impossible. Et elle comprenait combien il lui coûtait de partager ce degré d'intimité avec elle. Elle mesurait pleinement l'ampleur de ce qu'il venait de lui offrir en lui accordant toute sa confiance, sans plus aucune réserve. Elle n'en exigerait donc pas davantage. Elle n'en avait pas le droit.

Andraste déposa un baiser très léger sur le dos de la main de Thadeus, près du poignet, là où les éraflures s'estompaient, comme pour tenter d'y effacer la douleur. Quand elle releva la tête après avoir rincé le linge, elle croisa son regard obstinément fixe, rivé sur elle, l'anxiété semblait sur le point d'en disparaître complètement pour céder la place à une curiosité brûlante. Il attendait son prochain geste avec un intérêt étrange, proche de… la fascination.

— Il se peut que je me blesse très souvent, à l'avenir, augura-t-il d'une voix rauque, gutturale.

Il n'avait pas vraiment l'air de plaisanter, toutefois Andraste lui adressa un petit sourire en guise de réponse.

Elle enduisit ensuite l'éponge de savon et entreprit de la lui passer sur l'avant-bras, monta le long de son biceps, de son épaule au modelé puissant, et jusqu'au creux de son cou. Elle sentit chaque muscle se détendre à son passage, vit Thadeus se laisser peu à peu aller contre la paroi de la baignoire et l'entendit carrément grogner de plaisir lorsqu'elle s'occupa de son large torse.

Elle lui lava le visage, ravie qu'il ferme les paupières d'aise et penche la tête en arrière pour lui faciliter l'exercice. Elle lui rinça les cheveux et se promit d'y revenir plus tard avec un peigne correct, tant qu'il se montrait coopératif. Puis elle s'engouffra sous le niveau de l'eau, désormais saturée de savon, et observa tout à coup l'effet inverse de celui obtenu quelques instants auparavant en passant le linge sur les abdominaux ciselés de Thadeus : la région sud de son anatomie se crispa à son contact. Elle crut d'abord qu'il redoutait qu'elle s'aventure à essayer de toucher sa jambe. Puis elle se rendit compte qu'il s'agissait en fait d'une tout autre réaction lorsqu'elle heurta du bout des doigts son imposant membre fièrement érigé, aussi rigide que la pierre.

Andraste retira vivement sa main, surprise – bien que peut-être un peu émoustillée également –, mais Thadeus la rattrapa.

— Viens, gronda-t-il de ce ton éperdu qu'il n'employait qu'avec elle, celui qui ressemblait autant à un ordre qu'à une supplique.

L'intensité avec laquelle il scrutait son visage laissait penser que l'enjeu était bien plus important qu'il n'y paraissait. On aurait dit que sa vie entière se jouait en cet instant, dépendant du seul fait qu'elle consente ou non à honorer sa parole et à prendre ce bain avec lui.

Elle avait dit qu'elle le ferait, aussi savait-elle qu'elle irait jusqu'au bout… même si elle comprenait à présent que cette fois Thadeus ne se contenterait pas de la tenir serrée contre lui.

Mais il était temps qu'elle aussi lui fasse confiance. Totalement confiance.

— Viens, réclama-t-il avec plus d'urgence – le doute n'était plus permis, c'était bien un ordre.

Il retroussa le bas de sa chemise de nuit pour attraper l'ourlet et remonta le vêtement sans ménagement – pour la deuxième fois de la soirée. D'abord elle l'y aida, puis l'enleva d'elle-même. Il se redressa pour lui faire de la place dans le tub et la contempla alors avec une convoitise presque animale. Il se passa la main sur la bouche en même temps que son regard dérivait de sa poitrine à ses hanches, avant de se faire plus farouche pour s'arrêter, comme aimanté, sur son entrejambe.

Andraste entra dans l'eau tiède avec précaution. Elle s'apprêtait à prendre place juste en face de Thadeus, quand celui-ci poussa un soupir dépité. Il la saisit par la taille pour la faire pivoter et l'installa fermement entre ses deux très longues jambes, celle avec et celle sans métal, dos à lui.

— Est-ce que je te fais peur, maintenant ? interrogea-t-il, sans chercher à cacher sa déception.

— Ni plus ni moins qu'avant.

— Je n'aime pas cette réponse, maugréa-t-il, tandis que ses doigts commençaient à trembler autour de sa taille.

Comment lui faire comprendre que ce n'était pas lui qu'elle craignait, mais ce qu'il attendait d'elle qui la rendait tout simplement un peu – voire en fait *très* – nerveuse ? Elle ne pouvait plus le lui refuser, pas après tout ce qui s'était passé dans la journée. Du reste, elle aussi en avait envie… Mais elle avait espéré avoir encore un peu de temps devant elle. Afin de digérer toutes les nouvelles informations reçues dernièrement et avoir le loisir de s'habituer davantage à la proximité de son époux – ce dont il l'avait jusque-là si injustement privée –, ainsi qu'à sa nouvelle vie.

Elle hésita, puis posa sa paume à plat sur la cuisse de Thadeus, celle qui se poursuivait en un genou mécanique. Elle fut étonnée non seulement qu'il ne se dérobe pas, mais également de trouver la surface de la prothèse aussi chaude et lisse que sa peau.

— Tu avais raison, souffla-t-il en posant le front sur sa nuque. J'ai gravement besoin de tout ça. De toi. D'absolument tout ce que tu peux me donner. J'ignore comment j'ai fait pour survivre sans jusque-là, mais ce que je sais désormais, c'est que je ne pourrais jamais plus m'en passer. Je ne supporterais pas de te perdre. Jure-moi que tu vas rester, Andraste. Jure que tu es à moi pour toujours. Tout entière à moi.

Son ton s'était fait suppliant. Thadeus passait de l'autorité à la prière en un éclair, si bien qu'il était extrêmement difficile de le suivre.

— Je te jure de rester, promit-elle spontanément. Je t'appartiens corps et âme, pour toujours.

Elle le lui avait plus ou moins déjà dit, mais elle le comprit réellement en même temps que les mots s'échappaient de ses lèvres, parce qu'elle savait que cette fois il la croirait. Il poussa un grognement sourd, d'approbation et de ravissement mêlés. Puis il la serra plus étroitement contre lui, de sorte qu'elle ne puisse plus rien ignorer de l'ardeur palpitante de son désir, durement pressé contre ses reins.

— Je veux posséder ma femme, lâcha-t-il, impérieux.

Ça, elle commençait à s'en douter depuis plusieurs minutes déjà. Elle qui avait cru que, avec le peu de repos qu'il avait pris ces derniers temps, il tomberait de sommeil après un bon bain avec elle...

Andraste frissonna. Le nez plongé dans ses cheveux, Thadeus inspirait à grandes bouffées sonores, comme pour s'imprégner de son odeur, et demeurait parfaitement immobile, attendant une réponse.

Sa réponse.

Il voulait obtenir son consentement avant d'entreprendre quoi que ce soit, tandis qu'elle avait encore la tête froide et les idées claires. Il voulait l'entendre dire que c'était ce qu'elle souhaitait, elle aussi...

— Oui, haleta-t-elle, aussi impatiente qu'angoissée en songeant à la douleur de la première fois. Possède-moi, Thadeus.

Chapitre 43

Thadeus

Ces mots, il les avait rêvés tant de fois... Son corps tout entier frémit en écho à ce doux murmure, cet appel un peu timide et cependant si audacieux. Andraste le voulait. Enfin, elle s'abandonnait totalement à lui. Le monde pouvait bien s'écrouler autour d'eux, il n'en avait cure.

Thadeus se noyait dans un tourbillon d'émotions diverses, toutes plus intenses les unes que les autres, expérimentant du désespoir le plus profond jusqu'à la joie la plus vive, en à peine quelques heures.

Il venait de passer la journée en enfer, ressassant sans cesse cette insoutenable certitude, Andraste allait le quitter, puisqu'il lui en avait donné la permission.

Il n'était rentré qu'après des heures d'errance et de sombres tergiversations, convaincu que sa femme avait déjà pris toutes ses dispositions pour le fuir, lui, sa famille de dégénérés, ainsi que son affreux château. Et il s'était encore enfoncé dans les limbes quand la douleur était devenue si féroce qu'il n'avait pu se retenir de tout pulvériser autour de lui.

Il était si sûr qu'elle partirait. Ajoutée au reste, la fureur à laquelle il avait laissé libre cours ce soir aurait dû achever de la décider à prendre ses jambes à son cou sans délai, ainsi que l'aurait fait toute personne sensée et raisonnable, du reste. Et pourtant, contre toute attente, elle était venue à lui, au plus fort de la crise, pour... l'aider, quand les siens l'enfermaient et tremblaient derrière la porte, attendant qu'il en ait terminé. Elle lui avait annoncé qu'elle resterait, en dépit de tout bon sens, et lui avait dit qu'elle... l'aimait ?

Encore une fois, son ange l'avait sauvé. Elle l'avait extirpé de sa prison de douleur et de rage pour l'emmener avec elle au paradis, là où règnent la paix et la quiétude.

Et ensuite... ensuite, elle l'avait mis dans tous ses états, en le touchant comme elle l'avait fait. Avec autant de dévouement et d'admiration – oui, d'admiration, désormais il en était absolument certain –, que de cruelle candeur. Mais c'était tellement délicieux. La façon innocente, mais curieuse et même parfois un brin fébrile, avec laquelle elle l'avait détaillé, d'abord du regard, puis avec l'éponge, sans honte ni aucune trace de dégoût, l'avait bouleversé... avant de mettre le feu à ses sens.

Jamais Thadeus n'avait permis à quiconque – hors personnel médical, s'entend – de constater son infirmité. Cela faisait d'ailleurs des lustres qu'il n'avait plus autorisé aucun médecin à l'approcher, bien avant même d'avoir eu recours au métal ensorcelé.

Jamais non plus il n'avait consenti à ce qu'une femme dispose ainsi de lui. Mais avec elle, tout était différent. Pour elle, il était prêt à tous les sacrifices, jusqu'au plus pénible – lequel s'était révélé pas si pénible que ça, en fin de compte.

Ce soir, à l'instar de tant d'autres fois auparavant, Andraste avait fait preuve de douceur et de fermeté, frisant même par moment l'effronterie. Et en définitive, elle avait obtenu tout ce qu'elle voulait de lui, comme toujours. Il tardait à présent à Thadeus d'éprouver ses traits de caractère si étrangement adorables de la plus intime des manières qui soit...

Encore fallait-il qu'il parvienne à se contenir jusque-là. Il se consumait de désir pour elle depuis tellement longtemps, de façon si violente, qu'il n'était plus certain d'être capable de se maîtriser aussi bien qu'il l'aurait souhaité.

— Possède-moi, murmura-t-elle encore, avec plus d'assurance cette fois.

Il la sentit se détendre légèrement et s'appuyer plus librement contre lui. Et l'effet fut immédiat. Son sang, déjà brûlant, se mit à bouillir dans ses veines et la tension qui le tenaillait si rudement depuis qu'il était entré dans ce bain monta encore d'un cran, le laissant tout près… d'exploser.

Bon sang, c'était injuste !

Il serra les dents et, s'obligeant à des gestes lents, se pencha sur elle. Il lui fit doucement pivoter la tête pour venir effleurer ses lèvres des siennes, tandis que sa main partait, tremblante, à la conquête de cette poitrine épanouie, tendre et laiteuse, qui ne manquait jamais de le fasciner – après tout, elle était juste faite pour lui, à l'exacte mesure de sa large paume.

Andraste passa un bras autour de son cou et plongea les doigts dans ses cheveux emmêlés, lui tirant de longs frissons de bonheur. Puis, en réponse à ses caresses de plus en plus appuyées, les pointes humides de ses seins se dressèrent insolemment, achevant de lui faire perdre le peu de contrôle qui lui restait.

— Andraste, l'implora-t-il, sans savoir ce qu'il lui demandait, au juste.

— Qu'est-ce que… qu'y a-t-il ? s'alarma-t-elle en s'écartant légèrement.

— Rien, mon amour, chuchota-t-il contre sa bouche. Tout va pour le mieux. Je… On va au lit, d'accord ?

— Tu veux dormir, finalement ?

Il la prit dans ses bras et sortit de l'eau, lui arrachant une petite exclamation de surprise au passage, puis enjamba le rebord de la baignoire.

— Tu plaisantes ? grommela-t-il, la gorge nouée par le désir. Il n'y a rien qui pourrait me faire dormir cette nuit.

Il avait seulement besoin d'un bref instant de répit, juste le temps de reprendre son souffle et de recouvrer un minimum ses esprits. Mais il n'allait tout de même pas le lui dire, Andraste était elle-même déjà suffisamment nerveuse comme cela.

Il la savait inquiète, malgré tout, et devinait que son comportement rude de la première fois n'y était pas étranger. Il se rappela la tache de sang sur sa chemise et son cri de douleur, lorsqu'il l'avait prise sans délicatesse sur le banc de la salle des douches des domestiques.

Il avait été très mauvais cette nuit-là, et s'en voulait plus qu'il ne l'avouerait jamais. Cependant, cette fois, ce serait différent. Il tenait par-dessus tout à lui prouver que, même s'il n'était pas des plus expérimentés – surtout en matière de jeunes filles –, ni le plus doué des amants, il saurait faire en sorte que ce soit bien pour elle. *Vraiment* bien.

Thadeus déposa sa femme au sol et enroula une serviette autour d'elle. Puis, sous prétexte d'essuyer l'eau sur sa peau, il frictionna ses formes voluptueuses à travers le tissu éponge. Il l'abandonna ensuite l'espace de quelques secondes – ô combien salvatrices – pour aller fermer la porte de la chambre à clé.

Quand il revint vers elle, il s'étonna de la trouver aussi troublée, le regard braqué sur lui – sur son érection, plus précisément –, l'air sidéré et les joues empourprées. Elle serrait sa serviette sur elle et en avait une seconde dans l'autre main, comme si elle comptait la lui tendre, mais s'était interrompue en cours de route. Ce qu'il lut alors dans ses yeux mauves, légèrement assombris, ce mélange de curiosité, de déférence et d'attirance, lui plut terriblement. Même s'il décela toutefois également une pointe d'appréhension.

— Allez, au lit, lui intima-t-il calmement, indiquant la couche du menton.

Andraste releva subitement la tête et obtempéra en silence. Elle s'installa au centre du matelas, mais ne s'allongea pas. Elle s'adossa contre les oreillers, les jambes serrées et repliées, et maintint la sortie-de-bain sur elle, comme pour le tenir à distance encore quelques instants.

Thadeus, que ce petit jeu excitait douloureusement, vint se placer au bout du lit. Il caressa lentement les gracieux mollets de son épouse, y déposa une pluie de petits baisers exaltés, puis la saisit fermement par les chevilles et l'attira à lui, la faisant basculer dans l'exacte posture qu'il souhaitait lui voir adopter, offerte.

Andraste ne protesta pas vraiment, mais se contorsionna tandis qu'il arrachait cette fichue serviette et la lançait loin d'eux. Pour ensuite se jeter sur elle et prendre l'une après l'autre les pointes de ses seins dans sa bouche avide. Il se fit ensuite plus doux et embrassa avec une tendresse proche de la vénération son ventre, n'en oubliant pas un centimètre, tout en descendant peu à peu vers sa toison, d'une blondeur aussi pâle que ses cheveux.

Comme la dernière fois, elle tenta d'abord de le repousser lorsqu'il frôla de la langue les replis cachés, à la chair veloutée si tentante, de son intimité. Plus par réflexe qu'autre chose, il lui immobilisa les hanches, et aussitôt elle rendit les armes en haletant bruyamment, à sa grande satisfaction. Satisfaction qui s'accrut encore lorsque lui parvinrent les premiers gémissements de plaisir de sa femme. Une fierté toute masculine s'empara de lui quand elle se tordit sous lui, au bord de l'extase… le plongeant par la même occasion dans un état similaire.

Redoutant à nouveau de ne pouvoir se contenir, Thadeus cessa brusquement ses baisers pour venir s'allonger près d'elle et reprit très lentement son exploration, mais avec sa main cette fois. Il eut la confirmation de son anxiété lorsqu'il commença à glisser un doigt en elle. Alors il riva son regard au sien, tout en continuant à la caresser de plus en plus profondément, et murmura :

— Je ne te ferai pas mal, mon ange, je te le promets. Plus jamais.

Andraste ouvrit la bouche pour parler, comme si elle voulait se défendre de posséder de telles craintes, puis se ravisa et hocha la tête. Elle s'accrocha à lui, puis, avec hésitation, effleura de la paume son membre engorgé. C'était jouer avec le feu tant il était déjà excité, mais il ne put se retenir de basculer le bassin pour aller à la rencontre de sa main délicate. Laquelle se referma autour de lui et lui extorqua un long grognement rauque d'émerveillement.

En quelques secondes, Andraste le rendit complètement fou. Et il ne fut bientôt plus question d'attendre davantage pour la posséder. En un éclair, il roula sur elle, la clouant fermement au lit, les poignets au-dessus de la tête, logea ses jambes entre les siennes, puis les écarta impérieusement à l'aide de ses genoux. Vibrant de tout son être, il se plaça à l'orée de sa féminité et lutta contre lui-même pour ne pas s'imposer d'un puissant coup de reins, comme son instinct le lui réclamait.

Ne venait-il pas de lui faire une promesse ? Laquelle déjà ? Ah, oui, être doux... même si ce n'était pas vraiment sa spécialité.

Il prit une grande bouffée d'air, et, tout en observant le ravissant visage aux joues rosies de sa femme, poussa lentement pour s'introduire en elle.

— Regarde-moi, souffla-t-il entre ses mâchoires serrées, tandis qu'elle fermait les paupières et tournait la tête sur le côté.

Elle revint vers lui, l'air un peu égaré, et accrocha ses délicieux yeux lilas aux siens, comme il l'exigeait. Il avait besoin de la voir, c'était ainsi.

Il se retira, tremblant sous l'effort que cette retenue lui coûtait, puis revint à la charge, poursuivant son invasion avec autant de précautions que de détermination. Il répéta la manœuvre, à la fois exquise et torturante, encore et encore. Jusqu'à ce qu'Andraste, à grand renfort de soupirs sensuels et électrisants – lesquels lui servirent de repères –, ondule légèrement sous lui, de manière à l'accueillir presque entièrement.

Elle poussa un petit cri surpris quand il s'enfonça en elle jusqu'à la garde, puis marmonna fébrilement son prénom en plantant les ongles dans ses épaules. À partir de ce moment précis, il perdit complètement pied. Il était exactement là où il voulait être.

Dans *ses* bras, loin en *elle*.

Cette femme était faite pour lui et c'était la sienne. À lui. Pour toujours. Et jamais il ne se lasserait de l'indescriptible plaisir que lui procurait le simple fait de se mouvoir au creux de son corps. Rien ne saurait être meilleur que ça.

Il résista un certain moment, tant bien que mal, à la folle tempête qui se déchaînait en lui, puis, bientôt totalement vaincu, laissa la fièvre et l'instinct l'emporter. Ses mouvements prirent plus d'ampleur, son rythme se fit fougueux, jusqu'à devenir effréné, et ses mains se refermèrent âprement sur les hanches d'Andraste.

Et quand, à travers l'épais brouillard qui avait envahi son esprit, il perçut les ultimes gémissements de la jeune femme et la sentit se raidir sous lui, submergée par l'orgasme, il succomba également et s'effondra sur elle, le corps secoué de spasmes, l'extase lui arrachant de violents rugissements.

Non, vraiment, rien n'était meilleur que ça...

Thadeus s'efforça de reprendre sa respiration, le sang battant ses tempes comme s'il avait couru un marathon. Puis il se redressa sur un coude dès qu'il le put, craignant d'étouffer Andraste avec sa carrure hors norme. Elle était si belle, tout en sueur et encore pantelante, comme lui. Et elle était toute à lui... il n'en revenait toujours pas.

Elle caressa pensivement sa joue rêche de barbe et repoussa quelques-unes de ses boucles de jais en arrière. Puis, aussi essoufflée que lui, elle chuchota :

— Je crois que toi et moi allons avoir beaucoup, beaucoup, beaucoup d'enfants.

Il mit un moment avant de comprendre ce qu'elle entendait par là, son cerveau fonctionnant encore au ralenti. Puis il se laissa tomber sur le dos et l'entraîna avec lui pour la faire passer sur lui. Alors il renchérit :

— Non, bien plus que ça, voyons. J'ai peur que tu ne me sous-estimes, mon amour.

Il la serra contre son torse tandis qu'elle pouffait de rire et ne put s'empêcher de sourire bêtement – presque béatement – lorsqu'elle releva la tête pour le voir.

— Il y avait longtemps que vous ne vous étiez pas montré arrogant, lord Blackmorgan, plaisanta-t-elle d'un ton léger, qu'il ne lui connaissait pas. Cela étant, et comme je l'ai si justement fait remarquer avant que tu m'interrompes, il est temps que tu te reposes un peu à présent.

Elle tira sur l'édredon pour le faire passer au-dessus d'eux, mais il le rejeta aussi sec.

— Il ne me semble pas avoir accepté ça. En revanche, je suis sûr d'avoir juré de te prouver à quel point nous deux, ce serait fabuleux. Et je pense sincèrement pouvoir être beaucoup plus convaincant que cela. Il va bien me falloir au moins le reste de la nuit pour te faire la démonstration complète de ce que j'avance.

Andraste secoua la tête.

— Mais je suis déjà tout à fait convaincue.

Voilà qui était rassurant. Voire assez valorisant. Alors il avait bel et bien réussi à faire en sorte que cela lui plaise. Thadeus ressentit même une pointe de fierté devant cette affirmation on ne peut plus catégorique. Avant d'être cependant légèrement déçu. Il avait encore tellement soif d'elle. L'apaisement tant attendu n'avait duré que si peu de temps avant que les braises du désir se rallument en lui...

— Tu es fatiguée, c'est ça ? s'inquiéta-t-il en la recouvrant finalement des couvertures. Tu veux dormir ?

Chapitre 44

Andraste

En vérité, Andraste était exténuée après cette journée, puis cette soirée, si riche en rebondissements et en émotions. L'étreinte passionnée et le plaisir insoupçonné, extraordinaire, qu'elle venait de connaître l'avaient laissée étourdie et groggy, totalement vidée de ses forces. Mais voir le magnifique – et si rare – sourire de Thadeus s'atténuer, si légèrement soit-il, la chagrina. Alors elle haussa les épaules, sans vraiment répondre.

Trouvant sans doute là un signe d'encouragement, il caressa son dos en suivant le tracé de sa colonne vertébrale, sous l'édredon, et enfouit son visage dans ses cheveux pour susurrer :

— Si tu savais, je me sens vivant comme jamais quand je suis avec toi. J'en veux davantage. À moi, ça ne me suffit pas. J'ai besoin de t'aimer encore et encore. Toute la nuit.

Ainsi, son époux était à la fois exigeant et insatiable…

Mais après tout, était-ce pour lui déplaire ? Andraste sentit les muscles au creux de son ventre se crisper délicieusement à l'idée de le laisser disposer de son corps jusqu'à l'épuisement total. Il savait si bien s'y prendre pour l'amener vers les sommets vertigineux de la volupté, dont elle venait seulement de découvrir l'existence. Elle regrettait maintenant d'avoir autant hésité à lui donner ce qu'il désirait tant, après cette première fois si particulière. Si elle avait su, elle ne se serait pas montrée aussi ridiculement réticente par la suite.

Thadeus n'eut donc pas à insister, Andraste était de toute façon déjà acquise à sa cause. Elle fit courir ses doigts sur les pectoraux puissants de son époux, s'extasiant de voir ses muscles frémir aussitôt à son contact. Puis elle s'aventura plus bas, jusqu'à rencontrer son membre de nouveau érigé. Gagnant en assurance, elle entreprit de le caresser de la même manière qu'elle l'avait fait un peu plus tôt et qui avait semblé tant lui plaire.

Thadeus eut d'abord une moue d'étonnement, qui se mua presque immédiatement en une expression de pur ravissement. Elle l'entendit haleter, puis grogner, et, très vite, se retrouva plaquée sous lui.

Il la posséda différemment, plus profondément et farouchement, se redressant à genoux, les mains placées sous ses cuisses pour les maintenir autour de lui. Après ça, il lui accorda quelques minutes de répit et Andraste s'endormit contre lui, comblée, allongée sur le côté, la tête posée sur son bras. Des baisers dans le cou et des mots doux la réveillèrent ensuite, et il lui refit l'amour, très tendrement, dans l'exacte position dans laquelle ils se trouvaient.

L'aube se levait lorsqu'elle sombra, après encore deux autres folles étreintes. Quand elle rouvrit les yeux, l'après-midi était déjà très avancé, à en juger par la luminosité extérieure. Elle était négligemment étendue sur Thadeus – lequel dormait profondément, comme quoi, tout était possible –, sa joue nichée dans le creux de son épaule, les jambes écartées, retombant de part et d'autre de lui de manière passablement disgracieuse, et... leurs deux corps encore joints.

Elle hésita à se dégager, mais renonça de peur de réveiller son époux qui la tenait si étroitement serrée contre lui. Il semblait tellement serein dans son sommeil.

Ses traits enfin apaisés le faisaient paraître moins sévère et impressionnant que d'ordinaire, et le sillon entre ses sourcils avait disparu, révélant un visage parfait, viril, époustouflant de charme.

Elle l'admira longtemps, et ne put se retenir de suivre du doigt le contour de sa mâchoire au dessin affirmé. Puis elle finit par s'inquiéter de ne pas le voir se réveiller. Tout doucement, elle tenta de le repousser pour s'écarter un peu. À peine avait-elle réussi à se libérer qu'un grondement sourd, presque animal, fit vibrer la poitrine de Thadeus, qui revint aussitôt à lui.

Il la considéra, l'air hagard, l'espace d'une seconde, puis sans un mot, la rattrapa pour la ramener à lui d'un geste machinal et un peu brusque.

— Tu pensais pouvoir t'enfuir ? grommela-t-il, la voix très rauque. Il est trop tard pour ça, je ne te lâcherai plus jamais désormais.

Elle savait qu'il plaisantait... encore qu'elle n'en était pas absolument certaine.

— Tu as bien dormi ? se renseigna-t-elle, ayant cependant déjà la réponse.

— Bon sang, oui ! Plusieurs heures d'affilée et sans aucun cauchemar, ce qui est tout à fait exceptionnel. En fait, ça ne m'était pas arrivé depuis la fois où tu as passé la nuit dans ma chambre, au palais royal... et avant ça, la nuit de notre rencontre.

Thadeus se tourna sur le côté, s'appuyant sur un coude, et captura une mèche des cheveux d'Andraste entre ses doigts pour se perdre dans la contemplation de ses reflets argentés, jouant dans la lumière de la fin d'après-midi :

— J'espère qu'il y en aura encore beaucoup d'autres comme celle qu'on vient de vivre.

— Autant que tu le désires, assura-t-elle en cherchant son regard.

Il lui adressa spontanément son plus beau sourire, carnassier, presque dangereux, mais surtout plein de promesses sensuelles. Lequel fut toutefois peu à peu altéré par une ombre mélancolique, envahissant lentement ses traits. Thadeus rejeta les draps pour venir poser sa tête sous la poitrine de la jeune femme, effleurant du dos de la main son nombril.

— Si seulement cela pouvait être une fille, chuchota-t-il de manière à peine audible. Une petite fille aussi belle que sa mère, aussi gracieuse et vive d'esprit – quand bien même devrait-elle être aussi impertinente –, alors je serais le plus heureux des hommes. Cela signifierait que nous aurions la vie devant nous, toi, moi, et le bébé. Enfin, encore est-il permis de rêver… Tu tiendras parole, n'est-ce pas ? Notre enfant ne descendra jamais dans les cachots, même quand son propre père s'y trouvera enfermé.

— Ça n'arrivera pas, protesta-t-elle vivement, résolue à ne pas accepter un tel sort. As-tu oublié ce que je suis ? Les femmes comme moi ne sont-elles pas censées apporter prospérité, puissance et pouvoir à la famille de leurs époux ? Par définition, cela va à l'encontre de la malédiction. Il est d'ailleurs possible que ça suffise à la briser, avec un peu de chance. En outre, il existe peut-être un autre moyen de lever le sortilège, quelque chose qui vous aurait échappé, à toi et ton oncle, caché dans tous ces textes anciens qui prennent la poussière aux archives. Et qui sait si ce ne sera pas une fille, justement, une autre Élue ?

— Une autre jeune fille que tous les hommes tenteront de s'arracher ? gronda Thadeus en la fusillant de son regard noir, comme s'il avait encore quelques reproches à lui adresser à ce sujet. Je n'aime pas tellement cette idée. Mais au demeurant, tu n'as pas tort, ça ne coûterait rien de pousser davantage les recherches. D'autant que nous avons ici tous les ouvrages susceptibles de nous éclairer sur tes nombreuses capacités et la manière dont tu devrais pouvoir les exploiter. Mais tu sais, quoi qu'il arrive, et même si par miracle nous réussissions à nous dépêtrer de cette saloperie de malédiction, je ne ferai pas de vieux os, c'est certain. Je préfère que tu en sois consciente.

Là-dessus, il quitta le lit et alla enfiler son pantalon, abandonné près de la baignoire, dans laquelle stagnait encore l'eau utilisée la veille. Il s'absenta quelques instants, puis revint avec une armée de domestiques.

Après s'être à nouveau lavés ensemble, Thadeus ayant à cœur de lui rendre scrupuleusement – et plus – la pareille avec l'éponge, ils prirent un repas plutôt conséquent en tête à tête dans leur salon. Son mari avait un bon coup de fourchette, put-elle constater, et elle, qui n'avait jamais vraiment manqué d'appétit, mangeait dorénavant pour deux. Ils terminaient tout juste lorsqu'elle se risqua à demander :

— Tout à l'heure, à quoi faisais-tu allusion exactement ? Ton problème à la jambe est-il plus grave encore que ça en a l'air ?

Thadeus reposa sa tasse un peu brutalement, baissa les yeux vers ses genoux et soupira :

— Autant appeler les choses par leur nom, tu ne crois pas ? Tu n'écorcheras pas mon orgueil à employer le terme exact et à parler de mon *infirmité*. En l'occurrence, oui, il est possible... non, probable, que ça soit plus grave. À cause de ce que j'ai fait pour y remédier.

— Le métal ensorcelé n'est pas censé pouvoir fusionner au corps humain, avisa-t-elle, de plus en plus perplexe.

Comme tout le monde, Andraste savait très peu de choses à propos de cette magie, toutefois personne n'ignorait ce principe de base.

Était-ce là la raison de ses terribles crises de douleur ?

— En effet, admit-il en haussant les épaules. C'est d'ailleurs strictement interdit... ça aussi.

— Dans ce cas, qui a accepté de te greffer cette prothèse ? s'emporta-t-elle, soudain très en colère contre cet homme, cette espèce de charlatan qui avait, selon toute vraisemblance, profité de la faiblesse de son mari pour s'enrichir. C'est lui qui est en tort ! Et ce sera à lui de trouver une solution, si tu ne peux plus supporter le métal.

— Aucun métasorcier n'aurait jamais accepté de violer le code d'éthique de la discipline. Non, je me suis débrouillé tout seul.

Andraste secoua la tête. Elle n'y comprenait plus rien. Thadeus fit un grand geste de la main, comme pour balayer toute éventuelle remarque sur sa conduite. Puis il se rencogna contre le dossier de son siège et, tout en faisant nonchalamment tourner sa cuillère entre son index et son pouce, expliqua :

— Mon oncle désespérait de me voir rester sans cesse cloîtré au château. Adolescent, j'étais déjà amer et buté, très taciturne, voire pathologiquement renfermé. Et, même si j'ai toujours été un minimum attentif aux leçons de mes précepteurs, je préférais faire mine de m'en désintéresser totalement. Parce que je savais pertinemment que m'impliquer ne servirait à rien, que je ne ferais jamais un Blackmorgan potable, encore moins un duc digne de ce nom. À quatorze ans, j'avais beau présenter toutes les aptitudes pour devenir un excellent nécromancien, je refusais catégoriquement de quitter mes appartements pour des entraînements plus importants.

Il reposa le couvert, soupira et reprit :

— Rupert a fini par se résigner et s'est mis en tête de faire de moi un métasorcier, une autre compétence respectée et extrêmement précieuse à la guerre. Il a réussi à dénicher un maître métasorcier qui a consenti à venir à Bloodcastle pour me former. J'ai commencé à changer vraiment à partir de là. Parce que j'étais doué, que je n'avais pas à quitter l'atelier du château, et que mon handicap ne me gênait pas pour exercer cet art. J'avais dix-huit ans à la mort de mon maître, et, comme je n'en pouvais plus de ce foutu handicap, que je n'avais en outre plus de compte à rendre à personne, j'ai décidé de tenter le tout pour le tout et j'ai fabriqué ma prothèse. La raison pour laquelle c'est interdit, c'est que, au-delà du fait que le procédé est censément insupportable – ce qui est assez proche de la vérité –, cela rendrait fou. Compte tenu de ce qui m'attendait de toute façon avec la malédiction, je me suis dit que je n'avais pas grand-chose à perdre.

— Et grâce à cela tu es devenu plus fort, tu as pu aller sur les champs de bataille et diriger des armées de morts-vivants, mais à présent c'est en train de te tuer, compléta Andraste, abattue par ses déductions.

— Je me suis évertué à rattraper mon retard en nécromancie et aux sports de combat, et j'ai plutôt bien réussi, il est vrai, confirma-t-il sans plus paraître en tirer la moindre fierté. Il n'empêche que je n'ai aucune idée de ce que mon inconscience va me coûter. Les crises de douleur ont toujours été violentes depuis lors, mais cela empire d'année en année et devient de plus en plus régulier. Et je ne peux pas faire machine arrière, c'est impossible. Le métal remonte jusque dans mes veines et artères, la fusion a extrêmement bien pris...

La jeune femme fronça les sourcils, puis releva le menton quand elle réalisa :

— Mais je t'ai aidé à surmonter ce mal hier soir. Mes pouvoirs sont venus à bout de tes souffrances, tout comme la nuit de notre rencontre. J'apprendrai à mieux les maîtriser, j'y passerai autant de temps qu'il le faudra, et je recommencerai, chaque fois que cela sera nécessaire. Je ne laisserai rien t'enlever à moi, Thadeus, ni ça ni la malédiction. Moi non plus, je ne te lâcherai plus jamais, sache-le.

Un léger sourire retroussa le coin des lèvres de son époux. Il lui prit la main et noua ses doigts aux siens.

— Alors soit, marmonna-t-il, une furtive lueur d'espoir, tout juste perceptible, faisant brièvement briller son regard d'ébène. On va creuser de ce côté-là. Nous réexaminerons tous les textes et nous travaillerons jour et nuit à percer le secret de tes pouvoirs. Ensemble.

— « Chaque prêtresse Élue arbore l'emblème de Noctea, réserve de magie indispensable face à l'agressivité de l'astre solaire », lut avec empressement Thadeus, avant de montrer le manuscrit sans âge à Andraste, indiquant d'un doigt impérieux le passage concerné. Tu vois, il te manque quelque chose. C'est peut-être aussi simple que ça !

La jeune femme reposa sur le bureau la plume avec laquelle elle prenait les notes que lui dictait son époux et jeta un œil sceptique au texte.

— Es-tu vraiment sûr de la traduction ? Un emblème ? C'est étrange, non ? Et ça ne veut pas dire grand-chose.

Dans la chambre s'étalaient des piles d'ouvrages anciens, tous provenant de la bibliothèque secrète de Bloodcastle.

— Je regrette, mais c'est la piste la plus prometteuse que nous ayons trouvée jusque-là, attesta-t-il en pinçant les lèvres, un peu vexé. Et il est bien mal avisé de me mettre une nouvelle fois en doute, mon ange, même à cette heure de la matinée. Tu sais comment se termine immanquablement chacun de nos débats...

— J'aime débattre, s'entêta-t-elle, haussant une épaule espiègle.

— Et moi, je n'aime rien plus que d'avoir le dernier mot avec toi, murmura-t-il en retirant discrètement les épingles qu'elle avait glissées dans ses cheveux à peine une heure auparavant.

Cela faisait maintenant dix jours qu'elle et Thadeus avaient entamé les recherches au sujet de ses pouvoirs d'Élue de la Nuit et ils commençaient tout juste à obtenir des résultats. Andraste avait été assez surprise du sérieux avec lequel son époux avait pris les choses en main, son quotidien n'étant plus désormais régi que par cela – à l'exception, bien sûr, du rigoureux passage en revue de ses troupes de morts-vivants, toujours résolument postés autour de Bloodcastle. Si bien que tous deux passaient le plus clair de leur temps enfermés dans leurs appartements, sans voir personne, ne descendant même pas pour les repas.

Chaque journée était consacrée à l'étude de vieux manuscrits, tous en ancien gaélique – langue morte que Thadeus tentait par la même occasion de lui apprendre –, à l'affût de la moindre information un tant soit peu concrète. Mais le soir, dès que la lune se montrait, la théorie cédait la place aux essais pratiques.

C'était Thadeus lui-même qui avait proposé à Andraste de reprendre l'entraînement à l'épée – ce qu'elle s'était hâtée d'accepter, absolument ravie, bien qu'un peu étonnée. La différence majeure était que dorénavant les exercices avaient lieu à l'extérieur, dans la cour, sous la lumière directe de l'astre lunaire, afin qu'elle puisse faire le plein d'énergie. Et l'expérience s'était révélée extrêmement concluante… au-delà même de toute espérance.

Grâce à cet étrange pouvoir qui permettait à la jeune femme de gagner momentanément en force, en dextérité, ainsi qu'en acuité visuelle, elle avait progressé à une vitesse fulgurante. Elle était devenue, pour son plus grand plaisir et en l'espace de seulement quelques jours, une véritable fine lame.

Walter, très intrigué, s'était spontanément joint à eux dès le premier soir, assistant à l'entraînement de loin, silencieusement. Andraste savait que, si ce n'était par ses talents de bretteur, le simple fait que sa peau irradie sous les rayons de la lune lorsqu'elle se concentrait suffisamment l'avait impressionné. Même s'il n'en avait rien dit – personne n'émettait jamais la moindre remarque en présence de Thadeus, qu'elle soit positive ou négative du reste. Le lendemain, Walter s'était permis de donner quelques conseils à la jeune femme afin de seconder son aîné, qui l'avait approuvé d'un signe de tête, l'écoutant avec l'intérêt d'un professeur mettant à l'épreuve un ancien élève.

Le soir suivant, tous les frères Blackmorgan s'étaient réunis dehors et les attendaient, souhaitant constater de leurs propres yeux les exploits de leur belle-sœur. Et si Andraste n'était encore jamais parvenue à vaincre son mari, elle avait cependant remporté chaque bataille livrée contre ses beaux-frères, lesquels ayant beaucoup insisté pour éprouver par eux-mêmes ses surprenantes capacités à l'épée.

Thadeus les en avait d'abord évidemment défendus, mais Andraste avait réussi à le convaincre que cela lui serait utile. Et au final, il avait été extrêmement fier de la voir battre ces hommes qui pourtant étaient presque aussi forts que lui. La jeune femme l'avait même vu rire de satisfaction après qu'elle fut venue à bout de Richard, connu pour être le plus coriace de la fratrie, juste derrière son aîné.

L'entraînement quotidien était devenu l'occasion pour eux de se retrouver régulièrement et les relations entre Thadeus et ses frères semblaient s'améliorer de jour en jour. Les plaisanteries avaient d'ailleurs fusé la veille au soir, lorsque Andraste, après avoir cédé aux nombreuses sollicitations de son époux, avait entrepris de tester ses soi-disant aptitudes à la nécromancie avec l'aide, cette fois, de la lumière de la lune. Elle avait enfin réussi, durant quelques minutes, à animer le cadavre d'un rat... qu'elle avait ensuite fait exploser.

Ainsi, Victoria ne s'était pas trompée en la plaçant dès le départ dans ce fameux cours. En définitive, Andraste possédait bel et bien ce second pouvoir.

— Un talisman plutôt ? hasarda-t-elle. Ça pourrait être ça. À la fois un symbole de la Déesse de la Nuit et un talisman, « réserve de magie »...

— Quoi ? maugréa Thadeus en embrassant le creux de son cou, une main déboutonnant son col, tandis que l'autre plongeait dans sa chevelure. Ah, oui, l'extrait... eh bien, j'imagine qu'on peut l'interpréter de cette manière. Mais la traduction exacte reste « emblème », je suis formel.

Andraste pencha la tête en arrière pour lui faciliter l'accès à sa gorge, ses pensées s'épaississant à mesure que les doigts de Thadeus s'engouffraient sous ses vêtements. D'un geste brusque qui la fit sursauter, il balaya tout ce qui se trouvait devant elle, sans aucune considération pour le précieux manuscrit et ses notes. Puis il la souleva en entourant sa taille de ses bras, et l'installa face à lui, assise sur le bureau. Dans la manœuvre, son postérieur heurta la cage de l'hirondelle mécanique

– rescapée de l'atelier qu'il lui avait fait visiter quelques jours plus tôt. Laquelle se mit à chanter, diffusant son agréable musique, à la fois douce et envoûtante, dans toute la chambre.

Atteignant son corset, Thadeus le délaça tout en pestant :

— Tu ne devrais plus porter ça. C'est mauvais pour le bébé et ça m'ennuie au plus haut point. D'autre part, tu es bien plus belle sans.

— Notre enfant – pour l'instant minuscule, je te le rappelle – le vit très bien, et si je t'écoutais, je passerais mes journées nue, à me prélasser dans notre lit, protesta-t-elle, tressaillant en sentant ses dents lui mordre l'épaule d'approbation. Quelques obstacles vestimentaires sont plutôt les bienvenus pour réfréner les ardeurs quasi permanentes de mon cher époux. Sans cela, nous n'aurions pas avancé d'un pouce dans nos recherches.

Thadeus grogna en réponse, puis la fit taire sous ses baisers, toujours aussi passionnés et dévorants.

Ils avaient rejoint leur couche pour s'étendre quelques instants, tous deux essoufflés et en sueur après cette nouvelle étreinte fébrile, lorsque des éclats de voix provenant du salon se firent entendre. Trois coups brusques furent ensuite frappés à la porte de la chambre, puis, presque aussitôt, Rupert apparut sur le seuil.

— Bordel de merde ! tonna Thadeus, tirant brusquement les couvertures sur Andraste. Non mais qu'est-ce qui te prend ?!

Surpris de les trouver dans cette posture si près de l'heure du déjeuner, Rupert leva les mains en l'air, comme pour s'excuser, et fit quelques pas en arrière, avisant la fenêtre la plus proche.

— Brighton vient d'arriver au château, leur apprit-il, rouge d'angoisse et d'embarras mêlés. Il est blessé et demande à te parler de toute urgence. Il dit que ta femme est en danger… si c'est vrai, alors c'est toute notre lignée qui l'est !

Chapitre 45

Thadeus

Rupert parti, Thadeus bondit hors du lit, ramassa ses vêtements éparpillés et se rhabilla en hâte. Quelques secondes auparavant, il aurait volontiers écrasé son poing sur la figure de son oncle pour son intrusion. Mais sa colère s'était évanouie à la seconde même où il avait compris que ce qu'il redoutait tant était en train de se produire... Mais pourquoi si longtemps après leur fuite du palais royal ?!

Victoria avait eu tout le temps nécessaire pour passer à l'attaque depuis lors. Pourquoi donc maintenant ? Cela n'avait aucun sens. Du moins, il n'en voyait aucun. Son esprit fonctionnait au ralenti, comme paralysé par la panique, les mots *Andraste* et *danger* résonnant en continu dans son crâne, excluant toute autre pensée sensée.

Il ne pouvait pas la perdre...

Il y laisserait sa vie, sacrifierait ce qu'il avait de plus cher, y compris ses propres frères si nécessaire, mais personne ne toucherait à un seul des cheveux de sa femme !

Thadeus s'apprêtait à franchir la porte lorsqu'il se tourna vers elle et se rendit compte qu'elle le suivait, reboutonnant maladroitement sa robe, enfilée à la va-vite. Il secoua la tête.

— Reste ici et termine de te préparer. Je dois d'abord m'entretenir avec Brighton seul à seul.

Il fallait qu'il se reprenne, qu'il la rassure, malgré les propos plus qu'alarmants de Rupert.

— Qu'aurais-tu à lui dire que je ne puisse entendre ? demanda-t-elle en fronçant les sourcils. Quoi qu'il se passe, je refuse qu'on me laisse dans l'ignorance, d'autant qu'apparemment c'est moi qui suis visée. Sans compter que le capitaine est blessé et que je peux peut-être l'aider.

Il la repoussa sans ménagement, trop nerveux pour se montrer patient.

— Non, s'opposa-t-il fermement. Certainement pas en pleine journée. Même à couvert, la lumière du soleil t'affaiblit, et tes pouvoirs deviennent pour ainsi dire inexistants. Tu te souviens de ce point de détail ou pas ? Maintenant, cesse de discuter et fais ce que je te dis !

Thadeus quitta la chambre et claqua la porte au nez d'Andraste. Il n'avait pas descendu les dix premières marches de la tour qu'il l'entendait déjà dévaler les escaliers derrière lui. Il faillit faire demi-tour pour la remonter de force dans leurs appartements, mais se raisonna. La situation était trop critique et urgente pour qu'il se préoccupe de ses soucis d'autorité sur sa femme – du reste, il n'avait absolument aucune envie de se disputer avec elle...

Rupert attendait dans le couloir, l'air encore mal à l'aise, et les conduisit tous deux jusqu'à la grande salle. Brighton, le bras en écharpe, la manche de sa veste d'uniforme encore imbibée de sang, se leva immédiatement à leur arrivée :

— Thadeus, salua-t-il en s'inclinant respectueusement. Miss And... Hum, lady Blackmorgan.

— Que se passe-t-il ? le questionna d'emblée Thadeus, sans s'embarrasser de la politesse. Pourquoi êtes-vous ici ?

Le capitaine jeta un regard perplexe à Andraste, qui s'installait face à lui tandis que Rupert et les autres s'étaient esquivés pour les laisser seuls, puis annonça :

— Cinq mille guerriers ilandriens, dont au moins un millier de Berserks, ont débarqué il y a deux jours sur la côte ouest de Néo-Britannia, sans qu'on puisse rien faire pour les en empêcher. Ils marchent aujourd'hui vers le Darkshire. Vers Bloodcastle, plus précisément... avec l'accord de Victoria, qui a accepté de négocier après notre défaite – laquelle fut écrasante.

Thadeus crut que jamais il n'arriverait à reprendre son souffle. Son cœur s'était tant emballé qu'il peinait à entendre les paroles du capitaine à travers ses battements sonores.

— Chancery et les autres nécromanciens ont fait tout leur possible, reprit Brighton. Mais ça n'a servi à rien. La magie des sorceleurs est totalement impuissante face aux Berserks. Même les sorciers et les mages ont battu en retraite devant la force incroyable de ces monstres. Sans les Blackmorgan, sans les troupes personnelles de votre famille, l'armée fait pâle figure.

— Ont-ils dit ce qu'ils voulaient ? se renseigna Thadeus, sachant pertinemment quelle serait la réponse.

— Ils viennent pour lady Andraste, déclara sinistrement Brighton. Le roi est mort il y a quelques semaines et son fils unique, Ardghal, est aussitôt monté sur le trône d'Ilandria. Il prétend que votre femme lui appartient depuis des années. Il refuse par conséquent de reconnaître votre mariage et veut à tout prix la récupérer pour faire d'elle sa reine. Il sait qui sont les Blackmorgan, sans cela il ne serait pas venu avec autant d'hommes...

— Parce qu'en plus ce fils de pute a fait le déplacement ?! explosa Thadeus en frappant la table du plat de la main, serrant les dents pour ne pas être ni plus violent ni plus grossier.

— Il est à la tête de ses guerriers, acquiesça le capitaine. Et il se bat avec eux, en première ligne. C'est un Berserk, lui aussi.

Thadeus se redressa et s'efforça de recouvrer son sang-froid. Andraste n'aurait pas dû entendre tout ça. En tant qu'époux, il était de son devoir de la protéger, mais également de la préserver de trop vives inquiétudes. Ainsi, il aurait dû faire son possible pour lui épargner la vague d'angoisse qui le submergeait, lui, en cet instant. N'était-ce pas néfaste pour le bébé ?

Il se tourna vers elle et la trouva, non pas tremblante d'épouvante, comme il l'avait imaginé, mais droite sur sa chaise, une expression rageuse sur le visage.

— Et donc Victoria a préféré leur laisser la voie libre plutôt que de demander le soutien des Blackmorgan pour les combattre ? s'enquit-elle, prenant soudain la parole.

— Vous êtes toujours accusée de meurtre, lui rappela Brighton. Si la reine a si rapidement abandonné les recherches vous concernant, c'est uniquement parce que le prince Augustin a disparu le lendemain du jour de votre fuite. Elle a mobilisé tous nos soldats pour ratisser le pays, afin de le retrouver au plus vite. C'est dans ces conditions, alors que l'armée était dispersée aux quatre coins du royaume, que les Ilandriens nous ont attaqués. Il y a fort à parier qu'ils avaient tout prévu et qu'ils le détiennent quelque part, même s'ils n'en ont rien dit jusqu'à présent. En outre, Victoria considère que les Blackmorgan l'ont trahie puisqu'ils vous ont accordé leur protection. Qui plus est, il y a cette femme qui accompagne Ardghal... une femme maléfique, un démon sans visage, renfermant la puissance et l'aura de centaines d'âmes, et dont l'apparence évolue constamment aux seuls yeux des sorceleurs. Nous ignorons ce qu'elle est, personne n'a jamais rien vu de semblable. Cependant, Victoria paraît particulièrement la craindre.

Un *démon* en prime, rien que ça ?! Allié à Ardghal et ses Berserks ? Voilà qui était pour le moins préoccupant... et qui n'était pas sans évoquer quelque chose à Thadeus. Un texte bien particulier...

— Le Fléau des Élues, balbutia Andraste en lui adressant cette fois un regard affolé. Est-ce que... elle *absorbe des âmes* ? Le Fléau de la prophétie, c'est elle ?

Il se détourna de manière à ce qu'elle ne puisse lire dans ses yeux qu'il en était lui aussi venu aux mêmes conjectures.

— Trêve de bavardage, Brighton, avisa-t-il en se focalisant sur lui. Nous devons agir. Où sont-ils et à quelle allure se déplacent-ils ? Ils n'ont pas de chevaux, je suppose ?

— En effet, ils sont à pied, confirma le capitaine. Mais ils sont vraiment très rapides. Et infatigables... Ils seront sans doute là dès le milieu de la nuit, si rien ne les arrête.

— On sera prêts, assura Thadeus en hochant la tête.

Il envoya ensuite chercher ses oncles et ses frères, ainsi que Knightley. Ils prirent tous place à table, aux côtés de Brighton et d'Andraste. Cette dernière faisait un peu tache au milieu de ce conseil d'hommes. Cela étant, il n'allait tout de même pas lui demander de sortir maintenant.

En quelques mots, il leur résuma la situation, s'en tenant scrupuleusement aux faits - inutile de rentrer dans les détails et d'expliquer pourquoi le roi d'Ilandria imaginait pouvoir réclamer sa femme...

— Je vais chercher ma troupe en poste à la frontière nord, proposa d'emblée Walter. Ce n'est pas la plus vaste, mais mes revenants sont sans doute les plus frais. Ils vont mettre une vraie déculottée à ces abrutis de barbares, tu peux me faire confiance, Thad !

Walter était le seul que la bataille à venir paraissait exciter, peut-être parce qu'il n'en avait encore jamais vécu de cette ampleur. Réalisait-il seulement à quel point l'heure était grave ? Thadeus se souvint alors qu'il était comme lui, il n'y avait encore pas si longtemps que ça. Quand sa vie ne comptait pas, lorsque la perspective de la mort le séduisait et que tuer ses ennemis était la seule chose qui le faisait se sentir vivant.

Mais aujourd'hui, tout était tellement différent...

— Ma troupe aussi viendra défendre Bloodcastle, renchérit Richard.

— On les ramène toutes, déclara résolument Thadeus. Toutes à l'exception de celle de Knightley. J'ai une autre mission pour vous, mon cousin.

Ce dernier baissa le menton en signe d'assentiment et attendait les ordres lorsque Rupert intervint :

— Et la frontière ? Tu as pensé aux Scotiens ? Ils vont percer nos défenses en un rien de temps s'ils s'aperçoivent qu'on les a pratiquement désertées !

— Possible, mais alors ce sera le problème de Victoria, répliqua Thadeus, d'un ton sans appel. Après tout, c'est elle qui a ouvert la voie à Ardghal. Nous devons avant tout protéger Bloodcastle.

— Et tes animécaniques ? l'interrogea encore l'oncle borgne.

— On laisse les loups où ils sont, ne serait-ce que pour donner le temps aux habitants de fuir s'il y avait vraiment une attaque au nord, et on récupère tous les ours mécaniques. Ils devraient pouvoir venir à bout de quelques centaines de Berserks et constitueront un très bon élément de surprise. Je suis sûr que ces sauvages n'ont jamais eu affaire à de telles machines de guerre. Oncle Harvey, tu vas recruter tous les hommes valides et fidèles à notre famille des environs, et les armer avec notre réserve. Ne lésine pas sur les moyens et promets-leur de fortes sommes en échange de leurs services.

Harvey était un des rares Blackmorgan à ne pas être nécromancien, mais ce n'était pas pour autant qu'il était inutile, loin de là. Il savait fédérer et il se trouvait justement que c'était un excellent meneur d'hommes.

Thadeus revint vers Knightley :

— Je veux que vous emmeniez sans plus tarder tante Fanny, Elinor et Andraste au château de votre frère et que vous reveniez avec tous les nécromanciens et les hommes prêts à se battre parmi votre clan.

Évidemment, comme il le craignait, son épouse – qui n'avait jamais vraiment été du genre à se plier à ses directives sans discuter – se rebiffa :

— Quoi ?! C'est hors de question, je ne m'enfuirai pas ! Je reste ici. Je compte bien me battre, moi aussi !

Plusieurs paires d'yeux révulsés se braquèrent soudain sur elle, y compris ceux de Thadeus.

— Ce n'est pas un jeu cette fois, feula-t-il, retenant à grand-peine sa fureur d'exploser. Ma femme va se mettre à l'abri, comme je le lui ordonne, un point c'est tout.

— Elle nous a tous vaincus à l'entraînement, plaida Walter, s'attirant subitement les foudres de ses oncles et de ses frères. C'est une adversaire des plus sérieuses, aucun d'entre vous ici présents ne peut le nier. Et elle est aussi nécromancienne, même si elle ne maîtrise pas franchement ce pouvoir. Ce ne serait pas une si mauvaise chose qu'elle reste, toute personne qui sait tenir une épée sera précieuse cette nuit.

— La ferme ! aboya Thadeus en abattant pour la énième fois son poing sur la table. Il n'est plus temps de délibérer. Tout le monde dehors, faites ce que je vous ai dit !

Andraste suivit le mouvement et s'apprêtait à quitter elle aussi la salle à manger – avec les dieux seuls savaient quelle idée en tête ! –, lorsqu'il la rattrapa de justesse par le bras et l'attira à lui.

— Tu as perdu l'esprit ?! s'exclama-t-il, hors de lui. Es-tu complètement inconsciente ?

— Je. Ne. Pars. Pas, articula-t-elle en relevant insolemment le menton. C'est moi qu'ils veulent. Tout ça, c'est à cause de moi. Je ne vais pas vous abandonner pour aller me tapir au fond d'un trou comme la dernière des lâches ! Et pour information, lord Blackmorgan, je ne suis pas l'un de vos subordonnés, je n'ai pas à obéir à vos ordres, c'est clair ?

Ses iris lilas n'étaient plus ni tendres ni affectueux, mais lançaient des éclairs, le défiant ouvertement. Elle était en colère contre lui. *Très* en colère. Elle lui en voulait de lui avoir parlé aussi sévèrement en public, et aussi anecdotique que ça puisse être en pareilles circonstances, le réaliser lui déchira les entrailles.

Toujours était-il qu'il ne pouvait pas l'autoriser à demeurer à Bloodcastle, c'était beaucoup trop dangereux. Il devait la convaincre, et, en dernier recours, employer la force si nécessaire…

— Tu es une femme, et les femmes ne peuvent pas être lâches, allégua-t-il en se forçant à faire preuve de diplomatie. Tu as entendu Brighton comme moi, non ? Un millier de Berserks, quatre mille autres guerriers, et un *démon*, il te faut quoi de plus ? On ne sait même pas ce qu'est cette femme en réalité, on ignore ce que l'on va affronter exactement ! Que tu veuilles mettre ta vie en danger est une chose, mais est-ce que tu as pensé au bébé ?

Andraste chercha à libérer son bras, mais il ne céda rien.

— Tu n'as pas le droit d'insinuer que je m'en fiche ! cracha-t-elle, furieuse. Et je t'interdis de te servir de notre enfant comme d'un argument contre moi, c'est vraiment minable ! Tu ne saisis pas, cette femme, si elle est bel et bien le Fléau de la prophétie, alors elle m'aura, quoi qu'il arrive. Elle me trouvera, comme elle trouve toutes les autres depuis des siècles ! Je suis sûre qu'elle se sert d'Ardghal et de son armée pour me pousser à m'éloigner de Bloodcastle. Pourquoi se serait-elle alliée à eux sinon ? On n'a aucune chance de la vaincre si nous ne sommes pas ensemble ! Tu n'en as pas encore bien pris conscience, mais je suis forte et très puissante, moi aussi. L'époque où l'on me tenait enfermée, cachée de tous, est révolue ! Je reste, Thadeus. Et c'est toi, et toi seul, qui nous mettras en danger, le bébé et moi, si tu tentes de m'obliger à suivre Knightley. Je refuse, tu as compris ?

Il la fusilla du regard, enrageant d'être aussi démuni et impuissant face à une simple femme… face à *sa* femme. La vérité, c'était qu'il était incapable d'aller contre sa volonté. Il l'aimait et la respectait trop pour lui faire l'offense d'user de la force pour la contraindre à se soumettre à sa décision.

Sans compter qu'il ne suffirait que d'un rayon de lune, lors de leur voyage avec Knightley, pour qu'elle ne fasse qu'une bouchée de ce pauvre bougre et lui fausse compagnie.

Non, mieux valait donc encore qu'elle reste, au moins saurait-il exactement où elle se trouve. En outre, elle n'avait peut-être pas tort. Le but du démon – à supposer que ce soit réellement de celui de la prophétie – allait à l'encontre des projets d'Ardghal. Et s'il s'agissait effectivement d'un piège ?

Il la relâcha brusquement, fâché contre elle, contre l'emprise qu'elle avait sur lui et qui le rendait faible, même en ce moment décisif, mais également contre le destin qui cherchait à lui reprendre si rapidement ce qu'il lui avait offert.

— Espèce de petite idiote ! conclut-il durement, avant de se précipiter hors de la salle à manger où il s'était déjà bien trop attardé.

Chapitre 46

Andraste

Le revenant à la peau grise et couturée en plusieurs endroits – sutures probablement dues au traitement de conservation spécial qu'utilisaient les Blackmorgan pour empêcher la putréfaction de leurs morts-vivants – s'arrêta devant Andraste et celle-ci sourit de satisfaction, extrêmement fière d'elle.

— Il m'en faut d'autres ! s'exclama-t-elle à l'adresse de Walter.

— On avisera en temps et en heure, entraîne-toi déjà à prendre celui-ci en main, rétorqua-t-il avec une moue amusée. En diriger un n'est pas simple, mais plusieurs, c'est encore un autre défi.

Walter avait été le premier à revenir de la frontière avec sa troupe de revenants et, brouillé avec ses frères comme elle l'était elle-même avec son époux, il avait consacré le reste de la fin d'après-midi à combler ses lacunes en nécromancie. Du moins pour la partie théorique.

Ensemble, ils avaient guetté la lune et, dès que celle-ci était apparue à travers les brumes si typiques du Blackshire, s'étaient précipités dans la cour, alors que tout le monde s'activait de part et d'autre, pour qu'elle puisse s'exercer.

Le principe même de cet art avait toujours rebuté Andraste. Utiliser pour son compte le corps d'une personne morte, l'enveloppe charnelle que l'âme de quelqu'un avait animée, lui semblait contre nature, comme à toute sorcière du reste – voire à toute personne pourvue d'un tant soit peu de sens moral... Mais ce soir, elle ne se posait plus de question. Elle n'en avait plus le loisir.

L'homme qui se tenait en face d'elle brandissait une épée et répondait à ses ordres mentaux. Des directives simples et clairement énoncées en esprit suffisaient à l'activer. Elle venait d'accomplir un nouvel exploit et cela seul comptait.

La possession s'était faite quasi instantanément, dès lors qu'elle avait enduit d'une fine goutte de sang le front du cadavre que Walter lui avait cédé. Et les sensations éprouvées à investir le corps d'un autre, si mort puisse-t-il être, étaient pour le moins déroutantes.

Andraste repéra Thadeus près de la herse au fond de la cour. Perché sur Héphaïstos, son cheval mécanique, il se démenait à vérifier que chaque chose soit en place – ou y soit bientôt – et que chacun sache bien quel rôle il aurait à tenir lorsque leurs ennemis arriveraient. Il était près de vingt et une heures et tout était déjà quasiment prêt. Seul Knightley, qui n'avait finalement emmené qu'une Elinor réticente et une tante Fanny éplorée, n'était pas encore revenu. Il n'était d'ailleurs pas attendu avant l'aube – si tant est que Bloodcastle ne soit pas tombé d'ici là.

Thadeus se retourna et aperçut immédiatement Andraste parmi la foule d'hommes réunis par l'oncle Harvey. Il jeta un regard à son revenant, qu'elle fit pivoter vers lui, puis elle lui fit planter d'un geste énergique et déterminé son épée dans le sol, entre les pavés, lui prouvant ainsi qu'elle avait réussi son pari et qu'elle entendait bien prendre part d'une manière ou d'une autre à l'affrontement. Il parut impressionné peut-être l'espace d'une seconde, puis secoua la tête en prenant un air dégoûté, avant de faire demi-tour et de franchir la grille au galop.

— Tu as pris la bonne décision, petite belle-sœur, la réconforta Walter. Ta place est ici. Et Thad est fou s'il croit que nous pouvons nous passer de tes pouvoirs cette nuit.

— Il m'en veut beaucoup, bredouilla-t-elle tristement. Il n'arrive pas à comprendre.

— C'est la première fois qu'il se fait du souci pour quelqu'un, cela le rend un peu nerveux et affecte son jugement, l'excusa Walter. Par ailleurs, personne, d'ordinaire, ne se risque jamais à lui tenir tête. Alors tu penses bien qu'il a du mal à digérer le fait que sa propre épouse ose s'opposer à lui.

Brighton les rejoignit et ils s'interrompirent. Le capitaine avait dû se reposer quelques heures, trop exténué après la course infernale qu'il avait menée pour venir les avertir. Pour eux, il avait trahi sa reine...

Andraste délaissa son revenant dans un coin de son esprit, lui ordonnant de demeurer immobile, puis s'approcha du capitaine. Lequel réprimait péniblement une grimace de douleur. Elle ignorait pourquoi, elle ignorait comment, mais chargée comme elle l'était de l'énergie soutirée à la lune, elle savait qu'elle était en mesure de le guérir.

— Je peux ? l'interrogea-t-elle en désignant du doigt son épaule.

Brighton mit quelques secondes avant de comprendre. Il hésita, puis accepta finalement d'un hochement de tête. Ils s'isolèrent dans un recoin de la cour du château, puis le capitaine retira écharpe, veste et chemise, mettant à nue quatre vilaines entailles – sans l'ombre d'un doute causées par les griffes acérées d'un Berserk –, lézardant sa chair de l'épaule jusqu'au pectoral. À l'évidence, il n'avait reçu aucun soin et la plaie s'était déjà infectée.

Andraste, qui ne se prêtait volontairement – ou plutôt consciemment – à cette expérience que pour la toute première fois, appliqua d'instinct ses deux paumes directement sur sa peau, des deux côtés des lacérations, et se concentra. Et, tandis qu'elle fermait les paupières en les serrant très fort, se demandant si elle n'avait pas juste l'air ridicule, un gémissement étouffé faillit l'arrêter.

Quand elle rouvrit les yeux, Brighton serrait les dents pour se retenir de crier. Elle se rendit alors compte que, non seulement la blessure se résorbait lentement sous son impulsion, mais également que tous les regards s'étaient braqués vers elle, reflétant quelque émotion étrange, à mi-chemin entre l'ébahissement et l'effroi. Ses mains, sans doute son visage, ainsi que toute autre partie visible de son corps, luisaient comme jamais, se teintant d'un éclat presque métallique, dégageant une curieuse fumée argentée tout autour d'elle.

Stupéfait, Walter, qui assistait aux premières loges à la guérison miracle du capitaine, s'inclina respectueusement devant elle, et, dans un mouvement de l'ampleur d'une vague, tout le monde dans la cour l'imita. Son beau-frère se redressa soudain, brandit son épée en l'air et, rompant le silence presque pieux qui s'était installé dans l'enceinte du château, scanda :

— Pour lady Andraste Blackmorgan ! Pour l'Élue !

Cri qui fut aussitôt unanimement repris.

— Cette nuit, ce n'est pas uniquement Bloocastle que nous allons défendre, ni la lignée des anciens rois, mais une femme extrêmement précieuse, dernière représentante d'un peuple de légende, qui, demain, soignera peut-être vos enfants d'une incurable maladie grâce à ses dons ! poursuivit Walter d'une voix forte, de manière à être entendu de tous. Nous allons reconduire aux enfers ces chiens du diable venus souiller les terres du Blackshire !

La foule approuva dans un hurlement assourdissant, presque euphorique.

Thadeus réapparut sous la herse, étonné, et, après un signe d'approbation – ou même peut-être de remerciement ? – à l'intention de son cadet, s'écria à son tour :

— Que chaque homme déjà armé prenne son poste maintenant ! Et n'oubliez pas, sectionnez les mains en premier lieu. Une fois débarrassé des griffes, c'est la tête qu'il faut faire tomber. Rien ne saurait être plus efficace contre un Berserk. Quant à Ardghal, il est à moi !

Durant les heures qui suivirent, Andraste demeura sous la lumière si profitable de la lune et s'efforça, le visage tourné vers elle, d'en puiser le maximum d'énergie possible, en prévision de ce qui allait suivre. Thadeus l'avait fait placer au sommet de la plus haute tour du château – celle qui avait été abandonnée –, avec Rupert et quinze revenants pour gardiens, dont trois se trouvaient à présent sous son commandement à elle.

La discussion au sujet de son positionnement avait été fort brève, mais rude. Une fois de plus, ils s'étaient disputés. Et finalement, tous deux avaient dû céder pour trouver un compromis. D'ici, elle pouvait suivre le combat et profiter des rayons de l'astre lunaire. Tout en restant hors d'atteinte – du moins tant que Bloodcastle ne serait pas pris –, elle était indécelable, cachée derrière les morts-vivants, ses cheveux blancs entièrement reccuverts d'un grand capuchon noir. Cependant, dès le lever du soleil elle devrait rejoindre les vieux appartements et y patienter, jusqu'à ce que le verdict de leur destin tombe.

Aux alentours de minuit, ainsi que l'avait prédit Brighton, la gigantesque troupe d'Ardghal fut en vue. Face à eux, une centaine d'ours mécaniques, près de mille cinq cents revenants, trois cents hommes, dont un tiers à cheval, tous armés jusqu'aux dents, fusils et lames au poing, les attendaient, répartis stratégiquement devant l'énorme mont rocheux sur lequel avait été construit le château.

Chacun des frères Blackmorgan se tenait derrière son armée respective de revenants, ou à la tête des combattants humains parmi lesquels se trouvaient également le capitaine Brighton et l'oncle Harvey. Quant à Rupert, il dirigeait du haut de son poste la trentaine de canonniers dissimulés sur les remparts de Bloodcaslte. Ces armes-ci, inutiles contre les Berserks, étaient destinées à toucher les hommes sans pouvoirs retranchés derrière.

Andraste ne put s'empêcher de frissonner en voyant les Ilandriens s'aligner peu à peu, leurs monstres aux allures de géants, à la figure masquée par l'ombre de la bête, les crocs brillants dans l'obscurité, se postant face aux ours et aux morts-vivants.

— Par la Déesse, ils sont tellement plus nombreux, gémit-elle derrière Rupert.

— Ils ont certes l'avantage du nombre, mais ne sous-estimez jamais les Blackmorgan, lady Andraste, repartit ce dernier sans se retourner. Nous avons bien d'autres atouts dans notre manche. Et eux l'ignorent.

Une bourrasque étrange s'éleva dans la brume au loin, jusqu'à devenir une petite tornade sombre, fendant les rangs ilandriens pour les dépasser, s'avançant jusqu'aux animécaniques. Le vent retomba tout à coup et un homme de haute stature, tout de cuir noir vêtu, ainsi qu'une femme arborant une élégante tenue de cavalière, détonnant singulièrement sur ce qui s'apprêtait à devenir un champ de bataille, apparurent, tous deux à cheval.

— Ardghal et la femme-démon, marmonna l'oncle borgne.

Si les sorceleurs étaient capables de déceler quelque phénomène extraordinaire simplement en observant son visage ou bien encore son aura, une personne normale ne le pouvait. Aussi, la femme en question ressemblait à n'importe quelle autre aristocrate sophistiquée.

— Nous venons négocier ! annonça une voix féminine, forte et claire, résonnant de manière impossible et sonnant presque familièrement aux oreilles d'Andraste.

Thadeus, toujours sur Héphaïstos, entreprit de les rejoindre à son tour, et la jeune femme manqua subitement d'air. Mais pourquoi se mettait-il ainsi à découvert ?! Était-ce vraiment indispensable ?

— Vous êtes sur mes terres, étrangers, et vous n'irez pas plus loin ! les défia-t-il avec sa hauteur coutumière. Il n'y aura aucune négociation.

— Nous ne souhaitons faire de mal à personne, continua la femme, d'un ton anormalement doux et amical.

Nous venons seulement chercher l'Élue que vous, lord Blackmorgan, séquestrez en ces murs. Celle qui est promise au roi Ardghal depuis sa naissance et qui lui revient de droit.

Thadeus ricana dédaigneusement.

— Je ne connais personne qui corresponde à cette description. Faites demi-tour, quittez le Blackshire, et alors aucun mal ne *vous* sera fait.

— Amenez-moi la femme de la Nuit ! rugit Ardghal avec un accent à couper au couteau, perdant soudain contenance. Vous ne tiendrez pas une heure face à mes guerriers !

Thadeus haussa les épaules avec une désinvolture feinte et fit tranquillement demi-tour tandis que le nouveau roi d'Ilandria s'époumonait à présent dans sa langue, crachant sans doute tout un tas d'injures à l'encontre du fils du duc. Puis il se tourna vers la femme qui l'accompagnait.

— Andraste ! appela celle-ci en levant les yeux en direction de la tour, exactement vers l'endroit où elle se trouvait. Je t'ordonne de tout faire pour me rejoindre ! Un massacre aura lieu si tu ne te rends pas sur-le-champ. Désires-tu vraiment que tous ces pauvres innocents versent leur sang pour tes enfantillages ?

Les trois morts-vivants d'Andraste repoussèrent brutalement Rupert sans qu'elle ait conscience de le leur avoir ordonné. Sans réfléchir, elle s'engouffra dans la brèche et se précipita vers le parapet. Là, en bas, qu'elle pouvait désormais distinguer très clairement grâce à sa vision nocturne, se tenait... Helen !

Avant même qu'elle n'ait pu articuler un mot, l'oncle borgne la rattrapa et la tira aussi sec en arrière.

— Enfin, ce n'est pas croyable, une femme comme ça ! pesta-t-il en la faisant reculer jusqu'au muret opposé. Bon sang, vous ne faites jamais rien de ce qu'on vous dit ?!

— Mais... c'est... bégaya-t-elle, sans résister, totalement consternée. C'est ma grand-mère... la femme-démon... Brigthon s'est trompé, c'est seulement ma grand-mère !

— Que dites-vous ?!

— La femme avec le roi d'Ilandria, ce n'est pas un démon, c'est Helen Coldfield, ma grand-mère. C'est elle qui a traité avec le père d'Ardghal pour nous fiancer en secret. Et c'est elle qui vient de les mener jusqu'ici.

— Les sorceleurs ne se trompent jamais, assura Rupert en fronçant les sourcils d'incompréhension. Ils aperçoivent la vérité qui échappe aux yeux des autres. Et tous ont vu la même chose.

Il s'interrompit et avisa les hommes en contrebas, immédiatement imité par Andraste. La bataille s'engageait. Helen s'était repliée derrière les Berserks et Ardghal, qui avait pris place à leur tête, hurlait comme un dément.

Ses guerriers lui répondirent de la même façon, et, soudain, ils s'élancèrent vers Bloodcastle. De l'autre côté, tout le monde demeurait résolument silencieux et immobile. Beaucoup trop calme…

Les ours mécaniques étaient assis sur leur séant, comme statufiés, et les revenants derrière eux, l'épée à peine levée, ne semblaient pas davantage prêts à faire face à l'assaut terrible qui les attendait.

En quelques enjambées d'une amplitude ahurissante, les Berserks franchirent l'espace qui les séparait des animécaniques alignés dans un parfait arc de cercle autour du côté sud du mont rocheux.

Puis ce fut l'impact. Et tout se déroula extrêmement rapidement.

Tandis que les monstres humains levaient leurs griffes pour porter le premier coup, les ours se contentèrent d'ouvrir les mâchoires. Des crocs d'acier jaillirent de leur bouche démesurée, se déployant instantanément, et empalèrent les Berserks avant même que ceux-ci n'aient eu le loisir d'attaquer.

Aussitôt, les morts-vivants postés au dos des animécaniques bondirent sur ces derniers, prenant appui sur leur garrot de manière à s'élever, et décapitèrent tous les Ilandriens pris au piège. Les ours se débarrassèrent ensuite d'un simple coup de tête des cadavres, les envoyant en arrière, puis se ruèrent sur l'ennemi, crocs et griffes de métal dehors.

Les revenants qui reçurent les corps arrachèrent quelque chose, une sorte de ficelle passée à leur cou qu'ils portaient chacun en plusieurs exemplaires, et fracassèrent la minuscule fiole qui y était rattachée sur les Berserks morts. Lesquels, à cet instant précis, se redressèrent presque tous en même temps, et… vinrent grossirent les rangs des Blackmorgan.

Du sang… la petite ampoule contenait du sang ! Ainsi, les morts-vivants portaient tous sur eux un échantillon de l'hémoglobine de leurs maîtres, prêts à rallier chaque nouveau cadavre à leur armée.

— Et… maintenant ! s'écria Rupert à l'intention des hommes cachés sur les remparts du château.

Dans un fracas retentissant, ébranlant jusqu'au dallage sous leurs pieds, au sommet de la tour principale, les canons firent feu. Les projectiles atterrirent loin au-delà des Berserks et touchèrent leur cible, nettoyant, parmi leurs ennemis, des groupes entiers de guerriers humains.

La manœuvre fut renouvelée. Et ainsi de suite.

— Je dois absolument descendre ! s'égosilla Andraste, à l'adresse de Rupert. Il faut que je lui parle, que je la raisonne. Ma grand-mère fera tout cesser lorsqu'elle saura que je porte déjà l'enfant de Thadeus… nécessairement ! Et vous savez que je serai plus utile en bas, je pourrai soigner les hommes blessés.

— J'ai reçu des ordres très clairs de la part de mon neveu et je n'y contreviendrai pas ! refusa-t-il tout net. Ma mission est de vous garder saine et sauve, quand bien même je devrais regarder mourir les miens, là en bas ! Vous vous bercez d'illusions si vous croyez pouvoir parlementer avec la femme-démon. Lady Andraste, elle n'a jamais été votre grand-mère. Vous ne le réalisez pas ? Même son apparence la trahit, elle semble à peine avoir l'âge d'être votre mère !

Jamais été sa grand-mère ?! Mais qui était-elle alors ? Tout le monde au coven avait toujours cru que Helen parvenait à conserver son extraordinaire fraîcheur grâce à quelque puissant sortilège. Existait-il une autre explication ? Andraste avait-elle toujours vécu près du Fléau des Élues sans même se douter de quoi que ce soit ?

Rien de tout ça n'avait de sens !

Et elle était impuissante, coincée en haut de cette fichue tour, incapable de comprendre quoi que ce soit à la situation... et encore moins d'avertir Thadeus.

Chapitre 47

Walter

Walter se focalisa sur les ordres à donner à son armée de revenants et tenta de faire abstraction de ce qui se passait tout autour de lui pour être le plus performant possible. La manœuvre était difficile tant la bataille était impressionnante. Jamais de sa vie il n'avait vu pareille chose.

Des bras et des jambes sectionnés, violemment arrachés dans le combat, volaient dans tous les sens. Le sang giclait de toutes parts. Et les membres de ces monstres qui ne cessaient de repousser...

Ses efforts pour se couper de cet étrange et fascinant spectacle le fragilisaient, il le savait. Si un Berserk venait à percer la ligne d'ours mécaniques et de revenants, puis à l'atteindre, Walter, ainsi replié à l'intérieur de lui-même, mettrait sans doute trop de temps à réagir pour escompter s'en sortir. Mais il n'avait pas le choix, ne possédant guère la maîtrise de ses frères, ni l'expérience suffisante pour parvenir à diriger mentalement tout en agissant physiquement.

Les cris de son aîné manquèrent de le faire sortir de sa transe, et un de ses morts-vivants tomba sous les griffes d'un Berserk, se faisant tant et si bien déchiqueter qu'il fut impossible de le relever.

Merde, un de moins ! Déjà...

Puis deux autres... et encore cinq.

— Que voyez-vous au juste lorsque vous regardez cette femme ? hurla Thadeus en rejoignant le capitaine, posté juste à sa droite.

Walter avait cru que son frère allait devenir fou au moment où Andraste s'était précipitée en haut de la tour, répondant à la provocation de l'étrange créature qui accompagnait le roi d'Ilandria, dévoilant ainsi sa position, alors même que le combat n'était pas encore engagé.

— Les traits de son visage ne cessent de changer et les âmes se succèdent les unes après les autres en elle, répondit Brighton, l'effroi pointant distinctement dans sa voix. Elles sont prisonnières du démon, certaines depuis plusieurs centaines d'années. La plupart ressemblent à votre femme... les mêmes yeux, mêmes cheveux blancs... Et cette aura, cette puissance, c'est indescriptible... Cela vous assomme, vous broie de l'intérieur. C'en est presque douloureux de la ressentir comme je la ressens.

Walter, lui, n'avait rien vu de plus qu'une espèce de femme du monde qui les avait considérés l'un après l'autre, Blackmorgan après Blackmorgan, avec une haine surprenante, son expression mauvaise trahissant sa voix douce et enchanteresse.

— Alors ça ne fait plus aucun doute, le vrai danger, c'est elle, en déduisit Thadeus. Les revendications du roi ne sont qu'un prétexte. C'est elle qu'il faut tuer ! Dès que j'aurai eu Ardghal, on lui tombe dessus. Tous ensemble.

— Je fais passer le message, annonça Brighton.

Huit autres à terre. Écharpés, dépecés, réduits en miettes... comme le premier. Plus rien à relever. Du moins, aucun morceau qui ne saurait être utile.

— Walter !

Lorsqu'il rouvrit les yeux, Walter vit Thadeus contrer le coup – probablement mortel – qu'un Berserk lui destinait. Puis les morts-vivants de son frère arrivèrent en renfort et se chargèrent de le raccourcir d'une tête, avant d'en faire l'un des siens. L'armée de son aîné ne cessait de s'accroître, atteignant probablement un nombre record, tandis que la sienne diminuait comme peau de chagrin.

— Reste avec nous, bordel ! jura Thadeus, l'air franchement fâché. Tes revenants ne nous serviront plus à rien si tu te fais tuer, triple idiot ! On ne peut pas se permettre d'être précis dans une bataille comme celle-là. Alors garde les yeux ouverts et fais de ton mieux pour les contrôler tout en étant attentif à ce qui se passe auprès de ton propre corps, tu as compris ?

Il baissa le menton pour acquiescer, incapable d'articuler le moindre mot, toute son énergie mobilisée par le pilotage de sa troupe – ou de ce qu'il en restait. Son frère avait raison, évidemment, mais il refusait d'être le premier à perdre tous ses hommes.

Ne pas fermer les paupières, c'était le maître mot. Sans ça, son esprit s'égarait, observant le combat à travers les prunelles de ses morts.

À combien se montaient ses pertes déjà ? Il avait perdu le compte…

Devant, les ours mécaniques, qui avaient d'abord fait un carnage parmi les Berserks, commençaient à faiblir. Les monstres avaient fini par découvrir qu'en s'acharnant sur eux à au moins une dizaine chacun ils pouvaient les mettre hors d'état de nuire. Arracher leur mâchoire de métal, puis les démembrer en frappant l'articulation principale était le seul et unique moyen de les neutraliser complètement.

Cependant, certains des animécaniques avaient réussi à percer les rangs berserks pour se faufiler jusqu'aux soldats humains, lesquels se faisaient à présent décimer progressivement.

Walter vit Thadeus se jeter dans la mêlée, tranchant les têtes des monstres à tour de bras, pile à hauteur sur Héphaïstos. Lequel était protégé des coups de griffes par ses diverses parties métalliques, ainsi que par le peloton de morts-vivants qui l'entouraient. Le but de son frère était clair, il tentait d'atteindre Ardghal qui ne cessait de l'appeler en hurlant dans sa langue.

Le nombre de revenants berserks, préalablement étêtés – et si possible avec encore au moins une main – augmentait à une allure folle.

Harvey s'élança à son tour, accompagné d'un cortège des morts-vivants de Thadeus, dégaina son fusil, et visa les hommes – les balles étant d'une inefficacité rare face aux Berserks, il avait été convenu d'attendre pour ne les utiliser que contre les humains.

C'était donc déjà le moment...

Harvey tira deux coups, eut le temps de recharger une fois son arme, puis se servit de son épée.

Brighton, ses frères, et tous leurs alliés à cheval le suivirent. Et Walter s'empressa de les imiter, alors qu'il n'avait aucune idée des ordres qui venaient d'être donnés, n'ayant pu y prêter attention.

Combien lui restait-il de soldats à diriger ? Moins d'une cinquantaine, c'était certain. Au moins était-il plus apte à se concentrer sur ce que lui-même faisait à présent.

Un Berserk se mit en travers de son chemin et Walter évita de justesse de vilaines griffes acérées, pleines du sang noir caractéristique des revenants. Dans un réflexe, il abattit son épée sur son ennemi, y mettant toute sa force, et lui fendit le crâne presque de part en part. L'horrible blessure se résorbait, la matière grisâtre émaillée de rouge qui s'en était d'abord écoulé refluait, lorsque, d'un mouvement circulaire, il trancha pour de bon le cou du monstre.

Des cris familiers retentirent et il eut à peine le temps de se tourner que Harvey tombait de cheval, assailli par cinq Berserks qui avaient réussi à venir jusqu'à lui. Sans réfléchir, il éperonna sa monture, tentant de se frayer un chemin pour porter secours à son oncle.

Une brûlure soudaine et extrêmement vive dans son dos le stoppa net. La douleur l'étreignit comme jamais, brouillant sa vision, jusqu'à ce que tout devienne noir. Et il chavira à son tour, abandonnant malgré lui le contrôle de ses soldats...

Chapitre 48

Thadeus

Thadeus se rua vers Ardghal, se frayant un chemin parmi ses ennemis à coups d'épée furieux, la rage faisant bouillir son sang dans ses veines. Il descendrait cet enfoiré qui avait amené le pire des dangers pour sa femme jusque chez eux, dût-il le prendre lâchement à revers pour parvenir à ses fins.

Déjà, ses revenants l'avaient isolé des autres Berserks et le tourmentaient en le transperçant ici et là. Des blessures qui auraient pu être graves – voire mortelles pour un être normal –, mais qui guérissaient presque instantanément. Au demeurant, le but recherché était pleinement atteint. L'autre était exaspéré.

Rendu comme fou, Ardghal le sommait, de là où il se trouvait, de le rejoindre, tout en l'arrosant d'insultes plus ou moins compréhensibles, et – bien que peut-être plus fort et plus imposant encore que tous les autres monstres présents sur ses terres – commençait malgré tout à montrer les premiers signes de la fatigue.

Du reste, quel plan idiot... Comme si arriver sur un champ de bataille après une course effrénée à travers Néo-Britannia n'allait pas entamer quelque peu la fraîcheur de ses hommes, tout Berserks que soit sa première troupe. Mais il n'avait sans doute pas imaginé une seule seconde rencontrer autant de difficultés à conquérir un simple château perdu au nord du royaume, supposant naïvement que la force du nombre lui conférerait nécessairement l'avantage.

Ce nouveau roi était un imbécile, il allait périr alors que son règne venait à peine de commencer. Sa mise à mort lui revenait, et elle n'aurait rien de glorieux pour Ilandria, bien au contraire.

— Viens ici si tu l'oses, Réveilleur, tonna Ardghal en l'apercevant tandis qu'il arrivait enfin à sa hauteur. Je vais me faire un collier de tes tripes, que je mettrai chaque nuit pour baiser la femme que tu m'as volée !

Les insultes n'avaient aucune prise sur lui, mais ça en revanche...

Il inspira profondément et refoula sa haine loin en lui. Rien ne devait l'atteindre en cet instant décisif. Même si Thadeus avait parfaitement conscience que la mort du roi ne signerait pas la fin de la lutte, qu'elle ne serait rien de plus qu'une étape vers la véritable victoire. Car la femme-démon tenterait d'obtenir ce qu'elle était venue chercher... quoi qu'il arrive.

Sa muraille de revenants emprisonnant Ardghal s'écarta à son approche afin de lui permettre d'entrer dans le cercle qu'ils formaient au milieu de la foule des combattants, puis se referma derrière lui.

Le roi tenta d'emblée un vil coup de griffes à la jambe tandis qu'il descendait de cheval, mais se heurta avec surprise au métal. Thadeus eut alors l'heureuse satisfaction de le voir déstabilisé l'espace de quelques instants, et en profita pour s'élancer vers lui et le frapper au poignet. Ardghal, qui avait cependant d'excellents réflexes, bondit en arrière au dernier moment et ne perdit qu'un malheureux doigt – lequel se mit à repousser lentement.

Thadeus n'aurait pas dédaigné l'aide de ses morts-vivants pour venir à bout de ce monstre gigantesque, mais ceux-ci étaient bien trop occupés à contenir les derniers Berserks qui tentaient tous, à présent, de venir en aide à leur monarque.

Ils se jaugèrent un moment, tournant l'un autour de l'autre. Puis, sans prévenir, Ardghal se jeta sur lui en rugissant tel un lion, crocs en avant et griffes hérissées, prêts à l'écharper.

Thadeus se déporta sur le côté et réussit de peu à éviter cette offensive on ne peut plus musclée. Il réalisa alors qu'il n'aurait pour lui que l'avantage de la ruse et de l'adresse, littéralement dépassé question force et rapidité. À peine eut-il le temps de se redresser que déjà l'autre lui sautait dessus à nouveau.

Et ainsi de suite, ne lui laissant aucun répit, incarnant à la perfection quelque animal sauvage et enragé, claquant rageusement des dents dans le vide chaque fois qu'il ratait sa cible.

Thadeus ne pouvait porter aucun coup, la vitesse phénoménale de son adversaire et son acharnement ne lui permettant guère que l'esquive.

Alors c'était ainsi qu'Ardghal se battait ?

Soit.

Il le laissa charger encore et encore, attendit de voir peu à peu un sourire féroce et déjà victorieux s'installer sur sa figure d'homme à laquelle se superposaient les traits de la bête. Ce petit jeu lui coûta néanmoins une bonne estafilade au flanc, entamant largement sa cuirasse de protection.

Le premier sang versé. L'excitation triomphante au fond des prunelles bestiales... C'était maintenant qu'il devait agir, il n'aurait pas d'autre opportunité.

Thadeus roula au sol en se tenant le côté, ralentissant sciemment ses gestes tout en guettant la prochaine attaque d'Ardghal. Et, tandis que celui-ci s'abattait sur lui, prêt à l'égorger, il sauta sur ses pieds et, d'un seul élan, lui enfonça son épée en plein dans l'œil gauche, sa lame traversant son crâne de part en part.

D'un coup de talon de sa jambe de métal dans la poitrine, il le renversa en arrière, dégageant ainsi son arme.

Une fois le géant écroulé, il concentra toute sa force sur sa main et lui trancha la gorge.

Thadeus attrapa ensuite la tête, à la figure soudain redevenue humaine, pour la brandir et ainsi l'exposer à la vue de tous.

Le temps parut alors brusquement s'arrêter.

Une vague de stupéfaction parcourut l'assemblée et chaque guerrier, d'Ilandria comme de Bloodcastle, se figea, comme suspendu en plein mouvement. Devant lui, une bourrasque noire approchait, d'horribles hurlements féminins hystériques s'en échappaient, tandis que, dans son dos, retentissaient les cris de son épouse.

Andraste n'aurait pas dû être aussi proche... N'était-elle plus en haut de la tour, hors d'atteinte ?

Comment Rupert avait-il pu l'autoriser à descendre alors qu'il lui avait donné sa parole, avait juré de la garder en sécurité au péril de sa propre vie ?! Bon sang, non ! Il était tellement loin d'en avoir fini !

Il se retourna et Andraste apparut dans son champ de vision, déployant tout son pouvoir pour se frayer un chemin jusqu'à lui, son aura de puissance repoussant les Berserks comme les morts-vivants.

Et, avant même qu'il n'ait pu réagir, elle se plaça devant lui et tendit la main tout en récitant quelque formule inconnue. Une rune bleue se dessina dans les airs tandis qu'une nuée d'étranges serpents de fumée sombre se précipitaient droit sur eux, se faufilant entre les soldats à une allure incroyable. Les perfides et mystérieux reptiles s'évanouirent aussitôt devant la magie d'Andraste, presque aussi rapidement qu'ils avaient jailli du vide.

Thadeus saisit sa femme à bras-le-corps et lutta contre elle pour l'obliger à reculer.

— Si jamais on s'en sort, je t'assure que ça va chauffer pour ton matricule, lui souffla-t-il, une peur viscérale s'emparant tout à coup de lui.

Elle venait sans doute de lui sauver la vie... mais à quel prix ?!

Les combats avaient cessé. Les Berserks hésitaient à se retirer, quant aux guerriers humains d'Ardghal, tous avaient déjà pris la fuite.

Les derniers revenants de Thadeus ne parvinrent à résister plus longtemps au vent violent qui soufflait sur eux et furent balayés en dépit des efforts de leur maître pour les maintenir en position autour de lui. La brume noire retomba peu à peu et la femme-démon en sortit, à pied cette fois, la colère déformant ses traits.

— Tu es peut-être vaguement moins pleutre aujourd'hui, Blackmorgan, mais tu finis néanmoins par te cacher derrière une femme ! railla-t-elle, les poings serrés, prête à lancer de nouvelles attaques.

Il tentait toujours de maîtriser Andraste quand, hors d'elle, celle-ci s'écria :

— Ardghal est mort, Ilandria n'a plus de roi, et je suis là devant toi, disposée à t'affronter une bonne fois pour toutes ! Alors que cherches-tu au juste, Helen ? Ou peut-être préfères-tu ton charmant petit surnom ? Le *Fléau* ? Qui es-tu finalement, hein ? Possèdes-tu seulement un nom ?

La femme-démon se raidit, manifestement troublée.

Helen ?!

Comme Helen Coldfield, la grand-mère tyrannique qui avait vendu Andraste à Ardghal ? Thadeus n'y comprenait absolument rien.

Il reposa son épouse au sol, qui cessa alors de s'agiter, mais la retint tout de même en arrière d'un bras, l'empêchant ainsi d'avancer davantage. Une mesure de prévention bien inutile... Jamais elle n'aurait dû descendre et se jeter ainsi dans la gueule du loup, qui que soit pour elle cette créature !

— J'ai bel et bien reçu un nom lors de ma naissance, ma chérie, expliqua-t-elle en clignant des yeux, l'air subitement égaré, comme perdue dans ses souvenirs. Et même si ce n'est pas celui que tu croyais, mon sang n'en coule pas moins dans tes veines... J'ai volé sa forme à ta véritable grand-mère, comme à tant d'autres avant elle.

Mais j'en avais le droit, parce que suis celle à qui les femmes Coldfield doivent tout de leur succès en sorcellerie comme de leur affranchissement des hommes. Je suis celle qui a fondé le coven auquel tu appartiens, ainsi que celle qui l'a dirigé à travers les siècles.

Et, alors qu'elle parlait, l'apparence de la femme-démon se modifia peu à peu. Ses cheveux s'éclaircirent, passant progressivement du brun au blond, puis enfin au blanc argent. Ses iris rougirent pour s'approcher lentement de la teinte exceptionnelle de ceux d'Andraste. Les traits de son visage se transformèrent et devinrent ceux d'une femme à la beauté enchanteresse.

Une autre Élue de la Nuit ?

À bien y réfléchir, cela concordait parfaitement avec la prophétie. Après tout, le Fléau n'était-il pas censé causer la perte de son propre peuple, soit celui des Élues ?

Mais une ancêtre d'Andraste ?!

Bordel, était-elle vraiment en train de dire ce qu'il l'entendait dire ? Affirmait-elle réellement être… Diane ?!

Thadeus resserra les rangs de ses revenants tout autour d'eux, profitant de l'échange entre son épouse et la créature pour agir le plus discrètement possible, repérant Rupert et trois de ses frères non loin de là. Si ses cadets semblaient confus, son oncle, lui, affichait une expression de haine pure, laquelle laissait à penser qu'il avait lui aussi pleinement saisi quelle était la véritable identité de la femme-démon.

— Je voulais nous placer sur le trône d'Ilandria, poursuivit cette dernière à l'adresse d'Andraste, comme si ses intentions étaient des plus légitimes. Tu étais ma chance – une chance inespérée – et ma force… et tu viens de tout faire échouer ! Mais je te pardonne, ma chérie, nous trouverons un autre moyen. J'ai besoin de toi pour accomplir ma vengeance et crois-moi, tu n'as rien à faire avec cette famille. Ces hommes sont nuisibles, ils ne t'apporteront que malheur et désespoir. Je t'en prie, confie-moi ton âme, remets-moi ta puissance et ton énergie, et ensemble nous pourrons punir la dernière traîtresse.

— Il s'agit de Victoria, n'est-ce pas ? intervint Thadeus, cherchant à gagner du temps afin de tenter d'élaborer un plan.

La femme-démon tourna vivement la tête vers lui, comme si sa présence lui revenait brusquement à l'esprit. Elle l'étudia un instant, puis, avec une moue de mépris, rétorqua :

— Elle est à l'origine de notre malheur, tu es bien placé pour le savoir, Blackmorgan. Tu as eu ce que tu méritais pour ta traîtrise, mais pas elle. Je ne survis que pour cela, lui faire payer tout le mal qu'elle m'a fait ! Je n'aurai de repos tant qu'elle ne sera pas morte, tuée de ma main !

— Thadeus n'y est absolument pour rien, Diane, essaya de la raisonner Andraste, d'une voix étrangement douce. S'il est son descendant, il n'est pas Phineas. Lui est mort depuis près de huit siècles.

— Non ! hurla la créature, la fumée noire se recréant lentement tout autour d'elle, comme exhalant des pores de sa peau d'albâtre. Phineas n'est pas mort ! Je le vois devant moi... C'est lui... c'est son sang. Et toi, Andraste, tu portes le mien et tu vis grâce à moi. Je veux reprendre ce que je t'ai donné. J'ai beaucoup trop attendu, il est temps qu'on en finisse !

Soudain, les morts-vivants de Thadeus qui avaient pu s'approcher d'eux s'emparèrent d'Andraste et la tirèrent brutalement à l'écart afin de la protéger. Elle se débattit comme une diablesse, mais ils étaient à quinze contre elle, et d'autres arrivaient encore pour les seconder.

Diane allait se jeter dans la mêlée pour la récupérer. Une main tendue devant elle tandis que l'autre agrippait quelque chose à sa gorge, elle psalmodiait, s'entourant à nouveau de ses dangereuses volutes noires. Mais Thadeus s'interposa :

— Je vous aiderai à vous venger de Victoria si vous laissez Andraste tranquille !

Les bourrasques se figèrent et la créature, tout juste visible sous l'écran de fumée obscure, sembla hésiter.

— Tu mens... comme tu as toujours menti !

— Je ne t'ai jamais menti, nia Thadeus, prenant le parti d'endosser le rôle que Diane avait à cœur de lui donner.

— Tu m'as abusée, humiliée comme seul un homme sait humilier une femme ! Je t'ai offert ce que j'avais de plus précieux et tu l'as piétiné. À cause de toi et de tes belles paroles, je ne pourrai jamais redevenir la prêtresse que j'étais avant d'intégrer le service de Victoria. J'étais la plus puissante de toute l'histoire des Élues de la Nuit, j'allais être la première femme conseillère à la cour. Et tu as tout ruiné en me promettant monts et merveilles. Tu voulais faire de moi ta reine... Tout ça n'était que mensonges. Au premier obstacle tu as renoncé ! Tu m'as condamnée à la disgrâce sans l'ombre d'un remords !

— Je n'avais pas le choix et tu le sais très bien, riposta Thadeus, s'appuyant sur ce qu'il connaissait de l'histoire de par les carnets de son ancêtre. Toi, tu m'as maudit, soumis à un véritable calvaire pour le reste de mon existence, sans même chercher à comprendre quel genre de pressions j'avais subies pour en arriver là !

Diane secoua la tête, partant d'un rire qui sonnait atrocement faux :

— La malédiction vous était destinée à tous les deux ! Elle était censée ruiner votre couple, ainsi que toute *votre* descendance, à Victoria et toi. J'ignore comment elle a trouvé la force de s'immuniser contre mon incantation, ses seuls pouvoirs de sorceleuse n'auraient pas dû suffire. Mais je n'ai pas complètement échoué puisqu'elle t'a abandonné au pied de l'autel et ensuite dépouillé de ton trône... Tu as payé. Maintenant c'est elle que je dois punir !

Dans le dos de la créature, la plus grande part de l'armée de Thadeus, celle de Rupert, ainsi que celles de ses frères, se préparaient, épées pointées dans sa direction. Ils frapperaient d'une seconde à l'autre, dès qu'Andraste serait suffisamment loin. En attendant, il devait continuer à la faire parler.

— N'est-ce pas toi qui as ouvert les hostilités entre vous en acceptant mes avances alors que j'étais fiancé à Victoria ? Puisque au final c'est moi qui t'ai dupée, pourquoi m'autoriser aujourd'hui à vivre quand elle, tu veux la tuer ?

Elle haussa les épaules, comme si rien n'était plus évident.

— Tu n'es qu'un couard qui a préféré la facilité à la femme que tu prétendais aimer, tu as eu ce que tu méritais. Elle, elle m'a brisée en me faisant croire, lorsque je lui ai avoué notre relation, que tu te moquais de moi, que vous étiez déjà ensemble et qu'elle était même enceinte ! Je n'ai compris que bien plus tard qu'elle m'avait trompée, me poussant sciemment à faire ce que j'ai fait le jour où j'ai interrompu votre mariage.

— Soit, elle t'a manipulée, mais tes crimes ne dépassent-ils pas de très loin les siens ? l'accusa Thadeus. Enfin, tu t'es nourrie de ton propre peuple, des centaines d'innocentes à qui tu as dérobé l'âme ! Qui te punira pour leurs meurtres ?

Diane cligna des yeux, interdite, paraissant réaliser subitement l'ampleur des atrocités qu'elle avait commises. Elle ferma les paupières, puis deux larmes noires roulèrent le long de ses joues diaphanes.

Pourquoi son oncle et ses frères lui faisaient-ils signe d'attendre avant de passer à l'attaque ? N'était-ce pas le moment idéal ?

Dans un coin de son esprit, Thadeus ressentit l'extraordinaire résistance que rencontraient ceux qu'il avait chargés de reconduire Andraste dans l'enceinte du château. Son épouse refusait envers et contre tout de le laisser s'occuper de Diane lui-même. Bon sang, mais avait-elle complètement perdu la tête ? Pourquoi s'appliquait-elle à lui compliquer la tâche – déjà bien loin d'être simple ?!

— Je n'ai pas voulu ce qui est arrivé la première fois, sanglota la femme-démon, masquant son visage de ses mains. Après ton départ, Victoria m'a fait enfermer. J'ai été torturée et des expériences abominables ont été menées sur moi. Quand elle m'a finalement libérée, après avoir obtenu ce qu'elle désirait, je n'étais plus qu'une loque, tout juste humaine. Silria, la grande prêtresse de Noctea, m'a recueillie, alors que j'étais mourante.

Les épaules de Diane s'affaissèrent brusquement, elle inspira péniblement, puis reprit :

— J'ai volé son âme et sa forme sans même m'en rendre compte, tandis que j'errais en plein délire. Je me suis réveillée saine et sauve, mais dans la peau de mon amie. Je n'ai compris qu'ensuite que je portais nos deux âmes, tous nos souvenirs, ainsi que notre puissance accumulée. Puis, quand d'autres Élues se sont présentées à moi, croyant que j'étais elle, je n'ai pu retenir mes pulsions. Ma soif de puissance et d'énergie était devenue irrépressible. J'avais *besoin* de ces âmes si belles et pures, tellement lumineuses... Et je ne serai apaisée que lorsque j'aurai eu ma vengeance. Victoria a détruit ma vie, elle a fait de moi le monstre que je suis. Elle *doit* mourir ! Quant à Andraste, j'attendais qu'elle ait épousé le prince ilandrien pour m'approprier son enveloppe, mais elle me revient de droit, quoi qu'il en soit ! Tu ne m'empêcheras pas d'assimiler ses pouvoirs. Je te tuerai, toi aussi, s'il le faut.

Thadeus ne sut que répondre cette fois, seules des injures accompagnées de terribles menaces lui venaient à l'esprit – Andraste était à lui et à personne d'autre ! –, et il savait qu'il devait absolument conserver son sang-froid face à cette femme-démon si instable et imprévisible. Aussi choisit-il de garder le silence, le temps de réfléchir.

Du coin de l'œil, il aperçut Brighton esquisser un geste désespéré en direction du ciel violacé. L'aube se levait et Andraste luttait avec de plus en plus d'acharnement contre ses morts-vivants. Six venaient d'ailleurs de tomber, mis en pièces par sa propre épouse... laquelle serait perdue dans quelques instants, soumise aux rayons du soleil si néfastes pour elle.

Pourvu que les hommes recrutés la veille n'interviennent pas, ils se feraient probablement tuer eux aussi, vu l'état de colère dans lequel la jeune femme se trouvait plongée.

Diane lui avait-elle jeté un sort sans qu'il s'en aperçoive ?

Cette dernière chassa de sa figure les larmes noires qui la maculaient, teintant ses pommettes d'un écœurant gris, et se redressa, reprenant brusquement contenance. Elle serra à nouveau l'espèce de médaillon caché sous son col, tandis qu'elle recouvrait pleinement sa détermination.

C'est alors que Richard surgit de la foule de revenants, son cheval lancé à pleine allure vers Diane, une rage immense peignant ses traits.

— Tu vas regretter ce que tu as infligé à ma famille, saleté de sorcière ! hurla-t-il, tentant le tout pour le tout, l'épée prête à frapper.

Thadeus accourut pour le seconder, même s'il savait que c'était pure folie que de se jeter ainsi sur une ennemie dont ils ignoraient encore la puissance. Mais sans doute Richard venait-il de comprendre à qui ils avaient affaire et s'était laissé aveugler par sa haine et sa rancœur à l'égard de la responsable de tous leurs malheurs.

Le coup ne la toucha même pas. La créature se déroba en un éclair, se déplaçant si promptement que ce fut tout juste perceptible. D'un seul mouvement, elle saisit le bras de son frère et le fit tomber de sa monture aussi facilement qu'elle l'aurait fait avec une poupée de chiffon. Richard se réceptionna sur le dos et se tordit en criant, se démenant de toutes ses forces pour se libérer de la poigne de Diane.

Tandis qu'elle incantait quelque mystérieux sort, le bras de son frère, de sa main jusqu'à ses vêtements, s'assombrissait progressivement. Un noir d'encre colorait l'ensemble de son bras, remontant jusqu'à son épaule, lorsque Thadeus réussit à l'arracher à la créature, lançant ses morts-vivants sur elle en même temps.

Richard gémit plaintivement, à demi conscient, tandis que la manche de sa veste se craquelait, avant de se briser comme du verre et de retomber en morceaux avec sa chair, laissant un vide atrocement choquant en lieu et place de son bras droit.

Devant eux, Diane luttait contre les revenants qui l'assaillaient de toutes parts, les soumettant au même sortilège. C'est ainsi qu'une trentaine des soldats morts appartenant aux Blackmorgan tomba, éclatant les uns après les autres à son contact, réduits en un étrange amas de débris noirs et cristallins.

Effaré, Thadeus remit précipitamment son frère à l'un de ses morts-vivants, un Berserk sans tête qu'il s'était approprié durant la première bataille, qu'il chargea de ramener le blessé au château, lui aussi. Sans doute rencontrerait-il moins de difficultés à faire placer Richard en sécurité que sa propre femme...

Soudain, la dernière partie de la prophétie du Fléau des Élues lui revint en mémoire, résonnant dans son crâne comme une vérité qu'il avait préféré jusque-là ignorer.

« Seul son égal, son reflet pourra l'atteindre. Le sang pour le sang et la chair pour la chair, ainsi elle vaincra du démon. »

Et alors tout s'éclaira.

Andraste était une Élue de la Nuit, tout comme Diane. En cela, elle était son égale – voire presque son reflet. Et elle était sa descendante, elle partageait le même sang...

Comment avait-il pu ne pas comprendre ça avant ?! Elle seule était en mesure de venir à bout du Fléau... de son ancêtre.

C'était donc pour cette simple et bonne raison qu'elle refusait si opiniâtrement d'être tenue à l'écart de l'affrontement final ? Elle, contrairement à lui, avait fait le rapprochement depuis longtemps !

Le soleil se levait lentement et n'allait pas tarder à devenir franchement nocif pour Andraste.

Thadeus avisa Diane, qui pressait toujours son médaillon d'une main, mettant en pièces ses ennemis de l'autre, le front couvert de sueur comme elle commençait à s'épuiser.

C'était un pari risqué, mais il n'existait pas d'autre solution… et il n'y avait pas une seconde à perdre !

Thadeus ordonna aux revenants qui s'escrimaient à retenir Andraste de cesser immédiatement et de l'aider à le rejoindre au plus vite. Quand il l'aperçut, les joues rouges de colère, hors d'haleine et couverte du sang noir de ses revenants, il lui adressa un clin d'œil qu'il voulait rassurant, et articula silencieusement :

— *L'emblème.*

Puis il plongea vers Diane, qu'aucun de ses morts-vivants n'avait réussi ne serait-ce qu'à toucher jusqu'ici. Il lut la surprise – peut-être même l'effroi, l'espace d'un instant – dans les yeux mauves de la femme à qui il devait l'horrible malédiction familiale. Il feinta d'un côté pour frapper de l'autre, visant son épaule de sa lame. Une attaque qu'elle s'appliqua néanmoins à esquiver, ainsi qu'il l'avait prévu. Se ressaisissant brusquement, elle tendit la paume vers lui tandis qu'il se penchait en arrière et balayait ses chevilles d'un coup de pied de sa jambe métallique.

Il sentit sa prothèse réagir au contact de la femme-démon et une douleur froide remonta le long de sa cuisse, mais il n'y prêta aucune attention. Diane perdit aussitôt l'équilibre. Elle tentait d'amortir sa chute avec ses mains lorsqu'il fourra la pointe de son épée dans son col, rayant sa peau sans même parvenir à l'écorcher, et arracha le collier qu'elle portait pour le lancer vers Andraste.

Un camée blanc irisé, aux reflets argentés… taillé dans ce qui ressemblait aux descriptions que l'on trouvait dans les livres des mythiques Pierres de Lune.

C'était bel et bien ça, son intuition était la bonne. Diane, Élue de la Nuit des anciens temps, ex-prêtresse, portait sur elle l'emblème de Noctea. Une espèce de talisman qui protégerait Andraste de l'astre solaire et qui alimenterait sa magie.

Du moins, Thadeus l'espérait-il…

Il fallait que ça marche !

Il avait marqué chacun de ses morts-vivants de l'eau dans laquelle il avait fait tremper sa chemise tachée, celle qui avait épongé le sang du poignet d'Andraste après qu'il l'eut blessée. À sa mort, elle recevrait automatiquement le contrôle de ce qui restait de ses troupes, la seule chose qu'il pouvait lui laisser pour la soutenir dans le combat qui l'attendait.

Thadeus profita de ce que Diane cherchait à se redresser pour tenter un nouveau coup, l'occasion étant trop belle pour qu'il la laisse passer, et visa sa nuque cette fois. Mais, avant même qu'il ait atteint son cou, une fumée noire l'enveloppa, s'infiltra dans sa bouche ainsi que dans ses narines, embrumant jusqu'à son esprit, l'écran obscur l'engloutissant entièrement.

Chapitre 49

Andraste

L'effet avait été immédiat lorsqu'elle avait rattrapé en plein vol le collier, dérobé à Diane, que Thadeus lui avait lancé. Sa peau, qui commençait déjà à chauffer et picoter sous les effets de l'aube, s'était instantanément rafraîchie. Les symptômes de son intolérance au soleil avaient disparu dès la seconde où elle avait eu en main l'objet... *l'emblème*, lui avait-il fait comprendre.

Elle se serait réjouie si les circonstances avaient été autres. Non, elle aurait explosé de joie, en vérité. Sortir à la lumière du jour avait toujours été son rêve le plus cher. Et cependant, c'était son pire cauchemar qui était en train de se dérouler sous ses yeux...

Les volutes de brume noire abandonnèrent subitement Thadeus pour revenir vers Diane et s'enrouler à nouveau autour d'elle. Ce dernier vacilla, puis s'écroula, face contre terre, aux pieds du monstre à la figure de femme.

Un hurlement insupportable déchira les tympans d'Andraste... le sien.

Le médaillon dans une main, son poignard dans l'autre – sa seule arme, puisque personne n'avait daigné lui en donner une plus appropriée –, elle se précipita vers son époux, ignorant les protestations de Brighton et de ses beaux-frères. Elle tomba à genoux et se jeta sur lui, couvrant de son corps celui de son époux, tentant de guérir ses blessures – celle visible comme celle, causée par le poison de Diane, qui ne l'était pas –, tout en espérant le protéger d'éventuelles nouvelles attaques.

Mais il était trop tard...

Thadeus ne réagissait plus. *Non...* Ses paupières étaient closes, et pourtant il ne dormait pas, ne respirait pas. *Non !* Andraste avait beau concentrer toute son énergie sur lui, sa plaie au flanc ne se résorbait pas. *Par la Déesse, non !!!*

Le destin ne pouvait pas être aussi cruel...

— Non ! cria-t-elle encore, tandis que le monde entier s'effondrait dans un fracas assourdissant.

Que Diane termine, qu'elle accomplisse ses horribles desseins, elle ne s'y opposerait pas... elle n'en avait plus rien à faire. La vie sans *lui*, c'était tout simplement inconcevable. La mort, une éternité de damnation, de possession, son essence alimentant le corps d'une autre, peu importait le sort que lui réservait son ancêtre devenue Fléau, tant qu'elle n'aurait plus à endurer ce supplice-là.

Andraste sanglotait, le temps semblant s'être figé rien que pour elle, inondant de ses larmes le visage de Thadeus, l'embrassant encore et encore, comme si cela avait quelque chance que ce soit de le faire revenir à la vie...

Son cœur en miettes se fit plus douloureux encore dans sa poitrine – dans la mesure où une telle chose fût possible – lorsqu'elle songea à l'enfant.

Pour lui, pour Thadeus, elle n'avait pas le droit de renoncer. Pour eux, il fallait qu'elle trouve en elle la force de se relever. Pour eux, elle devait affronter Diane.

Non, elle devait l'anéantir !

N'ayant aucune idée du temps qu'elle avait passé ainsi, prostrée sur le cadavre de son époux, Andraste se redressa. Elle vit alors la créature, debout devant elle, l'observer avec stupéfaction, une rune de protection bleu électrique dressée entre elles, assurant sa sécurité.

À l'exception de l'oncle Harvey, malheureusement décédé au cours de la bataille, et de Walter et Richard, gravement blessés et aussitôt ramenés au château, tous étaient là, auprès d'elle et de Thadeus. De son côté de la barrière magique qu'elle avait édifiée sans même s'en rendre compte.

Rupert – qu'elle avait tant malmené pour réussir à quitter la tour – était à genoux lui aussi, les yeux humides, tandis que Brighton le soutenait d'une main posée sur l'épaule. Aaron et Darius, descendus de cheval, encadraient le corps de leur frère, l'épée au poing, les lèvres tordues de rage et de chagrin, prêts à en découdre. Et derrière eux, leurs armées et tous les hommes réunis.

Andraste se leva lentement. Elle avait tout son temps pour faire ce qu'elle avait à faire, elle le savait. Elle sentait son énergie passer de ses doigts au médaillon, pour lui revenir ensuite, plus forte et plus intense, comme purifiée, l'abreuvant de toute la puissance de l'ancienne Déesse de la Nuit, tandis que Diane guettait le soleil, puis son collier volé, avec circonspection.

Thadeus s'était sacrifié pour ça, pour qu'elle ait cet objet indispensable à sa magie si particulière, pour qu'elle puisse détruire le Fléau, alors même que le jour se levait, commençant à l'affaiblir.

Andraste accrocha la chaîne autour de son cou et une vague de pouvoir déferla soudain en elle. Elle réalisa alors subitement qu'elle tenait sous sa coupe des centaines de morts-vivants. Ceux de Thadeus.

Elle érigea d'autres barrières de protection, de manière à emprisonner Diane, faisant en sorte qu'elle ne puisse plus nuire à personne, puis rassembla les revenants sous son emprise afin de l'encercler tout à fait. Ceux des Blackmorgan se joignirent immédiatement aux siens, la détermination de leurs maîtres les rendant plus menaçants que jamais.

Au loin, au fond de la vallée, une autre troupe perça le brouillard gris-ocre du Blackshire. Knightley, les nécromanciens de sa famille, ainsi que leurs armées respectives et un détachement d'hommes arrivaient en renfort.

— Ta longue vie s'arrête ici, démon, l'informa Andraste d'une voix sourde et détachée, le désespoir l'ayant comme anesthésiée.

— Comme si davantage de cadavres ambulants et impuissants allaient changer quoi que ce soit, rétorqua dédaigneusement Diane, pressant sur sa gorge nue son col déchiré, avant de se radoucir pour finalement plaider : Je n'avais pas réellement l'intention de le tuer, il m'a prise par surprise... si j'avais eu le choix, je l'aurai laissé vivre. Je l'aimais...

— Non, je te l'interdis ! s'emporta tout à coup Andraste. Tu ne l'aimais pas, il n'était pas Phineas ! Phineas est mort et enterré depuis huit cents ans ! Cela fait huit siècles que les Blackmorgan subissent ton immonde malédiction ! Huit siècles que tu décimes ton propre peuple et que tu te nourris des Élues de Noctea ! Tout se termine ici et aujourd'hui, Fléau, c'est écrit.

Diane secoua furieusement la tête, niant tout en bloc, et porta la main à sa poitrine, la bouche ouverte, incapable de répondre.

Et, tandis que derrière Andraste on emmenait le corps de Thadeus, la douleur l'étrangla et la jeune femme dut lutter comme jamais pour ne pas s'effondrer à nouveau. Elle fit le vide en elle, chassa toute pensée de son esprit et se força à avaler une goulée d'air.

Puis elle leva ses sorts de protection et fit signe à Aaron et Darius de rester près d'elle, craignant qu'ils ne tentent le même genre d'attaque irréfléchie que Richard avant eux. Alors seulement elle envoya ses morts-vivants fondre sur Diane.

La bataille reprit de plus belle lorsque ceux de Knightley et de son clan se mêlèrent à ceux des Blackmorgan.

Cependant, même sans l'emblème de Noctea, la créature demeurait extrêmement puissante – les âmes accumulées au fil des siècles, sans doute. Les revenants avaient beau déferler sur elle comme quelque violente et incessante tempête, rien n'y faisait. Diane fatiguait franchement sans son talisman, mais elle parvenait néanmoins à maintenir son sortilège. Les morts-vivants continuaient de succomber, les uns après les autres, tout contact avec elle provoquant leur destruction immédiate.

Andraste comprit que Diane avait dit vrai, ce n'était pas quelques revenants de plus qui feraient la différence. Elle devait se servir de sa tête, de manière à exploiter efficacement ses pouvoirs devenus immenses grâce au médaillon. Mais de quelle manière ? Elle n'en avait aucune idée !

— On y va ! lança impatiemment Darius à son frère, comme il comprenait lui aussi que leurs armées n'étaient d'aucune utilité.

— Non, refusa fermement Andraste. Il faut trouver un autre moyen. Vous allez finir comme vos revenants si vous tentez quoi que ce soit.

Elle s'attendait à ce qu'ils discutent ses ordres, mais ils n'en firent rien.

— La rune de protection fonctionne-t-elle dans les deux sens ? l'interrogea Brighton, dépassé lui aussi par la puissance de leur ennemie. Ne pourrait-elle pas nous immuniser contre ses maléfices tout en faisant en sorte qu'on puisse enfin l'atteindre ?

Andraste réfléchit. Mais elle se rendit vite à l'évidence, elle l'ignorait. Elle n'avait jamais été une sorcière très studieuse, étant donné les faibles capacités qu'elle croyait posséder. Elle haussa les épaules et incanta quelque chose tandis que des bribes de formules – qu'elle n'était par ailleurs même pas certaine d'avoir jamais entendues – lui passaient par l'esprit.

Des cris de colère et de surprise retentirent, déchirant l'air. Andraste sentit au fond de son crâne la prise de ses revenants s'affermir sur leur adversaire. Ceux qu'elle avait réussi à envelopper de sa protection grâce à la formule improvisée venaient de réussir à s'emparer de Diane !

À partir de cet instant, elle perdit pied et ne fut plus que vengeance, elle aussi, s'en remettant entièrement à ses instincts les plus sombres. Thadeus l'avait chargée de tuer le démon avant de mourir, et elle ne laisserait passer aucune occasion.

Elle s'élança vers son ennemie, son poignard en avant, serrant dans son autre main le précieux médaillon. Elle ne prêta aucune attention aux serpents noirs qui jaillissaient de toutes parts pour retomber sur elle gueule ouverte, éraflant sa peau sans parvenir à y enfoncer leurs crocs.

— Prends mon âme et venge-nous de Victoria, supplia la femme-démon, son beau visage se couvrant peu à peu d'abjectes cicatrices comme son pouvoir faiblissait en l'absence de l'emblème de Noctea, révélant sa soudaine vulnérabilité.

Mais Andraste ne l'entendit pas, retranchée en elle comme elle l'était, les mots n'avaient plus aucune prise sur elle. Elle ordonna à ses revenants de tirer les bras de la femme-démon en arrière, puis planta férocement sa lame en plein dans sa poitrine offerte, transperçant d'un coup puissant le cœur du Fléau.

Un sang aussi sombre que celui des morts-vivants s'écoula de la plaie. Diane hoqueta, puis rejeta la tête vers le ciel, les yeux écarquillés d'horreur. Elle exhala alors des centaines de soupirs différents, filaments grisâtres troublant l'air tout autour d'elle, comme si les silhouettes de toutes celles à qui elle avait dérobé l'âme s'esquissaient l'espace d'un bref moment dans la vapeur, leurs traits figés par un hurlement de colère.

Le spectacle était tellement fascinant qu'Andraste ne pouvait s'en détourner. Pas plus qu'elle ne pouvait lâcher sa dague, sur laquelle elle continuait à exercer une irrépressible pression, tandis qu'elle était déjà plongée dans le corps de Diane jusqu'à la garde. C'est alors que Brighton surgit dans son champ de vision et, psalmodiant des formules d'antilangage, la repoussa brutalement, une lueur d'épouvante au fond de ses prunelles claires.

— Brûlez le démon, cria-t-il tout en continuant d'éloigner la jeune femme. Faites vite !

Une odeur écœurante de chair calcinée mêlée à de violents relents de putréfaction parvint au nez d'Andraste alors qu'elle se laissait reconduire au château par le capitaine, tel le pantin vide et incapable de la moindre réflexion qu'elle était brusquement devenue.

— Hâtez-vous, lady Blackmorgan, Rupert vous attend ! la somma Brighton avec une certaine véhémence.

Pour quelle raison, au juste ? N'était-il pas possible d'avoir quelques secondes de répit après ce qu'elle venait d'accomplir... après ce qu'elle venait de vivre ?!

Elle ne protesta pas – elle n'en avait pas la force – et suivit le capitaine jusqu'au grand hall où les domestiques s'activaient, courant en tous sens, les bras chargés de linges et de bassines remplies d'eau. Des tables avaient été sommairement installées afin d'accueillir en urgence les blessés. Andraste aperçut l'oncle Harvey, allongé sur l'une d'elle, conservant son expression impassible jusque dans le trépas.

Où était Thadeus ?

Il fallait qu'elle le voie ! Elle dut s'extirper de la coquille d'apathie salvatrice dans laquelle elle s'était réfugiée pour le chercher du regard, à la fois pressée et effrayée à l'idée de contempler une dernière fois le cadavre de son époux. Mais Brighton poursuivit implacablement sa route, la poussant d'une main ferme entre les omoplates. Il ne s'arrêta pas, même lorsqu'ils passèrent devant Walter, pourtant fort mal en point.

Elle aurait pu le guérir. Il faudrait d'ailleurs qu'elle le fasse... dès qu'elle aurait revu Thadeus.

Pourquoi l'emmenait-on dans les sous-sols de Bloodcastle ? Elle allait poser la question quand ils croisèrent le majordome qui remontait péniblement les marches de pierre glissantes, visiblement dépassé par les événements.

— Le duc vient de décéder, lâcha-t-il à l'intention du capitaine.

— Pardon ? s'étonna ce dernier. Mais de quelle manière ?

— On ne sait pas exactement. Il a semblé recouvrer brièvement ses esprits, a réclamé son fils aîné, désireux de lui exprimer l'ampleur des remords qui, disait-il, l'étouffaient, avant de succomber à d'atroces douleurs de poitrine. Où est lord Blackmorgan ? Est-il vraiment mort, lui aussi, ainsi que je l'ai entendu murmurer ?

Brighton secoua la tête, comme s'il l'ignorait. Puis il tira Andraste plus bas et s'engagea dans un autre escalier, descendant dans la direction opposée aux geôles que Thadeus lui avait fait une fois visiter.

— Que se passe-t-il, à la fin ? s'impatienta-t-elle, franchement à bout. Où est le corps de mon mari ? Pourquoi les domestiques ne sont-ils pas encore au courant de son décès ?

Brighton garda le silence et força encore davantage le pas, manquant de peu de la faire tomber dans sa précipitation à la traîner derrière lui. Ils débouchèrent dans une galerie voûtée, taillée dans la roche, magnifique, mais obscure, éclairée seulement par quelques antiques flambeaux. Puis ils pénétrèrent dans une vaste crypte.

Des caveaux s'alignaient des deux côtés, et, à l'autre bout, trônait un énorme mausolée gothique, aux allures de cathédrale miniature. Rupert se tenait devant le monument, l'air extrêmement grave. Il ne portait plus sa cuirasse de guerrier, ni ses armes, et ses poignets étaient tous deux couverts de bandages tachés d'un sang frais, encore luisant.

Il interrogea Brighton de son œil unique. Le capitaine libéra enfin Andraste et expliqua :

— Le démon a été vaincu. Votre nièce l'a vaincu, sans l'aide de personne.

Rupert baissa le menton en signe de respect, puis déclara :

— Tout est prêt, lady Andraste. Mais je ne le ferai que si *vous* le demandez.

Elle faillit s'évanouir. Brighton la rattrapa par les épaules alors que ses jambes se dérobaient sous elle.

— Vous pouvez le ramener à nouveau ? bredouilla-t-elle, un espoir dément affolant soudainement le rythme des battements de son cœur. Vous le pouvez ?!

— Je peux *essayer*, rectifia l'oncle borgne. Je ne suis plus aussi bon que je l'étais la première fois, ni aussi vaillant. Et Thadeus sera certainement plus difficile à ranimer aujourd'hui que lorsqu'il n'était qu'un enfant maigrelet. Mais je vais tout tenter pour y parvenir, si vous me le demandez. S'il revient, ce sera pour vous, ainsi que pour l'enfant, pour vivre un peu de ce bonheur qu'il mérite et qui est enfin accessible, à présent que vous avez éliminé l'origine de notre malédiction.

— Je vous le demande... non, je vous en supplie ! s'exclama-t-elle, pressant ensuite son poing serré contre sa bouche pour retenir les sanglots qui la menaçaient.

Rupert l'invita d'un geste à pénétrer dans le mausolée – édifié à la gloire du roi déchu, Phineas Blackmorgan, si l'on en croyait les inscriptions.

— Vous êtes sûr de vous ? interrogea le capitaine à l'adresse de son ami, une moue de dépit tordant ses lèvres. Vous savez où cela peut vous conduire, n'est-ce pas ?

— Je le sais, attesta Rupert d'un ton sans appel. Mais il est comme mon fils. Si je ne lui ai pas donné la vie, au moins je la lui aurai rendue... par deux fois, si les dieux m'accordent cette faveur.

Brighton acquiesça, puis tourna les talons.

Andraste entra à l'intérieur du monument et y découvrit Thadeus, étendu au sol, n'ayant plus pour seul vêtement que son caleçon. Des crânes humains étaient disposés aux quatre coins de la petite salle et au fond, le couvercle du caveau de Phineas avait été retiré, laissant le tombeau grand ouvert. De mystérieux symboles pourpres teintaient les dalles de pierre, formant un cercle autour du corps sans vie de son époux, maculé lui aussi de ces signes curieux.

Andraste frissonna en songeant que Thadeus aurait détesté être ainsi exposé à la vue de son oncle.

— Sa jambe, elle est... différente, ne put-elle s'empêcher de remarquer. La prothèse a noirci.

— Il a touché le démon, rappela Rupert en s'agenouillant à la tête de son neveu. Le sortilège qui les liait a changé, il paraît comme figé. Annulé, sans avoir totalement déserté le métal pour autant, d'après Brighton. Toujours selon lui, l'objet est probablement devenu neutre à la mort de son propriétaire. Pourvu que Thadeus ait pensé à poser ce pied-ci au royaume des morts, cela pourrait peut-être le protéger des dégâts causés par l'Autre Monde.

Andraste se remémora tout à coup qu'en plus de relever de l'exploit – voire du miracle – cette magie proscrite impliquait également un paiement plus que conséquent de la part des deux partis. Dans quel état Thadeus reviendrait-il – à condition que Rupert réussisse ce pari fou ? Et ce dernier, qu'allait-il perdre ?

L'enjeu, la vie de son époux, étant largement supérieur aux éventuelles conséquences, elle étouffa en elle toute hésitation.

— Que dois-je faire ? s'enquit-elle, prête à toutes les concessions possibles, elle aussi.

— Prenez-lui la main et parlez-lui. Guidez-le avec moi sur l'étroit et périlleux sentier qui le ramènera parmi nous. J'ai veillé à retenir son âme ici, mais il n'est plus le petit garçon terrifié et malléable qu'il était la première fois. Il devra prendre lui-même la décision et il aura besoin de beaucoup de motivation pour me suivre et entreprendre le voyage en sens inverse.

Andraste hocha la tête comme si elle comprenait – ce qui n'était pas tout à fait le cas, n'ayant aucune idée de la manière dont tout cela fonctionnait –, et s'assit entre deux symboles, à l'intérieur du cercle, tout près de Thadeus. Elle tressaillit lorsqu'elle prit dans la sienne sa grande main déjà si froide.

Rupert défit les bandages qui recouvraient ses poignets et agrandit ses plaies à l'aide d'un poignard ancien, finement sculpté aux emblèmes des Blackmorgan. Puis il apposa ses paumes ensanglantées sur les tempes de son neveu et se pencha sur lui. Il ferma les yeux, plissa les paupières, le visage contracté sous l'effort, et commença à chuchoter dans un langage inconnu à l'oreille du mort.

Andraste ressentit alors un étrange vertige, comme si le mausolée tout entier s'était subitement mis à tourner autour d'eux, les transportant ailleurs, aux portes de quelque lieu interdit où le temps n'avait plus cours et où les vivants n'étaient pas les bienvenus. La flamme des chandelles disposées dans la pièce vacilla, l'air sembla se raréfier, devenant soudain épais et poisseux, et la luminosité faiblit déraisonnablement, les plongeant dans une pénombre anormale. Des ombres mouvantes peignirent les murs et les échos lointains de milliers de voix se firent entendre.

Soudain, elle se souvint qu'elle avait également un rôle à jouer, qu'il était impératif qu'elle prenne part au rituel, à sa manière. Elle focalisa alors son attention sur Thadeus, oubliant tout le reste, et commença à lui parler, elle aussi. Elle serra sa main très fort et lui caressa le bras tout en le suppliant de revenir. Pour leur enfant qu'ils devaient élever ensemble, pour elle, pour eux...

Cela dura ainsi pendant près d'une heure, peut-être même davantage. Impossible à déterminer. Jusqu'à ce que tout cesse d'un coup. Le monde récupéra brusquement son apparence habituelle, l'air frais circula de nouveau dans le mausolée, le silence revint et Rupert s'écroula subitement sur le côté. Andraste se raidit en apercevant le corps exsangue, à la chair complètement desséchée, comme momifiée, et dans un état de dégradation très avancé, de l'oncle borgne.

Il était mort. Bel et bien mort… lui aussi.

Mais enfin, depuis combien de temps ?!

Le hurlement d'effroi d'Andraste resta coincé dans sa gorge, se muant en un gémissement incrédule, tandis que le torse de Thadeus se soulevait lentement. Un sifflement rauque s'échappa de ses lèvres, qui s'ouvrirent ensuite en grand, cherchant un souffle dont il avait trop longtemps été privé.

Les paupières encore closes, il poussa un long grognement sourd, inspira par à-coups, puis fut pris de violentes quintes de toux qui l'obligèrent à rouler sur le flanc. Son regard troublé, encore hanté, se dévoila peu à peu, se posant avec un effarement croissant sur la salle, les symboles, le cadavre de Rupert, avant de revenir vers Andraste qui l'appelait doucement.

Thadeus fronça les sourcils, comprenant progressivement ce qui venait de se passer. Il semblait totalement égaré, au bord de la panique, un peu comme cette fois où il l'avait rattrapée alors qu'elle se penchait à la fenêtre de la plus haute tour de Bloodcastle… Mais sans doute était-ce parce qu'en cet instant aussi, il revivait de pénibles souvenirs.

— Est-ce que… est-ce que tu te sens bien ? bégaya-t-elle entre ses larmes, posant avec précaution la paume sur son torse, avide de sentir son cœur battre de nouveau.

Le sien explosait dans sa poitrine, partagé entre la joie immense, incommensurable, de retrouver son époux, qu'elle avait cru perdu à jamais, et la tristesse d'avoir vu mourir tant de gens en si peu d'heures.

Thadeus tenta d'articuler quelques mots, puis renonça, encore trop bouleversé. Il se contenta de recouvrir de sa main – que la chaleur réinvestissait progressivement – celle d'Andraste, puis, après quelques secondes, l'attira brutalement à lui. Il la pressa farouchement contre lui et elle sut qu'il luttait pour ne pas pleurer la mort de son oncle.

— Il t'aimait comme un père, marmonna-t-elle. Je n'ai pas compris sur le moment, il ne m'a rien dit, mais il savait ce qui arriverait s'il réussissait. Il voulait que tu vives, que tu puisses connaître ton enfant et que tu sois heureux… Tout est fini, mon amour. Le Fléau est mort. Diane est morte, et avec elle la malédiction des Blackmorgan.

Épilogue

Thadeus

Thadeus caressa d'un doigt prudent et léger la petite joue rose et adorablement rebondie de l'être si précieux qu'Andraste tenait au creux de ses bras. Puis il embrassa avec plus de déférence que jamais le front encore humide de sueur de sa femme, se demandant comment un tel bonheur était possible. Un bonheur qui le submergeait, le dépassait tant et si bien qu'il en avait presque l'impression d'étouffer.

Si le destin ne l'avait pas épargné par le passé, aujourd'hui, tout cela était derrière lui. Il était sans conteste le plus heureux des hommes. Et aucune magie n'avait été nécessaire pour accomplir ce miracle-ci.

Les heures qui venaient de s'écouler avaient été éprouvantes. Évidemment, elles l'avaient surtout été pour Andraste. Bien qu'il ait dû batailler avec le médecin – duquel il avait exigé la présence, cette précaution n'étant pas de trop à son sens – pour demeurer au côté de sa femme, refusant de l'abandonner dans ce moment si délicat, il s'était en vérité senti bien inutile. Avait-il été d'un quelconque soutien quand tout ce qu'il avait pu faire était de s'inquiéter à s'en rendre malade ? La main d'Andraste, qu'il avait tenue serrée durant tout le temps qu'avait duré l'accouchement, n'avait finalement guère plus tremblé que la sienne.

— Tu vois, tu ne voulais pas m'écouter, mais j'avais raison, le taquina-t-elle en lui adressant un sourire malicieux, quoiqu'un peu fatigué.

— Je vais devoir m'y habituer, je suppose, il semblerait que ma femme ait *toujours* raison, rétorqua-t-il, avant de déposer de nouveaux baisers sur sa tempe. Une héritière donc ? Comme de coutume, il faut que je me distingue dans l'histoire familiale.

Andraste cilla, sans doute trop exténuée pour saisir son trait d'humour.

— Rien ne saurait me faire plus plaisir, mon ange, s'empressa-t-il d'ajouter. Je te l'avais promis il y a de ça quelques mois, et je t'assure que c'est bel et bien le cas. La malédiction est définitivement levée, notre fille en est la preuve ultime. Rien ne pourrait être plus merveilleux que ça. Elle sera une Blackmorgan exceptionnelle...

Il contempla encore les mains minuscules, le visage endormi, si paisible, aux traits si réguliers, ses grands yeux en amande ourlés de longs cils sombres. Il avait pourtant eu du temps pour se faire à l'idée, cependant il n'en revenait toujours pas.

— Aucun des bébés nés ici n'a jamais été aussi adorable, je peux te le garantir, murmura-t-il en s'étendant précautionneusement près de son épouse, le regard rivé sur leur fille. En fait, je ne crois pas en avoir jamais vu de plus beau.

Andraste se mit à rire doucement et prit sa main pour venir la poser sur la sienne, celle qui retenait contre elle leur enfant.

— En toute objectivité – cela va de soi –, moi non plus, renchérit-elle.

— Elle a déjà ton teint de porcelaine, continua-t-il de s'extasier.

— Et elle a tes yeux, ainsi que tes cheveux, souffla Andraste, lissant du bout des doigts les mèches noires et déjà rebelles qui couronnaient la tête de leur fille.

Ça, en revanche, et quoi qu'en pense son épouse, ce n'était pas vraiment un cadeau. Mais il devait bien admettre toutefois que sur son enfant l'effet était différent, bien plus charmant, tout compte fait.

Andraste sombra dans le sommeil en quelques minutes, la tête appuyée sur son bras, comme il aimait tant, et il resta sans bouger, à observer les deux femmes de sa vie. Une délicieuse torpeur s'emparait également de lui lorsqu'on frappa à la porte de la chambre.

— Je reviens tout de suite, chuchota-t-il à l'oreille de son épouse, quittant le lit à regret.

Elle hocha mollement la tête, vérifia d'un coup d'œil que leur fille dormait toujours, calée contre sa poitrine, puis se rendormit presque instantanément. Thadeus sortit de la pièce sans faire de bruit et s'apprêtait à passer un savon des plus corrects au domestique qui les avait dérangés quand il tomba sur son majordome.

— Toutes mes excuses, milord, mais vos frères ont réclamé que je vienne vous chercher sans attendre, expliqua ce dernier.

— Que se passe-t-il, au juste ? maugréa-t-il en rajustant sa chemise. Que veulent mes frères qui ne souffre aucun délai ?

Lequel d'entre eux avait-il osé suggérer qu'il faille interrompre son repos auprès de sa femme, après la nuit qu'ils venaient de passer ?!

— Un homme blessé et en haillons s'est présenté aux portes de Bloodcastle et demande à vous parler. Il prétend être le prince Augustin...

À suivre.

Composition
NORD COMPO

Achevé d'imprimer en Espagne
par BLACK PRINT
le 3 *mars 2020*

Dépôt légal août 2014
EAN 9782290077610
OTP L21EDDN000532A003

ÉDITIONS J'AI LU
87, quai Panhard-et-Levassor, 75013 Paris

Diffusion France et étranger : Flammarion